KATE FURNIVALL

Die Sehnsucht der Konkubine

H

GOLDMANN
Lesen erleben

Buch

China 1929: Jahrelang hat die siebzehnjährige Lydia Iwanowa in dem Glauben gelebt, ihr Vater sei von den Bolschewisten ermordet worden. Als sie aber herausfindet, dass er in Wirklichkeit im stalinistischen Russland gefangen gehalten wird, ist sie bereit, alles hinter sich zu lassen – sogar ihren chinesischen Geliebten, Chang An Lo. Gemeinsam mit ihrem Halbbruder Alexej begibt sie sich auf die abenteuerliche Suche nach ihrem Vater. Und selbst als Alexej plötzlich spurlos verschwindet, gibt Lydia nicht auf. Vollkommen allein und mittellos riskiert sie alles, um ihren Vater aufzuspüren. Schließlich verliebt sich die junge Frau in einen russischen Offizier – doch Chang An Lo kann Lydia nicht vergessen. Und er allein weiß, in welcher Gefahr sie wirklich schwebt …

Autorin

Kate Furnivall, 1950 in Penarth, England, geboren, arbeitete nach ihrem Studium der Englischen Literaturwissenschaft viele Jahre in der Werbung und als TV-Produzentin. Das bewegte Leben ihrer Mutter Lily, die von Russland nach China flüchten musste, inspirierte sie zu ihrem ersten Roman »Die russische Konkubine«. Die Autorin lebt mit ihrem Mann, zwei Söhnen und fünf Katzen in der Nähe von Devon.
Weitere Informationen unter www.katefurnivall.com

Von Kate Furnivall außerdem bei Goldmann lieferbar:

Bis ans Ende des Himmels. Roman (47281)
Die russische Konkubine. Roman (47319)

Kate Furnivall

Die Sehnsucht der Konkubine

Roman

Aus dem Englischen
von Judith Schwaab

GOLDMANN

Die Originalausgabe erschien 2009 unter dem Titel
»The Concubine's Secret«
bei Sphere/Little, Brown Book Group London.

FSC
www.fsc.org
MIX
Papier aus verantwortungsvollen Quellen
FSC® C014496

Verlagsgruppe Random House FSC-DEU-0100
Das FSC®-zertifizierte Papier *München Super* für dieses Buch
liefert Arctic Paper Mochenwangen GmbH.

1. Auflage
Deutsche Erstveröffentlichung Februar 2012

Umschlaggestaltung: UNO Werbeagentur, München
Umschlagfoto: FinePic, München
Redaktion: Kerstin von Dobschütz
LT · Herstellung: Str.
Satz: omnisatz GmbH, Berlin
Druck und Bindung: GGP Media GmbH, Pößneck
Printed in Germany
ISBN: 978-3-442-47652-7

www.goldmann-verlag.de

Für
Edward und Richard,
Liz und Anne
mit all meiner Liebe

EINS

Russland 1930

Lydia Iwanowa konnte nicht schlafen. Winzige Ratten bissen kleine Stückchen aus ihrem Gehirn. Seit ihrer Ankunft in Sowjetrussland waren die Nächte hart gewesen, und während der langen dunklen Stunden hatte sie das Gefühl gehabt, scharfe Zähne würden sich allmählich durch ihren Schädel fressen. Manchmal konnte sie sie riechen. Noch schlimmer, sie konnte hören, wie sie kauten.

Es machte sie wütend, diesen Geräuschen lauschen zu müssen. Sie setzte sich in dem schmalen Bett auf, fuhr sich mit den Fingern durch ihre zerzauste Mähne, um dieses schreckliche Geräusch zu verjagen und all die Ratten an den Schwänzen herauszuzerren. Sie musste einen klaren Kopf behalten. Doch in diesem Hotel, einem von Stalins neuen Kaninchenbauten aus Beton, in denen sie sich nie zurechtfinden würde, waren die Nächte nur äußerst selten ruhig. Ständig verirrte sie sich, und das ärgerte sie. Sie konnte es sich nicht erlauben, sich zu verirren. Sie schloss die Augen auf der Suche nach dem hellen, warmen Plätzchen, das sie sich in ihrer Erinnerung aufbewahrt hatte, doch heute Nacht war das unmöglich. Im Zimmer nebenan schnarchte jemand so laut, dass die Wände bebten, und weiter hinten auf dem Flur war ein Paar in einen lautstarken Streit verwickelt.

Lydia konnte es kaum erwarten, dass es endlich Morgen wurde. Am liebsten wäre sie aufgestanden und in dem winzig kleinen Zimmer auf und ab gegangen, begierig auf jeden einzelnen Schritt, doch allmählich lernte sie, sich zu beherrschen und ihren unstillbaren Lebenshunger zu zügeln. Um sich die Zeit zu vertreiben, öffnete sie den Reißverschluss des Geldgürtels, den sie sich um den Bauch gebunden hatte und nicht einmal bei Nacht ablegte. Zuerst zog sie ihren russischen Pass heraus. Im gelblichen Schein des Laternenlichts, das durch das Fenster hereinfiel, sah er eigentlich ziemlich echt aus. Aber er war gefälscht. Es war ein guter Pass, der sie mehr Geld gekostet hatte, als sie es sich eigentlich leisten konnte, trotzdem blieb ihr jedes Mal vor Angst das Herz stehen, wenn sie ihn vorzeigen musste.

Als Nächstes zupfte sie ihren britischen Pass heraus und fuhr mit dem Finger über den in Gold geprägten Löwenkopf. Zwar war das wegen ihres englischen Stiefvaters ein echter Pass, doch ironischerweise stellte er für sie eine größere Gefahr dar als der russische. Sie hielt ihn gut versteckt zwischen den Rubeln in ihrem Geldgürtel, denn alle Ausländer, die töricht genug waren, ihren Fuß auf die schwarze Erde Sowjetrusslands zu setzen, wurden mit Adleraugen überwacht, schlimmstenfalls verhört und kamen ins Gefängnis.

Schließlich überlegte sie, ob sie das Bündel Rubelnoten noch einmal zählen sollte, widerstand jedoch der Versuchung und hielt es bloß kurz abschätzend in der Hand. Es wurde immer leichter. Bei dem Gedanken, was es bedeutete, wenn ihr irgendwann das Geld ausgehen würde, entfuhr ihrer Kehle ein Geräusch, das wie ein Knurren klang. Rasch schob sie alles wieder in den Geldgürtel zurück und zog entschlossen den Reißverschluss zu, als wollte sie auch ihre Angst wieder einsperren.

Unbewusst wanderte ihre Hand zu dem Lederriemen an ihrem Hals und zu dem Amulett, das daran hing. Es war ein Drache aus Quarz. Ein mächtiges chinesisches Symbol, das zartrosa war und sich angenehm an ihre Haut schmiegte. Sie schloss die Finger darum.

»Chang An Lo«, flüsterte sie.

Ihr Mund verzog sich zu einem Lächeln, während sie jenes helle, warme Bild vor ihrem inneren Auge aufsteigen sah, das sie so lange vermisst hatte. Sie schloss die Augen, und schon begannen ihre Füße zu laufen, sie flog über Eis und Schnee hinweg, spürte die Morgensonne, die mit goldenen Strahlen über ihre Haut strich, plötzlich waren ihre Füße nackt, ihre Zehen wühlten sich in körnigen Sand, und dort, neben schimmernden Wellen, tauchte eine menschliche Gestalt auf …

Eine Tür fiel knallend ins Schloss, und das Bild vor Lydias innerem Auge verschwand. *Tschort!* Der Himmel draußen vor dem Fenster war noch immer so finster und undurchdringlich wie ihre eigenen Geheimnisse, doch jetzt hatte sie genug vom Warten und wälzte sich aus dem Bett. Sie zog den langen, braunen Mantel über, der ihr auch als Morgenrock diente, und tapste auf bloßen Füßen den Flur entlang zu dem Gemeinschaftswaschraum. Mit einem Gähnen stieß sie die Tür auf und stellte überrascht fest, dass drinnen bereits Licht brannte. Jemand stand an einem der Waschbecken.

Es roch eigenartig in dem Raum. Eine seltsame Mischung aus Lavendel, Desinfektionsmittel und etwas Unterschwelligem, das irgendwie unappetitlich war. Doch Lydia beschwerte sich nicht, denn sie hatte schon Schlimmeres gerochen. Viel Schlimmeres. Der Waschraum gehörte unter all den Gemeinschaftsbädern, die sie in letzter Zeit erlebt hatte, noch zu den besseren. Die Wände waren weiß gefliest, schwarz marmorierte Fliesen bedeckten den Boden, und an jeder Wand waren drei Waschbecken montiert. Ja, eines davon hatte einen Sprung, und beim anderen fehlte der Stöpsel, wahrscheinlich gestohlen, doch alles war makellos sauber einschließlich der Spiegel, die über den Becken hingen. Ein hoher Schrank in der Ecke stand halb offen und gab den Blick auf einen feuchten Wischmopp, einen Eimer und eine Flasche mit Desinfektionsmittel frei. Offenbar war trotz der frühen Stunde bereits geputzt worden.

Lydia strich sich das widerspenstige Haar aus dem Gesicht, ging auf eines der Waschabteile zu und warf nur einen beiläufigen Blick auf die Gestalt, die vor dem Becken stand. Sie erstarrte. Es handelte sich um eine Frau um die dreißig. Sie war durchschnittlich groß und schlank und trug einen burgunderroten Morgenrock aus Wolle und schicke Pantoffeln an den Füßen. Der goldene Ehering an ihrer rechten Hand wirkte viel zu wuchtig für die schmalen Finger. Doch nichts davon nahm Lydia wirklich wahr. Was sie sah, war das dunkle, seidige Haar, das sich die Frau im Nacken zu einem lockeren Knoten geschlungen hatte, und ihr schmaler, langer, zerbrechlich wirkender Hals.

Einen Moment lang schienen Lydia die Sinne zu schwinden, denn sie glaubte, ihre Mutter vor sich zu sehen, die von den Toten auferstanden war. Valentina, die gekommen war, um nach ihrem vermissten Ehemann Jens Friis zu suchen.

Ein scharfer Schmerz bohrte sich wie ein Eispickel zwischen Lydias Rippen und holte sie in die Wirklichkeit zurück. Abrupt wandte sie sich ab und betrat die erste Toilettenkabine, schloss die Tür und nahm Platz. Das war nicht Valentina, natürlich nicht. Die Vernunft sagte ihr, dass sie das nicht sein konnte. Es war nur jemand im gleichen Alter, mit ähnlichem Haar. Und mit dem gleichen, milchweißen, verletzlichen Hals.

Lydia schüttelte den Kopf. Valentina war tot. Sie war letztes Jahr in China gestorben. Weshalb also spielte die Fantasie ihr diesen Streich? Ihre Mutter war einer Handgranate zum Opfer gefallen, die für jemand anderen bestimmt gewesen war; sie war einfach nur eine harmlose Passantin gewesen. Lydia hatte ihren zerschmetterten, leblosen Körper selbst in den Armen gewiegt. Warum also das hier? Diese plötzliche Verwirrung? Sie schlug eine Hand vor den Mund, um die Schreie zurückzuhalten, die in ihrer Kehle hochstiegen.

Sie hatte keine Ahnung, wie lange sie in der stickigen Toilettenkabine blieb, doch es fühlte sich wie eine Ewigkeit an. Irgendwann entriegelte sie die Tür, ging zu einem der freien Waschbecken, ließ kaltes Wasser über ihre Hände laufen und benetzte damit ihr Gesicht. Ihre Wangen brannten. Zu Lydias Verwunderung war die Frau neben ihr immer noch dabei, sich die Hände zu waschen. Sie bemühte sich, nicht in den Spiegel zu schauen, weil sie ihr eigenes Gesicht nicht sehen wollte, geschweige denn das der anderen Frau. Doch ihr Blick wurde wie magisch von den Bewegungen angezogen, die die Frau neben ihr machte.

Mit entschlossenen, rhythmischen Strichen zog die Frau eine hölzerne Nagelbürste über ihre Arme und Hände, von den Ellbogen bis zu den Fingerspitzen, wieder und wieder. Sachte und ruhig, doch ohne Unterlass. Dabei drehte sie die Arme hin und her, damit die eingeseiften Borsten ebenso die weiche Unterseite streiften wie die obere Seite, zuerst den einen Arm, dann den anderen. Und schließlich wieder den ersten. Lydia war außer Stande, den Blick abzuwenden. Die Frau benutzte ein Stück Lavendelseife, dessen Duft den ganzen Waschraum erfüllte, und auf dem Wasser im Becken hatte sich eine dicke Schaumschicht gebildet. Russische Seife konnte es folglich nicht sein, das war gewiss, denn mit der fettigen Kernseife, die es in Russland zu kaufen gab, war es fast unmöglich, Seifenschaum zu produzieren. Die hier sah eher französisch aus, als käme sie aus einem der Luxusläden, zu denen nur die Elite der Kommunistischen Partei Zugang hatte. Ein Teil der Seifenblasen schimmerte verdächtig rot, und die Haut an den Armen der Frau wirkte aufgescheuert.

Ohne von ihrem Tun aufzublicken, sagte die Frau: »Alles in Ordnung mit dir, Genossin?«

Zu Lydias großer Überraschung klang die Stimme vollkommen ruhig und gänzlich gefasst.

»Da«, sagte Lydia. »Ja.«

»Du warst lange da drin.«

»Wirklich?«

»Hast du geweint?«

»Nein.«

Die Frau hielt den Unterarm ins Becken, tauchte ihn in das Seifenwasser und stieß ein lang gezogenes »Ah!« aus.

Lydia war sich nicht sicher, ob aus Wohlbefinden oder Schmerz. Als die Frau kurz in ihre Richtung blickte, sah sie zum ersten Mal ihre Augen. Sie waren dunkelbraun, lagen tief in den Höhlen und ähnelten überhaupt nicht denen von Valentina. Die Haut der Frau war bleich, als verbringe sie ihr ganzes Leben in geschlossenen Räumen.

»Starr mich nicht so an«, sagte die Frau barsch.

Lydia blinzelte und lehnte sich mit dem Rücken an das Waschbecken. »Wir alle«, sagte sie und zog den Mantel fest über ihrer Brust zusammen, denn es war kühl in dem Waschraum, »tun diese Dinge. Um uns besser zu fühlen, meine ich.«

»Zum Beispiel, sich im Klo einzuschließen?«

»Nein. Das nicht.«

»Aha.« Jetzt richteten sich die forschenden Augen wieder auf Lydia. »Na gut. Was macht denn ein junges Mädchen wie du, um sich besser zu fühlen?«

»Ich stehle.« Eigentlich hatte Lydia das gar nicht sagen wollen. Sie war entsetzt darüber, dass ihr die Worte einfach herausgerutscht waren. Bestimmt hatte das mit der unwirklich frühen Stunde zu tun.

Eine dunkle, geschwungene Augenbraue zuckte nach oben. »Warum?«

Lydia hob die Schultern. Es war zu spät, das Gesagte zurückzunehmen. »Das Übliche. Meine Mutter und ich waren arm, und wir brauchten das Geld.«

»Und jetzt?«

Wieder zuckte Lydia mit den Achseln, eine Geste, von der ihr Bruder immer behauptete, sie wirke unbedarft. Hatte er

Recht? Wirkte sie wirklich so? Sie blickte nachdenklich auf die sauberen Pantoffeln.

»Wurde es dir einfach zur Gewohnheit?«, fragte die Frau.

»So kann man es sagen, ja.« Lydia sah auf und bemerkte, wie der Blick der Frau aufmerksam auf ihr ruhte und schließlich wie schuldbewusst von Lydias glatten, blassen Händen zu ihren eigenen aufgescheuerten wanderte. Im Spiegel beobachtete sie, wie tief in den dunklen Augen ein Zögern aufblitzte, als würde sich irgendwo ein Spalt auftun. Lydia lächelte ihr zu. Zu dieser unmenschlich frühen Zeit schienen die normalen Benimmregeln irgendwie außer Kraft gesetzt zu sein. Die Frau erwiderte das Lächeln, hob den Arm aus dem Wasser und wies auf eine schicke Ledertasche, die auf der Fensterbank stand.

»Nur zu, bestiehl mich, wenn du dich dann besser fühlst«, bot sie an.

»Führe mich nicht in Versuchung«, erwiderte Lydia lächelnd.

Die Frau lachte und griff nach dem blütenweißen Handtuch, das über ihrer Schulter hing, doch dabei zog sie zu fest und ließ das Stoffstück zu Boden fallen. Lydia sah, wie das bleiche Gesicht vor Panik in sich zusammenfiel.

»Das ist schon in Ordnung«, versicherte sie der Frau schnell und bückte sich, um das Handtuch aufzuheben. »Der Boden ist sauber. Er ist gerade erst gewischt worden.«

»Ich weiß. Ich hab ihn geputzt. Ich habe alles geputzt.«

Lydias Ton war beschwichtigend, so, wie sie früher mit ihrem Kaninchen gesprochen hatte, wenn es nervös war. »Mach dir keine Gedanken, Genossin, alles in Ordnung. Du kannst doch die andere Seite des Handtuchs benutzen, die Seite, die den Boden nicht berührt hat.«

»Auf keinen Fall!«

»Da drüben an der Wand hängt ein Handtuch vom Hotel.«

»Nein. Dieses … dieses Ding kann ich nicht anfassen.«

Das Wort »Ding« sagte die Frau, als wäre es mit ekelhaftem Schleim bedeckt.

»Hast du denn noch ein anderes?«

Die Frau nickte und zeigte auf ihre Tasche. Lydia ging darauf zu und holte ein kleines, in Papier gewickeltes Päckchen heraus, aus dem ein weiteres blütenweißes Handtuch zum Vorschein kam, als sie die Verpackung öffnete. Ohne den Stoff irgendwo zu berühren, hielt sie es der Frau hin, achtete aber darauf, sich auf Armlänge von ihr entfernt zu halten. Näher durfte sie ihr auf keinen Fall kommen, das wusste sie, denn das wäre zu nah gewesen. Für sie beide.

»Danke schön. *Spassibo*.« Die Frau begann sich sorgfältig ihre tropfenden Arme abzutupfen, und Lydia bemerkte die vielen haarfeinen Risse in ihrer Haut.

»Du musst sie eincremen«, sagte sie beiläufig.

»Ich habe Handschuhe.«

Die Frau ging zu ihrer Ledertasche hinüber und holte ganz vorsichtig, nur zwischen Zeigefinger und Daumen, ein Paar lange, weiße Baumwollhandschuhe hervor. Sie schlüpfte mit den Händen hinein und stieß einen leisen Seufzer der Erleichterung aus.

»Besser?«, fragte Lydia.

»Viel besser.«

»Gut. Dann sage ich jetzt Gute Nacht.« Lydia ging in Richtung Tür. »*Do swidanija*. Auf Wiedersehen und … danke.« Sie hatte bereits die Tür geöffnet, als die Frau leise fragte: »Wie heißt du?«

»Lydia. Und du, Genossin?«

»Antonina.«

»Geh wieder schlafen.«

Die Frau schüttelte ganz langsam den Kopf. »*Njet*, ich habe keine Zeit zum Schlafen. Weißt du …« Einen unbeholfenen Moment lang schienen ihr die Worte zu fehlen, dann murmelte sie: »Ich bin die Frau des Lagerkommandanten, also …«

Wieder versiegten ihr die Worte. Mit einem unsicheren Stirnrunzeln starrte sie auf die blütenweißen Handschuhe.

Lydia flüsterte in die Stille hinein: »Das Lager? Meinst du das Gefangenenlager Trowitsk?«

»Da.«

Lydia erschauderte. Sie konnte nicht anders. Ohne ein weiteres Wort verließ sie den Waschraum. Doch kaum war sie draußen, hörte sie erneut das Wasser laufen.

ZWEI

Bis zum Abend geschah nichts, was ihre Lage irgendwie geändert hätte. Das gleiche labyrinthische Hotel, die gleichen Leute, die über die Kälte klagten, obwohl sie sich alle lieber über das Fehlen eines verlässlichen Eisenbahnsystems beschwert hätten. Die alle auf den gleichen Zug warteten, der niemals kam. Lydia taten die Füße weh, nachdem sie den ganzen Tag auf dem eiskalten Bahnsteig gewartet hatte, doch das verdrängte sie jetzt. Zeit, sich zu konzentrieren.

Die Hotelbar stank. Sie stank wie ein Kamelstall, weil heute zum Beheizen frischer Dung geliefert worden war. Hier herrschte heilloses Durcheinander, ein Tohuwabohu von Menschen mit wodkaverhangenen Augen und gierigem Blick. Lydia holte tief Luft und ließ ihre Augen langsam über die Menge schweifen. Die Gier pulsierte im Raum wie ein Herzschlag, der von einem Menschen zum nächsten weitergegeben wurde, der durch die Münder und Nasenflügel in sie eindrang und bis in die leeren Bäuche und die verkrusteten Lungen hinabsank. Für Lydia kam es darauf an, den richtigen Zeitpunkt abzuwarten. Auf die Sekunde genau. Sonst würde Liew Popkows Arm brechen.

Geldscheine wechselten die Besitzer. Männer riefen sich durch den Raum etwas zu, Zigarettenrauch kräuselte sich in der Luft. In einer Ecke warf sich ein vergessener Hund wieder und wieder in seine viel zu kurze Kette und bellte sich dabei heiser. Sein Brustkorb, an dem jede Rippe einzeln zu sehen war, bebte vor Erregung.

Alle Augen richteten sich auf den Wettkampf, der an dem

Tisch in der Mitte stattfand. Stühle waren achtlos beiseitegerückt worden. Jeder versuchte, einen guten Platz zu ergattern, um alles genau verfolgen zu können – den Schweiß auf der Stirn der Kontrahenten, die Adern, die ihnen wie Schlangen unter der Haut anschwollen. Zwei Männer saßen sich am Tisch gegenüber. Große Männer. Männer, die so aussahen, als könnten sie, nur so zum Spaß, einem Frettchen den Kopf abbeißen. Ihre mit wilden Bärten überwucherten Gesichter waren vor Anstrengung verzerrt, und bei einem war die speckig glänzende Augenklappe verrutscht und gab den Blick auf eine verkniffene Augenhöhle frei, die die Farbe überreifer Pflaumen hatte. Die massigen Unterarme der beiden Männer waren im Kampf verschlungen.

Das Armdrücken war Liew Popkows Idee gewesen. Zuerst hatte sich Lydia gegen den Gedanken gewehrt, doch zugleich hatte er auf seltsam heimtückische Weise Besitz von ihr ergriffen. Jetzt liebte sie ihn. Hass. Liebe. Sie zuckte mit den Achseln. Nur Haaresbreite lag dazwischen.

»Auf so eine Schnapsidee kann doch wohl nur ein Kosak kommen!«, hatte sie erwidert. Die Idee hatte Liew gehabt, nachdem er sich einen halben Krug Fusel durch die Kehle hatte rinnen lassen.

»*Njet.*«

»Und was, wenn du verlierst? Wir brauchen jeden Rubel, der uns noch geblieben ist.«

»Ha!« Popkow schüttelte seinen zotteligen Bärenkopf. »Schau mal, kleine Lydia.« Er krempelte den Ärmel seines schmuddeligen Hemdes hoch, nahm ihre Hand in seine Pranke und legte ihre Finger auf seinen dicken Bizeps. Der Muskel fühlte sich irgendwie nicht menschlich an, als wäre es kein Körperteil, sondern ein Holzscheit, das im Kamin Wärme angenommen hatte. Einmal hatte sie gesehen, wie Liew damit einem Mann das Gesicht eingeschlagen hatte.

»Popkow«, wisperte sie. »Du bist ein Teufel.«

»Ich weiß.« Seine weißen Zähne blitzten über dem schwarzen Bart, und sie hatten einander zugelacht.

Jetzt schaute sie rasch zu dem Treppenabsatz hoch. Er verlief über zwei Seiten des Raumes hinweg und führte zu dem Flur, an dem die schuhkartongroßen Räumlichkeiten lagen, die man hier Hotelzimmer nannte. Dort oben stand ein großer Mann über die Brüstung gebeugt und blickte aufmerksam auf das Durcheinander unter ihm. Die Arme hatte er auf das Geländer gelegt und die Daumen verschränkt, als könnte er den Gedanken nicht ertragen, mit den Händen die klebrige Oberfläche zu berühren.

Alexej Serow. Ihr Halbbruder.

Sie hatten einen gemeinsamen Vater, wenn man denn von »gemeinsam« sprechen konnte. Was Lydia bezweifelte.

Sein braunes Haar hatte Alexej aus dem Gesicht gestrichen, wodurch seine hochmütige Stirn, die er von seiner adligen russischen Mutter, der Gräfin Serowa, geerbt hatte, besonders zur Geltung kam. Die stechend grünen Augen jedoch hatte er von seinem Vater, einem Abkömmling der alten Wikinger, an den sich Lydia nur noch schwach erinnern konnte. Jens Friis hatte er geheißen, ein dänischer Nachname, den keiner von ihnen mehr trug. Jens hatte bis 1917 als Ingenieur im Dienste des letzten russischen Zaren Nikolaus II. gestanden und war nun, mehr als zwölf Jahre später, der Grund dafür, dass sie und Alexej, mit dem ungebärdigen Popkow im Schlepptau, monatelang auf Reisen gewesen waren, durch das gebirgige China bis zu diesem gottverlassenen Rattenloch in Russland.

Ein lauter Schrei lenkte ihre Aufmerksamkeit zum Geschehen zurück, und ein flaues Gefühl der Panik machte sich in ihrer Magengrube breit. Popkow war dabei zu verlieren. Nicht nur zum Schein. Er verlor wirklich.

Ihr wurde übel. Münzen regneten auf das schmierige grüne Taschentuch, das für die Wetteinsätze auf dem Tresen bereitlag, und mittlerweile standen alle Wetten gegen Popkow.

Zwar hatten sie es so geplant, aber sie hatte ihm zu spät das Signal gegeben, er solle dagegenhalten. Jetzt schwebte sein strammer Oberarm mit den schwarzen Härchen nur noch eine Hand breit über der Tischplatte, und der bis zum Bersten angespannte Muskel zuckte und zitterte.

Nein, Popkow, nein.

Verdammt noch mal, warum hatte sie so lange gewartet? Dabei wusste sie ganz genau, dass er sich eher den Arm brechen lassen würde, als sich geschlagen zu geben.

»Verdammt noch mal, Popkow«, schrie sie, so laut sie konnte. »Bist du ein Großmütterchen, eine *babuschka*, oder was? Jetzt streng dich mal ein bisschen an.«

Sie sah, wie seine Zähne blitzten, wie er die Schulter reckte. Seine Faust hob sich ein wenig, und sein gesundes Auge starrte dabei den Gegner an.

»Der ist erledigt!«, rief jemand.

»*Da*, heute kann ich mich richtig besaufen!« Heiseres Gelächter.

»Mach ihn fertig. Jetzt hast du ihn!«

Schweiß tropfte auf den fleckigen Tisch, und in der aufgeheizten Stimmung bellte sich der Hund in der Ecke immer mehr in Rage, bis jemand ihn mit einem schnellen Tritt zum Verstummen verbrachte. Lydia kämpfte sich unter Einsatz ihrer Ellbogen durch das Gedränge bis zu dem Tisch vor, stellte sich hinter Popkow auf und rieb verzweifelt ihren eigenen rechten Unterarm, als könnte sie damit Popkows Muskeln neues Leben einhauchen.

Sie konnte es nicht zulassen, dass er verlor. Das ging einfach nicht.

Zum Teufel mit dem Geld.

Oben auf dem Treppenabsatz zündete sich Alexej Serow einen schwarzen Stumpen an und schnippte das erloschene Zündholz auf die Zecher unter ihm.

Das Mädchen war unmöglich. Merkte sie denn gar nicht, was sie da tat?

Er kniff die Augen zusammen, um die Rauchschwaden zu durchdringen, die in seinem Haar und an seiner Haut hafteten wie der Atem eines Toten. Wahrscheinlich waren da unten etwa dreißig Männer, außerdem eine Hand voll Frauen in ihrer trostlosen Vermummung, den schweren, grauen Röcken und braunen Schals. Das war eines der Dinge, die er an diesem neuen, stalinistischen Russland am meisten hasste: seine Trostlosigkeit. Alle Städte sahen gleich aus. Deprimierender grauer Beton, graue Gewänder und graue Gesichter, trübe Augen, die voller Angst vor Spitzeln um sich blickten, verstockte Münder. Er vermisste die überschwänglichen Farben Chinas ebenso wie ihm seine geschwungenen Dächer und sein munteres Vogelgezwitscher fehlten.

Lydia unter Kontrolle zu halten, hatte sich als schwieriger herausgestellt, als er dachte. Wenn er ihr aufzählte, welche Gefahren hier lauerten, lachte sie oft nur, dieses unbeschwerte Lachen, das so typisch für sie war, warf ihre flammende Haarmähne in den Nacken und versicherte ihm mit weit aufgerissenen Augen, sie möge zwar erst siebzehn Jahre alt sein, habe aber dennoch bereits so manche gefährliche Situation durchgestanden und gelernt, damit umzugehen.

»Aber die Gefahren hier sind anders«, hatte er ihr geduldig erklärt. »Sie lauern überall. In der Luft, die du atmest, in dem *chleb*, dem Brot, das du isst, und in dem Kissen, auf das du nachts dein Haupt bettest. Wir leben im Russland Josef Stalins. Niemand ist hier sicher.«

»Dawai, dawai, dawai! Komm schon, komm, na los!«

Die Zecher riefen diese Anfeuerungen im Chor, doch in Alexejs Ohren waren sie so misstönend wie das Blöken von Schafen. Die Leute aus dem Ort hatten ihre paar jämmerlichen Kopeken auf den eigenen Mann gesetzt und drängten sich jetzt um den Tisch mit den Kontrahenten, die mittlerweile so nah beieinander saßen wie ein Paar, das der körperlichen Liebe frönt, mit offenen Mündern und Speichelfäden zwischen den Lippen. Zwischen Popkows Arm und dem Tisch war nur noch ein Hauch Platz. Nicht einmal die Klinge eines Messers hätte noch daruntergepasst. Alexej spürte, wie sein Herzschlag sich beschleunigte, als er sah, wie Lydia sich zu dem Kosaken hinabbeugte und ihm etwas ins Ohr flüsterte. Inmitten all der anderen mit ihren breiten, dunklen Gesichtern und den dick eingemummelten Leibern wirkte sie schmal und klein, doch ihre rote Haarmähne stand wie eine leuchtende Flamme um ihr Gesicht, während sie sich dort in dem schummrigen Licht zu Popkows fettigem schwarzem Lockenkopf hinabbeugte.

Es dauerte nur einen Moment. Nicht länger. Dann begann sich der muskelbepackte Arm ganz allmählich zu heben, drückte den anderen Arm Zoll für Zoll zurück, bis die Menge erschrocken aufheulte. Der Mann aus dem Dorf holte mit geblähten Nasenflügeln Luft und stieß einen Schlachtruf aus, doch auch das half ihm nicht. Popkows Arm war unaufhaltsam.

Was, zum Teufel, hatte sie zu ihm gesagt?

Ein letztes Brüllen von Popkow und der Kampf war zu Ende, als er die fleischige Faust seines Gegners auf den Tisch schmetterte. Bei der Wucht des Aufpralls knirschte der Tisch wie vor Schmerz. Alexej stieß sich von der Brüstung ab, machte auf dem Absatz kehrt und ging in Richtung seines Zimmers, nachdem er gesehen hatte, wie Lydia blitzschnell einen Blick in seine Richtung geworfen hatte. In ihren lohfarbenen Augen leuchtete ein Ausdruck des Triumphs.

Alexej lehnte sich lässig gegen die Tür von Lydias Zimmer und blickte sich in dem winzigen Raum um. Es war kaum besser als eine Gefängniszelle. Ein schmales Bett, ein Stuhl aus Holz und ein Metallhaken hinter der Tür für die Kleider. Das war alles. Eines musste er ihr lassen: Über die Umstände, in denen sie lebten, beklagte sie sich nie, ganz gleich, wie schlecht sie waren.

Draußen war es dunkel, der Wind brachte ein paar lockere Schindeln auf dem Dach zum Klappern, und die nackte Glühbirne an der Decke flackerte. In Russland, das hatte Alexej gelernt, durfte man nichts für selbstverständlich halten. Und man wusste *alles* zu schätzen, denn man wusste nie, wie lange es noch da war. An einem Tag mochte es Strom geben, doch schon morgen konnte er abgestellt sein. Heizungsrohre klapperten und rasselten wie die Straßenbahnen auf dem Newski-Prospekt, gaben einen Tag noch miefende Hitze von sich, blieben am nächsten Tag jedoch kalt und still. Das Gleiche galt für die Züge. Wann würde der nächste kommen? Morgen? Nächste Woche? Oder erst nächsten Monat? Um in diesem riesigen, erbarmungslosen Land auch nur die kürzesten Entfernungen zurückzulegen, brauchte man die Geduld von Lenin in seinem verdammten Mausoleum.

»Nicht böse sein.«

Alexej richtete den Blick auf Lydia. »Ich bin nicht böse. Ich hab gar nichts gesagt.«

»Aber ich kann dich hören. In deinem Kopf. Du maulst.«

»Warum sollte ich maulen, Lydia? Sag mir, warum.«

Sie warf ihm einen scharfen Blick zu, auf eine Art und Weise, mit der sie ihn immer wieder aus der Fassung brachte, weil sie ihm damit das Gefühl vermittelte, seine Gedanken lesen zu können. Sie saß im Schneidersitz auf dem Bett, hatte sich die dünne Bettdecke über die Schultern gelegt und ein viereckiges Stück Stoff über ihren Knien ausgebreitet. Mit flinken Fingern zählte sie ihre Gewinne und stapelte die Münzen zu kleinen Türmchen.

»Aus irgendeinem Grund bist du wegen des Armdrückens wütend auf mich.« Lydia schaute nachdenklich auf die Münzhäufchen hinab. »Es schadet nicht, Alexej. Es ist nicht so, als würde ich stehlen.«

Auf dieses Thema ging er nicht ein. An die Zeit, als sie Geldbörsen und Taschenuhren entwendet hatte, so wie ein Fuchs Hühner aus dem Stall klaut, wollte er lieber nicht zurückdenken.

»Nein«, sagte er, »aber du hast ihnen da unten etwas genommen, für das sie dir nicht dankbar sein werden.«

Lydia zuckte mit ihren schmalen Schultern und wandte sich wieder ihren Münzhäufchen zu. »Ich hab ihnen ihr Geld abgeknöpft, weil sie verloren hatten.«

»Nicht das Geld.«

»Was meinst du?«

»Ihren Stolz. Du hast ihnen ihren Stolz genommen und sie noch dazu mit der Nase darauf gestoßen, indem du ihre Taschen erleichtert hast.«

»Das ging alles mit rechten Dingen zu.«

»Mit rechten Dingen«, äffte er sie nach. »Von wegen.« Wütend schüttelte er den Kopf, hielt dabei jedoch seine Stimme gesenkt und wählte seine Worte mit Bedacht. »Darum geht es hier nicht, Lydia.«

»Worum geht es dann?«

»Sie werden dich nicht vergessen.«

Ein Lächeln schimmerte auf ihren vollen Lippen. »Und?«

»Und wenn jemand anfängt, Fragen zu stellen, werden sich die Leute mit Freuden an jede Einzelheit von dir erinnern. Nicht bloß an die Farbe deines Haares oder daran, wie viel Wodka du Popkow eingeflößt hast, auch nicht nur an deinen Namen, dein Alter oder die Namen deiner Mitreisenden. Nein, Lydia. Sie werden sich an die Nummer deines Passes und deiner Reisegenehmigung erinnern, und sogar daran, welche Zugfahrkarte du in deinem Geldgürtel versteckt hältst.«

Sie riss die Augen auf, und auf ihren Wangen breitete sich eine tiefe Röte aus. »Wieso sollten sie sich die Mühe machen, sich an all das zu erinnern? Und wer würde danach fragen?«

Plötzlich lag ein Ausdruck der Nervosität in ihren Augen. »Wer, Alexej?«

Er stieß sich mit den Schultern von der Tür ab und brauchte nur einen halben Schritt bis zu dem Bett, wo er neben ihr Platz nahm. Die Matratze war hart wie ein Brett, und die drei Münztürme auf ihrem Schoß gerieten ein wenig ins Wanken, als er sich setzte.

Sie schenkte ihm ein überraschtes Lächeln, doch ihr Blick war argwöhnisch. »Was?«

Er beugte sich zu ihr, so nahe, dass er das leise Klappern ihrer Zähne hinter dem weichen Schwung ihrer Wange hören konnte. »Erstens, sprich leise. Die Wände hier sind dünn wie Papier. Das sind sie nicht einfach deshalb, weil man Material sparen wollte, sondern sie müssen so sein.« Jetzt war seine Stimme nur noch ein feines Säuseln in ihrem Ohr. »Damit jeder jeden belauschen kann. Ein Nachbar kann dich jederzeit verpfeifen, selbst wenn du dich nur über die Brotpreise oder das mangelhafte Funktionieren des Eisenbahnsystems beschwerst.«

Wieder warf sie ihm diesen aufmüpfigen Blick zu und rollte so dramatisch mit den Augen, dass er fast laut aufgelacht hätte, den Impuls jedoch mit einem Stirnrunzeln unterdrückte.

»Verdammt noch mal, hör mir zu, Lydia.«

Sie nahm seine Hand, umfasste einen der Geldtürme auf ihrem Schoß und ließ die Münzen in seine offene Handfläche fallen.

»Ich will dein Geld nicht«, sträubte er sich.

Doch sie schloss sanft seine Finger um das kleine Häuflein, einen nach dem anderen.

»Behalt's«, flüsterte sie. »Eines Tages wirst du es vielleicht brauchen.«

Mit diesen Worten wandte sie ihm ihr Gesicht zu und küsste ihn auf die Wange. Ihre Lippen fühlten sich federleicht und warm an. Ihm wurde die Kehle eng. Es war das erste Mal, dass es zwischen ihnen zu einer so vertrauten Geste kam. Mittlerweile kannten sie sich seit achtzehn Monaten, von denen sie den weitaus größten Teil nicht gewusst hatten, dass sie Geschwister waren, und an jenem schrecklichen Tag im Wald außerhalb von Tschangschu hatte er sogar ihren splitterfasernackten Körper zu sehen bekommen. Aber ein Kuss – das niemals.

Er stand etwas unbeholfen auf. Plötzlich schien ihm das Zimmer viel zu klein, und abgesehen von dem leisen Schnarchen einer Frau im Zimmer nebenan war es auch ganz still.

»Lydia, ich versuche einfach, dich zu beschützen.«

»Ich weiß.«

»Warum machst du mir dann alles so … so schwer?«

»Schwer?«

»Ja. So verdammt schwer. Als tätest du es mit Absicht.«

Sie zuckte mit den Achseln, und er betrachtete sie eine Weile – ihre wilde Haarmähne, die zu schneiden sie sich weigerte, das zarte, herzförmige Gesicht mit der wachsblassen Haut und dem entschlossenen Kinn. Sie war siebzehn Jahre alt, das war alles. Er musste ihr so vieles begreiflich machen, aber er wusste auch, dass sie schon vor Langem gelernt hatte, sich durchzusetzen und stark und hartnäckig genug zu sein, um den Tücken des Lebens die Stirn zu bieten. Das wusste er. Etwas in ihm hätte gerne die Kluft zwischen ihnen überwunden und sie berührt, ihr über die Schulter oder das Haar gestreichelt, um ihr ein Gefühl der Sicherheit zu geben. Aber er war sich sicher, dass ihr das nicht recht gewesen wäre, weil sie es als Geste des Mitleids verstanden hätte.

Stattdessen sagte er sanft: »Wir müssen an einem Strang ziehen, Lydia.«

Doch sie würdigte ihn keines Blickes, keiner Antwort.

Einzig und allein ein leises Murmeln entrang sich ihren Lippen, ein irgendwie verzweifeltes, einsames Geräusch, wie er fand. Alex sah, wie ihr Blick in die Leere ging und ihre Lippen sich stumm bewegten. Sie war weg. Das kam manchmal vor. Wenn es ihr zu viel wurde, verschwand sie einfach, ließ ihn zurück, um in ihre ganz eigene Welt einzutauchen, eine Welt in ihrem Kopf, die ihr … ja, was brachte? Freude? Trost? Eine Zuflucht vor diesem schäbigen Zimmer und diesem armseligen Leben?

Alexejs Rücken wurde steif. Er konnte sich schon denken, wohin sie gegangen war. Und mit wem. Unvermittelt öffnete er die Tür, um zu gehen.

»Wir sehen uns morgen am Zug«, sagte er barsch.

Keine Antwort.

Er ging hinaus und ließ die Tür mit einem scharfen Klicken ins Schloss fallen.

Alexej trat in den schummrig beleuchteten Flur hinaus und blieb erschrocken stehen. Direkt vor dem Zimmer seiner Schwester stand Liew Popkow, Lydias verrückter Kosak. Alexej war ein groß gewachsener Mann, der es nicht gewohnt war, dass andere auf ihn herabschauten, doch Popkow war noch ein ganzes Stück größer als er und hatte den breiten Brustkorb und die Reizbarkeit eines Wasserbüffels. Er stand wie verwurzelt auf den abgewetzten Dielenbrettern, als wollte er Alexej den Weg versperren, die gewaltigen Arme so vor der Brust verschränkt, dass sie mit jedem Atemzug anzuschwellen schienen. Er kaute auf etwas Unappetitlichem, von dem seine Zähne die Farbe alten Leders annahmen.

»Geh mir aus dem Weg«, sagte Alexej leise.

»Lass sie in Ruhe.«

Alexej musterte ihn kalt. »Wen soll ich in Ruhe lassen?«

»Sie ist jung.«

»Sie ist gefährlich, weil sie ungestüm ist. Sie muss lernen.«

»Nicht von dir.«

»Du hast heute Abend zugelassen, dass sie ein Risiko eingeht.«

»*Njet*. Du bist die Gefahr. Du, nicht sie. Du mit all deinem affigen Gerede und deiner adligen Hochnäsigkeit. Ich sag dir was, jeden Tag, an dem ein Morgen für uns dämmert, bist *du* ein Risiko für uns, nicht ...«

»Du bist ein hirnloser Trottel, Popkow.«

»Ich bin hier, um sie zu beschützen.«

»Du?« Alexej spuckte das Wort regelrecht aus und bedachte den Kosaken mit einem trägen, beleidigenden Lächeln.

»Da.« Popkows schwarzer Lockenkopf war so ungebändigt wie seine Launen und verdeckte nur halb die gezackte Narbe, die sich über der Augenklappe quer über seine Stirn zog. *»Da.«* Popkow fauchte das einzelne Wort, und mit dem Zischlaut kam auch ein Schwall übel riechenden Atems aus seinem Mund. »Wenn du ihr Angst machst«, knurrte er, »reiß ich dir deine verdammten Eier ab.«

Alexejs Augen wurden schmal. Er senkte die Stimme. »Wag es, mich anzufassen, und ich drück dir die Kehle zu, bevor du noch um Hilfe rufen kannst. Und jetzt sag mir, was sie dir ins Ohr geflüstert hat.«

»Was?«

»Sag mir, du Hornochse, was sie dir beim Armdrücken ins Ohr geflüstert hat, um dir die Kraft zu siegen einzuflößen, als du schon vollkommen am Ende warst?«

»Das wirst du nie erfahren.«

Jetzt flüsterte Alexej nur noch. »Hat sie dir versprochen, mit dir zu vögeln, war es das?«

Der große Mann brüllte.

Eine Tür wurde aufgerissen. Als sie gegen die Wand schlug, hallte das Krachen durch den ganzen Flur und lenkte die Aufmerksamkeit der beiden Männer auf die Frau, die neben Lydias Zimmer auf den Flur getreten war. Breitbeinig, die Hände in die Hüften gestützt, stand sie da, offenbar ohne zu merken, dass ihr gestreiftes Nachthemd bis zur Hüfte aufgeknöpft war und einen recht offenherzigen, wenn auch nur teilweisen Blick auf die Rundungen ihrer üppigen Brüste freigab.

»Hört endlich mit eurem Geschrei auf, ihr blöden Hammel!«, schrie sie sie an. »Ich versuche hier zu schlafen und höre bloß zwei Volltrottel, die sich die Köpfe einschlagen!«

Alexej warf einen Blick auf ihre breiten, platten Füße, auf die gelblichen Zehennägel, die aussahen, als wären sie aus Elchhorn geschnitzt, auf die schlappe Wampe unter ihrem Nachthemd und das zerzauste Haar, das früher vielleicht einmal leuchtend braun gewesen sein mochte, mittlerweile jedoch die Farbe verrotteter Heuballen angenommen hatte. Es kostete ihn einige Überwindung, nicht wieder auf ihre Brüste zu starren.

Er neigte förmlich den Kopf. »Bitte um Entschuldigung.«

»Steck dir deine Entschuldigung in den Arsch, Genosse«, gab sie barsch zurück. »Und lasst mich endlich in Frieden schlafen.«

Alexej schaute zu Popkow hinüber und wäre fast in Lachen ausgebrochen. Da stand dieser große, bärtige Ochse und glotzte mit offen stehendem Mund, das eine gesunde Auge ohne die geringste Verlegenheit auf die blassen Halbmonde gerichtet, die da vorne zur Schau gestellt wurden. Ein leises Keuchen entrang sich seiner Kehle.

Doch mit der Frau war nicht zu spaßen. Ihre dunklen Augenbrauen wanderten spöttisch nach oben, sie machte einen Satz nach vorne und stach dem Kosaken mit dem Finger in den Bauch, nicht einmal, sondern dreimal. Popkow trat sogleich den Rückzug an und wich zur gegenüberliegenden Wand zurück, als hätte jemand die Mündung eines Gewehrs auf ihn gerichtet. Alexej nutzte die Gelegenheit und ging ohne ein Wort in die andere Richtung des Flurs davon. Er brauchte jetzt seine Ruhe. Wenigstens ein bisschen. Er musste nachdenken. Barmherziger Gott, dachte er, bewahre mich vor dem Wahnsinn dieser primitiven Bauern.

DREI

»*Atme, mein Liebling, atme.*«

Es war Chang An Los Stimme, und sie hallte so kraftvoll und klar durch Lydias Kopf wie die Tempelglocke von Tschangschu.

»*Schnapp nicht nach der Luft, so wie ein Hund nach einem Stück Brot schnappt. Du musst lernen, mit genau der gleichen Konzentration zu atmen, mit der du laufen gelernt hast.*«

Sie lächelte, dort allein in ihrem Zimmer, ließ die Münzen auf dem Bett zurück und stand auf, um den Rücken durchzustrecken und ihren Brustkorb zu öffnen. Sie holte ganz langsam Luft, wie ein Fischer, der gemächlich sein Netz einholt. So hatte er es ihr beigebracht, ganz tief und weich, und ihre Haut prickelte von all dem Sauerstoff, der durch ihre Adern strömte und ihr Kraft einflößte.

»Allein der Gedanke an dich, Chang An Lo, erweckt mich zu neuem Leben.«

Sie hatte nicht geahnt, wie es sein würde. Wie schlimm. Von ihm getrennt zu sein, nicht zu wissen, wo er war oder ob er überhaupt noch lebte. Nichts von ihm zu hören, auch nicht die kleinste Nachricht. Fünf Monate und elf Tage war das jetzt schon so. Dieser Schmerz. Sie hatte gewusst, dass es schlimm sein würde, aber nicht so … unerträglich. Dass sie vergessen würde zu denken, zu atmen, zu sein. Wie konnte sie denn immer noch Lydia Iwanowa sein, wenn all das Gute an ihr in China geblieben war, dort bei ihm?

Chang hatte ihr das Leben gerettet. Geschehen war das in dem malerischen alten Städtchen Tschangschu in der weiten

Ebene Nordchinas. In einer Gasse, in der sie in Bedrängnis geraten war, weil ein alter Mann, der ihr Handgelenk umklammerte wie ein Schraubstock, und eine geschminkte Frau versucht hatten, sie zu entführen, war Chang durch die Luft geflogen gekommen wie ein schwarzhaariger Drache. Und danach hatte sie ihm gehört, ihm allein. So einfach war das. Und trotz all dem Zorn und der Tränen, die man in ihrer Umgebung vergossen hatte, um sie auseinanderzubringen, hatten sie sich ineinander verliebt. Doch jetzt war er weit, weit weg von ihr, und der Gedanke an die Gefahren, in denen er schwebte, war für sie unerträglich.

O mein Geliebter, pass auf dich auf. Pass gut auf dich auf. Tu es für mich.

Er kämpfte in Maos aufständischer Roter Armee in China, und ab und zu, wenn sie in den finsteren Stunden vor Morgengrauen wachlag, grübelte sie, ob sie nicht besser dort an seiner Seite aufgehoben wäre. Statt sich quer durch Russland zu schleppen und nach einem Vater zu suchen, den sie seit ihrem fünften Lebensjahr nicht mehr gesehen hatte. Doch sie und Chang hatten eine Vereinbarung getroffen. Es war nicht möglich. Sie würde ebenso eine Gefahr für ihn darstellen wie eine der Kugeln aus den Gewehren Tschiang Kai-scheks. Wäre sie bei ihm in China geblieben, wäre sie seine verwundbare Stelle gewesen, seine Achillesferse, sie hätte ihn abgelenkt und wäre der Punkt gewesen, an dem seine Feinde Druck auf ihn ausüben konnten.

Nein, mein Geliebter; auch wenn es so war, als hätte ich das Blut aus meinen eigenen Adern rinnen sehen, musste ich dich gehen lassen.

Ihre Finger streiften den milchig rosafarbenen Talisman, den er ihr geschenkt hatte, und sie dachte an das letzte Mal zurück, als er zu ihr gekommen war, und wie er ganz groß und stark in der Tür zu dem alten Schuppen gestanden hatte. Sein schwarzes Haar war vom Wind zerzaust gewesen, und er hatte wie ein Halbwilder ausgesehen, mit dieser schmuddeligen grünen Decke über seinen Schultern, anstelle eines Mantels. Und mit Begierde in den Augen.

Ich muss dich hier zurücklassen, Licht meiner Seele, hatte er gesagt. *Hier bist du in Sicherheit.*

In Sicherheit? Sie begann wieder in dem kleinen Zimmer auf und ab zu gehen. Was hatte es für einen Sinn, in Sicherheit zu sein, wenn sie dafür ohne den einen Menschen sein musste, der ihr Blut zum Singen brachte? War das der Grund, warum sie all die Risiken einging, die Alexej so sehr ablehnte? Armer Alexej, sie wusste, dass sie ihn manchmal in den Wahnsinn trieb. Ihr Halbbruder war als Teil einer privilegierten Elite aufgewachsen, zuerst in den duftgeschwängerten Salons Russlands und dann in China. Er war an Ordnung und Disziplin gewöhnt. Nicht an diese Ungewissheit, nicht an dieses Chaos. Und es war auch nicht gerade hilfreich, dass er und der Kosak sich hassten und sie zwischen den beiden stand. Es war Liew Popkow gewesen, der ihrer Mutter Valentina in Tschangschu die Nachricht aus Russland überbracht hatte; die Nachricht, dass der Ehemann, von dem sie immer geglaubt hatte, er sei während ihrer Flucht als Weißrussen vor den wütenden Bolschewiken getötet worden, am Leben sei, und zwar in einem Gefangenenlager.

Wie er das erfahren hatte, hatte Lydia nie herausgefunden, doch sie hatte Alexej instinktiv Glauben geschenkt. Liew hatte ihr in China geholfen, als sie in der gefährlichen Hafengegend von Tschangschu nach Chang An Lo gesucht hatte. Popkow hatte sie mit allen Mitteln beschützt, hatte wütend ihr Geld abgelehnt, als sie ihn für seine Dienste als Leibwächter bezahlen wollte. Erst später, als sie erfuhr, dass er – und vor ihm sein Vater – zur Zeit des Zaren in St. Petersburg ergebene Diener ihres Großvaters gewesen waren, hatte sie begriffen. Eine Welle der Zuneigung für den Kosaken hatte sie erfasst. Seine Treue rührte sie. Zutiefst. Sie vertraute ihm, und das war etwas, was sie über alles zu schätzen gelernt hatte. Vertrauen.

Und Alexej? Konnte sie ihm vertrauen?

Lydia erschauderte und ging zu dem schmalen Fenster ihres Zimmers, um lange auf den weiten Winterhimmel hinauszublicken, auf die Sterne, die in der Dunkelheit glitzerten, und all die Lichter der kleinen Stadt Seljansk, die sich für die Nacht bereit machte. Wieder einmal spürte sie, wie die Landschaft Russlands ihr ans Herz wuchs, wie sie sie beruhigte und etwas in ihr zum Klingen brachte, was schon lange tief in ihr schlummerte. Sie liebte dieses Land, liebte seine große, gepeinigte Seele. Nach der langen Abwesenheit in China endlich wieder den Fuß auf die russische Heimaterde setzen zu dürfen, war ihr ein großes Bedürfnis gewesen, von dem sie gar nicht gewusst hatte, dass es überhaupt in ihr existierte.

Empfand Alexej das ebenso? Dieses Verlangen? Sie war sich nicht sicher. Er war schwer zu durchschauen. Doch allmählich wurde sie besser im Entziffern, und obwohl sie davon überzeugt war, dass er hinter der gleichgültigen Fassade seine Gedanken für sich behielt – indem er diese strenge Selbstdisziplin vorschob, für die sie ihn ebenso beneidete wie verachtete –, hatte sie gelernt, auch nur das winzige Anheben einer Augenbraue zu interpretieren. Oder das Zucken eines Wangenmuskels. Oder das kaum wahrnehmbare Verziehen seiner Lippen, wenn er sich über etwas amüsierte.

O ja, Alexej, du bist längst nicht so undurchschaubar, wie du es gerne hättest. Ich stöbere in deinem Inneren, ich schnüffele all die Geheimnisse aus, die du zu verbergen suchst. Wir mögen denselben Vater haben, aber unsere Mütter waren sehr unterschiedlich. Und ich bin auch nicht so blind, wie du denkst. Es war dir unangenehm, als ich dir heute Abend einen Kuss auf die Wange gegeben habe, stimmt's? Du hattest es auf einmal sehr eilig, aus diesem Zimmer herauszukommen. Als hätte ich dich gebissen. Willst du mich nicht zur Schwester haben? Ist es das? Bin ich nicht das, was du dir gewünscht hast? Habe ich zu viel von dem aristokratischen Blut vergossen, das durch meine Adern floss, und meine Blutbahnen stattdessen mit den Überlebensinstinkten einer streunenden Katze angefüllt, wie meine Mutter immer behauptet hat?

Lydia und Alexej hatten viele Jahre in derselben chinesischen Stadt gelebt, doch hatten sie sich in unterschiedlichen Kreisen bewegt, ohne dass sich ihre Pfade kreuzten. Erst als der frischgebackene Verlobte ihrer Mutter Lydia in die vornehme Glitzerwelt und in die Elite von Tschangschu eingeführt hatte, lernte sie Alexej kennen. In einem französischen Restaurant, erinnerte sie sich. Und sie hatte ihn für arrogant und kaltherzig gehalten.

Dennoch hatte er sie großzügig unterstützt, als sie Hilfe brauchte, und nach dem Tode ihrer Mutter vor wenigen Monaten hatte sie durch einen Brief, den Valentina ihr hinterlassen hatte, die Wahrheit erfahren. Dass nämlich zwar Alexejs Mutter die wohlhabende Gräfin Serowa war, sein Vater jedoch Jens Friis, der dänische Ingenieur. Zu der Affäre war es in St. Petersburg gekommen, lange bevor er Valentina geheiratet hatte, doch Alexej war ebenso schockiert gewesen wie sie, als er entdeckte, dass sie miteinander verwandt waren. Sie wusste, dass es seine Welt ebenso ins Wanken gebracht hatte wie ihre eigene. Beide waren bis zu diesem Punkt Einzelkinder gewesen und jeder auf seine Weise mit ihrer Einsamkeit umgegangen, doch jetzt … Vor ihrem inneren Auge beschwor sie seinen durchgedrückten Rücken herauf, sein ordentlich gekämmtes Haar und das verhaltene Lächeln … Jetzt hatte sie also einen Bruder. Einen, der es sich ebenso in den Kopf gesetzt hatte, ihren gemeinsamen Vater zu finden wie sie selbst.

Bei dem Gedanken an Jens Friis, der vielleicht in einem der brutalen Gefangenenlager Stalins interniert war, stieg urplötzlich ein tiefer Schmerz in ihr auf. Sie presste die Stirn an die eisige Fensterscheibe, und die plötzliche Kälte des Glases riss sie aus einer Welt zurück, die sie lieber nicht besuchen wollte. Sie konzentrierte sich auf morgen. Auf den Bahnhof.

Auf einen weiteren langen Tag mit Alexej und Popkow. Es war falsch, was sie da in der Schänke getan hatte, indem sie dem Kosaken etwas über Alexej zugeflüstert hatte, um ihn zu ködern.

»Siehst du ihn da oben, Popkow? Er schaut dir zu.«

Ihre Worte waren wie ein heißer Windhauch in seinen Ohren gewesen.

»Er will, dass du verlierst. Er lacht, Popkow, er lacht sich ins Fäustchen. *Da* … Ja, siehst du, jetzt, da du gewinnst, ist er fort. Konnte es nicht ertragen, dich gewinnen zu sehen.«

Doch sie hatte es nicht zulassen können, dass er verlor. Dann hätte er nämlich beschlossen, für den Rest der Woche zu saufen, hätte sich geweigert, zu reisen, ja sogar zu reden. Auch das war schon vorgekommen.

Abrupt wandte sie sich dem Bett zu, auf dem die verbliebenen Münzen zu zwei gleichen Teilen lagen. Ein Häufchen leerte sie in einen ihrer Handschuhe und vergrub ihn in den Tiefen ihres Gepäcks, wie ein Fuchs, der für den Winter Vorräte anlegt. Das andere schlug sie in das grüne Tuch ein, um es am Morgen Popkow zu geben. Am Morgen. Noch so eine Morgendämmerung, die sie durchstehen musste. Nie fühlte sie sich einsamer als zu dieser Tageszeit, wenn sie aufwachte und sah, dass Chang An Lo nicht neben ihr im Bett lag. Aber vielleicht würden sie es morgen ja wenigstens schaffen, dieser müden Stadt den Rücken zu kehren. Sie tippte mit dem Finger mehrfach gegen die Fensterscheibe, als wollte sie die unbekannten Mächte wecken, die irgendwo dahinter auf sie warten, und sprach die Worte, die sie in den vergangenen fünf Monaten jede einzelne Nacht gesprochen hatte.

»Jens Friis, ich komme.«

Und wie immer hörte sie Chang An Los warnende Worte, die er ihr ins Ohr flüsterte. *»Du wirst ins Maul des Drachen steigen.«*

Der Bahnhof von Seljansk lag nicht im Zentrum der Stadt, sondern, als hätte jemand es sich nachträglich anders überlegt, an ihrem westlichen Rand. Der Fahrkartenschalter und der nikotinvergilbte Wartesaal waren aus solidem Kiefernholz gezimmert, obwohl die Farbe in Streifen abblätterte. Die winterliche Luft war klirrend, und ein eisiger Wind lähmte Lydias Wangenmuskeln, als sie auf den überfüllten Bahnsteig trat, die Augen von Gesicht zu Gesicht huschend, auf der Suche nach neuen Reisenden. Die Grüppchen von Familien waren ihr mittlerweile vertraut, wie sie in ihren geflickten *fufaika*-Jacken zusammenstanden und an den silbrigen Geleisen entlangblickten, als könnten sie allein durch ihre Willenskraft einen Zug heraufbeschwören, der sich mit einer dicken Dampfwolke über der Lokomotive näherte.

Die Fremden entdeckte sie sofort. Sechs Männer und eine Frau. Kurz beschleunigte sich ihr Puls zu einem unangenehmen Rasen, doch sie gestattete sich nicht mehr als einen gleichgültigen Blick zur Seite, während sie an ihnen vorüberging. Trotzdem entging ihr auch nicht die kleinste Einzelheit.

Was machten die am Bahnhof von Seljansk?

Drei der Männer sahen eher harmlos aus, einer trug die handgewebte Hose und die Gummistiefel eines einfachen Arbeiters, doch die beiden anderen wirkten in ihren gut geschnittenen Übermänteln wie Regierungsapparatschiks. Sie sahen aalglatt und selbstgefällig aus und sprachen mit lauter Stimme, statt wie alle anderen zu flüstern. Lydia hatte Menschen gründlich satt, die immer nur hinter vorgehaltener Hand sprachen und den Blick stets zu Boden senkten, damit nur ja niemand erraten konnte, was sie dachten. Um es sogleich den Behörden zu melden. Sie lächelte über die Männer und ihr unbeschwertes Lachen.

»Was ist denn so lustig?« Das war Alexej.

Er stand am Ende des Bahnsteigs, lehnte sich an ein leeres Ölfass und rauchte einen seiner stinkigen Stumpen. Lydia war froh, dass er sich von dem teuren Übermantel, mit dem er in Russland angekommen war, getrennt hatte, und ihn durch einen schlichten schwarzen Wollmantel ersetzt hatte. Das Kleidungsstück schlenkerte um seine Fußgelenke und hatte einen kleinen Riss am Kragen, wo jemand seinen früheren Träger bei einem Streit zu fest angepackt hatte. Dennoch sah Alexej selbst in einfacher Arbeitskleidung immer noch elegant und irgendwie unnahbar aus – sogar gefährlich, dachte Lydia manchmal. Da war eine unterschwellige Kälte in seinen Augen, die andere davor warnte, ihm zu nahe zu kommen. Na gut, sie war seine Schwester. Sie würde ihm, verdammt noch mal, so nahe kommen, wie es ihr passte.

»Guten Morgen, Bruder. *Dobroje utro*«, sagte sie munter. »Hoffen wir, dass wir es heute endlich schaffen, aus diesem Rattenloch herauszukommen«, fügte sie hinzu und hievte schwungvoll ihre Reisetasche auf das Ölfass.

Sein Mund verzog sich zu einem höflichen Lächeln. »Guten Morgen, *sestra*, Schwester. Hast du gut geschlafen?«

»Wie eine vollgefressene Katze. Und du?«

»Sehr gut, *spasibo*.«

Beide wussten, dass sie gelogen hatten, aber das machte nichts. So sprachen sie jeden Morgen miteinander. Sie blickte sich um.

»Wo ist Popkow? Ich dachte, er müsste längst hier sein.«

Alexej schüttelte den Kopf. Er trug eine *schapka* mit Ohrklappen, deren Weichheit die kantigen Konturen seines markanten Kopfes noch betonten. Lydia wurde schlagartig bewusst, dass er abgenommen hatte. Sie blickte auf seine eingefallenen Wangen und spürte, wie es ihr eng in der Brust wurde. War das Geld schon so knapp bei ihnen?

Er schenkte ihr ein schmallippiges Lächeln. »Popkow besorgt etwas zu essen für die Reise.«

Der Kosak war ihr Proviantmeister, wenn die Versorgung knapp wurde. Lydia wollte ihm gerne helfen – sie hatte flinke

Finger –, doch Alexej erlaubte es nicht. Sie hatte versucht, ihn zu überzeugen, aber er ließ sich nicht davon abbringen.

»Wir sind hier nicht in China, Lydia. Wenn man dich hier beim Stehlen erwischt, selbst wenn es nur ein Stück Brot oder ein paar Eier waren, kommst du in ein Arbeitslager und verreckst dort.«

»Aber nur, wenn man erwischt wird.«

»Trotzdem. Es ist zu gefährlich.«

Sie hatte mit einem Achselzucken klein beigegeben, auch weil sie nicht eingestehen wollte, dass seine Warnung ihr Angst machte. Schließlich wusste sie, wie es war, eingesperrt zu sein.

»Gibt es Neuigkeiten, was den Zug anbelangt?«, fragte sie.

»Das Übliche.«

»*Heute vielleicht*. Das blökt der Stationsvorsteher immer, wenn man ihn fragt.«

»Dann könnte es dieses Mal stimmen.«

Sie nickte und ließ den Blick beiläufig zu den verkrüppelten Bäumen am anderen Ende des Gleises schweifen, die starr in der Eiseskälte standen wie Skelette. Dann schaute sie ganz gemächlich wieder zu ihren Mitreisenden. Unauffällig. Es kostete sie Mühe, doch gelang es ihr, ein ausdrucksloses Gesicht zu machen, während sie den Rest der Neuankömmlinge musterte. Zwei Männer, eine Frau. Die beiden Männer trugen Uniformen, die ihr nicht bekannt waren, und legten ein so befehlsgewohntes Gehabe an den Tag, dass sie beschloss, direkten Blickkontakt zu vermeiden, doch sie bemerkte, dass man in ihre Richtung sah. Einige Schritte neben den Uniformierten stand die Frau.

»Nicht hinstarren.« Alexejs Stimme klang sanft.

»Ich starre nicht.«

»Klar starrst du.«

»Natürlich nicht. Ich bewundere nur ihren Pelzmantel.«

»Dann bewundere etwas anderes.«

Lydia riss die Augen von dem langen, dunklen Haar der

Frau los, von der Art, wie es sanft gelockt auf ihren Kragen fiel und wie eine glänzende Vogelschwinge ihre Wange streifte, wenn sie den Kopf bewegte. Genau wie Valentina. Galle stieg bitter in Lydias Kehle auf.

»Von hinten ist die Ähnlichkeit verblüffend«, murmelte Alexej. Sein Atem stand in einer bauschigen Dunstwolke in der kalten Luft.

»Ähnlichkeit mit wem?«

Alexej warf Lydia einen langen Blick zu, ohne zu blinzeln, und ließ dann das Thema fallen. Er paffte an seinem Stumpen und schaute blitzschnell zu den beiden Uniformierten hinüber.

»Die wissen, dass der Zug kommt, sonst stünden sie nicht hier.«

»Glaubst du?«

»Keine Frage. Heute kommt er.«

»Ich hoffe, Popkow beeilt sich. Ich will ihn nicht zurücklassen.«

Noch während sie die Worte aussprach, wusste sie, dass es ein Fehler war. Alexej warf ihr einen Blick zu, sagte jedoch nichts. Sie wusste, dass ihm nichts lieber gewesen wäre, als Liew Popkow in Seljansk zurückzulassen. Er sah noch einmal zu der Frau hinüber. »Ich frage mich, wer das ist«, sagte er leise. »Sie fällt auf wie ein bunter Hund.«

Lydia gestattete sich einen weiteren, diesmal längeren Blick, der auf dem silbrigen Pelzmantel der Frau verweilte. Sie bemerkte den schicken, dazu passenden Hut, der in einem frechen Winkel auf dem Kopf saß, die blassgrauen Fellstiefelchen so weich wie Katzenpfoten und den cremefarbenen Kaschmirschal, der am Hals aus dem Mantel herausblitzte. Die Frau sah so aus, als wäre sie gerade versehentlich vom Newski-Prospekt in Leningrad angekommen und auf einem Bauernhof gelandet.

»Sie heißt Antonina«, sagte Lydia leise.

Alexej sah Lydia überrascht an. »Woher, zum Teufel, weißt du das?«

»Man hört so manches.«

»Und wo genau hast du das gehört?«

»Sie hat es mir selbst gesagt.«

»Wann?«

»Vorgestern Nacht. Im Waschraum des Hotels.«

Alexej trat seinen Stumpen unter dem Stiefelabsatz aus und holte tief Luft. Lydia sah, dass er angestrengt nachdachte und herauszufinden suchte, welchen Schaden seine Schwester angerichtet haben mochte. Sie berührte ihn am Ärmel.

»Ist schon gut, Bruder. Ist nichts passiert. Ich hab ihr nichts erzählt.«

»Und was hast du sonst noch über die Frau erfahren?«

Lydia ließ den Blick wieder zu der schwarzen Haarmähne und dem hochmütig gereckten Kinn schweifen.

»Sie ist die Frau des Kommandanten.«

Alexej betrachtete sie genauer. Die Frau des Lagerkommandanten. Das war hochinteressant. Kein Wunder, dass die Uniformierten sich immer in ihrer Nähe hielten.

Plötzlich und unvernünftigerweise durchflutete ihn Hoffnung. Er wusste, dass sie vollkommen unangebracht und sogar lächerlich war, doch er sah sich außer Stande, sie zu unterdrücken. Im Sommer hatte er zusammen mit Lydia einen Zug bestiegen, ohne auch nur ein Mal zurückzublicken, und sie hatten sich auf ihrem Weg über die Grenze bis nach Wladiwostok Hunderte von Meilen durchrütteln lassen, um einen Vater zu finden, den keiner von ihnen seit über zwölf Jahren gesehen oder von ihm gehört hatte. Alexej hatte das aus einer ganzen Reihe von Gründen getan, doch eine realistische Aussicht auf Erfolg gehörte gewiss nicht dazu.

Tief in seinem Herzen war er sich sicher, dass ihre Suche nach Jens Friis zum Scheitern verurteilt war, aber Lydia gegenüber hatte er nie ein Wort darüber verloren. Der Sowjetstaat war wie eine fest geschlossene Faust, die zu öffnen ihnen wohl kaum gelingen konnte, zumal ihr Vater mittlerweile bestimmt längst tot war. Nur die wenigsten konnten in diesen schrecklichen Lagern überleben, in denen so grausame und harte Lebensbedingungen herrschten. Die Zwangsarbeit in den Minen, an den Eisenbahnlinien oder beim Verlegen von neuen Kanälen und Straßen war bei den eisigen Temperaturen, die in Sibirien herrschten, hart. Schlimmer als hart. Das Leben dort draußen war wie ein seidener Faden, der viel zu dünn und zu brüchig war und jederzeit reißen konnte. Die Überlebensrate war verschwindend gering.

Und trotzdem war Alexej mitgekommen. Warum?

Nacht für Nacht hatte er während ihrer langen Reise durch Russland wachgelegen, frühmorgens in irgendeinem verwanzten Hotel, hatte in Gemeinschaftsschlafräumen Zigarette um Zigarette geraucht, notgedrungen dem Schnarchen und Furzen anderer Männer gelauscht und einen Plan nach dem anderen durchdacht und wieder verworfen. Eigentlich wusste er, dass es sinnlos war zu planen. Sie konnten einfach nicht wissen, was vor ihnen lag, was nutzten da also Pläne?

Nichts. Rein gar nichts. Doch er hatte einmal eine militärische Ausbildung genossen und konnte seine Gedanken ebenso wenig davon abhalten, alle Eventualitäten durchzuspielen, wie er die Hoffnung unterdrücken konnte, die ihn plötzlich beim Anblick der Frau des Kommandanten durchflutet hatte. Er sah zu seiner Schwester hinüber, die gar nicht zu bemerken schien, wie viele Blicke sie auf sich zog, neidische Blicke. Neid nicht auf ihren zerschlissenen braunen Mantel oder ihren geraden Rücken. Neid auch nicht auf ihr flammend rotes Haar, das sie artig unter ihrer Wollmütze versteckte, wie Alexej sie angewiesen hatte, das sich jedoch immer wieder, wenn sie nicht aufpasste, in kleinen störrischen Löckchen darunter hervorstahl.

Nein. Das alles war nicht der Grund, warum diese Blicke ihr folgten. Worum sie alle beneideten, das war die Unbezähmbarkeit und Dickköpfigkeit, die Lydia ausstrahlte, eine sprühende

Energie, die sie alle gerne selbst gehabt hätten. Da war etwas Ungebrochenes, Unbändiges an ihr, an der Art, wie sie den Kopf herumwarf oder den Blick umherhuschen ließ. Darum beneidete man sie. Mochte er sie auch in noch so unförmige Mäntel stecken, ihr die hässlichsten Mützen auf den Kopf stülpen – das ließ sich einfach nicht verbergen. Er zündete sich einen frischen Stumpen an und sah, wie Lydia den Kopf drehte und ihm ein scheues, fast schüchternes Lächeln zuwarf.

Er wusste, warum er mitgekommen war. Ihretwegen.

»Wir sind auf dem richtigen Weg.«

Alexejs Worte überraschten Lydia. Sie bestiegen gerade den Zug, der doch noch eingetroffen war, inmitten einer dicken Rauchwolke. Um sie herum herrschte großes Gedränge auf dem Bahnsteig, aber der große Kosak hatte einfach nur gegrinst und die Leute von der Treppe abgehalten, damit Lydia ungestört einsteigen konnte. Alexej reichte ihr die Hand, um ihr zu helfen, und das war der Moment, als er gesagt hatte: »Wir sind auf dem richtigen Weg.«

»Hat ja auch lang genug gedauert.« Sie spürte, wie Zuneigung sie durchströmte, als sie nach seiner Hand griff.

»Kommt nur darauf an weiterzumachen, Tag für Tag.«

»Ich weiß, und wir werden immer besser, Alexej. Jetzt sind wir auf dem richtigen Weg, und das wird auch so bleiben.«

Er zögerte, erwiderte jedoch den Druck ihrer Finger. Erst in diesem Augenblick kam Lydia der Gedanke, dass sie ihn missverstanden haben könnte. Vielleicht hatte Alexej ja gar nicht von ihnen geredet – von ihr und ihm. Vielleicht hatte er sich auf die Tatsache bezogen, dass sie das Arbeitslager bald gefunden haben würden. Plötzlich war ihr das Missverständnis peinlich.

»Lydia.« Alexej sprang hinter ihr in den Zug und berührte sie an der Schulter. »Ich bin froh, dass ich mitgekommen bin.«

Sie drehte sich zu ihm um. »Ich auch«, erwiderte sie.

Lydia zog die Decke fester um ihre Schultern und ließ sich zwischen Alexej und Popkow tief in den Sitz sinken. Das Zugabteil war voll, doch die meisten ihrer Mitreisenden dösten. Ein alter Mann drüben an der Tür schnaufte geräuschvoll in seinen Schnurrbart.

»Aus welchem Teil von Russland stammst du, Mädchen?«

Es war der Fahrgast gegenüber von ihr, der ihr diese Frage gestellt hatte, die Frau, die in dem Hotelzimmer neben ihr so laut geschnarcht hatte. Sie war mittleren Alters, pummelig und trug ihr geblümtes Kopftuch so fest umgebunden, dass ihre Backen aussahen wie die eines Hamsters.

Lydia freute sich über die Frage, denn sie bedeutete, dass sich all ihre Mühen gelohnt hatten. Seit Monaten hatte sie nichts anderes als Russisch gesprochen, und mittlerweile dachte sie sogar in dieser Sprache. Irgendwie schienen die Worte so perfekt in ihren Mund zu passen, als hätten sie immer dorthin gehört. Von dem Moment an, als sie China hinter sich gelassen hatten, hatten sich Alexej und Popkow eisern geweigert, etwas anderes mit ihr zu sprechen als Russisch.

Sie hatte geächzt und gestöhnt und gejammert, doch Alexej hatte sich nicht davon abbringen lassen. Für ihn war das alles kein Problem. Er hatte bis zu seinem zwölften Lebensjahr in St. Petersburg gelebt und außerdem den Vorteil, dass seine Mutter, die Gräfin Serowa, selbst als sie nach der bolschewistischen Revolution in China lebten, darauf bestanden hatte, dass sie in ihren vier Wänden ausschließlich ihre Muttersprache benutzten. Folglich hatte er damit auch keine Probleme. Sein Russisch war flüssig und geschmeidig wie das pechschwarze russische Öl, und auch wenn er Englisch so elegant sprach wie ein vornehmer Gutsherr, kam ihm kein einziges Wort dieser Sprache über die Lippen.

Lydia hatte ihn verflucht. Auf Englisch. Auf Russisch. Auf Chinesisch.

»Du Mistkerl, Alexej. Dir macht das Spaß. Hilf mir dieses eine Mal, bitte.«

»Njet.«

»Verflucht noch mal.«

Dann hatte er dieses Lächeln aufgesetzt, das sie stets wütend machte, und dabei zugesehen, wie sie sich abmühte, wieder und wieder. Es war ein schwerer Anfang für sie gewesen, denn die Tatsache, dass ihr die Worte fehlten, hatte sie einsam gemacht, aber jetzt musste sie notgedrungen zugeben, dass er Recht gehabt hatte. Sie hatte schnell gelernt und genoss es mittlerweile sogar, die Sprache zu benutzen, die ihre russische Mutter sich geweigert hatte, ihr beizubringen.

»Russisch?«, hatte Valentina damals oft in ihrer chinesischen Dachkammer gesagt, eine finstere Miene auf dem fein geschnittenen Gesicht, die dunklen Augen voller Verachtung. »Wozu soll Russisch jetzt gut sein? Russland ist am Ende. Schau dir doch bloß an, wie diese mordlustigen Bolschewiken mein armes Land in den Ruin treiben und es ausziehen bis aufs letzte Hemd. Ich sag dir, *malyschka*, vergiss Russland. Englisch ist die Sprache der Zukunft.«

Und mit diesen Worten warf sie ihr langes, seidiges Haar in den Nacken, als wollte sie mit dieser einen schwungvollen Bewegung auch all die russischen Worte aus ihrem Kopf schütteln.

Doch jetzt, in diesem kalten, miefenden Zug, der sich ratternd seinen Weg durch die große Ebene Nordrusslands in Richtung Felanka bahnte, hortete Lydia all diese Worte in ihrem Kopf wie einen Schatz und freute sich, als sie hörte, wie die Frau gegenüber von ihr sie fragte: »Aus welchem Teil Russlands stammst du?«

»Ich komme aus Smolensk«, log sie und sah, wie die Frau zufrieden nickte.

»Ja, aus Smolensk«, wiederholte Lydia, und irgendwie gefiel ihr der Klang dieser Worte.

VIER

China 1930

In der Höhle war es kalt. So kalt, um den Atem der Götter gefrieren zu lassen, aber die Höhle war nicht tief genug, um das Risiko einzugehen, ein Feuer zu machen. Chang An Lo hockte am Eingang zu der Grotte, mucksmäuschenstill wie einer der grauen Felsen, die überall in der kargen Berglandschaft ringsum herumlagen. Keine Bewegung. Nichts. Bloß Grau vor dem erbarmungslosen Grau des Winterhimmels. Nur eine dünne, pulvrige Schneeschicht löste sich wirbelnd vom gefrorenen Geröll und bildete beißend kalte Eisnadeln in der Luft, die in seinen Wimpern hängen blieben und die Haut seiner Lippen reizten, bis sie bluteten. Doch das merkte er gar nicht. Hinter ihm rann Wasser über die mit Flechten bedeckten Wände, ein wisperndes, trügerisches Geräusch, das tiefer in sein Denken eindrang als die Kälte.

Stähle deinen Verstand.

Die Worte von Mao Tse-tung. Von ihrem neuen, charismatischen Anführer, der in der Kommunistischen Partei Chinas die Macht an sich gerissen hatte.

Chang blinzelte, um die Eiskristalle von seinen Wimpern zu schütteln, und spürte, wie Wut in seinen Därmen rumorte. *Konzentrier dich.* Er gab sich Mühe, sein Denken zur Ruhe zu bringen, sich auf das zu konzentrieren, was vor ihm lag.

Sollte doch dieser Abschaum von Tschiang Kai-scheks Armee erfahren, was er für sie bereithielt, sollten sie doch entdecken, was sie unten im Tal auf den Bahngeleisen erwartete. Wie ein Alligator, der im großen Jangtse-Fluss auf seine Beute wartet. Ungesehen. Ungehört. Bis seine Fänge dich zerfleischen.

Chang bewegte sich. Es war kaum mehr als ein winziges Zucken seiner behandschuhten Hand, genügte jedoch, um eine schlanke Gestalt aus der Einbuchtung zu locken, die Wind und Regen aus dem Felsen gefräst hatten. Wie Chang trug auch die andere Person eine schwere Mütze und einen wattierten Mantel, der jegliche Körperform verbarg, weshalb nur aus der weichen Stimme, die an sein Ohr drang, zu schließen war, dass es sich bei seinem Gefährten um eine Frau handelte. Sie ging neben ihm in die Hocke. Ihre Bewegungen waren geschmeidig wie die einer Katze.

»Kommen sie?«, flüsterte sie.

»Die Schneeverwehungen in den Tälern werden dazu geführt haben, dass sich der Zug verspätet. Aber er kommt, ganz bestimmt.«

»Können wir da sicher sein?«

»Stähle deinen Verstand«, sprach Chang mit den Worten seines Anführers.

Seine scharfen Augen schweiften über die gebirgige Landschaft, die sie umgab. China war ein unerbittliches Land, besonders hart zu denjenigen, die hier oben in dieser finsteren, baumlosen Gegend ihr Leben fristen mussten, wo die unablässigen Winde aus Sibirien auch die letzte Erde vom Boden fegten. Und doch gab es an dieser Landschaft etwas, das ihn befriedigte, etwas Hartes und Forderndes, und die Berge waren ein Sinnbild der Stille und des Gleichgewichts.

Ganz anders als die weichen, feuchten Brisen, an die er sich in den vergangenen Monaten gewöhnt hatte, als er sich unten im Süden, in den Provinzen Hunan und Jiangxi, aufgehalten hatte, dem Herzland der Kommunisten. Dort, wo auch Mao Tse-tungs Unterschlupf in der Nähe von Nanchang lag, hatte Chang eine klebrige Süße in der Luft wahrgenommen, bei der es ihm den Magen umdrehte. Sie lag in den Reisfeldern.

Auf den Terrassen. In den kommunistischen Trainingslagern. Der Geruch der Korruption. Und der eines Mannes, der verrückt nach Macht war.

Chang hatte mit niemandem über diese Wahrnehmung gesprochen, hatte keinem seiner kommunistischen Brüder verraten, dass er das Gefühl hatte, etwas im Herzen der Dinge sei nicht so, wie es sein sollte. Sie alle, er selbst eingeschlossen, waren dazu bereit, gegen die herrschenden Nationalisten Tschiang Kai-scheks zu kämpfen und für das zu sterben, woran sie alle glaubten, und doch … Chang holte tief Luft. Sein Freund, Li Ta-chao, war ihrer Sache treu ergeben gewesen und im Herzen Pekings zusammen mit seinen sechzig Genossen gestorben. Chang spuckte voller Verachtung auf den kahlen Felsen. Sein Freund war verraten worden. Hingerichtet durch langsames Erdrosseln. Es gab nichts wirklich Greifbares, auf das Chang den Finger hätte legen und sagen können: *Hier beginnt sie, die Korruption.* Es war nur ein leises, unbehagliches Rauschen in seiner Seele. Ein kalter Wind, der ihn aufhorchen ließ und wachsam machte.

Und ganz gewiss war es nichts, das er Kuan gegenüber erwähnen konnte. Er wandte sich ihr zu und betrachtete ihr junges Gesicht mit den geraden Brauen und den breiten, hohen Wangenknochen. Es war nicht das, was ein Mann als hübsch bezeichnet hätte, besaß jedoch eine Kraft und Entschlossenheit, die Chang mochte. Und wenn sie lächelte – was selten vorkam –, war es, als verschwinde ein dunkler Dämon aus ihrer Seele und bringe das Licht in ihr so hell zum Leuchten wie die Morgensonne.

»Kuan«, murmelte er, »denkst du manchmal an das Leben, das wir auslöschen, wenn wir Taten wie diese begehen? An die Eltern, die ihrer Kinder beraubt werden? An die Frauen und Kinder, denen es das Herz brechen wird, wenn man an ihre Tür klopft und ihnen die schlimme Nachricht überbringt?«

Ihr Körper erschauderte neben ihm, und sie wandte ihm

rasch den Kopf zu, die weiche Haut ihrer Wangen von der Kälte gerötet. Doch er spürte, dass es kein Schaudern des Grauens war, der sie erfasste, das sah er in ihren Augen und hörte es am ruhigen Takt ihres Atmens. Es war ein Schauder der Erregung.

»Nein, mein Freund«, sagte sie. »Du, Chang An Lo, bist derjenige, der diese Operation geplant hat, der uns hierhergeführt hat. Wir sind dir gefolgt, also wirst du doch nicht …« Ihre Stimme erstarb, weil sie nicht gewillt war, den Worten Leben einzuhauchen.

»Nein, ich werde meinen Plan nicht ändern.«

»Gut. Der Zug kommt, sagst du.«

»Ja. Bald. Und die Dungfresser Tschiang Kai-scheks verdienen den Tod. Sie schlachten unsere Brüder ab, ohne zu zögern.«

Sie nickte entschlossen. Ihr Atem stieg wie eine Wolke in die graue Luft empor.

»Wir befinden uns im Krieg«, sagte Chang, die Augen auf die Waffe an seinem Gürtel gerichtet. »Menschen sterben.«

»Ja, ein Krieg, den wir gewinnen werden, damit der Kommunismus den Menschen in China Gerechtigkeit und Gleichheit bringt.« Dort oben auf dem gottverlassenen Felsvorsprung in den Bergen lächelte Kuan Chang zu, und er spürte, wie dieses Lächeln den äußersten Rand der kalten Leere erwärmte, die schwarz und hohl in der tiefen Grube seiner Brust lag.

»Lang lebe unser großer und weiser Anführer Mao«, sagte Kuan inbrünstig.

»Lang lebe unser Anführer«, sprach Chang es ihr nach.

All seine Zweifel lagen in diesen Worten. Mit eigenen Ohren konnte er die Schwäche in ihnen hören, kleine Würmer der Skepsis, die sich tief in sein Bewusstsein bohrten, doch Kuans Augen funkelten vor Überzeugung, voller Freude darüber, dass er ihr die Worte nachgesprochen hatte. Ihre zarten Ohren hatten noch nichts von den Würmern wahrgenommen.

Chang erhob sich und holte tief und langsam Luft, um sein aus dem Takt geratenes Herz zu beruhigen. Vor ihnen fiel der Berg steil zu der schmalen Wasserfurche hinab und erhob sich auf der anderen Seite wieder zu einer nackten, finsteren Felswand. Weder Dörfer noch Wagenspuren waren zu sehen, selbst wilde Ziegen ließen sich hier nicht blicken. Da war bloß diese leere, felsige Landschaft, in Eis gehüllt wie in ein Gespinst, und die doppelte Schlange aus silbrigem Metall, die das Tal dort unten durchschnitt. Die Eisenbahnlinie.

Einen kurzen Moment lang gestattete er sich die Frage, wie viele Menschenleben die Verlegung dieser Schienen gekostet hatte, wie oft Menschen unter Felsbrocken begraben worden waren und sich diese Schienen von Menschenblut rot verfärbt hatten. Es waren die *fanqui*, die ausländischen Teufel gewesen, die diesen Pfad mit Dynamit durch das Tal gesprengt hatten. Sie hatten China überrumpelt, indem sie ihre metallenen Wege verlegten, ohne auf die Stimme des Landes selbst zu hören, denn ihre großen Elefantenohren waren taub für die Geister des Berges.

Zuerst hatten die Europäer in ihren Uniformen das Land überschwemmt, waren wie die Fliegen über den gelben Staub ausgeschwärmt, doch jetzt hatte die nationalistische Armee dieses eitlen Pfaus Tschiang Kai-schek ihre Rolle übernommen. Er zog dem chinesischen Volk alles, was es besaß, unter den Füßen weg, sogar das Gras auf seinen Wiesen und die grünen Sprösslinge seiner Reisfelder. Chang An Los Herz litt mit diesen Menschen und mit dem weiten und schönen Königreich der Mitte.

»Kuan«, sagte er und schmeckte Eis auf seinen Lippen. »Nimm Kontakt zu Luo auf und dann zu Wang. Sag ihnen, sie sollen die Sprengladung anbringen.«

Die junge Frau ließ die schlammfarbene Leinentasche von ihrer Schulter zu Boden gleiten, löste die Schnallen und begann sich mit kundiger Hand an den Schaltern zu schaffen zu machen. Kuan war in Peking als Anwältin ausgebildet worden, aber jetzt arbeitete sie als Funkerin, und es war ihre Aufgabe, die verschiedenen kommunistischen Kader ständig über diese Mission auf dem Laufenden zu halten. Sie arbeitete schnell und ohne großes Gewese. Das gefiel Chang und machte sie zu einer angenehmen Wegbegleiterin. Er vertraute ihr. Ihre einzige Schwäche war ihr geringes Durchhaltevermögen in den Bergen.

Während sie in den Hörer sprach, schloss er die Augen und ließ seine Gedanken schweifen. Er wandte das Gesicht gen Norden, reckte es dem scharfen Wind entgegen, der aus Sibirien wehte, sog ihn in seine Lunge und ließ ihn seine scharfen Fänge tief in sein weiches Inneres schlagen.

War sie dort, seine Füchsin? Irgendwo auf der anderen Seite der Grenze, in jenem fremden Land?

Konnte er sie schmecken in dem russischen Wind? Sie riechen? Konnte er ihr glockenhelles Lachen hören?

Ihren Namen würde er nicht aussprechen, nicht einmal denken würde er ihn. Aus Angst davor, dass auch nur ein Flüstern sie schon verraten und den Zorn der Rachegeister auf ihren leuchtenden, kupferfarbenen Schopf herabbeschwören würde. Denn sie hatte den Göttern etwas gestohlen, und das würden sie ihr nicht verzeihen.

»Es ist Zeit«, sagte er mit einer Plötzlichkeit, die Kuan überraschte.

»Jetzt?«, fragte sie.

»Jetzt.«

Rasch schloss sie die Schnallen der Leinentasche, doch noch ehe sie damit fertig war, hatte Chang bereits mit dem Abstieg begonnen.

Tod. Er schien ihn zu verfolgen. Oder war es umgekehrt?

Überall um ihn herum lagen zerfetzte menschliche Körper, Arme und Beine und Rümpfe, zu schlaffen Klumpen aus

Fleisch und Knochen zerrissen, die die Krähen anzogen, noch bevor sie erkaltet waren. Der Kopf eines junges Mannes, das schwarze Haar blutüberströmt, ein Auge aus der Höhle gerissen, lag etwa zehn Meter von der Unglücksstelle auf einem Felsen und starrte Chang direkt an. Ein Kopf, kein Körper. Chang spürte, wie der Finger des Todes nach seinem Herzen griff, bis ihn schauderte, und er drehte sich um und ging an dem in die Luft gejagten Zug entlang. Glassplitter knirschten unter seinen Füßen.

An beiden Enden des Zuges waren Waggons durch die Explosionen zerschmettert worden, eine verschlungene Masse aus verbogenem Metall und Holz. Menschen waren herausgeschleudert worden und lagen auf dem vereisten Boden verstreut wie die Köderbrocken einer Wolfsfalle. Während Chang an dem blutigen Gemetzel vorüberging, verhärtete er sein Herz gegen die Schreie, die zu hören waren, und er rief sich ins Gedächtnis, dass diese Männer seine Feinde waren, die mit keinem anderen Ziel im Herzen gen Süden gefahren waren, als Kommunisten abzuschlachten, entschlossen, Maos Rote Armee zu zerstören. Und doch weinte sein Herz um sie, irgendwo an einem Ort tief seinem Innersten, zu dem er keinen Zugang hatte.

»Du da.« Er zeigte auf einen jungen Soldaten in der grauen Uniform und der roten Armbinde der Kommunistischen Truppen Chinas, der einen blutenden Menschen aus dem Wrack zog. Der Verwundete war ein Hauptmann der Nationalistischen Armee, was aus den Farben, die er trug, zu schließen war, und durch die Explosion war ihm der Unterleib aufgerissen worden. Er versuchte mit beiden Händen, seine blutenden Eingeweide vor dem Herausfallen zu bewahren, doch einer der Därme war ihm aus der Hand geglitten und schleifte hinter ihm her. Er rollte sich auf, als der junge Kommunist ihn freimachte, doch der nationalistische Hauptmann schrie nicht.

»Du da«, sagte Chang wieder. »Hör auf. Du kennst die Befehle.«

Der junge Soldat nickte. Er sah so aus, als würde er sich gleich übergeben.

»Nur die, die gehen können, werden von uns mitgenommen. Der Rest …«

In einer zögerlichen Bewegung, während Chang über ihn gebeugt dastand, nahm der junge Soldat sein Gewehr von der Schulter. Trotz der eisigen Luft stand ihm Schweiß auf der Stirn. Er hatte die plumpen Gesichtszüge und die breiten Hände eines Bauernsohnes, ein junger Landmann, der zum ersten Mal in seinem Leben weit weg von seiner Heimat war. Und jetzt das.

Chang erinnerte sich an das erste Mal, als er getötet hatte. Es hatte sich ihm in die Seele eingebrannt.

Der Soldat schulterte das Gewehr, genau wie er es gelernt hatte, doch seine Hände zitterten heftig. Der Mann auf dem Boden bettelte nicht um sein Leben, sondern schloss einfach die Augen und lauschte dem Wind und dem, von dem er wusste, dass es die letzten Schläge seines Herzens sein würden. In diesem Moment zog Chang selbst seine Pistole, beugte sich über den verwundeten Hauptmann, legte die Mündung der Pistole an seine Schläfe und drückte auf den Abzug. Ein Zucken ging durch den Körper. Für den Bruchteil einer Sekunde senkte Chang den Kopf und vertraute die Seele des Mannes seinen Ahnen an.

Der Tod. Er schien ihn zu verfolgen.

Die wuchtige Dampflok des Zuges war aus den gesprengten Gleisen gesprungen und mit dem Kessel voran die Böschung hinuntergestürzt, dabei aber nicht umgekippt. Der Gepäckwaggon dahinter stand in einem ungewohnten Winkel nach oben, hatte jedoch nur zwanzig längliche Holzkisten geladen, von denen vier bei dem Aufprall zersplittert waren. Changs

Herz raste, als er sie sah. Er sprang in den Waggon, stemmte sich gegen die Schräge des Bodens und legte eine Hand besitzergreifend auf eine der offenen Kisten.

»Luo«, rief er.

Luo Wen-cai, der junge Kommandant des kleinen Angriffstrupps, kletterte unbeholfen hinter ihm auf den Waggon. Eine nur schlecht verheilende Schusswunde an seinem Oberschenkel hemmte den ansonsten flinken Mann in seinen Bewegungen, verhinderte jedoch nicht das Grinsen, das jetzt über sein breites Gesicht huschte.

»Chang, mein Freund, was für einen Schatz hast du denn da für uns geborgen?«

»Tokarew-Gewehre«, murmelte Chang.

Der Fund war sogar noch besser, als er erwartet hatte. Mit diesem Beutezug würden sie nicht nur Tschu En-lai im Hauptquartier der Partei im Süden, in Shanghai, erfreuen, sondern endlich auch überall dorthin Waffen schicken können, wo sie gebraucht wurden – in die militärischen Ausbildungslager; in die Fäuste entschlossener Männer, die für die kommunistische Sache zu kämpfen bereit waren. Tschu En-lai würde sich des Erfolges brüsten und seine Tigerklauen schärfen, als hätte er die Beute höchstpersönlich an Land gezogen. Das würde ihm noch größere Unterstützung bei den *mao-zi*, bei den Haarigen, einbringen.

Die *mao-zi*. Das Wort blieb Chang im Halse stecken. Das waren die europäischen Kommunisten, diejenigen, die den Geldsäckel der Kommunistischen Partei Chinas unter ihrer Kontrolle hatten. Ihre Vertreter waren ein Deutscher namens Gerhart Eisler und ein Pole mit Namen Rylsky, doch beide waren nur das Sprachrohr Moskaus. Von dort kam ihr Geld, und dort saß die eigentliche Macht.

Und doch gab es auch einen Zug, der Truppen und Waffen aus Russland zu Tschiang Kai-scheks weit ausgedehnter Nationalistischer Armee transportierte, zu den eingeschworenen

Feinden der chinesischen Kommunisten. Das ergab keinen Sinn, wie Chang es auch drehte und wendete. So wie ein Hund es mit einer Gans trieb – es passte einfach nicht. Chang zog die Stirn in Falten, weil ihn plötzlich Unbehagen überkam, aber das konnte die Begeisterung seines Genossen nicht schmälern.

»Gewehre«, gurrte Luo. Er holte eines aus der Kiste und fuhr zärtlich mit der Hand darüber, so als würde er den Schenkel einer Frau streicheln. »Schöne, gut geölte kleine Huren. Hunderte von ihnen.«

»Diesen Winter«, sagte Chang und grinste seinen Freund an, »werden die Ausbildungslager in der Provinz Hunan so wohl gefüllt sein wie der Bauch eines *tu-hao* mit Reis.«

»Tschu En-lai wird mehr als zufrieden sein. Und es wird auch nicht schaden, dass wir diejenigen sind, die eine solche Ernte für ihn einfahren.«

Chang nickte, doch in seinem Kopf jagte ein Gedanke den nächsten.

»Tschu En-lai ist ein Genie«, fügte Luo loyal hinzu. »Er baut unsere Rote Armee voller Inspiration auf.« Er hob das Gewehr und zielte zur Probe über Kimme und Korn. »Du bist ihm schon mal begegnet, stimmt's, Chang?«

»Ja, *xie xie*, ich hatte die Ehre. In Shanghai, als ich noch beim Nachrichtendienst war.«

»Sag uns, wie ist er, der große Mann?«

Chang wusste, dass Luo bedeutende Worte von ihm hören wollte, doch irgendwie wollten sie ihm nicht über die Lippen kommen, nicht für Tschu En-lai, den Leiter des Hauptquartiers in Shanghai.

»Er besitzt den Charme eines Seidenhandschuhs«, murmelte er stattdessen. »Zart legt er sich über deine Haut und hält dich dennoch fest in seinem Griff. Ein schmales, wohl geformtes Gesicht mit Brille, mit der er seine … seine nachdenklichen Augen zu verbergen sucht.«

Seine slawischen Augen. Slawisch und skrupellos. Ein

Mann, der alles tun würde – wirklich alles, auch wenn es bedeutete, brutal zu anderen zu sein oder sich selbst zu erniedrigen –, um seinen Herren zu dienen. Und seine Herren saßen in Moskau. Doch nichts von alldem sagte Chang.

Stattdessen fügte er hinzu: »Er ist wie du, Luo. Sein Mund ist so groß wie der eines Flusspferdes, und er redet eine Menge. Seine Ansprachen dauern Stunden.« Er schlug mit der flachen Hand auf eine der Kisten. »Komm, laden wir die hier auf die Lasttiere, bevor …«

Eine plötzliche Explosion ließ ihn verstummen, ein dumpfes Rumpeln von draußen, das den Holzboden des Waggons zum Beben brachte. Es kam von irgendwo in der Nähe, und die beiden Männer reagierten prompt, indem sie vom Waggon sprangen, die Pistolen in der Hand. Doch in dem Moment, als sie auf dem vereisten Boden ankamen und schliddernd nach Halt suchten, hielten sie inne – denn direkt vor ihnen lag zwischen den Felsen ein hoher Metalltresor. Jemand hatte die Tür gesprengt. Eine Gruppe aufgeregter Soldaten aus Luos Truppen umringte ihn.

»Wang!«, rief Luo barsch nach seinem ersten Offizier. »Was, beim blauen Hintern eines Affen, macht ihr da?«

Wang war ein untersetzter junger Mann mit dicken Augenbrauen und einem kurzen, fleischigen Hals, der ihm das Aussehen eines Stiers verlieh, der jederzeit mit gesenkten Hörnern zum Angriff übergehen könnte. Er löste sich von dem Grüppchen und marschierte zu seinem Vorgesetzten hinüber, ein Bündel Papiere in der ausgestreckten Hand.

»Der Tresor ist dort aus dem Wagen gestürzt.« Er zeigte auf einen Haufen verbogenen Metalls.

Der erste Waggon hatte die volle Wucht der ersten Explosion abbekommen, die den Zug zum Entgleisen gebracht hatte. Er war auf den Boden des Tales gekippt und hatte seinen ganzen Inhalt – mehrere uniformierte Offiziere sowie den grünen Tresor – über dem felsigen Untergrund verteilt, bevor er mit seinem gewaltigen Gewicht alles und jeden unter sich begraben hatte, was sich noch in seinem Inneren befand.

Respektvoll, aber auch mit einem triumphierenden Funkeln in den Augen streckte Wang die Faust aus. »Ich habe mir erlaubt, seine Tür zu öffnen.«

Chang An Lo nahm von dem Soldaten die Papiere entgegen. Während er die erste Seite überflog, schien ihm, als komme die Welt langsam zum Stillstand. Soldaten machten sich um ihn herum zu schaffen, stellten Gefangene in kümmerlichen Reihen auf, doch es war, als hätten sie alle Bleigewichte an den Füßen, denn sie schienen Chang kaum mehr als ein träges, verschwommenes Bild am Rande seines Gesichtsfeldes. Er packte die Papiere fester.

»Du hattest Recht«, brummte Luo Wen-cai. »Es sind tatsächlich Dokumente im Zug.«

Chang nickte. Er machte einen Schritt vorwärts und packte Wang am Revers seiner Uniformjacke. Die Augen des ersten Offiziers weiteten sich, und er zog den Kopf noch tiefer zwischen die Schultern.

»Hast du sie gelesen?«, wollte Chang wissen.

»Nein, Kommandant.«

»Schwörst du? Bei der Ehre deiner Ahnen?«

Die Jacke drohte zu zerreißen.

»Ich schwöre.«

Ein Pulsschlag. Das war alles. Dann hätte ein Messer die Sehnen an Wangs Kehle durchtrennt. Er sah es in Changs schwarzen Augen.

»Ich kann nicht lesen«, flüsterte der Soldat. Seine Stimme war kaum mehr als ein leises Kratzen in der Luft. »Ich habe es nie gelernt.«

Noch zwei Pulsschläge. Dann nickte Chang und schob den Mann von sich.

»Also«, sagte Luo leise. »Deine geheimdienstlichen Informationen waren richtig. Der Zug transportierte mehr als nur

Nachschub für die Nationalisten.« Er richtete einen vernarbten Zeigefinger auf das klaffende Maul des Tresors. »Schau.«

Chang bewegte sich langsam über den felsigen Untergrund, doch seine Augen nahmen die zerschmetterten Leiber nicht mehr wahr, die seinen Weg kreuzten. Ganz hinten in dem Tresor lagen drei Hanfsäcke, die offenbar stabil genug gewesen waren, um die Explosion unbeschadet zu überstehen, die die Tür des Tresors weggerissen hatte. Er griff hinein und holte einen der Säcke heraus. Er war so schwer, dass Chang die Muskeln seines Unterarms anspannen musste, und trug einen kyrillischen Aufdruck in dunkelbrauner Tinte.

Chang schüttelte den Sack und hörte ein metallisches Klimpern. Ohne hineinzuschauen wusste er, was in dem Sack war. Gutes russisches Gold.

FÜNF

Sag mir, Alexej, woran erinnerst du dich?«

Lydia gab sich Mühe, ihre Frage nicht allzu begehrlich klingen zu lassen, aber das fiel ihr nicht leicht. Der Zug hatte angehalten. Es fühlte sich seltsam an, hier mit ihrem Bruder zu stehen, mitten in der Nacht und mitten im Nirgendwo, unter einem dunklen und sternenlosen Himmel. Doch alles war besser, als Stunden um Stunden in dem engen Zugabteil zusammengepfercht zu sein. Das unbekannte Gefühl, in einem Zug zu reisen, hatte sich längst abgenutzt, all die anfängliche Aufregung und die Freude darüber, lauter Neues zu entdecken, hatten sich gelegt und waren unter einem Berg von Verzögerungen und Enttäuschungen begraben worden. Nein, Enttäuschungen eigentlich nicht. Lydia schüttelte den Kopf und zog ihre Mütze noch tiefer ins Gesicht, in dem sinnlosen Versuch, die Kälte abzuschirmen, die erbarmungslos unter ihre Haut kroch. Sie stampfte mit den Stiefeln auf dem Kies auf und spürte, wie das Blut kurzzeitig durch ihre Zehen floss.

Nein, keine Enttäuschung. Das war das falsche Wort. Sie durchforstete sorgfältig ihr erst kürzlich erlerntes russisches Vokabular und stieß stattdessen auf *dosada*. Frustration. Das war es. *Dosada.* Es war ein Gefühl, das ihr neu war.

»Ich hatte mich schon gewundert, wann du wohl danach fragst«, sagte Alexej ruhig. »Lange genug hast du gebraucht.«

Da war etwas in seiner Stimme, etwas Zögerndes, Zauderndes.

»Ich frage jetzt«, sagte sie. »An was erinnerst du dich?«

In der Dunkelheit konnte sie seinen Gesichtsausdruck nicht

erkennen, trotzdem spürte sie seine Anspannung an der Art und Weise, wie er die Schultern straffte, als wäre da etwas, das ihn störte oder bedrängte. Etwas, das er gerne losgeworden wäre. War sie es? War sie es, die ihn störte und bedrängte oder ihm Schmerz verursachte?

Finsternis hatte die Landschaft um sie herum so vollständig verschluckt, dass Lydia nicht einmal erkennen konnte, ob vor ihnen Berge lagen oder sich eine offene Ebene ausbreitete. Irgendwo war das leise Murmeln eines Flusses zu hören. Einige andere Fahrgäste waren ebenfalls aus dem Zug gestiegen, um sich die Beine zu vertreten, während die Wassertanks des Zugs aufgefüllt wurden, doch ihre Stimmen waren gedämpft. Lydia stemmte den Kopf gegen den Wind und bemerkte dabei, dass Alexejs behandschuhte Hand sich zur Faust schloss und öffnete, wieder und wieder. Als sie ihn gefragt hatte: *Woran erinnerst du dich?*, hatte sie nicht näher erläutert, welche Erinnerungen sie meinte, aber das brauchte sie auch nicht. Sie wussten es beide. Als sie jetzt jedoch sah, was er mit seinen Händen machte, kam ihr zum ersten Mal der Gedanke, er könne vielleicht gar nicht den Wunsch verspüren, seine Erinnerungen an Jens Friis mit ihr zu teilen. Nicht mit ihr.

War der Raum, den die Erinnerung an seinen Vater einnahm, ein zu vertraulicher Bereich für ihn? Ein Bereich, an dem er niemanden teilhaben lassen wollte?

Sie wartete und lauschte einen Moment lang den Stimmen der Bahnarbeiter, die sich Anweisungen zuriefen, während sie das schmale Tankrohr zu dem Wasserturm auf seinen dünnen, spinnenartigen Beinen zurückschwenken ließen. Eine Lampe hing an einem hohen Draht direkt über dem Tank und warf unheimliche Schatten auf den Boden, während sie im Wind schwankte, wie Geister, die zwischen ihren Füßen hin und her huschten. Abergläubisch, wie sie war, bemühte sie sich, nicht mit den Stiefeln darauf zu treten. Rußpartikel landeten auf ihrer Haut, weich wie zarte Motten mit schwarzen Flügeln. Oder waren das die Nachtgeister, vor denen Chang sie gewarnt hatte?

»Monatelang«, sagte sie, »sind wir jetzt zusammen auf Reisen, und noch nie haben wir über unsere Erinnerungen an Jens Friis gesprochen. Jedenfalls haben wir nicht *richtig* darüber gesprochen. Nicht einmal, als wir damals drei Wochen in Omsk festsaßen.«

»Nein«, stimmte Alexej ihr zu. »Nicht einmal da.«

»Damals war ich …« Sie zögerte, weil sie nicht recht wusste, wie sie es ihm erklären sollte. »Damals war ich noch nicht bereit dazu.«

Ein kurzes Schweigen. Die Seitenwände der Lokomotive schienen leicht zu beben, eine Art Seufzer ging durch den Kessel, als er seinen heißen Atem ausstieß. Lydia wischte sich den Ruß von der Wange, während Alexejs Stimme mit einer Sanftheit aus der Dunkelheit an ihr Ohr drang, die sie nicht gewöhnt war.

»Weil dein Russisch nicht gut genug war?«

»Ja«, log sie.

»Das dachte ich mir schon.«

»Dann erzähl es mir jetzt.«

Er holte tief Luft, als wollte er tauchen. Was war es, das er da unten so fürchtete? Welche gefährliche Strömung aus seiner Vergangenheit? Sie streifte sanft mit dem Handschuh seinen Ärmel und spürte, dass sie sich noch nie zuvor ihrem Bruder so nahe gefühlt hatte wie jetzt und hier, auf diesem eisigen Stückchen schmutziger Erde, mitten in diesem Land, das das ihre war und doch auch wieder nicht. Sie spürte, wie sich etwas in ihr zu lösen begann, als sie mit dem Handschuh seinen Ärmel streifte, und sie so fest miteinander verschmelzen ließ, dass es sie überraschte, als sie ihre Hand dennoch ganz ohne Mühe wieder von ihm lösen konnte.

»Er ist oft zu Besuch gekommen«, begann Alexej ruhig. »Jens Friis. In St. Petersburg. Meine Mutter und ich lebten damals bei ihrem Ehemann, dem Grafen Serow, dem Mann, von dem ich immer geglaubt habe, er sei mein Vater, in einem großen Herrenhaus mit einer langen, kiesbestreuten Auffahrt. Oft hielt ich von dem Salonfenster im ersten Stock nach Jan Ausschau – von dort aus hatte man den besten Blick auf seine Ankunft.«

»Kam er denn oft?«

»Jeden Samstagnachmittag. Ich habe nie nachgefragt, warum er so regelmäßig kam. Oder warum er immer so viel Aufhebens um mich machte. Manchmal hat er mir ein Geschenk mitgebracht.«

»Was denn zum Beispiel?«

»Oh«, Alexej wedelte beiläufig mit der Hand. »Briefmarken für mein Album oder ein neues Modell zum Bauen.«

»Ein Modell?«

»Ein Schiff. Einen Schoner aus Holz, mit dem man in den Fernen Osten segeln könnte. Aber manchmal verband er mir auch die Augen, drehte mich ein paar Mal im Kreis herum und schenkte mir dann ein Buch.«

»Was für Bücher waren das?«

»Gedichte. Er mochte Puschkin. Oder russische Volksmärchen. Obwohl er Däne war, wollte er unbedingt, dass ich mein russisches Erbe kennen lerne.«

Sie nickte.

»Also lief ich immer zum Fenster«, jetzt klang Alexejs Stimme ganz warm, »wann immer Mama mir sagte, Jens Friis würde zu Besuch kommen, und da hockte ich dann und wartete, jederzeit bereit, aufzuspringen und ihm zuzuwinken.« Ein verlegenes Lachen drängte sich zwischen seine Worte. »Einfach ein kleiner Junge, an einem von über dreißig Fenstern.«

»Aber hat er dich denn gesehen, wenn er die Auffahrt hochkam?«

»*Da*, immer. Er lüpfte dann den Hut und schwenkte ihn so schwungvoll durch die Luft, dass ich lachen musste.«

»In einer Kutsche?«

»Manchmal, ja. Ansonsten kam er meistens auf seinem Pferd.«

Seinem Pferd.

Auf einmal flog Lydia eine Erinnerung zu, von irgendwoher, und bahnte sich einen Weg in ihr Bewusstsein. Ein Pferd. Ein herrlicher, edler Brauner mit einer schwarzen Mähne, an die sie sich mit ihren kurzen Fingerchen so gerne gehängt hatte. Ein Pferd, das nach muffigem Öl und nach Hafer roch, ein Pferd namens …

»Heros«, sagte sie.

Alexejs Gesicht war plötzlich noch näher bei ihrem, und sie konnte den Tabak in seinem Atem riechen. »Du erinnerst dich auch an ihn?«

»Ja«, flüsterte sie. »Ich liebte seine Ohren.«

»Seine Ohren?«

»Wie sie zuckten und sich hin- und herbewegten, wenn er sich freute. Oder wie er sie anlegte, wenn ihn etwas ärgerte. Ich fand, sie waren so ausdrucksvoll, als wären sie verzaubert. Ich wollte auch solche Ohren haben.«

Sie konnte Alexejs Lächeln in der Dunkelheit eher spüren als sehen. »Jens hat mich oft zum Reiten mitgenommen. Ich hockte wie ein Äffchen vor ihm auf Heros' Sattel, und als ich später alt genug war, um selber ein Pony zu reiten, sind wir häufig am Nachmittag miteinander ausgeritten, nur wir beide.«

Lydia entfuhr ein kleiner Laut des Staunens.

»Oft sind wir am Ufer der Newa entlanggeritten.« Zwar sprach Alexej mit ihr, doch sie spürte, dass er eigentlich weit, weit weg war. »Dann sind wir den ganzen Weg durch den Wald galoppiert.«

Wir. Immer dieses *Wir.*

»Wir lachten ziemlich viel bei diesen Ausritten. Ganz besonders mochte ich es im Herbst, wenn die Blätter an den Bäumen so leuchtend bunt waren, dass es aussah, als stünden sie in Flammen. Bis er mich dann eines Tages – ich muss sieben Jahre alt gewesen sein – vor sich hinstellte, mir die Arme steif an die Seiten presste, als wäre ich ein kleiner Soldat, der strammstehen muss, und mir sagte, er könne mich nicht mehr jeden Samstag besuchen kommen.«

Lydia hatte ein Ohr für all die kleinen Pausen, die Alexej zwischen den Worten machte. Beide konnten den Grund für das jähe Ausbleiben von Jens' regelmäßigen Besuchen erahnen, doch es war Alexej, der ihn aussprach.

»Damals muss er wohl Valentina, deine Mutter, näher kennen gelernt haben. Offenbar musste er daraufhin aufhören, sich mit meiner Mutter zu treffen.«

»Hast du ihn danach nie wiedergesehen?«

»Doch. Ein ganzes Jahr verlor ich ihn aus den Augen und hatte nicht die leiseste Ahnung, warum. Ich hatte ihn hinter geschlossenen Türen mit meiner Mutter streiten hören und gab ihr deshalb die Schuld. Aber dann kam er zurück, ohne es mir vorher zu sagen.«

Lydia starrte Alexej verblüfft an.

»Jetzt guck nicht so schockiert«, sagte er. »Es war nicht oft. Er kam an Geburtstagen und für eine Schlittenfahrt an Weihnachten. Und hin und wieder sind wir auch miteinander durch den Wald galoppiert. Das ist alles.«

»Wie hast du ihn genannt?«

»Ich nannte ihn *djadja*. Onkel. Onkel Jens.«

Lydia sagte nichts.

»Er brachte mir das Springreiten bei. Über die Äste auf dem Waldboden habe ich es problemlos geschafft, da bin ich auf meinem Pony einfach drübergesprungen, aber dann ließ er mich über größere Hindernisse wie Zäune und Bäche springen. Er brüllte vor Lachen, wenn ich runterfiel, und manchmal …« Alexej gluckste, ein Geräusch, das tief aus seiner Kehle kam. »Manchmal hab ich mich absichtlich aus dem Sattel fallen lassen, nur um dieses Lachen zu hören.«

Lydia sah die beiden vor sich. Einen kleinen Jungen, die grünen Augen leuchtend vor Aufregung. Und sein rothaariger Vater, der ihm auf seinem Braunen vorausritt. Die Sonne stand tief am Himmel und übergoss die beiden mit einem goldenen Schein. Die herbstlich bunten Blätter bildeten einen raschelnden Teppich unter ihren Hufen.

Sie hatte das Gefühl, ihr Herz würde gleich zerspringen vor Neid.

In dem Zug war es kalt. Trotzdem schafften es die meisten der Passagiere, auf ihren Sitzen zu schlafen, die Köpfe zur Seite geneigt, während der Zug ratternd durch die Nacht fuhr. Manchmal, zwischendurch, vergewisserte sich Lydias erschöpfter Verstand bestimmter Dinge, während sie in ihre Decke gehüllt dasaß. Da war Alexej, der neben ihr saß, selbst im Schlaf aufrecht. Und sie hörte den rhythmischen Herzschlag des Zuges, in jeder Umdrehung seiner Räder. Doch außerhalb seiner abgedunkelten Fenster hatte scheinbar jegliches Leben aufgehört zu existieren. Sie schloss die Augen. Nicht weil sie schläfrig war, sondern weil sie den Anblick dieses gewaltigen Nichts nicht ertragen konnte. Es war einfach zu erdrückend. Wie es an die Fenster klopfte. Durch die Ritzen sickerte. Sich um ihre Fußknöchel legte.

Der Schlaf wollte nicht kommen. Auch störte es sie, wie launisch dieser Zug zu sein schien, der ohne erkennbaren Grund manchmal stehen blieb und dann wieder weiterfuhr, so dass die Stunden in der Finsternis nur schleppend vorangingen. Doch kaum hatte sie die Augen geschlossen, standen wieder andere Bilder vor ihrem inneren Auge, Bilder von Chang An Lo, wie er vor ihr kauerte, die dunklen Augen auf sie gerichtet, wie damals, als sie seinen Fuß genäht hatte, nachdem ein Hund ihn zerfetzt hatte. Oder das Erstaunen in seinen Augen, als sie ihm ein weißes Kaninchen ans Bett gebracht hatte, um ihn aufzuheitern, als er in Tschangschu krank daniederlag.

Und wie dunkel diese Augen wurden, wenn er wütend war … oder wie hell, wenn Liebe in ihnen leuchtete. Sie waren und blieben dort in ihrer Erinnerung, immer …

Was mochten sie wohl in diesem Moment anschauen? Und wen?

Lydia schlug die Augen auf.

»Alpträume? *Koschmary?*«

Es war die Frau aus dem Hotel, die sie angesprochen hatte. Was wollte sie? Nach Konversation stand Lydia nicht der Sinn. Die Augen der Frau mussten irgendwann einmal blau gewesen sein, doch nun waren sie farblos wie Leitungswasser, und sie musterten Lydia mit trägem Interesse. Niemand sonst schien in ihrem Abteil wach zu sein. Der Mann, der zur Linken der Frau saß, trug einen blassen Zobelmantel, der sich im Schlaf geöffnet hatte, und die Frau hatte die Gelegenheit genutzt, eine Seite des Fells zu sich herüberzuziehen, um sich damit zusätzlich zu wärmen.

Das gefiel Lydia. »Nein«, sagte sie. »*Njet*. Keine Alpträume.«

»Langeweile?«

»So was in der Richtung.«

Die Frau blinzelte und sagte eine Weile nichts mehr, so dass Lydia dachte, für sie sei das Gespräch damit beendet. Doch sie täuschte sich.

»Wer ist dein Freund, Genossin?«

»Warum fragst du?«

Die Frau öffnete den Mund und leckte sich lasziv über die Lippen. »Ich suche immer nach einem Mann.«

»Er ist nicht interessiert«, sagte Lydia tonlos.

»An dir nicht? Oder an mir?«

»Er ist mein Bruder.«

»Ha! Nicht der Gutaussehende mit den langen Beinen, *durotschka*, Dummerchen. *Dermo!* Der ist zu jung für mich. Ich meine den anderen.«

Popkow? Die Frau interessierte sich für Popkow?

Lydia beugte sich vor und tippte der Frau höflich, aber bestimmt auf das pelzbedeckte Knie. »Halt dich von beiden fern.«

»Du brauchst doch nicht alle beide«, sagte die Frau lachend. »Sei nicht so gierig.« Mit ihren wässrigen Augen musterte sie Lydia in einer Weise, bei der ihr unbehaglich wurde. »Und du, *malyschka*«, fügte die Frau hinzu, »bist ebenso wenig aus Smolensk wie ich aus …« Sie hielt inne und zeigte kurz ihre dicke, rosa Zunge. »China.«

Lydia ließ sich unmerklich in den Sitz fallen. Wie konnte die Frau das wissen?

Lydia erinnerte sich daran, was Alexej zu ihr über die Menschen in diesem Sowjetstaat gesagt hatte, die über deine Geheimnisse eher Bescheid wussten als du selber. Mit einem gleichgültigen Achselzucken, als hätte das Gespräch sie nur gelangweilt, nahm sie die Wolldecke von ihren Knien, legte sie sorgfältig und in aller Ruhe zusammen und verstaute sie in dem Gepäckfach über ihrem Kopf. Dann schob sie die Abteiltür auf und trat, ohne der Frau noch einen Blick zu schenken, in den düsteren Gang hinaus.

Ich atme, mein Geliebter. Ich atme immer noch.

SECHS

Auf dem Gang im Zug war es sogar noch kälter als im Abteil. Lydia schaute in beide Richtungen und sah zu ihrer Erleichterung, dass außer ihr niemand von Schlaflosigkeit geplagt war oder das Bedürfnis verspürte, sich die Beine zu vertreten, obwohl ein starker Tabakgeruch in der Luft hing, als hätte kürzlich jemand hier draußen geraucht. Der Gang war braun getäfelt, und da nur ein einziges schummriges Licht hoch oben an der Wand brannte, kam man sich vor wie in einem langen braunen Schlauch. Lydia mochte dieses Dämmerlicht. Es beruhigte sie. Und half ihr dabei, besser nachzudenken.

Ein Beben durchlief den Zug, während sich seine Räder gleichmäßig drehten, und Lydia presste ihr Gesicht gegen die kalte Fensterscheibe, konnte aber nichts erkennen außer der Nacht selbst, die sich wie eine schwarze Decke über die Landschaft gesenkt hatte. Dort draußen brannten keine Lichter, es gab keine Städte, keine Dörfer. Nur eine endlose gefrorene Wildnis aus Bäumen und Schnee.

Wie, um alles in der Welt, hatten sie hier draußen eine Eisenbahn gebaut? Die gewaltige Größe Russlands nahm ihr ebenso den Atem wie die Chinas, eine Größe, die bei Weitem ihre Vorstellungskraft überstieg. Stattdessen hatte sie gelernt, sich auf die kleinen Dinge des Lebens zu konzentrieren, und darin war sie gut: Sie sah Dinge, die anderen entgingen. Zum Beispiel die Sonne, die auf der Taschenuhr eines Mannes blitzte; die Ecke einer Brieftasche, die aus einer Jackentasche ragte; oder die goldene Lippenstifthülse einer Dame, die nur eine

Sekunde lang auf dem Tresen eines Ladens liegen blieb. Lydia konnte sich ein wehmütiges Lächeln nicht verkneifen. Ja, im Stehlen war sie richtig gut gewesen.

Abrupt löste sie den Blick von der Schwärze da draußen und wandte sich ihrem eigenen Spiegelbild in der Glasscheibe zu. Sie verzog das Gesicht. Die Mütze war wirklich schrecklich, ein braunes Ungetüm aus Wolle, in dem sie aussah wie ein Pavian. Sie war froh, dass Chang An Lo sie nicht damit sehen konnte. Sie seufzte und hörte, wie die Angst in ihr knisterte, wenn sie tief Luft holte. Sie war siebzehn, er neunzehn, fast zwanzig. Würde ein Mann denn ewig warten? Sie wusste es nicht. Er liebte sie von ganzem Herzen, dessen war sie sich sicher, aber ... Angesichts ihrer Naivität stieg ihr die Schamesröte ins Gesicht. Wie lange konnte ein Mann ohne Frau sein? Einen Monat? Ein Jahr? Zehn Jahre?

Sie wusste, sie würde ihr Leben lang auf ihn warten, wenn es sein musste. War es das, was ihr Vater getan hatte? Jahr um Jahr in diesem Arbeitslager gesessen und darauf gewartet, dass ihre Mutter kam?

Plötzlich riss sich Lydia die Mütze von den Haaren und schüttelte wild den Kopf. Eine Flut kupferroten Haares ergoss sich über ihre Schultern, wogte um ihr Gesicht. Auf einmal war da wieder diese Wildheit in ihr, die sie mochte. Eine Löwin hatte jemand sie einmal genannt. Sie fuhr mit den Fingernägeln über das Fenster, als wollte sie ihre Krallen schärfen, zog Furchen durch den Dunstnebel, den ihr Atem auf dem Glas hinterlassen hatte.

Es war kurz vor Morgengrauen. Lydia beobachtete, wie sich die tiefe Dunkelheit in ein blasses, durchscheinendes Grau verwandelte. Bäume zeichneten sich vor dem Himmel ab. Langsam wurde die Welt wieder zur Wirklichkeit.

Sie folgte dem düsteren Korridor bis zu dem winzigen Waschraum am Ende. Drei Fahrgäste standen bereits davor

Schlange. Russen, das hatte sie bereits bemerkt, waren gut im Schlangestehen, besser als die Chinesen. Während sie sich gegen die Holzpaneele des Flurs lehnte und spürte, wie ihr das gleichmäßige Rattern der Zugräder wie ein Beben durch Mark und Bein ging, wanderte sie in Gedanken zurück zu der Frau in ihrem Zugabteil, diejenige, die sie gefragt hatte, woher sie komme. Irgendwie machte sie Lydia nervös.

Schnelle, leise Schritte kamen auf den Waschraum zugehuscht. Lydia war bereits auf den zweiten Platz in der Schlange vorgerückt. Nicht, dass sie es besonders eilig hatte, das beengte Vestibül zu betreten, doch sie wollte einfach ihre Rückkehr ins Abteil hinauszögern. Die Schritte hörten auf. Als Lydia sich umschaute, sah sie zu ihrem Erstaunen vier Frauen und ein Kind, die sich hinter ihr angestellt hatten – wann waren sie gekommen? – und allesamt geduldig warteten, allem Anschein nach Landarbeiterinnen mit schweren Kopftüchern, Schals und den breiten, grobknochigen Händen von Menschen, die im Schweiße ihres Angesichts auf den Feldern schufteten. Ihre Gesichter waren verschlossen, fast verstockt. Das Kind, ein kleiner Junge mit Mütze, lutschte an seinem Daumen und machte dabei leise Nuckelgeräusche. Hinter ihm stand die Person, die sich zuletzt angestellt hatte. Ohne es zu wollen, zuckte Lydia vor Überraschung zusammen. Es war Antonina, die Frau des Lagerkommandanten, eingemummelt in ihren silbrigen Pelzmantel.

»*Dobroje utro*, Genossinnen«, sagte der Neuankömmling. »Guten Morgen allerseits.« Sie nickte Lydia zu.

Die Frauen starrten sie an, als wäre sie eine aufgeplusterte Elster. Eine brummte: »*Dobroje utro*«, und blickte zu Boden. Die anderen schwiegen. Als der kleine Junge sie mit seinem schmuddeligen Händchen am Mantel berührte, machte sie einen Schritt zurück. Sie trug wieder ihre grauen Handschuhe und begann die Hände zu reiben und zu kneten, als wäre ihr etwas unangenehm.

»Genossinnen«, sagte sie, doch ihre Munterkeit hatte Sprünge bekommen. »Bei mir ist es dringend.« Ihr Lächeln war förmlich und gelangte nicht bis zu den Augen. »Meint ihr, ihr könntet ...«

Die Frauen in der Schlange drehten sich zu ihr um.

»*Njet.*«

»Warte, bis du dran bist.«

»Mein Kleiner muss auch dringend, aber er beschwert sich nicht. Du solltest es besser wissen.«

Antoninas Augen blinzelten. Ihr Mund wirkte zart und zerbrechlich. Sie schüttelte den Kopf, und während eine Hand die andere zu kratzen begann, breitete sich ein schmaler, blutroter Fleck auf dem weißen Baumwollstoff aus.

»Genossin Antonina«, sagte Lydia liebenswürdig und trat aus der Schlange. »Du kannst meinen Platz haben.«

Die Mutter des kleinen Jungen warf ihr einen missbilligenden Blick zu. »Genossin«, sagte sie. Ihre Stimme klang ruhig und vernünftig. »Wir müssen es nicht mehr hinnehmen, dass wertlose Schmarotzer wie diese Dame in ihrem bourgeoisen Aufputz uns unsere Rechte wegnehmen. Das ist doch eindeutig keine Arbeiterin. Schau sie dir doch an.«

Alle starrten jetzt auf das blasse, wohl genährte Gesicht der Frau, auf die glitzernden Rubinohrringe in dem dunklen Haar, auf den luxuriösen Pelzmantel.

»Es ist doch offensichtlich, dass sie ...«

Lydia unterbrach die Frau. »Bitte, Genossin. *Poschaluista.* Das schadet dir doch nicht. Ich gebe ihr meinen Platz in der Schlange, also ...«

»Junges Mädchen«, sagte die Mutter des kleinen Jungen voller Interesse. »Wie heißt du?«

Lydias Mund wurde trocken. »Mein Name tut nichts zur Sache. Das hat rein gar nichts mit ...«

Die Frau zog einen kleinen, blauen Notizblock aus ihrer Tasche. An einem Gummiband hing ein Bleistift.

»Name?«, wiederholte sie.

Abrupt mischte sich die Frau des Kommandanten ein: »Jetzt reicht's, Genossinnen.« Sie hob ein Stück weit den Kopf, gab mit der behandschuhten Hand ein Zeichen, und im nächsten Moment tauchte einer ihrer uniformierten Reisegefährten neben ihr auf wie ein Schatten. Er sagte keinen Ton. Das brauchte er auch nicht. Die Frauen starrten auf den Boden. Lydia hatte keine Zeit zu verlieren. Sie drängte sich an seiner wuchtigen Gestalt vorbei und machte sich auf den Rückweg zu ihrem Abteil, doch als sie sich ihm näherte, sah sie, dass der zweite uniformierte Beschützer der Frau ihr den Weg verstellte.

»Entschuldigung«, sagte sie höflich.

Er bewegte sich nicht, sondern legte nur die Hand an das Pistolenhalfter auf seiner Hüfte. Er war groß, hatte feine slawische Gesichtszüge und stark errötete Wangen. Seine dunklen Augen blickten amüsiert.

»Sag mir, Mädchen«, fragte er und baute sich ganz nah vor ihr auf, um ihren Mantel, die Schuhe, die hässliche Wollmütze einer eingehenden Musterung zu unterziehen. »Wieso interessierst du dich für die Gattin des Genossen Kommandant?«

Lydia zuckte mit den Achseln. »Tu ich gar nicht.«

»Ich bin hier, um dafür zu sorgen, dass das auch so bleibt.«

»Das ist deine Angelegenheit, nicht meine, Genosse.«

Der amüsierte Ausdruck in seinen Augen war verschwunden, aber nach einem langen Blick trat er beiseite, um sie durchzulassen. Seine Uniform roch muffig, als hätte er viele Nächte darin geschlafen. Sie spürte seinen bohrenden Blick in ihrem Rücken, während sie den Gang entlangeilte.

Am späten Nachmittag hatte ein heftiger Eisregen eingesetzt, kleine Graupelkörner, die wie Schrotkugeln gegen die Fensterscheiben des Zuges prasselten. Ohne Vorwarnung wurde der Zug, während sie eine weite Ebene durchquerten, immer langsamer und kam schließlich mit kreischenden Bremsen und inmitten einer gewaltigen Dampfwolke zum Stehen. Draußen verschwamm die Welt im Dunst.

Langsam kam ein kleiner, aus Brettern und rostenden Eisenstreben gezimmerter Bahnhof in Sicht, und Lydias Herz schlug schneller, als sie das Ortsschild erblickte. Trowitsk. Das war der Bahnhof, der zum Arbeitslager Trowitsk gehörte. Bewaffnete Soldaten bewachten mit Adleraugen den Bahnhof, niemand, der keine offizielle Genehmigung hatte, durfte hier aussteigen. Dennoch erhob sich Lydia von ihrem Sitz.

»Wohin gehst du?«

»Mach dir keine Sorgen, Alexej. Ich vertrete mir nur die Beine …«

»Du kannst hier nicht aussteigen.«

»Ich weiß.«

»Es regnet. Sie wird schnell machen.«

Lydia blickte auf ihren Bruder hinab, in seine intelligenten Augen. Er wusste Bescheid. Langsam dämmerte ihr, dass er wusste, was sie tun würde.

Lydia stand auf der obersten Stufe des Waggons. Die schwere Tür stand offen, doch sie wusste, dass es ein Fehler gewesen wäre, auf den Bahnsteig hinabzusteigen. Der Regen peitschte ihr ins Gesicht, während sie im Türrahmen lehnte und mit gespielter Gelassenheit hinausblickte. Sie wünschte, sie würde rauchen, denn in einer Tür zu stehen und zu rauchen ließ einen Menschen irgendwie harmlos wirken. Und genau so wollte sie in diesem Moment wirken – harmlos.

Drei Soldaten waren damit beschäftigt, eine kleine Gruppe von Männern aus dem Gepäckwaggon am hinteren Ende des Zuges aussteigen zu lassen. Lydia beobachtete sie. Die Männer waren Gefangene. Sie sah es an ihren gebeugten Schultern, an den angespannten Gesichtern, an der Art, wie sie sich bewegten, als rechneten sie jeden Moment damit, geschlagen zu werden. Einige trugen Mäntel, andere Anzüge, den Kragen zum Schutz gegen den Regen hochgeschlagen; einer war sogar hemdsärmelig. Und niemand trug eine Kopfbedeckung.

Sie zwang sich dazu, sich die Männer genau anzusehen und den Blick nicht abzuwenden, so gern sie das auch getan hätte. Irgendwie hatte sie das Gefühl, sie trete ihnen damit zu nahe. Da war eine Nacktheit an ihren gebeugten Gestalten, ihre Angst und Erniedrigung waren irgendwie zu groß, zu offenbar, als dass jeder sie sehen durfte. Ihr wurde übel.

Papa, ist es so für dich? Diese Demütigung, erlebst du sie auch?

Es fiel ihr schwer zu schweigen, die Worte, die sie am liebsten hinausgeschrien hätte, für sich zu behalten. An der Kleidung und der Verwirrung, die die Männer ausstrahlten, erkannte sie, dass es sich um neue Gefangene handelte. Das zeigte sich an den nervösen Blicken, die sie den Wachposten zuwarfen, selbst an der Art und Weise, wie einer von ihnen kurz zu Lydia selbst schaute. An der Scham, die dabei in seinen Augen stand. Ein Mann mit einem kleinen Bündel, das er in einen Schal gewickelt hatte, brachte ein verlegenes Lächeln für Lydia zu Stande, als wollte er ihr unbedingt weismachen, das alles sei nur ein Missverständnis. Und dass man sie aus ihrem warmen Bett gerissen hatte, sei nur deshalb geschehen, weil ... Ja, warum eigentlich? Weil sie ein unbedachtes Wort hatten fallenlassen oder den falschen Gedanken geäußert hatten?

Die drei Soldaten benutzten ihre Gewehre wie Stöcke, mit denen man Vieh zusammentreibt, und brachten die Männer dazu, sich in einer langen Reihe aufzustellen, die dann auf den Eingang des Bahnhofs zustolperte. Ganz am Ende der Reihe begann ein kleiner, dicklicher Mann zu schluchzen, als wären Kummer und Angst ihm einfach zu viel geworden. In Lydias Ohren klang es mehr wie der Schrei eines Tieres als der eines menschlichen Wesens.

»Geh wieder rein da.«

Das hatte einer der Wachsoldaten gerufen, die auf dem Bahnsteig patrouillierten. Er stieß nach der offenen Zugtür, um sie zu schließen.

»Genosse Soldat.« Lydia lächelte ihn an und zog die Mütze ab, um ihre Haarmähne freizugeben. Der Mann war jung. Und er lächelte zurück.

»Meine Lungen sind nicht gut«, sagte sie, »und in meinem Abteil ist immer Rauch. Ich brauche ein bisschen frische Luft.« Sie zog lautstark die Luft ein, um ihrem Argument Nachdruck zu verleihen, und spürte, wie die eisige Luft in ihrer Kehle kratzte. Sie musste husten.

»Na, dann mach doch die Tür zu und stattdessen das Fenster auf.« Sein Ton war freundlich.

In diesem Moment fiel ihr Blick auf eine elegante Gestalt, die weiter hinten am Zug Anstalten machte auszusteigen. Es war Antonina. Zum Schutz gegen die Regentropfen, die auf ihrem Pelz glitzerten wie Diamanten, beugte sie den Kopf. Hinter ihr wuchteten die beiden uniformierten Begleiter ihr Gepäck aus dem Zug, doch Alexej hatte sich getäuscht. Sie hatte überhaupt keine Eile. Sie ließ sich Zeit. Ganz gemächlich streifte sie sich die grauen Lederhandschuhe über die Finger, brachte ihren Hut in den richtigen Winkel und musterte dann mit ausdruckslosen Augen die armselige Reihe der Gefangenen. Ein paar geflüsterte Worte zu einem ihrer uniformierten Begleiter, und auf der Stelle wurde ein kleiner, schwarzer Schirm für sie gezückt. Sie nahm ihn entgegen, hielt ihn sich aber viel zu hoch über den Kopf, weil es ihr offenbar gleichgültig war, dass er den Graupelregen nur ungenügend von ihr abhielt.

Lydia holte tief Luft. Ein paar Augenblicke blieben ihr, höchstens eine Minute. Länger nicht, dann würde der Zug weiterfahren. Der Soldat hatte immer noch die Hand an die Tür gelegt, bereit, sie zuzuschlagen.

»Antonina!«, rief sie.

Das Augenpaar, tief in die Höhlen gesunken, richtete sich auf sie, zum Schutz gegen den Regen zusammengekniffen. Antonina nickte ihr kurz zu.

Der Soldat begann die Zugtür zu schließen. »Geh zurück da«, sagte er.

Lydia bewegte sich nicht. »Antonina«, rief sie abermals.

Mit achtsamen Schritten überquerten die taubengrauen Stiefelchen den nassen Bahnsteig, und dann stand Antonina vor ihr, winzig klein im Vergleich zu Lydia, die hoch oben auf der obersten Treppenstufe stand. Der Soldat entfernte sich mit einem schmucken Salut. Offensichtlich wusste er, wer diese Frau war. In ihrem Pelz und dem scharlachroten Lippenstift wirkte sie wesentlich unzugänglicher als in dem burgunderroten Morgenmantel.

Lydia versuchte sich an einem freundlichen Lächeln, erntete damit jedoch nur ein distanziertes Verziehen des Gesichts.

»Bevor du auch nur fragst, junge Genossin«, sagte die Frau brüsk. »Die Antwort lautet nein.«

»Die Antwort worauf?«

»Auf deine Frage.«

»Ich habe gar keine Frage gestellt.«

»Aber du wolltest.«

Lydia erwiderte nichts.

»Wolltest du etwa nicht?« Antonina kippte ihren Schirm ein wenig nach hinten und unterzog Lydia einer ausführlichen Musterung. Ihre sorgfältig gezupften Augenbrauen verzogen sich spöttisch. »Ja, ich kann sehen, dass du das wolltest.«

Antoninas Art brachte Lydia aus dem Konzept. Sie war herablassend, sie gab ihr das Gefühl, unbeholfen und kindlich zu sein. Auf einmal war sie sich nicht mehr sicher, wie sie vorgehen sollte. Heute war an dieser Frau etwas so Ausweichendes, Ungreifbares, dass Lydia bereits all ihre Felle davonschwimmen sah.

»Ich wollte mich nur verabschieden«, murmelte sie.

»*Do swidanija*, Genossin.«

»Und …«

»Und was?«

»Und ja … Du hast Recht, Genossin. Ich möchte etwas fragen.«

»Ständig will mich jemand etwas fragen.« Der finstere Blick der Frau wanderte zu den Gefangenen hinüber, die dicht gedrängt am Bahnsteig standen und auf weitere Befehle warteten. Durch den unablässigen Regen klebte ihnen das Haar am Kopf, doch der dickliche Mann hatte mit dem Schluchzen aufgehört und stand still und mit bebenden Schultern da, die Hände vors Gesicht geschlagen.

Diesmal sah Lydia weg. Es war zu viel.

»Jeder«, fuhr Antonina in einer Stimme fort, die amüsiert klang, obwohl ihre Augen dabei ganz traurig und ernst blickten, »möchte, dass ich für ihn ein Paket abgebe, eine Nachricht weiterleite oder dass ich meinen Mann, den Kommandanten, bitte, irgendeinem Angehörigen einen Gefallen zu tun.«

Lydia trat auf der Treppe unruhig von einem Fuß auf den anderen. »Manchmal werden Fehler gemacht«, sagte sie. »Nicht jeder ist schuldig.«

Die Frau gab ein kurzes, hartes Lachen von sich. »Die Entscheidungen der Geheimpolizei, der GPU, sind immer richtig.«

Lydia wusste, dass ihr die Zeit davonlief. Rasch sagte sie: »Ich suche nach jemandem.«

»Tut das nicht jeder von uns?«

»Sein Name ist Jens Friis. Er ist 1917 in Gefangenschaft geraten, dürfte aber überhaupt nicht in einem russischen Gefängnis sitzen, weil er Däne ist. Ich muss einfach nur wissen, ob er hier in diesem Lager ist. Das ist alles. Sonst nichts. Um zu hören …«

Die Augen der Frau richteten sich auf sie, glatt und kalt wie schwarzes Eis, doch sie hatte wieder damit begonnen, die Handflächen ihrer blassgrauen Lederhandschuhe gegeneinanderzureiben. Als sie bemerkte, wie Lydia das beobachtete, lächelte sie zum ersten Mal, ein kleines, böses Lächeln, aber doch ein Lächeln.

»Ist dieser Mann dein Liebhaber?«

»Nein.«

»Was ist er dann für dich?«

»Bitte, Antonina. *Poschaluista*«, sagte Lydia schnell und stieg in ihrer Aufregung eine Stufe der Treppe hinab. Der Wachposten kam näher. »Ich brauche nur ein einziges Wort von dir. Bitte, Genossin.«

Plötzlich ging ein Beben durch den Zug, die Lok gab ein lautes Ächzen von sich und stieß eine Dampfwolke aus, die wie ein Wattebausch über dem Bahnsteig schwebte. Einen verblüffenden Moment lang wurde die Frau des Kommandanten von der Wolke verschluckt, die alles von ihr verdeckte bis auf die beiden Hände, die sich unablässig kratzten. Als der Dampf sich lichtete, hatte Antonina Lydia bereits den Rücken gekehrt, und die längliche Pelzfläche des Rückens schwang hin und her, als steckten noch Tiere in den Fellen.

»*Njet*, Lydia.« Sie ging davon und rief noch einmal über ihre Schulter hinweg: »Meine Antwort ist nein.«

Der Soldat schloss die Tür, und der Zug setzte sich in Bewegung. Schnell öffnete Lydia eines der Fenster und beugte sich hinaus. »Ich werde in der Pension in Felanka wohnen«, rief sie der Frau hinterher. »Dort kannst du mir eine Nachricht hinterlassen.«

Ganz langsam wurden die Gestalten auf dem Bahnsteig kleiner. Lydia starrte noch lange an die Stelle zurück, wo sie gestanden hatten, auch als der Regen sie längst verschluckt hatte.

SIEBEN

»*Job twoju mat!*«, fluchte Liew Popkow plötzlich und reckte die Faust in Richtung Fenster. »Schaut euch das an. Da ist ja das stinkende Rattenloch.«

Alexej sah, wie Lydia ihn hart in die Seite stieß, um ihn zum Schweigen zu bringen, doch es war zu spät. Jeder Kopf in ihrem Zugabteil drehte sich in die Richtung, in die er gezeigt hatte, und eine junge Frau mit einem schlafenden Baby in den Armen begann leise zu weinen. Es war das Lager. Das Arbeitslager von Trowitsk. Etwas anderes konnte es nicht sein, obwohl es aus dieser Entfernung recht harmlos wirkte, mehr wie ein paar Hundezwinger, die sich direkt vor dem winterlichen Horizont abzeichneten. Das mussten die Giebel der Wachtürme sein, während das restliche Lager nur ein verschwommener Fleck in der Ferne war, verschwiegen und abgeschieden, viel zu weit weg, als dass irgendetwas von den Gemeinschaftsunterkünften oder vom Stacheldraht zu erkennen gewesen wäre.

»Gott helfe diesen armen Teufeln«, murmelte Alexej.

Die dicke Frau gegenüber von ihnen verzog das Gesicht. »Bislang hat er sich dabei noch nicht viel Mühe gegeben.«

Lydia sah von einem zum anderen und runzelte die Stirn. Ihre lohfarbenen Augen waren riesig. Eine vorwitzige Haarsträhne hatte sich unter ihrer Mütze hervorgestohlen und lag wie eine Flammenzunge auf dem Kragen ihres Mantels. »Der Sowjetstaat kümmert sich um all diese Leute«, sagte sie kurz angebunden. »Er tut sein Bestes. Für alle von uns.«

Ach, *Lydia*. Dennoch zeigte Alexej mit einem Nicken seine

Zustimmung. »*Da*. Wir dürfen nie vergessen, was wir dem Staat verdanken.«

»Als könnten wir das«, sagte die Dicke mit einem glucksenden Kichern, das schließlich zu einem ausgelassenen Lachen anschwoll, ihren wogenden Busen zum Beben brachte und in der Begrenztheit des Abteils viel zu laut wirkte. Alexej musterte sie mit wachsendem Argwohn.

Am anderen Ende des Wagens schlug sich ein Mann mit Pfeife und buschigem Stalinschnurrbart mit der flachen Hand aufs Knie. »Diese Gefangenen sind aus gutem Grund hier. Lass uns das nicht vergessen, Genossin.«

Wieder ließ Alexej den Blick zum Fenster schweifen, und ein Schreck durchfuhr ihn. Die Landschaft draußen war eintönig und flach, ein nacktes Gelände, in dem nur einige Erdfurchen und Baumstümpfe verrieten, dass es einmal bewaldet gewesen war. Doch weiter drüben auf einer Seite, am Rande eines kleinen Gehölzes aus Kiefern, das irgendwie den Axthieben entgangen war, zogen acht Männer tief gebeugt ein Fuhrwerk. Es war hoch beladen mit Baumstämmen, und die Männer waren mit Ketten an das Gefährt gefesselt. Hinter ihnen wuselten andere Männer wie Ameisen im Rodungsbereich umher.

»Ja«, murmelte Alexej, ohne den Blick von dem Geschehen in der Ferne abzuwenden. »Deshalb sind wir hier. Das sind die Rohmaterialien, die wir brauchen.«

»Für die Industrie?«, erkundigte sich die Frau.

Er nickte. »Für Stalins großen Fünfjahresplan.«

»Was machen denn dann all die Gefangenen hier oben?«

Er beobachtete immer noch die Männer draußen. Sah, wie einer von ihnen hinfiel. »Sie arbeiten in den Minen. Diese Gegend ist reich an Eisenerz und Kohle.«

Ein unbehagliches Schweigen senkte sich über die Zugreisenden, während sich alle jene Gefangenen dort draußen vorstellten, wie sie mit Gesichtern voller Kohlestaub irgendwo unterhalb der Räder ihres Zuges schufteten, mit Spitzhacken dem unterirdischen Kohleflöz zu Leibe rückten, während sich ihre Lungen mit dem erstickenden Staub füllten.

»Und Holz«, fügte Alexej leise hinzu.

Lieber Gott, dachte er, *mach, dass Jens mit einer Säge umgehen kann.*

»Dieser Ort ist zu aufgeräumt für uns«, brummelte Liew Popkow vor sich hin. »Zu sauber.«

Zur Abwechslung hatte der einfältige Ochse einmal Recht. Das Städtchen Felanka war nicht das, womit sie gerechnet hatten. Sie gingen die Uliza Gorki, die Hauptstraße, entlang und inspizierten den Ort. Wo waren die sonst so weit verbreiteten, hässlichen Plattenbauten? Die meisten Städte hier oben im Norden waren ausgedehnte, gesichtslose Siedlungen, die angelegt worden waren, um für die russischen Dissidenten, deren Umsiedelung in diese wenig bevölkerten Landstriche seit geraumer Zeit erzwungen wurde, Unterkünfte zu schaffen. Niemandem würden hier ein paar Reisende mehr auffallen. Doch dieser Ort war anders. Man hatte das Gefühl, dass die Menschen gerne hier lebten.

Elegante Gebäude säumten breite, gepflegte Boulevards, und überall sah man verschnörkeltes Beiwerk aus Schmiedeeisen. Balkons und Straßenlaternen, Tür- und Fensterrahmen, allerorten wanden und schlängelten sich diese Zeugnisse heimischer Schmiedekunst. Felanka war auf Eisenerz gebaut, es lebte und es atmete dieses Material. Etwas westlich des Ortes lag die Gießerei, ein wuchtiger Backsteinbau, der sich wie eine riesige schwarze Schildkröte vor dem Horizont abhob und dicke Schwaden übel riechenden Rauches von sich gab, der die Luft fast greifbar machte. Heute jedoch hielt ein Ostwind den Rauch in Schach, und die Stadt zeigte unter einem strahlend blauen Himmel ihren ganzen Charme.

»Popkow.« Alexej wies mit einem Nicken auf den Laden, an dem sie gerade vorbeikamen.

Er wollte seine Schwester von der Straße wegbringen. Seit sie aus dem Zug gestiegen waren, war Lydia still geworden und hatte auch bleich und teilnahmslos gewirkt, als sie sich in die Liste der Pension eintrugen und man ihnen ihre Zimmer gezeigt hatte, in denen es nach frischgewaschener Bettwäsche roch. Er fragte sich, ob sie krank wurde. Oder ob es etwas anderes war, das ihr zu schaffen machte.

Alexej stieß die Tür zu dem Laden auf. Es handelte sich um eine kleine Druckerei, mit mehreren schweren Druckpressen auf der linken Seite, um die eine Gruppe von Männern herumstand. Eine Geruchsmischung aus Metall und Tinte lag in der Luft. Auf der rechten Seite des düsteren Raumes verlief ein hoher Tresen vor einem Fenster, und das war es, was Alexej von außen gesehen hatte. Hier konnten sich Kunden etwas Heißes zu trinken kaufen und darauf warten, bis ihre Bestellung fertig gedruckt war. Eine alte *babuschka* mit schütterem grauem Haar, das sie zu einem spärlichen Knoten geschlungen hatte, saß im hinteren Teil des Ladens und beobachtete das Geschehen mit Argusaugen, die eine Hand besitzergreifend auf den Klauenfuß des Samowars neben ihr gelegt.

»Dobry den«, grüßte Alexej sie höflich. »Guten Tag.«

»Dobry den«, erwiderte sie mit einem Nicken und gewährte ihm einen Blick in ihren zahnlosen Mund, was vermutlich als Lächeln gedacht war. Er kaufte Tee für sich selbst und Popkow und heiße Schokolade für Lydia, die sie zu dem hölzernen Tresen am Fenster brachten.

»Ist zu ordentlich hier«, brummte Popkow erneut. »Für uns.«

»Wie meinst du das?«, fragte Lydia. Wieder stand sie zwischen den beiden – das schien fast an der Tagesordnung zu sein –, schaute sie jedoch nicht an, sondern legte einfach nur die behandschuhten Hände um das heiße Glas und schaute auf die Straße hinaus. In diesem Teil des Ladens waren sie momentan die Einzigen, und der Lärm der Druckerpressen sorgte dafür, dass keine Gefahr bestand, es könne sie jemand belauschen.

Popkow fuhr sich mit den Fingern durch den dichten Bart. »Die brauchen uns nicht.«

»Du meinst unser Geld?«, fragte sie.

»Da.«

Sie versank wieder in Schweigen und nippte an ihrer Schokolade. Alexej spürte, wie entmutigt sie auf einmal war.

»Die Leute nehmen immer Geld«, sagte er entschlossen. »*Immer*. Weißt du das noch nicht?«

Lydia zuckte mit den Achseln.

»Hör zu, Lydia.« Alexej betrachtete aufmerksam ihr Gesicht. Es sah müde aus, dunkle Halbmonde lagen unter ihren Augen. »Wir haben es bis hierher geschafft. Bis zum Lager von Trowitsk. Wir haben sogar schon einige der Gefangenen zu Gesicht bekommen, die armen Teufel.« Er sah, wie sie zusammenzuckte, ein winziges Beben der Muskeln neben ihrem Auge. Das war alles. Sie sagte nichts. Er senkte die Stimme. »Wir haben immer gewusst, dass der nächste Teil ziemlich schwierig wird.«

»Schwierig?« Popkow schnaubte. »Verdammt gefährlich, meinst du wohl.«

»Aber nicht unmöglich.« Alexej war verärgert und klopfte gereizt mit den Fingerknöcheln auf das Holz, als könnte er ihnen damit Vernunft einbläuen. »Jens ist vielleicht immer noch hier.«

Er sah, wie sie zu zittern begann. Manchmal vergaß er einfach, wie verletzlich sie war, wie schutzlos. Er musste sich immer wieder ins Gedächtnis rufen, dass er mehrere Jahre militärische Ausbildung in Japan genossen und dabei auch verschiedene Methoden der Selbstkontrolle erlernt hatte, doch Lydia … Lydia hatte nichts. Er nahm einen Schluck von seinem *tschai*. Er war heiß und brannte sich seinen Weg durch seine Kehle, trotzdem konnte er nicht das erwärmen, was tief da unten lag, kalt und unberührt. Alexej richtete sich auf, reckte seine Schultern und sah dem einäugigen Kosaken ins Gesicht.

»Popkow, ich dachte, du wärst ein Mann, der die Gefahr liebt. Hast sie mit der Muttermilch eingesogen, habe ich gehört.«

Er sah, wie Popkows gesundes Auge aufblitzte und sein Blick blitzschnell zu dem Mädchen wanderte, das zwischen ihnen stand. In diesem Moment begriff Alexej eines: Wenn Popkow irgendein Gefühl für Gefahr besaß – woran Alexej ernsthaft zweifelte –, dann galt es nicht ihm selbst. Alexej verabscheute den Mann. Noch nie hatte er verstanden, was Lydia an diesen faulen, dummen, trunksüchtigen Kosaken band, der wie ein Bär stank und wie ein Pferd furzte. Doch in genau diesem Moment brauchte er ihn.

»Also, Popkow, es ist an der Zeit, dass du und ich uns auf den Weg machen. Heute Abend. Mit einem Bündel Rubel in unseren Taschen und einer Flasche Wodka, mit der wir ein paar Köpfen eins überziehen können.«

Alexej hatte sich bemüht, seiner Stimme einen liebenswürdigen Ton zu verleihen, doch der Blick, den er dem großen Mann dabei zuwarf, war kalt und herausfordernd. Popkow drehte sich zu ihm, musterte ihn über Lydias Kopf hinweg und bleckte die Zähne, was ebenso gut ein Lächeln wie ein verächtliches Fletschen sein konnte.

»Da.«

So hatten sie es immer gemacht. Ein paar Flaschen Wodka ausgegeben, um auf den verschwiegenen Gassen einer fremden Stadt ein paar Freundschaften zu schließen. Es war erstaunlich, welche Geheimnisse man den Menschen auf diese Weise entlocken konnte. Zum Beispiel erfuhr man, welche Beamte eine weiße Weste hatten und welche nicht. Wer es mit der Frau seines Chefs trieb, und wer es vorzog, in dunklen Gassen kleine Jungs aufzugabeln. Das war es, was Popkow gemeint hatte, als er sich beklagte, Felanka sei zu ordentlich, zu sauber – dabei war es *nirgendwo* zu sauber. Ein solcher Ort existierte gar nicht.

»Weißt du, Lydia, es ist noch viel zu früh, um …«

Doch in diesem Moment gab sie ein leises Stöhnen von sich und barg den Kopf in den Händen. Ihre Mütze fiel zu Boden, und ihr Haar wogte wie ein leuchtend roter Vorhang vor ihrem blassen Gesicht, als wollte sie sich vor ihm verschließen. Alexej schaute zu Popkow. Der große Mann starrte das Mädchen mit einem so deutlichen Ausdruck der Bestürzung an, als machte ihr Stöhnen ihm mehr Angst als die Aussicht darauf, wegen Bestechung eines Parteibonzen festgenommen zu werden. Keiner von beiden hatte sie jemals so gesehen. Alexej streckte eine Hand aus und berührte sie behutsam an der Schulter.

»Was ist denn, Lydia?«

Ein Zittern durchlief ihren Körper. Er wartete, doch es drang kein Laut aus ihrem Mund. Wenigstens weinte sie nicht; er hasste Frauen, die weinten. Nach einer ganzen Minute drückte er ihr sanft die Schulter. Unter der Wattierung ihrer Jacke spürte er ihre Knochen, doch er hörte nicht auf, ihre Schulter zu drücken, bis er wusste, dass er ihr damit wehtat. Selbst als Popkow ein Ächzen von sich gab, das tief aus seiner Brust zu kommen schien, ließ Alexej nicht von ihr ab.

Mit einem Murmeln hob sie den Kopf, blinzelte träge und wandte ihm das Gesicht zu. Ihre Augen, die sonst so munter und voller Wissbegier funkelten, sahen müde und ausdruckslos aus, ein trauriges Braun, trotzdem verzog sich ihr Mund zu einem liebevollen Lächeln.

»Du kannst jetzt damit aufhören«, sagte sie leise.

Er hörte auf zuzudrücken, nahm die Hand jedoch nicht weg, sondern ließ sie auf Lydias Schulter liegen.

»Alles wieder in Ordnung?«, fragte er sanft.

»Ja.« Sie schenkte ihm ein etwas skeptisches Lächeln, und am liebsten hätte er sie geschüttelt.

»Was sollte das denn? Sag's mir.«

Sie legte ihre Hand einen kurzen Augenblick lang auf die seine, aber dann folgte ihr typisches Achselzucken, und sie griff wieder nach ihrer heißen Schokolade. »Wollte euch bloß einen Schrecken einjagen«, murmelte sie und nippte an ihrer Tasse.

»Das ist dir gelungen.«

»Also werdet ihr, Liew und du, heute Abend …«

Doch Popkow achtete nicht mehr auf sie, sondern starrte auf die Straße, und auf seinem Gesicht machte sich ein schiefes Grinsen breit. Alexej kniff die Augen zusammen, um nachzusehen, wer von den Passanten den Kosaken so im Bann hielt, konnte jedoch zunächst nichts Ungewöhnliches entdecken. Die Leute gingen mit raschen Schritten auf dem Bürgersteig vorbei, die *fufaikas* bis zum Kragen zugeknöpft, weil sie es offenbar eilig hatten, dem unangenehmen Wind zu entkommen. Ein schwerer Lastwagen rumpelte die Straße entlang und brachte die Fensterscheibe des Ladens zum Klirren. Nachdem er vorbeigefahren war, fiel Alexejs Blick auf eine Gestalt, die breitbeinig auf dem Gehweg gegenüber stand, mit beiden Armen winkte und Popkow zulächelte. Es war die Dicke aus dem Zug. Die mit dem großen Busen. Was, zum Teufel, machte sie hier? Er fuhr verärgert zu dem Kosaken herum, doch Lydia war schneller als er.

»Liew«, fauchte sie. »Was machst du da?«

Er blinzelte sie nachsichtig an. »Ich winke …«

»Sie verfolgt uns, ist dir das nicht klar?«

»Njet.«

»Doch.«

»Njet.«

»Was weiß sie?«

»Nichts.«

»Du hast es ihr gesagt, stimmt's?«

Sein Gesicht verzog sich zu einer finsteren Grimasse angesichts des scharfen Tones, den Lydia anschlug. »Was soll ich ihr gesagt haben?«

»Dass wir von China hierhergekommen sind.«

»Und?«

»Ach, Liew, du dummer Kerl, was hast du ihr denn noch gesagt? Sie könnte vom Geheimdienst sein.«

Der große Mann schnaubte. »Sie ist weder eine Spionin noch ein Spitzel.«

Alexej beschloss, die Sache schnell zu klären, bevor sie mit ihrer Auseinandersetzung allzu viel Aufmerksamkeit bei den Männern erregten, die an der Druckerpresse am anderen Ende des Raumes standen. So sehr es ihm auch passte, dass sich diese beiden Turteltäubchen zur Abwechslung gegenseitig an die Gurgel gingen, war das nicht der richtige Moment. »Lass die Frau in Ruhe, Popkow. Halt dich von ihr fern. Wir können das Risiko nicht eingehen, dass sie ...«

Der Kosak riss sich die schmutzige *schapka* vom Kopf und schleuderte sie wütend auf den Tresen, wobei er Alexejs Tee umkippte. Alle drei achteten nicht auf die braune Pfütze, die sich ausbreitete und langsam vom Tresen tröpfelte.

»Du hast mir verdammt noch mal keine Befehle zu geben, Alexej Serow!« Popkow schüttelte so heftig den Kopf, dass ihm die schwarzen Locken wie Hörner vom Kopf abstanden, und knurrte: »Sie ist keine Spionin. Sie denkt, *du* verfolgst *sie*!« Er spuckte geräuschvoll auf den Boden, ein übler Strahl vom Kautabak, der unappetitlich über den Dielenboden spritzte.

Die alte *babuschka* bekundete mit einem Schrei ihren Protest, wurde aber durch einen finsteren Blick aus Popkows unversehrtem Auge zum Schweigen gebracht.

»Liew!«, sagte Lydia. Doch aus irgendwelchen Gründen stand plötzlich ein Lächeln auf ihrem Gesicht.

Wo kam das jetzt her? Bei diesen beiden konnte man einfach nicht wissen, welchen Unsinn sie als Nächstes im Schilde führten. Alexej stellte das umgekippte Teeglas wieder hin, verschränkte die Arme vor der Brust, um sich seine Verärgerung nicht anmerken zu lassen, und beschloss abzuwarten, wie seine Schwester mit der Sache umgehen würde. Wenn es um Popkow ging, lag sie mit ihrem Instinkt meist richtig, das musste er zugeben.

»Wie heißt sie, Liew?«, wollte Lydia wissen.

»Elena Gorschkowa.«

»Und was bedeutet sie dir?«

»Sie ist eine Freundin.« Ein rötlicher Schimmer breitete sich über dem Bart aus und kroch an seinen Nasenflügeln hoch.

»Ein bisschen mehr als nur eine Freundin?« Lydia unterzog sein Gesicht einer genauen Prüfung. »Wo hast du sie kennen gelernt?«

»In Seljansk.«

»Im Hotel?«

»Da.«

Sie hielt inne und holte tief Luft, schnappte sich dann seine Fellmütze vom Tresen und stieß ihn damit vor die breite Brust. »Dann geh«, sagte sie mit einem Lachen. »Wenn es das ist, was du willst.«

Popkow schaute sie lange an und schüttelte sich dann wie ein Hund. Einen Moment lang sah er so aus, als würde er sie in seine riesigen Arme schließen, aber stattdessen ging er mit großen Schritten in Richtung Tür. Alexej trat ihm in den Weg, bevor er dort ankam.

»Popkow, sei vorsichtig.«

Ein Nicken von dem großen Mann.

»Warum ist sie hier? In Felanka.«

Popkow grunzte etwas Unverständliches, doch damit ließ sich Alexej nicht abspeisen.

»Weißt du, warum?«, beharrte er.

Noch ein Grunzen, das tief aus der schmutzstarrenden Kehle kam.

»Sag's mir.«

Er hatte mit einem weiteren Grunzen gerechnet, doch Popkow kniff sein gutes Auge zusammen und sagte: »Elena Gorschkowa ist hier in Felanka, um das Grab ihres Sohnes zu besuchen.«

Lydia streckte die Hand aus und berührte ihn an der Schulter. »Liew, spuck diesen Pfriem aus, bevor du mit ihr sprichst.«

Popkow schlug ihr herzhaft auf den Rücken, was offenbar als Geste der Zuneigung gedacht war, und stürzte aus dem Laden. Schweigend beobachteten Alexej und Lydia durch das Fenster, wie er den Boulevard in zehn großen Schritten überquerte, nachdem er dem Fahrer einer Limousine, der nicht für ihn bremsen wollte, gedroht hatte, ihm die Stoßstange abzureißen. Sie sahen, wie er den Tabakpfriem in die Gosse spuckte, sich den Mund an der *schapka* abwischte, die Mütze schwungvoll auf seinen zerzausten Haarschopf stülpte und die Frau mit einem formvollendeten Diener begrüßte, der sie beide überraschte. Anschließend schlenderte das ungleiche Paar miteinander davon, als unternehme es nur einen kleinen Spaziergang im Park, ohne auf den beißenden Wind und die wuselnde Menschenmenge um sie herum zu achten.

Lydia seufzte, die Ellbogen auf dem Tresen, das Kinn in die Hände gestützt. Alexej hasste den wehmütigen Ausdruck, der in ihre Augen getreten war. Das konnte nur bedeuten, dass ihr schon wieder dieser chinesische Kommunist, Chang An Lo, im Kopf herumspukte. Er stieß sich vom Tresen ab.

»Komm, Lydia, lass uns ein Stück gehen. Das wird uns guttun.«

ACHT

Sie schlenderten umher, bis sich das leuchtende Blau des Himmels in ein mattes Scharlachrot verwandelte. Dieses Licht übergoss alles mit einem weichen, rosa Schein, der die Kargheit der Landschaft Lügen strafte, doch zu Lydias Stimmung passte er. Sie war all die scharfen Kanten leid, das Schwarz und Weiß, das Richtig und Falsch. Sie hatte gedacht, sie kenne sich selbst, wüsste, wo sie selbst aufhörte und andere anfingen. Doch jetzt … jetzt schien es ihr, als wüsste sie gar nichts mehr. Hatte sie sich zu viel vorgenommen? War sie gar nicht so stark, wie sie immer geglaubt hatte? Und wie es auch Chang An Lo immer geglaubt hatte?

»Du hast das Herz einer Löwin«, hatte er ihr einmal zugeflüstert und dabei mit einer ihrer kupferfarbenen Locken gespielt. »Und eine Löwenmähne hast du auch.«

Er hatte die Locke an seine Lippen gehoben, und sie hatte gedacht, er würde sie küssen, doch er tat es nicht. Stattdessen hatte er sie zwischen die Zähne genommen und ganz langsam und betont abgebissen, bis ihr Haar eine Fingerlänge in seinem Mund verschwunden war. Während er das Haar verschluckte, hatte er sie keine Sekunde lang aus den Augen gelassen, und ein Schauder der Erregung war durch ihren Körper gegangen. Sie sah, wie seine Kehle beim Schlucken arbeitete, und stellte sich vor, wie das Haar seinen langen Weg durch seinen Körper antrat.

»Jetzt bist du ein Teil von mir«, hatte er schlicht gesagt und ihr dieses träge Lächeln geschenkt, bei dem ihr stets das Herz stehen blieb.

Sie hatte gelacht und für ihn gebrüllt wie ein Löwe, nach seinem Schlüsselbein geschnappt und war mit den Krallen über die straffe Haut seiner Brust gefahren.

»Lydia?« Das war Alexej. »Bist du noch bei mir?«

Er sagte es leichthin und mit einem Lachen, doch hinter seinen Worten war deutlich seine Sorge, seine Ungewissheit zu spüren. Von dem Moment an, als sie vor der Druckerei den Fuß auf den Gehsteig gesetzt hatten, hatte sich Alexej bei ihr eingehängt und auf ihrem Weg durch die Stadt ein strammes Tempo vorgelegt. Er lenkte sie vorbei an der Lenin-Bibliothek mit ihren beeindruckenden Säulen und in einen ruhigen Park hinein, der von kiesbestreuten Wegen durchzogen und mit einem schmucken Zaun begrenzt war. Die schwungvollen Rundungen des Schmiedeeisens sahen in Lydias Augen aus wie offene Münder, was unweigerlich wieder die Bilder des Arbeitslagers aufsteigen ließ.

Sie legte den Arm fester um den ihres Bruders. Der Park war menschenleer und wirkte trotzdem belebt, denn es herrschte ein großes Rauschen und Rascheln um sie herum, wenn der Wind an den Ästen der Bäume zerrte oder ein Zeitungsblatt um den Sockel der Statue in der Mitte jagte. Leere Zigarettenschachteln und Erdnussschalen wirbelten um ihre Füße, und Alexej redete ununterbrochen. Was er sagte, tröstete und beruhigte sie, ein steter Fluss von Worten, die die Stille außer Kraft setzten und ihrem Verstand den Halt gaben, den er in diesem Moment brauchte. Schritt für Schritt legte er noch einmal dar, was sie sich vorgenommen hatten.

Alexej tätschelte seinen Bauch, wo er unter seinem Hemd den Geldgürtel trug, und lächelte sie an. Es war ein anderes Lächeln als sonst, ohne die Distanziertheit, mit der er so oft seine Gedanken in Schach hielt. Sie hatten den Park verlassen und gingen jetzt eine Straße entlang durch ein Viertel, in dem die Häuser kleiner waren, aber hübsch geschnitzte Fensterläden besaßen.

»Wir haben Geld«, rief er ihr ins Gedächtnis. »Wir haben Diamanten, wir haben neue Ausweispapiere für unseren Vater. Wir sind gut vorbereitet, Lydia.«

»Ich weiß.«

»Es war uns immer bewusst, dass es gefährlich ist, die Wachen im Lager zu bestechen. Den Richtigen zu suchen, einen, der gierig genug ist, seine Seele zu verkaufen und alles zu riskieren – sogar seine Hinrichtung –, um …«

»Ich weiß. Ich weiß.« Der Wind schnappte nach Lydias Worten.

»Es wird uns Zeit kosten«, sagte er ruhig. »Wir können – wir dürfen einfach keine Risiken eingehen, indem wir etwas überstürzen und …«

»Ich weiß.«

Einen Moment lang ließ er die Stille auf sie wirken, ohne dabei ihren Arm loszulassen. Sie spürte die Kraft der Hand, die da auf ihrem Handgelenk lag, und die Stärke des Geistes, der sie kontrollierte.

»Alexej.«

»Was denn?«

»Glaubst du, dass Jens einer dieser Gefangenen war?«

Sie spürte, wie sich ein Muskel in seiner Hand anspannte, hörte, wie Alexej Luft holte. »Du meinst von denen, die den Wagen mit den Baumstämmen zogen?«

»Ja.«

»Das ist unwahrscheinlich.« Seine Stimme klang so ruhig, als redeten sie nur darüber, ob es wohl bald regnen würde.

»Ich hatte den Eindruck, einer der Männer hatte rotes Haar.«

»Nein, Lydia, sie waren viel zu weit weg, um das erkennen zu können. Das ist Wunschdenken. Außerdem ist das Haar vielleicht gar nicht mehr rot.«

Sie schauten sich an und gingen schweigend weiter. Jetzt wurde die Straße schmaler und das Viertel ärmlicher. Die schmucken Backsteinhäuser waren Holzhäusern gewichen, die schäbig aussahen. Ein honigfarbener Mischlingshund saß winselnd in einem Türrahmen, als sie vorübergingen.

Wunschdenken.

Wünschen. Denken. O ja, Papa, Alexej hat Recht. Ich wünsche es dir, und ich denke an dich ... und ich habe Angst um dich. Mir gefriert das Blut in den Adern, wenn ich mir dich vorstelle, einen Wikinger mit grünen Augen, wie du dazu verdammt bist, in einer dieser Minen unter Tage zu arbeiten.

»Der Mann, der diese Stadt gebaut hat, war ein Visionär«, unterbrach Alexej sie in ihren Gedanken. Er hatte sich von ihr abgewandt, weshalb sie nur sein Profil sehen konnte, doch um seinen Mund lag ein anerkennendes Lächeln.

»Was meinst du?« Für die Stadt interessierte sie sich nicht.

»Sein Name war Leonid Wentow.«

»Woher weißt du das?«

»Ich habe Nachforschungen angestellt. Wenn man sich auf eine Schlacht vorbereitet, muss man vorher das Gelände erkunden.«

Für Sätze wie diesen liebte Lydia ihn, denn er schenkte ihr damit ein Gefühl der Sicherheit. Sie drückte seinen Arm. »Erzähl mir mehr von diesem Leonid Wentow.«

»Er war ein Industrieller aus Odessa gegen Ende des letzten Jahrhunderts. Er hat sich eine goldene Nase verdient mit dem, was er hier in dieser kalten, schwarzen Erde entdeckt hat, nämlich riesige Vorkommen von Kohle und Eisenerz, aber er war ein streng religiöser Mann. Statt also einfach nur das Land auszuplündern, bis es leer und nutzlos ist, hat er diese Stadt Felanka gebaut, sozusagen als schön gestaltetes Dankeschön an seinen Gott. Er hat auch versucht, andere aus der wachsenden Gruppe wohlhabender Industrieller davon zu überzeugen, das Gleiche an anderen Orten in Russland zu tun, aber ...« Alexejs Stimme erstarb.

Lydia spürte, wie sich seine Aufmerksamkeit plötzlich auf etwas anderes richtete. Während sie aus dem Schatten einer

Häuserreihe traten, sah sie, was sein Interesse auf sich gezogen hatte. Vor ihnen, am Stadtrand, erstreckte sich eine flache, öde Landschaft, die vollkommen verlassen war bis auf eine breite, holprige Straße, die direkt zu der Eisengießerei in etwa einer halbe Meile Entfernung führte. Der Backsteinbau wirkte geduckt und unwirtlich, als wartete er nur darauf, dass es Nacht wurde, um sich im Schutze der Dunkelheit näher an die Stadt heranzuschleichen. Die Schornsteine der Gießerei reckten sich wie dürre Finger in den scharlachroten Himmel empor und spuckten einen dicken, schwarzen Rauch aus. Die Luft hatte einen säuerlichen Beigeschmack und brannte in der Nase.

Lydia betrachtete die Anlage mit Interesse. »Hierher bringen wir ihn also?«

»*Da*. Sobald wir Jens aus dem Lager bekommen haben, müssen wir ihn verstecken. Was für einen besseren Platz gäbe es da als eine Gießerei, in der geschwärzte Gesichter und ständige Schichtwechsel an der Tagesordnung sind? Inmitten dieser riesigen Menge von Metallarbeitern würde er nicht weiter auffallen. Aber zuerst einmal …«

»Müssen wir einen Arbeiter finden, der bereit ist, ihn dort einzuschleusen.«

»Genau. Und damit fangen dein Kosak und ich heute Abend an.«

»Alexej?«

Ihre Schritte wurden langsamer, und schließlich blieben sie am Rande der gefrorenen Landschaft stehen, die sich meilenweit in alle Himmelsrichtungen erstreckte. Nur die Gießerei selbst war in einer Senke erbaut worden, als hätte ihrem Schöpfer etwas daran gelegen, sie so weit wie möglich außer Sicht zu halten, weil sein Gott so sehr an die Herrlichkeit der Schöpfung gewöhnt war, dass ihre Hässlichkeit für seine Augen nur eine Beleidigung sein konnte. Doch nun, da die Religion nichts mehr war als ein schmutziges Wort, etwas, an dem das Politbüro sich seine kommunistischen Stiefel abwischte, waren die Fabriken und Gießereien Russlands zu dessen neuen Kirchen geworden.

»Alexej?«, sagte Lydia wieder und tippte ihm beharrlich auf den Arm.

Er gab ihr mit einem Nicken zu verstehen, dass er ihr zuhörte, schaute dabei jedoch immer noch forschend zu der Zufahrtsstraße der Gießerei. Von irgendwoher drang das Motorengeräusch eines Lastwagens, der gestartet wurde, an ihre Ohren.

»Ich hab da eine Idee«, sagte sie.

Sie spürte, wie sein Arm sich versteifte. Er blickte sie rasch an. »Was für eine Idee?«

»Ich möchte euch unbedingt dabei helfen. Im Moment seid es doch bloß ihr beide, Popkow und du, die einen Wärter und einen Gießereiarbeiter ausschnüffeln wollen, die bestechlich sind, während ich nur rumsitze und Däumchen drehe und auf euch warte …«

»Um Gottes willen, Lydia, was stellst du dir denn vor? Wenn du dich überall zeigst und Fragen stellst, bringst du uns alle nur in Gefahr.« Sein Griff um ihre Hand wurde fester. »Tu es nicht!«, sagte er. Seine grünen Augen musterten sie aufmerksam. »Was auch immer du vorhast, tu es nicht! Hast du mich gehört? Tu es nicht!«

Es entstand ein langes Schweigen, das nur vom Näherkommen des Lastwagens durchbrochen wurde. Lydia wandte als Erste den Blick ab, nicht, weil Alexej sie nervös machte, sondern weil sie nicht wollte, dass er sah, wie wütend sie war. Sie versuchte, ihm ihre Hand zu entziehen, doch er weigerte sich, sie loszulassen. Über ihnen verlor der Himmel allmählich seine Farbe, und die ersten Vorboten der Dunkelheit kamen mit großen Schwingen von Westen.

»Lass uns zurückgehen«, sagte Lydia.

Sie wandten sich um und traten einsilbig den Rückweg durch die schmalen Straßen der Stadt an.

Der Lastwagen überholte sie. Er war unbeladen und so schnell unterwegs, dass er beim Fahren schlingerte, viel Staub aufwirbelte und übel riechende Abgase produzierte, doch in diesem Moment entdeckten sie direkt vor sich, mitten auf der Straße, einen Handkarren, der umgekippt war und seine Ladung Kohl verloren hatte, unzählige grüne Köpfe, die wie menschliche Schädel in den Rinnstein kullerten. Der Lastwagen hupte und blieb schließlich stehen. Als Lydia und Alexej sich näherten, kurbelte der blonde, junge Fahrer des Lastwagens sein Fenster herunter, beugte sich hinaus und schenkte Lydia ein einladendes Lächeln, wobei er unter den spärlichen Vorboten eines Schnurrbarts eine Reihe vollkommener Zähne entblößte. Er trug eine marineblaue Pudelmütze, die er sich keck über ein Auge gezogen hatte, was ihm einen Hauch von Verwegenheit gab.

»Du bist so schön«, rief er. *»Ty takaja krassiwaja.«*

Lydia spürte, wie Alexej zornig wurde, dennoch blickte sie zu dem Führerhaus hoch und lächelte dem Fahrer als Antwort zu. *»Dobry wetscher!«* erwiderte sie. »Guten Abend.«

»Wollt ihr mitfahren?«

Sie ließ die Frage im Raum stehen und spürte, dass beide Männer neugierig auf ihre Antwort warteten. Alexej hielt immer noch ihre Hand fest, machte jedoch keine Anstalten zu sprechen, sondern schaute betont vor sich auf die Straße, wo einige Passanten halfen, den Gemüsekarren von der Straße zu hieven.

»*Njet*. Aber trotzdem danke.« Sie blickte den Fahrer rasch von der Seite an und hörte sein freudiges Lachen.

Er beugte sich aus seinem Führerhaus herab und hatte dabei etwas Kleines in der Hand, das er ihr durch das Fenster zuwarf. Schimmernd wirbelte es durch die Luft, ehe Lydia es mit ihrer freien Hand auffing. Es war nur eine kleine Metallscheibe, nicht größer als eine Münze, aber auf Hochglanz poliert und hatte den Namen Kolja eingraviert. Der Fahrer winkte ihr zu und fuhr weiter, über die Kohlköpfe hinweg, wobei er ein langes Hupen zum Gruß hinterherschickte.

»Schätze, von denen hat er für jedes Mädchen, an dem er vorbeikommt, eine in seinem Lastwagen«, murmelte Alexej, und Lydia sah amüsiert, wie sehr ihn das kleine Geschenk offenbar ärgerte. Sie ließ die kleine Scheibe zwischen ihren Fingern hin- und herwandern, und die letzten Sonnenstrahlen tanzten und funkelten auf ihr wie Feuer.

»Das ist ein Omen«, sagte sie lachend und riss sich die hässliche Mütze vom Kopf, um ihr Haar auszuschütteln.

Über Omen hatte sie von Chang An Lo einiges gelernt; zum Beispiel, dass die Götter sie als ein Zeichen sandten. Im Westen habe man längst verlernt, sie zu erkennen, sagte Chang und hatte ihr beigebracht, sie mit ihrem Füchsinnengeist zu erspüren.

»Lydia, es gibt nicht so etwas wie ein …«

»Natürlich gibt es das.« Sie drehte die kleine Scheibe herum. »Sieh doch das Feuer darin. Es passt zu mir. Begreifst du das nicht? Es bedeutet, dass ich hier sein soll. Das Omen brennt so hell, dass es nur eins bedeuten kann: Der Erfolg ist uns vorherbestimmt.«

Alexej war mitten auf der Straße stehen geblieben und starrte sie an, pure Ungläubigkeit stand ihm ins Gesicht geschrieben. Doch ihr entging auch nicht das Lachen in seinen Augenwinkeln.

»Also«, sagte sie. »Soll ich dir jetzt erzählen, was für eine Idee ich habe?«

»Die Antwort lautet immer noch nein.«

Lydia stand alleine in ihrem Schlafzimmer im Gästehaus. Ihre Glieder waren noch zu steif, um sich einfach im Bett zusammenzurollen und Zuflucht im Schlaf zu suchen. Es war, als nähmen sie mittlerweile Befehle von Alexej entgegen statt von ihr selbst. Seine Worte hallten nach wie vor in ihr wider, mit einer Hartnäckigkeit, die sie so nervös machte, dass sie ihre Wollmütze zur Hand nahm und begann, daran herumzunesteln und Fäden herauszuzupfen. Dabei hätte sie das am liebsten mit Alexej gemacht, Faden für Faden.

Die Antwort lautet immer noch nein.

Das hatte er gesagt, wieder und wieder. »Ich werde es nicht zulassen, dass du ganz alleine irgendwo unterwegs bist. Die Antwort ist nein.«

Ihr Plan war schnörkellos und ganz einfach gewesen: Während er und Popkow die nächsten Tage oder Wochen – je nachdem, wie lange es dauern würde – damit verbringen würden, die Hintergassen und Kneipen zu durchforsten, bis sie bestechliche Arbeiter oder Wärter gefunden hatten, würde sie zum Bahnhof zurückkehren und versuchen, an eine Fahrkarte zu gelangen, mit der sie zurück, wieder in Richtung Seljansk, fahren könnte.

»Warum?«, hatte er gefragt, die Augen zusammengekniffen. »Was für einen Sinn hätte das?«

»Um noch einmal am Außenbereich des Arbeitslagers vorbeizufahren.«

Alexej hatte scharf ausgeatmet, ein leises, pfeifendes Geräusch, das er, wie sie bemerkt hatte, nur machte, wenn ihn ein starkes Gefühl übermannte, mit dem er nicht gerechnet hatte. Das hätte ihr eine Warnung sein müssen.

»Siehst du«, fuhr sie rasch fort, »ich könnte ja vielleicht eine Möglichkeit finden, eine Nachricht in das Lager zu schmuggeln. Jetzt, da wir wissen, dass diese Züge auch Gefangene transportieren, könnte es gut sein, dass ich mit einem in Kontakt komme und …« Sie bremste ihren Redefluss, damit ihr Bruder ihr besser zuhörte. Unordnung hasste er, das wusste sie. »Er könnte sich nach Papa erkundigen … nach Jens Friis … und ihm sagen, er könnte vielleicht …«

»Könnte … könnte …«

Sie spürte, wie ihr vor Zorn das Blut in die Wangen stieg.

»Du und Popkow, ihr *könntet* Erfolg beim Bestechen der Wachsoldaten haben, und die *könnten* euch schnurstracks selbst ins Arbeitslager bringen, und dann bliebe ich hier mutterseelenallein zurück. Auch das«, hatte sie gesagt und ihre Hand von seinem Arm weggezogen, »*könnte* passieren. Und dann?«

Sie standen auf einer schmalen Straße vor einem Haus, dessen Läden nur noch schief in den gebrochenen Angeln hingen. Das Dach war unregelmäßig gedeckt. Dunkelheit sank in seltsam geformten Schatten über die Straße herab, auf der ein paar Pferdefuhrwerke vor sich hin zockelten.

»Lydia.« Er machte keine Anstalten, wieder nach ihrer Hand zu greifen. »Wir müssen alle drei auf der Hut sein. Hör mir zu. Ich kann meinem Vorhaben nicht ordentlich nachgehen, wenn ich ständig über die Schulter schaue und mir Sorgen mache, was für einen Schabernack du dir wieder ausgedacht haben magst.«

»Schabernack?«

»Nenn es, wie du möchtest, aber willst du denn nicht begreifen, dass ich derjenige sein muss, der hier in der Stadt Erkundigungen einzieht?«

»Warum? Weil du ein Mann bist?«

»Ja.«

»Das ist nicht richtig.«

»Mit Richtig oder Falsch hat das nichts zu tun, Lydia. So ist es einfach. Du bist *ranimaja*, einfach weil du eine Frau bist, und …«

»Was bedeutet *ranimaja*?« Sie hasste es, nachfragen zu müssen.

»Es bedeutet verletzlich.«

»Na ja, dann haben ja die Kommunisten vielleicht doch Recht.«

Er musterte ihr Gesicht mit solcher Intensität, dass sie fast weggeschaut hätte.

»Und was genau«, fragte er, »meinst du damit?«

»Dass die Kommunisten den Frauen mehr Gleichheit zubilligen. Sie erkennen uns einfach mehr an, und …«

Ein kleines Kind mit einem Schopf fettiger Löckchen und Rotznase, dessen Geschlecht unmöglich zu erkennen war, tauchte urplötzlich vor Lydias Knien auf. Aus braunen Augen starrte es zu ihr empor, mit einem Ausdruck hündischer Hoffnung, doch als sie ihm zulächelte, wich es auf unsicheren Beinchen vor ihr zurück und begann an seinem schmutzigen Daumen zu lutschen.

»Wir fallen auf«, murmelte Alexej.

Er stieß einen ungehaltenen Seufzer aus, der Lydia verärgerte, und schaute die Straße entlang, wo in einem der Häuser ein Mann aus dem Fenster schaute und Pfeife rauchte. Seine Brille war notdürftig mit schwarzem Klebeband geflickt, und er musterte die beiden Fremden mit ruhigem Interesse. Alexej packte Lydia am Oberarm und versuchte, sie zum Weitergehen zu bewegen, doch sie sträubte sich, riss sich los und hockte sich stattdessen vor das Kind. Sie zog eine Münze aus ihrem Rock, nahm das schmutzige Händchen, das nicht mit Daumenlutschen beschäftigt war, in die Hand und schloss die kleinen Finger um den Rubel. Sie fühlten sich so kalt und glitschig an wie Fisch.

»Für etwas zu essen«, sagte sie und lächelte sanft.

Das Kind sagte nichts. Doch plötzlich rutschte ihm der Daumen aus dem Mund, und es fuhr mit dem Händchen über Lydias Haar, an ihrem Kinn vorbei, bis zum Hals hinab, ganze zwei Mal. Lydia fragte sich, ob das Kind vielleicht damit gerechnet hatte, dass die Strähnen glühend heiß wie Feuer waren. Ohne einen Laut drehte sich das kleine Ding dann um und tapste mit überraschender Geschwindigkeit auf eine Tür zu, die drei Häuser weiter offen stand. Lydia richtete sich auf und trat zu ihrem Bruder. Seite an Seite, aber ohne sich dabei zu berühren, gingen sie und Alexej mit raschen Schritten die Straße entlang.

»Wenn du jedem schmutzigen Straßenkind, über das wir in den Gassen hier stolpern, Geld gibst«, murmelte er, »bleibt uns nichts mehr für uns selbst.«

Lange Zeit schritten sie in unbehaglichem Schweigen dahin, doch als sie wieder an dem Park vorbeikamen, durch den noch immer der Wind fegte und Zeitungsblätter aufwirbelte, sagte Lydia plötzlich barsch: »Das Problem mit dir, Alexej, ist, dass du nie arm gewesen bist.«

Bei ihrer Unterkunft trennten sie sich mit wenigen Worten. Es war eines der neuen Gebäude, die gänzlich ohne schmiedeeiserne Verzierungen auskamen, gesichtslos und vollkommen nichtssagend. Wie viele andere in der Stadt war die Pension errichtet worden, um die zahlreich zugezogenen Arbeitskräfte zu beherbergen, doch sie war sauber und anonym, was ihnen beides nur recht war.

In der Eingangshalle hatte jemand einen großen Spiegel aufgehängt, der viele Stockflecken hatte. Lydia sah sich selbst und Alexej im Spiegel, und es überraschte sie, dieses Bild, denn sie wirkten beide so … Sie suchte nach dem richtigen Wort, gab es im Russischen auf und verlegte sich schließlich auf … *unpassend.* Erschrocken wurde ihr bewusst, wie sehr sie beide hier auffielen. Obwohl Alexejs schwerer Mantel in jeder Hinsicht perfekt saß und auch die Art und Weise, wie seine Handschuhe an zwei Fingern geflickt waren, vollkommen in Ordnung war – sie hatte den Verdacht, dass er den Riss absichtlich verursacht und dann selbst genäht hatte –, passte wirklich nichts an ihm zu dem trostlosen Foyer. Alles hier war schlicht und zweckmäßig, während Alexej selbst in einem zerschlissenen Übermantel schnittig und elegant wirkte. Er war wie die schmiedeeisernen Verzierungen draußen: ein kleines Kunstwerk, das alle Blicke magisch auf sich zog.

Der Gedanke beunruhigte sie. Zum ersten Mal fragte sie sich, ob Liew Popkow Recht hatte. Alexej konnte für sie eine

Gefahr darstellen, weil die Leute ihn bemerkten. Trotzdem würde er heute Abend wieder durch die zwielichtigen Gegenden der Stadt ziehen und Fragen stellen. Am liebsten hätte sie ihn gebeten, es nicht zu tun. *Tu's nicht. Man wird dir vielleicht wehtun.*

»Alexej«, sagte sie leise. »Sorg dafür, dass dir Popkow heute Abend nicht von der Seite weicht.«

Er hob eine Augenbraue. Das war alles.

»Vielleicht brauchst du ihn«, beharrte sie.

Doch er achtete gar nicht auf sie, und sie wusste, dass er ihr immer noch wegen ihres Planes, auf eigene Faust zu dem Lager von Trowitsk zurückzukehren, gram war. Er war einfach zu arrogant, sich von seiner kleinen Schwester sagen zu lassen, was er zu tun hatte. Nun, dann sollte er zur Hölle fahren. Sollten sie ihn doch in einem Kerker in Ketten legen, es war ihr egal. Sie wandte den Blick ab, und noch einmal schaute ihr eigenes Spiegelbild ihr aus dem stockfleckigen Spiegel entgegen. Sie stieß einen leisen Fluch aus.

»Tschort!«

Das Mädchen dort im Spiegel, das war nicht sie. Ganz gewiss war sie das nicht. Dieses Mädchen dort sah schrecklich niedergeschlagen aus, das herzförmige Gesicht schmal. Ihre Augen blickten argwöhnisch, und das Haar leuchtete fast zu auffällig. Rasch zog Lydia die blöde Mütze aus ihrer Tasche, stülpte sie sich wieder auf den Kopf, obwohl sie sich in einem geschlossenen Raum befanden, und schob die Haare mit ein paar heftigen Bewegungen hinter die Ohren und unter den wollenen Rand.

»Alexej«, sagte sie und stellte fest, dass er sie mit jener kühlen Forschheit musterte, in der er ein solcher Meister war. »Wenn du es zulässt, dass dir Popkow heute Abend nicht von der Seite weicht, dann verspreche ich dir, dass ich in meinem Zimmer bleibe und keinen Fuß vor die Tür setze, bis du wieder da bist.«

Würde er ihr danken? Würde er es zu schätzen wissen, dass zur Abwechslung einmal sie ihm ein Angebot zur Güte machte?

Ein träges, aufreizendes Lächeln spielte um seine Mundwinkel, und für den Bruchteil einer Sekunde war sie töricht genug zu glauben, er würde lachen und auf ihr Angebot eingehen. Stattdessen jedoch legte sich ein eisiges, misstrauisches Grau über seine grünen Augen, das sie an den Peiho-Fluss in Tschangschu erinnerte.

»Lydia«, sagte er so leise, dass kein Außenstehender die sorgfältig verhohlene Wut in seiner Stimme gespürt hätte. »Du lügst mich an.«

Sie drehte sich auf dem Absatz um und ging den niedrigen Flur entlang, der zur Treppe führte. Ihre Absätze klapperten auf den Dielenbrettern. Alexej machte sie so wütend, dass sie am liebsten ausgespuckt hätte.

NEUN

Lydia blieb wie versprochen auf ihrem Zimmer. Sie wollte nicht, aber sie tat es. Nicht etwa, weil sie ihm ihr Wort gegeben hatte – ja, hier hatte Alexej Recht gehabt: In der Vergangenheit hatte sie sich von etwas so Trivialem wie einem Versprechen nicht abhalten lassen –, sondern weil Alexej nicht geglaubt hatte, dass sie es wirklich halten würde. Sie würde ihm das Gegenteil beweisen.

In dem Zimmer war es finster und eiskalt, aber es war sauber. Zwei schmale Betten waren auf kleinstem Raum aufgestellt, doch bislang hatte niemand das zweite Lager in Anspruch genommen. Mit ein wenig Glück würde es leer bleiben. Ein Spiegel hing an einer Wand, aber Lydia achtete darauf, nicht hineinzuschauen. Immer noch in Mantel und Mütze ging sie in dem Zimmer grübelnd auf und ab.

Sie versuchte, sich auf Alexej zu konzentrieren, sich ihn vorzustellen, wie er für den abendlichen Ausgang den Mantel anzog, wie er sich mit jenem forschen, ja fast begierigen Ausdruck im Spiegel betrachtete, der immer dann in seine Augen trat, wenn er sich etwas Wichtiges vorgenommen hatte. Zwar bemühte er sich stets, ihn zu verbergen, und oft genug hatte sie ihn dabei ertappt, wie er ihn überspielte, indem er gähnte oder sich beiläufig durch das Haar fuhr, als langweilte ihn die Welt um ihn herum. Doch sie wusste es besser. Diesen Blick kannte sie.

Ihre Schritte beschleunigten sich, und sie trat so fest gegen den Rahmen des Bettes, dass ihr ein heftiger Schmerz durch das Bein fuhr. Alles, um ihre Gedanken von Jens Friis fernzuhalten. Stattdessen sah sie wieder die Frau des Kommandanten vor sich, ihre verletzten Arme und das anmutige Schwingen ihres Pelzmantels, als sie sich auf dem Bahnsteig von ihr abgewandt und weggegangen war.

Weggegangen. *Wie kannst du das tun? Wie kannst du einfach weggehen?*

Wut durchströmte Lydia. Sie war sich nicht sicher, woher sie kam, doch mit Antonina hatte dieser Zorn nichts zu tun. Sie spürte, wie ihre Wangen brannten und sich ihr Magen verkrampfte, so sehr, dass sie mit den Fingern nach einem ihrer Mantelknöpfe griff und ihn derart fest drehte, dass er abriss. Das fühlte sich schon besser an. Sie hielt den Knopf ganz fest und versuchte, das elende Gefühl zu verdrängen, das sich ihrer bemächtigt und einen tiefen Keil in sie hineingetrieben hatte, als sie zum ersten Mal die Gefangenen aus dem Arbeitslager erblickt hatte. Jene Männer, die wie Zugtiere einen Wagen über den vereisten, mit Felsbrocken übersäten Boden geschleppt hatten. Nein, schlimmer noch als Tiere, denn Tiere sterben nicht an Scham. Selbst aus der Entfernung hatte Lydia sie gespürt, diese Scham, und hatte sie geschmeckt, wie Säure in ihrem Mund. Und dann war einer der Männer hingefallen und nicht wieder aufgestanden.

Papa, ich muss dich finden. Bitte, bitte Papa, lass es nicht dein abgemagerter Körper sein, nur in Lumpen gehüllt.

Ganz plötzlich war der Zorn verschwunden, und sie spürte nur noch die Tränen, die ihr über die kalten Wangen liefen.

Als es an der Tür klopfte, blickte Lydia auf. Sie hatte Mantel und Mütze abgelegt und kniete neben dem Bett, damit beschäftigt, ihre Reisetasche auszuräumen.

»Herein!«, rief sie.

Die Tür ging auf, und eigentlich hatte Lydia mit einer neuen Mitbewohnerin gerechnet, die das andere Bett für sich in Anspruch nehmen wollte, doch sie täuschte sich. Es war Popkows Freundin, die dicke Frau mit dem glatten, strohblonden Haar, die aus dem Zug, die zu viele Fragen stellte. Was hatte er gesagt, wie sie hieß? Irina? Nein, Elena, das war's.

»*Dobry wetscher*, Genossin«, sagte Lydia höflich. »Guten Abend.«

»*Dobry wetscher.* Ich dachte, vielleicht langweilst du dich hier allein.«

»Nein, ich habe zu tun.«

»Das sehe ich.«

Die Frau machte gar nicht den Versuch, das kleine Zimmer zu betreten. Stattdessen lehnte sie sich mit einer ihrer fleischigen Schultern gegen den Türrahmen und paffte weiter an ihrem Zigarrenstummel, den sie elegant zwischen den Fingern balancierte. Lydia hielt beim Ausbreiten ihrer Habseligkeiten auf der Tagesdecke inne und betrachtete ihre Besucherin.

»Das mit deinem Sohn tut mir leid.«

Das Gesicht der Frau wurde finster. »Liew redet zu viel.«

»*Da*. Er ist ein richtiges Plappermaul«, sagte Lydia, ohne eine Miene zu verziehen.

Die Frau blinzelte und lächelte dann. Das würzige Aroma des Zigarrenrauchs wehte durch das Zimmer. »Mach dir keine Sorgen, er hat mir nichts erzählt, das dir schlaflose Nächte bereiten könnte. Nur dass ihr aus China herübergekommen seid und nach jemandem sucht.«

»Das ist mehr als genug, Genossin. Es ist genau eine Tatsache mehr als das, was ich über dich weiß, und deshalb stelle ich dir jetzt eine Frage.«

»Klingt nur gerecht.«

»Was willst du von Liew Popkow?«

»Was will eine Frau wohl von einem Mann?«

Elena schwang lasziv die Hüften, steckte sich die Zigarre in den Mund und sog so heftig daran, dass die Spitze rot aufglühte. Lydia wandte den Blick ab. Sie faltete ihre beiden Röcke zusammen, den marineblauen und den grünen aus schwerer

Wolle, und legte beide in einem ordentlichen Stapel neben zwei Paar zusammengerollte Socken, drei Handtücher, ein Buch und einen kleinen Stoffbeutel aus Baumwolle.

»War dein Sohn im Lager?«, fragte sie, ohne aufzublicken.

»Ja.«

»Das tut mir leid.«

»Braucht es nicht.«

Etwas an der Art, wie die Frau das gesagt hatte, veranlasste Lydia, doch den Blick zu heben. Elenas Gesicht war vollkommen ausdruckslos.

»Er gehörte zum Wachpersonal«, erklärte sie mit tonloser Stimme. »Einer der Gefangenen hat ihn mit einer Glasscherbe getötet. Ihm die Kehle aufgeschlitzt.«

Lydia sah das Blut vor sich, das in einem gewaltigen Schwall aus der klaffenden Wunde des Sohnes quoll, sah, wie der junge Mann sich mit erschrocken aufgerissenen Augen an den Hals griff. War Jens dort? Hatte er gesehen, wie es passierte? Hatte vielleicht er die Glasscherbe als tödliche Waffe geführt? Denn wer auch immer das getan hatte, war bestimmt mittlerweile ein toter Mann. Ein plötzlicher Schmerz stieg in Lydia auf. Wieder und wieder faltete sie einen der Röcke, zog eine Haarbürste aus ihrer Tasche. Sie war nichts Besonderes, einfach nur eine Holzbürste mit einem zersprungenen Griff, aber sie hatte ihrer Mutter gehört. Lydia legte sie in eine Reihe neben die Schere und den Beutel.

»Dein Sohn war also Gefängniswärter«, flüsterte sie und wandte den Kopf ab. Mit einem leisen Zischen spuckte sie auf den Boden.

Die Frau nickte. Alle Weichheit war aus ihrem Blick geschwunden. »Ich weiß, er hat immer damit rechnen müssen.« Sie gab einen leisen Seufzer der Verzweiflung von sich. »Gott allein weiß, was der Scheißkerl den Männern dort angetan hat.«

Draußen fuhr mit einem lauten Rumpeln ein Lastwagen

vorbei. Sein Scheinwerferlicht bohrte sich in die Dunkelheit und beleuchtete kurz das Zimmer.

»Aber es muss schwer sein, einen Sohn zu verlieren«, sagte Lydia. »Es tut mir leid.«

»Mir nicht.«

»Eltern würden doch nie ein Kind verlieren wollen.«

»Sei dir da nicht so sicher.«

Lydia konzentrierte sich auf ihre Reisetasche und holte einen Block Schreibpapier und einen Bleistift heraus. *Papa, würdest du ein Kind verlieren wollen?* Sie begann eine neue Reihe auf der Bettdecke und fügte eine noch ungeöffnete Flasche Rosenwasser hinzu, die ihr verwitweter Stiefvater ihr für die Reise geschenkt hatte. Der liebe Alfred. Er war wieder in England, doch hätte er sie jetzt gesehen, wäre er vor Scham in den Boden gesunken. Für einen Engländer wie ihn wäre es eine unendliche Qual gewesen, mit einer Wildfremden ein Gespräch über den Verlust eines Sohnes zu führen. Undenkbar. Doch hier in Russland liefen die Dinge anders. Die Sitten waren rauer, und das war ein Aspekt dieses Landes, den Lydia allmählich zu schätzen wusste, weil er es leichter machte, mit anderen in Kontakt zu treten.

»Elena«, sagte sie mit einem plötzlichen Lächeln. »Lass uns auf deinen Sohn trinken.« Aus der Tasche zog sie eine halbe Flasche Wodka hervor. Auf dem Schraubverschluss steckte ein kleiner Zinnbecher.

Elenas Augen leuchteten auf. Sie warf den Zigarrenstummel auf den Flurboden und drückte ihn mit dem Stiefel aus. Während Lydia den Verschluss öffnete, versetzte ihre Besucherin der Tür einen Schubs, um sie zu schließen, und ließ sich mit einer Wucht auf das leere Bett fallen, dass die Federn quietschten.

»Richtig, kleine Genossin, reich mal rüber.«

Lydia goss den kleinen Zinnbecher bis zum Rand voll, doch statt ihn der Frau zu reichen, nahm sie selbst einen Schluck und gab Elena die ganze Flasche, die diese mit sichtbarer Freude entgegennahm.

»Na sdorowje!«, sagte Lydia. »Auf die Gesundheit!«

Sie tranken gemeinsam, Lydia aus dem Becher, Elena aus der Flasche. Die Flüssigkeit brannte sich ihren Weg durch Lydias Kehle in ihren Magen, und ihr wurde auf der Stelle schwindelig. Sie nahm noch einen Schluck.

»Tu ihm nicht weh, Elena.«

»Wem? Meinem Sohn? Dafür ist es zu spät.«

»Nein. Ich meinte Liew.«

»Ha! Was bist du, seine Mutter?«

»*Da*. Ja. Seine Mutter, seine Schwester und sein Kindermädchen, alles in einem.«

Elena lachte und nahm noch einen tiefen Schluck. »Dann kann er aber von Glück reden.«

Lydia beugte sich vor. »Kann er das, Elena?«

»Natürlich. Er hat dich, die sich rührend um ihn kümmert, er hat deinen Bruder zum Streiten, und er hat mich zum ... na ja, damit ich ein bisschen Pfeffer in sein Leben bringe, sagen wir es mal so.« Elena machte eine schüttelnde Bewegung mit den Schultern und brachte ihre großen Brüste damit zum Wackeln. Es sah ziemlich professionell aus.

»Genossin«, sagte Lydia mit einem zuckersüßen Lächeln, »gehst du eigentlich zufällig auf den Strich?«

Elena blinzelte, stieß geräuschvoll den Atem aus und schaute einen Moment lang etwas pikiert aus, doch dann warf sie den Kopf in den Nacken und lachte so herzhaft, dass ihr die Brüste fast aus der Bluse sprangen.

»Deine Äuglein sind so scharf wie die einer Schlange, Genossin Iwanowa.« Sie wischte sich mit dem Handrücken über die Augen und setzte erneut die Flasche an den Hals. »Woher wusstest du das? Einem jungen Ding wie dir sollte so etwas nicht auffallen.«

»Es ist die Art und Weise, wie du Männer anschaust. Als

könnte man sie ... benutzen. Wie Werkzeuge, nicht wie Menschen. Den gleichen Blick habe ich auch in den Augen der geschminkten Damen von Tschangschu gesehen.«

»Du glaubst also, ich benutze deinen Kosaken.«

»*Da*. Und ich frage mich, wofür.«

»Nun, dieses Mal täuschst du dich, kleine Genossin. Meine Tage als Nutte sind gezählt.« Sie lehnte den Kopf gegen das hölzerne Ende des Bettes und hob schwungvoll die Beine auf die Decke. »Wohl kaum eine Überraschung, was? Sieh mich doch an.«

Sie betrachteten beide Elenas Spiegelbild – die Schenkel, die sich wie breite Säulen unter dem Rock abzeichneten, den Bauch, der in mehreren Wülsten darüberlag, und die blauen Krampfadern unter den Strümpfen. Sie betrachteten Elenas Körper, als gehörte er zu jemand anderem. Lydia war noch nie in ihrem Leben zu einer so schonungslosen Prüfung aufgefordert worden und fand dies auf eine Art und Weise faszinierend, die ihr unangenehm war.

»Manche Männer«, sagte Lydia, »mögen füllige Frauen.« Sie war weit von der Gewissheit entfernt, dass das wirklich stimmte, und sagte es mehr aufs Geratewohl.

»*Tschort!* Du bist viel zu jung, um zu wissen, was Männer mögen und was nicht.«

Lydia wich dem Blick ihrer blassen Augen aus und verfluchte die Röte, die unweigerlich von ihrem Hals zum Gesicht hochstieg. Sie hoffte, die Frau würde denken, es liege am Alkohol.

»Ha! Verstehe.« Mit Augen, die vor Vorfreude leuchteten, verschränkte Elena die Hände hinter dem Kopf, was ihren Busen auf alarmierende Weise anschwellen ließ. »Also, wer ist es?«

»Wer ist wer?«

»Der, der deine Wangen zum Glühen bringt und deine Augen zum Schmelzen, wie Butter in der Sonne. Allein bei dem Gedanken an ihn werden dir die Knie weich.«

»Da gibt es niemanden. Du täuschst dich.«

»Wirklich?«

»Da.« Einen Moment lang ruhten die Augen mit einem leicht feindseligen Blick auf ihr, dann wandte sich Lydia wieder ihren Habseligkeiten auf dem Bett zu und nahm die Haarbürste in die Hand. »Es gibt niemanden«, sagte sie wieder.

Sie konnte hören, wie die Frau abermals die Flasche ansetzte, hörte das Gluckern der Flüssigkeit, das dann jedoch vom resoluten Zudrehen des Schraubverschlusses auf die Flasche gefolgt wurde. Das überraschte sie. Eine Weile sprach keine von beiden, und in Lydia begann die Hoffnung aufzukeimen, dass ihre Besucherin vielleicht gehen würde.

»Ich hab ihn weggegeben.« Elena sprach mit geschlossenen Augen. Ihre Wimpern, die lang und dicht auf ihren Wangen lagen, waren viel dunkler als ihr Haar. »Ich hab zugelassen, dass sie ihn mitnehmen. Welche Mutter tut das schon?«

»Du meinst deinen Sohn, den im Lager. Wie hieß er?«

»Daniil.«

»Das ist ein schöner Name.«

Elena lächelte, mit immer noch geschlossenen Augen, und Lydia war sich sicher, dass sie ihn vor sich sah.

»Sah er gut aus?«

»Ihr jungen Mädchen seid doch alle gleich, ihr wollt immer bloß, dass ein Mann groß, dunkelhaarig und gut aussehend ist.«

Plötzlich stand Chang An Lo vor Lydias innerem Auge, und ihr Mund wurde trocken.

»Ich bin zweiundvierzig«, sagte Elena. »Ich war sechzehn, als ich Daniil bekommen habe, und schon ein ganzes Jahr im Bordell. Vier Wochen durfte ich ihn behalten, aber dann …« Sie machte abrupt die Augen auf. »Für ihn war es besser, eine richtige Familie zu haben.«

»Wusste er es?«

»Das mit mir, meinst du?«

»Ja.«

»Nein, natürlich nicht. Aber«, Elenas blassblaue Augen leuchteten, »ich fand heraus, wo er wohnte, und beobachtete, wie er aufwuchs. Stand vor seiner Schule herum und sah ihn später durch die Stadt marschieren, zuerst als Junger Pionier und dann als einer von Stalins Komsomolzen.«

Lydia streckte die Hand aus und berührte die Frau ganz kurz an der Hand. »Damals bist du bestimmt stolz auf ihn gewesen.«

»Ja, das war ich. Aber jetzt nicht mehr. Ich möchte nur noch vergessen.«

»Können denn Eltern ihre Kinder jemals vergessen?«

»O ja. Du musst mit deinem eigenen Leben weitermachen. Was sind Kinder denn überhaupt? Nur ein Klotz am Bein.«

»Ich dachte, dass ...« Lydia unterbrach sich, trank den letzten Schluck ihres Schnapses und fragte stattdessen: »Weiß Liew es?«

»Ob er was weiß?«

»Das mit deinem ... Beruf?«

Die Frau lächelte, und dieses Mal lag eine Herzenswärme in diesem Lächeln, dass Lydia klar wurde, warum Männer diese Frau vielleicht mochten.

»Natürlich nicht«, sagte Elena entrüstet.

»Warum hast du es dann mir erzählt?«

»Ja, warum eigentlich? Ganz schön blöd.«

»Du magst so manches sein, aber blöd auf keinen Fall.«

Elena lachte und setzte sich auf, um die kleine Ansammlung von Habseligkeiten auf dem Bett zu betrachten. Plötzlich wurde Lydia bewusst, wie ärmlich der Inhalt ihrer Reisetasche wirken musste.

»Also, was für ein Buch liest du da?«, erkundigte sich Elena.

»Die Gedichte von Marina Zwetajewa. Kennst du die?«

»Nein.«

»Möchtest du es dir ausleihen?« Lydia nahm das Buch, das

von der langen Reise ramponiert und abgegriffen war, in die Hand, und bot es ihrer Besucherin an.

Elena schloss die Augen und seufzte. »Ich bin zu müde.«

Lydia kam der Gedanke, dass Elena vielleicht, wie so viele Frauen in Russland, gar nicht lesen konnte. »Wenn du müde bist«, sagte sie, »möchtest du dann, dass ich dir etwas daraus vorlese?«

»Da«, lächelte die Frau. »Das würde mir gefallen. Dein Russisch ist ausgezeichnet.«

Lydia schlug das Buch auf und begann zu lesen.

Geräusche drangen zu ihr in das Zimmer. Das Miauen einer Katze. Das Klicken von Wasserrohren. Das Rumpeln von Wagenrädern. Geräusche, die Lydia das Wissen schenkten, dass sie am Leben war, obwohl sie sich dessen manchmal gar nicht so sicher war. Ganz leise, um die schlafende Frau auf dem Bett neben ihr nicht zu wecken, packte sie all ihre Sachen in die Reisetasche zurück. Es war jeden Abend das Gleiche: das Auspacken, das Aufräumen, das Wiedereinpacken, und wenn das getan war, tätschelte sie die Tasche wie einen alten Hund.

»Also dann. Alles erledigt«, sagte sie leise.

Schließlich legte sie sich auf ihr eigenes Bett und kuschelte sich an die Tasche, als könnte allein ihr aufgeräumtes Reisegepäck den Tumult, der in ihr herrschte, in Schach halten. Sie drückte die Wange an die Stoffseite, atmete tief ihren Geruch nach Ruß und Zigaretten ein.

Alexej wollte sie nicht bei sich haben. Popkow verzehrte sich nach dieser Frau. Ihr Vater erinnerte sich vielleicht gar nicht mehr an sie. Und Chang war zweitausend Meilen von ihr entfernt. Sie presste die Wange noch mehr an den rauen Stoff und schloss beide Arme so fest um die Tasche, dass sie spürte, wie die Griffe in ihre Haut schnitten. Und sie packte sie noch fester. Ihr Leben war aus den Fugen geraten, doch sie war entschlossen, es zusammenzuhalten.

ZEHN

Chang An Lo hatte nicht damit gerechnet, Blut zu sehen, nicht hier, nicht jetzt.

Allein mit seinen Gedanken hatte ihm der lange Ritt durch den Dschungel der Jinggang-Berge Freude gemacht. Sein Pferd, eine kleine, muntere Stute, suchte sich geschickt ihren Weg über die unbefestigten Pfade in Richtung der Stadt Zhandu. Die Luft war schwer und feucht, erfüllt von schwirrenden Insekten, und mit jeder Meile, die er weiter nach Süden kam, stieg die Temperatur. Er ritt in gemächlichem Tempo, das angenehm für sein Reittier und ihn selbst war. Keiner von ihnen hatte es eilig. Der Untergrund war trügerisch und schlüpfrig, so dass das Pferd immer wieder ausrutschte.

»Beruhige deinen Geist, kleines Mädchen«, murmelte er dem Pferd ins Ohr.

Er legte eine Hand an den muskulösen Hals und schnalzte mit der Zunge. Nur ein Mal hatte er absteigen und die Stute am Zügel vom Pfad wegführen müssen, hinab in die dichte Vegetation einer tiefen Senke, die von einer Dunstschicht eingehüllt war. Sie hatte keinen Mucks gemacht und stand ganz still mit angelegten Ohren neben ihm, und seine Hand lag fest in ihrer Mähne, während ein Trupp Reiter vorbeikam. Es hätten Soldaten der Roten Armee sein können, aber Chang wollte kein Risiko eingehen. Sie befanden sich in Banditenland.

Erst auf dem Feldweg vor der Bergfestung von Zhandu brachte er sein Pferd zum Stehen. Direkt vor ihm war ein gabelförmiger Holzrahmen in den Boden gerammt, und ein Mann war mit Riemen aus Rohleder daraufgeschnallt. Sein

Oberkörper war nackt, sein Kopf hing schlaff herab, und die Augen waren geschlossen, als wäre er gelangweilt, weil er zum Nichtstun verdammt war, und erschöpft von der unerbittlich scheinenden Sonne, nur eingedöst. Doch Chang wusste, dass der Mann nicht schlief. Eine schillernde Kruste aus Fliegen saß auf seiner Brust und bewegte sich wie ein träger Öltropfen über seine Haut.

Es war unmöglich zu sagen, wie lange er wohl als Warnung für andere Deserteure der Roten Armee hier gehangen hatte, bis der Tod ihn erlöst hatte, aber die drei Wunden in seiner Brust, wo spitz zugefeilte *suo-biao* eingedrungen waren, hatten seinem Leben gewiss ein willkommenes Ende bereitet.

Chang holte tief Luft, um die in ihm aufsteigende Wut zu unterdrücken, und empfahl den wertlos gewordenen Geist des Soldaten seinen Ahnen. Hier oben in den Bergen waren die Götter nah, fast sichtbar im Dunst, und ihre Stimmen hallten in den Bambushainen wider. Wenn die Zeit eines Mannes gekommen war, war das hier ein guter Platz zum Sterben. Er verneigte den Kopf vor dem toten Soldaten und trieb die junge Stute in Richtung Stadt.

Die Hauptstraße von Zhandu war gepflastert und voller Menschen. Ein Karren, mit Felsbrocken beladen, rollte vorbei, und das Rumpeln der Holzräder klang wie Donner in Changs Ohren. Er hatte sich zu sehr an die Stille gewöhnt.

Die kleine Stadt war regelrecht aus dem Gestein des Berges herausgemeißelt worden, und die Leute hier führten einen täglichen Kampf gegen den umliegenden Dschungel. Kostbare Pflänzchen von Reis und Papaya sprossen auf den Terrassen, ein leuchtendes, frisches Grün, das so ganz anders war als die düsteren Schattierungen des Dschungels ringsum.

Die Häuser hatten meistens nur ein Stockwerk, waren aus Holz und Bambus gebaut und mit grauen Schindeln gedeckt, eine muntere kleine Siedlung, die sich um die gepflasterten

Straßen scharte. Ein paar Rikschas holperten an Chang vorbei, die Fahrer unter ihren weiten Kulihüten schwitzten und betrachteten den Fremden auf seinem Pferd voller Interesse. Chang schenkte ihnen keine Beachtung. Es war immer dasselbe, wenn er in eine neue Stadt kam oder ein Gericht aß, das er nicht kannte: dieses scharfe Ziehen unterhalb seiner Rippen, als würde da jemand versuchen, seine Leber herauszureißen. Er wusste, was es war.

Das bist du, meine Liebe, mein Fuchsmädchen. Du. Deine kleine Faust in mir drin, die mir keine Ruhe lässt.

Bei allem Neuen, das er sah, verspürte er das Bedürfnis, es ihr zu zeigen. Zu sehen, wie ihre lohfarbenen Augen sich weiteten, wie ihre *fanqui*-Nase sich angesichts der wild geschwungenen Dächer, der geschnitzten Götter, die unter den Dachbalken hervorlugten, oder der filigranen Laubsägearbeiten, die in prunkvollem Scharlachrot und Gold angemalt waren, kräuselte. Im Süden Chinas war alles greller, bunter, feiner gearbeitet als irgendwo sonst, und er sehnte sich danach, das alles mit ihren Augen zu sehen.

Abrupt richtete er sich im Sattel auf und überraschte sein Pferd mit einem raschen Stoß seiner Ferse. Die lose Tunika, die er trug, klebte vor Schweiß an seinem Rücken, und er verscheuchte die Gedanken an Lydia, schloss die Augen vor dem Bild ihrer vollen, warmen Lippen. Solche Begierden raubten ihm nur Kraft. Doch ihr Lachen, das wie das Plätschern eines Flusses klang, konnte er nicht zum Verstummen bringen. Es überspülte seinen Kopf und ließ sein Herz in seinen Fluten treiben.

An einem steinernen Wassertrog stieg Chang ab. Er warf einem der Straßenjungen mit borstigem Haar eine Münze hin, damit er auf sein Pferd aufpasste. Er hielt seinen Kopf unter die Wasserpumpe, schulterte seine Satteltasche und machte sich auf den Weg die Straße entlang.

Mit grinsendem Vergnügen zog ein Barbier die Rasierklinge über das Kinn eines Kunden, der auf einem Hocker vor seinem Laden saß, während der Geschichtenerzähler aus der Bude nebenan die beiden mit einer Geschichte über einen Rattenkönig bei Laune hielt. Chang gefiel diese Stadt. Sie fühlte sich irgendwie … gemütlich an. Er stellte sich vor, wie es wäre hierzubleiben. Seine Befürchtungen, der Ort befinde sich in Aufruhr, hatten sich als haltlos erwiesen. Er bewegte sich mit geschmeidigen, leichtfüßigen Schritten vorwärts, um in dem allgemeinen Gewusel der Arbeiter und Kaufleute nicht aufzufallen. Er hatte gelernt, dass man mit seiner Art zu gehen sichtbar oder unsichtbar werden konnte, je nachdem, was man wollte.

Heute war er unsichtbar.

»Deine Finger werden langsam so ungeschickt wie die einer alten Frau, mein Freund.«

Der Schuhmacher war mittleren Alters. Er arbeitete im Schatten auf einem Bambushocker vor seinem Laden und war gerade damit beschäftigt, einen langen Lederstreifen mit hauchfeinen Stichen zu besticken. In allen Einzelheiten zeigte der Lederstreifen eine Schlange, die sich um einen Affen wand und auf die, am Ende des Streifens, mit offenem Maul ein Löwe wartete. Der Schuhmacher schaute unter seinem breitkrempigen Hut hervor, der aus Bambusblättern geflochten war, und seine schwarzen Augen hatten kaum mehr als einen Moment lang Überraschung gezeigt, als er Chang An Lo entdeckt hatte. Zuerst leuchteten sie vor Freude, während er die Gestalt des Freundes gegen die Sonne betrachtete, doch dann verfinsterte sich sein Gesicht.

»Chang An Lo, du Stück Hundescheiße, wo bist du denn die ganze Zeit gewesen? Und was verschafft dieser wertlosen Stadt hier die Ehre des Besuches eines der vertrautesten Diener unseres Anführers?«

»Es ist nicht dieser wertlose Dunghaufen von Stadt, den zu

besuchen ich gekommen bin. Du bist es, Hu Tai-wai, denn ich muss mit dir sprechen.« In einer Bewegung, die so geschmeidig und leise war wie die einer Katze, hockte sich Chang An Lo neben den Schuhmacher auf den nackten Boden, nahm das Ende des Lederstreifens in die Hand und ließ es durch seine Finger gleiten. »Ich hoffe, meinen Freund in guter Gesundheit anzutreffen.«

Der Schuhmacher hatte seine Arbeit wieder aufgenommen. »Es geht mir gut.«

»Und deiner Familie auch? Der ehrenwerten Yi-ling und der schönen Si-qi?«

Die Gesichtszüge des Mannes wurden weich. »Meine Frau wird sich überglücklich schätzen, dich in unserem bescheidenen Heim willkommen zu heißen. Sie hat dich jetzt schon seit zwei Jahren nicht mehr gesehen und macht es mir zum Vorwurf, dass du so lange weggeblieben bist. Sie gibt mir die Schuld.«

Chang lachte leise. »Eine Frau gibt ihrem Mann an allem die Schuld, ob es nun eine Rattenplage im Reisfeld ist oder der elegant bemalte Fingernagel, der ihr aus Versehen ins Essen gefallen ist, während sie für ihn kochte.«

Hu Tai-wai grinste und unterzog Chang einer langen, liebevollen Musterung, wobei ihm sowohl der Zustand seiner Kleidung als auch die Stille in seinen Augen nicht entgingen. »Und was weißt du schon von Ehefrauen, mein Freund?«

»Nichts, wofür den Göttern gedankt sei.«

Doch seine Stimme musste ihn irgendwie verraten haben, denn der Schuster lachte nicht. Eine Weile sprach keiner von ihnen, doch es war ein angenehmes Schweigen, das zwischen ihnen herrschte, während sie beide der Nadel zusahen, die in das Leder hineinflitzte und wieder hinaus, als wäre Leben in ihr. Eine Frau mit Pockennarben schlurfte auf der Straße an ihnen vorbei, ein Joch auf den Schultern balancierend, das ihr mit seinem Gewicht tief ins Fleisch schnitt. In beiden Eimern, die an den Enden des Jochs baumelten, wanden sich schwarze Ferkelchen, die so durchdringend quiekten, als hätte jemand den Göttern auf die Füße getreten. Die Hitze und der Lärm machten Chang schwer zu schaffen.

»Die Stadt hat sich erholt?«

Hu Tai-wai wandte den Kopf und schaute ihn aufmerksam an. »Von der Ehre des Besuches Mao Tse-tungs, meinst du? Hast du den toten Soldaten gesehen?«

Chang nickte.

Hu Tai-wai seufzte, und Chang spürte das ganze Gewicht dieses Seufzens. »Es gab noch mehr davon.« Der Schuhmacher blickte in die Richtung des Holzrahmens, an dem man den Soldaten aufgehängt hatte. Nur eine leuchtend bunt geschmückte Teestube verbarg den Ort des Grauens vor ihren Blicken. »Wir haben sie heruntergenommen, aber einer musste hängen bleiben.«

»Eine Warnung an andere Soldaten, die mit dem Gedanken spielen, aus der Roten Armee zu desertieren. Ja, Mao Tsetung besteht darauf. Aber es ist eine Armee aus Bauern, die an dem Glauben festhalten, Mao würde ihnen eine Neuverteilung des Landes in China bringen. Das ist der Grund, warum sie für ihn kämpfen. Sie sehnen sich danach, die Felder zu besitzen, auf denen sie arbeiten, Felder, die sie dann ihren Kindern und Kindeskindern weitervererben wollen. Wenn sie dann entdecken, dass unser großer und weiser Führer mehr an Macht interessiert ist als an den Menschen, versuchen sie in ihre Dörfer zurückzukehren, um ihre Ernte einzubringen, aber …« Chang biss sich auf die Zunge. Sollte sein Herz doch in aller Stille bluten. »War er lange hier?«

Obwohl er saß, machte der Schuhmacher über der Lederarbeit auf seinem Schoß eine tiefe Verbeugung. »Ja. Mao war lange genug hier.«

Chang blickte in das plötzlich argwöhnische Gesicht und murmelte: »Erzähl mir davon, mein Freund.«

Hu Tai-wai nahm seine Stickarbeit wieder auf. Gerade gestaltete er sorgfältig die Umrisse des zuckenden Schwanzes von dem sterbenden Affen. »Er blieb einen ganzen Monat hier.« Er hatte die Stimme gesenkt. »Eine Abteilung seiner Armee schlug draußen auf den Terrassen ihr Lager auf und verdarb unsere Ernte, doch die Männer hatten nichts zu tun, während es sich ihr Führer im besten Haus der Stadt gut gehen ließ, weshalb sie *maotai* tranken und beschwipst durch die Straßen torkelten. Sie erschreckten die Mädchen und nahmen sich aus den Läden, was sie wollten.«

Chang pfiff durch die Zähne. »Mao Tse-tung war Schullehrer. Er ist kein Mann des Militärs und weiß nicht, wie man eine Armee unter Kontrolle hält.«

»Nein, anders als Tschu. Mit Tschu an der Spitze war die Armee diszipliniert.«

»Aber Mao hat Tschu seine Armee gestohlen. Er hat ihn gedemütigt und das Kommunistische Hauptquartier in Shanghai angelogen. Du musst zugeben, alter Schuhmacher, dass unser Führer schlau ist. Seine Gier nach Macht ist so groß und seine Wege so gewunden, dass er China wirklich noch erobern könnte.«

Hu Tai-wai grunzte.

»War seine neueste Gattin, Gui-yuan, bei ihm?«, wollte Chang wissen.

»Ja, das war sie. So zart wie eine Morgenblume. Zusammen haben sie das schönste und größte Haus in Zhandu für sich beansprucht, jeden Tag im Bett verbracht, geschmortes Rind verspeist und Milch getrunken.« Hu Tai-wai riss voller Verachtung seinen Faden ab. »Welcher Mensch, der noch recht bei Trost ist, trinkt denn Milch? Milch ist nur für Säuglinge.«

Chang lächelte. »Im Westen trinkt, glaube ich, jeder Milch.«

»Dann sind sie dort noch kränker im Kopf, als ich dachte.«

Chang gluckste. »Sie sagen, es sei gut für einen.« Einen Moment lang glaubte er eine Tasse an seinen Lippen zu spüren, den unangenehm fettigen Geschmack von Milch in seinem Mund. Und eine sanfte *fanqui*-Stimme zu hören, die sagte: »Trink.« Ihr zu Gefallen hatte er getrunken.

»Es ist besser«, sagte er zu dem älteren Mann, »wenn Mao mit seiner Frau reist. Besser für die Städte, in denen er sich aufhält.«

»Warum besser? Sie hat uns jeden Tag gekostet, den sie hier war, und von allem wollte sie immer nur das Beste.«

»Trotzdem ist es besser.« Chang beobachtete eine junge Frau, die vor der Tür des Seilmachers auf der anderen Straßenseite fegte. Ihr Haar war lang und hübsch geflochten. »Es ist besser für die Mädchen der Stadt«, sagte er.

»Ich habe Gerüchte gehört«, flüsterte Hu Tai-wai mit finsterer Miene, und seine dicken Augenbrauen zogen sich zu einer einzigen schwarzen Linie zusammen. »Ich habe Si-qi zuhause eingesperrt.«

»Eine weise Entscheidung.«

»Also.« Hu Tai-wai stach seine Nadel in ein Lederstück, das er sich um sein Handgelenk gebunden hatte, und ließ sie dort stecken. »Sag mir, Welpe des Windes, warum hat die Kommunistische Partei Chinas ihren besten Entschlüssler ausgerechnet in das beschauliche Städtchen Zhandu entsandt?«

»Niemand weiß, dass ich hier bin.«

»Aha.«

»Ich bin gekommen, um mit dir persönlich zu sprechen.«

»Worüber?«

»Über die Russen.«

Hu Tai-wai schenkte ihm ein träges, amüsiertes Lächeln. »Dann bist du ein Dummkopf. Du kommst zu spät, mein junger Freund. Die Jahre, in denen ich Berater und Unterhändler mit den Russen, den Bärtigen, war, sind lange vorbei. Du weißt, dass ich das aufgegeben habe. Jetzt bin ich nur noch ein armer Flickschuster vom Lande.« Seine schwarzen Augen glitzerten, und die feinen Fältchen um seinen Mund verzogen sich im Sonnenschein zu einem zufriedenen Lächeln. »Mir sind mein Leben und meine Familie zu kostbar. Bei Mao ist es ebenso wie bei Josef Stalin, diesem anderen allzu machthungrigen *woschd* – du weißt nie, wann sie deiner überdrüssig werden. Einmal Blinzeln, und schon findest du deinen Kopf auf einen Pfahl gespießt wieder.«

»Aber du bist in Sowjetrussland gewesen.«

»Viele Male.«

»Ich fürchte, wir alle tanzen jetzt nach der Melodie der Rubel. So erzähl mir von ihnen, Hu Tai-wai. Sag mir, worauf ich mich vorbereiten muss.«

Hu Tai-wais Haus war bescheiden. Ganz anders als das elegante Haus, das er laut Changs Erinnerung in Kanton besessen hatte, ein Haus mit vielen Innenhöfen, reichlichen Jadeverzierungen und geschnitzten Möbeln, die einmal seinem Vater und dessen Vater gehört hatten. Hier war alles schlicht und robust, wie es sich für die Familie eines Schusters gehörte. Nur ein Schrein im Flur, der seinen Ahnen gewidmet war, brüstete sich noch dessen, was einmal gewesen war. Perlen und Gold schmückten die Gemälde seiner Eltern und Großeltern. Auf Silberplatten wurden sorgfältige gegarte Scheiben Kalbfleisch und Delfin zusammen mit bunten Obststücken und Zuckerwerk gereicht. Auf einem Marmorpodest stand ein gravierter Glaskelch, darin dicker, rubinroter Wein.

Chang spürte vor Neid einen Stich, als sein Blick auf den Schrein fiel, und Schuldgefühle durchströmten ihn, weil er selbst für seine eigene, tote Familie nichts dergleichen geschaffen hatte. Er tauchte die Hand in eine Onyxschüssel mit Azaleenblättern und ließ das grüne Beiwerk über eine Schale mit Granatäpfeln und Mangos rieseln. Dabei murmelte er Worte, die ihn mit dem Geist seines Vaters verbanden. Er zündete ein Weihrauchgefäß an und sah dabei zu, wie der duftende Rauch in einem dünnen Fähnchen des Glaubens nach oben stieg.

Im Kommunismus war der Glaube verpönt, ebenso wie das Individuum verpönt war. Nach den Lehren von Marx und Engels ging es darum, den menschlichen Verstand so zu trainieren, dass er eine ganz neue und verbesserte Version des Menschen hervorbringen würde. Das war seine Aufgabe für die Zukunft und der Kampf, den zu führen Chang sich verpflichtet hatte. Er liebte China mit seiner ganzen Seele und war überzeugt davon, dass nur der Kommunismus sein Land vorwärtsbringen konnte, denn nur seine Ideale könnten einer ungerechten Gesellschaft zu Frieden und Gleichheit verhelfen. Einer Gesellschaft, in der so mancher arme Vater sich gezwungen sah, eines seiner Kinder zu verkaufen, um die anderen durchzubringen, während fette, reiche Grundbesitzer in Ziegenmilch badeten und ihren Pächtern so hohe Abgaben aufbrummten, dass sie von ihrer Fronarbeit krumme Rücken bekamen und ihre Lebenserwartung deutlich verkürzt wurde.

Chang blickte in die Flamme des Weihrauchbrenners. Sein zartes Flackern grub sich in seine schwarzen Augen, und er spürte, wie das vertraute Züngeln des Zorns in seinem Inneren aufglühte. Es war ein Feuer, das er versuchte, in Schach zu halten, doch ab und zu loderte es auf, ohne dass er etwas dagegen tun konnte. Und versengte ihn mit seiner Glut.

»Chang An Lo, du bringst unserem bescheidenen Zuhause Licht und meinem unwürdigen Herzen Freude.«

Chang verbeugte sich tief vor Yi-ling, der Frau des Schusters. »Es ist mir eine Ehre und Freude, dich wiederzusehen. Ich bin weit gereist, und dein Heim ist stets wie ein Bett aus Rosenblättern für meine müden Knochen.«

Er verbeugte sich noch einmal, um ihr seine Wertschätzung zu zeigen, denn in Gegenwart dieser Frau fühlte er sich stets linkisch, und ihm fehlten die Worte, um ihr seine Dankbarkeit auszudrücken. Die Frau des Schusters hatte breite Hüften und breite Wangen, eine hohe Stirn, doch es war die Wärme und

Herzlichkeit in ihren Augen, die sie schön machten. Er hätte es anmaßend gefunden zu versuchen, ihr Alter zu schätzen, doch sie war alt genug, seine Mutter zu sein, und er hatte es ihr nie vergessen, dass sie ihn in jener verzweifelten Zeit, als man seine Eltern in Peking geköpft hatte, bei sich aufgenommen hatte.

Und es war Yi-lings Ehemann, Hu Tai-wai, gewesen, der seinen Horizont erweitert hatte. Er war derjenige gewesen, der den jungen Chang, den Sohn eines Beraters am Hofe des Kaisers von China, mit den Idealen und Zielen von Karl Marx und dem Kommunismus vertraut gemacht hatte; genau das Gegenteil des Gedankengutes, mit dem er aufgewachsen war. Doch lange war Chang nicht geblieben, weil er durch seine Verbindung mit ihnen nicht ihr Leben in Gefahr bringen wollte. Und so war er weitergezogen. Ständig unterwegs zu sein, war zum grundlegenden Muster seines Lebens geworden, trotzdem steckte ein winziger Teil seines Denkens und Fühlens seit damals in der Schürzentasche dieser Frau.

Jetzt schenkte sie für ihn Tee ein, den sie aus kleinen Schalen tranken. »Die Götter haben dafür gesorgt, dass dir nichts passiert. Dafür danke ich ihnen und will ihnen eine Gabe in den Tempel bringen.«

»Sie sind auch zu euch gut gewesen. Ich habe Hu Tai-wai nie so fett und entspannt gesehen. Er sitzt dort draußen bei seiner Arbeit so zufrieden wie eine Katze in der Sonne.«

Sie lächelte. »Ich wünschte, ich könnte das Gleiche über dich sagen, Chang An Lo.«

»Sehe ich so schlecht aus?«

»Ja. Wie etwas, das ein Hund ausgespuckt hat.«

»Dann nehme ich ein Bad, wenn ich darf.«

»Gerne. Aber das ist es nicht, was ich meine. Ich habe nur in deine Augen gesehen, und was ich dort sehe, greift mir ans Herz.«

Chang senkte den Blick, nahm einen Schluck von seinem Tee, und einen Moment lang herrschte Schweigen in dem kleinen, schwülen Raum. Irgendwann hob Chang die Augen, und sie wussten beide, dass dieser Teil ihres Gespräches beendet war.

»Wie geht es Si-qi?«, fragte er.

»Meiner Tochter geht es gut.« Yi-lings Gesicht leuchtete auf, als wäre die Sonne darüber hinweggezogen. Ihre Augen begegneten den seinen, aufmerksam und voller Hoffnung, und er ahnte sofort, welche Gedanken sie hegte. Si-qi war sechzehn und damit im heiratsfähigen Alter.

»Geh«, sagte sie und bedeutete ihm mit einem Wedeln ihrer zarten Hand, sich auf den Weg zu machen. »Geh und sprich mit ihr. Sie ist im Hof.«

Er stand auf und verbeugte sich respektvoll. Sie gab ein freudiges Schnauben von sich.

»Bevor ich gehe, Yi-ling, möchte ich euch ein Geschenk überreichen.«

Ihre dünnen Augenbrauen wanderten nach oben, und sie strich sich verlegen über den schwarzen Rock. »Das ist nicht nötig, Chang An Lo.«

»Ich denke schon.«

Er öffnete seine lederne Satteltasche und zog etwas heraus, das in ein altes Hemd gewickelt war. Er streckte es ihr hin. Sie erhob sich und nahm es entgegen, doch als sie spürte, wie schwer es war, wurde ihr Lächeln neugierig, und sie wickelte das Geschenk aus.

»Chang An Lo«, flüsterte sie mit zittriger Stimme.

In ihrer Hand lag eine Pistole.

»Yi-ling, ich weiß, dass sich dein Ehemann weigert, ein Gewehr zu tragen, weil er sagt, er habe mit der Gewalt abgeschlossen. Doch ich fürchte, die Gewalt hat noch nicht mit ihm abgeschlossen, und auch nicht mit China, weshalb ich möchte, dass ihr das hier …«

Ihr Blick huschte zur Tür, doch Hu Tai-wai war immer noch draußen bei seinem Leder und seinen Nadeln. Geschickt wickelte sie die Waffe wieder ein und schob sie verstohlen in die Holzschachtel mit dem Stickzeug neben ihrem Stuhl.

Er trat näher zu ihr. »Das bleibt unter uns«, sagte er. »Für dich.«

Sie nickte, und zum ersten Mal beugte sie sich zu ihm hinüber, nach Sandelholz duftend, und küsste ihn auf die Wange. Einen kurzen Moment lang streiften ihn ihre trockenen Lippen.

»Und für Si-qi«, hauchte sie.

Si-qi war groß, hatte lange, dünne Beine und einen Holzfuß. Doch den Fuß bemerkte man kaum, denn ihr Gesicht zog die Aufmerksamkeit der Männer auf sich wie ein Topf Honig Bären. Während das Gesicht ihrer Mutter breit war, war ihres schmal und zart, ihre Haut so weiß wie frische Sahne, und ihre Augen blickten weich und geduldig. Sie trug ein blassblaues Kleid und saß auf einer Bank unter einem Feigenbaum, den dunklen Kopf über Papiere gebeugt.

Beim Anblick Changs begann sie zu weinen.

Er verbeugte sich vor ihr. »Keine Tränen, meine schöne Si-qi, schau, was ich dir mitgebracht habe.« Er lachte und zog ein Buch aus seiner Satteltasche. »Um dein Englisch zu verbessern.«

Jedes Mal, wenn er während der Jahre Hu Tai-wai besucht hatte, hatte er viel Sorgfalt darauf verwandt, Si-qi Englisch beizubringen. Mit nur einem gesunden Fuß – den anderen hatte sie als kleines Mädchen nach einem Schlangenbiss verloren – würde es für sie schwer sein, ein Auskommen zu finden, und weder er noch ihr Vater wollten, dass sie später von einem Ehemann abhängig sein würde. So waren sie auf die Idee gekommen, dass sie Übersetzerin werden sollte. Si-qi war von schnellem Verstand, konnte sich Dinge gut merken und war lernbegierig. Obwohl er sich manchmal fragte, ob sie es wirklich für sich selbst tat … oder für ihn.

»*Xie xie*«, sagte sie schüchtern. »Vielen Danke. Das *Dschungelbuch* von Rudyard Kipling.« Ihre Augen glänzten vor Freude, und er wünschte, er hätte ihr mehr als nur ein Buch mitgebracht.

»Es handelt von einem kleinen Jungen, der im Dschungel von Wölfen aufgezogen wird.«

Sie warf ihm unter den langen Wimpern einen schelmischen Blick zu. »Denkst du, das ist es, was auch dir passiert ist? Dass du bei uns kommunistischen Wölfen aufgezogen wurdest?« Sie lachte, und beim Klang dieses Lachens stockte ihm aus irgendeinem Grund der Atem.

»Wenn das Haus deiner Eltern ein Dschungel war, dann warst du immer die goldene Blume, die uns mit ihrem betörenden Duft verzaubert hat.«

Wieder lachte sie vergnügt, schwenkte ihr langes Haar, das wie ein üppiger Samtvorhang bis über ihre Schultern hing, und schlug das Buch auf. Er setzte sich neben sie, und zusammen begannen sie zu lesen, Wort für Wort, Seite um Seite, und die ganze Zeit war er sich ihrer Nähe bewusst, ihrer Weichheit, und der Tatsache, was für eine wundervolle Frau sie ihm sein könnte.

Nur einmal fragte sie flüsternd: »Hast du etwas von meinem Bruder Biao gehört?«

»Nein. Leider nicht.«

Ihre Augen wurden dunkel vor Enttäuschung, und sie wandte sich wieder dem Buch zu.

Es war nur eine winzige Bewegung, die er wahrgenommen hatte. Das war alles. Als wäre Kaa, die Schlange, ganz still und heimlich aus den Seiten des Buches gekrochen. Chang hob den Kopf und lauschte.

»Was ist?«, fragte Si-qi leise.

Er schüttelte den Kopf, damit ihm auch das kleinste Geräusch nicht entging. Der Himmel hatte sich verfärbt und goss eine prachtvolle Mischung aus Rot, Gelb und geheimnisvollen Purpurtönen über die Dächer. Insekten surrten in dichten Schwärmen durch die Luft, und aus dem Dschungel kam ein sonderbares Kreischen, wie von Geistern.

War es das, was er gehört hatte? Die typischen Geräusche des Abends?

Si-qi berührte ihn. Ganz warm und federleicht lag ihre Hand auf seiner Haut. »Was ist denn?«

Doch Chang war bereits aufgesprungen, hatte sich die Satteltasche über die Schulter geworfen und bewegte sich auf das andere Ende des Hofes zu, wo sich eine Holztür auf eine Seitengasse öffnete. Er drückte auf die Klinke, aber die Tür war verschlossen. Als er zwei Schritte zur Seite machte, um für einen Sprung auf die Mauer Schwung zu holen, flog mit einem lauten Krachen die Haustür auf. Hu Tai-wai und Yiling wurden von einem Trupp von fünf Soldaten in den Garten geführt. Sie trugen die rote Armbinde von Maos Armee.

»Chang An Lo«, sagte ihr Anführer mit fester Stimme, doch auch mit unverhohlenem Respekt. »Ich muss mich für die Störung entschuldigen, doch du wirst nach Guitan gerufen.«

»Gerufen von wem?«

»Von unserem großen Anführer, Mao Tse-tung.«

ELF

Die Tür wurde aufgerissen. Ein Schwall eisiger Luft wehte durch die Kneipe und riss kleine Löcher in die dicke Rauchwolke, die wie ein Todeshauch über den Köpfen der Zecher hing. Alexej blickte von den Spielkarten in seiner Hand auf. Aha. Popkow war endlich aufgetaucht. Der große Kosak wischte sich den Schnee aus dem zerzausten Bart, doch seine Bewegungen waren fahrig; er schwankte, und sein Auge war schon jetzt so blutunterlaufen wie das Herz eines Schweins.

Du blödes Arschloch. Wir sollten uns doch heute Abend gegenseitig den Rücken decken. Was nützt du mir denn in diesem Zustand?

Alexej wandte seine Aufmerksamkeit wieder den Spielkarten zu, versuchte, sich mit aller Macht zu konzentrieren. Das war sein viertes Spiel in ebenso vielen Kneipen, jede von ihnen in irgendeiner Seitengasse gelegen, in der es nach Katzenpisse und Verzweiflung stank. Die rauen Holztische waren voller Bierflecke, der Boden mit Wodka und Tränen getränkt. In dieser Art von Lokal verkehrten ausschließlich Männer. Nicht eine einzige zarte Wange oder ein wohl geformtes Bein weit und breit. Nur eine Ansammlung von Männern, die wild entschlossen waren, die Sorgen des Alltags und die keifenden Stimmen ihrer Ehefrauen hinunterzuspülen und in den Tiefen ihrer Gläser das Vergessen zu suchen.

»Jetzt mach schon. Wir haben nicht die ganze Nacht Zeit, weißt du.«

Alexej achtete nicht auf das Drängen seines Gegenspielers, den er ganz bewusst unter all denen herausgesucht hatte, die an den Tischen saßen und Karten spielten. Seine Wahl war auf ihn gefallen, weil er fett war. Fett bedeutete, dass er zu essen hatte, und zwar reichlich. Sicher besserte er seine Kost mit Schmiergeldern und Bestechungsgeschenken auf, ließ sich alles schmecken, was man mit einer Hand voll Rubel kaufen konnte. Ganz offensichtlich ein Spitzel. Ein Mann, der Informationen verkaufte.

Irgendwo in der Nähe fiel krachend ein Stuhl zu Boden, und Alexej sah aus dem Augenwinkel, wie Popkow sich auf den Weg zu ihm machte.

»Wo, zum Teufel, bist du gewesen?«, hieß ihn Alexej barsch willkommen, ohne von seinen Karten aufzublicken.

Popkow schob sich mit seinem plumpen Körper um den Tisch herum und blieb hinter Alexejs Stuhl stehen. Als er sah, was für ein Blatt er in der Hand hielt, lachte er laut auf, und Alexejs Gegenspieler bekam einen ordentlichen Schwall seines wodkadurchtränkten Atems ab.

»Gib besser auf, wenn du verlierst«, murmelte er in Alexejs Ohr und lachte glucksend über seinen eigenen Witz.

Der Dicke gegenüber stimmte in seine Belustigung ein. »Dein Freund hat Recht.« Er hielt sein eigenes Blatt wie einen Fächer vor sich hin und wedelte damit, als wollte er Alexejs Gewinnchancen zum Abschied zuwinken.

»Das Spiel ist noch nicht vorbei«, antwortete Alexej verärgert.

Gerade wollte er ein paar weitere Rubel auf den Haufen werfen, als er einen so heftigen Stoß in die Rippen bekam, dass sich seine Finger öffneten und die Spielkarten aus seiner Hand fielen. Sie rutschten über die schmutzige Tischplatte, und vier davon fielen zu Boden, mit der Vorderseite nach oben.

»Was, zum Teufel …« Alexej griff nach den Karten. Doch es war zu spät. Der Dicke hatte sich trotz seiner Wampe blitzschnell gebückt und sie bereits aufgehoben.

»Eine Sieben, eine Neun und eine Zehn, das ist kein gutes Blatt«, grinste der Mann und tauchte seinen schweren

Schnurrbart tief in sein Bierglas. »Jetzt gib schon auf, wie es dein guter Freund sagt.« Die grauen Augen blickten gierig.

Alexej warf kapitulierend die Hände in die Luft und ließ es zu, dass sein Gegner die Rubel auf dem Tisch an sich nahm und einsteckte. Er blickte zu Popkow hoch. »Du bekloppter Säufer. Du bist schuld, dass ich verloren habe.« Doch dann sah er Popkows Gesichtsausdruck. »Na gut. Das Spiel ist vorbei.« Alexej stand von seinem Stuhl auf und salutierte scherzhaft vor seinem Gegenspieler. »Ist heute offenbar nicht mein Abend.«

Doch der Dicke hörte gar nicht zu. Er versuchte bereits, einen neuen Mitspieler zu gewinnen. Widerwillig ließ sich Alexej von Popkow die Hand auf die Schulter legen und zu einem freien Tisch im hinteren Teil des Raumes lenken. Beide setzten sich. Alexej dachte an die verlorenen Rubel und seufzte. Dann zündete er sich eine Zigarette an, zog den Rauch tief in seine Lungen und schaute Popkow an.

»Du bist gar nicht so betrunken, wie du aussiehst, stimmt's?«

Popkows breites Gesicht verzog sich zu einem schlauen Grinsen. »Das bin ich nie. Mittlerweile solltest du das wissen.«

»Und warum hattest du dann solche Eile damit, mein Spiel zu beenden?«

»Ich glaube, das Spiel, das ich gespielt habe, ist dir viel mehr wert.«

»Also?«

»Also hab ich ein Glas getrunken.«

»Falsch. *Ein paar Gläser*.«

»Natürlich. Wäre es nicht mehr als eins gewesen, hätte ich auch nichts in Erfahrung gebracht. Und jetzt hör mir endlich zu.«

Alexej lehnte sich in seinem Stuhl zurück, um den Ausdünstungen des Kosaken zu entgehen. »Also gut. Erzähl schon. Wo warst du?«

»Ich war in einem Bordell.«

»Meine Güte. Erzähl mir bloß nicht, du hast dir einen Tripper eingefangen.«

»Halt die Klappe. Ich war nicht dort, um irgendeins der Mädchen anzufassen. Ich hab nach einem Wächter aus dem Lager gesucht. Die sind doch bestimmt ganz wild drauf, oder? Konnte mir vorstellen, dass es dort nur so wimmelt von denen.«

Alexej zog an seiner Zigarette, um sich seine Überraschung nicht anmerken zu lassen. Der Kosak war offenbar nicht so blöd, wie er aussah.

»Und hast du einen gefunden?«

»Da kannst du Gift drauf nehmen. Fast so groß wie ich war er, und keines der Mädchen wollte was mit ihm zu tun haben, das hat man gemerkt.« Er senkte die Stimme und schlug einen beunruhigend vertrauensvollen Ton an. »Weißt du, manche von den Mädchen sind einfach zu klein gebaut für unseren …«

»Genug.«

Popkow kratzte sich an der Augenklappe und nahm seine Erzählung wieder auf. »Der Mann torkelte im ganzen Zimmer herum, stieß gegen alles und jeden, der ihm in die Quere kam. Die Puffmutter rief: ›Bringt jemand diesen verdammten Wachsoldaten hier zurück ins Lager. Ich will ihn hier raushaben!‹ Und das hab ich dann gemacht.«

Alexej bot dem Kosaken eine seiner Zigaretten an und zündete sie für ihn an. Es war eine kleine Geste. »Und dann?«

»Er ist ein großer Kerl, wie ich gesagt habe. Ist ständig auf der Straße zusammengebrochen, weshalb ich ihn …«

»Aufheben musstest, ja. Da du doch so ein hilfsbereiter Mensch bist.«

»Lass mich ausreden, ja?« Popkow blickte Alexej finster an. »Wenigstens habe ich nicht die ganze Nacht herumgesessen und Karten gespielt, gutes Geld rausgeschmissen und …«

»Das Problem mit dir, mein Freund, ist, dass du kein strategisches Denken besitzt.«

Das einzelne schwarze Auge starrte ihn durch den Rauch finster an. »Und das bedeutet was?«

»Das bedeutet, dass der Verlust von ein paar Rubeln nötig war, um herauszufinden, dass …« Alexej wollte den großen Mann ein wenig auf die Folter spannen, »dass es in den kommenden Wochen große Truppenbewegungen durch Felanka geben wird. Das bedeutet Züge. Viele Züge, die hier ankommen und wieder wegfahren, ein konstanter Strom neuer Gesichter, die für Verwirrung sorgen.« Er beugte sich vor, die Ellbogen auf dem schmutzigen Tisch, den Blick aufmerksam auf Popkow gerichtet. »Wenn wir unsere Sache hier rasch hinter uns bringen, könnten wir schneller hier weg sein, als ich dachte. Aber«, er zögerte, da ihm die nächsten Worte nur schwer über die Lippen kamen, »dazu ist es ganz wichtig, dass du auf Lydia aufpasst.«

»Ich passe immer auf Lydia auf.«

»Ich glaube, sie könnte den Versuch machen, mit einem der Züge zurück nach Seljansk zu fahren.« Bei der Vorstellung, seine Schwester könnte ganz allein in einem dieser Truppenzüge voller Soldaten mitfahren, drehte es ihm den Magen um.

Der Kosak drückte seine Zigarette in einer Bierlache aus. Sie zischte, während er aufstand. Offenbar hatte er es plötzlich eilig. »Dann mal los.«

Die Nacht war sternenklar, und die kalte Luft draußen traf sie wie ein Schlag ins Gesicht. Frischer Schnee lag unter ihren Füßen. Alexej folgte dem Kosaken eine schmale Nebenstraße entlang, in der kein Licht brannte. Nur eine düstere Reihe von Lagerhäusern, deren Türen im Wind klapperten wie die Knochen eines Toten. Ein Geruch nach Verbranntem stieg Alexej in die Nase und wurde stärker, als Popkow in einen Hof abbog. Flammen züngelten aus einer großen metallenen Tonne, die vor einem kleinen Schuppen stand. Popkow ging direkt darauf zu.

»Was hast du mit ihm gemacht?«, fragte Alexej, der nichts Gutes ahnte.

Popkows zufriedenes Glucksen sagte mehr, als es Alexej lieb war.

Der Bär von einem Mann versetzte der Tür einen Tritt, und sie sprang auf. Der flackernde Schein des Feuers von draußen fiel auf das bleiche Gesicht eines Mannes, der aussah, als wäre er tot. Der Mann war auffallend groß und lag auf dem Rücken ausgestreckt am Boden, eine Kette mehrfach um den Hals gewickelt. Beide Enden der Kette waren an einem der Metallträger der Regale befestigt, mit denen die Wände gesäumt waren. Der Mann konnte den Kopf folglich nicht mehr bewegen als ein paar Zentimeter in beide Richtungen. Es war kein Wunder, dass seine Augen geschlossen waren. Konnte er atmen?

Alexej fragte mit kalter Stimme: »Popkow, musste das sein? Was sprach dagegen, ihn zu mir in die Kneipe mitzubringen und ihm bei ein paar mehr Gläsern Wodka Fragen zu stellen? Sag mir, du Hornochse, was sprach gegen diese Möglichkeit?«

Der Kosak sah ihn erstaunt an. Er streckte beide Hände den Flammen entgegen, um sich aufzuwärmen, und hob ratlos die Schultern. »Vielleicht hätte er uns keine Antworten geben wollen. So schien es mir irgendwie … sicherer.«

Das stimmte wahrscheinlich. Aber darum ging es nicht.

Mit einem angewiderten Schnauben machte Alexej die Kette von der Wand los. Ein leises Keuchen entfuhr dem Mann auf dem Boden. Wenigstens lebte der arme Teufel noch. Ohne äußeren Schaden genommen zu haben außer einer verräterischen Schwellung am Kinn, rollte er auf die Seite, murmelte etwas Unverständliches und begann zu schnarchen.

»*Podnimaisja!* Steh auf!«, bellte Alexej und verlieh seinen Worten mit einem Stiefeltritt Nachdruck.

Der Mann grunzte, das war alles. Alexej bückte sich, zog ihn hoch, und sie taumelten gemeinsam aus dem Schuppen in die eisige Nachtluft hinaus, wo der Alkohol in ihrem Körper sogleich gefror und der Wachsoldat zwar erschauderte, doch plötzlich nüchtern genug war, um sich allein aufrecht zu halten, und riskanterweise auf das Feuer in der Tonne zusteuerte. Der Mann war jünger, als sich Alexej zuerst gedacht hatte, hatte ein sauber rasiertes, gut aussehendes Gesicht und war wahrscheinlich Anfang dreißig.

»Also«, sagte Alexej. Je eher sie das Ganze hinter sich brachten, umso besser. »Ich muss dir ein paar Fragen stellen.«

»Hau ab.«

Mit diesen Worten begann der Wärter mit einem seltsam schlurfenden Gang auf den Eingang des Hofes zuzuwanken. Es sah aus wie eine Ente, die über Eis watschelte. Popkow trat vom Feuer weg und tippte ihn auf den Rücken, was bei ihm allerdings eher wie ein massiver Rempler ausfiel und den Mann wieder zu Boden schickte, wo er mit dem Gesicht nach unten, Arme und Beine ausgestreckt, im Schnee liegen blieb. Ehe er sich's versah, saß Popkow auf seinem Rücken. Er riss dem Wärter die Mütze vom Kopf, warf sie ins Feuer, packte mit der Faust seinen blonden Haarschopf und riss den Kopf brutal nach oben. Dann wartete er darauf, dass Alexej mit dem Verhör begann.

Der Kosak war effizient, das musste Alexej ihm lassen, trotzdem widerten ihn seine Methoden an.

»Wie heißt du?«, wollte Alexej wissen.

Ein heiseres Krächzen kam aus der schmerzhaft zugedrückten Kehle des Mannes.

»Du Hornochse«, schimpfte Alexej, »lass den Mann reden.«

Der Kosak lockerte seinen Griff, damit der Wärter schlucken konnte.

»Dein Name, los.«

»Babitski.«

»Also, Babitski, es ist eigentlich ziemlich einfach. Ich möchte wissen, ob sich ein bestimmter Gefangener im Arbeitslager von Trowitsk aufhält.«

Babitski stöhnte.

»Wenn ich dir also einen Namen nenne, dann wirst du mir sagen, ob er da ist oder …«

»Njet.«

Ohne einen Moment zu zögern, stieß Popkow das Gesicht des Mannes gegen den Boden. Nur ein Mal. Aber als das Gesicht wieder zu sehen war, war die Nase mit Blut bedeckt.

»Mensch, verdammt noch mal, hör damit auf!«, fluchte Alexej wütend. »Babitski, du beantwortest jetzt meine Frage, dann kannst du gehen.«

Der Mann stöhnte und spuckte Blut. »Ich kenne die Gefangenen nur nach Nummern. Nicht mit Namen.«

Verdammt.

»Und wer hat die Namensliste?«

»Das Büro.«

»Wer arbeitet im Büro? Diesmal will ich einen Namen hören.«

Die Augen des Mannes trübten sich, und er hatte Schwierigkeiten zu atmen. Das war auch kaum überraschend mit einem Fleischberg auf seinem Rücken, der ihm die Luft abdrückte.

»Runter von ihm!«, befahl Alexej.

Einen Moment lang begegneten sich ihre Blicke, und Alexej machte sich darauf gefasst, Popkow den Faustschlag zu verpassen, auf den er sich den ganzen Abend schon gefreut hatte. Doch Popkow war nicht dumm. Er bleckte die Zähne, ließ den Haarschopf des Mannes los und ging auf die Knie hoch, so dass er zwar immer noch auf dem Rücken des Wachpostens saß, aber nicht mehr mit seinem ganzen Gewicht.

Babitski holte tief Luft und sagte hastig: »Das Büro des Lagers wird von Michail Wuschnew geleitet. Er kennt sie alle.«

»Wo finde ich diesen Wuschnew, wenn er in die Stadt kommt? Wohin geht er zum Trinken?«

»In der Kneipe …« Der Mann spuckte noch mehr Blut in

den Schnee. »Unten bei der Reifenfabrik. Ist eine ziemliche Bruchbude, aber da gibt's immer ein paar Kellnerinnen zum Vögeln.«

Alexej zückte ein Taschentuch aus seiner Manteltasche, wischte dem Mann das blutende Gesicht ab und stand auf, dankbar darum, nicht in seiner direkten Reichweite zu sein. Er warf das blutbesudelte Tuch ins Feuer und wünschte, er hätte auch den Rest dieser Nacht so leicht den Flammen überantworten können.

»Okay, lass ihn jetzt gehen.«

Zur Abwechslung tat Popkow wie geheißen.

Der Mann kam schwankend auf die Beine und fluchte. Alexej holte ein Päckchen Zigaretten aus seiner Tasche, schüttelte zwei heraus, zündete beide an und reichte eine davon Babitski. Er sah, wie dem Mann das Blut auf die Zigarette tropfte.

»Scheißkerl«, ächzte Babitski und nahm einen tiefen Zug. »Und scheiß auf euch alle. Morgen bin ich weg aus diesem eisigen Scheißloch.«

»Wo gehst du hin?«

»Was geht dich das an?«

»Nichts.«

»Bin nach Moskau abbeordert.« Die aufgeplatzten Lippen verzogen sich zu seinem bitteren Lachen. »Also scheiß auf euch und eure Fragen.«

Alexej wandte sich ab. Er hatte genug gesehen. Und er hatte einen Namen: Michail Wuschnew. Bei ihm würde er anfangen. Und diesmal ohne den verdammten Kosaken.

ZWÖLF

Lydia legte sich auf ihr Bett zurück und dachte über die Abmachung nach, die sie mit Alexej getroffen hatte. Sie hatte versprochen, auf ihrem Zimmer zu bleiben, wenn er dafür Popkow heute Abend nicht von seiner Seite ließ, aber würde ihr Bruder sich an sein Versprechen halten? Ihre Nerven waren angespannt, ihre Augenlider brannten. Das war das Problem, wenn man mit Leuten Abmachungen traf – man wusste nie, wann der andere sie brechen würde. Sie schaute zur Zimmerdecke empor, an der sich ein feuchter Fleck in Form einer Giraffe ausgebreitet hatte. Wahrscheinlich befanden sich da oben ein paar lecke Rohre. Lecke Rohre waren wie Menschen mit losem Mundwerk – man konnte ihnen nicht trauen.

Dein Russisch ist ausgezeichnet. Ihr fielen wieder Elenas Worte ein und brachten das in ihre Erinnerung zurück, was sie einmal zu Chang gesagt hatte. Und sie murmelte sie jetzt wieder, die Worte von damals: »Dein Englisch ist übrigens ausgezeichnet.« Damals war es Sommer gewesen, und der Himmel über China war gewaltig, wie ein leuchtend blaues Seidentuch, das über ihnen gespannt war. Beim Gedanken daran musste sie lächeln und ließ sich ganz allmählich in der Erinnerung versinken, wie eine Biene, die gar keine andere Wahl hat, als dem überwältigenden Duft einer Orchidee zu folgen. Doch sie wehrte sich gar nicht. Diesmal nicht. Tag für Tag war sie hier in diesem kalten Russland dabei, sich eine Zukunft zu erschaffen, doch dieses Mal, nur heute Abend, gestattete sie sich das süße, fließende, köstliche Gefühl, in die Vergangenheit zurückzugleiten.

Chang An Lo hatte sie zum Eidechsenbach geführt, einem kleinen, von Bäumen bestandenen Wasserlauf im Osten der Stadt Tschangschu. Träge lag die Morgensonne auf dem Wasser, und auf den flachen Felsen am Ufer warfen die Birken mit ihren kleinen Blättern gesprenkelte Schatten.

»Deine Worte ehren mich«, hatte Chang höflich erwidert.

Ihr Herz raste. Es war ein Risiko, mit einem jungen Mann hierherzukommen, den sie kaum kannte, und was noch schlimmer war, einem Mann, der Chinese *und* Kommunist war. Ihre Mutter hätte sie an den Bettpfosten gebunden, wäre es ihr zu Ohren gekommen. Doch damals waren ihre Schicksale, ihres und seines, bereits auf eine Weise miteinander verschlungen gewesen, die sie kaum begreifen konnte. Sie spürte, wie sich spitze Pfeile in das zarte Fleisch ihres Körpers bohrten. Und wie sie am starken Schlag ihres Herzens zerrten. Sogar wenn er ganz still saß, war Chang ebenso elegant wie in Bewegung, eine dunkle Gestalt in einer schwarzen, spitz ausgeschnittenen Tunika und weiter Hose. Mit grässlichen Gummischuhen an den Füßen. Er hatte vor der englischen Schule auf sie gewartet, wo sie ihn sehr förmlich begrüßt hatte, indem sie die Hände zusammenlegte, den Blick senkte und sich verbeugte.

»Ich möchte dir danken. Du hast mich in jener Gasse gerettet, und dafür schulde ich dir Dank.«

Er rührte sich nicht, kein einziger Muskel bewegte sich in seinem Gesicht oder seinem Körper, doch irgendwo tief in seinem Inneren ging eine Veränderung vor, als hätte sich etwas geöffnet, das vorher verschlossen gewesen war. Die Wärme, die von ihm ausging, überraschte sie.

»Nein«, sagte er und schaute ihr tief in die Augen. »Du schuldest mir keinen Dank.« Er kam einen Schritt näher, so nahe, dass sie die winzigen purpurfarbenen Sprenkel in seinen Augen sehen konnte. »Diese Menschenhändler hätten dir die Kehle durchgeschnitten, wenn sie mit dir fertig gewesen wären. Du schuldest mir dein Leben.«

»Mein Leben gehört mir. Mir allein und keinem anderen.«

»Und ich schulde dir meines. Ohne dich wäre ich jetzt tot. Wärst du nicht aus den nächtlichen Schatten herausgetreten und hättest ihm Einhalt geboten, dann hätte ich jetzt eine Kugel aus der Pistole dieses Polizisten, dieses ausländischen Teufels, in meinem Kopf und wäre bei meinen Ahnen.« Er verbeugte sich sehr tief. »Ich schulde dir mein Leben.«

»Dann sind wir quitt.« Sie hatte unsicher gelacht, weil sie nicht wusste, wie ernst er es gemeint hatte. »Ein Leben für ein Leben.«

Damals an dem Bach hatte sie bemerkt, wie behutsam er sich auf einem Stück Gras am Bachufer niederließ, immer in sicherem Abstand von ihr, als sei er darum bemüht, sie nicht zu beunruhigen. Oder konnte er bloß die Nähe eines dieser ausländischen Teufel, dieser *fanqui*, nicht ertragen? Sie setzte sich auf einen Felsen, streckte die nackten Knöchel in die Sonne und verbarg ihr Gesicht unter der Krempe ihres Strohhutes. Er war ebenso zerschlissen wie ihr altes Kleid, und das war ihr peinlich. Sie beobachtete einen kleinen Vogel, der an einem Wurm in einem abgebrochenen Ast zerrte, und hoffte, Chang An Lo schaue sie nicht an.

»Ich hatte in Peking viele Jahre lang Englischunterricht«, fuhr er fort. »Mein Lehrer war ein guter Lehrer.«

Sie betrachtete ihn unter ihrer Hutkrempe hervor und sah mit Entsetzen, wie er einen blutgetränkten Lappen von seinem Fuß wickelte. O Gott, dachte sie, dann hatte ihn also gestern Nacht, als er ihr im Ulysses Club zu Hilfe gekommen war, der Wachhund angegriffen und mit seinen Zähnen wesentlich mehr Schaden angerichtet, als ihr bewusst war. Beim Anblick seiner Haut, die in tiefroten Streifen vom Knochen hing, schwappte eine Welle der Übelkeit über sie hinweg. Wie ein physischer Schmerz in ihrer Brust. Wie konnte er überhaupt gehen, wenn sein Fuß derart verletzt war?

Er schaute auf und sah, wie sie mit offenem Mund seine

Wunde anstarrte. Einen Moment lang begegneten sich ihre Blicke, dann wandte er sich ab. Schweigend sah sie ihm dabei zu, wie er den Fuß in die sprudelnde Strömung des Baches hielt und ihn vorsichtig rieb. Klümpchen getrockneten Blutes trieben an die Oberfläche. Rasch stand sie auf und ging auf dem Gras neben ihm in die Knie. In ihrer Hand lagen Nadel und Faden, die zu holen er sie gebeten hatte. Nun begriff sie, warum.

»Das wirst du brauchen«, sagte sie und reichte ihm die Sachen.

Doch als er danach griff, traf sie eine Entscheidung und zog die Hand wieder weg. »Wäre es nicht besser, wenn ich das machen würde?«, fragte sie.

Ein Funkeln trat in seine Augen, das sie nicht entziffern konnte. Auf einmal schien etwas Leuchtendes, Unantastbares die Schwärze dieser Augen zu verzehren. Sie schluckte, selbst entsetzt über das Angebot, das sie gemacht hatte.

Als sie das erste Mal die Nadel in sein Fleisch stieß, hatte sie damit gerechnet, er würde aufschreien, doch er gab keinen Laut von sich. Sie warf ihm einen besorgten Blick zu und entdeckte zu ihrer Verwunderung, dass er ihr Haar anstarrte und dabei lächelte, die schwarzen Augen voll geheimer Gedanken. Danach hatte sie einfach weitergenäht, ja, sie war sogar kühner geworden und hatte sich mehr darauf konzentriert, ihre Arbeit gut zu machen, als sich mit der Sorge aufzuhalten, ob es wehtat, denn es war klar, dass Narben zurückbleiben würden. Immer wieder hatte sie das Blut mit ihrem Taschentuch abgetupft, um besser sehen zu können, was sie tat, und dabei sorgfältig vermieden, darüber nachzudenken, dass es sich bei den schimmernden weißen Stellen unter ihrer Nadel um Knochen handelte.

Schließlich hatte sie ihren Unterrock ausgezogen, ihn mithilfe von Changs Messer in Streifen geschnitten und seinen Fuß verbunden. Es sah etwas plump aus, aber besser bekam sie es nicht hin. *Tschort!* Ihre Künste beim Verbinden waren auch nicht besser als ihre Nähkünste. Ohne ihn zu fragen, schnitt sie seinen Gummischuh auf und band ihn mit einigen Stoffstreifen an die Unterseite des Verbandes.

»So«, sagte sie, als sie fertig war. »So ist es schon besser.«

»Danke.«

Chang verneigte sich tief vor ihr, während er dort im Gras saß, und sie hatte das Gefühl, als wolle er ihr sein Gesicht nicht zeigen. Warum? Was hatte er zu verbergen?

»Du brauchst mir nicht zu danken. Wenn wir uns andauernd gegenseitig das Leben retten, gibt uns das Verantwortung füreinander. Findest du nicht?« Sie lachte.

Sie hörte, wie er scharf den Atem einzog. Hatte sie ihn mit ihren Worten verärgert? Waren sie anmaßend gewesen? Plötzlich fühlte sie sich wie jemand, der den Boden unter den Füßen verloren hat, und wusste gar nicht mehr, wie sie in diesen unergründlichen und unbekannten Gewässern Chinas navigieren sollte. Sie rappelte sich auf, trat ihre Sandalen weg und watete in das flache Wasser. Der Bach umspülte ihre Beine, kühlte ihre Haut, und sie spritzte Wasser auf den Saum ihres Kleides, um das Blut herauszuwaschen. Sein Blut. Das bis in die Fasern ihrer Kleidung eingedrungen war. Sie starrte es an, berührte einen der Flecke mit den Fingern und verspürte auf einmal das Bedürfnis, ihn nicht auszuwaschen.

»Lydia Iwanowa.«

Es war das erste Mal gewesen, dass er ihren Namen ausgesprochen hatte. Aus seinem Munde klang er anders. Weniger russisch. Mehr …

»Lydia Iwanowa«, sagte er wieder, und seine Stimme war so leise wie der Wind, der in den Gräsern spielte. »Was ist es, das dir so viel Kummer bereitet?«

Ein Beben durchlief sie. Sie wusste nicht, ob es ihr eigenes Blut war, das zum Erzittern gebracht worden war, oder das Wasser, doch in jenem sonnendurchfluteten Moment wurde ihr klar, dass sie ihn missverstanden hatte. Es war, als könnte er durch sie hindurchsehen, weil ihre Gedanken für ihn so klar waren wie die Wassertropfen, die von ihrer Hand herabfielen. Als er so scharf den Atem einzog, war es nicht aus Verärgerung gewesen. Es war, weil er ebenso wusste wie sie, dass sie jetzt *wirklich* verantwortlich füreinander waren. Als sie zu Chang An Lo hinüberschaute, der sie mit seinen schwarzen Augen betrachtete, spürte sie, wie etwas zwischen ihnen greifbar wurde. Wie eine Art Faden, der schimmernd in der Luft hing. Er war kaum wahrnehmbar, kaum mehr als ein winziges Kräuseln des Bachwassers, und doch war er so stark wie eines der Stahlkabel, an denen die neue Brücke über den Peiho hing.

»Sag mir, Lydia, was liegt dir auf dem Herzen?«

Sie ließ den Saum ihres Kleides los, und als der Stoff um ihre Beine herum im Wasser trieb, wurde ihr wieder einmal schmerzlich bewusst, wie schäbig ihr Kleid war. Sie traf eine Entscheidung.

»Chang An Lo«, sagte sie. »Ich brauche deine Hilfe.«

»Gestern Abend habe ich einem Mann eine Kette aus der Manteltasche gestohlen.« Sie saß wieder auf ihrem Felsen, hockte auf dem Stein wie eine der hiesigen, orangeroten Eidechsen, den Kopf hoch erhoben und die Glieder angespannt, bereit zu fliehen. »Im Ulysses Club.«

Der Ulysses Club war das Stammlokal der Briten, die in der internationalen Siedlung in Tschangschu lebten, ein Club, der auf absurde Weise pompös und abgehoben war – und deshalb eine unwiderstehliche Anziehungskraft auf Lydia ausübte. Versuch du mal in einer schäbigen, ungelüfteten Dachkammer zu leben, hatte sie einmal ihrer Freundin Polly gegenüber geschimpft, und schau dann, ob der Ulysses Club nicht auch auf dich seinen Zauber ausübt.

»Deshalb ist auch gestern Abend die Polizei im Club aufgetaucht«, erklärte sie Chang. »Der Verlust wurde entdeckt, bevor ich rauskonnte. Deshalb musste ich die Kette verstecken.« Sie redete viel zu schnell und bemühte sich, etwas langsamer zu werden. »Ich musste ohne sie gehen, nachdem wir alle befragt und durchsucht worden waren.«

Immer wieder warf sie Chang vorsichtige Seitenblicke zu, aber er verzog keine Miene und schien auch nicht schockiert zu sein. Das war immerhin schon mal was. Bislang hatte sie noch nie jemandem gestanden, dass sie stahl, und keines der Dinge, die sie je entwendet hatte, war so wertvoll gewesen wie diese Kette. Sie war nervös.

»Es war schrecklich«, fügte sie hinzu.

Obwohl er durch den Verband behindert war, rappelte er sich mühelos aus dem Gras hoch, setzte sich auf und beugte sich nach vorne. »Wo hast du die Kette versteckt?«

Lydia schluckte. Sie musste ihm vertrauen. Sie musste. »Im Maul des ausgestopften Bären vor der Herrengarderobe.«

Ein Lichtstrahl von der Wasseroberfläche des Baches traf sein Gesicht und erhellte es. Er lachte, und beim Klang dieses Lachens breitete sich eine seltsame Zufriedenheit in ihrer Brust aus.

»Du willst, dass ich sie dir zurückhole.« Er hatte es nicht als Frage formuliert.

»Ja.« Sie begleitete ihre Antwort mit einer tiefen Verbeugung.

»Warum ich? Warum nicht du?«

»Ich darf nicht in den Club. Gestern Abend war es ein besonderer Anlass.« In der Stille, die folgte, spürte sie zum ersten Mal, wie schwerwiegend das war, worum sie ihn bat.

»Ich darf dort auch nicht rein«, erinnerte er sie. »Chinesen dürfen den Club nicht betreten. Sag mir also, wie ich es schaffen soll, die Hand in das Maul dieses Bären zu stecken.«

»Das liegt ganz bei dir. Du hast dich doch schon als sehr … findig erwiesen.«

»Dir ist aber bewusst, dass man mich einsperren wird, wenn ich geschnappt werde? Oder Schlimmeres.«

Sie schloss die Augen. Angewidert von sich selbst. »Ich weiß«, flüsterte sie.

»Lydia.«

Sie öffnete die Augen und blinzelte vor Erstaunen. Ohne ein Geräusch dabei zu machen, hatte er den Grasstreifen zwischen ihnen überquert und stand vor ihr, groß und geschmeidig und doch so regungslos, als würde er kaum atmen.

»Ich könnte hingerichtet werden.«

Sie schüttelte ihr Haar und begegnete seinem Blick. »Dann lass dich eben nicht erwischen.«

Er lachte, und in diesem Moment spürte sie die wilde Kraft seiner Energie, die er sonst so gut verborgen hielt. Er berührte ihre Hand, nur einen winzigen Augenblick lang streifte er ihre Haut, aber mehr bedurfte es auch nicht, denn sie hatte begriffen. Er war wie sie. Unter Gefahr floss sein Blut schneller. Was andere als Risiko betrachteten, war für ihn eine Verlockung. Sie waren wie Spiegelbilder, wie zwei Hälften derselben Sache, und dieser kurze Moment, in dem sich ihre Haut berührt hatte, führte diese Hälften wieder zusammen.

»Chang An Lo«, sagte sie ernst. »Sorg dafür, dass du nicht erwischt wirst.« Sie neigte den Kopf zur Seite und schaute ihn an. »Denn dann kriege ich meine Kette nicht.«

Er lächelte sie an, den Mund sanft verzogen. »Ist sie denn so wertvoll?«

»Ja. Sie ist aus Rubinen gemacht.«

»Ich meinte«, hier hielt er inne und blickte ihr forschend ins Gesicht, »ist sie dir denn so wertvoll?«

»Natürlich. Wie kann ich es denn sonst endlich zu etwas bringen? Zu einem richtigen Leben, nicht dieser armseligen Existenz. Für mich … und für meine Mutter. Sie ist Pianistin. Wie sonst kann ich ihr jemals das Erard-Piano kaufen, das sie sich so sehr wünscht?«

»Ein Klavier?«

»Ja.«

»Du würdest alles riskieren … für ein Klavier?«

Urplötzlich tat sich zwischen ihnen eine Kluft auf, die unergründlich tief war. Eine Kluft, von der sie beide gar nicht gewusst hatten, dass sie existierte.

DREIZEHN

Es klopfte an der Tür. Ein Geräusch, das Lydia ruckartig nach Russland und in die Gegenwart zurückholte. Ein dumpfes Gefühl der Vorahnung machte sich in ihr breit, während ihr die letzten Fetzen der Erinnerung entrissen wurden. Sie rollte von ihrer Bettdecke herunter und fror mit den nackten Füßen auf dem Dielenboden, obwohl sie in ihren Mantel gehüllt war. Zu ihrer Überraschung lag Elena auf dem anderen Bett, in tiefen Schlaf versunken. Sie hatte sie ganz vergessen. Der Mund der Frau stand offen, doch im Schlaf sah sie jünger und hübscher aus, irgendwie nicht mehr so Respekt einflößend.

Es klopfte abermals an der Tür. Für Lydia erübrigte sich die Frage, wer das war. Kurz überlegte sie, ob sie überhaupt aufmachen sollte, doch sie wusste, er würde nicht aufgeben. Ihr Bruder gab nie auf. Sie öffnete die Tür und fand Alexej draußen auf dem Flur vor, das längliche Gesicht verfroren und voller Sorge. Es gelang ihm nicht, den Ausdruck der Erleichterung zu verbergen, der bei ihrem Anblick aufflackerte, und sie wusste nicht, ob sie das freuen oder verärgern sollte. Genau in diesem Moment fühlte sie sich einfach zu einsam, als dass es ihr etwas bedeutete.

»Du bist hier«, sagte er.

»Ja. Ich hab's doch versprochen.«

»Gut.«

Es blieb nichts mehr zu sagen. Er hatte nachgeprüft, ob sie da war; das war alles. Hinter den papierdünnen Wänden des Hotels begann im Zimmer nebenan plötzlich eine Frau zu lachen, doch Lydia stand nicht der Sinn nach einem Lächeln.

Das Loch der Einsamkeit in ihr war zu groß, zu verzehrend, und es hatte alles verschluckt, was sie besaß.

»Alexej.« Sie flüsterte den Namen ihres Bruders wie etwas, an dem sie sich festhalten konnte. »Alexej.« Ihre Augen fixierten den dritten Knopf seines Mantels. Ihm ins Gesicht zu schauen, hätte sie kaum ertragen, denn irgendwie hatte sie das Gefühl, vollkommen wehrlos zu sein. »Nimm mich mit.«

»*Njet*. Es ist zu gefährlich. Es wird besser ohne dich funktionieren. Bleib hier.«

Sie nickte und schloss leise, immer noch ohne einen Blick in sein Gesicht, die Tür. Von innen lehnte sie sich mit dem Rücken dagegen und hörte, wie sich die Schritte ihres Bruders entfernten. Schnell. Als könnte er es nicht erwarten, sie zurückzulassen. Ganz langsam glitt sie zu Boden, schlang die Arme um ihre Beine und legte das Kinn auf die Knie.

Die erste Person, auf die Alexejs Blick fiel, als er die Kneipe in der Nähe der Reifenfabrik betrat, war der blonde Lastwagenfahrer, der auf ihrem Rückweg von der Gießerei so schamlos mit Lydia geschäkert hatte. Wie hatte er doch gleich geheißen? Kolja. Er versuchte gerade, eine wackelige Pyramide aus vollen Wodkagläsern auf seinem Tisch zu bauen. Alexej bahnte sich einen Weg zu dem langen Tresen auf der Rückseite des rauchgeschwängerten Raumes.

»Wodka«, bestellte er.

Eine Flasche und ein Glas wurden vor ihm platziert.

»Spassibo.« Er goss sich ein und stürzte das erste Glas hinunter. »Und einen für dich.«

Der Mann hinter dem Tresen war klein, hatte harte, ernste Augen und einen abgebrochenen Schneidezahn. Er nickte und schenkte sich ein Glas ein, ließ es aber unberührt stehen. Der süßliche Geruch von Mandelöl ging von ihm aus.

»Was willst du?« Der Mann hatte einen starken Moskowiter Akzent.

»Ich suche nach jemandem.«
»Name?«
»Michail Wuschnew. Man hat mir gesagt, er kommt zum Trinken hierher. Kennst du ihn?«
»Vielleicht.«
»Ist er heute da?«
Er machte sich nicht die Mühe, sich im Lokal umzuschauen. *»Njet.«*

Alexej wusste, dass der Mann log. Er zuckte mit den Achseln, schenkte sich noch einmal ein, tat so, als würde er die Bemühungen des Lastwagenfahrers beim Pyramidenbauen beobachten, und schaute sich dabei unauffällig in der Schänke um. Eine Bruchbude, hatte Babitski sie genannt. Und er hatte Recht gehabt. Die Kneipe war stickig, schummrig und hätte dringend eine Runde mit dem Schrubber gebraucht, doch sie war auch auf eine gemütliche Art warm und behaglich. An den Tischen hockten die üblichen Gruppen von Gewohnheitstrinkern. In einer Ecke spielten zwei Männer Schach, vollkommen in das Spiel vertieft.

Alexej griff nach seinem Glas und schlenderte zu ihnen hinüber, wobei er zwar eine respektvolle Entfernung zum Tisch einhielt, doch nahe genug dastand, um die Züge der Männer zu beobachten. Zehn Minuten stand er dort, ganz auf das Spiel konzentriert. Während dieser Zeit kamen zwei Mädchen in farbenfroher usbekischer Tracht und mit der olivfarbenen Haut der Menschen aus dieser Region aus einem Zimmer im Hintergrund und ließen ihre dunklen Augen durch die Schänke huschen, während sie große Tabletts mit Bierkrügen balancierten. Die Atmosphäre in der Spelunke änderte sich schlagartig, als sie hereinkamen, als hätte jemand einen Schalter umgelegt. Selbst einer der Schachspieler ließ sich törichterweise ablenken und büßte seinen Turm ein, kurz darauf konnte sein Gegenspieler auch den König abräumen. Eine der jungen Frauen streifte Alexej aufmunternd mit der Hüfte, als sie sich an ihm vorbeiquetschte, und machte mit ihren leuchtend roten Lippen einen Kussmund, doch er schüttelte den Kopf und zündete sich eine Zigarette an.

»Gib ihr keinen Korb«, sagte der jüngere der beiden Schachspieler lachend. »Du weißt nie, wann du wieder so ein Angebot bekommst.«

»Das Risiko geh ich ein«, erwiderte Alexej und streckte ihm sein Zigarettenpäckchen hin. Der Mann nahm sich eine und steckte sie sich für später hinters Ohr. »Du spielst gut«, lobte Alexej und nickte in Richtung des Schachbretts.

»*Spassibo*. Spielst du?«

»Schlecht.«

Der ältere Spieler musterte ihn mit tief eingesunkenen Augen. »Das bezweifle ich«, brummte er.

Alexej beugte sich über den Tisch und rückte den weißen König zurecht. »Man hat mir gesagt, ich würde hier einen ausgezeichneten Schachspieler finden. Michail Wuschnew lautet sein Name. Ich hab Lust auf ein gutes Spiel. Kennt ihr ihn?«

»Wenn dir der Sinn nach einem guten Spiel steht, Genosse, dann ist Michail nicht der Mann, den du suchst«, lachte der jüngere hämisch. »Der ist an einem Schachbrett ebenso wenig zu gebrauchen wie eines der Mädchen hier in einem Nonnenkloster, also …«

»Leonid«, unterbrach ihn der ältere, »vielleicht ist es ja gar kein Schachspiel, das unser Freund hier im Sinn hat.«

Verdammt. Der Mann war schlau. Alexej schenkte ihm ein vorsichtiges Lächeln. »Ist er hier, dieser Wuschnew?«

»Njet.«

Der jüngere schaute ihn überrascht an. »Boris, bist du heute ein bisschen weich in der Birne oder was?«

»Njet.« Dieses Mal hörte auch Leonid den Nachdruck in der Stimme seines Schachgegners und hielt den Mund.

»Jedenfalls vielen Dank«, sagte Alexej freundlich.

In dem Bewusstsein, dass man ihm hinterherschaute, ging

er zurück an den Tresen, wo Kolja gerade eines der Mädchen tätschelte und dafür mit einem Klaps auf die Hand bedacht wurde. Alexej bestellte sich noch einen Wodka und drehte sich dann in aller Seelenruhe wieder um, als hätte er alle Zeit der Welt und keine andere Sorge als die, woher sein nächster Schnaps kam. Er ließ den Blick über die Tische schweifen, die Augen zum Schutz gegen den Rauch zusammengekniffen, und blieb dabei nur einen Herzschlag länger bei einem hageren Mann mit vor Brillantine glänzendem Haar hängen, der am Ofen saß und eine Pfeife mit langem Rohr im Mund hatte.

Alexejs Blick wanderte scheinbar gleichgültig an ihm vorbei. Doch er hatte seinen Mann gefunden. Der junge Leonid hatte ihm das verraten, ohne es zu wissen: Nur ein kurzer Blick zu dem Mann bei der Erwähnung seines Namens hatte genügt.

Alexej stellte eine Flasche Wodka und zwei Gläser auf den Tisch des Mannes.

»*Dobry wetscher*. Guten Abend, Genosse. Darf ich mich zu dir setzen?«

Er wartete die Antwort gar nicht ab, sondern zog sich einen Stuhl heran und nahm Platz. Die Tatsache, dass das kantige Gesicht des Mannes keine Überraschung zeigte, war ihm nicht entgangen. Alexej schenkte ihnen beiden ein Glas Wodka ein.

»*Sa twojo sdorowje!*«, sagte er und hob sein Glas. »Auf deine Gesundheit!«

»*Sa twojo sdorowje, towarischtsch*«, erwiderte Wuschnew den Trinkspruch, rührte sein Glas aber nicht an. Aus seinen grauen Augen sprachen Nachdenklichkeit und Neugier, doch er stellte keine Fragen. In Sowjetrussland konnte man mit Fragen in Schwierigkeiten kommen. Er war um die vierzig und hatte die Pfeife zwar im Mund, begnügte sich jedoch damit, auf dem Mundstück herumzukauen. Schatten fielen über die dunklen Höhlen seines Gesichts, ab und zu blitzte das Licht auf seinem schimmernden Haarschopf. Etwas an dem Gehabe des Mannes ging Alexej auf die Nerven, aber er brachte eine Art Lächeln zu Stande und fragte: »Du bist Genosse Wuschnew, glaube ich.«

»Ich hab mich schon gefragt, wie lange es dauern würde, bis du mich findest.«

»Du wusstest, dass ich nach dir suche?«

Der Mann schnaubte in gespielter Entrüstung. »Natürlich.«

»Dann verbreiten sich in Felanka Gerüchte schnell.«

Alexej nahm sein Glas und streckte die Beine in Richtung Ofen aus. Am anderen Ende fingen zwei Männer zu singen an, während ein anderer im Takt dazu klatschte. Alexej nahm sich die Zeit, dem Lied zuzuhören, das er noch aus seiner Kindheit kannte. Erinnerungen an Jens Friis mit seiner Geige, die er jedes Mal, wenn er den Bogen auf ihre Saiten legte, ebenso auf Dänisch verfluchte, wie er sie umschmeichelte, bestürmten ihn. Er kippte seinen Wodka in einem Zug hinunter.

»Sie singen gut«, kommentierte er. »Außergewöhnlich gut.«

»Die haben das früher beruflich gemacht. Jetzt schuften sie in der Metallindustrie, die armen Teufel.« Wuschnew legte seine Pfeife auf dem Knie ab, und an der veränderten Spannung seiner Schultern war ihm zum ersten Mal wirkliches Interesse anzusehen. »Heute sind wir alle Arbeiter für unser großes sowjetisches Vaterland.«

Das war der Moment. Alexej steckte eine Hand in seine Manteltasche, als wollte er sie warm halten, und klimperte dabei beiläufig mit ein paar Münzen. Er machte den ersten Schachzug.

»Du musst es leid sein, Genosse, dass all diese Leute zu dir kommen und sich für deine Arbeit im Dienste des Vaterlandes interessieren.«

Kurzes Schweigen. Der Hauch eines Lächelns. Mehr nicht. »Du würdest gar nicht glauben, wie viele. Aus allen Teilen des Landes kommen sie und klopfen an meine Tür«, erwiderte er seelenruhig.

Alexej zündete sich eine neue Zigarette an. Seine Kehle war so trocken wie die Staubflusen auf dem Boden. In der Schänke war es lauter geworden, ein anderer Mann sang ein altes Volkslied, bei dem die Zecher ins Schunkeln kamen und mitgrölten. Die elektrischen Lampen an den Wänden flackerten, und fast hatte es den Anschein, als würden sie alle jeden Moment im Dunkeln sitzen.

»Genosse, du arbeitest bestimmt schwer«, sagte Alexej, so leise, dass seine Worte in dem allgemeinen Geräuschpegel untergingen, aber noch laut genug für die Ohren seines Tischnachbarn waren, »so hart, dass du unseren großen Parteiführer mit deinem Engagement für den Aufbau unserer sowjetischen Gesellschaft bestimmt mit Stolz erfüllst. Wir alle profitieren von dem, was du tust.« Er ließ die Worte im Raum stehen. »Man vertraut dir viele Informationen an.«

Jetzt endlich war die Begierde geweckt und stand dem Mann deutlich in die grauen Augen geschrieben. Wuschnew hing an der Angel. Diesmal griff der Büroleiter des Lagers von Trowitsk zu dem Wodkaglas, trank es in einem Zug aus und schmatzte genüsslich mit den Lippen.

»Nicht hier«, warnte er. »Zu viele Augen.«

»Wo dann?«

»Auf der Kirow Most. Der Brücke im östlichen Teil der Stadt. In der Mitte ist ein steinerner Bogen.«

»In einer halben Stunde.«

»Ich werde dort sein.«

Alexej atmete schwer aus, die Muskeln an seinem Hals entspannten sich deutlich. Warum hatte er bloß das Gefühl, dass Wuschnew genau diese Worte nicht zum ersten Mal gesagt hatte?

Die Brücke war menschenleer. Schneeflocken wirbelten durch die Dunkelheit. Die mörderische Eisschicht auf den Straßen und Gehwegen, die während des Tages vom Straßenverkehr aufgebrochen worden war, fror wieder zu einer harten Schneedecke zusammen und machte das Gehen fast unmöglich.

Alexej war zu früh da. Um nicht gesehen zu werden, hielt er sich in der Nähe der Gebäude, einer Reihe von verrammelten Werkstätten am Flussufer, auf. Dabei behielt er die ganze Zeit die Brücke im Auge, die jedoch, abgesehen von einigen Lastwagen, die gelegentlich darüberrumpelten, menschenleer blieb. Er fragte sich, ob Wuschnew ihn wohl von der anderen Seite des Flusses aus beobachtete. Kirow Most war eine Steinbrücke, deren Brüstung mit gemeißelten Figuren geschmückt war. Genau am Scheitelpunkt der Brücke lag der steinerne Bogen, den Wuschnew erwähnt hatte. Immer noch war nichts von ihm zu sehen.

An jedem Ende der Brücke bemühte sich eine Laterne aus kunstvoll geschmiedetem Eisen redlich, einen Lichtkreis auf den Boden zu werfen, doch beide Lichtkörper hatten gegen die wirbelnden Schneeflocken keine Chance. Der Wind zerrte an Alexejs Mütze und fuhr mit seinen Eisfingern in seine Augen, doch er rührte sich nicht, atmete in kurzen Stößen hinter seinem Schal, den er sich um Mund und Nase geschlungen hatte. Als ihn etwas am Schienbein streifte, zuckte er vor Schreck zusammen, und das Herz klopfte ihm bis zum Hals, so versunken war er in die Beobachtung der Brücke gewesen, doch es war nur eine magere Katze, die bei ihm Wärme suchte.

Eine halbe Stunde verging. Eine Stunde. Immer noch war niemand auf der Brücke zu sehen. Er und die Katze leisteten sich gegenseitig Gesellschaft, doch in der Kälte schien seine Konzentration allmählich nachzulassen, denn fast hätte er es verpasst. Jemand stemmte sich gegen den Wind, in eine *fufaika* gehüllt und mit einem Schal um den Hals, der auch einen großen Teil seines Gesichts verbarg. Es konnte Wuschnew sein. Oder auch nicht. Was viel wichtiger war: Die Person war allein. Alexej streichelte der Katze zum Abschied über den Kopf und trat aus seinem Versteck hervor. Mit langen Schritten holte er den Mann ein und tippte ihm auf die schneebedeckte Schulter. Er fuhr herum, erschrocken, die Augenbrauen über den verängstigten Augen dick mit Eis verkrustet. Es war Wuschnew.

»Verdammt noch mal, hast du mich erschreckt!«

»Du kommst spät«, hub Alexej an.

»Na und? Ich hatte zu tun. Ich musste …«

Die grauen Augen blickten argwöhnisch, aber nicht mehr verängstigt. Das gefiel Alexej nicht. Es machte ihn nervös. »Bringen wir's hinter uns«, unterbrach er ihn. »Ist mir zu kalt hier, um mir deine ganze Lebensgeschichte anzuhören.«

Der Mann trat einen Schritt zurück und blickte aufmerksam die Brücke entlang. Alexej durchfuhr ein Schauder, der nichts mit der Kälte zu tun hatte.

»Ich suche nach jemandem«, sagte er schnell.

»Name?«

»Jens Friis.«

»Russe?«

»Nein, er ist Däne. Sagt dir das was?«

»Ist dir eigentlich klar, mit vielen Namen ich tagtäglich …«

»Sagt er dir was?«

Stille, bis auf das Heulen des Windes. Alexej wischte sich den Schnee vom Gesicht.

»Könnte sein«, murmelte der Mann schließlich.

»Was genau sagt dir der Name?«

»Was bietest du mir denn an?«

Aus einer Innentasche seines Mantels zog Alexej eine flache Schmuckschatulle und klappte den Deckel auf. Eine wunderschöne Saphirkette lag darin, auf einem Bett aus cremefarbenen Satin, und er hörte, wie Wuschnew den Atem anhielt. Mit einem Klacken ließ Alexej das Schloss wieder zuschnappen.

Die Kette hatte seiner Mutter gehört und war zu Zeiten von Zar Nikolaus auf so manchem Ball im Winterpalast getragen worden. Allein der Gedanke, dieser grobe Kerl könnte sie in die Hand nehmen, machte ihn wütend.

»Du kennst also Jens Friis?«

»Ich kenne den Namen.«

»Ist er im Lager von Trowitsk?«

»Was hast du mit ihm zu tun?«

»Das geht dich einen feuchten Kehricht an.«

»Manchmal möchte ich einfach wissen, warum meine …« Er lächelte. »Warum meine Kundschaft so erpicht darauf ist, einen der Insassen ausfindig zu machen, obwohl der Gefangene oft genug ein ganz anderer Mensch geworden ist als der, den man früher gekannt hat. Bist du darauf gefasst? Jahrelange Schwerstarbeit und harte Lebensbedingungen verändern diese Leute einfach, weißt du. Das Leben im Lager macht sie hart und egoistisch, und sie interessieren sich nur noch für …«

Er hält mich hin. Versucht, mich abzulenken …

Er fuhr herum, doch es war zu spät. Mist! Ein Schlag traf ihn in die Nierengegend, ein anderer seitlich am Kopf. Er taumelte, konnte sich aber trotz des vereisten Bodens auf den Beinen halten. Er rammte einen Ellbogen in ein Gesicht und ein Knie in einen Unterleib und verschaffte sich damit etwas Freiraum zum Atmen, doch vor ihm standen vier Männer, zwei weitere hinter ihm, zusätzlich zu dem, den er getroffen hatte und der sich als stöhnende Masse auf dem Boden krümmte. Wuschnew lächelte und hatte offenbar nicht die Absicht, an den Gewalttätigkeiten teilzunehmen.

»Mein Freund«, sagte der Büroleiter leise, »du hast keine Chance. Die Halskette nehme ich trotzdem. Auch alles andere, was du zu verbergen hast. Und Widerstand leistest du besser nicht«, sagte er mit einem hämischen Kichern, »sonst muss ich meine Freunde hier auf dich loslassen. Und das willst du bestimmt nicht.«

Nur mit einer winzigen Bewegung seines Handgelenks war eine Pistole in Alexejs Hand aufgetaucht, die er direkt in Wuschnews Gesicht richtete. »Du hast doch wohl nicht etwa gedacht, ich komme unvorbereitet?«

Wuschnew wich zurück. Die anderen Männer blieben, wo sie waren.

»Wuschnew, sei kein verdammter Idiot. Du kannst den Schmuck haben. Aber dafür möchte ich …«

Das Messer kam von irgendwo her aus der Dunkelheit hinter ihm. Der Schmerz, der seinen Körper durchfuhr, war so betäubend, dass er gar nicht ausmachen konnte, wo genau der andere zugestochen hatte. Plötzlich waren über ihm Hände und Füße, die ihn schlugen und traten und seinen Körper wie mit Hammerschlägen gegen den Boden donnerten. Er drückte zweimal auf den Abzug seiner Pistole, dreimal, und hörte Schreie, doch Hände durchwühlten seine Kleider, sie zerrten daran, ohne dass er sie daran hindern konnte. Er kämpfte, bis er spürte, wie er jemandem das Handgelenk brach und seine Finger schlaff wurden, doch dann hob ihn etwas in die Luft und warf ihn über die Brüstung der Brücke. Hinaus in die Nacht und in den Fluss.

Das Erste, was er empfand, war Erleichterung. Jetzt war er sie los, diese Schweine auf der Brücke. Die Nacht war so dunkel, dass er kaum spürte, wie er stürzte, aber schließlich setzte sein Verstand wieder ein und befahl ihm, sich bereit zu machen. Er zog seine rudernden Arme und Beine fest an den Körper und klammerte sich an ein letztes, verschwommenes Bild von seiner Schwester. Dann traf er auf der Wasseroberfläche auf, ein Aufprall, als wäre er gegen eine Ziegelmauer gelaufen, und das Wasser schloss sich um ihn wie eine eisige Faust, die ihm die Luft aus den Lungen presste. Er sank wie ein Stein.

VIERZEHN

Sechs Tage. Keine Nachricht von Alexej, sechs lange Tage. Es lag auf der Hand, dass ihr Bruder sie im Stich gelassen hatte. Lydia fühlte sich schrecklich einsam. Sie streifte in den Straßen von Felanka umher, auf der Suche nach der großen, aufrechten Gestalt mit dem sorgfältig gekämmten Haar und den langen, arroganten Schritten, doch es gab keine Spur von ihm, nirgendwo. Während die Tage vergingen, wurden ihre Ängste immer konkreter. Mittlerweile war sich Lydia sicher, dass er zum Arbeitslager hinausgefahren war, nachdem er bei seinem Streifzug durch die Kneipen etwas in Erfahrung gebracht hatte. Und er hatte beschlossen, es ohne sie zu machen.

Ich arbeite besser ohne dich.

Das hatte er gesagt. Ganz klar hatte er es gesagt, als er damals an ihrer Tür stand, verärgert über ihre Bitte, mit ihm gehen zu dürfen, und dann hatte er sich eben auf eigene Faust zu dem Arbeitslager hinausgeschlichen, wahrscheinlich auf einem Lastwagen, dessen Fahrer er bestochen hatte. Er würde ihren Vater finden und irgendwie aus Russland herausschaffen, bevor sie auch nur in Kontakt zu ihm treten konnte, und Jens würde denken, er sei ihr gleichgültig, und dann würde er wieder mit Alexej durch die Wälder reiten, während sie …

Sie schlug sich eine Hand vor den Mund, um es nicht hinauszuschreien. Sie musste Jens unbedingt finden, bevor er verschwand, es gab so vieles, was sie ihn fragen musste. *Papa, warte auf mich, bitte, ich habe dich nicht im Stich gelassen.*

»Geh nicht.«

»Das ist schon in Ordnung, Elena.«

»Ha!«

»Ich kann selbst auf mich aufpassen.«

Elena zog ein finsteres Gesicht. »Du bist gut darin, mir das weiszumachen, ja. Aber du bist nicht gut genug.«

Lydia schnaubte ungeduldig, und ihr Atem stieg in einer trägen Schleife in die klirrend klare Luft empor. Sie standen am Bahnhof von Felanka, auf einem Bahnsteig zusammengepfercht mit vielen Soldaten in Uniform auf der Durchreise. Alle warteten mit einer Engelsgeduld, die Lydia verblüffte. Ihr Herz klopfte so heftig, dass sie ständig in Bewegung bleiben musste und von einem Ende des Bahnsteigs zum anderen hin- und herwanderte, wobei sie sich nur mit Mühe einen Weg durch die Menge bahnen konnte. Der Bahnhof schien sich fest in Männerhand zu befinden, nur tiefe Stimmen und lautes, männliches Gelächter waren zu hören. Es roch sogar anders.

Soldaten hatten sich auf ihren Armeeseesäcken ausgestreckt oder hockten darauf, und wenn Lydia an ihnen vorbeikam, befanden sich ihre Hüften auf Augenhöhe der Männer. Alle starrten sie an. Manchmal streckte einer sogar die Hand aus und berührte sie am Knöchel, oder er warf wie zufällig den Kopf in den Nacken, damit sie ihn beim Vorübergehen mit dem Rock streifte. Alles andere als ein Zufall war es jedoch, dass Elena ihr direkt auf den Fersen war und jedem, der es wagte, Lydia zu berühren, mit dem Schirm eins überzog. Lydia musste lächeln. Selbst ihre Mutter hätte dergleichen nicht getan. Dazu gehörte Mut.

»Jedenfalls weißt du, wie man mit Männern umgeht«, sagte Lydia.

»Aber ich muss mir was wegen Liew ausdenken, wenn er erfährt, dass du ganz allein einen Zug genommen hast.«

»Ich habe für die Fahrkarte drei Tage Schlange gestanden.«

»Sag ihm das selbst.«

»Ich sehe ihn momentan kaum, nur wenn er schläft.«

»Das liegt daran, dass er Tag und Nacht unterwegs ist, um etwas über deinen verdammten Bruder herauszufinden.«

»Ich weiß.«

Lydia sah ihn vor sich, wie er die Kneipen abklapperte, trank und in den einsamen Seitengässchen raufte, um auch das leiseste Gerücht über den Verbleib von Alexej in Erfahrung zu bringen. Ach Popkow, du magst den Mann nicht mal.

»Ich komme zurück«, versprach sie. »Bevor er auch nur merkt, dass ich weg bin.«

Diesmal war Lydia vorbereitet. Sie wusste, was sie zu erwarten hatte. Ihre Atemluft beschlug das Zugfenster, und sie fuhr mit dem Ärmel ihres Mantels darüber, um es freizuwischen. Sie wollte, dass nichts – *nitschewo* – zwischen sie und das, was da draußen lag, kam. Dicht an dicht zogen Kiefernwälder an ihnen vorbei, die Äste schwer mit Schnee beladen, auf dem die Sonne funkelte, ein Anblick, der im beiläufigen Beobachter vielleicht den Eindruck geweckt hätte, es sei warm draußen. Doch Lydia wusste es besser. Es gab so viele Dinge, die sie gelernt hatte und die sie jetzt besser wusste.

In dem Zugabteil war es voll, und sie war die einzige Frau. *Du hast gewusst, wie es sein würde. Also beklag dich nicht, jammere nicht.* Jedenfalls war die Situation beklemmend. Zwei Reihen Sitze lagen sich gegenüber, und die Gepäcknetze wurden von den schweren Seesäcken der Soldaten so tief heruntergezogen, dass man Angst hatte, das dünne Gewebe würde jeden Moment reißen. Die Soldaten, eingehüllt in ihre Uniformmäntel, rochen nach Tabak und nahmen in dem kleinen Abteil viel zu viel Platz weg. Auch ihre Stiefel waren zu groß und ihre Witze zu laut. Nur zwei der Männer trugen keine Uniform, der eine schlief und hatte seine Mütze tief ins Gesicht gezogen, anscheinend taub für den Lärm um ihn herum. Der andere, der direkt gegenüber von Lydia am Fenster saß, trug einen gut geschnittenen Nadelstreifenanzug und einen schicken Filzhut. Er blickte regelmäßig auf seine Taschenuhr, doch Lydia hatte das Gefühl, das tue er weniger um der Uhrzeit willen, als um mit seinem Schmuckstück Eindruck zu schinden. Als er die Uhr zum fünften Mal aus seiner Westentasche zog und sich das schwere Goldkettchen, mit dem sie eingehängt war, um den Daumen wickelte, um aufs Zifferblatt zu schauen, konnte Lydia nicht mehr widerstehen. Sie beugte sich nach vorn.

»Entschuldigen Sie, darf ich mal sehen?«

»Natürlich, junge Genossin.«

Beide von ihnen wussten, dass sie sich nicht für die Zeit interessierte. Er rutschte auf seinem Sitz nach vorn und hielt ihr die Uhr in seiner behandschuhten Hand entgegen. Ganz langsam, wie nachdenklich, studierte Lydia das gravierte Zifferblatt und fuhr mit dem Finger über die Rundung des goldenen Gehäuses.

»*Otschen krassiwyje.* Sie ist wunderschön.«

»*Spassibo.*«

In dem schmuddeligen Zugabteil schimmerte die goldene Uhr wie ein funkelnder Sonnenstrahl, und auch andere Augenpaare richteten sich jetzt mit Interesse darauf. Es war dumm von dem Mann, die Uhr so herzuzeigen. Es würde nicht viel dazu gehören. Wenn der Zug in den Bahnhof einfuhr, würde sie aufstehen, so tun, als würde sie aus dem Gleichgewicht geraten, wenn der Zug mit einem Ruck zum Stehen kam, und sich auf den Mann fallen lassen. Die Uhr würde in ihrer Tasche stecken, sobald sie auf dem Bahnsteig stand. Ein Kinderspiel, auch nicht schwerer, als einem blinden Bettler seine Münzen zu klauen.

Sie lehnte sich zurück und schloss die Augen, während ihr plötzlich eine unerwartete Wärme durch die Adern floss, so intensiv, dass sie spürte, wie ihre Wangen zu brennen begannen. Woher kam das? Sie dachte sorgfältig darüber nach und kam zu dem Schluss, dass es mit der Uhr zu tun hatte. Nicht mit der Uhr des Fahrgastes, sondern einer anderen, noch schöneren, von vor vielen Jahren. Auf einmal stand ihr die Erinnerung an das Gewicht dieser Uhr in ihrer Hand ganz deutlich vor Augen, eine Erinnerung, von der sie gar nicht gewusst hatte, dass sie sie besaß, und sie musste lächeln, ohne zu wissen, warum. Und dann entfaltete sich die Erinnerung, unscharf an den Kanten, aber immer noch da.

Papa in seinem schweren Reisecape, den Kragen bis zu den Ohren hochgeschlagen, und das dunkelgrüne Seidenfutter, das um seine Beine wogte, während er durchs Zimmer schritt. *Welches Zimmer?* Sie stocherte in der Erinnerung herum, und zuerst wollte ihr nichts einfallen, doch dann stand auf einmal das Bild eines Raumes mit hoher Decke vor ihren Augen, schwere Möbel, Bücher. *Das war es.* Bücher, die die ganze Wand bedeckten. Papas Bibliothek. Papa hatte seine Taschenuhr in der Hand, die grünen Augen blickten voller Ungeduld, wilde Locken lugten über den Mantelkragen, und jeder Teil seines Körpers brannte darauf, endlich loszukommen. Selbst jetzt, all die Jahre später, spürte sie diese Energie und den Schmerz, den er in ihrer kleinen Brust damals verursacht hatte.

»Geh nicht, Papa«, hatte sie ihn angefleht und mit den Tränen gekämpft.

Im selben Moment war er an ihrer Seite, legte die Arme um sie. Rasch hatte sie tief Luft geholt, um den Duft seines würzig nach Holzfeuer riechenden Capes bei sich zu behalten.

»Ich bin doch bald wieder da, *malyschka*«, tröstete er sie und strich ihr über das störrische Haar, das ebenso schwer zu bändigen war wie sein eigenes. »Nur ein paar Wochen.« All die kleinen Fältchen in seinem Gesicht waren zu einem breiten Lächeln für sie zerschmolzen, und er küsste sie auf die Stirn. »Die Arbeit ruft«, sagte er. »Ich muss nach Paris. Aber wenn deine Mutter jetzt nicht bald die Treppe runterkommt, gehe ich ohne euch zum Bahnhof.«

»Nein«, hatte sie gejammert. Dem Papa zum Abschied zuzuwinken, war ein Ritual.

»Hör mal«, sagte er, um sie zu trösten, und hielt ihr die Taschenuhr ans Ohr.

Ticktack. Plötzlich konnte sie sich wieder genau an ihr leises Ticken erinnern, das wie ein sanftes Flüstern war und sie so sehr in seinen Bann gezogen hatte, dass ihre Augen ganz groß wurden, während sie ihm lauschte.

»Sie spricht«, hauchte sie.

»Hier, fühl mal.«

Er legte die Uhr in ihre Hand, die kaum größer war als der Zeitmesser, und sie spürte voller Staunen, wie schwer sie war.

»Sie ist aus Gold«, erklärte er.

Sie betrachtete sie aufmerksam, die feine Gravur des Zifferblatts und die filigranen Zeiger, so zart wie eines ihrer Haare, und als er sie hinten aufklappte, war Lydia wie verzaubert von den Bewegungen der kleinen Zahnrädchen. Von hier kam also die tickende Stimme der Uhr.

»Ich dachte, du müsstest zum Zug, Jens.«

Es war die Stimme ihrer Mutter, neckend, und sie streckte eine Hand nach ihm aus, als könnte ihre Haut es ohne eine Berührung von ihm keine Sekunde mehr aushalten. Ihr dunkles Haar schwang frei um ihre Schultern, genau so, wie er es mochte. Papa richtete sich auf, und Lydia sah, wie es geschah. So, wie es immer geschah. Papa kam nach Hause, schlecht gelaunt oder ungeduldig oder müde, und dann fiel sein Blick auf Mama, und etwas in ihm begann zu leuchten und brannte all die schlechte Laune und die Ungeduld und die Müdigkeit weg.

Ihre Mutter nahm ihr sanft die Uhr aus der Hand und reichte sie Papa. Dabei murmelte sie: »Sie ist zu jung, um damit zu spielen.« Doch Papa schenkte Lydia ein verschwörerisches Lächeln und blinzelte ihr zu. Und dann waren sie am Bahnhof, um sie herum lauter Geräusche und Gerüche, Rufe und bergeweise Gepäck. Und Tränen. Lydia wurde bewusst, dass dies ein Ort war, an den die Erwachsenen kamen, um zu weinen. Papa umarmte und küsste sie und bestieg dann den Zug, rief ein paar letzte Worte durch das offene Zugfenster, während sich der Zug inmitten einer großen Dampfwolke in Bewegung setzte. Etwas Rotes. Sie versuchte, die Erinnerung zu durchforsten, doch irgendwie war sie trübe geworden. Dennoch war Lydia sich sicher, sich an etwas Rotes erinnern zu können. Und dann fiel es ihr ein. Ein rotes Taschentuch flatterte in seiner Hand, auf und ab, bis es nicht mehr war als ein winziger roter Punkt in der Ferne. Wie ein kleiner Blutfleck.

Mama weinte, betupfte sich die Augen, doch Lydia weigerte sich, Tränen zu zeigen. Die Zahnrädchen in Papas Manteltasche drehten sich immer noch. Es waren die Zahnräder der Zeit, viele kleine Zähnchen, die ineinandergriffen und die Zeiger der Uhr in Bewegung hielten. Diese Zahnräder würden ihn zu ihr zurückbringen. Sie ballte die kleinen Fäuste und lauschte den Stimmen, die in ihrem Kopf tickten und flüsterten.

Die Arbeitszone des Lagers war nach wie vor da.

Sie war nicht geräumt worden.

Das war ihre Befürchtung gewesen. Dass die Gefangenen weg waren. Dass sie ihre Sägen und Äxte und die Karren für die Baumstämme an einer anderen Stelle aufgeschlagen hatten, weit weg von der Bahnlinie. Sie erschauderte, doch das lag nicht an der Kälte im Waggon, es war vor Erleichterung. Sie spürte, wie sich die goldenen Härchen an ihrem Arm aufrichteten, und drückte die Stirn an die eiskalte Fensterscheibe, als würde sie das ihm näher bringen. Die Landschaft draußen war so flach und mit vereisten Schneeflächen übersät. Weite Strecken des Landes waren komplett gerodet worden, so dass man überall den felsigen Untergrund sah, wodurch das Gelände nicht mehr in Tausenden von Schattierungen von Grün oder Rotbraun leuchtete, sondern das erbarmungslose Grau von Kriegsschiffen angenommen hatte.

War das auch mit Papa geschehen? Dass er das sowjetische Grau angenommen hatte? Sie legte die Hand gegen die Fensterscheibe, um sich gegen den Anblick der eintönigen Uniformen abzuschirmen, die sie umgaben.

Papa, ich bin hier. Die Zahnräder haben mich zu dir gebracht. Die Räder drehen sich immer noch.

Lydia erhob sich und zog so heftig an dem Lederband, dass das Zugfenster schwungvoll nach unten rutschte und mit einem Klirren unten auftraf. Der Schwall eisiger Luft, der hereinkam, nahm ihr fast den Atem, und um sie herum erhob sich eine Mischung aus Stöhnen und lauten Beschwerden.

»Fenster zu!«

»Ist arschkalt!«

»Bist du vollkommen von Sinnen, Mädchen? Mir fallen die Eier ab.«

Sie nahm den Aufruhr kaum wahr, denn ihre ganze Aufmerksamkeit war auf das Gelände gerichtet, während in der Ferne langsam die Spitzen der Wachtürme in Sicht kamen. Zuerst konnte sie keinerlei menschliche Gestalten entdecken, die am Waldrand arbeiteten. Das Herz sank ihr in der Brust, doch in diesem Moment wurde der Zug langsamer und zuckelte an einem riesigen Stapel Kiefernstämmen vorbei, die aussahen wie die Gliedmaßen von Toten. Lydia war davon ausgegangen, dass das Holz stromabwärts transportiert wurde, wie sie es schon in China gesehen hatte, aber nein. Jedenfalls nicht hier. Dieser kleine Berg Baumstämme wartete offenbar darauf, auf die Ladefläche eines Güterwaggons verfrachtet und per Zug zu einem Holzlagerplatz gebracht zu werden.

Ein Wagen rumpelte in quälend langsamem Tempo über das flache Gelände, weit entfernt, aber offenbar mit den toten Gliedmaßen als Ziel. Er war mit einer weiteren Fuhre Holz beladen. Lydia kniff die Augen zusammen und versuchte, die winzigen menschlichen Gestalten zu zählen, die vor den Wagen gespannt waren, doch sie waren zu weit weg. Sie blinzelte und zählte wieder. Es mussten mindestens zwanzig sein. Konzentriert hielt sie den Blick darauf.

»Genossin.« Es war der Mann im Anzug, ihr Freund mit der Taschenuhr. Diesmal klang seine Stimme barsch. »Mach das Fenster zu, *poschaluista*.«

Sie hatte ihn gar nicht gehört. Er berührte sie am Arm, um sie auf sich aufmerksam zu machen, schickte sich an aufzustehen, um das Fenster selbst zu schließen, doch bevor er das tun konnte, hatte Lydia aus ihrer Schultertasche zwei kleine, scharlachrote Päckchen gezogen. Jedes bestand aus einem Kopftuch, in das etwas Schweres hineingebunden war.

»Hör mal, Genossin …« Langsam verlor der Mann die Geduld.

Sie hatte einen Trupp Gefangene entdeckt, nur vier von ihnen, die ein paar hundert Meter von der Bahnlinie entfernt zu Gange waren. Sie hatten Schaufeln in der Hand und räumten offenbar Steine weg, vielleicht machten sie den Weg für den Wagen mit den Stämmen frei. Lydia riss sich den roten Schal vom Hals, lehnte sich, so weit sie konnte, aus dem Fenster und winkte ihnen mit dem bunten Stück Stoff zu. Hin und her, vor und zurück, um die Aufmerksamkeit der Männer auf sich zu lenken.

»Poschaluista«, flehte sie. *Bitte, schaut auf.*

Rußpartikel von der Lok flogen ihr ins Gesicht. Die Gestalten kamen näher. Keiner von ihnen blickte von seiner Schaufel auf. Wollten die keine menschlichen Gesichter an den Zugfenstern sehen? War der Anblick der Freiheit einfach zu schmerzlich? Hundert Meter. Näher würde sie an die Gefangenen nicht herankommen. Sie zog den Arm zurück und schleuderte eines der scharlachroten Bündel aus dem Fenster. Während es wie ein Vogel mit leuchtend rotem Gefieder durch die Luft flog, ließ sie die Männer keinen Moment lang aus den Augen und stieß mit einem unheimlichen Zischen die gesamte Luft aus ihrer Lunge. Keiner von ihnen schaute in ihre Richtung.

Hörten sie nichts? Oder war es ihnen gleichgültig?

Der rote Vogel landete auf einem Felsbrocken, prallte ab und wurde auf ein Stück offenes Gelände geschleudert, wo er schließlich zwischen den abgestorbenen Wurzeln eines Baumstammes liegen blieb. *Nein, nein, nein.* Lydias Mund stand offen, Ascheflocken aus der Lok brannten auf ihrer Zunge.

»Lass das, Genossin.« Diesmal war es der Mann mit der Mütze, der geschlafen hatte. Jetzt jedoch war er hellwach und wütend. »Was du da machst, ist gegen das Gesetz. Hör sofort damit auf, oder …«

»Oder was?« Ein junger, schlaksiger Soldat, der die ganze Zeit mucksmäuschenstill neben Lydia gesessen hatte und dem sie bisher kaum mehr als einen Blick geschenkt hatte, richtete sich von seinem Platz auf und stellte sich hinter sie ans Fenster. »Oder was?«, wiederholte er.

Ein Kichern ging durch die Gruppe der anderen Soldaten, und einer warnte: »Leg dich mit dem nicht an, Genosse. Das ist unser bester Boxer.«

Lydia hob den Arm, um auch das zweite Bündel hinauszuwerfen.

»Darf ich?«

Der Soldat streckte ihr seine grobknochige Hand hin, die Handfläche nach oben, und wartete mit einem höflichen Lächeln auf den Lippen. Lydia bemerkte, dass ihm erst vor Kurzem jemand die Nase gebrochen hatte, doch der Bluterguss war bereits verblasst und hatte ein schlammiges Gelb angenommen. Sie wartete nur so lange, wie die Zugräder für eine Drehung brauchten, reichte ihm dann das kleine Päckchen und zog sich auf ihren Sitz zurück, damit er Platz zum Ausholen hatte. Er grinste ihr zu, warf seine Armeemütze auf den Sitz, schob die breiten Schultern aus dem Zugfenster und zielte. Und dann schleuderte er das rote Bündel mit einem lauten Ächzen aus dem Zug.

Es segelte gemächlich durch die Luft, als wüsste es noch nicht, wo es landen sollte. Lydia ließ es nicht aus den Augen, denn ihre ganze Hoffnung lag in dem zusammengeknoteten Kopftuch. Das Bündel flog über die Felsen hinweg, schwebte einen Moment lang in der Luft und landete in einem anmutigen Bogen auf der Erde. Es prallte nicht einmal ab, sondern blieb einfach mitten auf einer schimmernden Schneefläche liegen. Lydia hätte den Soldaten am liebsten geküsst.

»*Spassibo*«, sagte sie stattdessen. »Danke dir vielmals.«

Sie schenkte ihm ein Lächeln, und er wurde rot und setzte sich wieder. Jubel erhob sich unter seinen Kameraden. Der Mann mit der flachen Mütze schaute finster drein, war jedoch vernünftig genug, nichts mehr zu sagen, während der Mann im Anzug aufstand, das Fenster mit einem Ruck schloss und das aufbrandende Gelächter mit einer gewissen Würde quittierte.

Es war vollbracht.

Lydias Herz klopfte heftig. Während sich die Zugräder drehten und drehten und die Gruppe von Gefangenen immer weiter zurückblieb, im eisigen Wind, flogen ihre Gedanken zu den Worten, die sich in den beiden scharlachroten Bündeln verbargen. *Ich bin die Tochter von Jens Friis. Wenn er im Lager ist, sagt ihm, dass ich da bin. Ich brauche ein Zeichen.*

In jedem der Bündel lagen fünf schimmernde Silbermünzen.

FÜNFZEHN

Chang An Lo bewegte sich durch die Dunkelheit wie ein Schatten.

Das Dorf Sumatong pulsierte vor Leben, Licht und Geräusche perlten aus jedem Fenster, jeder Tür, in jeder Straße. Die Rote Armee war wie ein Schwarm Fliegen darüber hergefallen. Soldaten torkelten von einem Haus zum nächsten, eine Flasche in der einen, ein Mädchen an der anderen Hand, unsicher, wo sich ihr Quartier befand. Die Dorfoberen machten höfliche Verbeugungen, die Hände steif vor die Brust gelegt, lockten die Uniformierten in die Schänke und die Spielhölle, wo man sie wenigstens noch um ein paar Yuan erleichtern konnte.

Chang blieb geduldig im Schatten der Rückwand eines Hauses stehen und lauschte dem Gegröle von ein paar Soldaten, die gerade aus einem Gebäude mit kunstvollen Schnitzereien kamen. Bunte Lampions baumelten von der Traufe. Die Soldaten hatten offenbar ordentlich dem *maotai* zugesprochen, denn sie lallten bereits und beschwerten sich lauthals darüber, wie schnell man sie hinausgeworfen hatte, weil sie beim Mah-Jongg kein Glück hatten. Ein Soldat mit kurz geschorenem Bürstenschnitt und langen, spindeldürren Beinen löste sich von einer Gruppe und bog schwankend in eine Seitengasse ab, wo er seinen Hosenschlitz öffnete und mit einem erleichterten Seufzen gegen die Wand urinierte.

Chang ließ ihn in aller Ruhe fertig pinkeln, schlich sich dann leise von hinten an und legte ihm einen Arm um den Hals und presste die Hand fest auf seinen Mund. Der Soldat versteifte sich und versuchte, sich umzudrehen.

»Ganz ruhig, Hu Biao, oder du läufst Gefahr, dass ich dir deinen nutzlosen Hals breche.« Chang flüsterte die Worte in das Ohr des Mannes, kaum hörbar in der nächtlichen Brise. Dann lockerte er seinen Griff.

Der Soldat fuhr herum. »Mensch, Chang An Lo, du hast mir vielleicht einen Schrecken eingejagt.«

Chang senkte den Kopf zu einer gut gelaunten Verbeugung. »Hör schon auf zu grunzen wie ein Schwein am Spieß, Biao.«

Hu Biao schlug sich mit den Fingerknöcheln an die Schläfe. »Bitte um Verzeihung, mein Herzensbruder.« Er beugte sich näher zu ihm, wobei Chang seine Ausdünstungen in die Nase stiegen; er roch nicht nur nach Alkohol. Hu Biao fragte leise: »Was machst du hier in diesem verdammten Dorf?«

»Nach dir suchen.«

»Warum nach mir?«

»Man hat mir gesagt, deine Einheit sei hier untergebracht. Habe gehört, die Kämpfe im Tal seien übel gewesen, und da wollte ich sehen, ob deine elenden Ohren noch an deinem Kopf sitzen.«

Ihre Feinde schnitten den Gefallenen nämlich die Ohren ab und fädelten sie auf einem Draht auf.

»Sind beide noch dran«, sagte Biao lachend und drehte seinen Kopf hin und her, um sie Chang zu zeigen. Er lehnte sich an die Wand.

Doch Chang hörte die Anspannung in seiner Stimme, die täglichen Adrenalinschübe, die des Nachts mit *maotai* und einer Pfeife mit der schwarzen Paste besänftigt werden mussten, bevor es am nächsten Tag wieder in die Schlacht ging.

»Dann hast du es gut gemacht, mein Freund.«

»Was tust du denn hier unten, Chang? Ich dachte, du wärst irgendwo im Norden.«

»War ich auch, aber man hat mich nach Guitan beordert.« Selbst im Halbdunkel entgingen Chang nicht Hu Biaos eingefallene Wangen und mageren Glieder, die ihn an eine Vogelscheuche erinnern ließen. Er hatte Angst um Yi-lings Sohn. »Meine Eskorte hat zehn *li* von hier entfernt ein Lager aufgeschlagen. Sie sind alle betrunken. Morgen werde ich in Guitan erwartet, um Maos Befehle zu empfangen.«

Biao stieß sich von der Wand ab, plötzlich stocknüchtern, und machte eine tiefe, respektvolle Verbeugung vor ihm. »Es ist mir eine Ehre, dass ein Erwählter wie du die Zeit findet, sich mit einem unwürdigen Armeeköter wie mir abzugeben.«

Stimmen auf der Hauptstraße riefen Biaos Namen. Man suchte nach ihm. Chang packte ihn an der Schulter und führte ihn von den baumelnden Lampions weg.

»Biao«, sagte er drängend. »Meine Zeit ist kurz. Ich muss zu meiner Eskorte zurück, bevor sie aufwacht.«

Biao nickte. »Ich höre.«

»Ich bin hier, um dich zu bitten, mein Adjutant zu sein.« Forschend blickten seine Augen in das Gesicht seines Freundes, und was er sah, freute ihn. Erregung funkelte in Hu Biaos Augen. »Gut. Ich sage der Eskorte, sie soll dich für morgen anfordern.«

Ihre Blicke begegneten sich, und etwas an Biao war plötzlich anders. »Das machst du für Si-qi, stimmt's? Nicht für mich. Hat sie dich darum gebeten?«

»Nein. Das hat nichts mit deiner Schwester zu tun.« Er lächelte und schenkte Biao eine weitere Verbeugung. »Glaub mir, die Zeiten sind hart. Ich brauche einen guten Mann, der mir den Rücken freihält und auf den ich mich verlassen kann. Und dieser Mann bist du.«

»Aber für mich ist es ein Glück, eine schöne Schwester zu haben. Sie könnte die Seele eines jeden Mannes stehlen, stimmt's?«

»So leicht, wie ein Schmetterling Nektar aus einer Blüte stiehlt.«

Biao schlug Chang auf den Rücken und gab einen üblen

Rülpser von sich. »Nach dem hier wird sie dich für immer lieben. Und das willst du doch, oder?«

Chang An Lo zog sich ins Dunkel zurück, und als Biao noch etwas sagen wollte, war er bereits verschwunden.

Damit hatte Chang An Lo nicht gerechnet. Mit dieser Dekadenz. Trotz alldem, was man in der drückenden Hitze hier so munkelte, ein Wispern und Flüstern, das klang wie das Flattern von Fledermausflügeln an einem Sommerabend, war es schlimmer als erwartet. Ihm sank der Mut, denn zum ersten Mal wurde ihm bewusst, dass der Anführer der Kommunistischen Bewegung Chinas tatsächlich ein Mann sein könnte, der sich gehen ließ.

Mao Tse-tung lag entspannt auf einem riesigen Himmelbett. Sein großer Kopf, der durch die Geheimratsecken noch größer wirkte, ruhte schwer auf einem Stapel Kissen, als wären die Gedanken in diesem Schädel zu gewichtig, um von dem kurzen, gedrungenen Hals getragen zu werden. Auf allen Seiten des Himmelbettes ergossen sich reich bestickte, leuchtend türkisfarbene und rosa Seidenbaldachine über das Bett, während die Laken um ihn herum offenbar bewusst in Scharlachrot, der Farbe der kommunistischen Flagge, gehalten waren, als sollte der Anschein erweckt werden, ihr großer Führer habe für die Sache sein Blut vergossen. Doch Chang wusste es besser. Wenn Mao mit seinen Armeen unterwegs war, genoss er stets ein Ausmaß an Komfort und Bequemlichkeit, von denen seine Soldaten nur träumen konnten.

Mao beobachtete die zu ihm Gerufenen mit zusammengekniffenen, wachsamen Augen, während er das Treffen in seinem Schlafzimmer leitete. Man hatte das riesige Bett auf eine Art Empore gestellt, so dass sich sein Kopf selbst im Liegen über den nervösen Männern befand, die auf den sieben Stühlen um ihn herumsaßen. Die Stühle waren elegant, aber bewusst hart gewählt und standen mindestens zwei Meter von den seidenen Bettüberwürfen entfernt, damit die Sitzenden die Ohren spitzen mussten, wenn Mao beschloss, die Stimme zu senken.

Die Atmosphäre war angespannt. Chang fiel auf, dass dem Offizier neben ihm der Schweiß in einem kleinen Rinnsal an der Schläfe herunterlief, und hegte keinen Zweifel daran, dass das auch Mao nicht entgangen war. Mao hatte von Männern wie General Tschu die Macht übernommen, einer mürrischen Gestalt, die die ganze Zeit schwieg, was ebenso klug wie tollkühn war. Männer folgten Mao, weil er zwar nur ein Schullehrer war und die schlichte Kleidung der Bauern trug, dabei aber überaus geschickt war, Menschen und Situationen zu manipulieren. Vor allem jedoch wusste er zu siegen. Chang musste sich selbst dazu ermahnen, nicht auf das weiche Mondgesicht und den groben Bauerndialekt hereinzufallen, den Mao sprach. Dieser Mann ließ sich von niemandem für dumm verkaufen. Er hatte nicht das geringste Problem damit, seine eigenen Leute zu terrorisieren. »Macht«, hatte er einmal gesagt, »kommt aus dem Lauf eines Gewehrs.« Chang atmete sogar flacher, um ja nicht auch nur das geringste Kräuseln in den Gedankenstrom des großen Mannes zu bringen.

»Tschu En-lai hat mir mitgeteilt«, sagte Mao mit einer deutlichen Betonung des Wörtchens *mir*, »dass unsere bärtigen Nachbarn, die Russen, immer noch ein doppeltes Spiel spielen. Das ist nicht klug von ihnen.«

»Ja, so wie unser junger Genosse herausgefunden hat«, sagte ein Parteioffizier mit scharfen Gesichtszügen, den Chang nicht kannte. Doch bei Mao erlangten Männer ebenso schnell seine Gunst, wie sie in Ungnade fallen konnten, ein Tempo, bei dem einem ganz schwindelig werden konnte.

Mao hatte mit gespannter Aufmerksamkeit Changs Schilderung des Zugüberfalls und der Eroberung der russischen Tokarew-Gewehre gelauscht. Besonders begrüßt hatte er offenbar den Fund jener Papiere, durch die geheime Anweisungen der Russen an Tschiang Kai-schek ans Tageslicht gekommen waren. Im Austausch für die Waffen und die Goldrubel wurde darin dem Anführer der chinesischen Nationalisten die Anweisung gegeben, eine Reihe von Städten und militärischen Bollwerken zu belagern und Russland sogar bei seinem Einmarsch in die Mandschurei vollste Unterstützung angedeihen zu lassen.

»Sag mir, junger Genosse«, fragte Mao jetzt, »woher wusstest du denn, dass der Inhalt jenes Zuges für die haarlose Hyäne Tschiang Kai-schek bestimmt war?«

»Aus meinen nachrichtendienstlichen Quellen.«

»Und welche Quellen sind das?«

Chang holte langsam und tief Luft. »Bitte ehrerbietigst um Verzeihung, aber das kann ich leider nicht preisgeben, hochehrenwerter Führer.« Er blickte direkt in Maos finstere Miene. Es war, als würde er in die Augen eines Schneeleoparden schauen, wie er einmal im Gebirge einem begegnet war – unersättlich, gierig und nicht gewillt, sich eine Beute entgehen zu lassen. »An einem Ort wie diesem gibt es einfach zu viele lose Zungen.« Chang wies vage in den Raum. »Nicht diese ehrenwerten Männer hier, aber die Ohren, die uns dort draußen belauschen, und die unsichtbaren Augen, die uns durch allerlei Astlöcher ausspionieren. Die unsichtbaren Verräter, die Tschiang Kai-scheks Silber gestohlen haben.«

Maos Gesichtsausdruck verhärtete sich, und er nickte voller Genugtuung. »Du bist schlauer, als deine Jahre es erwarten ließen, Genosse. Denn du hast Recht. Wohin auch immer ich gehe, ist es das Gleiche – ich bin immer von denen umgeben, denen ich nicht trauen kann.«

Er wandte sich ab und machte sich an dem riesigen Bücherstapel zu schaffen, der sich auf einer Seite des Bettes türmte, als wäre die Diskussion für ihn damit beendet, doch Chang spürte die Schwingungen im Raum, und wusste, dass es noch nicht vorüber war.

»Wenn wir sie kriegen«, sagte Mao leise, so leise, dass zwei der älteren Männer sich nach vorne beugen mussten, um zu hören, was er sagte, »werden wir wissen, was mit diesen Verrätern zu geschehen hat. Ist das nicht so, Han-tu?«

Han-tu lächelte, als wären seine Lippen geölt. Er trug eine schneidige Uniform und nickte knapp, erwiderte jedoch nichts.

»Sag's ihm, Han-tu. Sag unserem Genossen mit dem jungen Gesicht, was wir tun, damit er es auch anderen erzählen kann.«

»Die Strafe ist grausam: Tod durch tausend Schnitte.«

»Beschreib es ihm.«

Als Han-tu weitersprach, sah er Chang nicht an, und er klang wie ein Mechaniker, der erklärt, wie er einen Motor auseinandernimmt. »Man zieht den Verräter nackt aus. Seine Hand- und Fußgelenke werden an Pfosten gebunden, damit er aufrecht steht, sich aber nicht bewegen kann und weder zu Boden fallen noch sich in irgendeine Richtung drehen kann.«

»Und dann?«, drängte Mao ihn weiter.

»Das Messer wird von einem erfahrenen Metzger geführt. Er bringt ihm tausend Schnitte bei. Ein langsamer und schmerzhafter Tod. Ehe die verräterische Schlange das Bewusstsein verliert, wird sie uns alles verraten haben, was sie weiß – für wen sie arbeitet, wen sie verraten hat und welche Geheimnisse sie verbirgt.«

Dennoch war Mao noch nicht zufrieden. »Erzähl ihm von der Warnung der Eidechsenhaut.«

»Ach, Genosse Kommandant, die Eidechsenhaut ist eine Kunst, die nur Spezialisten beherrschen.« Han-tu plusterte sich auf wie eine Taube. »Wenige können es wirklich.«

Ein älterer Mann mit traurigen Zügen saß auf der anderen Seite des Raumes. Er litt an dem kehligen Husten eines Rauchers, und seine Haut zeigte zudem die verdächtige Gelbtönung des Opiumabhängigen, doch seine stolzen Augen blickten finster auf Chang, die papierene Haut in missbilligende Falten gelegt. Man hatte Chang nur eine Stunde nach dem Beginn des Treffens in dieses innere Heiligtum vorgelassen, und er wusste, es würde noch lange andauern, nachdem er gegangen war. Die Namen der anderen Männer hatte man ihm nicht gesagt, trotzdem spürte er die Feindseligkeit in vielen Blicken, die in seine Richtung geworfen wurden, so scharf wie Wespenstiche in seinem Gesicht. Er war jung. Mao schenkte ihm Gehör. Er stellte eine Bedrohung dar.

Mao strich sich mit der Hand über die große Stirn, als wollte er die Umrisse der Gedanken in seinem Schädel ertasten. Die Hände eines Mädchens, bemerkte Chang, weichlich und milchweiß.

»Wie wird das gemacht, die Eidechsenhaut?«, wollte Mao von Han-tu wissen.

Als wüsste er es nicht ganz genau.

»Die Klinge wird gewetzt, bis sie so hauchdünn ist wie ein Haar«, erklärte Han-tu in der gleichen tonlosen Stimme, »und an tausend Stellen im Gesicht und am Körper unter die Haut geschoben, so dass die Haut beim Abheilen aussieht wie die Schuppen eines Reptils. Es ist ein Zeichen für andere. Eine blutige Warnung, dass …«

Mao leckte sich über die Lippen, und seine Zunge war schneller als die einer Schlange. Chang versuchte, die Worte Han-tus auszublenden, und stieß langsam den Atem aus, um die Bilder aus seinem Kopf zu verdrängen. Süchtig. So lautete das Gerücht, das man sich in den dunklen Ecken der kommunistischen Unterschlüpfe und der schwülheißen Luft der Folterkeller zuraunte. Mao war süchtig nach Gewalt. Selbst inmitten der Laken, die er mit den jungen Mädchen teilte, welche für seine Gunst Schlange standen, solange seine liebreizende Frau Gui-yuan nicht an seiner Seite war. Keine seiner Ehefrauen hatte es bisher lange ausgehalten, obwohl sie ihm einen ganzen Stall Söhne geschenkt hatten.

Was für ein Herrscher würde dieser Mann sein, wenn er China endlich sein Eigen nennen konnte? Denn Chang hegte keinen Zweifel daran, dass die Kommunisten die Nationalisten vertreiben und Tschiang Kai-schek wie einen geprügelten Köter mit eingeklemmtem Schwanz im Meer versenken würden. Nicht in diesem Jahr, vielleicht nicht einmal im nächsten. Doch irgendwann würde es geschehen. Chang glaubte mit Herz und Seele daran, doch würde Mao China auch die Gerechtigkeit und Gleichheit bringen, nach der es sich so sehnte? Die Bauern auf den Feldern dürstete es nach der Befreiung vom Joch ihrer Grundherren, und das war es, was die Kommunisten ihnen versprachen.

Doch würde Mao Tse-tung sie ihnen bringen? Er war ein intelligenter Mann, belesen, scharfsinnig, er hatte das Bett voller Bücher, dennoch …

»Chang An Lo, bist du noch bei uns?«

Chang neigte tief den Kopf und verfluchte sich für seine Dummheit. »Vergib mir meine Zerstreutheit, ehrenwerter Führer. Zu groß ist meine Ehrfurcht in solcher Gesellschaft.«

Mao schnaubte, und Chang wusste, dass er jetzt auf der Hut sein musste.

»Aber in Gedanken befinde ich mich immer noch im russischen Irrgarten und versuche herauszufinden, welch verschlungenen Pfaden der Verstand der Genossen dort drüben folgt.«

»Und zu welchen Schlüssen bist du gelangt, junger Genosse?«

»Dass die Russen entweder versuchen, China zu Grunde zu richten, indem sie den Bürgerkrieg verlängern und beide Seiten finanziell unterstützen, bis die sowjetische Armee nicht nur dazu in der Lage sein wird, die Mandschurei zu erobern, sondern auch andere nördliche Provinzen unseres Landes. Während wir uns damit abmühen, uns hier unten im Süden gegenseitig hinterherzujagen.«

»Oder?«

»Oder es gibt einen Verräter im Herzen des Politbüros in Moskau.«

Überall im Zimmer wurde nach Luft geschnappt, ein entsetztes Zischen ging durch den Raum. Han-tu schlug sich mit der flachen Hand klatschend aufs Knie. »Unsere letzte Delegation nach Moskau hat berichtet, Stalin sei mehr als bereit, uns für unseren Kampf gegen den nationalistischen Despoten noch größere Mittel zur Verfügung zu stellen. Ich kann nicht glauben, dass man uns dort verraten würde …«

Mao richtete sich urplötzlich auf, und Han-tu verstummte.

»Der russische Bär war schon immer ein gefährlicher und unzuverlässiger Verbündeter.« Maos Gesicht war streng. »Ich möchte euch alle daran erinnern, dass er einmal solch große Kontrolle über unsere Kommunistische Partei Chinas hatte, dass er versuchte, uns mit den verräterischen Nationalisten Tschiang Kai-scheks zusammenzuschließen. Stalin glaubte, wir seien zu schwach, um die Macht in China an uns zu reißen, doch …« Hier stahl sich ein kaltes Lächeln auf seine Lippen, und er strich mit seinen kleinen Händen das rote Bettlaken vor sich glatt. »Der *woscd* Sowjetrusslands hat sich getäuscht.«

»Er hat dich unterschätzt, großer Anführer.«

»Du wirst uns zum Sieg führen.«

»Deine Armee wird für dich sterben, wenn du es verlangst.«

Mao nickte zufrieden und ließ seinen Blick zu dem einen Mann wandern, der bislang noch nichts gesagt hatte. »Stimmt das, General Tschu? Wird meine Rote Armee für mich sterben?«

Jeder im Raum starrte jetzt zu dem Mann, den Mao im Kampf um die Kontrolle des Militärs so geschickt ausmanövriert hatte. Tschu war durch und durch Soldat, und seine Männer liebten und respektierten ihn.

»Mein Genosse Kommandant«, brummte Tschu, »die Armee liegt dir zu Füßen. Und viele sind bereits für dich gestorben.«

Schweigen senkte sich über den Raum. Wollte der General damit andeuten, dass Mao in seiner Befehlsgewalt unklug gehandelt hatte? Chang spürte, wie alle fünf anderen Männer erschauderten. Der Gestank ihrer Angst stieg ihm so scharf wie Kuhdung in die Nase. Mao dehnte das Schweigen bewusst aus und hielt dem Blick des Generals so lange stand, bis Tschu gezwungen war, die Augen zu senken, dann griff er nach einem kleinen Messingglöckchen und läutete es. Sofort stand eine Bedienstete im Zimmer. Ihre Verbeugung reichte fast bis zum Boden.

»*Tschai*«, befahl Mao mit einer geringschätzigen Handbewegung. »Tee.« Während das Mädchen hinauseilte, lehnte er sich in die Kissen zurück und verfolgte mit lüsternem Blick den Schwung ihrer schmalen Hüften. »Vielleicht«, sagte er mit einem plötzlichen Ausbruch von Energie, »hat unser junger Genosse hier ja Recht. Vielleicht lügt Josef Stalin uns an und versucht uns mit dem Lächeln einer Hure zu täuschen, während er noch immer Waffen und russisches Gold unter unseren Gegnern verteilt.«

Wieder schaute Mao zu Chang, studierte nachdenklich diesen jungen Aufsteiger, der so viel zu wissen schien.

»Chang An Lo«, sagte er sanft, »sprichst du eigentlich Russisch?«

SECHZEHN

Alexej bewegte sich. Zuerst nicht viel, nur eine leichte Lageveränderung seines Körpers. Schmerz. Hell und blutig. Er sammelte sich in seinen Lungen und wanderte in kleinen, scharfen Dosen weiter in sein Fleisch. *Dermo!* Scheiße! Selbst das Denken tat weh. Seine Gedanken fühlten sich an, als würden sie wie Walnüsse ganz langsam zerquetscht, bis ihre Schalen aufplatzten und zersplitterten. Die Stücke bohrten sich in sein Hirn.

»Bist du wach, he?«

Alexej öffnete die Augen. Seine Augäpfel fühlten sich trocken an, wie mit Schmirgelpapier behandelt, als wären sie lange Zeit nicht benutzt worden. Als Erstes sah er gelbes Licht und roch Kerosin. Er lag flach auf dem Rücken, so viel bemerkte er, und als er unter größter Anstrengung den Kopf zur Seite neigte, wurde die Welt um ihn herum ganz allmählich wieder scharf. Eine niedrige, mit Holz verkleidete Decke, ein Tisch, der am Boden festgenagelt war, Schränke mit Schnitzereien, der starke Duft nach Kaffee.

»Kaffee?«

Alexej versuchte, sich aufzusetzen. Keine gute Idee. Der Schmerz in seinen Lungen biss abermals zu, ein heftiger Husten erschütterte seinen Körper, doch jemand stützte ihn mit starkem Arm, und ein tiefes Lachen traf wie ein warmer Luftstrom seine Haut.

»Lass dir Zeit, Genosse.«

Alexej nahm sich Zeit. *Wie, in Teufels Namen, bin ich hierhergekommen?* Er rutschte ein Stück in der schmalen Koje hoch, so dass er den Kopf an der Rückwand abstützen konnte. Jemand hatte in seiner Brust ein Höllenfeuer entfacht.

»*Spassibo*«, murmelte er. Seine Kehle war so trocken wie Asche.

Er richtete den Blick auf den blonden Mann, der auf der Bettkante saß, und sah ein Gesicht mit gleichmäßigen Zügen, doch in den blauen Augen stand Unschlüssigkeit. Die Wimpern waren ein wenig zu lang für einen Mann, aber er hatte große, männliche Zähne und volle Lippen, die dem Lachen offenbar nicht abgeneigt waren. Mitte vierzig, vielleicht ein wenig jünger.

»*Spassibo*«, sagte Alexej noch einmal, und diesmal klang es schon etwas kräftiger.

»Gern geschehen, mein Freund. Bereit für Kaffee?«

Alexej nickte, bedauerte die schnelle Kopfbewegung sofort und wartete, bis sich der Raum um ihn herum nicht mehr drehte. Der Mann ging zu einem Ofen in der Ecke und hob eine Kaffeekanne hoch, die dort warm gehalten wurde. Erst in diesem Moment dämmerte es Alexej, dass diese neue Welt um ihn herum schwankte. Die Bewegung war nicht in seinem Kopf. Es war ein leichtes Schaukeln, aber definitiv ein Schaukeln.

»Wir sind auf einem Schiff«, sagte er.

»Korrekt. Die *Rote Maid*.«

»Deins?«

»Und wie das meins ist.«

Dieses *meins* hatte der Mann mit großer Zuneigung gesagt. Er schlug zärtlich mit der Hand gegen die Wand, so wie Alexej ein Pferd getätschelt hätte, und goss Kaffee in zwei Blechtassen. Er trug einen dicken Fischerpullover, der so aussah, als wäre er eine Weile nicht mehr gewaschen worden, und erst jetzt wurde Alexej bewusst, dass er ebenfalls einen solchen Pullover trug, grobe Socken und eine Hose, die er noch nie gesehen hatte. Argwöhnisch beobachtete er, wie sein Gastgeber sich wieder auf die Bettkante setzte und Alexejs Hand um die Tasse legte.

»Hier, trink, *towarischtsch*. Dann hast du wieder Eisen in den Adern.«

Zu Alexejs Schrecken fühlte sich sein Arm wie tot an, als er versuchte, die Tasse zu heben. Seine Hand zitterte, und er verschüttete etwas Flüssigkeit auf den Pullover, doch irgendwann gelang es ihm, die Tasse an seine Lippen zu heben. Der Kaffee war schwarz und stark und schien ein Loch in die weiße Wand zu brennen, die immer noch seine Sinne benebelte, aber er schmeckte gut. Wo bekam ein Fischer im stalinistischen Russland einen solchen Kaffee her, obwohl man in den Läden nur noch gähnend leere Regale vorfand? Er spürte, wie seine Sinne allmählich geweckt wurden, und atmete vorsichtig durch.

»Dein Name, Genosse?«, fragte er.

»Konstantin Duretin. Und deiner?«

»Alexej Serow.«

»Nun, Genosse Serow, was schwimmst du denn mitten im Winter im Fluss wie ein Fisch?«

»Fisch?«, Alexej runzelte die Stirn. Bilder stürmten auf ihn ein. Ein Schachspiel, eine Pfeife mit langem Rohr. Eine Kurve, dahinter die Brücke.

Großer Gott, die Brücke. Männer, die aus allen Richtungen kamen. Auf einmal war alles wieder da. Er fasste sich an die Seite und spürte dicke Bandagen.

Die blauen Augen lächelten ihn nach wie vor an, doch jetzt nachdenklicher. »Ich hab das Beste für dich getan. Warst so gut wie tot. Hab deinen leblosen Körper mitten im Fluss an einem Stück Treibholz hängen sehen, wie ein ertrinkendes Kätzchen. Du hattest so viel Blut verloren, dass nur noch eine Tasse voll übrig war, schätze ich, und warst fast erfroren.«

»*Spassibo*, Konstantin. Ich schulde dir …«

»Still, ruh dich aus. Ich koche uns jetzt Fisch, und dann

kriegst du endlich was zu essen. Du hast wochenlang nichts gegessen.«

»Wochenlang.«

»*Da.*« Er stand auf.

»Wochen?«

»*Da.* Ab und zu hab ich dir ein bisschen Wasser eingeflößt, und ein bisschen Suppe, aber das war alles.«

»Wochen?« Das Wort war bei Alexej hängen geblieben.

»Ja, ist jetzt fast drei Wochen her. Du bekamst schlimmes Fieber. Dachte, jetzt verlier ich dich doch noch.« Er schlug mit der Faust auf den Tisch. »Aber du musst aus ebenso starker Eiche geschnitzt sein wie meine *Rote Maid* hier.« Er lachte.

Das Geräusch dieses Lachens war wie ein Beben in Alexejs Kopf, und er schloss die Augen, weil er das Gefühl hatte, gleich würde sein Schädel platzen.

Bratfischgeruch durchdrang die staubige Kajüte und überlagerte sogar den Gestank nach Kerosin. Sie aßen langsam und in geselligem Schweigen, wobei es Alexej seine ganze Konzentration kostete, die Gabel zum Mund zu führen. Als sie mit dem Essen fertig waren und sich wieder mit einer Tasse Kaffee in der Hand gegenübersaßen, lehnte sich Alexej zurück und unterzog seinen Gastgeber einer langen Prüfung.

»Warum hast du dich um mich gekümmert?«

»Was sollte ich denn machen? Dich zurück in den Fluss werfen wie einen vergifteten Fisch?«

Alexej lächelte. Die Muskeln an seiner Wange fühlten sich ganz steif an, als wären sie aus Pappkarton. »Manche hätten das. Unter Stalins Spitzelregime haben die Leute Angst vor Fremden.«

Konstantin erwiderte das Lächeln. »Ich war froh um die Gesellschaft.«

»Wo sind wir jetzt?«

»Flussabwärts.«

»Südlich von Felanka, meinst du?«

»*Da.*«

»Wie lange sind wir schon unterwegs?«

»Seit ich dich aufgelesen habe.«

»Drei Wochen. *Tschort.*«

»Falsche Richtung für dich?«

»Ja. Ich muss nach Felanka zurück.«

Konstantin wandte den Blick ab, und es trat ein Moment der Peinlichkeit ein, der in Alexej das Gefühl weckte, undankbar zu sein. Um es sich nicht anmerken zu lassen, griff der Schiffer in eine Schublade unter der Tischplatte, holte ein kleines Messer und ein Stück Holz heraus und fing an, daran herumzuschnitzen, die blonden Augenbrauen vor Konzentration zusammengezogen.

»Was ist denn in Felanka, das so wichtig ist?«

»Eine Angelegenheit, die auf mich wartet.«

Er hob den Blick. »Du meinst, ein Mädchen, das auf dich wartet?«

»Nein, nicht *so ein Mädchen.* Es ist meine Schwester. Sie ist in Felanka.«

»Ach, mein Freund, dann besteht keine Eile. Eine Schwester kann warten.«

Kannst du das, Lydia? Kannst du warten?

Lydia blieb gar nichts anderes übrig als zu warten. Trotz ihres hartnäckigen, täglichen Klopfens an den Schalter des Bahnhofsvorstehers dauerte es ganze zwei Wochen, bis sie endlich einen Platz im Zug zurück nach Felanka ergattern konnte. Was sie überraschte, war, wie leicht es ihr fiel, den Tag herumzubringen. Sie hatte damit gerechnet, dass sie ungeduldig in der Stadt umherlaufen würde, nervös und fahrig, doch so war es nicht. Sie war ganz ruhig. Und sie wartete – auf einem Bahnsteig, in einem Park, in einem Hotelzimmer.

Sie brachte sich selbst das Stillsitzen bei.

Als der Zug endlich in den Bahnhof einfuhr, war das Abteil voll, doch diesmal mit mehr Frauen als Männern. Die Gespräche drehten sich um die mangelhafte Lebensmittelversorgung in den Läden. Vor dem Einsteigen hatte Lydia eine Gruppe Gefangener gesehen, die, an eine Kette gefesselt, in letzter Minute in den Gepäckwaggon einstiegen, doch wurden sie so sorgfältig bewacht, dass es unmöglich war, sich ihnen zu nähern. Ihre Köpfe waren der Läuse wegen bereits geschoren, ein Anblick, der Lydia mit Entsetzen erfüllte, denn ihren Papa ohne seinen wilden Lockenschopf konnte sie sich einfach nicht vorstellen. Ihr fiel ein junges Mädchen auf, ganz klein und schmal, das neben ihr im Abteil saß. Sie reiste allein und war in etwa so alt wie Lydia, wirkte durch ihre Zerbrechlichkeit jedoch jünger. Lydia zog eine spitze Papiertüte mit Sonnenblumenkernen aus der Tasche, die ihr Elena zugesteckt hatte, und bot ihr davon an.

»Hunger?«, fragte sie das Mädchen.

»Da.« Sie nahm eine Hand voll. Ihr Gesicht war mager und nervös. *» Spassibo.«*

»Hast du eine weite Reise vor dir?«

»Nach Moskau.«

»Das ist in der Tat weit. Aber es muss aufregend für dich sein.«

»Ja, weißt du, ich habe einen Preis gewonnen. Ich war in meiner Fabrik die Schnellste im Herstellen von Kupfertöpfen. Dafür habe ich auch einen Orden bekommen.«

Lydia blinzelte erstaunt. »Das gibt's?«

»O ja, natürlich. Arbeiter werden immer für ihren Arbeitseifer belohnt. Manchmal sogar von Stalin persönlich.« Ihre jungen Augen leuchteten vor Vorfreude. »Es soll eine große Ordensverleihung in der Heldenhalle geben.«

»Glückwunsch. Deine Familie ist bestimmt sehr stolz.«

»Das sind wir, aber man hat mir gesagt, Moskau ist sehr gefährlich.«

Lydia schaute sie voller Interesse an. Wusste das Mädchen denn nicht, dass es im stalinistischen Russland überall gefährlich war?

»Wie meinst du das?«, erkundigte sie sich.

Das Mädchen beugte sich zu ihr, ihre Augen waren ganz groß. »Die Stadt ist voller Krimineller.«

Lydia lachte. Sie konnte nicht anders. »Alle Städte sind voller Krimineller, ganz gleich, wohin du gehst. Es ist immer dasselbe.« Sie bemerkte, dass ein Mann im Arbeitsanzug, der weiter hinten bei ihnen auf der Holzbank saß, ihr unverhohlen zuhörte. Schnell fügte sie hinzu: »Aber ich weiß, Genosse Lenin hat uns gelehrt, alles zu teilen, was wir haben, selbst unsere Wohnung. Das Verbrechen ist nicht mehr nötig. Nicht, wie es unter dem ausbeuterischen System der Bourgeoisie war.«

Sie lächelte fast. Ihr Bruder wäre stolz auf sie gewesen. *Siehst du, Alexej, ich lerne. Ich lerne wirklich.*

Das Mädchen erwiderte nichts, kaute nur auf den Sonnenblumenkernen herum und blickte dann durch den Vorhang ihres dünnen, blonden Haares seitlich zu Lydia. »Die sind ganz bekannt«, murmelte sie. »Mit Tätowierungen. Eine kriminelle Vereinigung. Die *wory w sakone*, so heißen sie. Diebe im Gesetz.« Sie senkte die Stimme zu einem schwachen Flüstern. »Deshalb macht es mich auch so nervös, nach Moskau zu fahren.«

Eine kriminelle Vereinigung? Tätowierungen?

Nein, nicht schon wieder. Nicht schon wieder wie in China. Lydia klopfte das Herz bis zum Hals. Gott sei Dank war sie nicht nach Moskau unterwegs.

»Ich bin mir sicher, dass man sich dort gut um dich kümmert«, sagte sie mit einem beruhigenden Lächeln und tätschelte das Mädchen am Arm. »Bei jemand so Besonderem wie dir sorgt man bestimmt dafür, dass dir nichts passiert.«

Der Ausdruck von Erleichterung, der sich auf dem schmalen Gesicht ausmalte, war die Lüge wert.

Der Regen hatte aufgehört; die Landschaft dehnte sich endlos in den Dunst hinein, trist und feucht. Alles sah anders aus. Wie sollte sie wissen, wann der Zug sich der Arbeitszone näherte? Die Landschaft war an sich schon eintönig, und ohne Punkte, an denen man sich orientieren konnte, war es unmöglich, zu erkennen, wo genau der Wald gerodet wurde. Der Dunst hatte alles verschluckt, wie ein grauer Dieb, der ihr die Hoffnung geraubt hatte.

Lydia stand am Zugfenster, wischte mit den Fingern über die Stelle, wo ihr Atem die Scheibe beschlagen hatte. Die Arbeitszone musste irgendwo da draußen sein, irgendwo dort, da war sie sich sicher. Sie schaute aufmerksam hinaus, auf der Suche nach etwas, das auch nur im Entferntesten nach den zündholzähnlichen Wachtürmen aussah, doch alles, was zu sehen war, war eine dicke, träge Wolkendecke. Die roten Taschentücher, ihre leuchtend scharlachroten Vögel? Würden sie wenigstens sichtbar sein? Aber nein. Nichts durchbrach die farblose Monotonie dort draußen. Sie legte die Stirn an das Glas, spürte, wie die Vibrationen des Zuges in ihrem Gehirn weiterbebten.

Sie schloss die Augen und dachte an Changs Worte zurück. *Du musst dich konzentrieren, mein Liebes, bring die Teile zu einem Ganzen zusammen. Dann wirst du stark sein.*

Konzentrier dich.

Sie öffnete die Augen, vergaß den Dunst und den Wald und konzentrierte sich auf den felsigen Untergrund neben dem Gleis. Ganze fünfundzwanzig Minuten lang ließ sie den Blick nicht abschweifen, sondern hielt ihn fest auf die wenigen Meter Boden gerichtet, durch den die Gleise verliefen. Ganz allmählich spürte sie, wie eine Veränderung in ihrem Denken eintrat. Es wurde leichter. Das Gewicht all der anderen Gedanken und Ängste glitt davon, bis nur noch eines da war: die Steine und die Erde, die vorbeirasten. Sie woben dunkle Linien durch ihr Denken.

Und da war es. Das Zeichen.

Sie blinzelte, und es war weg. Doch sie hatte es entdeckt und brauchte es nicht noch einmal zu sehen. Jemand hatte Steine zu einem Muster ausgelegt, genauer gesagt, zu Buchstaben, die ein Wort bildeten, und zu Zahlen. Das Wort lautete *Njet*. Und die Nummer war 1908.

Njet. 1908.

Lydia wusste nicht, ob sie weinen oder lachen sollte. Sie hatte keine Ahnung, was das bedeuten sollte.

SIEBZEHN

Alexej erwachte in totaler Finsternis. Die Baumstämme auf dem Lastschiff knarrten, und er hörte das Klatschen der Wellen vor dem Bug.

»Konstantin!«

»Was ist los, mein Freund? Warte, bis ich ein Streichholz anzünde.«

Eine Flamme loderte auf, eine Lampe zischte. In dem gelben Schimmer, mit dem sie den Raum erhellte, fiel Alexejs Blick auf die zerknüllten Decken auf dem Boden, und ihm wurde klar, dass Konstantin ihm seine Koje überlassen hatte. Der Schiffer war nackt, sein langer Rücken muskulös, blonde Löckchen kräuselten sich auf seinen Schenkeln. Er drehte sich um und schaute Alexej an, vollkommen ungeniert ob seiner eigenen Nacktheit, doch die blauen Augen blickten verschlafen.

»Was ist denn, Alexej? Ein Alptraum?«

»Nein. Wo ist mein Geldgürtel, Konstantin?«

Die langen Wimpern blinzelten. »Geldgürtel? Was für ein Geldgürtel?«

»Ich hab einen getragen, als ich …«

»Mein Freund, ich bin kein Dieb.«

»Das hab ich auch nicht behauptet.«

»Aber so klingt es für mich.« Konstantin breitete seine wuchtigen Hände aus, als wollte er zeigen, dass er nichts darin verborgen hatte. »Als ich dich aus dem Wasser gezogen habe, warst du in einem schlimmen Zustand. Hast überall geblutet, deine Klamotten waren zerrissen und zerfetzt, aber einen Geldgürtel habe ich definitiv nicht gesehen.« Er gluckste leise vor sich hin. »Oder denkst du, den hätte ich nicht bemerkt?«

Alexej ließ sich in das Kissen zurücksinken und schloss die Augen. »Tut mir leid, Konstantin. Bitte, schlaf weiter.«

Im nächsten Moment ging das Licht aus. Alexej hörte, wie die nackten Füße des Schiffers auf ihn zutapsten, spürte eine Hand, die in der Dunkelheit über sein Haar strich und ganz sanft bis zu seinem Hals hinabglitt.

»Wie alt bist du, Alexej?«, fragte Konstantin. Es war nur ein Flüstern.

»Sechsundzwanzig.«

»So jung. Und so … unberührbar.«

Eine Stille, die so schwarz und zäh war wie Pech, senkte sich über den Raum, der zwischen den Männern klaffte. Alexej rollte auf die Seite und drehte dem Schiffer den Rücken zu, so dass dessen Hand herunterfiel. »Gute Nacht, Genosse. *Dobroi notschi, towarischtsch.*«

Ganz leise entfernten sich die Schritte wieder.

Alles war weg. Das Geld, der Schmuck, alles, was er immer versucht hatte, vor neugierigen Augen zu verbergen. Wie sie über seine Naivität gelacht haben mussten!

Alexej spürte, wie ihm bittere Galle die Kehle hochstieg, weil er wusste, dass nicht seine Naivität das alles verursacht hatte. Es war sein verblendeter Hochmut. Er hatte gewusst, was ihn erwartete, was Michail Wuschnew wahrscheinlich in dieser eiskalten Nacht auf der Brücke tun würde. Doch er war felsenfest davon überzeugt gewesen, dass er mit dem umgehen könnte, was sich irgendein tumber Apparatschik aus dem Lager ausdachte, und ihm dennoch die Information abringen würde.

Wie falsch er doch nur damit gelegen hatte! Was für ein unverzeihlicher Fehler!

Er zwang sich, die Augen zu schließen. Aber die Bilder blieben, hatten sich wie mit Säure in sein Hirn eingebrannt. Seine gesamten Wertsachen waren weg. Alles.

Sonnenstrahlen bahnten sich einen Weg durch eine Reihe von Löchern in dem Vorhang, der vor dem kleinen Bullauge hing, und schwebten wie eine Perlenkette in der staubigen Luft. Es waren Perlen des Bedauerns, zumindest sah es für Alexej so aus, als er die Augen öffnete. Die Sonne hatte gerade erst den östlichen Horizont erklommen, träge lag das Morgenlicht auf der Wasseroberfläche des Flusses, und es schien keine Eile zu haben, irgendwohin zu kommen.

Doch ich habe es eilig. Ich muss zurück nach Felanka.

Alexej warf die Decke von sich und schwang die Beine über die Bettkante. Er hatte das Gefühl, es würde ihm gleich den Schädel spalten, als er sich aufrichtete, und Übelkeit stieg in ihm auf. Fiebriger Morgenatem presste sich aus seinen Lungen. Er fluchte. Während er versuchte, wieder normal zu atmen, geriet er ins Schwanken, und erst in diesem Moment entdeckte er Konstantin, der ihn aus dem Gewühl der Decken am Boden beobachtete.

»Du bist schwach wie ein Kätzchen«, sagte der Schiffer. »Was glaubst du denn, wo du hinwillst?«

»Es ist Zeit zu gehen.«

»Njet.« Das hatte geklungen wie ein Stöhnen. »Noch nicht. Es geht dir nicht gut genug.«

»Ich muss fort.«

Alexej richtete sich auf. Die Bohlen fühlten sich kalt an unter seinen Füßen, und er blickte sich in der Kajüte um, auf der Suche nach seinen Stiefeln. Sie standen neben einem Eimer in der Ecke und waren frisch geputzt. Er schlurfte hinüber, hob sie hoch und zog sie an. Es strengte ihn so sehr an, dass er ins Zittern geriet.

»Meine Kleider?«, fragte er dann.

»Ich hab dir ja gesagt, die waren vollkommen zerfetzt, da

habe ich sie weggeworfen. Du kannst meine alten haben, die du jetzt trägst, und dein Mantel hängt im Schrank.«

Alexej holte den Mantel. Das schwere Teil hatte einen langen Riss auf der Vorderseite, der sorgfältig genäht worden war.

»Wie kann ich dir danken?«

Konstantin wickelte sich fest in seine Decken. »Da ist Brot und ein bisschen kaltes Schweinefleisch im …«

»Nein. Aber danke. Du hast schon mehr als genug für mich getan.«

»Geld kann ich dir keins geben.«

»Ich brauche nur ein Messer.«

Ein kurzes Kopfnicken in Richtung Schrank. Alexej suchte sich das schärfste Messer mit der dünnsten Klinge aus, ging dann auf seinen Retter zu und streckte die Hand aus, um sich von ihm zu verabschieden.

»Ich danke dir, Konstantin. *Spassibo*. Du bist mir ein wahrer Freund gewesen.« Irgendwie verspürte er das Bedürfnis, mehr zu sagen als nur *spassibo*. »Ich bin dir dankbarer, als ich es ausdrücken kann …«

»Aber nicht dankbar genug, wie es scheint.« Die blauen Augen schlossen sich. »Geh einfach.«

Alexej bückte sich, drückte seine Schulter und ging.

Popkow beschimpfte sie. Für Lydia war es wie ein Schock.

Er schimpfte in dem Moment los, als sie in Felanka aus dem Zug stieg. Sie lief auf dem vereisten Bahnsteig auf ihn zu, doch er stand nur einfach da, ohne sich zu bewegen, und schrie ihr die wüstesten Flüche entgegen. Riesengroß und breit ragte er vor ihr auf, wie ein Bär auf den Hinterpfoten, mit so finsterem, bedrohlichem Blick, dass die anderen Fahrgäste auf dem Bahnsteig einen Bogen um ihn machten. Er hatte keine Mütze auf, seine fettigen Locken standen in allen Richtungen ab, und seine schwarze Augenklappe hing schief, weil er sie in seiner Wut verschoben hatte.

Wie viele Male hatte er hier auf sie gewartet?

Wie viele Züge hatte er einfahren sehen?

Und wie viele Stunden hatte er vergeblich gewartet, in Schnee und Regen?

»Liew«, rief sie und fing an zu laufen. Ihr Mantel wickelte sich um ihre Beine.

Der Kosak zog seine buschigen Augenbrauen fester zusammen und schaute sie noch finsterer an, als wäre er jeden Moment dazu bereit, jemanden umzubringen, und als sie näher kam, hörte sie seine zornigen Worte, die sich wie ein Feuerschwall in die eisige Luft ergossen.

»Verdammt noch mal, *suka*! Wo bist du gewesen? Warum, zum Teufel, bist du ohne mich gefahren? Wieso? Du blöde kleine Schlampe, du könntest irgendwo am Straßenrand in der Scheiße liegen, oder …«

»Psst«, murmelte sie und blieb ganz still vor ihm stehen. »Pst.« Sie schaute mit einem breiten, liebevollen Lächeln zu ihm auf.

Sein gesundes Auge funkelte sie an. »Verdammt noch mal«, sagte er.

»Ich weiß.«

»Geh zum Teufel.«

»Das werde ich wahrscheinlich auch.«

»Dummes Ding.« Seine große Pranke legte sich auf ihre Schulter, drückte sie.

Beschimpft hatte er sie noch nie. Nie. So schlimm war es also für ihn gewesen.

»Tut mir leid«, sagte sie, und ihre Worte gingen fast in dem lauten Dampfstoß der Lok unter.

Sie schlang die Arme so weit um seine Brust, wie es eben ging, und drückte die Wange an seinen stinkenden Mantel. Seine Bartstoppeln kitzelten sie an der Stirn, als er sie auf den Kopf küsste. Er schlang ebenfalls seine gewaltigen Arme um sie und drückte ihren zarten Körper so fest gegen seine Rippen, bis sie kaum mehr atmen konnte. Sie hörte ihn schlucken, wieder und wieder.

»Lass ihn auf der Stelle los«, sagte eine Frauenstimme glucksend direkt hinter Lydia. »Finger weg. Der Kosak hier gehört mir.«

Es war Elena.

Alexej schob die Klinge seines Messers unter den Absatz seines Stiefels und drehte sie. Nichts geschah.

Tschort! Verdammt, er war sogar zu schwach, um den Absatz von seinem Stiefel zu entfernen. Er legte das Messer beiseite und ließ sich mit einem wohligen Seufzer auf das regennasse Gras sinken, ohne auf die feuchte Kälte zu achten, die in seinen Mantel kroch. Seit er das Schiff verlassen hatte, war er in Richtung Norden durch das flache Land unterwegs, immer am Fluss entlang. Stunde um Stunde hatte er seine Beine dazu gezwungen zu marschieren. Erst jetzt gestattete er sich eine Pause.

Er war schweißgebadet, trotz des beißenden Windes, der über die Wasseroberfläche pfiff. Kleine Eispartikel in der Luft prickelten wie Nadeln auf seiner Haut. Sein Mund war trocken wie Sand, seine Hände zitterten. Vor ihm war ein Dorf zu sehen, Rauch kräuselte sich aus den Schornsteinen der kleinen Holzhäuschen, und der Geruch nach gebratenem Fleisch hing in der Luft. Er brauchte Geld. Ohne würde er nicht weit kommen, und das war genau der Grund, warum er jetzt mit dem Messer in seinem Stiefelabsatz herumstocherte, um ihn zu entfernen.

Ein grauer Himmel wölbte sich über ihm, während er die Wange auf das Gras drückte, um das Feuer zu kühlen, das unter seiner Haut wütete. *O Lydia. Verdammt, warte einfach auf mich. Sei geduldig. Ich komme zurück. Das verspreche ich.* Plötzlich überkam ihn abermals eine Welle der Scham. Er hatte sie im Stich gelassen. Er richtete sich wieder auf und begann erneut, sich an dem Stiefel zu schaffen zu machen. Seinen Geldgürtel hatte er an diesen Scheißkerl in Felanka verloren, doch in jedem Absatz seiner Stiefel lag ein aufgerolltes Bündel weißer Rubelnoten. Vielleicht nicht viel, aber genug, um damit nach Felanka zu kommen, und auch nach …

Mit einem Knacken löste sich der Absatz und hing nur noch an einem einzigen Schusternagel. In dem Hohlraum, den er absichtlich dafür geschaffen hatte, lag nichts. Er war leer. Alexej starrte fassungslos darauf. Schüttelte heftig den Stiefel, als hoffte er, das Geld würde an einer anderen Stelle herausfallen. Rasch griff er nach dem zweiten Stiefel, riss mit einer heftigen Handbewegung den Absatz ab und schleuderte ihn ins Gras. Auch leer. Diesmal machte er sich nicht einmal die Mühe, ihn zu schütteln.

Kalte Verzweiflung bohrte sich in seinen Unterleib. Er versuchte, vernünftig zu denken. *Der Mantel?* Er schälte sich heraus, stieß mit dem Messer in den Saum, in den Kragen, in die Ärmel. Alles leer. Alles weg. Keine Rubel, keine Silberdollar. Keine Hoffnung, seinem Vater die Freiheit zu erkaufen.

Er beugte sich zur Seite und erbrach den Fisch vom vorigen Abend ins Gras.

»O Konstantin, du verdammter Scheißkerl, du verfluchter Dieb. Du …«

Wut verschlug ihm die Sprache. Er wusste, es war vorbei. Er hob das Messer. Ohne einen Moment zu zögern, stieß er das Messer durch den Stoff seiner Hose in die Stelle an seinem Bein, an seinem Oberschenkel, wo sich bereits eine grobe Narbe befand. Ein Schwall Blut ergoss sich über den bleichen Muskel und tropfte ins Gras. Mit der Messerspitze pulte er etwas Kleines und Hartes aus der Wunde. Es war mit Blut bedeckt, doch als er es in den Mund nahm und wieder herausholte, war es sauber und glitzerte. Ein Diamant. Zu klein, um allzu viel wert zu sein. Selbst in einem solchen Kaff wie dem hier. Doch hoffentlich genug, um ihn nach Felanka zu bringen.

Es war das Letzte, was er besaß. Danach hatte er nichts mehr.

Er riss einen Streifen von dem Verband um seinen Bauch ab und verknotete ihn um seinen Oberschenkel. Die Wunde blutete noch, doch Alexej achtete gar nicht darauf. Ihm war der Schmerz willkommen, der mit jedem Schritt durch die Wunde fuhr. Er überdeckte jenen anderen Schmerz in seiner Brust, der ihn zu ersticken drohte, während er humpelnd auf das Dorf zuging.

»1908?«

»Ja, das stand da. Die Steine waren so gelegt, dass sie dieses Wort und diese Zahl bildeten. *Njet* und *1908.*« Lydia zog die Stirn in Falten und wandte sich an Elena. »Ich verstehe nicht, was es bedeutet. Was ist 1908 geschehen?«

Während der ganzen Rückreise hatte sie sich das Hirn zermartert, was die Nummer wohl bedeutete. *1908.* Doch wie gründlich sie auch ihr Wissen über russische Geschichte durchforstete, es wollte ihr nichts einfallen, was auch nur den geringsten Sinn ergab.

»1908?«, fragte Elena wieder. »Bist du sicher, es war nicht 1905? Das war damals der Auftakt der Revolution in St. Petersburg, mit dem sogenannten Blutsonntag. Vielleicht will er dir damit sagen, dass er in St. Petersburg ist?«

»Nein, es war definitiv eine Acht, keine Fünf. Da bin ich mir sicher. 1908.«

Sie waren bei einer Bude am Straßenrand stehen geblieben, die heiße *piroschki* verkaufte. Lydia streckte die verfrorenen Hände nach der Kohlenpfanne aus, um sich aufzuwärmen, und ließ dabei Popkows Rücken nicht aus den Augen, während sie darauf warteten, dass die kleinen Teigtaschen fertig wurden. Seit sie den Bahnhof verlassen hatte, hatte er kein Wort mehr mit ihr gesprochen. Sie stampfte mit dem Fuß auf den Boden, gereizt wegen seines Schweigens, aber auch weil sie sich keinen Reim auf die Nachricht aus dem Lager machen konnte. Sie rieb sich die behandschuhten Hände, die von der Kälte ganz taub waren, und wandte sich an Elena. »Die Katastrophe von Tunguska, das war doch 1908, oder? Als dieser Komet über Sibirien explodiert ist.«

»*Da*, aber da sehe ich keine Verbindung.«

»Ich auch nicht, außer, dass damals Millionen von Bäumen gefällt wurden, genau wie die Gefangenen es jetzt machen.« Sie schaute die ältere Frau hoffnungsvoll an. »Ich dachte, vielleicht fällt dir noch was ein.«

Elena schüttelte bedauernd den Kopf. »Trotzdem muss es offensichtlich sein, sonst hätte man dir diese Botschaft nicht hinterlassen. Fällt dir irgendeine Verbindung zu dir selbst ein?«

»Nein, das war vier Jahre bevor ich geboren wurde.«

»Und deine Eltern?«

»Die waren damals nicht verheiratet, aber sie lebten beide in St. Petersburg. Denkst du, es bezieht sich auf etwas, das in jenem Jahr in St. Petersburg passiert ist?«

»Was zum Beispiel?«

Sie schauten sich ratlos an und schüttelten den Kopf.

Popkow nahm einen Bissen von seiner Pirogge und blies den beiden Frauen heiße Luft entgegen, als er ihnen jeweils eine der Teigtaschen hinhielt.

»Das ist kein Datum«, brummte er und wandte sich dem Verkäufer zu, um weitere Piroggen zu bestellen.

»Wie bitte?«, fragte Lydia.

»Wie ich gesagt habe.«

Sie tätschelte ihm den Rücken. »Was meinst du damit, es ist kein Datum?«

Er schaufelte sich eine weitere Teigtasche in den Mund. Wie schaffte er das bloß, ohne sich die Zunge zu verbrennen?

»Woher weißt du, dass es keine Jahreszahl ist?«

Popkow fuhr unbeholfen herum, und sie spürte, dass er

immer noch wütend auf sie war. Sein Zorn knisterte in seinen Kleidern und nistete in seinem struppigen Bart. Sie hätte ihm gerne gesagt, dass es ihr leidtat, hätte ihm gerne versprochen, dass sie nicht mehr ausbüxen würde. Doch das konnte sie nicht.

»Sag's mir, Liew«, bettelte sie. »Wenn 1908 keine Jahreszahl ist, was ist es dann?«

Er starrte sie finster an. »Wenn die Wachen im Gefängnis besoffen sind, plaudern sie so manches aus. Ich hab von ihnen von einigen Plätzen gehört, die so geheim sind, dass die Behörden ihnen nicht mal Namen geben, sondern nur Nummern. 1908 ist einer davon. Ich hab schon davon gehört.«

»Und was ist es?«

»Ein geheimes Gefängnis.«

»Ein geheimes Gefängnis?« Lydias Gesichtszüge erstarrten.

»*Da*. Ich hab keine Ahnung, wo es ist, nur dass es irgendwo in Moskau liegt.«

Lydia packte ihn am Revers seines Mantels und drückte ihn an sich. »Dann werden wir dorthin fahren. Nach Moskau.«

ACHTZEHN

Das Schweigen. Die Stille. Die Eintönigkeit. Sie berauben dich. Stehlen dir dein Selbstwertgefühl.

In einem von mehreren hell erleuchteten Kellerräumen tief unter den Straßen von Moskau beugte sich ein großer Mann über einen Stapel Zeichnungen, die über seinem Schreibtisch verstreut waren, und fragte sich einen Moment lang, ob er tot oder lebendig war. Manchmal konnte er es nicht sagen.

Woche für Woche verging, und kaum ein Tag unterschied sich vom anderen. Das elektrische Licht wurde nie ausgeschaltet, und Dunkelheit war zu einem Luxus geworden, nach dem er sich sehnte. Er arbeitete, wann immer er es wollte, wann immer er die Konzentration dazu aufbrachte, ohne auf die Zeit oder an seine Umgebung zu denken. War es jetzt zum Beispiel Tag oder Nacht? Er hatte keine Ahnung. Er ließ den Messschieber aus seiner Hand fallen, der klappernd auf der Holzplatte des Schreibtisches landete, nur um ein Geräusch zu hören, das anders war als das Rauschen des Wassers in den heißen Wasserrohren, die sich an der Wand entlangzogen.

Er stützte das Kinn auf. Was machten andere Menschen? Aßen sie? Sangen sie? Oder, was am besten wäre, redeten sie? Er gestattete sich den Gedanken an die Welt über seinem Kopf, malte sich eine Stadt aus, in der der Schnee auf goldene Kirchenkuppeln fiel. In der die Geräusche gedämpft waren und es das leise Quietschen von gefetteten Kufen und die hoffnungsvollen Rufe von Straßenjungen gab, die Feuerholz feilboten und auf Schlitten durch die Straßen zogen.

Moskau war voller Leben. Es lebte, und es lachte. Er konnte den Teig in den Öfen riechen und die saure Sahne auf seiner Zunge schmecken, doch nur in seinen Träumen. In seinen wachen Stunden gab es nichts anderes als Schweigen, Stille und Eintönigkeit.

»Also hast du eine Tochter?«

Jens Friis gab keine Antwort. Er spitzte gerade einen Bleistift, als der Wärter mit seinen Schlüsseln rasselte, die schwere Gefängnistür aufschloss und mit einem Grinsen den Arbeitsraum betrat. Es war der Dicke, Poliakow. Der war nicht so schlimm. Besser als einige andere von den Scheißkerlen. Und dieser hier redete gern, obwohl er das nur tat, um die Gefangenen zum Reden zu bringen und sie hinter ihrem sorgfältig errichteten Schutzschild hervorzulocken. Jens machte das nichts aus. Er hatte großes Geschick darin entwickelt, die kleinen Sticheleien zu ignorieren und mit Kommentaren zu antworten, mit denen es ihm manchmal sogar gelang, seinen Wärter zu einem Gespräch herauszufordern.

Aber nun das. *Also hast du eine Tochter.* Das war etwas anderes.

Er lehnte sich auf seinem Sitz zurück, einem gepolsterten Lehnstuhl, in dem er meistens seine Denkarbeit verrichtete, und ließ sich seine Überraschung nicht anmerken.

»Wie meinst du das, Poliakow?«

»Deine Tochter.«

»Da hast du was falsch verstanden. Ich habe keine Familie. Die sind alle während des Terrors 1917 verschollen.«

Der Wärter lehnte sich gegen den Türrahmen. Das Hemd spannte über seinem Bauch, und die runden, braunen Augen blickten amüsiert. Das war ein schlechtes Zeichen.

»Keine Tochter?«

»*Njet*«, wiederholte Jens.

»Bist du sicher?«

»Ja.« Doch das Herz blieb ihm fast stehen.

Poliakow zog eine Zigarette aus der Tasche, zündete sie mit einem Streichholz an, das er dann auf den Boden fallen ließ, und nahm einen tiefen Zug, bevor er ein verschwörerisches Lächeln aufsetzte. »Was bringt das schon, mich anzulügen, Friis? Ich dachte, ich wäre dein Freund.«

Wenigstens wurden sie hier bei ihrem richtigen Namen genannt. Im Lager waren sie nur anonyme Nummern gewesen. Jens tat die Worte des Wärters als weiteren Versuch ab, ihn zu provozieren, und beschloss, nicht nach dem Köder zu schnappen.

»Besteht Aussicht auf eine Zigarette?«, fragte er stattdessen.

»Ich sag dir was, Friis, du wirst begeistert sein, das hier zu hören. Offenbar ist deine Tochter in deinem letzten Lager aufgetaucht. Jetzt guck nicht so schockiert. Sie sucht am falschen Ort nach dir, Tausende von Meilen von hier. Ist das nicht lustig?« Zuerst gluckste Poliakow nur vor Vergnügen, doch als er den Gesichtsausdruck seines Gefangenen sah, brach er in Gelächter aus. »Welche Chance hat denn die Kleine, dich hier aufzuspüren?«

Welche Chance?

Jens wäre ihm am liebsten an die Gurgel gesprungen und hätte ihm seinen fetten Hals umgedreht. Er stand abrupt auf, und in dem Moment stand vor seinem inneren Auge plötzlich eine rote Lockenmähne. Ein anmutiges, herzförmiges Gesicht. Ein schelmisches Grinsen, das sein Herz in tausend Scherben zerspringen ließ. Lydia? *Bist du das? Meine Lydia?*

Konnte das wirklich sie sein?

Ihm brach der Schweiß aus. War seine Tochter am Leben? Nach all den Jahren, in denen er sie tot geglaubt hatte. Und seine Frau?

O lieber Gott, lass meine wunderschöne Valentina noch am Leben sein. Und meine kleine Lydia auch … Fast entrang sich ein Schluchzen seiner Kehle.

Zwölf karge, lange Jahre hatte er ohne sie gelebt, selbst ohne die Erinnerung an die beiden Menschen, die er auf der Welt am meisten liebte. Denn auch nur an sie zu denken, an ihr Lächeln und ihre glockenhellen Stimmen, hätte ihn zerstört. Und so hatte er zwölf einsame Jahre lang ohne Liebe und ohne Hoffnung gelebt. Erst als Poliakow so hinterhältig gesagt hatte: *Sie sucht nach dir*, war in ihm die Erinnerung an den Moment zurückgekehrt, als er sie verloren hatte.

Er sah noch einmal die Eiswüste Sibiriens vor sich, weiß und eintönig. Den grauen, mit Eis überzogenen Holzboden der Viehwagons, dicht bepackt mit Angst und Wut, während der Zug mit seiner Fracht aus fliehenden Weißrussen auf der Suche nach Freiheit durch Russland ratterte. Valentinas Atem auf seiner Wange, das Gewicht ihres schlafenden Kindes in seinen Armen. Dann kamen die Gewehre, die Männer zu Pferde, mit Hass in den Augen, die Schreie der Frauen und Kinder, als sie von den Bolschewiken aus dem Zug gerissen wurden. Kurz blitzten das Bild des Kommandanten der Roten Armee und sein erbarmungsloser Blick in ihm auf, als man die Männer zusammentrieb und wegbrachte, um sie zu erschießen. Valentinas riesige Augen, von Schmerz und Verzweiflung verzerrt. Lydias dünner, durchdringender Schrei. Und der Schrecken, der sich um sie herum ausbreitete.

»Valentina?«, flüsterte er.

»Wer, zum Teufel, ist Valentina?«, fragte Poliakow barsch.

Auf einmal hasste Jens diesen Wärter und verachtete ihn dafür, dass er diese Hoffnung in seinem Leben entfacht hatte. Die Hoffnung war tot. Es war schon lange her, dass er sie niedergemetzelt hatte wie ein vielköpfiges Ungeheuer, diese Hoffnung, denn sie hätte das Leben im Gefängnis unerträglich gemacht. Doch jetzt war sie von den Toten auferstanden, um ihn zu quälen. Der Bleistift in seiner Hand zerbrach.

NEUNZEHN

Sie ist nicht da.«

»Wann ist sie weg?«, fragte Alexej.

»Vor einer Weile.«

»Eine Woche? Ein Monat? Länger?«

Die Frau am Empfang schüttelte abweisend den Kopf. Es war eine stämmige Genossin, die ihre Arbeit ernst nahm. »Ich merke mir nicht alles, was die Leute machen, weißt du.«

Darauf würde ich nicht wetten. Ich schätze, genau das ist deine Aufgabe hier.

Doch sie würde ihm nicht mitteilen, was sie wusste. Und er konnte es ihr nicht verdenken. Er sah furchtbar aus und wirkte mit seiner schmutzigen Kleidung und dem unrasierten Gesicht nicht gerade Vertrauen erweckend.

»Ich bin ihr Bruder.«

»Und?«

»Ich wurde woanders aufgehalten. Ich dachte, sie sei immer noch hier in Felanka.«

»Na ja, ist sie nicht.«

»Hat sie denn etwas hinterlassen? Eine Nachricht vielleicht?«

»*Njet.*«

Alexej legte die Ellbogen auf den Tresen und beugte sich weit zu ihr hinüber. Er lächelte, aber es war kein freundliches Lächeln. »Ich glaube schon, dass sie was hinterlassen hat«, sagte er tonlos.

Die Frau zögerte kurz. »Ich schau mal nach.«

Sie trat von dem Tresen zurück und förderte nach betont

langem Wühlen in der Schublade schließlich tatsächlich einen Umschlag zu Tage. Darauf stand in großen, geschwungenen Buchstaben sein Name, Alexej Serow. Ihm wurde bewusst, dass er noch nie die Handschrift seiner Schwester gesehen hatte, obwohl sie doch schon so lange zusammen auf Reisen waren. Und die Schrift überraschte ihn. Es war eine kühne Schrift – doch das hätte er sich auch vorher schon denken können. Womit er nicht gerechnet hatte, war die Weichheit dieser Schrift, die unsicheren Endungen der Wörter und die Sorgfalt, mit der sie das große S malte. *Ach, Lydia. Wo, zum Teufel, bist du? Warum hast du nicht gewartet?*

Er befürchtete, sie könnte zum Lager gefahren und festgenommen worden sein.

»Und der Mann, mit dem sie zusammen war? Der Große …«

»Ich erinnere mich an ihn.« Zum ersten Mal lächelte die Frau, was sie fast hübsch machte. »Er ist auch weg. Sie sind zusammen weg.«

Ihr Gedächtnis schien besser zu werden, weshalb er es noch einmal versuchte. »Ich hab noch eine Tasche in meinem Zimmer. Ist die …«

»Alle Besitztümer, die im Zimmer zurückbleiben, werden drei Tage aufbewahrt und dann zur Begleichung der ausstehenden Zimmermiete verkauft.«

»Aber ich bin mir sicher, meine Schwester wäre für alles aufgekommen.«

Die Frau zuckte gleichgültig mit den Achseln. Die Sache begann sie offenbar zu langweilen.

»Danke«, sagte er höflich und lächelte sie an.

»Gern geschehen.«

»Könntest du vielleicht nachschauen, ob meine Tasche nicht doch irgendwo herumliegt?« Er sagte es recht freundlich, aber ein Blick in seine Augen brachte sie ins Zögern, und sie schüttelte den Kopf. Sie ging zu einem finsteren Kabuff, verschwand für mehr als eine Minute, kehrte jedoch mit leeren Händen zurück.

»*Njet*«, sagte sie. »*Nitschewo*. Nichts.«

»Danke, Genossin. Für deine Hilfe.«

Mein lieber Alexej,
ich schreibe Dir dies in der Hoffnung, dass Du nach Felanka zurückkehrst. Ich möchte, dass Du dann diesen Brief vorfindest. Ich hab auf Dich gewartet, Alexej. Drei ganze Wochen – ohne eine Nachricht. Aber du kamst nicht zurück. Wo bist Du? Ich schwanke zwischen großer Sorge und Wut auf Dich, weil Du mich im Stich gelassen hast. Ist es Dir denn egal, dass Du mir wehtust?

Und nun zu praktischen Dingen:

1. *Ich lege Dir etwas Geld bei. Falls du in Schwierigkeiten bist.*
2. *Deine Tasche ist nicht in Deinem Zimmer. Also muss ich davon ausgehen, dass Du geplant hattest wegzufahren. Popkow hat die Schänken abgeklappert, um etwas über Deinen Verbleib zu erfahren, aber keiner konnte ihm etwas sagen. Vielleicht weiß auch niemand was.*
3. *Und jetzt kommt die wichtigste Neuigkeit: Ich fahre nach Moskau. Mit Popkow und Elena. Bei Elena bin ich mir nicht so sicher, warum sie uns begleitet, aber mein geliebter Bär und sie scheinen einen Narren aneinander gefressen zu haben.*
4. *Warum Moskau? Papa ist dort. Denk doch mal, Alexej. Papa ist in Moskau, nicht in einer Kohlemine. Ich könnte weinen vor Freude. Man hat mir eine Nummer zugespielt – 1908. Ich dachte, es sei eine Jahreszahl, aber das ist es nicht. Popkow hat mir erklärt, das sei ein Geheimgefängnis in Moskau. Ich danke Gott für Popkow.*

Heute fahren wir mit dem Zug los. Ich wünschte, Du wärst bei uns. Pass gut auch Dich auf, mein einziger Bruder. Wenn Du diesen Brief findest und beschließt, nach Moskau zu kommen, triff mich zur Mittagszeit vor der Christ-Erlöser-Kathedrale. Ich werde dort jeden Tag auf Dich warten.

Es grüßt Deine Schwester in Liebe – und in Wut.

Lydia

Es lag kein Geld in dem Brief. Natürlich nicht. Die Portiers in Hotels waren Experten darin, versiegelte Briefe unter Dampf zu öffnen. Das war in Sowjetrussland ebenso bekannt wie die Farbe des Schnees – jeder wusste es, jeder hielt es für selbstverständlich. Anscheinend jeder bis auf Lydia.

Das Geld war weg, und er hatte keine Möglichkeit, zu beweisen, dass es jemals dort gewesen war. Aber das sollte seine geringste Sorge sein. Er saß allein auf einer eisernen Bank in dem verlassenen Park und trank seinen letzten Rest Wodka. Die Flüssigkeit sollte den Kloß wegbrennen, der irgendwo in seiner Kehle steckte.

Mein geliebter Bär.

Ich danke Gott für Popkow.

Das hatte sie geschrieben.

Zum Teufel mit dem blöden Kosaken. Dieser Hurensohn musste doch dermaßen zufrieden mit sich selbst sein. Bloß weil er Bediensteter auf dem Gut ihres Großvaters gewesen war und diese hündische Ergebenheit auf Lydia übertragen hatte, gab ihm das nicht das Recht, jetzt einfach die Führung zu übernehmen und sie zu irgendeinem gefährlichen Unternehmen nach Moskau abzuschleppen. Natürlich war Jens Friis nicht dort. Es war nur eine schreckliche Verschwendung ihrer Zeit und Ressourcen. Und das Dilemma war – sollte er hier in Felanka bleiben und auf ihre unweigerliche Rückkehr warten? Oder sollte er ihnen hinterherreisen und sie zurückbringen?

Ist es Dir denn egal, dass Du mir wehtust?

Es ist mir nicht egal, kleine Schwester. Es ist mir überhaupt nicht egal.

Es war das Haar, das für ihn den Ausschlag gab. Wie es gleich einer glänzenden Flut über ihre Schultern hing, bis auf eine Hand voll Haar, das mit Nadeln zu einem kunstvollen Nest hochgesteckt war. Alexej erkannte es sofort wieder, obwohl er einen Moment lang nicht mehr wusste, wer die Frau war.

Es war Nachmittag und ein grauer Tag. Grau wie Eisen, sagte er sich mit einem ironischen Lächeln, passend für eine Stadt des Eisens. Er ging die Hauptstraße von Felanka entlang, wobei er größere Gebäude mied und den Schneehaufen aus dem Weg ging, die sich am Straßenrand türmten. Sein Ziel war das schlechtere Viertel der Stadt, wo die Straßenhändler billige Ware feilboten. Er war müde. Erschöpft und hungrig. Seit zwei Tagen hatte er fast nichts gegessen, weil er versuchte, sich die paar Rubel aufzusparen, die tief in seiner Tasche verborgen waren.

Genau auf diesem Weg erblickte er das Haar der Frau, und den silbrigen Pelzmantel, der beim Gehen hin- und herschwang. Sie stand an der Bordsteinkante und versuchte, die viel befahrene Straße an einem der Punkte zu überqueren, wo man zur Bequemlichkeit der Fußgänger den Schnee beiseitegeräumt hatte. Während sie nach rechts und links schaute, um den Verkehr abzuschätzen, trafen sich ihre Blicke einen flüchtigen Moment lang.

Er konnte nicht mehr klar denken. Die Infektionsherde in seinem Körper und das Fieber hatten ihren Tribut gefordert, und seine Reaktionen waren langsam. Hätte er etwas zu essen gehabt, etwas, das ihm die Kraft gegeben hätte, wieder einen klaren Kopf zu bekommen, dann wäre vielleicht das, was folgte, ganz anders ausgegangen. Die Frau sah zu ihm herüber, trat dann von der Bordsteinkante weg und kam auf dem gefrorenen Bürgersteig direkt auf ihn zu, so zielstrebig, dass er wusste, sie wollte etwas von ihm.

»Na, du siehst ja schlimm aus«, sagte sie.

Das war nicht ganz die Begrüßung, mit der er gerechnet

hatte. Ohne ein Lächeln schaute sie ihn von oben bis unten an, und erst in diesem Augenblick fiel ihm wieder ein, zu wem das dunkle Haar gehörte. Zu der Frau des Lagerkommandanten.

»*Dobry den*, guten Tag«, erwiderte Alexej. »Es überrascht mich, dass du mich wiedererkennst.« Er fuhr sich mit der Hand durch den wuchernden Bart. »Du hingegen«, fügte er galant hinzu, »bist unvergesslich.«

»Keine Lügen, bitte. Zuerst wusstest du überhaupt nicht, wo du mich hinstecken solltest.«

»Ich muss mich entschuldigen. Ich war krank.«

»Das sieht man.«

»Du dagegen siehst eleganter aus als je zuvor.«

»Ich war gerade beim Friseur. Gefällt es dir?« Sie tätschelte die aufgesteckten Locken und verzog die geschwungenen Lippen zu einem Lächeln, das um Bestätigung heischte.

»Sieht wundervoll aus.« Er wies vage die Straße hoch. »Besonders hier. Du bringst Farbe in die Gegend.« Er musterte ihr sorgfältig geschminktes Gesicht mit den schmalen Wangenknochen und den tief liegenden Augen, die sich irgendwie zu verbergen schienen. »Du bringst Stil in die Straßen von Felanka.«

Sie lachte, doch es war ein einstudiertes Lachen, mit dem sie keinen von ihnen täuschen konnte. Alexej schätzte, sie war etwa fünf Jahre älter als er, wahrscheinlich Anfang dreißig, aber an ihr war etwas Zerbrechliches, das so gar nicht zu dem Illustriertenlächeln und dem selbstbewussten Gang passen wollte. Rasch steckte er die Hand in die Tasche und befühlte das armselige Bündel Rubel, das ihm noch geblieben war.

»Genossin«, sagte er. »Es wäre mir eine Ehre, dir etwas zu trinken zu spendieren.«

»Ich suche nach dem Mädchen, mit dem du in Seljansk zusammen warst.«

»Sie ist weg«, sagte Alexej.

»Scheint so.«

»Warum das Interesse an ihr?«

»Sie hat mich um etwas gebeten. Das ist jetzt schon das dritte Mal, dass ich versucht habe, sie zu finden, aber sie ist«, sie wedelte mit den Fingern, als wollte sie eine Rauchwolke verscheuchen, »wie vom Erdboden verschwunden.«

»Ich bin ihr Bruder. Du kannst es mir sagen, und ich gebe es an sie weiter, wenn wir ...«

»Also ist sie nicht deine Geliebte?«

»Njet.«

Die Frage brachte ihn aus dem Konzept. Ebenso wie der Ort, an dem sie sich aufhielten, das Leninsky Hotel. Es war luxuriöser, als er erwartet hatte, und ganz gewiss überschritt es seine finanziellen Mittel. Allerdings war es auch nicht gerade zur Benutzung durch die Arbeiterklasse konzipiert worden. Als Erstes empfing den Gast ein geräumiges Foyer mit Stuckverzierungen an den hohen Wänden und gemütlichen Sofas, die mit Seidenbrokat bezogen waren und sich auch im Leningrad seiner Jugend nicht hätten zu verstecken brauchen. Tausendfach brach sich das Licht in den goldgerahmten Spiegeln an den Wänden, und Alexej erschrak, als er sich zum ersten Mal seit Langem wieder im Spiegel erblickte. Er sah furchtbar aus, noch schlimmer, als er befürchtet hatte. Der Concierge hätte ihn nicht einmal eintreten lassen wollen, wäre nicht Antonina bei ihm gewesen.

»Mach nicht so einen Aufstand, Wladimir«, hatte sie gestrahlt und ihm mit einem Wedeln ihrer Hand zum Verstummen gebracht. »Bring uns Tee ... und zwei Brandys«, befahl sie und rauschte in den Salon.

Alexej war sich schmerzlich seines ungepflegten Äußeren bewusst. Angewidert blickte er auf die Trauerränder unter seinen Fingernägeln hinab. Warum hatte sie ihn hierhergebracht? Er blickte sich um. In einer Ecke hockte ein einsamer Pfeifenraucher, über einen Stapel ockergelber Mappen gebeugt, und weiter drüben saß ein Grüppchen elegant gekleideter Frauen, die an ihrem Tee nippten und mit unverhohlener Neugier zu Alexej blickten. Antonina winkte ihnen zu, sagte jedoch nichts. Ganz am anderen Ende des Salons, neben einer kleinen Tanzfläche, saß ein älterer Mann mit eindrucksvollem Walrossschnurrbart an einem Flügel und spielte, ganz in seiner eigenen Welt versunken. Es waren traurige Weisen, die Alexej nicht kannte und die von einer Melancholie erfüllt waren, die seiner Stimmung entsprach.

»Entspann dich.« Ihre Augen blickten ernst.

»Bringst du öfter Männer her?«

Sie zog die Stirn in Falten. »Natürlich nicht. Sei nicht beleidigend. Aber ich kann hier anschreiben lassen, wenn ich in der Stadt bin. Schließlich ist mein Mann hier von großem Einfluss, wie du dich vielleicht erinnerst.« Sie schenkte ihm ein träges Lächeln und wies auf ihr Brandyglas. »Mach dir also keine Sorgen deshalb. Möchtest du, dass ich dir noch eine Zigarre dazu bestelle?«

»Nein. Aber vielen Dank.«

Sie saßen einander gegenüber, mit einem niedrigen Tischchen zwischen sich, und er genoss es, sie zu betrachten. Es war lange her, dass er mit einer Frau alleine gewesen war. Lydia zählte nicht. Sie war seine Schwester, und außerdem war sie nur ein junges Mädchen. Am liebsten hätte er die Hand ausgestreckt und den seidigen Stoff des Kleides der Frau berührt, das taubengrau war und an den Hüften eng anlag. Mit seinen langen Ärmeln und dem hochgeschlossenen Kragen zeigte es nur wenig von ihr und hätte fast züchtig gewirkt, wäre es nicht so raffiniert geschnitten gewesen, denn es betonte die Schlankheit ihres Körpers und die üppige Fülle ihrer Brüste. Das Einzige, was ihm nicht gefiel, war, dass sie ihre Handschuhe anbehalten hatte, schöne, perlgraue Handschuhe aus Rehleder, denn er sah sich gerne Hände an. Sie sagten eine Menge über einen Menschen aus.

Er beugte sich vor und hob sein Brandyglas. »Möge uns das Glück hold sein und wir uns noch oft treffen«, lächelte er.

»Darauf trinke ich gerne.«

Er schmeckte die goldene Flüssigkeit, erinnerte sich an andere Brandys, die er auf eleganten Terrassen und in anderen Rauchsalons der Gesellschaft genossen hatte. Und was war aus ihm geworden? Ein Hungerleider in geschenkten Kleidern. Wie absurd kam ihm das alles vor! Er schnaubte vor sich hin.

»Worüber lachst du?«, fragte sie.

»Über die seltsamen Dinge, die einem im Leben passieren. Man weiß nie, was – oder wer – einem als Nächstes über den Weg läuft.«

Sie lächelte, und zum ersten Mal verlor ihr Blick etwas von seinem Argwohn. »Ist es nicht genau das, was es spannend macht?«

»Nein, nicht für mich. Ich bin lieber vorbereitet, und dafür braucht man Informationen.«

»Aha. Verstehe. Du willst etwas von mir.«

Er lehnte sich zurück und lachte leise. »So wie du auch etwas von mir willst.«

Sie reagierte nicht, sondern schien nur ihren Blick aus tief liegenden Augen zu schärfen.

Abrupt leerte Alexej sein Glas und stand auf. »Komm«, sagte er und streckte ihr die Hand hin. »Tanz mit mir.« Ihre Augen weiteten sich vor Überraschung, und ihr Blick wanderte zu seiner schmutzigen Kleidung.

»Mach dir keine Gedanken«, sagte er. »Ich werde dich schon nicht kontaminieren.«

Sie wussten beide, dass *kontaminieren* ein sowjetisches Wort war. Subversive *kontaminierten* das Proletariat. Dissidenten *kontaminierten* ihre Familie und Freunde. Einen Moment lang dachte er, sie würde ihn zurückweisen, doch er täuschte sich. Sie war offenbar ein Mensch, der für eine Herausforderung zu haben war. Mit einem kurzen Seitenblick zu den anderen

Frauen im Salon erhob sie sich und ergriff seine Hand. Ihre behandschuhten Finger fühlten sich warm an, als er sie zur Tanzfläche führte und in seine Arme nahm. Der Mann am Klavier schaute verblüfft drein und stimmte auf der Stelle einen Walzer an.

Alexej hielt sie nicht zu fest an sich gedrückt, aber nah genug. Er roch ihr würziges Parfüm und sah, wie sorgfältig sie sich darum bemüht hatte, die dunklen Ringe unter ihren Augen zu überschminken.

»Du stinkst«, sagte sie lächelnd.

»Tut mir leid«, erwiderte er und lachte.

»Ist schon in Ordnung. Es gefällt mir sogar. Du …«

»Pst«, murmelte er und zog sie enger an sich. Seine Hand lag ganz leicht auf ihrem Rücken, und er spürte den zarten Schwung jeder Rippe unter seinen Fingern. »Tanz.«

ZWANZIG

Alexej, warum fährst du wie ein Verrückter kreuz und quer durch Russland?« Antonina lag in den Kissen und rieb ihre Wange an seiner Schulter. »Was treibt dich dazu, etwas so Wahnsinniges zu tun?«

Alexej setzte sich auf und fluchte innerlich darüber, dass seine Verletzungen ihn immer noch bei jeder Bewegung behinderten. Er blieb auf der Kante sitzen, wobei seine Füße die Satinlaken streiften, die zerknüllt auf dem Boden lagen. Er drehte ihr den Rücken zu. Einen Augenblick später hörte er etwas rascheln, spürte, wie sich im Bett hinter ihm etwas regte und ihr behandschuhter Finger sanft über seinen Rücken strich, seinen nackten Rücken hinab vom Hals bis zum Gesäß. Ganz zart und bestimmt.

»Sag's mir, Alexej.«

Ihre Lippen fanden genau den Punkt unterhalb seiner Schulterblätter, wo unablässig ein Nerv pulsierte. Er legte den Kopf in den Nacken, so dass er sich an den ihren schmiegte, und sogleich schlang sie die Arme um ihn, drückte ihre nackten Brüste an seinen Rücken, und ihre Finger liebkosten behutsam die Narbe an seiner Seite. Eine Weile gab es nichts als die Stille und das Pulsieren ihrer beider Herzschläge.

»Ich bin geboren und aufgewachsen in Leningrad, obwohl es für mich immer noch St. Petersburg ist«, sagte er. »Der Mensch, von dem ich glaubte, er sei mein Vater, war Mitglied des dortigen Stadtrats und unterstand damit der Weisung der Duma oder des Zaren. Ich sah ihn kaum.« Er schwieg einen Moment und fügte dann nachdenklich hinzu: »Und ganz gewiss habe ich nie erfahren, was für ein Mann er eigentlich war.«

Einer ihrer Finger, die auf so seltsam reizvolle Weise immer noch in ihrer Hülle aus Rehleder steckten, während Antonina ansonsten nackt war, wanderte zu der Narbe an seinem Oberschenkel und begann sie genüsslich zu umkreisen, eine Zärtlichkeit, bei der ihm fast die Sinne schwanden.

»Meine Mutter«, fuhr er fort, »führte ein ausgeprägtes gesellschaftliches Leben, ging andauernd zu Bällen und Empfängen, und ich hatte einen Privatlehrer. Andere Kinder gab es nicht. Nur Erwachsene.«

»Ein einsames Leben für einen kleinen Jungen.«

»Bloß einen Mann gab es da. Ich kannte ihn nur als Onkel Jens, Jens Friis. Er kam jede Woche zu Besuch und zeigte mir, wie die Kindheit eines Jungen wirklich verlaufen sollte.«

»Du lächelst«, stellte sie fest, obwohl sie ihm gar nicht ins Gesicht sehen konnte. »Diesen Onkel Jens mag ich jetzt schon.« Sie streifte mit ihrem Haar seine Haut, und er spürte, wie erneut Lust in ihm aufwallte.

»Als ich zwölf war, nahm mich meine Mutter nach China mit.« Die Bolschewiken erwähnte er mit keinem Wort. »Doch kaum hatte sie erfahren, dass mein Vater im Bürgerkrieg gestorben war, heiratete sie in zweiter Ehe einen französischen Industriellen.«

»Sag bloß, du hast einmal in Paris gelebt. Ich werde gelb vor Neid. All die wunderschönen Kleider.«

»Nein, du frivoles Ding«, lachte er. »Wir blieben in China. Dort gibt es eine große russische Gemeinschaft, und sobald ich alt genug war, wurde ich Mitglied der Koordinationsdelegation, weil ich sowohl Russisch als auch Chinesisch sprach.«

Sie zog an einer Strähne seines fettigen Haares und sagte neckend: »Ach, dann ist ja unter all dem Dreck doch ein intelligentes Köpfchen versteckt.«

Er lachte wieder, und das fühlte sich gut an. Er hatte vergessen, wie gut es tat zu lachen. Er drehte sich um und schlang die Arme um ihren nackten Körper, küsste sie auf die Lippen und genoss ihre weiche, geschmeidige Erwiderung. Doch einen Moment später schob sie ihn von sich, ließ nur ihre Hand auf seiner Brust liegen.

»Und?«, wollte sie wissen. »Wie ist aus dem Verbindungsoffizier in China der heruntergekommene Landstreicher in diesem verschlafenen sowjetrussischen Städtchen geworden?«

Er streifte mit den Lippen die weiche Kurve ihrer Wangenknochen und fragte sich, wie viel von dem hier an irgendeine Stelle weitergegeben würde, aber er konnte einfach nicht den Mund halten.

»Das ist ganz simpel. Ich habe entdeckt, dass ich eine Halbschwester habe.« Er blickte tief in Antoninas dunkle, ernste Augen und wollte sie nicht anlügen, wollte die Schatten auf ihrem hübschen Gesicht nicht noch vertiefen. Dennoch tat er genau das. »Ich war das bürgerliche Leben satt. Zu der Zeit zog ich sowieso schon ernsthaft in Erwägung, endgültig nach Russland zurückzukehren.«

»Wieso?«

»Weil ich Teil dieser großen Sache sein wollte, die hier im Gange ist. Dass wir eine ganz neue Nation erschaffen, unsere Ideale verwirklichen und aus einer materialistischen Gesellschaft eine idealistische entstehen lassen.«

Sie ließ ihren schlanken Körper aus seinen Armen gleiten und legte sich auf das Kissen zurück, streckte die langen Beine aus und strich mit den behandschuhten Händen darüber, als gehörten sie jemand anderem. Da war etwas unbewusst Sinnliches an diesen langsamen, an ein Ritual gemahnenden Bewegungen.

»Und dann seid ihr zusammen hierhergekommen«, sagte sie, ohne ihn anzusehen. »Du und deine Lydia, um diesen Jens Friis zu finden.«

»Ja.«

»Er ist nicht mehr im Lager von Trowitsk, weißt du.«

»Bist du da sicher? War es das, was du Lydia sagen wolltest?«

»Ja.«

»Wo ist er dann jetzt?«

»Moskau.«

»Verdammt!«

Moskau. Dann hatte dieser verfluchte Kosak also Recht gehabt.

Sie schaute ihn ernst an. »Dann hast du ja die Information, die du haben wolltest. Wirst du mich jetzt verlassen?«

»Antonina«, sagte er neckend. »Wo sonst soll ich ein Bad und eine Rasur herkriegen? Natürlich bleibe ich.«

Sie lachte erfreut und fuhr mit der große Zehe seinen Arm hoch und durch seinen Bart.

Ihre Haut schmeckte nach Oliven. Nach warmem Sonnenlicht auf einem Glas gutem französischen Burgunder, nach einem Teller dicker, reifer Oliven. Sie schmeckte nach Zivilisation. Das war es, was Alexej vermisst hatte. Er war es bis tief in seine Seele leid, all das Grau und den Dreck und dieses Leben, das nur aufs Pragmatische reduziert war. Er wollte Oliven.

Er küsste Antoninas Hals und spürte das leise Pochen ihres Pulses, während er mit der Zunge die zarte Linie ihres Schlüsselbeines nachfuhr, hörte, wie sie erregt den Atem anhielt. Wie ein Kind, wenn es zum ersten Mal den Christbaum sieht. Auch sein Atem ging schneller, während er mit der Hand ganz gemächlich über ihren nackten Schenkel fuhr, ihre schmale Taille streichelte und mit den Fingerspitzen ihre Brüste und die Kuhle dazwischen erkundete. Sie stöhnte und murmelte etwas Unhörbares, schloss die Augen, öffnete die Lippen zu einem genießerischen Lächeln. Er berührte ihre Zähne mit der Zungenspitze.

»Ist das gefährlich?«, murmelte er.

»Natürlich ist es das. Deshalb bist du hier.«

»Und du?« Er küsste ihre Augenlider. »Bist du ebenfalls deshalb hier?«

»Ich bin hier, weil …«

Plötzlich war ihre Anspannung greifbar. Zögernd hob sie die Augenlider, und er konnte ihr in die Augen schauen. Sie waren dunkel und verwirrt. Ganz langsam füllten sie sich mit Tränen.

»O Antonina, was ist?«

Sanft nahm er sie in die Arme und wiegte sie an seiner Brust, während er in die Kissen zurücksank und ihren zitternden Körper an sich drückte. Er kannte diese Frau gar nicht, noch wusste er, was sie so quälte. Aber er wusste, dass er sie nicht gehen lassen wollte. Wäre er mit jemandem verheiratet gewesen, der jeden Tag verhungernde Männer in die Kälte hinausschickte, damit sie Karren zogen wie Sklaven oder mit bloßen Händen Kohle schürften, hätte wohl auch er nach Wegen gesucht, seinen Schmerz zu lindern. Vielleicht hätte auch er ellbogenlange Handschuhe im Bett getragen wie sie. Ganz langsam sog er ihr Parfüm ein und spürte eine Verbundenheit mit Antonina, mit der er nicht gerechnet hatte. Er legte den Kopf an den ihren, wiegte sie in seinen Armen, spürte, wie ihre Wärme auf ihn überging.

Wie kann auch nur einer von uns in die Zukunft schauen?

»Kolja.«

Der blonde Lastwagenfahrer hob den Kopf über einer Ausgabe der *Prawda* und betrachtete Alexej mit Interesse. Es waren Augen, die ihre Umwelt offenbar immer mit Interesse betrachteten.

»Was kann ich für dich tun?« Er warf die Zeitung ins Führerhaus seines Lastwagens und sah Alexej auf sich zukommen.

Alexej hatte ihn in einem offenen, betonierten Hof am Rande der Straße zur Gießerei aufgespürt. Hier versammelten sich die Lastwagenfahrer, um Waren abzuliefern oder neue Ladung aufzunehmen, und manchmal gab es so lange Schlangen, dass man sogar einen Stand mit *kwass*, Brotbier, und einen anderen mit *tschai* und *blinis* aufgestellt hatte.

»Komm, ich lad dich auf was zu trinken ein«, bot Alexej an und wies in Richtung der Stände.

Kolja grinste. »Wodka wäre mir lieber.«

»Mir auch.« Alexej zog eine Flasche aus seiner Tasche. Er nahm selbst einen Schluck und reichte die Flasche dann Kolja, der es ihm nachtat.

Es war ein trüber Tag, die Kälte war nicht mehr ganz so klirrend wie noch vor einem Monat, und rund um den Hof lagen schmutzige Schneehaufen. Einen Moment lang hielt Alexej die Luft an und dachte noch einmal kurz über das Risiko nach, das er einging. Er musste diesen Mann erst einmal einschätzen. Es bestand nicht der geringste Zweifel daran, dass die Geheimpolizei OGPU ihre Informanten überall und in jeder Ecke von Felanka sitzen hatte. Als irgendwo unten am Fluss ein wunderschöner Kranich seine Flügel mit den schwarzen Spitzen ausbreitete und mühelos über dem Hof zu kreisen begann, lachte Alexej laut auf. Er wandte sich an Kolja und schlug ihm auf die Schulter.

»Also, Genosse, Lust auf ein bisschen Abwechslung?«

»Ja. Diese Stadt ist wie ein Leichenschauhaus.« Der junge Fahrer bleckte die Zähne.

»Dann treffen wir uns doch heute Abend. Ich will mit dir etwas Geschäftliches besprechen.«

Alexej stieß die Tür auf. Die Kneipe war voll. Zigarettenrauch hing wie eine dicke Wolke unterhalb der Decke, wo er sich mit den Dämpfen aus dem Ofen vermischte. Wenigstens war es warm hier, immerhin etwas. Alexej stampfte mit den Füßen auf, um das Eis abzuschütteln, während draußen in der Dunkelheit neuer Schnee in wirbelnden Flocken fiel.

Er bahnte sich einen Weg durch die Zecher und erreichte schließlich den Tresen, wo er Wodka und Bier für zwei bestellte. Die hübsche Usbekin mit der bestickten Bluse und dem Hüftschwung gab ihm seine Getränke und rollte verführerisch mit den Augen, doch er schüttelte den Kopf. Er nahm seine vollen Gläser und machte sich auf den Weg zu dem Tisch, an dem Kolja bereits Platz genommen hatte.

»Dobry wetscher«, begrüßte er den Lastwagenfahrer.

Er stellte den Wodka und das Bier auf die fleckige Tischoberfläche und wurde mit einem Grinsen von blitzenden, starken Zähnen und dem Angebot einer Zigarette belohnt. Er lehnte ab, denn obwohl er ein Bad genommen und sich rasiert hatte, roch er immer noch Antoninas Duft auf seiner Haut und wollte, dass er dort haften blieb und nicht mit Tabakrauch überdeckt wurde. Sie zurückzulassen war ihm schwergefallen, denn der Gedanke, nicht zu wissen, wann er sie wiedersehen würde, brachte ihn vollkommen durcheinander.

»*Dobry wetscher*, Genosse. *Spassibo*.« Kolja nahm die Gläser entgegen und stürzte seinen Wodka genüsslich hinunter. Das Bierglas nahm er liebevoll zwischen die Hände. »Jetzt sag mir, wer ist der Scheißkerl, der dir dein Geld geklaut hat?«

Alexej beugte sich nach vorn. »Wir haben eine Vereinbarung, wir beiden.«

»*Da*. Ich kriege die Hälfte von allem, was du zurückbekommst.«

»Solange du das im Gedächtnis behältst.«

»Mach dir keine Gedanken, Genosse. Ich bin kein Dieb. Und meine Freunde auch nicht.« Kolja nickte bedeutungsvoll zu einer Gruppe von Lastwagenfahrern in schwerer Kleidung. Schaute man ihnen in die Augen, dann sah man ihn bei jedem von ihnen: den Blick eines Einzelgängers. Alexej wusste, dass es besser war, sich nicht mit ihnen anzulegen. Hoffentlich wusste Wuschnew das auch.

»Also?« Kolja nahm einen Schluck Bier. »Wie heißt er?«

»Es ist Michail Wuschnew, der im Lager …«

»Ich kenne ihn. Dünn wie eine Bohnenstange, Pfeifenraucher.«

»Das ist er, der Scheißkerl.«

Kolja ließ sich in seinen Stuhl zurücksinken und trank sein Bier halb aus. »Der Scheißkerl hat die Flatter gemacht.«

»Was, er ist weg?«

»Vor ein paar Wochen kam er hier reingetorkelt und hat eine Lokalrunde ausgegeben. Sagte, er fahre nach Odessa, um mit seinem Geld ein neues Leben anzufangen, deshalb …«

»Mit *meinem* Geld«, korrigierte Alexej. »Und Odessa ist es bestimmt nicht. Der wird schlau genug sein, seine Spuren zu verwischen.«

»Der Scheißkerl.«

»Also offenbar kein Erfolg für uns beide, Genosse.«

»Der Scheißkerl«, wiederholte Kolja etwas dumpf, als hätte das Bedauern über den Verlust des Geldes seine Gehirntätigkeit außer Kraft gesetzt.

Alexej trank den Wodka. Was, zum Teufel, sollte er noch tun? Am liebsten hätte er sein Glas auf dem Tisch zertrümmert. Er saß ganz still da, steif und abweisend. In seinem Kopf jagten sich die Gedanken.

»Kolja, wohin geht deine nächste Tour?«

»Nowgorod.«

»Wann?«

»Übermorgen.«

»Dann sehe ich dich dort. An der Lastwagenstelle. Sei früh da.« Alexej warf eine Hand voll Münzen auf den Tisch. »Spendier deinen Kumpels was zu trinken von mir.«

Er rappelte sich hoch, und als er draußen in der Dunkelheit stand, murmelte er erneut den Namen seines Erzfeindes: »Michail Wuschnew.«

Er sagte den Namen nur ein Mal und spuckte auf die Straße, um ihn endgültig loszuwerden. Dann ging er los, zuerst langsam, mitten durch das Schneetreiben, während die Flocken auf seine Haut fielen, und schließlich immer schneller. Während seine Füße über den vereisten Boden schlidderten, begannen sich die Gedanken in seinem Kopf langsam zu lichten. Vierundzwanzig Stunden. Vierundzwanzig kostbare Stunden, um ihren Duft auf seiner Haut zu riechen, den federleichten Druck ihres Körpers auf dem seinen zu spüren und den nachdenklichen Blick aus braunen Augen zu sehen, der etwas an den dunklen, kalten Stellen seines Inneren zum Klingen brachte. Die Lichter des Leninsky Hotels über ihm leuchteten hell.

EINUNDZWANZIG

Es war der Spiegel, der Lydia zu Chang zurückbrachte. Er saß in einer schwarzen Limousine, in der es nach neuem Leder roch. Ihre Chromverkleidungen blitzten und funkelten. Ganz allein auf dem Rücksitz, mit nur der Mütze des Fahrers, eines jungen Soldaten, der zu schweigen wusste, vor ihm, schaute Chang ohne wirkliches Interesse in den Rückspiegel empor. Doch auf einmal stockte ihm der Atem.

Ein anderes Auto. Ein anderer Fahrer. Eine andere Stadt. Ein anderes spiegelndes Rechteck. Trotzdem war es so, als würde sie hier neben ihm sitzen. So stark war ihre Präsenz. Er drehte den Kopf, rechnete fast damit, Lydias strahlendes Lächeln zu erblicken, und sah stattdessen nur das Chaos auf den Straßen von Kanton, regendurchnässte Rikschafahrer, die vor den Stoßstangen der rücksichtslosen Automobile und Lastwagen ausweichen mussten, welche die Durchgangsstraßen verstopften. Er hob eine Hand, hielt sie neben sich über den leeren Sitz, durchkämmte die Luft mit den Fingern, tastete nach ihr. Und lauschte aufmerksam auf ihren Atem.

Ganz langsam ließ er die Hand sinken, bis die Handfläche auf dem Ledersitz lag. Das Leder war braun, und kurz schoss ihm der Gedanke durch den Kopf, dass man darauf das Blut von seinen Händen nicht sehen würde. Er blinzelte, verwirrt. Woher kam das jetzt? Seine Hände, von denen man zwei Finger amputiert hatte, waren doch schon lange verheilt.

Kam das von ihr? Von Lydia? Brauchte sie seine Hände? Der Gedanke schnürte ihm die Kehle zu.

Jeden Morgen und jeden Abend betete er darum, dass es ihr

gut ging. Er bot den Göttern ein Geschäft an – seine Sicherheit gegen die ihre –, er machte ihnen Versprechungen, die ausgefallen und kostspielig waren, denn jedes Mal gelobte er bei seiner Ehre, alles zu tun, wenn nur Lydia unversehrt, unverletzt an Körper und Seele, zu ihm zurückkehrte. Er schwor den Schreinen ewige Frömmigkeit, zündete Kerzen in den Tempeln an, ebenso wie er Weihrauch und die Papierbilder von Furcht erregenden Drachen verbrannte. Er hatte einen Ochsen schlachten lassen. Um ihr Kraft zu geben. Um ihrer Sicherheit willen hätte er sie sogar aufgegeben, sein Fuchsmädchen, und bis in alle Ewigkeit um sie geweint.

Heute jedoch war es so, als wäre sie plötzlich hier. Mit ihm, hier auf dem braunen Lederpolster. Und einen flüchtigen Moment lang flog sein Herz zurück zu jenem anderen Tag, als sie neben ihm in einem Auto gesessen und er in den Rückspiegel geschaut hatte, um die Augen des Fahrers genauer zu betrachten. Um zu sehen, ob er in eine Falle gegangen war.

Sie hatte ihre Hände um seine gelegt, hatte seine Verbände darin geborgen wie eine Mutter, die ein Kind behutsam an sich drückt, und trotz des hohen Fiebers, von dem seine Augen trübe wie das Wasser eines Teiches waren und sein Gehirn raste wie das eines tollwütigen Hundes, wusste er, dass er für immer an diesen Moment denken würde. Eine kurze Minute lang hatte sie die Wange an seine Schulter gelegt, und ihre rote Mähne hatte sich über seiner Hemdenbrust ausgebreitet wie Flammen. Allein sie anzusehen genügte ihm schon, ihre bleichen Wangen, ihre klaren, bernsteingelben Augen. Allein das riss ihn vom Abgrund zurück.

Sie kam ihm so zerbrechlich vor. Verängstigt. Dennoch hatte sie ihn dazu gebracht, mitten auf den verschneiten Straßen Tschangschus in Theo Willoughbys Wagen einzusteigen und ihn damit den nationalistischen Behörden in genau dem Moment vor der Nase weggeschnappt, als sie glaubten, ihn endlich gefasst zu haben. Sie hatte den Arm um ihn geschlungen, um ihn zu stützen, und ganz sicher wollte er alles andere, als im Wagen ihres Lehrers umzukippen. Dann hätte sie das Gesicht verloren.

»Ich danke Ihnen, Sir«, hatte Lydia höflich zu dem Mann am Steuer gesagt. »Danke, dass Sie uns mitnehmen.«

Der Schuldirektor hatte rasch einen Blick in den Rückspiegel geworfen, hatte Chang gemustert. Selbst in seinem elenden Zustand hatte Chang sofort gesehen, wie es um den Mann bestellt war. Die gelbliche Haut um den Mund. Die Augen, die nicht ganz in dieser Welt waren. Dieser Engländer rauchte bei Nacht die Pfeife der Träume, und deshalb konnte man ihm nicht vertrauen.

»Also, was haben wir hier?«, hatte Willoughby gefragt, neugieriger, als es Chang lieb war.

»Das ist mein Freund Chang An Lo.«

»Ah! Der junge Rebell, von dem ich gehört habe.«

»Er ist Kommunist und kämpft für die Freiheit.«

»Das ist gefährlich, Lydia.«

»Für mich nicht.«

Nach einer kurzen Pause sagte Willoughby: »Tut mir leid.«

»Was tut Ihnen leid?«

»Um dich tut es mir leid, Lydia.«

»Das braucht es nicht.«

»Du überschreitest eine Grenze, für die deine jungen Beine zu kurz sind.«

»Helfen Sie uns einfach. Bitte.«

»Wie? Er sieht so aus, als wäre er fast tot.«

»Bringen Sie uns an einen Ort, wohin die Soldaten nicht kommen werden.«

»Wo denn, Lydia? In ein Krankenhaus?«

»Nein, da werden sie ihn finden. Ihre Schule.«

Der Lehrer hatte geschnaubt, als hätte er gerade einen Frosch verschluckt.

Lydia hatte sich zu Chang gedreht, in einer Berührung, die

so zart war wie der Flügel eines Schmetterlings, sein Gesicht in ihre Hände genommen, und er hatte ihren süßen, starken Atem tief in seine Lungen gezogen.

»Stirb nicht, mein Liebling«, hatte sie geflüstert. Er spürte, wie sie zitterte.

Er war nicht weit davon entfernt, zu seinen Ahnen zu gehen, das wusste er. Schon hörte er ihre Stimmen in seinem Ohr raunen. Nur ein falscher Schritt, und er würde weggleiten, dorthin … Er schloss die Augen, seine Lider waren so schwer wie bleierne Münzen, doch im selben Moment streifte sie mit den Lippen jedes seiner Augen.

»Auf«, murmelte sie.

Als er die Augen aufmachte, waren die ihren nur einen Finger breit von den seinen entfernt und schienen ihn wie mit Nadeln am Leben festzuhalten. Sie ließ es einfach nicht zu, dass er diese Welt verließ.

»Chang An Lo, welche Farbe hat die Liebe?«

Er wollte sprechen, fand aber keine Worte.

»Jetzt ist er weg«, sagte der Lehrer.

»Nein«, fauchte sie, nahm seinen Schädel zwischen ihre Hände und drückte. »Sag's mir, sag's mir.«

»Es ist zu spät, Lydia«, beharrte der Lehrer, obwohl seine Stimme nicht unfreundlich war. »Du siehst doch, er ist nicht mehr da.«

Sie beachtete ihn gar nicht, sondern lauschte nur dem seufzenden Geräusch, das Changs Lungen beim Atmen machten. »Sie hat die Farbe meiner Augen«, flüsterte sie, »meiner Lippen, meiner Haut. Es ist die Farbe meines Lebens. Wag es nicht, mich zu verlassen, Geliebter.«

Er hatte sie nicht verlassen. Damals nicht.

ZWEIUNDZWANZIG

Komm her, Mädchen. Ich hab eine Uhr für dich, eine gute mit …«

»*Njet*, ich brauche keine Uhr.« Lydia schüttelte den Kopf und entfernte sich von dem Verkaufsstand.

Sie mochte Straßenmärkte. All das Gerufe und Geschiebe und Geschachere. Es erinnerte sie an zuhause. Nein, dachte sie und richtete sich auf, *das musst du anders sagen.* Was sie meinte, war, es erinnerte sie an China, aber in China war sie nicht mehr zuhause. *Blick den Tatsachen ins Auge.* Ihre Mutter war tot, ihr Stiefvater war gleich nach ihrem Tod nach England zurückgekehrt, und Chang An Lo war … war wo? *Wo? Wo?*

Sie schaute sich in dem bunten Treiben des Marktes um. Hier lag Gemüse direkt neben einem Haufen alter Schuhe, dort stand Eingemachtes zwischen Büchern und Brot. Sie entdeckte sogar ein altes Mikroskop, ganz aus Messing und mit allerlei Knöpfen, neben vielen bunten Strängen Seidenstickgarn. Die Händler waren zum Schutz gegen die Kälte dick eingepackt und schacherten um Kopekenbeträge, als ginge es um den Gegenwert von Gold.

Moskau war eine Entdeckung für sie gewesen. Überhaupt nicht das, was Lydia erwartet hatte. Die Bolschewisten hatten es genau richtig gemacht, fand sie. Sie hatten die Hauptstadt Sowjetrusslands von der dekadent-bourgeoisen Eleganz Leningrads – der Stadt ihrer ersten fünf Lebensjahre – wegverlegt. Stattdessen war jetzt Moskau der pulsierende Mittelpunkt des Landes. Wie eine Maschine, die niemals stillstand. Fast glaubte Lydia seine Zahnräder zu hören.

In dem Moment, als sie aus dem Zug gestiegen war, hatte sie sich in die Stadt verliebt. Alexej hatte ihr gesagt, der Hauptstadt fehle die Anmut und Schönheit Leningrads und sie sei ein dreckiges Fabrikloch. Doch er täuschte sich. Was er versäumt hatte zu erwähnen, war, dass diese neue Hauptstadt vor Energie pulsierte. In den Straßen war ein Leuchten, ein Strahlen, eine Lebensgier, bei der sich Lydia die Nackenhaare aufstellten. Und über alldem lag der unverwechselbare Geruch nach Macht in der Luft.

Moskau war die Zukunft. Das stand außer Frage.

Doch war es ihre Zukunft? Noch wichtiger, war es die ihres Vaters?

»Ich bin hier, Papa«, flüsterte sie. »Ich bin hier.«

»Ich weiß nicht, warum du so verdammt zufrieden aussiehst.« Elena starrte Lydia verärgert an.

»Ich hab gedacht«, sagte Lydia, während sie sich in dem schäbigen Zimmer umschaute, das sie gerade betreten hatten, »es ist gut, dass Alexej nicht dabei ist. Der fände das hier schrecklich.«

»Ich finde es auch schrecklich.«

»Aber es erfüllt seinen Zweck. Jetzt, da wir hier sind, können wir uns was Richtiges suchen. Jedenfalls habe ich schon Schlimmeres gesehen.« Lydia lachte. »Genauer gesagt, habe ich in Schlimmerem *gewohnt.*«

»Na, dann«, brummte Elena und ließ sich auf eines der Betten fallen. Die Federn gaben ein lautes Quietschen von sich.

»Das Zimmer ist klein, das gebe ich zu.« Lydia begann langsam auf und ab zu gehen, auf der Suche nach etwas Positivem, was sie sagen könnte. Es roch muffig, wie nach den längst enttäuschten Hoffnungen seiner Bewohner. Die Tapete war fleckig und löste sich an mehreren Stellen von der Wand. Eine der Fensterscheiben war zerbrochen, und über einem der Betten ragte ein nacktes Stromkabel aus der Wand, das in seine verschiedenen Bestandteile zerfasert war. Lydia erinnerte es an eine Schlange, der man den Kopf abgehackt hat. Sie erschauderte.

»Die Decke ist hübsch«, sagte sie. Die Wände waren hoch und an den Kanten mit reichlich Stuck verziert. »Der Boden auch. Er mag abgewetzt sein, aber es ist solides Parkett.«

Elena rollte angewidert mit den Augen. »Schau dir bloß die Teppiche an.«

»Na gut, die *polowiki* sind ein bisschen alt. Aber was erwartest du schon in einer *kommunalka*?«

»*Nitschewo*«, grunzte Elena. »Nichts.«

»Na ja, genau das haben wir ja auch. *Nitschewo*.«

Das stimmte nicht ganz. Sie hatten ein Dach über dem Kopf. Das war es, worauf es Lydia ankam, während ihr das, was sich unter diesem Dach befand, nicht so wichtig war. Sie war vom Leben nicht verwöhnt worden. Als sie damals in Tschangschu mit ihrer Mutter von der Hand in den Mund gelebt hatte, hatte die Frage, ob sich in der blauen Schüssel auf dem Kaminsims die Monatsmiete befand oder nicht, darüber entschieden, ob sie etwas zu essen hatten oder nicht, ob sie schliefen oder nicht, ob sie es warm hatten oder froren. Die Unterkunft, die man ihnen hier in Moskau angewiesen hatte, lag im Sokolniki-Viertel, einer Fabrikgegend, eingequetscht zwischen einer Reifenfabrik, deren Schornsteine einen Ekel erregenden Rauch ausstießen, und einem kleinen Backsteinbau, in dem eine Familie Hundeleinen herstellte. Das Haus war in mehrere Wohnungen aufgeteilt, hatte einen Hof in der Mitte und eine kleine Bude davor, in der man ebenso seine Schuhe flicken wie Messer und Scheren schleifen lassen konnte. Sie wurde von einem Armenier geführt, der drei Goldzähne hatte. Popkow behauptete, der Mann arbeite für den Geheimdienst, doch Lydia glaubte ihm kein Wort, denn das behauptete Popkow von jedem. Und hätte das gestimmt, dachte Lydia, wäre schließlich niemand mehr zum Bespitzeln dagewesen. Sie legte den Kopf in den Nacken und schaute zur Decke hoch. Sie war stabil. Ja, die Schönheit einer solchen Decke war ein zusätzlicher Vorteil, wenn man im Bett lag, doch worauf es ankam, war, dass sie einem nicht über dem Kopf einstürzte.

»Beklag dich nicht, Elena.«

»Ich beschwer mich, wenn ich will.« Elena stützte die Hände in die breiten Hüften. »Glaubst du denn wirklich, wir drei, Popkow, du und ich, können in dieser Schuhschachtel zusammenleben, ohne uns an die Gurgel zu gehen?«

Lydia schloss den Trennvorhang, der den Raum in zwei Hälften teilte, damit sie das große Bett auf der anderen Seite nicht mehr sah und wenigstens die Illusion hegen konnte, für sich zu sein.

»Nur keine Hemmungen, Elena«, lachte sie. »Ich steck mir was in die Ohren.«

»Dreihundert, dreihundertzwanzig, dreihundertvierzig, vierhundert, vierhundertzehn …«

»Kleine Lydia, du kannst noch die ganze Nacht weiterzählen, aber das wird auch nichts ändern.« Popkow lehnte sich an die Fensterbank und sah ihr dabei zu, wie sie ihren Geldgürtel auf dem Bett ausleerte.

»Vierhundertzehn Rubel«, sagte Lydia tonlos. »Das ist nicht genug.«

»Das muss aber reichen. Es ist alles, was wir haben.«

»Die Aufenthaltsgenehmigungen und die Lebensmittelkarten haben uns viel zu viel gekostet.«

»Wir hatten keine andere Wahl.«

»Ich weiß. Das sagtest du bereits.«

»Die verlangen so viel. Auf dem Schwarzmarkt. Ich hab's versucht, Lydia, aber …«

»Ist nicht deine Schuld.«

Sie schob die verbliebenen Banknoten zusammen, legte sie

sorgfältig mit den Kanten aufeinander und blätterte noch einmal mit dem Daumen durch, als könnte sie sie dadurch davon überzeugen, sich zu vermehren. Ihre ständig abnehmende Barschaft war der Grund, warum sie sich selbst von den billigsten Hotels verabschiedet hatten und in eine der überfüllten Kommunalwohnungen in einer heruntergekommenen Gegend gezogen waren, doch sie konnten von Glück reden, überhaupt etwas bekommen zu haben. Sie und Elena hatten tagelang vor dem Büro des Wohnungskomitees im eisigen Wind ausgeharrt und nur deshalb eine Unterkunft zugewiesen bekommen, weil direkt vor ihnen ein Mann einen Herzanfall erlitten und zusammengebrochen war, als man ihm sagte, er bekomme die Wohnung. Jetzt schien jeder Rubel, der durch Lydias Finger ging, ein Loch in ihren Magen zu brennen, das auch ein dicker Klumpen *chleb* nicht zu füllen vermochte. Sie erschauderte, wischte sich mit dem Handrücken über den Mund und zupfte an ihrem Kinn. Ihre Lippen waren ausgetrocknet.

»Was ist los?«, fragte Popkow. Der Himmel hinter ihm zeigte allmählich ein anderes Grau und wechselte zu der farblosen Variante hinüber, die immer direkt vor Sonnenuntergang am Himmel auftauchte. »Was ist los?«, fragte er ein zweites Mal, als sie nicht antwortete.

»Nichts.«

»Sieht aber nicht nach nichts aus.«

»Ist es aber. Aber danke der Nachfrage.«

Er brummte, was wie ein undefinierbares Grollen aus seiner Brust kam. Sie zwang sich dazu, sich wieder auf das Zimmer zu konzentrieren, auf die vier nackten Wände. Sie waren immer noch da. Sie verschwanden nicht. Darauf konnte sie sich verlassen. Das dreistöckige Haus, dessen Fenster auf einen Innenhof blickten, musste einmal recht schmuck gewesen sein, war jedoch vor ein paar Jahren vom Wohnungskomitee übernommen worden, das den gesamten Wohnraum in lauter kleine Einheiten aufgeteilt und jedem Bewohner dann wenige Quadratmeter zugewiesen hatte. Genug für ein Bett, und, wenn man Glück hatte, einen Stuhl und einen Schrank. Doch Lydia hatte kein Glück. Sie hatte ein Bett, aber den Stuhl hatte Popkow.

Die Räumlichkeiten zum Waschen und Kochen wurden gemeinschaftlich genutzt und lagen am Ende des Flurs, wobei es ein rotierendes System gab, das mit Adleraugen von einem Wohnungswart namens Kelinski überwacht wurde, einem Mann, der ständig in einem schlecht sitzenden Anzug durch die Flure schlich und dabei eine säuerlich tadelnde Miene zur Schau trug. Einmal hatte Lydia bereits Schwierigkeiten mit ihm bekommen, weil sie die Treppe der kommunalen Wohnung nicht ordentlich genug gewischt hatte. Zwar hatte sie sie zweimal geschrubbt, wie es den Anweisungen entsprach, doch kaum hatte sie dem Treppenhaus den Rücken gekehrt, hatte ein gelangweiltes Kind von unten einen schmutzigen Ball geschossen, und Kelinski hatte Lydia angewiesen, die ganze Arbeit noch einmal zu machen. Währenddessen hatte sich Kelinski wie ein dunkeläugiger Petrus an der Himmelspforte ganz oben auf die steile Treppenflucht gesetzt, die Ellbogen auf die Knie gestützt, ein paar *tschastuschki*, Spottliedchen, gesummt und Sonnenblumenkerne aus seiner Tasche gemampft. Sie war sich nicht sicher, ob er sie vor sich selbst schützen wollte oder vor anderen.

Sie steckte die Rubelrolle sorgfältig in den Geldgürtel zurück und machte den Reißverschluss zu. Der Beutel war mit Schweißflecken übersät und an einzelnen Stellen zerschlissen.

»Dein Bruder hätte so viel Grips haben sollen, eure Barschaft zu gleichen Teilen unter euch aufzuteilen«, murrte Liew.

»Er hat mir nicht genügend getraut.«

Das Fenster klirrte, als ein plötzlich aufkommender Windstoß in die zerbrochene Scheibe fuhr, und draußen nahm das Tageslicht eine noch dunklere Schattierung an. Schweigen senkte sich über den Raum. Lydia schnallte sich den Geldgürtel wieder fest um die Hüfte, zog die Beine unter sich und legte sich die Bettdecke über die Schultern. Sie sah, wie ihr großer Begleiter seine zerbeulte Tabaksdose aus der Tasche zog und sich mit den geschmeidigen Bewegungen eines Mannes, der seit vielen Jahren raucht, eine Zigarette drehte. In seinen dicken Fingern sah die Zigarette winzig klein aus, als er sie sich zwischen die Lippen steckte.

»Ist alles Zeitverschwendung«, brummte er. »Jeden Tag da vor der Kirche zu warten.«

»Sag das nicht, Liew.«

»Ich mein es wirklich, Lydia. Er kommt nicht.«

»Er wird kommen.«

»Ich möchte nicht …« Er hielt inne.

»Was möchtest du nicht?«

»Ich möchte nicht, dass man dir noch einmal so wehtut.« Er zündete seine Zigarette an, nahm einen Zug und betrachtete die aufglimmende Glut, damit er Lydia nicht anschauen musste.

Lydia schluckte schwer, berührt und wütend zugleich. Verdammt noch mal, warum musste er immer an Alexej zweifeln?

»Liew, Alexej wird kommen, das weiß ich. Morgen oder übermorgen, oder überübermorgen, aber eines Tages werde ich die Treppe der Christ-Erlöser-Kathedrale hochsteigen, und er wird dort auf mich warten …«

»Nein. Er ist weg. Zum Teufel mit dem Scheißkerl.«

»Sag das nicht, Liew«, wiederholte sie.

Er stieß sich von der Fensterbank ab und schien den kleinen Raum sogleich ganz auszufüllen. Elena war in eigener Sache unterwegs, aber auch zu zweit fühlte man sich in dem Zimmer so beengt, als würden die schäbigen Wände immer näher auf einen zukommen. Lydia zog den Reißverschluss ihres Geldgürtels auf, fischte eine der Banknoten heraus und warf sie vor dem Kosaken auf das Bett.

»Geh und kauf dir was zu trinken, Liew. Deine beschissene Laune ist nicht zum Aushalten.«

»Warum bringt dich denn Alexejs Verschwinden so auf?«, wollte er wissen. »Ihr wart immer wie Katz und Hund. Der Mann ist ein arroganter Scheißkerl. Wir kommen ohne ihn besser zurecht.«

Lydia warf die Decke von ihren Schultern und sprang auf, eine winzige Gestalt neben Liew. Sie schlug mit der Faust gegen seine granitharte Brust.

»Du blöder Kosak«, schrie sie ihn an. »Das nimmst du sofort zurück.«

»Njet.«

»Nimm es zurück.«

»Njet.«

Sie starrten sich finster an.

»Er ist mein Bruder. Begreifst du das nicht? Bist du wirklich so blind mit deinem einen Auge? Alexej bedeutet mir alles. Er ist meine ganze Familie, bis wir meinen Vater gefunden haben. Sag nie wieder, dass ich besser ohne ihn zurechtkomme, du dummer Bauerntrampel.«

»*Tschort*, kleine Lydia«, sagte Popkow. »Er ist es einfach nicht wert …«

»Mir schon.« Sie rang um Atem. »Ich bin es ihm schuldig. Alles.«

»Red keinen Blödsinn, Mädchen. Du schuldest dem Scheißkerl gar nichts. Jetzt, da es schwierig wird, hat er dich im Stich gelassen, und vorher hat er nur über alles, was wir unternommen haben, gemäkelt.«

»Du täuschst dich.«

»Ha! Wo denn?«

Ein langer Seufzer entrang sich Lydias Kehle, und sie ließ sich auf der Bettkante des zerwühlten Bettes niedersinken, die Arme fest um den dünnen Körper geschlungen. Ihre Haarmähne fiel nach vorne und bedeckte ihr Gesicht.

»Erinnerst du dich nicht mehr?«, murmelte sie durch den feuerroten Vorhang hindurch. »Wie er den Befehl erlassen hat, der Chang An Lo das Leben gerettet hat, als er sich in den Händen der Nationalisten befand? Das war der Grund, warum Alexej aus Tschangschu wegmusste. Die Nationalisten wollten sich an ihm rächen. Er hat alles aufgegeben, um mir zu helfen. Um Chang An Lo *für mich* zu retten.«

Popkow gab ein verächtliches Brummen von sich. »Trotzdem ist er ein Scheißkerl.«

Lydia hob den Kopf. Auf einmal wurde ihr bewusst, dass das ein Kampf war, den sie nicht gewinnen konnte, und sie rang sich stattdessen ein etwas schiefes Lächeln ab. »Vielleicht hast du Recht, du alter Bär. Tut mir leid, dass ich dich angeschrien habe. Er *ist* ein Scheißkerl – und zwar in mehr als nur einer Hinsicht.«

Liew lachte so dröhnend, dass die Fensterscheibe endgültig herausfiel.

Zimmer waren rar gesät. Aus allen Teilen des Landes strömten Menschen in die Hauptstadt. Lydia war erstaunt über ihre große Anzahl, und sie alle brauchten eine Unterkunft. Sie hatte sie beobachtet, wie sie die Straßen auf und ab gingen, die ganze Krasnoelskaja entlang, mit nur einer Decke unter dem Arm, einem Paar Stiefel oder einem Sack mit Werkzeug über der Schulter, eben allem, was man zu Geld machen oder gegen Lebensmittel eintauschen konnte. Sie hatte gelernt, die Leute vom Land von den Städtern zu unterscheiden. Es waren nicht nur ihre selbst gewebte Kleidung und ihre grobknochigen Hände, sondern auch die Verwirrung in ihren Augen. Sah man diesen Ausdruck auch in ihren eigenen Augen? Diese Ungewissheit? Diese Nervosität? Diese Verlorenheit?

»Warum haben die alle ihre Dörfer verlassen?«, fragte sie Elena, als sie mal wieder mit ihren Lebensmittelkarten Schlange standen.

»Was glaubst du denn? Die verhungern da draußen auf den Kolchosen, und hier, heißt es, gibt es Arbeit.«

»Das muss auch stimmen, denn die Fabriken schießen aus dem Boden wie die Pilze. Das ist ein Teil von Stalins Fünfjahresplan.«

»Genau.« Elena senkte ihre Stimme. »Aber das sind Bauern, meine Güte, und sie haben nicht den blassesten Schimmer, wie man eine Maschine bedient. Wenn die den An- und Ausschaltknopf bedienen können, kann man schon froh sein.«

»Werden sie denn nicht ausgebildet?«

»Wenn du es Ausbildung nennst, dass man einen Finger verliert, ja. Wenn du erst mal einen weniger hast, wirst du den gleichen Fehler nicht noch mal machen.«

»Woher weißt du das alles?«

Manchmal erstaunte es Lydia, wie viel diese Frau wusste. Bislang hatte sie nur wenig über Elenas Leben erfahren, außer, dass sie einmal ein Kind gehabt hatte und Prostituierte gewesen war.

»Das ist wirklich das Einzige, was ich kann«, hatte Elena eines Abends kichernd gesagt, als sie an einer Prostituierten vorbeigekommen waren, die auf der Straße herumschlenderte. Sie hatte Lydia genüsslich auf den Rücken geklopft. »Komm bloß nicht auf dumme Gedanken. Niemand würde so ein mageres Etwas wie dich nehmen.«

»Das stimmt nicht«, hatte Lydia erwidert.

Elena hatte den Blick über Lydias knochigen Hüften und die kleinen Brüste schweifen lassen und schnaubte geringschätzig. Lydias Wangen brannten.

Während sie vor der Bäckerei allmählich vorwärtsrückten und die eisige Kälte durch ihre dünnen Sohlen kroch, zeigte Lydia über die Straße.

»Schau mal«, sagte sie.

Im Eingang eines verrammelten Ladens hatte sich jemand aus Kartons eine notdürftige Unterkunft gebaut, die zur Seite abgeknickt war wie ein Vogel mit gebrochenem Flügel. Aus dem einen Ende ragte ein Paar Füße in Lumpen. Doch die Füße hatten sich schon viel zu lange nicht mehr geregt. Schlief der Mann? War er tot? Verletzt? Oder nur in Träumen versunken?

»Lass«, sagte Elena und versuchte, Lydia Einhalt zu gebieten, indem sie ihr die Hand auf den Arm legte. »Es ist gefährlich.«

»Elena, ich erinnere mich noch sehr gut daran, wie es ist, wenn man so hungrig ist, dass man seine eigenen Zehen aufessen könnte.« Sie schüttelte ihre Hand ab. »Der Kommunismus soll unsere Gesellschaft gerechter machen. Und zwar für jeden.«

Elena strich sich verärgert ein paar strohige Haarsträhnen aus dem Gesicht und stopfte sie unter ihre Mütze, als könnte das Ordnung in ihre Gedanken bringen. »Die Welt ist einfach nicht gerecht, hast du das noch nicht begriffen? Sieh dich doch um.«

Und Lydia sah sich um. Zu den Frauen, die stundenlang für ein paar Gramm Schwarzbrot anstanden, und zu den Füßen, die aus dem zusammengebastelten Karton ragten. Doch Elena war noch nicht fertig.

»Das Problem mit dir, Mädchen, ist, dass du denkst, du kannst dir eine neue Welt bauen, mit einem Vater und einem Bruder, mit denen du es dir in einer gerechten Welt gemütlich machen kannst. Und jetzt hast du Angst, dass dies alles um dich herum in die Brüche geht und du mit leeren Händen dastehst.«

»Nein.« Lydia schaute ihr in die Augen. »Nein, da täuschst du dich.«

Die kleinen Fältchen der älteren Frau glätteten sich ein wenig und sie schenkte ihr einen freundlichen Blick. »Jetzt guck nicht so verzweifelt. Ich weiß, wie es ist, nichts und niemanden zu haben. Es ist gar nicht so schlimm.« Sie lächelte, ein trauriges kleines Lächeln, bei dem sich ihre Lippen nur ein wenig nach oben zogen. »Wenn du dran gewöhnt bist. Weil du dann nichts mehr zu verlieren hast.«

»Aber ich hab doch immer noch …« Lydia spürte ein winziges Beben in ihrer Brust. »Ich hab doch immer noch alles zu verlieren.«

Sie löste sich von Elena und stürzte quer über die Straße auf die Kartonbehausung zu.

In dem Hauseingang stank es so sehr, dass sich Lydia fast abgewandt hätte. Alte Zeitungen stapelten sich in einem durchnässten, gelben Haufen hinter der Kartonbehausung, und irgendeine schleimige Pfütze glitzerte in der Ecke. Als hätte sich jemand übergeben und es wäre festgefroren. Sie wusste, dass Elena Recht gehabt hatte, als sie sagte, es sei gefährlich. Lydia war keine Moskauerin und wusste nicht, was man in dieser Stadt zu tun und zu lassen hatte. Nervös stupste sie den Fuß an, der aus dem Karton ragte.

»Ist alles in Ordnung?«

Auf der Stelle wurde der Fuß eingezogen. Es war also kein Toter. Immerhin etwas.

»Brauchst du Hilfe?«

Es kam Bewegung in den Karton. Auf der Straße eilten die Menschen vorbei, die Gesichter abgewandt. Vorsichtig steckte Lydia den Kopf in die Behausung.

»Hallo.«

»Hau ab.«

»Ist alles in Ordnung?«

Sie legte eine Hand auf den Karton, der ganz nass und weich und ebenso kalt wie die Wange einer Leiche war. Hastig wischte sie sich die Hand am Mantel ab. Die Versuchung, sich umzudrehen und zurück über die Straße zu laufen, wo Elena mit finsterem Blick auf sie wartete, war groß.

»Hallo«, sagte sie noch einmal und tippte mit dem Finger

gegen die vordere Klappe der Kartonbehausung, die als Tür diente. Sie gab sofort nach.

Ein Paar blaue Augen starrte zurück. Eine flüchtige Sekunde lang reagierte keiner, weil beide von der unerwarteten Begegnung überrascht waren. Die Augen bewegten sich, bevor Lydia sich regte, und der Mann kroch nach hinten aus der Behausung heraus und blieb wie eine eingekreiste Ratte dort hocken, gegen die Ziegelmauer hinter dem Türbogen gelehnt.

»Ich wollte dich nicht erschrecken«, sagte Lydia rasch.

Keine Antwort. Nur ein paar wild dreinblickende Augen und ein Gesicht, über dem sich die Haut so straff spannte, dass man fast Angst hatte, sie könne reißen. Lydia bemerkte mit Erleichterung, dass es sich bloß um einen Jungen handelte, der etwa zwölf Jahre alt war. Trotz der eisigen Temperaturen rann ihm der Schweiß über den Hals. Sie lächelte ihn an, um ihm zu zeigen, dass sie nichts Böses im Schilde führte.

»Ich dachte, vielleicht brauchst du Hilfe.«

»Hau ab.«

»Du siehst ... nicht gut aus.«

»Na und?«

»Deshalb bin ich rübergekommen, und ...«

»Hau ab.«

Langsam ging ihr seine Schroffheit auf die Nerven. »Jetzt hör mal auf, ja? Ich biete dir Hilfe an.«

»Warum?«

Das Misstrauen beruhte auf Gegenseitigkeit. Die Luft in dem tristen Toreingang war zum Schneiden.

»Weil ... na ja, weil ich mich noch gut erinnern kann.«

Sein Haar hatte eine seltsame Farbe. Milchweiß. Als hätte ihn das Leben beinahe zu Tode erschreckt. Sein Gesicht und die Hände waren schwarz vor Ruß und Dreck, und sie musste an einen altmodischen Schornsteinfegerlehrling denken. Nur an seinem Kinn war ein winziger Fleck hell geblieben. Sie machte einen Schritt rückwärts, weil sie ihn nicht noch mehr aus der Fassung bringen wollte, und wäre dabei fast auf dem Eis ausgerutscht.

»An was erinnerst du dich?« Sein Atem kam nur stoßweise.

»Auch egal. Bist du krank?«

»Was geht dich das an?«

Lydia wollte noch nicht aufgeben. »Hier«, sagte sie.

Sie griff in ihre Manteltasche und warf dem Jungen eine Münze zu. Mit flinken Augen, die unter schweren Lidern tief in die Höhlen gesunken waren, verfolgte er den Bogen, den die Münze in dem schummrigen Dämmerlicht machte, und schnappte sie sich mit einer solchen Flinkheit, dass Lydia das Herz überging. Ja, daran erinnerte sie sich sehr gut. Wie bitter, bitter nötig man es haben konnte.

»Iss was«, sagte sie.

Er biss auf die Münze. Sie grinste.

»Ein bisschen *chleb*, meine ich.«

Mit einem Mal kauerte er sich auf den Boden nieder, und sie sah den Riss, der von oben bis unten durch seine zerschlissene Jacke ging, als hätte ihn jemand zu packen versucht und er sich befreit. Seine Aufmerksamkeit galt nicht mehr ihr, sondern dem feuchten Kartonhaufen, der in sich zusammengesunken war, kaum war er herausgekrabbelt.

»Misty«, flüsterte er.

Ein Beben ging durch den Kartonhaufen. Dann eine blitzschnelle Bewegung, als wäre etwas herausgesprungen, das beunruhigende Ähnlichkeit mit einer Ratte hatte … Lydia machte einen gewaltigen Satz zurück auf den Bürgersteig und stieß mit einem Passanten zusammen, der gerade vorbeikam. Der Mann ließ fluchend seinen Schirm fallen und schimpfte über ihre Ungeschicklichkeit.

»Tut mir leid«, sagte sie und fuhr noch einmal zu dem Jungen herum.

In seine Arme geschmiegt saß ein Welpe mit grauem Fell. Das kleine Wesen schien aus nichts anderem zu bestehen als aus den riesigen braunen Augen, den langen, seidigen Ohren und knochigen Rippen, die so zart aussahen, als würden sie brechen, wenn man sie berührte. Der kleine Hund leckte den Jungen voller Begeisterung am Kinn, doch bevor Lydia auch nur ein Lächeln zeigen konnte, waren Junge und Hund in der Menschenmenge verschwunden.

DREIUNDZWANZIG

Das Metall sang für ihn. In der Schmiede des Gefängnisses konnte Jens Friis seine Stimme hören, während er es bearbeitete. Er lauschte seinem zischenden Lachen, während er ein Stück an das andere schweißte, spürte sein Beben, wenn er Nieten einsetzte, um es zu verstärken, ihm Struktur zu verleihen. Er hatte ganz vergessen, wie sehr er es liebte, mit verschiedenen Metallen zu arbeiten, ihre Beschaffenheit zu überprüfen und auf ihre Schwächen zu achten. So wie bei Menschen. Ein jedes war einzigartig.

Zehn Jahre lang hatte er im Arbeitslager mit nichts anderem zu tun gehabt als mit Holz. Hatte endlose Wälder gerodet. Der Duft nach Kiefern war so sehr ein Teil von ihm geworden, dass er den Geruch des Waldes nicht mehr von dem seiner eigenen Haut unterscheiden konnte. Manchmal – in Zeiten der Verzweiflung – hatte er auf der rauen, bitteren Borke herumgekaut. Sie lag schwer und unverdaulich im Magen, doch sie verschaffte ihm auch die Illusion, etwas zu essen zu haben, wenn er sie am meisten brauchte. Dafür war er dankbar.

Manchmal am Morgen, wenn er in der abgestandenen, von menschlichen Ausdünstungen durchtränkten Luft in der überfüllten Gefangenenbaracke erwachte, hatte er aufmerksam seine Fingerspitzen betrachtet, weil er davon überzeugt war, eines Tages würden sich an ihnen grüne Knospen zeigen, zuerst zu winzigen Zweigen und irgendwann zu dicken Ästen heranwachsen, die er dann Tag für Tag mit sich hinaus zu der Arbeitszone schleppen müsste.

Sonderbar, was der Hunger alles mit einem machte.

»Schneller. Diese Arbeit *muss* schneller gehen.«

Diese Worte wurden von Oberst Tursenow gesprochen, doch die beiden Männer, die neben ihm standen, gaben mit ihrem heftigen Nicken zu verstehen, dass sie ihm beipflichteten. Der Oberst war in seiner Position als Aufseher des Entwicklungszentrums ein vernünftiger Mann, doch er stand unter gewaltigem Druck. Lazar Kaganowitsch höchstpersönlich, ein führendes Mitglied des Sowjetischen Politbüros, rief jeden Freitagabend an, um sich nach den Fortschritten zu erkundigen. Was bedeutete, dass jeden Samstagmorgen um sieben Uhr die sechs leitenden Ingenieure in Tursenows Büro antreten und strammstehen mussten, um ihre Befehle zu empfangen und zu neuen Höchstleistungen angetrieben zu werden.

Jens Friis trat einen Schritt nach vorne. Damit gab er zu verstehen, dass er etwas sagen wollte.

»Was denn, Gefangener Friis?«

»Oberst, wir arbeiten bereits Tag und Nacht, und die Konstruktion macht stetige Fortschritte – was für uns alle oberstes Gebot ist«, fügte er feierlich hinzu. »Aber der Grund, warum die Testphase letzte Woche unterbrochen werden musste, liegt darin, dass das Metall, das wir für die hinteren Stützstreben zur Verfügung hatten, sich als minderwertig herausgestellt hat. Es war zu spröde und brach unter dem Gewicht der ...«

»Ruhe!«

Jens zwang sich zu schweigen. Doch er trat nicht ins Glied zurück. Die anderen Ingenieure, Gefangene wie er, waren klüger. Sie sagten keinen Ton, sondern hielten die Augen starr auf Tursenows gewienerte Stiefel gerichtet und nickten jedes Mal, wenn er etwas sagte. Der Oberst war ein großer Mann mit einer lauten Stimme. Heute jedoch klang die Stimme weich. Der Mund des Obersts verzog sich zu einem enttäuschten Lächeln, das sie alle zur Genüge kannten, und Jens befürchtete, er verdächtige jemanden der Sabotage, doch es fiel kein Wort darüber. Als das Schweigen in dem Büro so lange andauerte, dass es allmählich wehtat, wandte sich Tursenow an die untersetzte Frau mit dem metallisch grauen Haar hinter ihm, die ein Notizbuch und einen roten Bleistift in der Hand hatte.

»Genossin Demidowa«, sagte er, »überprüf den Lieferanten. Und zeig ihn an.«

»*Da*, Genosse Oberst.« Sie kritzelte etwas auf ihren Block.

»Keine weiteren Unterbrechungen mehr«, sagte er kurz angebunden.

»Nein, Genosse Oberst.«

»Wie lange dauert es noch, bis ich eine Vorführung bekomme?«

»Das dauert mindestens noch einen Monat«, begann Jens, »bevor …«

»Zwei Wochen.« Es war Elkin am Ende der Reihe, der sich zu Wort gemeldet hatte. »In zwei Wochen wird alles bereit sein.«

»Bist du sicher?«

»Ja, Oberst.«

»*Otlitschno!* Ausgezeichnet! Ich werde den Genossen Kaganowitsch informieren, und er wird erfreut sein.«

Elkin lächelte und konzentrierte sich wieder auf die polierten Schuhe. Tursenow unterzog die Gefangenen in ihren schlammfarbenen Arbeitsanzügen einer genüsslichen Musterung, als er bemerkte, dass Jens immer noch außerhalb der Reihe stand. Er runzelte die Stirn. »Noch etwas, Gefangener Friis?«

»Ja, Genosse Oberst.«

»Was möchtest du sagen?«

»Wenn eine Vorführung stattfindet, bevor die Probleme vollständig überwunden sind, könnte sich der Kanister vorzeitig öffnen, was hochgradig gefährlich wäre für …«

»Zwei Wochen«, unterbrach Tursenow ihn mit seiner sanftesten Stimme. »Ihr werdet sie in zwei Wochen lösen, Gefangener Friis.«

Ihre Blicke begegneten sich für kaum mehr als eine Sekunde, doch das genügte. Jetzt wusste Jens, dass er das Projekt nicht länger hinauszögern konnte. Tursenow hatte Verdacht geschöpft. Ohne ein weiteres Wort trat er ins Glied zurück.

VIERUNDZWANZIG

»Warte hier«, sagte Lydia.

»Mach dir keine Gedanken, Mädchen, hier würdest du mich für kein Geld der Welt reinkriegen.«

Elena verschränkte die Arme vor der Brust und ging neben der großen Doppeltür in Stellung. Sie schaute auf die belebte Straße hinaus, und die Augen inmitten ihres breiten Gesichts wurden schmal und störrisch. Lydia gelang es nicht immer, den Gesichtsausdruck dieser Frau zu interpretieren, doch sie hatte das Gefühl, das war Elena auch lieber so. Heute bemerkte sie, dass Elena müde aussah und sich die kleinen Fältchen um ihre Augen sichtbar vertieft hatten, aber sie war so klug, es nicht zu erwähnen – ebenso wenig wie den neuen Marinemantel, den Elena trug.

Das Messingschild an der Wand verkündete in unauffälligen Lettern: VERBINDUNGSBÜRO DER KOMMUNISTISCHEN PARTEI.

»Ich mach schnell«, versprach Lydia.

»Die Worte *schnell* und *Kommunistische Partei* sind eigentlich nicht miteinander vereinbar«, murmelte Elena und stampfte mit den Füßen auf.

Lydia sprang in ein paar Sätzen die Treppe hoch.

»Papiere?«

Ein uniformierter, blonder Mann mittleren Alters mit Geheimratsecken und freundlichen Augen stand direkt an der Tür. Seine Sohlen quietschten auf dem Marmorboden, als er vor Lydia trat und ihr erwartungsvoll eine Hand hinstreckte.

»*Dobroje utro*, Genosse«, sagte sie lächelnd.

»Wieder mal da?«

»*Da.*«

»Dir muss es hier gefallen.«

»Nicht so sehr wie dir«, scherzte sie und freute sich, als er über ihren Witz lachte. Das schenkte ihr ein Gefühl der Sicherheit.

Sie reichte ihm ihre kostbare Aufenthaltsgenehmigung und den Ausweis und plauderte drauflos. »Ist heute nicht so kalt«, sagte sie und wedelte mit der Hand in Richtung Fenster, vor dem der Dunst wie ein grauer, verschwiegener Vorhang hing. Er begann ihre Papiere zu studieren. Das war der Moment, in dem jedes Mal ihr Herz aussetzte. Einfach zu schlagen vergaß. Es war immer dasselbe. »Denkst du, später wird es schneien, Genosse?«, fragte sie.

Er blickte auf und lächelte sie an. »Wieso? Heute keinen Schirm dabei?«

Sie riss sich die Mütze vom Kopf und sah seinen bewundernden Blick, als ihr das Haar über die Schultern fiel. »Hab mich zu sehr beeilt hierherzukommen«, antwortete sie lachend.

»Wie oft warst du jetzt schon hier?«

»Noch nicht oft genug, scheint mir.«

Er gab ihr die Papiere zurück. »Na gut, dann freue ich mich auf morgen«, sagte er glucksend.

Sie strich sich mit der Hand ganz leicht über die Kehle, eine Bewegung, die sie ihre Mutter oft in Gegenwart von Männern hatte machen sehen. Er folgte ihr mit den Augen.

»Ich werde hier sein«, sagte sie.

»Ich auch.«

Sie lachten beide. Wahrscheinlich würde er sich beim nächsten Mal nicht einmal mehr die Mühe machen, sich die Papiere anzuschauen.

Der Mann am Empfangstisch war nicht so leicht um den Finger zu wickeln.

»Du wieder«, sagte er, ohne aus seiner Verärgerung einen Hehl zu machen.

»Ja, Genosse. Ich schon wieder.«

»Genossin Iwanowa, ich hab dir gestern schon gesagt – und all die anderen Tage auch –, dass ich keinerlei Handhabe besitze, Kontakt zu dieser Person aufzunehmen.«

»Aber das hier ist das internationale Verbindungsbüro. Das ist doch genau eure Aufgabe. Verbindungen herstellen. Dann müsst ihr doch Kontakte zu allen kommunistischen Parteien der Welt haben.«

»Das ist korrekt.«

»Warum also nicht mit …«

»Ich hab dir bereits gesagt, dass das nicht möglich ist. Hör auf, meine Zeit zu verschwenden, Genossin.«

Er war einer der Männer, die ständig in Bewegung sind, die zucken, an sich herumnesteln oder mit den Fingern auf den Tisch trommeln. Heute war sein Schnurrbart an der Reihe. Mit dem langen Nagel seines kleinen Fingers fuhr er ausgiebig durch seinen üppigen Wuchs, und Lydia fragte sich, ob er wohl beides – den Nagel und den Schnurrbart – so lang wachsen ließ, um dieses innere Bedürfnis zu befriedigen. Aber warum war er überhaupt so nervös? Vielleicht waren ja seine eigenen Papiere ebenso wenig überzeugend wie die ihren. Sie versuchte sich an einem Lächeln, um das Eis zwischen ihnen zu brechen, doch das Lächeln wurde rasch welk und erstarb. Das hatte sie schon öfter probiert und festgestellt, dass dieser Apparatschik vollkommen immun dagegen war.

»Gibt es etwas, das dich amüsiert?«, erkundigte er sich barsch.

»Nein, Genosse.«

»Dann würde ich vorschlagen, du gehst wieder nach Hause.« Er nahm einen Federhalter zur Hand und begann mit der Kappe auf den Tisch zu trommeln.

Lydias Wangen röteten sich. Sie hätte jetzt gehen müssen,

denn das hier führte zu nichts. Sie schaute sich in der weitläufigen, überkuppelten Eingangshalle mit ihren vielen Quadratmetern Marmorboden um, die ganz bewusst dafür angelegt zu sein schien, Menschen einzuschüchtern. Dicke Marmorsäulen waren mit blutroten Flaggen und Spruchbändern dekoriert, auf denen stand: ZUSAMMEN WERDEN WIR KÄMPFEN, UND ZUSAMMEN WERDEN WIR DEN SIEG DAVONTRAGEN.

Kämpfen. Den Sieg davontragen. Der Kommunismus schien in einen ständigen, aufreibenden Kampf verwickelt zu sein. Einen Kampf sogar mit sich selbst. Schritte klackten auf dem Boden, während Schreiber und adrett gekleidete Sekretärinnen wie emsige Arbeitsameisen zwischen ihren Büros hin und her liefen, stapelweise braune, gesichtslose Akten in den Armen, und Lydia fühlte sich schrecklich fehl am Platz.

Sie hielt sich an der vorderen Kante des Tresens fest, um ihre Füße auf der Stelle zu halten. Plötzlich hatte sie das Gefühl, ihnen nicht trauen zu können, weil sie sich am liebsten auf dem Absatz umgedreht und weggelaufen wäre.

»*Poschaluista*, bitte«, drängte sie ihn höflich.

Er seufzte, nestelte an seiner Krawatte und bedachte sie mit einem gelangweilten Blick.

»Sein Name ist Chang An Lo«, sagte sie. »Er ist Mitglied der Kommunistischen Partei Chinas, ein wichtiges Mitglied …«

»Das hast du bereits gesagt.«

»Ich möchte, dass ihr das Hauptquartier der Kommunistischen Partei Chinas in Shanghai kontaktiert und eine Nachricht für ihn hinterlasst.«

»Das ist nicht meine Aufgabe.«

»Wessen Aufgabe ist es dann?«

»Meine nicht.«

»Bitte, es ist wichtig. Ich muss Kontakt zu ihm aufnehmen und …«

Ein kalter Windstoß wehte von der Straße herein und prickelte wie eisige Nadeln auf ihrer nackten Haut. Der Mann hinter dem Tresen legte schlagartig seine gleichgültige Miene ab und sprang schneller auf die Füße als ein aufgeschreckter Hase. Überrascht fuhr Lydia herum.

Ein Mann Mitte dreißig warf gerade einem Bediensteten an der Tür seinen Ledermantel zu, und beide lachten über etwas, das er gesagt hatte. Dann kam er mit großen Schritten auf sie zu, seine klappernden Absätze brachten Leben in die momentane Stille der Eingangshalle, und sein gut geschnittener Anzug schwang elegant bei jeder Bewegung, die er machte. Was Lydia jedoch als Allererstes an ihm auffiel, das war sein Haar. Es war dick, drahtig und kurz geschnitten und von einem noch wilderen Rotton als das ihre. Während er auf den Empfangstisch zuschritt, schaute sie rasch in die andere Richtung. Ein Blick in die leuchtend grauen Augen mit den kupferroten Wimpern hatte genügt, um zu wissen, dass das kein Mann war, der sich von ihren Erzählungen in die Irre führen lassen würde. Und von ihren Papieren auch nicht.

Ohne sich etwas anmerken zu lassen, begann sie den Rückzug anzutreten.

»Genosse Vorsitzender Malofejew«, sagte der Mann am Tresen mit einem respektvollen Nicken und zupfte an den Ärmeln seiner schlecht sitzenden Jacke. Er stand stramm, das Kinn in die Luft gereckt. Ganz offenbar war er früher beim Militär gewesen, und seinem Gesicht war nichts mehr von der gelangweilten Herablassung anzumerken, die er vorher zur Schau getragen hatte. An ihre Stelle war eine Unterwürfigkeit getreten, die Lydia überraschte und sie dazu brachte, ihren Entschluss zu verschwinden, noch einmal zu überdenken. In diesem einen kurzen Moment war der Mann verwundbar.

»*Dobroje utro*, Boris.« Der Mann in dem makellosen Anzug sprach in einem leutseligen Ton. Sein Blick wanderte zu Lydia hinüber, als er fragte: »Ist der Bevollmächtigte zu sprechen?«

»Nein, Genosse. Er bat mich, ihn zu entschuldigen. Er wurde in den Kreml abberufen.«

Der Neuankömmling hob eine Augenbraue. »Wirklich?«

»*Da*. Er bat mich, für morgen einen Termin mit dir auszumachen, Genosse Vorsitzender.«

Über das Gesicht des Vorsitzenden Malofejew huschte so etwas wie Verärgerung. Es war ein klar geschnittenes Gesicht, zu lang, um als gut aussehend durchzugehen, doch strahlte es eine Energie aus, die es immerhin bemerkenswert machte, und in der Art, wie er den Mund verzog, zeigte sich auch ein gewisser Humor. Lydia fühlte sich so unwohl, als er sie mit seinen kühlen grauen Augen musterte, dass sie, als er gleichgültig abwinkte und sagte: »Was soll's? Vielleicht ist er morgen auch noch nicht da«, einen Moment lang keine Ahnung hatte, wovon er redete. Dann dämmerte es ihr. Er sprach von dem Bevollmächtigten, dem gesichtslosen Apparatschik, der so plötzlich in den Kreml abberufen worden war.

»Ich möchte auch um einen Termin bitten«, sagte sie schnell, »morgen, mit dem Bevollmächtigten.«

Beide Männer starrten sie überrascht an. Sie fühlte sich so exponiert wie jemand, dem gerade ein zweiter Kopf gewachsen war.

Boris kniff die Augen zusammen und trommelte heftig mit seinem Stift auf den Tisch. »Was hast du mit dem Bevollmächtigten zu schaffen?«, wollte er wissen.

»Ich hab es dir doch gesagt, Genosse, dass ich …«

»Der Bevollmächtigte befasst sich nicht mit Angelegenheiten wie der deinen.« Der Mann warf Malofejew einen verstohlenen Blick zu, und Lydia wusste, dass er nervös war.

»Aber du willst die Erkundigungen nicht einziehen, um die ich gebeten habe, Genosse«, sagte sie. »Dann muss ich mich an eine andere Stelle wenden.«

Sofort tauchte ein Formular auf dem Tresen auf. »Name?«, fragte er.

Das war ein Täuschungsmanöver. Sie war überzeugt davon, dass das Formular im Papierkorb landen würde, sobald der Mann im schicken Anzug weg war. Schneller, als sie »Danke« sagen konnte.

»Was möchtest du denn, Genossin?«, fragte Malofejew mit Interesse. »Was weckt denn in einem so hübschen Mädchen einen so großen Eifer?«

Sie wandte sich um, und es fiel ihr nicht schwer, für diesen Mann mit seinem lässigen Charme, der ganz offenbar einen bedeutenden Posten innehatte und als Allererster wenigstens einen Schimmer von Interesse für ihr Problem gezeigt hatte, ein Lächeln aufzubringen.

»Ist nicht wichtig«, sagte der Mann am Tresen rasch.

»Mir ist es wichtig«, sagte sie.

»Worum geht es?«

»Genosse Malofejew«, mischte sich Boris ein. »Dieses Mädchen fällt dem Büro schon seit Wochen auf die Nerven und verschwendet meine Zeit mit irgendeiner unbedeutenden Angelegenheit, die sie ...«

»Es ist keine unbedeutende Angelegenheit«, sagte Lydia ruhig, die Augen fest auf Malofejews Gesicht gerichtet. »Es ist wichtig.«

»Beachte sie gar nicht, Genosse Vorsitzender, sie ist es nicht wert ...«

Malofejew brachte den Mann am Tresen mit einer abrupten Handbewegung zum Schweigen.

»Genosse Malofejew«, sagte Lydia und zupfte an der Mütze herum, die sie immer noch in den kalten Fingern hielt. »Ich bin eine anständige Sowjetbürgerin und habe eine wichtige Nachricht an ein Mitglied der Kommunistischen Partei Chinas zu überbringen. Ich habe schon versucht, ihn über dieses Verbindungsbüro zu erreichen, doch ...«

»Ihn?«

»Ja.«

»Und warum überrascht mich das eigentlich nicht?«

Sie spürte, wie ihre Wangen zu brennen begannen, während er ihr ganz langsam ein fragendes Lächeln schenkte. Unvermittelt wandte er sich wieder dem Mann am Tresen zu.

»Telefon«, sagte er und streckte ihm eine Hand hin.

Der Mann griff hinter sich an die Wand, wo ein schweres, schwarzes Telefon hing. Er nahm mit zögerlichen Bewegungen den Hörer ab, und Malofejew ging um den Tresen herum, bat die Vermittlung um eine Nummer, sprach ein paar knappe Sätze in den Hörer und legte wieder auf.

»Scheint, dass mein Kontaktmann zum Mittagessen ausgegangen ist.« Er klappte die goldene Taschenuhr auf, die in der Tasche seiner Anzugweste steckte, und hob eine Augenbraue. »Ist vielleicht noch ein bisschen früh, nicht einmal zwölf«, sagte er mit einem Blick zu Lydia, »aber ich habe ihm eine Nachricht hinterlassen, er soll mich diesen Nachmittag im Büro anrufen. Mach dir also keine Sorgen, *anständige Sowjetbürgerin*. Wenn dein Mitglied der Kommunistischen Partei Chinas auffindbar ist, werden wir ihn finden.«

Zum allerersten Mal in ihrem schmerzlich langsamen Umgang mit der undurchdringlichen Mauer russischer Bürokratie hatte sie einen Mann vor sich, der das Mögliche sah und nicht das Unmögliche. Er sorgte dafür, dass Dinge geschahen. Am liebsten wäre sie ihm um den Hals gefallen und hätte ihn vor lauter Dankbarkeit so fest gedrückt, dass ihm die Luft wegblieb.

»Danke.«

Doch etwas von dem, was sie fühlte, stand ihr offenbar im Gesicht geschrieben, denn er fasste sie einfach am Ellbogen und führte sie beiläufig in Richtung Ausgang.

»Also dann, Mittagessen, denke ich. Und heute Nachmittag zurück in mein Büro, um die Jagd fortzusetzen.«

»Ich habe keinen Hunger.«

Er lachte, ein tiefes, warmes Lachen, wie der wohltuende

Klang einer chinesischen Bronzeglocke. In ihren Ohren klang es genau so, weil es ihr keine Angst machte. Und das war in Sowjetrussland etwas ausgesprochen Seltenes und Kostbares.

»Meine anständige sowjetische Bürgerin«, sagte er mit einem spöttischen Lächeln, »so eine bildhübsche Vogelscheuche wie du hat doch bestimmt immer Hunger. Natürlich brauchst du jetzt ein Mittagessen.«

Lydia ließ es zu, dass er sie durch die Tür und auf die Straße hinausführte, wobei sie versuchte herauszufinden, ob das gerade eine Beleidigung gewesen war. Es spielte auch keine Rolle. Sie war sich nur einer Sache sicher: dass sie diesen Mann niemals mehr aus den Augen lassen würde. Zwar bedeutete es, dass sie an diesem Mittag ihr Stelldichein an der Christ-Erlöser-Kathedrale verpassen würde, doch in ihrem Herzen wusste sie, dass Alexej nicht da sein würde, ebenso wenig, wie er gestern oder vorgestern oder an irgendeinem anderen Tag dort gewesen war. Am Bordstein wartete ein Wagen mit Chauffeur, ein langes, schwarzes, angenehm surrendes Gefährt, und während sie auf dem mit feinem Leder bezogenen Sitz Platz nahm, warf sie noch rasch einen Blick über die Schulter und sah Elena, die nach wie vor stocksteif auf dem Bürgersteig stand. Wut funkelte in ihren Augen.

FÜNFUNDZWANZIG

Ein Bauer mit traurigen Augen blickte von der Wand des Restaurants vorwurfsvoll auf Lydia herab. Sein seltsam fremdes, fast geschundenes Gesicht machte sie nervös. Ein Kellner mit höflichem Lächeln und einem Atem, der nach Knoblauch stank, zog den Stuhl für sie hervor und breitete eine Serviette auf ihrem Schoß aus – eine Geste, bei der sie erschrocken zusammenzuckte. Der Vorsitzende Malofejew bemerkte es und gab ihr einen Moment lang die Chance, sich wieder zu fassen, während er die Weinkarte studierte.

Lydia hatte mit einem Speisesaal im Hotel gerechnet, einem dieser ebenso großen wie unpersönlichen Räume wie dem im Hotel Metropol, wo sie schon so oft Mitglieder der sowjetische Führungsriege beobachtet hatte, wie sie, aufgeplustert wie die Tauben, die auf den Plätzen Tschangschus herumstolzierten, durch die Türen schritten. Doch hier hatte sie sich getäuscht.

Stattdessen hatte er seinen exquisiten Geschmack unter Beweis gestellt und sie in ein kleines Lokal mitgenommen. Bereits die blütenweiße Tischwäsche, die weder steif noch gestärkt zu sein schien, unterstrich die Eleganz des Restaurants, ohne dass es formell wirkte. Etwas Derartiges hatte Lydia noch nie gesehen, und sie war sich nicht sicher, was sie davon halten sollte. Es war ein modernes Restaurant. Fremdartige und befremdliche Gemälde hingen an den Wänden, Bilder voller Kraft und Eindringlichkeit, die entweder wilde, bunte Kringel ohne eigentliche Bedeutung zeigten oder kühn stilisierte Porträts von Bauern und Fabrikarbeitern. Die Stühle waren seltsam proportioniert, mit hohen Lehnen, das Holz in unerbittlichem Schwarz lackiert, mit roten Sitzpolstern, und der Teppich zeigte ein so abenteuerliches Muster, dass man sich kaum traute daraufzutreten. Geometrische Formen in Rot, Schwarz und Weiß zogen sich kreuz und quer über seine Oberfläche, so dass es Lydia schien, als sitze sie inmitten eines Feuerwerks.

Sie kam sich dumm und unwissend vor. Das hier war eindeutig eine Welt, die sie nicht kannte, eine, in der sie plötzlich ganz unsicher wurde. Die Möglichkeiten, sich hier zum Narren zu machen, waren gewaltig.

»Gefallen sie dir, Genossin?«, fragte ihr Gastgeber und zeigte auf die Kunstwerke an den Wänden.

»Sie sind anders«, antwortete sie ausweichend.

Er blickte sie amüsiert an und beugte sich vor, die Ellbogen auf dem Tisch. »Aber gefallen sie dir denn?«

Sie schaute sich nachdenklich um. »Das hier mag ich.« Sie zeigte auf eine der rätselhaften Farbexplosionen, bei der sie sich sicher war, dass sie etwas darstellte, aber nicht genau wusste, was. Das Bild strahlte eine Kraft aus, die sie ansprach.

Er nickte zustimmend. »Das ist die Kopie eines Kandinskys. Einer meiner Lieblingsmaler.«

»Aber das da drüben in der Ecke gefällt mir nicht.«

»Der Malewitsch. Warum nicht?«

»Es ist irgendwie deprimierend. Eine schlichte schwarze Leinwand, aus der alles Leben herausgesogen wurde. Was soll das? Es …« Je länger sie das Bild anstarrte, desto trauriger machte es sie, und sie hätte am liebsten geweint. »Das tut weh. Das könnte ich selber besser.«

»Malst du denn?«

»Nein.«

»Schreibst du?«

»Nein.«

Sie spürte, wie der Boden unter ihren Füßen langsam glatt und schlüpfrig wurde.

Er lehnte sich in seinem Stuhl zurück und betrachtete sie. »Irgendwie siehst du aus wie eine Künstlerin. Das gefällt mir.«

Tschort! Er stellte Vermutungen an. Dabei wusste sie rein gar nichts über Kunst. Sie hatte einiges gelesen, aber das machte sie noch nicht zur Schriftstellerin. Doch ihre Mutter war in der Tat Pianistin gewesen, also konnte sie ja vielleicht …

Sie griff zu einer Notlüge. »Ich spiele Klavier«, sagte sie.

Er lächelte, offenbar mehr erfreut über sich selbst als über sie. »Ich wusste es doch. Ich hatte Recht. Im Grunde deines Herzens gehörst du zur Boheme.«

Sie spürte, wie seine Augen nachdenklich über sie hinwegwanderten. *Was?*, hätte sie am liebsten gerufen. *Was siehst du?*

»Also«, sagte er rasch. »Fangen wir mit Namen an. Ich bin Dmitri Malofejew. Ich lebe in Moskau und sitze in mehreren Komitees und Kommissionen, deshalb auch der Titel Vorsitzender. Ich reite gern und gehe ab und zu ins Casino. Und was ist mit dir?«

»Lydia Iwanowa.«

Er machte eine neckische Verbeugung, bei der Lydia einen Blick auf den porzellanweißen Scheitel inmitten seines welligen, roten Haars bekam. Die Haut seines Gesichts und der Hände war winterlich blass und etwas sommersprossig. »Die Freude ist ganz auf meiner Seite, Genossin Iwanowa.«

»Ich komme aus Wladiwostok.«

»Ach, eine interessante Stadt.«

Der Mund wurde ihr trocken. Wladiwostok war Tausende von Meilen von Moskau entfernt, so weit weg, wie es nur ging, bevor man ins Chinesische Meer fiel. *Bitte, bitte, mach, dass er nichts, aber auch gar nichts über die Stadt weiß.*

»Das erklärt auch«, sagte er leichthin, »dein Interesse an der Kommunistischen Partei Chinas, deren Wirkungsbereich direkt hinter der russischen Grenze beginnt. Allerdings habe ich gehört, dass die Partei im Süden des Landes aktiver ist als im Norden.«

»Sie … weitet ihren Einflussbereich immer mehr aus.«

»Ah, gut. Freut mich, das zu hören. Also, sag mir doch, junge Genossin, was tust du hier in Moskau?«

»Ich …«

Ein Kellner, groß und dünn und in einem schwarzen Hemd und schmaler Hose, stand wartend mit der bestellten Weinflasche hinter Malofejews Schulter. Die kurze Unterbrechung gab Lydia die Möglichkeit, ihre Antwort zu überdenken. Während sich die dunkelrote Flüssigkeit in ihr Glas ergoss und um sie herum das leicht gedämpfte Klappern und Klirren des Geschirrs und Bestecks durch das Restaurant wogte wie eine leise Melodie, beschloss sie, einen Schritt vorwärts zu wagen. Sie tat es so vorsichtig wie jemand, der über die glitschigen Steine einer Furt einen reißenden Fluss überquert.

»Ich habe Dinge gehört«, sagte sie. »Über Moskau. Ich wollte mir selbst ein Urteil bilden.«

Sie sah, wie Interesse in seinen grauen Augen aufflackerte, und senkte den Blick auf die Serviette in ihrem Schoß, als wüsste sie nicht genau, wie sie fortfahren sollte. Ohne dass er es bemerkte, wischte sie sich die feuchten Handflächen an dem weißen Stoff ab.

»Was denn für *Dinge*?« Sein Ton war ernst, und das Lachen war wie weggeblasen.

»Wie Stalin die Herzen und das Denken der Moskowiter verändert. Indem er wunderschöne kommunale Wohnungen baut, in denen alles geteilt wird, selbst Kleidung und die Erziehung der Kinder.« Sie hob die Augen und ließ einen Hauch Bedauern in ihrer Stimme mitschwingen. »In Wladiwostok sind die Leute noch nicht so bereit für eine Veränderung. Trotz der neuen Fabriken und Arbeitsmöglichkeiten, die der Kommunismus ihnen bietet, klammern sie sich an ihre alte bürgerliche Lebensweise.«

»Ist das so?«

»Ja.«

Sie bemerkte, wie sich ihre Hände nervös am Besteck zu schaffen machten. Sie zwang sich, sie ruhig zu halten. »Ich möchte ein Teil der aktivistischen Bewegung sein. Ich möchte an vorderster Front mit den Konstruktivisten und den Kinoki kämpfen, die dem Volk eine ganz neue Art von Kino und Musik und von Design bringen.«

Danke, lieber Alexej, dafür, dass du mir so viele Bücher in die Hand gedrückt hast, damit ich mehr über das neue, moderne Russland erfahre. Wir müssen vorbereitet sein, hast du immer gesagt.

»Siehst du, ich hab doch gewusst, dass du Künstlerin bist.« Er hob eine seiner sandfarbenen Augenbrauen. »Aber für jemanden, der aus der Hinterwäldlergegend um Wladiwostok kommt, bist du bemerkenswert gut informiert.«

»Ich lese viel.«

»Offensichtlich. Also, dann sag mir, was du sehen möchtest?«

»Ich möchte Eisensteins Filme sehen – wie *Oktober*. Es ist wundervoll, dass er mit Laienschauspielern arbeitet, mit richtigen Menschen. Es geht darin um das junge Proletariat, um sein Aufbegehren gegen die kapitalistische Gesellschaftsordnung.« Sie hörte selbst, wie aufgeregt ihre Stimme plötzlich klang.

Er nickte. »Ich gebe zu, dass das Kino eine wirksame Waffe in der Erziehung der Massen ist. Damit kann man ihren Verstand schulen und ihnen dabei helfen, das sozialistische Gedankengut besser zu begreifen.« Er hielt inne, zupfte sich nachdenklich an seinem langen Ohrläppchen. »Und was noch?«

Einen Moment lang geriet ihr Denken ins Schlingern, und sie musste sich ganz auf diesen Mann konzentrieren, der möglicherweise ihre einzige Möglichkeit war, einen Weg zu Chang An Lo zu finden. *Aufpassen.*

»Was noch?«, fragte er noch einmal.

Sie dachte sorgfältig nach. »Ich möchte Tatlins Entwürfe

sehen und Schostakowitschs Musik hören. Wusstest du, dass er in seiner zweiten Sinfonie sogar Fabriksirenen eingesetzt hat?« Ihre Mutter hätte das schrecklich gefunden. *Vulgär*, hätte sie es genannt.

»Nein, das wusste ich nicht.«

»Und«, sie senkte die Stimme zu einem verschwörerischen Flüstern, »und es heißt, man plane hier in Moskau den Bau einer unterirdischen Eisenbahn.«

Er sagte nichts. Starrte sie nur ernst über den Tisch hinweg an. *Hatte sie den Bogen überspannt?* Und würde sie jeden Moment in die reißenden Fluten des Flusses fallen, den sie doch eigentlich überqueren wollte?

»Arbeit«, sagte er schließlich. »Du erwähnst gar keine Arbeit.«

»Ach, natürlich möchte ich arbeiten.«

»Und was genau?«

Was genau? Was sollte sie jetzt sagen? Lehrerin? Bibliothekarin? Oder gar Pianistin, wie im Märchen?

Sie griff nach ihrem Glas, schwenkte den Wein herum und dachte, was für eine Ironie das doch war. »Natürlich Fabrikarbeiterin. Ich bewerbe mich für eine Arbeit in der AMO-Automobilfabrik.«

»Ich kenne den Geschäftsführer dort, Likatschew. Ein gutes Parteimitglied, obwohl er manchmal mit den Worten schneller bei der Hand ist als mit dem Denken. Er ist zusammen mit mir im Moskauer Stadtkomitee. Ich könnte ein gutes Wort für dich einlegen.«

Trotz des Weines fühlte sich ihre Zunge wie ausgetrocknet an.

»*Spassibo*«, sagte sie. »Aber ich würde mir lieber selbst eine Arbeit suchen.«

Er lächelte und hob sein Glas. »Auf den Erfolg.«

»*Da.*« Sie atmete wieder aus. »Auf den Erfolg.«

Das Essen war gut. Etwas anderes hatte sie auch nicht erwartet. Doch sie schmeckte es kaum, erinnerte sich nur vage an das, was sie sich in den Mund schob. Sie ermutigte ihn dazu, etwas über sich selbst zu erzählen. Zuerst war er auf der Hut, gab nicht mehr preis als die Tatsache, dass er im Arbat in der Nähe des Restaurants Praga wohnte und erst kürzlich nach Moskau zurückgekehrt war, nachdem er zwei Jahre lang in Sibirien einen völlig anderen Posten innegehabt hatte.

»Warum wolltest du denn überhaupt aus Moskau weg?«, fragte sie.

Malofejew fuhr sich mit der Hand durch das Haar, einen Moment lang offenbar unangenehm berührt, und sah auf einmal jünger aus als seine etwa dreißig Jahre. »Ich war mit dem Import von Fabrikmaschinen betraut, bei dem etwas ganz schrecklich schiefllief.« Seine Augen wurden schmal, und er schien sich ganz in das Malewitsch-Gemälde an der Wand zu versenken. Einiges von dessen Schwärze schien in seine grauen Augen hineinzusickern und sie in Ruß zu verwandeln. »Jemand musste für den Fehler geradestehen. Und diese Person war zufällig ich, obwohl ich …« Er unterbrach sich, wollte sich offenbar nicht beklagen.

Lydia wechselte das Thema. »Aber jetzt bist du zurück. Und wahrscheinlich hast du von dem profitiert, was du über das Leben außerhalb von Moskau erfahren hast.«

Er schob seine Kaffeetasse beiseite. »Wie positiv du bist, für jemanden, der so jung ist. Aber du hast Recht.« Er zog ein silbernes Zigarettenetui aus der Jacke, das Lydia mit dem beruflichen Interesse einer ehemaligen Taschendiebin beäugte. Stumm bot er ihr eine Zigarette an, doch sie schüttelte den Kopf. Er zündete sich selber eine an und fabrizierte ein paar kunstvoll gekräuselte Rauchkringel, die auf das Malewitsch-Gemälde zugeweht wurden, als wollten sie ihm etwas beweisen. »Es ist bemerkenswert«, sagte er, »was da draußen in Sibirien vor sich geht. Warst du schon dort?«

Sie ging nicht auf seine Frage ein. »Erzähl.«

»Man ist dabei, seine gewaltigen Weiten zu zähmen. Es gibt riesige Straßenbau- und Eisenbahnprojekte, man baut Fabriken und Minen jeglicher Art, rodet im großen Stil. Sogar komplett neue Städte werden am Reißbrett entworfen und aus dem Boden gestampft. Es ist …« Er hielt inne und suchte nach dem richtigen Wort. »Spannend.«

Sie blinzelte. Mit diesem Wort hatte sie nicht gerechnet. »Spannend?«

»Da.« Er ließ seine Zigarette auf dem Aschenbecher aus schwarzem Onyx liegen, als störte sie ihn in seinem Denkprozess. »Alles, wovon wir geträumt haben, seit wir vor dreizehn Jahren vor dem Winterpalast gegen die Truppen des Zaren gekämpft haben, erfüllt sich. Die kommunistischen Ideale der Gleichheit und Gerechtigkeit werden vor unseren Augen Wirklichkeit, und mir bricht es das Herz, dass Wladimir Iljitsch Lenin das alles nicht mehr erleben durfte.«

Sie brachte es einfach nicht fertig, ihn anzuschauen. Konnte die Gläubigkeit in seinen Augen nicht ertragen. Stattdessen konzentrierte sie sich auf den schlanken Stiel ihres Glases, der so zerbrechlich und hinfällig war wie der Rücken ihres Vaters im Arbeitslager. Ein Nerv begann an ihrem Kinn zu zucken, und sie legte eine Hand darauf.

»Genosse Malofejew …«

»Nenn mich Dmitri.«

»Dmitri.« Sie lächelte und schob sich eine widerspenstige Haarlocke aus dem Gesicht. Einen Moment lang wurde sie abgelenkt durch ein schick gekleidetes Paar, das auf der anderen Seite des Restaurants am Tisch saß. Beide starrten sie an. Sie wandte den Blick ab. War es ihre Kleidung? Passte sie einfach nicht in diese Umgebung?

»Dmitri, wenn ich nach noch jemandem suchen würde, nicht nur nach dem Mitglied der Kommunistischen Partei Chinas, das ich vorher erwähnt haben, sondern nach jemandem hier in Moskau, würdest du mir helfen, diesen Menschen zu finden?«

Er betrachtete sie aufmerksam, wanderte mit den Augen über jeden einzelnen Teil ihres Gesichts, ja sogar über ihre Kehle, als sie schluckte, und sie wusste, dass sie in genau diesem Augenblick den richtigen Stein in der Furt über den reißenden Fluss gefunden hatte.

SECHSUNDZWANZIG

Nebel erhob sich über der Moskwa. Er streckte seine Tentakel bis über die Straße aus, waberte vor Türen und verschluckte unerwartet so manchen Menschen, der aus seiner Haustür auf die Straße trat. Schlitten glitten in die Nebelwand hinein und verschwanden.

Alexej stand ganz still. Er verspürte kein Verlangen, sich zu bewegen. Er fühlte sich wie ein Gespenst, das kaum da war, eine einsame Gestalt, gefangen zwischen Wirklichkeit und Traum. Jedes Mal, wenn er auf den breiten Stufen Schritte hörte, die auf die Stelle zukamen, wo er stand, mit dem Rücken an die Steinsäule des Eingangs der Kathedrale gelehnt, ging sein Atem schneller vor Erwartung. Doch diesmal waren die Schritte Wirklichkeit, nicht die Ausgeburt seines erschöpften Hirns.

Eine Frau schob sich langsam aus den weißen Schichten feuchter Luft. Als er eine Hand nach ihr ausstreckte, machte sie abrupt kehrt, und erst in diesem Moment wurde ihm bewusst, dass sie ihn für einen Bettler hielt. Die Straßen waren voller Bettler. Die Frau hatte schwarze Augenbrauen und dicke Knöchel, so viel konnte er erkennen. Also doch nicht Lydia. Und auch Antonina nicht, deren Fesseln so schlank und deren ganzer Körper so anmutig geschwungen waren. In diesem Moment war seine Sehnsucht nach ihrer Berührung so groß, dass sie ihn aus seiner Totenstarre riss. Seine Augen schlossen sich, während die Kälte mit scharfen Klauen seine dünne Jacke durchbohrte, in sein Blut eindrang und es so zäh und dickflüssig machte, dass es sich nur mühsam und schmerzhaft durch seine Adern drängte.

Es war lange nach Mittag. Lange. Er zwang sich, die Augenlider offen zu halten, für den Fall, dass er sie doch verpassen sollte. In diesem Nebel hätte sie nur einen Meter von ihm entfernt an ihm vorbeigehen können, und er hätte sie nicht gesehen. Er legte den Kopf in den Nacken und schaute zu den goldenen Kuppeln der Christ-Erlöser-Kathedrale empor, die aufgehört hatten zu existieren, wie aufgesogen von der feuchten Luft. Da war etwas, das ihn beschäftigte. Etwas, das mit der Kirche zu tun hatte. Er hatte etwas gelesen, das war es. Sie würde gesprengt werden. Unwillkürlich machte er einen Schritt von der Säule weg, als würde sie jeden Moment in die Luft fliegen, fühlte jedoch gleichzeitig, dass ihm der steinerne Halt fehlte, den sie ihm gegeben hatte. War es das, was Gläubigen passierte, wenn sie vom Glauben abfielen – dass sie den Halt verloren?

Langsam umrundete er das imposante Gebäude, bis er vor der Moskwa stand, die sich in stählernen Wogen in ihrem Bett wälzte. Das Wasser sah so hart, so undurchdringlich aus. Er begann die Brücke zu überqueren, die sich darüber erstreckte, musste jedoch auf halbem Wege stehen bleiben, weil seine Beinmuskeln vor Erschöpfung zitterten. Er lehnte sich an die Brüstung und wurde sich dessen bewusst, dass nun auch er verschwunden war. So nah am Fluss war er in einen Kokon aus Nebel gehüllt und unsichtbar.

Aber das spielte auch keine Rolle, denn Lydia würde nicht mehr kommen. Hatte sie ihn angelogen? Nein. Er schüttelte den Kopf. In dem Brief hatte sie ihn jedenfalls nicht angelogen, da war er sich sicher. Entweder hatte sie Moskau wieder verlassen – ob nun mit oder ohne ihren Vater –, oder sie hatte es einfach nicht geschafft, zur Kirche zu kommen. Was auch immer stimmte, konnte er in diesem Moment keinem von beiden helfen, weder Jens noch Lydia. Doch er vermisste sie, vermisste ihr Lachen, ihr aufmüpfiges Kinn und die Art und Weise, wie es ihr gelang, ihm unter die Haut zu gehen. Und ihre Momente unerwarteter Sanftheit und Zärtlichkeit, die vermisste er mehr als je zuvor.

Die Reise nach Moskau hatte einen großen Tribut von ihm gefordert, sowohl körperlich als auch seelisch. Es hatte ihn seine ganze Kraft gekostet hierherzukommen, wochenlang war er zu Fuß gegangen, ohne Essen, ohne Zeitgefühl. Er beugte den Kopf über die Brücke und sah auf die Nebelschicht hinab, die wie ein dickes, weißes Kissen unter ihm lag. Sie sah so verführerisch aus. Auf diesem Kissen könnte er sich endlich ausruhen und wieder davon träumen, an der Seite seines Vaters durch herbstliche Wälder zu galoppieren.

SIEBENUNDZWANZIG

Die Gefangenengruppe stand allein im Gefängnishof, hinter schweren, vernieteten Toren. Neun Männer, drei Frauen. Vom hinteren Teil eines Lastwagens aus, in dessen dunklem, metallischem Inneren sie vor dem beißenden Wind geschützt waren, beobachteten zwei Soldaten sie, die Gewehre über die Knie gelegt, von einer Wolke Zigarettenrauch umgeben. Draußen wirbelte der Schnee, legte sich auf Mützen und Schultern, doch trotz der Kälte und der finsteren Gebäude, die bedrohlich über ihnen in die Höhe ragten und selbst das schwache Winterlicht aussperrten, gab es keinen unter den Gefangenen, der nicht gelächelt hätte.

Es war immer das Gleiche. Ein Tag ohne Schlösser. Kein Schlüsselklappern, keine endlosen grauen Flure, die nur zu mehr Schlössern und mehr Schlüsseln führten. Die Vorfreude prickelte auf ihrer Haut. Jens fühlte sich an St. Petersburg erinnert, als er noch ein junger Mann gewesen war und im Hof auf die Kutsche wartete, die ihn über Tag zum Sommerpalast bringen würde. Nun, heute würde es keinen Ausflug zu irgendeinem Palast geben. Alles andere als das. Nur zu einem gigantischen Hangar inmitten eines streng bewachten Feldes, von dichtem Wald umgeben. Nicht dass er jemals den Wald dort gesehen hatte, doch man hörte den Wind in den Zweigen der Bäume, das Seufzen ihrer hölzernen Glieder, wenn sie sich knarrend im Wind wiegten. Es war ein Geräusch, dem er in Sibirien wohl eine Million Male gelauscht hatte, ein Geräusch, das ihm so vertraut war wie sein eigener Atem.

»Jens.«

»Olga«, lächelte er. »Kein Grund, nervös zu sein.«

»Ich bin nicht nervös«, sagte sie forsch. »Es ist nur das Knirschen der Räder, das ich nicht mag, wenn sie über rauen Untergrund fahren. Wie Knochen, die brechen.«

Olga war eine ausgezeichnete Chemikerin, kaum mehr als vierzig, doch sie sah älter aus, weil sich die Falten um ihren Mund nach acht Jahren Zwangsarbeit in einer Bleimine tief eingegraben hatten. An ihrem Körper waren kein Fett und kein Fleisch, und sie klagte jedes Mal über Magenweh, wenn sie eine Mahlzeit zu sich nahm. Hier im Gefängnis gab man ihnen anständiges Essen, Welten entfernt von dem Fraß der Arbeitslager. Stalin mästete sie, so wie ein Bauer ein Schwein mästet, nur um ihm später die Kehle durchzuschneiden, sobald es fett genug ist. Er wollte das Beste aus ihnen herausholen. Stalin wollte das Beste, was ihre Gehirne zu Stande bringen konnten.

Der Gefängnisarzt hatte erklärt, Olgas Schmerzen seien eingebildet, und vielleicht hatte er ja Recht. Es waren Schuldgefühle, glaubte Jens, Schuldgefühle, die sie jedes Mal von innen auffraßen, wenn sie sich eine Gabel voll Essen in den Mund schob, denn ihre Tochter war immer noch da draußen in der Bleimine, wo es an der Tagesordnung war, dass Menschen durch Steinschlag zu Tode kamen.

»Ich hasse es, in diesen Lastwagen zu steigen«, murmelte Olga.

»Stell dir einfach vor, es wäre eine Pferdedroschke«, drängte Jens sie, »in der du durch den Arbat fährst, um im Arbatski Podval Café Tee zu trinken. Das würde bestimmt ein Lächeln auf dein Gesicht zaubern. All die Kuchen und Torten und die süßen Erdbeertörtchen und …«

»Mhhmm«, murmelte eine junge Frau neben ihnen, »Pflaumenkuchen mit Sahne und Schokoladensauce.«

»Annuschka, du denkst auch immer nur ans Essen«, neckte Olga.

»Essen ist etwas Tröstliches«, gab Annuschka zu. »Und Gott weiß, dass wir alle hier Trost brauchen.«

»Wenn du weiterhin so frisst wie ein Scheunendrescher, wirst du bald nicht mehr in den Lastwagen passen«, zog Olga sie auf.

Das stimmte. Annuschka aß eine Menge, aber das taten die meisten von ihnen. Sie hatten viel zu lange Jahre gehungert, um auch nur einen Krümel auf einem Teller übrig zu lassen. Wie Eichhörnchen horteten sie Nüsse für den Winter, der mit Sicherheit eines Tages wiederkehren würde, wenn Stalin und Kaganowitsch und Oberst Tursenow erst einmal damit aufgehört hatten, alles Wissen aus ihnen herauszupicken. Hinter ihnen wurde jetzt der Motor des Lastwagens angelassen, ein lautes Geräusch, das an den hohen Wänden des Gefängnishofes widerhallte, und eine schwarze Abgaswolke stieg in die eisige Luft empor. Die beiden Soldaten sprangen von der Ladefläche des Lastwagens und hielten die Hintertüren auf.

»Auf geht's«, rief Elkin und ging auf den Lastwagen zu. Er konnte es kaum erwarten zu fahren.

Die anderen folgten ihm in unterschiedlichem Tempo.

»Friis, wäre besser, wenn das alles heute funktioniert«, brummte ein älterer, unrasierter Gefangener, während ihn ein junger Mechaniker auf die Ladefläche hievte.

»Das wird es schon, alter Mann. Hab Vertrauen.«

»Vertrauen!«, schnaubte Annuschka und stampfte mit den Füßen auf dem Kopfsteinpflaster, während sie darauf wartete, bis sie an der Reihe war. »Ich hab ganz vergessen, was das Wort überhaupt bedeutet.« Sie winkte Jens und Olga zu. »Na kommt schon, ihr wollt doch wohl nicht zurückbleiben. Heute ist unser großer Tag.«

Olga zitterte, als sie sich den Schal fester um den Hals band, und ließ sich von Jens stützen, während sie über den eisglatten Hof gingen.

»Mach während der Fahrt einfach die Augen zu, und denk

nur an den Tag, als deine Tochter zur Welt kam«, murmelte Jens und spürte, wie sie ihm dankbar die Hand auf den Arm legte.

Es kam nicht oft vor, dass sie zusammen waren, obwohl es sich jetzt, da sich das Projekt seiner Vollendung näherte, häufte. Die meiste Zeit über arbeiteten sie isoliert voneinander in ihren jeweiligen Werkstätten, nur durch Boten miteinander verbunden, die ihnen Durchschläge und Berichte vorbeibrachten. Wenn sie dann tatsächlich einmal zusammenkamen, war das immer ein Grund zu feiern – doch in Jens' Augen war es das ausgerechnet heute nicht.

Im Laderaum des Lastwagens gab es keine Fenster. In dem Moment, in dem die Türen ins Schloss fielen, herrschte um die Gefangenen pechschwarze Finsternis. Jens legte die Hände auf die Knie und schloss die Augen. Er wusste genau, was ihm bevorstand, und er wappnete sich dafür, indem er sich auf seine Atmung konzentrierte und möglichst wenig Geräusche machte. Während der Lastwagen auf die Straße hinausrumpelte, spürte er, wie die Schwärze um ihn herum ihn mehr und mehr bedrängte. Ganz langsam und unaufhaltsam senkte sie sich über ihn herab, sie drückte wie Blei auf seine Haut und sickerte durch seine Augenlider, obwohl er sie fest geschlossen hielt. Seine Zunge lag wie festgeklebt in seinem Mund, und seine Lungen fühlten sich an, als würden sie unter dem Gewicht der Finsternis jeden Moment ihren Dienst einstellen. Er saß ganz still da. Atmete flach. Sein Herzschlag pulsierte in seinen Ohren.

So war es nicht immer gewesen. Früher hatte er die Dunkelheit genossen, jene Intimität, die sie ihm inmitten der überfüllten Baracke im Arbeitslager bot, doch zu viele Wochen in der engen und unbeleuchteten Einzelzelle im Gefängnis hatten ihn dieser Gnade beraubt. Jetzt war die Dunkelheit sein Feind, und er focht diesen Krieg schweigend aus.

Der Lastwagen hielt an, aber es war nur eine Straßenkreuzung. Moskaus Straßen waren voller unerwarteter Geräusche, die ihm nicht vertraut waren, Geräusche, die vor fünfzehn Jahren, als er zuletzt durch diese Straßen gestreift war, noch nicht existiert hatten. Nun sprang ihn ein einzelnes Geräusch aus der ihn umgebenden Dunkelheit an und zauberte ihm ein schwaches Lächeln auf die Lippen. Es war Musik. Das unverwechselbare Dudeln eines Leierkastens. Die heiteren Töne weckten tief in ihm eine Erinnerung und holten sie durch all die finsteren Kanäle seines Gedächtnisses ans Licht. Es war die Erinnerung an einen Tag, als er mit seiner vierjährigen Tochter einem schwarzhäutigen Leierkastenmann gelauscht hatte.

Schon vor langer Zeit hatte er gelernt, all die Erinnerungen an die Vergangenheit auszublenden und von Moment zu Moment zu leben, doch das Wissen, dass seine eigene Tochter irgendwo da draußen war und nach ihm suchte, hatte alle Regeln, die er für sich selber aufgestellt hatte, über Bord geworfen. In diesem Moment spürte er sie deutlich: Lydias kleine Hand, die ganz fest und sicher in der seinen lag, er hörte ihr Lachen, als sie das winzige Äffchen des Leierkastenmannes mit Erdnüssen fütterte. Dessen runzliges Gesicht hatte sie verzaubert, und sie den kleinen Affen auch.

Der Lastwagen rumpelte über Schlaglöcher und schüttelte seine Passagiere auf den Metallbänken durcheinander, die sich auf beiden Seiten im schwarzen Inneren des Gefährts hinzogen. Die Musik wurde leiser, und auf Jens' Lippen stahl sich ein Laut des Bedauerns, zart und kaum hörbar. War es ein Seufzen? Ein Ächzen? Vielleicht eine Mischung aus beidem. Oder nichts davon. Die kostbare Erinnerung schwand dahin.

Finger berührten ihn. Sie strichen ganz sanft über die Knochen seiner Hand und versetzten ihm einen kleinen Klaps auf seine Handgelenke, als wollten sie ihn wecken, und dann schlossen sich die Finger um die seinen, hielten sie fest. Blieben so. Es war Olga. Sie saß ihm gegenüber im hinteren Teil des Lastwagens. Er hob eine ihrer Hände an seine Lippen, atmete tief den immer leicht chemischen Geruch ihrer Haut ein und küsste sie sanft.

ACHTUNDZWANZIG

Als Lydia aus dem Restaurant trat, bemerkte sie nicht einmal, dass es regnete. Aus den dicken Fallrohren, die überall an den Fassaden der Moskauer Gebäude verliefen und etwa einen Meter über dem Bürgersteig endeten, als wäre den Klempnern das Material ausgegangen, rauschte das Regenwasser in einem wilden Schwall über die Füße der Passanten. Bei Nacht gefror es dann. Die Bürgersteige wurden zu kompakten Eisflächen, und Lydia hatte es gelernt, genau darauf zu achten, wo sie hintrat. Plötzlich wurde über ihrem Kopf ein Regenschirm aufgespannt, schwarz und schimmern. Erst in diesem Moment bemerkte sie den Niederschlag.

»*Spassibo*, Dmitri.« Sie lächelte zu ihm empor. »Und danke für das Mittagessen.«

»War mir ein Vergnügen. Ich habe deine Gesellschaft sehr genossen.«

Sie standen miteinander in der notgedrungenen Intimität des Baldachins, den der Schirm über ihren Köpfen bildete, so nah, dass ein jeder den nassen Mantel des anderen riechen konnte. Einen Moment lang versenkten sie die Blicke ineinander, und Lydia wusste nicht, was sie sagen sollte. Dmitri schien sich vollkommen wohlzufühlen und sich weder über den Regen noch über das Schweigen zwischen ihnen Gedanken zu machen. Nur der intensive Blick in seinen Augen deutete darauf hin, dass er etwas im Schilde führte.

»Nun, dann also zurück in mein Büro.«

Sie war vorsichtig. »Wird dein Kontaktmann denn zurückrufen?«

»Ich will es ihm geraten haben.« Dmitri lachte.

»Weiß er etwas über die Kommunistische Partei Chinas?«

»Das ist seine Aufgabe.«

»Na gut. Dann komme ich in deinem Büro vorbei, wenn ich darf.«

»Wäre mir eine Ehre, Genossin.«

Er machte sich über sie lustig, doch das störte sie nicht, obwohl er in diesem Moment eine Persianermütze trug, die sein rotes Haar verdeckte, wodurch es ihr schwerer fiel, ihm zu vertrauen. Schließlich stellte das rote Haar auf seltsame Weise eine Verbindung zwischen ihnen her.

»Und der andere Mann, nach dem ich dich gefragt habe?«, rief sie ihm ins Gedächtnis.

»Ach, das ist eine ganz andere Geschichte. Viel schwerer. Du musst begreifen, dass solche Informationen einfach nicht … nicht zu haben sind. Nicht einmal für Leute wie mich«, fügte er hinzu.

»Natürlich. Aber du wirst dich erkundigen? Bitte!«

»Ja.« Weiter sagte er nichts.

»Danke.«

In diesem Moment fuhr seine schwarze Limousine am Bordstein vor. Die Tür öffnete sich, und sie stieg hinten ein, endlich ins Trockene. Malofejew beugte sich ins Wageninnere, und sie merkte, dass sein Gesicht leicht gerötet war. »Einen Moment noch«, sagte er. »Ich möchte eine Zeitung kaufen.«

Sie sah, wie er sich einem Zeitungskiosk näherte, neben dem ein Schuhputzerjunge nach Kundschaft Ausschau hielt. Malofejew sagte ein paar knappe Worte und kehrte mit einer Ausgabe der *Rabotschaja Moskwa*, der lokalen Zeitung Moskaus, unter dem Arm zurück. Er nahm schwungvoll neben ihr auf dem Rücksitz Platz, schüttelte sich wie ein nasser Hund und warf den Schirm auf den Boden.

»Ist kalt hier drin«, sagte er, zog neben sich eine Pelzdecke hervor und breitete sie über ihre und die eigenen Knie, während der Wagen in den Verkehr einscherte. »Besser?«

»*Spassibo.*« Sie steckte die Hände in die warmen Falten der Decke.

Malofejew beugte sich zu dem Fahrer vor, der schweigend in Mütze und Uniform dasaß. »Zu meinem Büro, Genosse.«

Dann ließ er sich genüsslich in die Polster sinken und warf Lydia einen prüfenden Blick von der Seite zu, als hätte sie sich in den letzten Minuten verwandelt.

»Gefällt dir Moskau?«

Seine Frage kam unerwartet. Sie spürte, wie ihr Herz schneller schlug. Sie starrte weiter auf die hohen, pastellfarben gestrichenen Gebäude der Uliza Twerskaja hinaus, wo in einem berühmten Feinkostladen verführerische Lebensmittel zur Schau gestellt wurden, während die Läden in den kleinen Seitenstraßen, wo die Kinder Schlitten fuhren, trostlos und leer waren. Elegante Wohnhäuser wechselten sich mit heruntergekommenen *kommunalkas* ab. Moskau schien aus verschiedenen Siedlungen zu bestehen, zwischen denen Welten lagen, obwohl sie aneinandergrenzten; hier ließ es sich die Elite gut gehen, dort hungerten die Armen; hier gab man für das Proletariat Lebensmittelkarten aus, dort speisten Männer wie Malofejew in eleganten Restaurants und Grandhotels.

»Ja«, sagte sie. »Moskau gefällt mir sehr gut.«

»Das freut mich. Eines Tages wird Moskau allen anderen Städten auf der Welt den Rang ablaufen. Die *doma komuny*, die riesigen Bauten des kommunalen Wohnungsbaus, werden den Leuten beibringen, wie sie ihr Leben in der Gemeinschaft leben sollen, und Moskau wird das Symbol zukünftiger sozialistischer Gemeinschaften sein.«

»Wirklich?«

»Ja. Das verspreche ich dir. Also sag mir doch jetzt, warum dir diese Stadt gefällt.«

»Ich liebe ihre Energie. Sie ist unvorhersehbar. Ich mag all die neuen, monumentalen Gebäude und« – Lydia lächelte, als der Wagen an einer chinesischen Wäscherei vorbeifuhr, die auf ihrem Schild mit der Abbildung eines blütenweißen Hemdes warb und vor der zwei chinesische Frauen mit breiten Gesichtern und glatter Haut auf der Treppe saßen und plauderten – »ich mag seine Trambahnen.«

Er lachte und schlug die Zeitung auf. Es gefiel ihr, wie er seiner Lektüre vollste Konzentration schenkte, weil es bedeutete, dass sie eine Weile ihren Gedanken nachhängen konnte, während er die *Rabotschaja* las. Und so kam es, dass sie es fast nicht gemerkt hätte: wie er plötzlich den Atem anhielt. Sie wandte sich ihm zu und bemerkte, dass seine ganze Aufmerksamkeit einer Seite im Mittelteil der Zeitung galt.

»Was ist denn?«

Er schien sie nicht gehört zu haben.

»Etwas Wichtiges?«, fragte sie.

Er hob die grauen Augen, und bei der Art, wie er sie anschaute, begann ihre Haut zu prickeln. »Wichtig für dich, ja.«

Sie zog eine Hand unter der Pelzdecke hervor und legte den Finger an ihr Kinn, um es vom Zittern abzuhalten. »Sag's mir«, bat sie mit leiser Stimme.

»Du scheinst wirklich ein unfehlbares Gefühl für den richtigen Zeitpunkt zu haben.«

Sie wartete.

»Hier steht«, er raschelte mit der Zeitung, »dass eine Delegation aus China in Moskau angekommen ist.«

Sie spürte, wie ihr Herz einen Schlag aussetzte. Er hielt ihr den Aufmacher der Zeitung vor die Nase.

»Sieh mal«, sagte er. »Da ist ein Foto. Heute Abend soll es einen Empfang für sie geben. Im Hotel Metropol. Schau doch mal, ob du irgendjemanden erkennst.«

Sie griff nach dem Blatt und blinzelte mehrfach. Sechs verschwommene Gestalten auf einem grobkörnigen Foto. Gierig wanderten ihre Augen über jede einzelne der abgebildeten

Personen hinweg, aber das Gesicht, nach dem sie suchte, war nicht dabei. Ihr Herz begann wieder zu schlagen, schleppend und schmerzhaft. Zuerst dachte sie, alle Abgebildeten seien Männer, weil sie ohne Ausnahme schwere Mützen und unförmige, gefütterte Mäntel trugen, doch als sie genauer hinschaute, sah sie, dass auch zwei Frauen dabei waren.

»Kennst du jemanden davon?«, wollte Dmitri wissen.

Sie wollte schon den Kopf schütteln, hielt dann aber inne. »Möglich ist es schon. Die eine da ganz am Ende.«

»Das Mädchen?«

»Da.« Hohe Wangenknochen, entschlossene dunkle Augen, kurz geschorenes Haar. Sie war sich sicher, dass es das Mädchen war, das sie letztes Jahr mit Chang An Lo in Tschangschu gesehen hatte. »Ich glaube, ich habe sie mal bei einem Begräbnis gesehen.«

»Kennt sie auch diesen chinesischen Kommunisten, mit dem du versuchst, Kontakt aufzunehmen?«

»Ja.«

Etwas in ihrer Stimme musste seine Aufmerksamkeit geweckt haben, denn ein ernster Zug legte sich um seinen Mund, und seine Augen wurden weich. »Vielleicht zu gut?«

Lydia wusste nicht, was sie darauf antworten sollte. *Vielleicht zu gut.*

»Lass mich mal sehen.« Er nahm ihr die Zeitung aus der Hand und las die Namen, die unter dem Foto standen. »Tang Kuan. Ist sie das?«

»Ja.«

»Sie könnte also wissen, wo er sich aufhält?«

»Ja, möglicherweise.«

Ein Pferdefuhrwerk, das mit einem gefährlich wackeligen Stapel Fässern beladen war, kreuzte ihren Weg, und der Wagen musste abrupt bremsen.

»Schau nicht so unglücklich.«

»Ich würde sie das gerne heute Abend selbst fragen.«

»Wo?«

»Im Metropol.«

»Nein, Lydia.«

»Lass uns nicht wieder von vorne anfangen, Liew. Dmitri Malofejew hat mich eingeladen.«

»Nein.«

»Es ist meine einzige Chance herauszufinden, wo sich Chang aufhält.«

»Nein.«

»Ich möchte nicht mit dir streiten, Liew.«

»Nein.«

»Bloß indem du wieder und wieder Nein sagst, wirst du mich nicht überzeugen.«

»Nein. Oder ich brech dir deinen knochigen Hals.«

»Na, das ist natürlich ein noch überzeugenderes Argument.« Lydia rauschte in die Gemeinschaftsküche ab, machte einen Teller von der Kartoffel-Zwiebel-Suppe warm, die sie am Tag zuvor gekocht hatte, und kehrte mit finster verkniffenem Mund in ihr Zimmer zurück. Elena starrte aus dem Fenster, und Liew saß zusammengesunken im Stuhl und trank Wodka direkt aus der Flasche. Sie stellte den Suppenteller auf seinen Schoß.

»Ich komme mit dir«, verkündete Popkow.

»Nein, das kannst du natürlich nicht.«

»Ich komme mit.«

»Nein, sei doch nicht ...«

Fast hätte Lydia gesagt, *Nein, sei nicht albern. Schau dich doch an.* Aber sie verkniff es sich rechtzeitig. Was sie zum Verstummen brachte, war der Ausdruck in Liews schwarzem Auge. Aus seinem Blick sprachen Kummer und Angst, und sie wusste, dass diese Gefühle nicht ihm selbst galten.

»Nein, Liew«, sagte sie sanft. »Das geht nicht. Malofejew kann nur für sich selbst und für mich eine Einladung ergattern. Außerdem würdest du … zu sehr auffallen. Du machst die Leute auf uns aufmerksam.«

Popkow brummte und wandte ihr auf dem Stuhl den Rücken zu. Ende des Gesprächs. Sie war sich nicht sicher, wer gewonnen hatte.

»Was wirst du denn anziehen?«, fragte Elena, um das Schweigen zu durchbrechen. Lydia war ihr dafür dankbar.

»Meinen grünen Rock und die weiße Bluse, nehme ich an.« Sie zuckte mit den Achseln. »Was Besseres habe ich nicht.«

»Aber die Frauen werden alle Abendkleider tragen …«

»Das ist egal, Elena. Ich gehe nur aus einem einzigen Grund dorthin. Um mit Kuan zu sprechen.«

»Du wirst überhaupt nicht dorthin passen.«

Lydia starrte auf Liews demonstrativ abgekehrten Rücken. »Ich passe sowieso nirgendwo hin.«

Der breite Rücken wurde zum Buckel, und die Schulterblätter unter dem Mantel verschoben sich wie tektonische Platten.

»Ich hab einen Seidenschal, den ich dir leihen kann«, bot Elena an.

»Spassibo.«

»Und das hier.«

Lydia schaute zu ihr hinüber. Elena stand am Trennvorhang, hielt ihn mit einer Hand beiseite, und ihre Brust hob und senkte sich sichtbar, als falle ihr aus irgendeinem Grund das Atmen schwer. Auf der ausgestreckten Hand, die sie Lydia hinhielt, lag ein Bündel Rubelnoten.

»Genug für einen neuen schicken Rock«, sagte sie in ganz beiläufigem Ton. »Oder kauf dir wenigstens eine anständige Bluse. Du kannst meine *sabornaja knischka*, meine Kleiderkarte, benutzen.«

Lydias Blick ruhte auf dem Geld. Am liebsten hätte sie es blitzschnell an sich genommen und in ihren Geldgürtel gesteckt. *Tschort*, das war verführerisch. Einfach Röcke oder Blusen zu vergessen und das Geld ihrem Fluchtfonds zuzufügen. Sie schluckte schwer und sah aus dem Augenwinkel, wie sich Liew umdrehte und ebenfalls starrte. Nicht auf die Rubel. Sondern in Elenas Gesicht. Ihre Wangen waren ganz rosa angelaufen, doch ihre Lippen bildeten eine blasse, trotzige Linie.

»Spassibo«, sagte Lydia wieder. »Elena, du bist so lieb zu mir. Ich bin dir dankbar.«

Elena schüttelte leicht den Kopf, als wollte sie Ordnung in ihre Gedanken bringen.

»Aber«, fuhr Lydia fort, »ich kann das nicht annehmen. Ich werde in meinem eigenen Rock und Bluse zu der Einladung gehen. Das muss genügen.«

Elena machte einen Schritt vorwärts und knallte die Geldscheine mit solcher Wucht auf den Tisch, dass er wackelte.

»Es ist nicht schmutzig«, fauchte sie und nahm ihren Mantel vom Haken. »Und ich auch nicht.« Sie öffnete die Tür und ließ sie hinter sich lautstark ins Schloss fallen. Ihre Schritte verhallten schnell auf dem Flur, doch in dem Zimmer war die Luft auf einmal dick und schwer zu atmen.

»Geh hinter ihr her, Liew«, sagte Lydia mit angespannter Stimme. »Sag ihr, das hab ich nicht gemeint.«

Schließlich einigten sie sich auf einen Kompromiss.

Lydia war damit einverstanden, dass Liew sie bis zur Hoteltreppe begleitete. Malofejews Angebot, sie abholen zu lassen, hatte sie abgelehnt, da sie nicht wollte, dass er wusste, wo sie wohnte. Draußen war es dunkel, und als sie sich auf den Weg machten, hatte leichter Schneeregen eingesetzt. Das Metropol lag in der Nähe des Kreml.

Den langen Weg durch die Stadt legten sie mit der Straßenbahn zurück. Lydia liebte die Tram. Für die Moskauer war sie eine Selbstverständlichkeit, aber in Lydias Augen hatte sie etwas Exotisches und Sonderbares an sich. Am liebsten wäre sie den ganzen Tag damit in der Stadt herumgefahren und hätte

Leute beobachtet, hätte ihnen in die Gesichter geschaut und vielleicht herausgefunden, was es heißt, Russe zu sein.

Sie und Liew sprangen an der Hintertür auf und bezahlten der Schaffnerin vierzehn Kopeken pro Kopf. Die Frau hatte drei Rollen mit unterschiedlich teuren Fahrkarten um den Hals hängen, die auf ihrem großen Busen hin- und herbaumelten, und als sie rief: »Weitergehen, bitte weitergehen!« sah Lydia, wie sie Popkow ungeniert zuzwinkerte. *Was finden all diese Frauen nur an diesem alten Bären?* Alle schlurften in den vorderen Teil der Straßenbahn. Es war kalt, und Lydia hielt sich dicht bei Liew. Sie war nervös.

Es schien eine Ewigkeit zu dauern, dieses Rattern und Rumpeln, doch in genau dem Moment, als sie von der Straßenbahn sprang, spürte sie eine winzige Berührung an ihrer Hüfte. Der Bürgersteig war immer noch voller Arbeiter, die von Büros und Fabriken nach Hause eilten, lauter fremde, müde Gesichter in der Dunkelheit, die das gelbe Laternenlicht zu sonderbaren Fratzen verzerrte. Die meisten Leute hätten es gar nicht bemerkt und nur für eine von vielen beiläufigen Berührungen mit anderen Passanten gehalten, doch Lydia wusste ganz genau, worum es sich handelte. Ihre Hand schoss hervor und schloss sich um ein knochiges Handgelenk. Als sie herumfuhr, hing Elenas Seidenschal zwischen schmutzigen Fingern.

»Du dreckiger Dieb!«

Sie schnappte sich den Schal und steckte ihn in ihre Tasche zurück, ohne dabei das Handgelenk des Ganoven loszulassen. Es war ein Junge.

Der Dieb beschimpfte sie. »Scheiß auf dich!«

Sie blinzelte. Milchweißes Haar und leuchtend blaue Augen. Ein schmales, knochiges Gesicht, mit einem Mund, der ihn viel älter machte, als er war. Es war der Junge aus der Kartonbehausung. Er starrte sie finster an, und sie erkannte in seinem Blick, dass ihm dämmerte, woher er sie kannte.

»Lass mich gehen«, murmelte er.

Sie dachte gerade darüber nach, ob sie ihn loslassen sollte, als der Junge blitzschnell den Kopf senkte. Ein scharfer Schmerz fuhr ihr durch den Handrücken, und sie rang nach Luft. Er hatte sie gebissen. Diese dreckige Kanalratte hatte ihre Zähne in sie geschlagen, durch den dünnen Handschuh hindurch. Doch als sie ihre Hand losmachte, lief er zu ihrer Überraschung nicht weg. Plötzlich hing er in der Luft, die Füße über dem Boden, er fluchte und trat um sich wie ein Maultier. Popkow hielt den Straßenjungen mit finsterer Miene und an einem ausgestreckten Arm am Nacken gepackt.

»*Njet*«, grollte der Kosak und schüttelte den Jungen so heftig, dass dieser die Augen verdrehte.

»Hör auf, Liew«, sagte Lydia.

Popkow schüttelte den Jungen noch einmal kräftig durch. Dieses Mal hing der Malträtierte ganz schlaff an seinem Arm, und einen erschreckenden Moment lang dachte Lydia, er sei tot, doch als die Scheinwerfer eines Autos über sein Gesicht hinwegwanderten, sah sie, dass seine Augen weit offen standen, mit Angst und Wut erfüllt.

»Lass den Kleinen gehen, Liew. Setz ihn ab.« Sie zog ihren zerbissenen Handschuh aus und sog an dem scharlachroten Rinnsal, das aus ihrem Handrücken quoll. »Wahrscheinlich kriege ich jetzt Tollwut.«

Doch Popkow wollte nicht auf sie hören. Er durchsuchte die Taschen des Jungen, zog dabei ein Paar Damenhandschuhe, eine Hand voll Münzen sowie zwei Feuerzeuge heraus. Eines war mit Emaille und Gold unterlegt. Popkow steckte sich das Beutegut in die eigene Tasche und nahm dem Jungen dann die Leinentasche ab, die er sich quer über die dünne Brust gehängt hatte. Sofort erwachte der Junge zu neuem Leben. Er trommelte so fest mit den Fäusten gegen den Brustkorb seines Gegners, dass Popkow ein wütendes Schnauben von sich gab und dem Jungen eine Kopfnuss versetzte. Das brachte ihn zur Räson.

Der Kosak warf Lydia die Tasche zu, doch die wusste bereits, was sich darin befand, noch bevor sie sie auffangen konnte. Behutsam löste sie die Schnur, mit der die Tasche zugebunden war, und blickte in zwei feuchte, braune Augen, die vor Angst weit aufgerissen waren. Ein Winseln drang aus der rosa Schnauze.

»Lass den Jungen runter«, befahl Lydia.

Popkow ließ den Jungen auf den Bürgersteig fallen, der nach wie vor keine Anstalten machte wegzulaufen. Er ließ den Sack in Lydias Armen nicht aus den Augen.

»Hier«, sagte sie und hielt ihm die Tasche mit dem Welpen hin. »Nimm Misty.«

Der Junge schloss die Arme beschützend um das Leinenbündel. Lydia griff in Popkows tiefe Tasche und zog das emaillierte Feuerzeug heraus, das sie einen Moment bewunderte, bevor sie es zögernd dem Jungen zurückgab.

»Und jetzt hau ab«, sagte sie lächelnd.

Der Junge erwiderte ihr Lächeln nicht. Er warf Popkow nur einen Blick puren Hasses zu und rannte in eine Seitengasse davon.

»Diese Kanalratten müsste man ausrotten«, brummte der Kosak.

»Er ist nur ein Junge, der versucht, mit allen Mitteln zu überleben«, erwiderte Lydia.

Sie hängte sich bei Popkow ein und führte ihn auf das hell erleuchtete Hotel Metropol zu. Mit seiner pompösen Fassade stand es gegenüber dem Bolschoi-Theater, festlich und einladend, doch sie waren auch nur einen Steinwurf vom Kreml entfernt, einer Festung, deren Wände so rot leuchteten, als wären sie mit Blut getränkt. Selbst in der Dunkelheit erschauderte Lydia.

»Das Problem mit dir, Liew«, sagte sie streng, »ist, dass du die ganze Zeit kämpfen willst.«

»Das Problem mit dir, Lydia«, gab er brummend zurück, »ist, dass du zu viele Flausen im Kopf hast.«

»Hat das nicht jeder?«

Er blickte sie mit gerunzelter Stirn an. »Manche mehr als andere.«

NEUNUNDZWANZIG

Lydia tanzte. Es war so lange her, dass sie das letzte Mal getanzt hatte, dass sie ganz vergessen hatte, wie berauschend es sein konnte. Die Musik schwebte durch die Luft, schwingend und zart, während das fünfköpfige Orchester einen Walzer von Strauss anstimmte und Dmitri Malofejew sie über die Tanzfläche wirbelte. Über ihren Köpfen wölbte sich eine gewaltige Kuppel aus geschliffenem Glas, das in Blau- und Grüntönen schimmerte und Lydia das seltsame Gefühl gab, sich unter Wasser zu befinden. In ihren violetten, goldenen und roten Roben bewegten sich die anderen Paare wie glitzernde Fische übers Parkett.

Die Delegation hatte sich verspätet. Dmitri hatte keinen Grund dafür genannt, und Lydia beschloss, ihre Ungeduld zu verbergen, und nahm seine Hand, als er sie zum Tanzen aufforderte. Er sah gut aus in seinem abendlichen Sakko und roch sogar noch besser. Als er sie mit der Leichtigkeit einer Feder am Rücken berührte, spürte sie, wie ihre Haut unter der weißen Bluse ganz heiß wurde. Eine Weile tanzten sie schweigend, bis Lydia das Bedürfnis verspürte, mit ihrem Gastgeber etwas Konversation zu treiben.

»Du tanzt gut, Dmitri.«

»Danke, Lydia. Und du siehst sehr hübsch aus.«

»Die Schuhe gehören nicht mir.«

Er blickte auf Elenas klobige grüne Schuhe hinab und hob amüsiert eine Augenbraue. »Wunderhübsch.«

»Wenigstens passen sie.«

Er lachte.

»Dmitri, warum tust du das für mich? Mir helfen, meine ich.«

Er wandte den Blick von den Armeeoffizieren ab, die an einem der hohen Fenster standen und tief ins Gespräch versunken waren, und lächelte sie an. »Warum glaubst du denn?«

»Aus reiner Herzensgüte?«

Er lachte erneut. Es war ein herzliches Lachen, das sie mochte, dem sie aber nicht recht traute. »Mach dich nicht lustig.« Für den Bruchteil einer Sekunde lang hatte er aufgehört zu tanzen. »Ich glaube nicht, dass es sehr viel Güte in meinem Herzen gibt, Lydia. Ich warne dich.«

Einen Moment lang standen sie wie versteinert da, dann lachte er wieder und nahm sie erneut in die Arme. Doch Lydia wurde plötzlich von einem Schwindel erfasst, der nichts mit dem Tanzen zu tun hatte. *Er hat mich gewarnt.* Nicht einmal ein Lächeln brachte sie für ihn zu Stande, um der Situation ihre Schwere zu nehmen. Sie drehte das Gesicht zur Seite und ließ den Blick, ohne wirklich hinzuschauen, über die glitzernden Kandelaber wandern.

»Lydia?«

»Ja.«

»Du bist zu leicht zu durchschauen.«

Sie warf gereizt den Kopf in den Nacken. Sie ärgerte sich. Über ihn. Über die chinesische Delegation, die sich verspätete. Über den Jungen, der sie in die Hand gebissen hatte. Und über sich selbst, weil sie Dmitri brauchte.

»Du bist noch jung«, sagte er leise. »Deine Augen verraten alles, so sehr du es auch mit einem Lächeln oder einem Lachen zu verbergen suchst und so bezaubernd du auch aussiehst.«

Sie schaute ihm ins Gesicht. »Sei dir da nicht so sicher.«

»Ach, jetzt mach ich mir aber Sorgen.«

Abermals lachte er, und dieses Mal brachte sie es fertig, in sein Lachen einzustimmen. Seine Hand an ihrem Rücken erhöhte den Druck, und sie kam ihm einen Hauch näher, während er sie kundig über den Tanzboden führte.

Kuan, wo bist du? Komm schnell.

»Es sind eine Menge Armeeleute da«, bemerkte sie, um ihn von ihrer Nervosität abzulenken.

»Ja, die wollen alle mit der chinesischen Delegation wegen Mao Tse-tungs Roter Armee reden.«

»Ganz schöne Machtkonzentration hier drinnen.«

»Mehr, als du dir vorstellen kannst, Lydia. Sei auf der Hut. Diese Männer hier können dich mir nichts, dir nichts zehn Jahre ins Arbeitslager schicken, nur weil du der falschen Person zugelächelt hast.«

»Du auch?«

Er führte sie an einem eleganten Paar vorbei, das ganz in Schwarz gehüllt war, und nickte ihnen höflich zu. Lydia spürte, wie seine Schultermuskeln unter ihren Fingern steif wurden. Vielleicht ein Rivale auf der Karriereleiter zum Politbüro?

»Ob ich was würde?«

»Ob du mich in ein Arbeitslager stecken würdest, nur weil ich der falschen Person zugelächelt habe?«

Der Zug um seinen Mund wurde weicher, und plötzlich blickten seine grauen Augen ganz traurig und wechselten die Farbe wie das Meer, wenn ein Nebel aufzieht. »Nein, Lydia, das würde ich nicht.«

»Aber du hast mich gewarnt.«

»Ja, das habe ich.«

Alles in ihr wollte ihm vertrauen, aber die Gründe dafür waren ihr nicht ganz klar.

»*Spassibo*«, murmelte sie. »Für deine Hilfe.«

Sein Griff um ihre Finger wurde fester. »Warum ich das mache? Ich sag dir, warum. Weil du nicht bist wie die.« Er blickte voller Hohn auf die anderen Tanzenden. »Die werden von ihrer Angst gesteuert. Das ist die Kraft, die sie lenkt, als wären es Marionetten. Du in deiner weißen Bluse, dem grünen Rock und deinen geliehenen Schuhen bist nicht wie sie. Da ist etwas an dir, das immer noch lebendig ist, etwas, das gerade seine Schwingen ausbreitet, um loszufliegen. Manchmal, wenn ich dir so nah bin wie jetzt, kann ich es hören.«

Lydia holte tief Luft und spürte, wie ihr der Schweiß den Hals hinablief. »Ich …«

»Hallo, Dmitri.«

Mit einem Mal hatte Lydia das Gefühl, als wäre der Mann, der gerade noch mit ihr getanzt hatte, ihr entglitten und zu einem ganz anderen geworden. Dieser hier war wieder aalglatt und unnahbar, der Apparatschik mit dem mühelosen Charme und dem schnellen Lächeln, den sie im Verbindungsbüro kennen gelernt hatte. Einen Moment lang war Lydia aus der Fassung gebracht. Der Mann, der gerade dabei gewesen war, ihr Freund zu werden, war verschwunden.

»Lydia«, sagte er. Darf ich dir … meine liebe Frau, Antonina, vorstellen.«

Lydia fuhr herum und spürte, wie ihr eine tiefe Röte in die Wangen stieg. Die Frau vor ihr trug ein elegantes, perlenbesticktes Kleid und hatte sich das dunkle Haar aufgesteckt, was ihren langen, blassen Hals sehr vorteilhaft zur Geltung brachte. Ihre braunen Augen blickten aufrichtig amüsiert, ganz anders als an jenem Morgen im Waschraum des Hotels in Seljansk oder auf dem Bahnsteig in Trowitsk.

»Nun, das ist ja unsere junge Lydia Iwanowa«, sagte Antonina. »Das Mädchen aus dem Zug.«

Ihre letzte Bemerkung klang ein wenig spöttisch, doch als sie ihr die Hand entgegenstreckte, wirkte es wie eine Geste von aufrichtiger Herzlichkeit. Lydia schüttelte ihr die Hand, wobei sie sich sehr wohl des langen, weißen Abendhandschuhs bewusst war, der den Arm der Frau bis zum Ellbogen bedeckte.

»Dmitri, Liebling, sei ein Engel und hol mir was zu trinken, ja? Und bring auch unserer jungen Freundin hier etwas mit. Sie sieht so aus, als könnte sie es vertragen.«

»Mit Vergnügen, Antonina«, sagte ihr Ehemann, nahm ihre Hand und küsste die Oberseite ihres Handschuhs. Lydia spürte, dass etwas zwischen den beiden vorging, war sich jedoch nicht sicher, was.

Seine hochgewachsene Gestalt verschwand in der Menge, und Antonina nahm Lydia beiseite, setzte sich mit ihr an einen Tisch und schob eine Zigarette in eine Spitze aus Elfenbein. Einen Moment später trat ein Kellner zu ihr und zündete die Zigarette an. Sie sagte nichts, bis er wieder weggetreten war.

»Also«, begann sie. Der amüsierte Ausdruck in ihren tief liegenden Augen war wie weggeblasen. »Mein Mann hat sich also mit dir vergnügt, junge Genossin.«

»Nein. Er hilft mir.«

»Ach ja?«

»Jemanden zu finden.«

»Ach so, ja. Deinen verschollenen Halbbruder, nehme ich an.«

»Alexej?«

»Ja.« Antonina bemerkte Lydias überraschten Gesichtsausdruck. »Meintest du etwa nicht ihn?«

»Woher kennst du Alexej?«

»Ich habe ihn in Felanka kennen gelernt. Nachdem du weg warst. Er suchte nach dir.«

In Felanka. Nachdem du weg warst. Er suchte nach dir. Lydia verschränkte die Hände in ihrem Schoß, um sie davon abzuhalten, vor Wut auf den Tisch zu schlagen. All diese Wochen hatte sie geglaubt, Alexej habe sie verlassen. Dabei war es die ganze Zeit andersherum gewesen: Sie hatte ihn im Stich gelassen. Sie hörte ein seltsames Krächzen und brauchte einen Moment, bis sie merkte, dass es ihr eigenes Atmen war.

»Geht es dir gut?« Antonina beugte sich über den Tisch, die Hand ausgestreckt, warf dabei aber einen argwöhnischen Blick in den Raum. »Sei auf der Hut.« Sie wartete schweigend, während Lydia sich allmählich wieder unter Kontrolle bekam. »Kann ich dir helfen?«

»Ich … ich hab es nicht gewusst.«

»Dass er zurückgekommen ist, um nach dir zu suchen?«

Lydia ließ den Kopf hängen, und das Haar fiel ihr ins Gesicht. Sie spielte mit einer ihrer Locken. »Wie ging es ihm?«, fragte sie flüsternd.

»Alexej?« Antonina nahm einen tiefen Zug von ihrer Zigarette und stieß den Rauch aus ihren Nasenflügeln aus, wie ein erwachender Drache. »Er war in keiner guten Verfassung, fürchte ich.«

»Wieso?«

»Er war zusammengeschlagen worden.« Sie zögerte, und ihre Stimme stockte für einen Moment, als sie hinzufügte: »Er hatte Stichwunden.«

Lydia gab sich große Mühe, nicht in Tränen auszubrechen. »War er schwer verletzt?«

»Die Wunde heilte schon, mach dir keine Sorgen. Doch am Anfang muss es schlimm gewesen sein.« Wieder dieses Stocken in Antoninas Stimme.

»Hat er denn meinen Brief bekommen?«

»Was für einen Brief? Tut mir leid, aber ich weiß nichts von einem Brief.«

Lydia schüttelte den Kopf.

»Hör mir zu, Lydia.« Antonina sprach schnell, wobei sie sich mehrfach umschaute, ob jemand lauschte. »Ich bin nach Felanka gefahren, um nach dir zu suchen, aber du warst verschwunden. Ich hatte die Information, die du wolltest. Ich habe Alexej gesagt, dass Jens Friis nach Moskau verlegt wurde. Doch«, sie schnippte nachdenklich die Asche in einen silbernen Aschenbecher, »das scheinst du ja bereits zu wissen, und deshalb bist du vermutlich auch hier. Du musst herausgefunden haben, dass man ihn vom Lager wegverlegt hat.«

Lydia nickte.

»Schlau gemacht«, murmelte Antonina.

»Und wo ist Alexej jetzt?«

»Ich weiß es nicht. Ich wünschte bei Gott, ich wüsste es.«

Es war die Art, wie sie es sagte, nicht die Worte selbst. Als wären sie schmerzlich für sie. Jedenfalls genügte es, um Lydias Aufmerksamkeit von ihrer eigenen Verzweiflung abzulenken und sie auf ihr Gegenüber zu richten. Antonina sah hübsch aus. Kühl und elegant, mit ihren nackten, zerbrechlichen Schultern und einer einreihigen Perlenkette um ihren langen, blassen Hals. Ihr Gesicht wirkte ruhig, heiter wie das einer Puppe, und Lydia kam der Gedanke, diese Frau habe gelernt, eine harte Schale zwischen sich selbst und der Welt aufzubauen, von der ihr Mann so sehr überzeugt war, dass sie eines Tages das Glücksmekka der Menschheit sein würde. Ihre Augen blickten kühl und geheimnisvoll, doch ihr voller, scharlachroter Mund sprach eine andere Sprache. Da war eine winzige Ecke, die zu zucken begann, ohne dass sie es unter Kontrolle hatte, wenn die Rede auf Lydias Bruder kam.

Lydia legte zögernd ihre Hand auf die weißbehandschuhte von Antonina, die auf dem Tisch ruhte. »Sag mir, was passiert ist«, sagte sie mit leiser Stimme.

»Nicht viel. Wir haben uns in Felanka kennen gelernt … und geredet. Und dann ist er abgereist.«

»Nach Moskau?«

»Das hat er gesagt, ja. Etwas davon, dass er zur Christ-Erlöser-Kathedrale muss.«

Dann hatte er also doch ihren Brief bekommen, dachte Lydia. »Ich kenne Alexej«, erwiderte sie. »Wenn er das gesagt hat, dann wird er hier auftauchen, egal wie es ihm geht.«

»Wirklich?«

Ein Wort. Das war alles. Aber der unverhohlene Eifer, mit

dem Antonina es ausgesprochen hatte, war für Lydia mehr als verräterisch. Dann war es also wirklich so – ihr Bruder und Antonina. Ihre eigene Einsamkeit machte das nur noch schlimmer, trotzdem nickte sie und drückte Antoninas Hand. »Er wird kommen. Ich weiß, er wird kommen.«

»Sagst du mir, wenn …«

»Ja, natürlich.«

Lydia sah aus dem Augenwinkel Dmitris große Gestalt auf sie zukommen. Das war also der Mann, der in den letzten Jahren das brutale Arbeitslager befehligt hatte, in dem ihr Vater inhaftiert gewesen war. Wie konnte sie es über sich bringen, noch ein Wort mit ihm zu reden? Wie konnte sie ihm auch nur ins Gesicht sehen?

»Da bist du ja, mein Liebling«, sagte Dmitri und stellte ein Glas Rotwein vor seiner Frau auf den Tisch. »Und für dich, junge Lydia, habe ich ein Glas Champagner.«

»Champagner«, sagte sie steif.

»Ja. Um zu feiern.«

»Was gibt es denn zu feiern?«

Einen Moment lang musterte er sie aufmerksam, und sein Gesicht kam ihr irgendwie traurig vor, als wüsste er, dass er gerade etwas verloren hatte. »Die chinesische Delegation ist da.«

Lydia sprang auf, doch ihre Beine wollten ihr nicht recht gehorchen. Sie blickte sich in dem überfüllten Raum um und gab sich den Anschein, als bedeute ihr das alles gar nichts. »Wo sind sie?«

»Einige von ihnen stehen da drüben mit General Wasiliew. Die anderen sind …«

Antoninas Augen weiteten sich, als sie auf etwas fielen, das direkt hinter Lydias rechter Schulter sein musste. Lydias Mund wurde trocken.

»Hinter dir«, beendete Dmitri seinen Satz.

Lydia fuhr herum, denn sie rechnete damit, Kuan vor sich

zu sehen. In diesem Moment stockte ihr der Atem. Ihr Herz zersprang, und all das Glück, das sie darin aufbewahrt hatte, durchflutete ihre Adern. Denn sie blickte direkt in die schönen, dunklen Augen von Chang An Lo.

Lydia wusste, dass es Zeiten gibt, in denen man vom Leben mehr bekommt, als man sich je gewünscht hat. Und ja, das war ein solcher Augenblick. Am liebsten hätte sie den Göttern ein tausendfaches *spassibo* entgegengerufen, so laut, dass es von dem glitzernden Glasdach widergehallt hätte, denn die grenzenlose Großzügigkeit ihrer himmlischen Beschützer raubte ihr den Atem. Heute Abend hatte sie sie um Kuan angefleht, doch bekommen hatte sie Chang An Lo.

Er war echt. Kein Hirngespinst diesmal. Mit gierigen Augen betrachtete sie ihn. Seine geschmeidige Gestalt war groß und schlank wie Bambus, und er trug das Haar länger als beim letzten Mal, als sie ihn gesehen hatte, doch es war ebenso dick und kräftig. Und ja, er besaß noch immer die gleiche innere Gelassenheit, die ihr so sehr ans Herz ging. Nur seine Augen – die Augen, die sie geküsst und mit ihren eigenen Wimpern gestreift hatte, dunkle, aufmerksame Augen, die ihr bis tief in die Seele blicken konnten –, diese schwarzen Augen hatten sich verändert. Sie blickten argwöhnisch, als wäre er auf der Hut. In sich zurückgezogen.

Er stand da vor ihr in einer Tunika und einer schwarzen Hose, und ihr Verlangen, ihn zu berühren, war so groß, dass ihr die Hände zitterten. Sie zwang sich dazu, sie vor der Brust zu falten, und neigte den Kopf in einer höflichen Verbeugung.

»Es ist so schön, dich wiederzusehen, Chang An Lo.«

Es ist schön, dich wiederzusehen. Wie kam sie denn auf so distanzierte Worte? Wie konnte sie überhaupt etwas sagen, wenn ihr das Herz bis zum Hals klopfte? In diesem Moment stellte er Kuan der kleinen Gruppe vor, und Lydia spürte, wie etwas in ihr zerbrach. Kuan, die wie er eine schwarze Tunika und eine Hose trug, hatte ernste, braune Augen, trug die Haare kinnlang geschnitten und hatte einen entschlossenen Zug um den Mund, bei dem Lydia sofort auf der Hut war. Doch was noch schlimmer war – viel schlimmer: Sie besaß ein Stück von Chang An Lo. Ihr Arm lag auf dem seinen, als wären sie aus einem Guss.

DREISSIG

Chang An Lo dankte den Göttern. Am liebsten wäre er auf die Knie gefallen und hätte mit der Stirn neun Mal den Boden berührt zum Dank dafür, dass ihm das Unmögliche gewährt worden war. Sein Fuchsmädchen war in Sicherheit. Es war am Leben und in Sicherheit.

Dennoch: Als er die beiden Menschen neben ihr stehen sah, den Mann mit dem Fuchshaar und die Frau mit den verwundeten Augen, da hatte er das Gefühl, dass sie beide von ihr zehrten, dass sie ein Stück von ihr haben wollten. Er erkannte es daran, wie sie sie immer wieder mit Blicken streiften, als könnten sie nicht von ihr ablassen, mit einem Hunger in den Augen, den Lydia so gar nicht zu spüren schien.

Er verbeugte sich höflich nach chinesischer Sitte vor Lydia, schüttelte dem Mann und der Frau hingegen die Hand, so wie es eben von ihm erwartet wurde. Zum ersten Mal begriff er, warum die Westler es vorzogen, sich bei einer Begegnung die Hand zu geben anstelle der sauberen und zivilisierteren Gewohnheit, sich voreinander zu verbeugen. Ein Händeschütteln offenbart die innersten Geheimnisse eines Menschen, ob er es nun will oder nicht. Dieser Mann mit dem Fuchsschopf und den Wolfsaugen zum Beispiel hatte einen Händedruck, der fest und entschlossen war, zu fest. Er versuchte, sich selbst etwas zu beweisen. Und Chang vor etwas zu warnen, obwohl sein Willkommenslächeln dabei so echt wirkte, dass Chang nicht hätte festmachen können, wo die Aufrichtigkeit endete und die Täuschung begann. Dieser Russe, der Genosse Malofejew, wusste sehr wohl, wie er sein Lächeln unter Kontrolle halten konnte – doch seinen Händedruck hatte er nicht im Griff.

Bei der Frau war das anders. Sie ließ die Hand nur so kurz in der von Chang ruhen, dass sie sich kaum berührten, eine Geste, die so bar jeder Bedeutung war wie der beiläufig distanzierte Blick, den sie ihm dabei schenkte. Sie sah einen *Chinesen*, sonst nichts. Doch als er mit den Fingern ihre behandschuhten Hände streifte, schien sie ein Schauder zu durchfahren. War es Ekel … oder Schmerz? Er konnte es nicht sagen. Sie verbarg es gut.

»Es ist eine große Ehre für mich, in dieser herrlichen Stadt zu sein«, sagte Chang, »und meine Delegation freut sich mit großer Ehrerbietung darauf, von unseren sowjetischen Genossen zu lernen.«

Lydia schaute er nicht mehr an. Er gestattete es sich nicht. Weil er sich selbst nicht traute. Stattdessen stellte er seine beiden Begleiter vor.

»Das ist Hu Biao, mein Assistent.«

Hu Biao machte eine tiefe Verbeugung.

»Und das ist Tang Kuan, meine unersetzliche Verbindungsoffizierin.«

Er hörte, wie Lydia den Atem anhielt. Es war ein Laut, der so leise und zart war wie der Flügelschlag eines Schmetterlings, ihm aber dennoch nicht entging.

Kuan verbeugte sich nicht, noch schüttelte sie die Hand. Sie nickte nur und sagte in dem perfekten Russisch, das er ihr beigebracht hatte: »Es ist für uns ein Privileg, hier in Moskau zu sein. Es schenkt uns allen Hoffnung, wenn wir sehen, welch beeindruckende Fortschritte der Kommunismus in dem großartigen Land unserer Genossen gemacht hat.«

»Es würde mich sehr stolz machen, euch unsere Stadt zu zeigen«, sagte das Wolfsauge so aalglatt, als hätte er Öl auf der Zunge.

Kuan nickte. »*Spassibo*, Genosse, *towarischtsch*. Ich würde sehr gerne einige der neuen kommunalen Wohnungen besichtigen.«

»Und die industriellen und technologischen Entwicklungen«, fügte Chang hinzu. »Vielleicht bei einer Führung durch einige der neuen Fabriken?«

»Natürlich. Ich glaube, das wurde bereits in die Wege geleitet.«

»Uns allen wäre es auch eine große Ehre, Lenins Mausoleum auf dem Roten Platz zu besuchen und den größten Mann der Geschichte zu sehen, einen Mann, dessen Ideen die ganze Welt verändern werden.«

»Es wäre mir eine große Freude …«

»Genosse Chang«, unterbrach Lydia das Gespräch und zwang ihn damit, sie wieder anzuschauen. Ihre lohfarbenen Augen schimmerten heller als das Sonnenlicht, als sie fragte: »Würdest du mir die Ehre erweisen, mit mir zu tanzen?«

Die Brust wurde ihm eng. Was hatte sie vor – mit dem Feuer zu spielen? Die beiden Russen starrten sie überrascht an, aber sie achtete nicht auf sie und lächelte Chang auf eine Weise zu, bei der er jegliche Vorsicht sausen ließ.

»Bitte untertänigst um Entschuldigung«, sagte er, »aber ich besitze keinerlei Erfahrung mit euren Tänzen.«

»Dann werde ich sie dir beibringen. Es ist nicht schwer.«

Er verbeugte sich. »Da es unsere Absicht ist, in Russland so viel wie möglich über eure Bräuche zu erfahren, danke ich dir und nehme das Angebot mit Freuden an.« Die Worte waren ihm herausgerutscht, bevor er sich zügeln konnte.

Neben ihm zog Kuan die Stirn in Falten und wollte schon den Mund öffnen, um etwas zu sagen, doch ein Blick von ihm genügte, um sie zum Schweigen zu bringen. Er flüsterte Hu Biao etwas zu, der kurz nickte. Sein junger Assistent würde in der Nähe bleiben und beobachten, wer mit wem redete.

Lydia wandte sich mit einer entschlossenen Drehung ab und ging in Richtung Tanzfläche. Chang folgte ihr.

Ihr Haar roch nach Tabak. Als hätten zu viele Männer daraufgeatmet. Chang spürte einen Anflug von Eifersucht. Die anderen Männer in dem Saal starrten sie an, und nicht nur deshalb, weil sie ungeschriebene Gesetze brach, indem sie mit einem Chinesen tanzte. Er spürte diese Blicke, während sie davon völlig unberührt wirkte, denn weder zog sie einen Schmollmund, noch warf sie den Kopf in den Nacken, wie es Frauen so oft taten, wenn sie die Bewunderung von Männern spürten. Lydia war in ihrem grünen Rock und der schlichten weißen Bluse einfach nur sie selbst.

Leicht wie eine Feder schwebte sie dahin und passte sich mühelos seinen etwas unbeholfenen Schritten an. Keiner von ihnen sprach. Wenn er damit begonnen hätte, wären seine Worte nicht mehr versiegt. Aber er ließ sich Zeit, sie anzuschauen, in jedem einzelnen kostbaren Teil ihres Gesichts zu schwelgen. Sein Blick wanderte über das zarte Gleichmaß ihrer Gesichtsknochen hinweg, über die sanft geschwungenen Brauen, die vollen Lippen. Die Nase, die für den chinesischen Geschmack zu lang war, und das viel zu breite Kinn. Eine winzige Narbe an ihrem Kiefer war neu, ebenso wie die tiefen Höhlen, die unter ihren Wangenknochen lagen.

All diese Dinge sog er förmlich in sich auf, um sie mit denen zu vereinen, die bereits in seinem Inneren lebten und atmeten. Ihr Haar – das er in seinen Träumen wohl tausend Mal berührt hatte – war gewachsen, und er erlaubte es seinen Fingern, über seine leuchtend roten Spitzen zu streicheln, während seine Hand auf ihrem Rücken lag. Eine kleine Wunde auf der bleichen Haut ihrer Hand, die wie ein Vögelchen in seiner Hand lag, war noch nicht ganz verheilt. Dennoch war sie immer noch sein Fuchsmädchen, seine Lydia.

Aber es gab auch Dinge an ihr, die sich geändert hatten. In ihren Augen. Der Verlust ihrer Mutter, ihrer Heimat, vielleicht auch das Getrenntsein von ihm, waren nicht ohne Folgen geblieben. Da lag eine Traurigkeit tief in ihren Augen, die vorher nicht da gewesen war und die er am liebsten weggeküsst hätte. Sie bewegte sich auch anders, mehr aus den Hüften heraus wie eine junge Frau, nicht mehr wie ein Mädchen. Sie war erwachsen geworden. Während sie voneinander getrennt gewesen waren, war dieses Fuchsmädchen auf einer tieferen Ebene, als er erwartet hätte, gereift, und es grämte ihn zu wissen, dass er nicht da gewesen war, um die schlechten Geister zu vertreiben, die ihr Lachen gestohlen hatten.

Er hatte sie im Stich gelassen – obwohl er geschworen hatte, es sei nur so lange, wie es eben dauern würde, für die Zukunft Chinas zu kämpfen und für die Ideale, die seine Seele umschlangen wie ein zu enger Kragen. Er hatte sich selbst verleugnet. Hatte sie verleugnet. Der Kommunismus hatte ihm alles abverlangt, und er hatte alles gegeben.

Doch jetzt … jetzt war alles anders.

»Ich habe dich vermisst.«

Sie hauchte die Worte fast, so leise waren sie. Er atmete sie tief ein. Ließ sie nicht mehr hinaus.

»Ich habe dich auch vermisst, Lydia. Wie ein Adler seine Flügel vermisst.«

Sie lächelte nicht, während sie durch den Saal schwebten. Anscheinend verschenkte sie ihr Lächeln nicht mehr so freigiebig wie in China, doch sie ließ ihn keine Sekunde aus den Augen.

»Lydia, mein Liebes.«

Er spürte, wie sie zitterte. Sah den Pulsschlag unterhalb ihres zarten Kinns.

»Lydia, ich werde rund um die Uhr überwacht. Die sowjetischen Wölfe umkreisen unsere Delegation Tag und Nacht, wohin wir auch gehen, und es ist genau geregelt, mit wem wir sprechen und was wir zu sehen bekommen. Sie möchten nicht, dass unsere Delegation *kontaminiert* wird.« Ohne dass es jemand bemerken konnte, streifte er mit dem Daumen einen ihrer Finger. Ihre Augen flackerten unter den halb geschlossenen Augen. »Wenn wir zusammen gesehen werden, wird man dich festnehmen, dich zum Verhör in die Lubjanka bringen und dich nicht mehr freilassen.«

Zum ersten Mal, seit sie miteinander tanzten, lächelte sie ihn an. Er hätte so gern ihr Gesicht berührt, ihre Haut gespürt.

»Mach dir keine Gedanken, mein Schatz«, flüsterte sie. »Ich weiß, was du mir sagen willst. Ich werde dich nicht in Gefahr bringen.«

»Nein, Lydia. Du sollst dich selbst nicht in Gefahr bringen.«

»Jetzt fühle ich mich sicher. Schau.« Einen Moment lang warf sie den Kopf in den Nacken vor Vergnügen, wie eine Katze, wenn man sie an der Kehle krault, und ihr Haar schwang frei und wild um ihren Kopf. »Hier mit dir.«

»Wir müssen damit aufhören, mein Liebes«, sagte er zu ihr.

»Ich weiß.«

»Man beobachtet uns.«

»Ich weiß.«

»Schau in eine andere Richtung.«

»Das kann ich nicht.«

»Dann muss ich es tun.«

»Tu's nicht.« Sie pustete ihm ganz zart ins Gesicht, eine Geste, die intimer war als ein Kuss. »Noch nicht.«

Schweigen einte sie, während sie weitertanzten. Mit seltsam unvertrauten Bewegungen führte er sie übers Parkett, drehte sich wieder und wieder mit ihr, so wie er es bei den anderen gesehen hatte, damit alle anderen Blicke außer dem seinen nicht zu lange auf ihrem Gesicht ruhen konnten.

»Wo bist du?«, murmelte er.

»In deinen Armen.«

Seine Augen lachten, obwohl er seinen Mund unter Kontrolle hatte.

»Ich meinte, wo du wohnst.«

»Ich weiß.«

Er lächelte. Es war undenkbar, sie irgendwann loszulassen. Unerträglich. »Deine Adresse?«

»Einheit 14, Uliza Sidorowa 128. Im Sokolniki-Viertel.« Sie hob eine Augenbraue. »In der Nähe einer Reifenfabrik.«

»Das klingt …«

»Einladend?«

»Ja.«

»Und du? Wo wohnst du?«

»Im Hotel Triumfal.«

Ihre Lippen öffneten sich und gaben den Blick auf ihre kleine rosa Zungenspitze und die starken weißen Zähne frei. Er gab vor zu stolpern, trat ihr auf den Fuß, nahm die Hände von ihr weg und verbeugte sich.

»Bitte vielmals um Entschuldigung. Ich bin nicht sehr gut in euren Tänzen. Schlage vor, wir kehren zu unseren Genossen zurück.«

Sie sagte nichts. Lächelte höflich. Doch er sah, wie sie schluckte, sah, wie schwer es ihr fiel. Während er sie an den Tisch zurückbegleitete, wo die Russen und Kuan warteten, konnte er ihren Atem hören. Und spürte, wie er ihm die Luft aus den Lungen sog.

EINUNDDREISSIG

In dem Hotel war es stickig und heiß. Alexej lag ausgestreckt auf einem schmalen Bett, die Decke hatte er abgeworfen. Er wusste nicht, ob er sich darüber freuen sollte, mit den letzten Kopeken, die er besaß, ein Bett für die Nacht ergattert zu haben, ganz gleich, wie schäbig die Unterkunft war, oder ob er sich darüber ärgern sollte, dass das Wasser in den Leitungen, die an seinem Bett vorbeiliefen, laut rauschte und das Gemäuer kochend heiß machte. Und dann waren da auch noch die Flöhe, Tausende von diesen Scheißviechern. Wie konnten so winzige Tierchen bloß beißen, als wären sie so groß wie Ratten? Er richtete sich auf.

»Genosse«, sagte er zu dem Mann auf dem Bett direkt neben ihm. »Wird das hier drinnen eigentlich irgendwann kühler?«

Der Mann blickte nicht auf. Er saß nur in Unterhemd und Unterhose auf seinem Bett und zupfte mit großer Konzentration und schmutzigen Fingernägeln an der dicken Hornschicht, die er an den Füßen hatte. Neben ihm lagen seine zerschlissenen Socken und ein offenes Päckchen Zigaretten.

»Njet«, sagte er und ließ einen gelben Hautfetzen zu Boden fallen. »Nachts, wenn die Betten voll sind, wird es eher noch heißer.«

»Voll mit Flöhen, meinst du.«

Der Mann kicherte. »Diese kleinen Bestien. Die machen einen wahnsinnig.«

Bei dem Zimmer handelte es sich um eine Art Sammelunterkunft, in der man zehn Betten zusammengepfercht hatte, doch ansonsten gab es keinerlei Möbel. Alles, was man besaß, musste man unter dem Metallrahmen des Bettes verstauen oder unter das fadenscheinige Kissen legen, während man schlief.

»Genosse«, sagte Alexej, »ich tausche vier Zigaretten gegen eine gute Socke.«

Der Mann schaute zu ihm herüber und grinste. Er tätschelte sein Päckchen. »Die hab ich von einem Genossen dafür bekommen, dass ich eine Stunde auf sein Pferdefuhrwerk aufgepasst habe.«

Alexej schälte sich aus einer seiner ungewaschenen Socken und ließ sie in Armeslänge vor ihm in der Luft baumeln. »Drei Zigaretten?«

»Abgemacht.«

»Und ein Streichholz.«

»Heute bin ich mal großzügig. Du kannst drei haben.«

Alexej warf ihm die Socke hinüber. Er würde sich irgendein Stück Stoff suchen müssen, um seinen Fuß einzuwickeln, sonst bekam er auf den kalten Straßen draußen Frostbeulen. Eine Socke für drei Zigaretten? Kein guter Tausch, alles andere als vernünftig. Aber es gab Zeiten, in denen Vernunft ebenso wenig willkommen war wie Flöhe.

Moskau war gierig. Es war eine Stadt im Umbruch, in der ganze Straßenzüge abgerissen und in einer Geschwindigkeit durch neue ersetzt wurden, dass seinen Bewohnern schwindelig davon wurde. Früher hatte hier hauptsächlich die Textilindustrie für Wachstum gesorgt, doch mittlerweile schossen Fabriken aller Art aus dem Boden, nahmen auch den letzten Raum ein und wurden mit Arbeitern vollgestopft, die in drei Schichten rund um die Uhr schufteten. Das Ganze geschah in einem solchen Tempo, dass so mancher schon davor warnte, die Felder Russlands wären in Kürze vollkommen verwaist und die Nahrungsmittelproduktion käme zum Erliegen.

Als es dunkel wurde, machte sich Alexej auf den Weg und rauchte dabei eine seiner eingetauschten Zigaretten. Langsam inhalierte er den Rauch, genoss den Geschmack. Es war seine erste Zigarette seit über einem Monat. Die muffige, überheizte Luft und die Flöhe in der Sammelunterkunft hatten ihn irgendwann hinausgetrieben, um ein wenig klare Nachtluft zu schnappen, und obwohl der eine Fuß in seinen Galoschen eiskalt war, genoss er es, sich ganz allmählich mit der Stadt vertraut zu machen.

Moskaus Straßensystem bestand aus einer Reihe von konzentrischen Kreisen, in deren Kern der Kreml saß wie eine rote Spinne mit gefährlich giftigem Biss. Der Arbat war eine aufstrebende Gegend, in der schicke Cafés, wohl sortierte Läden, lausfreie Kinos und geräumige Wohnungen darüber hinwegtäuschen konnten, dass es Lebensmittel nur auf Karten gab, die Regale gähnend leer waren und man ein Hemd bestenfalls in einer Nebenstraße im Tausch gegen einen halben Laib Brot erstehen konnte. Straßenlaternen verliehen den Hauptstraßen eine Aura zivilisierter Sicherheit, obwohl die Gehsteige schmal und so dick vereist waren, dass Alexej häufig gezwungen war, auf der Straße weiterzugehen. Bog er dann um eine Ecke, fand er sich oft genug in einem Viertel wieder, das an ein Dorf erinnerte. In diesen Bezirken waren die Straßen gar nicht befestigt und verfügten nicht über den Luxus von Laternen, nur eine Reihe von altmodischen Gebäuden mit hölzernen Vortreppen und Außentoiletten.

In ein oder zwei Kneipen brannte immer noch Licht, doch seine Taschen waren leer. Er holte tief Luft, sog den Duft der Stadt in sich ein und lauschte dem Murmeln ihres Herzens. Irgendwo hier war Lydia. Irgendwo hier war Jens Friis. Jetzt musste er sie nur noch finden.

Der Mann vor ihm torkelte. Alexej suchte sich gerade seinen Weg zurück zum Krasnoselskaja-Viertel und den Flöhen, als er die Gestalt leicht schwankend auf die Straße hinaustreten sah. Jemand, der deutlich zu tief ins Glas geschaut hatte.

Hier war die Straße unbeleuchtet, doch ein Halbmond gab gerade so viel von seinem flüssigen Schein ab, dass Alexej erkennen konnte, dass der Betrunkene ein dicker Mann war und die schäbige Straße ansonsten menschenleer. Die dicke Schnee- und Eisschicht knirschte unter den Füßen wie zerbrochenes Glas, aber der Mann schien nicht zu bemerken, dass er ihm folgte. Wieder geriet er ins Stolpern, stieß ein Ächzen aus, das laut genug war, dass Alexej es hören konnte, und sank auf die Knie. Oje, Betrunkene bedeuteten immer Schwierigkeiten. Und Alexej hatte gerade genug mit seinen eigenen Problemen zu tun. Andererseits konnte er den armen Kerl auch nicht dort auf dem Bürgersteig erfrieren lassen. In wenigen Schritten hatte er ihn eingeholt.

»Genosse?«

Er legte dem Mann die Hand auf die Schulter, um ihn zu stützen und davor zu bewahren, dass er mit dem Gesicht voraus aufs Eis fiel. Dabei gruben sich seine Finger in einen dicken, feuchten Pelz, und ihm wurde klar, dass die unförmige Gestalt des Mannes von einem riesigen Pelzmantel herrührte, dessen Kragen er bis zu den Ohren hochgeschlagen hatte.

»Genosse«, sagte Alexej noch einmal, »du musst dich irgendwo ausschlafen, wo es warm ist.«

Ein undeutliches, zusammenhangloses Murmeln drang durch die steifen Lippen.

Mudak! Scheiße! Alexej wollte die Sache hinter sich bringen. Er schob seine Schulter unter die Achselhöhle des Mannes und wappnete sich gegen das Gewicht, das sich gleich darauflegen würde. »Jetzt komm schon, weitergehen.«

Die einzige Reaktion des Mannes im Pelzmantel war, dass er sich schwer atmend auf Alexej stützte, doch seine Beine rührten sich nicht. Sein Kinn lag auf seiner Brust, die Augen waren zugekniffen.

»Du musst dich bewegen, Genosse, oder du wirst erfrieren.«

Immer noch nichts. Jede Nacht erfroren in Moskau mehrere Menschen am Straßenrand. Der schwere Atem des Mannes stieg wie ein schmaler Streifen weißer Seide in die Luft, und die Hand krallte sich bei jedem keuchenden Atemzug in Alexejs Arm. Alexej beugte sich zu ihm und roch den Übelkeit erregenden Gestank, der aus dem Pelz aufstieg.

»Was ist los, Genosse? Bist du krank?«

Ein seltsames Geräusch entrang sich der Kehle des Mannes wie das Pfeifen eines kleinen Vogels. Scheiße! Das war nicht bloß das Röcheln eines Betrunkenen. Alexej stellten sich die Nackenhaare auf, denn das war das Geräusch, das der Sensenmann macht, wenn er einen Menschen holen kommt. Er hatte es schon einmal gehört, dieses schrille Warnsignal. Rasch ging er neben dem Mann auf die Knie, und sein eigenes Herz schlug wie ein Hammer in seiner Brust, während er aufmerksam in das aufgedunsene Gesicht schaute. Vorsichtig nahm er ihn in die Arme und legte ihn auf dem Bürgersteig ab. Den Kopf stützte Alexej gegen sein Knie ab, um ihn vor den eisigen Klauen zu schützen, die sich sofort um einen Betrunkenen legten, wenn er auf gefrorenen Boden sank.

Innerhalb des voluminösen Mantels war der Mann wenigstens so warm, wie es in einer kalten Moskauer Nacht eben möglich war, doch im Halbdunkel sah die Haut seines Gesichts noch grauer aus als das Pflaster unter ihm. Er hatte ein fleischiges Gesicht, mit vollen Lippen und einem dicken Schnurrbart, der in den Mundwinkeln sorgfältig nach unten gezwirbelt war. Alexej schätzte ihn auf etwa fünfzig. Schon jetzt wurden ihm die Beine taub auf dem Eis, und dem Mann musste es ähnlich gehen, doch es war niemand auf der Straße, den man um Hilfe bitten konnte. Und Alexej brachte es nicht über sich, ihn einfach zurückzulassen und selbst Hilfe zu holen, denn da war etwas an der Art, wie der Mann sich an ihn klammerte, die ihm zeigte, dass er Beistand dringend nötig hatte.

Denk nach. Was geschah hier eigentlich? Ein Herzinfarkt? Ein Schlaganfall?

Er prüfte den Mund des Mannes. Die Kinnlade war steif, doch die Zunge war nicht nach hinten gerutscht, obwohl sich die Gesichtshaut kalt und klamm anfühlte. *O Gott, stirb jetzt bitte nicht*. Er knöpfte den Mantel auf und durchwühlte die Innentaschen. Zigarrenetui, Brieftasche, Schlüssel, Taschentuch, zusammengefaltetes Papier und – genau das, wonach er gesucht hatte – eine kleine Pillendose. Sie war warm vom Körperkontakt mit dem Besitzer. Alexej klappte den Deckel auf und sah, dass mehrere weiße Pillen darin lagen. Verdammt, das konnte alles Mögliche sein. Kopfschmerztabletten oder Abführmittel? Er nahm eine der Pillen heraus und schloss die Dose wieder.

»Genosse.« Er sprach laut, als wäre der Mann taub. »Genosse, sind es diese Tabletten, die du brauchst?«

Der Mann gab keine Antwort, sondern lag nur schwer wie ein Sack über Alexejs Knien, die Augen geschlossen. Sein Atem ging nur noch flach. Doch da war nach wie vor die Hand, die sich um Alexejs Arm krallte – alles, was darauf schließen ließ, dass der Mann noch am Leben war. Als wären seine Arme stärker als der Griff des Todes. Er legte die Wange an den Pelz, spürte, wie seine Wärme seine Haut durchdrang und sein Fleisch wärmte, und lauschte den kurzen Atemzügen des Mannes, der nach Luft rang. Er versuchte, seinen Atemrhythmus ihm anzupassen, um das Herz am Schlagen zu halten. Und er wartete.

»Freund?« Das Wort war nur ein Flüstern. Kaum mehr als das.

»Dann bist du also doch nicht tot?« Alexej lächelte.

»Noch nicht.«

»Kannst du dich bewegen?«

»Bald.«

»Dann warten wir.«

Ein Murmeln.

»Was hast du gesagt? Ich konnte es nicht hören.« Alexej beugte sich näher zu ihm.

»Tabletten.«

»Ich habe dir vorhin eine gegeben. Aus der Pillendose.«

Der schwere Kopf nickte schwach. *»Spassibo.«*

»Ist es dein Herz?«

»Da.«

»Du musst aus der Kälte raus. Wenn du bereit bist, kriege ich dich auf die Beine.«

»Bald.« Die Stimme war mal schwächer, mal stärker. »Noch nicht.«

»Ich wohne im Kalinin, aber das ist zu weit weg. Was du brauchst, ist ein Krankenhaus, und zwar schnell.«

»Njet.«

Die Hand an seinem Ärmel packte fester zu, die Finger zitterten.

»Mach dir keine Sorgen, mein Freund«, sagte Alexej. »Beruhige dich. Wir werden hier zusammen sitzen, so lange du willst, und auf die Morgensonne warten, die uns wieder die Glieder wärmt.«

Der Mann lächelte, nur ein winziges Zucken der Mundwinkel, doch immerhin ein Lächeln. Zum ersten Mal glaubte Alexej daran, dass er überleben würde. Er spürte, wie sich der Körper des Mannes entspannte, wie sich sein Atmen beruhigte, und überlegte gerade, ob er sich vielleicht davonschleichen sollte, um irgendwo an der Straße, wo in einem Haus noch Licht brannte, an die Tür zu klopfen und um Hilfe zu bitten, als sich ein Auto näherte. Es fuhr ganz langsam, ja so langsam, als wäre der Fahrer wegen des Eises auf der Hut.

»Genosse, da kommt ein Auto. Ich werde es anhalten, und dann …«

»Lass mich nicht los, mein Freund.«

»Ich bin nur einen Moment weg, das verspreche ich.«

»Wenn du mich loslässt, falle ich in die Grube.«

»Was für eine Grube?«

»Dieses schwarze Loch da. Da zu meinen Füßen.«

»Freund, da ist kein Loch.«

»Ich kann es sehen.«

»*Njet*. Schau mich an.«

Der Mann wandte den Kopf. Seine Augen waren nur schmale Schlitze in dem fleischigen Gesicht.

»Da ist kein Loch«, wiederholte Alexej.

Die Finger drückten zu. »Schwöre es.«

»Ich schwöre es.«

Das Motorengeräusch erstarb. Alexej blickte auf. Am Straßenrand gegenüber waren nicht einer, sondern zwei schwarze Autos mit länglichen Kühlerhauben vorgefahren. Türen knallten. Sechs Männer sprangen heraus und liefen über die Straße auf sie zu. Ohne ein Wort legte Alexej seinem neuen Kumpel den Arm um die Schulter, bereit, ihn auf die Beine zu stellen, ob er nun wollte oder nicht, während seine andere Hand unter den Mantel zu dem Pistolenhalfter glitt, das direkt neben seiner Brust hing, darin die Waffe, die Alexej vorher dort erspürt hatte. Rasch entsicherte er sie und wappnete sich für das, was kommen würde.

»Pakhan!«

Ein junger Mann kam näher, und als er die Waffe sah, lag wie durch Zauber plötzlich ein Trommelrevolver in seiner Faust. Er hatte dickes, schwarzes Haar und den gleichen Schnurrbart wie der ältere Mann.

»Anatoly«, murmelte der Kranke, ließ Alexej los und streckte die Hand nach ihm aus. »Nicht, Anatoly. Dieser Mann hat mir geholfen.«

»Dein Freund hier ist auf der Straße zusammengebrochen.« Alexej ließ die Waffe sinken.

Mehrere schwarz gekleidete Männer umschwärmten sie, durchtrainierte Gestalten, deren Blicke nicht gerade zu Vertraulichkeiten herausforderten. Sie nahmen den Mann zwischen sich und hatten ihn bereits in eines der Autos verfrachtet, bevor Alexej sich verabschieden konnte. Er stand am vereisten Straßenrand und sah zu, wie sie in die Dunkelheit davonglitten. Der Anblick machte ihn irgendwie traurig, was ihn überraschte.

»Gute Besserung, Genosse«, sagte Alexej, schob sich die Pistole in den Hosenbund und machte sich auf den Heimweg zu den Flöhen.

ZWEIUNDDREISSIG

Geh ins Bett, Lydia.« Es war Elenas Stimme hinter dem Vorhang.

»Noch nicht.«

»Es hat keinen Sinn zu warten.«

»Doch.«

»Er wird nicht kommen, Mädchen. Nicht heute Abend. Er kann nicht. Er hat dir doch gesagt, dass er rund um die Uhr überwacht wird.«

»Du kennst ihn nicht.«

Ein leises Glucksen. »Nein, aber ich kenne die Männer. Selbst die ergebensten würden nicht einfach in die Höhle des Löwen spazieren, wenn das bedeutet, dass sie nicht mehr heil herauskommen. Gib ihm Zeit. Du hast es einfach viel zu eilig.«

»Chang An Lo ist nicht wie andere Männer.«

»Das sagst du.«

»Es stimmt, Elena.«

Plötzlich gab es ein schläfriges Schnaufen von Liews Seite am anderen Ende des Vorhangs. Sie hatten ihn mit ihrem Gerede geweckt. »Jetzt reicht's. Schlaft endlich. Alle beide.«

»Halt die Klappe, alter Ziegenbock«, erwiderte Elena liebevoll, und die Bettfedern quietschten, als sie sich neben ihrem Liebhaber ins Bett legte.

Lydia beugte sich auf ihrem Stuhl am Fenster nach vorne und blies die Kerze aus, die auf dem Fensterbrett stand. Doch sie blieb dort sitzen und starrte in die Dunkelheit.

Chang sah das Licht. Er stand unten im Hof, ein schwarzer Schatten inmitten der Dunkelheit. Er konnte nicht wissen, ob es ihr Fenster war oder ihre Kerze, doch er war sich dessen so sicher, wie er seinen eigenen Herzschlag kannte.

Er wusste, dass sie wartete, doch er kam nicht näher. Ein bitterkalter Wind fuhr ächzend unter die Dachziegel, und die Geister der Nacht drängten ihn weiter, versuchten seine Sinne zu betören, sein Blut in Wallung zu bringen. Dennoch blieb er vollkommen reglos auf dem Kopfsteinpflaster des Hofes stehen und spürte durch die Fußsohlen, wie sich ganz allmählich ein Teil von ihm davonstahl, wie er sich erhob, als wäre er Rauch im Wind, und zu der Fensterscheibe hinüberwehte, nach Rissen darin suchte, durch die er hineinkönnte, leise wie ein Flüstern.

Es war riskant hierherzukommen, aber er konnte nicht anders. Es hatte ihm keine Mühe bereitet, durch das Bad seines Hotelzimmers hinauszuschlüpfen, am Regenfallrohr hinunterzurutschen und sich wie eine Katze auf Beutezug davonzustehlen. Nein, das war nur eine unbedeutende Gefahr gewesen. Die große Gefahr lauerte hier, auf ihrer Schwelle. Glaubte sie denn wirklich, sie könne sich mit einem Mitglied der Parteielite anfreunden, dem Mann mit den Wolfsaugen, und keinen Preis dafür zahlen? Sie würde überwacht werden. Von nun an jeden Moment. Es würde jemanden geben, der darüber Bericht erstattete, mit wem sie sich traf, wohin sie ging, was sie tat, und vor allem, wer zu ihr in die Unterkunft kam. Ob bei Tag oder bei Nacht. Hier in den Schatten jedoch war er unsichtbar.

Meine Lydia, mein Liebes. Pass auf dich auf.

Er kehrte auf demselben Weg in sein Hotel zurück, den er gekommen war. Während er in das Badezimmer kletterte, lauschte er, doch alles war ruhig. Es war vier Uhr früh, und die Gäste des Hotels schliefen tief und fest unter ihren dicken Daunenbetten.

Noch im Badezimmer zog er die Nachtwäsche an, die er in seinem Lederrucksack auf dem Rücken getragen hatte, und verstaute an ihrer Stelle die Schuhe und Kleidung darin. Er ließ Wasser laufen, um den Mitlauschern zu verstehen zu geben, dass das Bad in Benutzung war, atmete tief durch und öffnete die Tür. Auf dem Flur war es leer. Auf bloßen Füßen tapste er leise in sein Zimmer zurück, schlüpfte hinein und schloss die Tür hinter sich.

»Du bist also zurück.«

Blitzschnell fuhr Changs Hand im Dunkeln zu dem Messer an seiner Taille, während er mit der anderen das Licht einschaltete.

»Kuan«, sagte er. »Was machst du in meinem Zimmer?«

Sie hatte in seinem Stuhl gesessen und war aufgestanden. Ihr Gesicht war gerötet, und er kannte sie gut genug, um zu wissen, dass es Zornesröte war.

»Ich warte auf deine Rückkehr.«

»Jetzt bin ich da.«

»Wo bist du denn gewesen?«

»Das ist meine Sache, Kuan, nicht deine.«

Sie trug ein schlichtes Wickelkleid aus blauer Baumwolle, und er sah, wie sie die Hände in die Taschen steckte und zu Fäusten ballte, doch ihre Stimme war leise und kontrolliert.

»Chang An Lo, man hätte dich festnehmen können für das, was du heute Nacht getan hast.«

Chang holte langsam und tief Luft. Traurigkeit schwappte über ihn hinweg, und er spürte, wie sie sich durch seine Adern in den ganzen Körper ergoss. Jetzt würde sie ihre Worte nicht mehr zurücknehmen können.

»Wir *alle* könnten für das, was du heute Abend getan hast, festgenommen werden«, fuhr sie fort. Ihre Stimme war nur noch ein angespanntes Flüstern. »Dass du das Hotel klammheimlich verlässt, deutet darauf hin, dass du etwas im Schilde führst, von dem die Behörden nichts wissen dürfen.«

»Kuan«, sagte er so leise, dass sie mehrere Schritte auf ihn zukommen musste, um ihn hören zu können, »wenn dieses Zimmer abgehört wird, was sehr wahrscheinlich ist, dann hast du uns mit deinen Worten gerade in ein Arbeitslager nach Sibirien gebracht.«

Sie errötete noch mehr. Mit weit aufgerissenen Augen blickte sie im Zimmer umher, als könnte man die Abhörwanzen sehen.

»Chang«, flüsterte sie. »Es tut mir leid.«

»Geh jetzt auf dein Zimmer. Versuch, ein wenig zu schlafen.«

»Wie kann ich schlafen, wenn …«

Er machte die Tür auf. »Gute Nacht, Tang Kuan.«

Ohne ihn anzuschauen verbeugte sie sich, schlüpfte durch den Türspalt und verließ das Zimmer. Er schaltete das Licht aus, setzte sich aufs Bett, schloss die Augen und richtete all seine Gedanken auf Lydia. Plötzlich war sie ihm wieder ganz nah, er spürte, wie sie in seinen Armen lag und mit ihm tanzte, wie ihr flammendes Haar jegliches Gefühl für Gefahr in ihm wegbrannte und ihre bernsteinfarbenen Augen seinen Geist zu sich heranzogen und das Band zwischen ihnen enger knüpften. Er sah sie vor sich, wie sie den Kopf drehte, das Kinn hochgereckt; wie ihre Mundwinkel nach oben zeigten, auch wenn sie nicht lächelte. Genüsslich verweilte er in Gedanken bei dem Gefühl seiner Hand auf ihrem Rücken, während sie sich über den Tanzboden bewegten, daran, wie er mit jedem Zoll seiner Haut ihre jungen Muskeln spürte, die sich unter seinen Fingern bewegten, jede ihrer Rippen, jeden Wirbel ihres langen, geraden Rückens.

Im Namen Chinas, im Namen des Landes, das er liebte, hatte er sie bereits einmal aufgegeben. Nicht wieder. Nicht dieses Mal, mochten ihm die Götter vergeben. Er öffnete die Augen und starrte in die Finsternis hinaus.

Die Kälte war wie ein Schlag ins Gesicht für Lydia, als sie auf den Hof hinaustrat. Es war noch dunkel, und es würde noch Stunden dauern, bis der Morgen kam, weshalb auch der Hofwart, der sich sonst meistens auf seine Schaufel lehnte, eine Zigarette rauchte und sich über die Frauen beklagte, die Wasser auf den Pflastersteinen verschütteten, noch nicht an seinem Platz war. Eis vom Boden wegzuhacken erschwerte ihm die Arbeit. Liew behauptete, alle Hausmeister stünden auf der Gehaltsliste der Geheimpolizei, indem sie ein wachsames Auge auf all das Kommen und Gehen der Bewohner ihres Gebäudes hatten, doch egal ob das stimmte oder nicht, bemühte sich Lydia stets, den lüsternen Blicken des Mannes auszuweichen.

Sie schritt schnell davon und versuchte, den Weg zurückzuverfolgen, den sie und Elena zum Wohnungsamt gegangen waren. Der Nachthimmel hatte aufgeklart, Sterne glitzerten so hell und zahlreich am Firmament wie die Pailletten auf Antoninas schwarzem Kleid gestern Abend im Hotel Metropol. Dass Antonina und Alexej zusammen gewesen waren, war ein Gedanke, bei dem Lydia nicht gerne verweilte, doch an der Frau war dennoch etwas, das sie mochte. Antonina war ein Individuum, das nicht gewillt – oder unfähig? – war, sich anzupassen, und das noch nicht in die Gussform der sowjetischen Elite gepresst worden war, obwohl sie mit einem ihrer Mitglieder verheiratet war. Und außerdem hatte Lydia jetzt die Gewissheit, dass Alexej nach Moskau unterwegs war.

Beeil dich, Bruder. Ich werde warten. Heute an der Kathedrale, ich verspreche es dir.

»Junge! Wach auf!«

Lydia trat gegen das Kartonhaus. Es geriet ins Wanken, brach aber nicht zusammen.

»Steh auf!«, rief sie. »Ich möchte mit dir reden.«

Sie stand vor der Nische, bereit, jeglichem Fluchtversuch vorzubeugen, doch nichts bewegte sich.

»Jetzt bring deine Knochen in Bewegung und lass mich ja mit deinen Zähnen in Frieden«, sagte sie barsch.

Allmählich hatte sie den Verdacht, dass der Unterschlupf leer war. Es war zu dunkel, um etwas zu erkennen, weshalb sie sich gar nicht die Mühe machte hineinzuschauen, sondern einfach dem Karton einen weiteren Tritt verpasste. Ein leises Winseln drinnen wurde rasch zum Schweigen gebracht.

»Ich habe einen Hundekuchen für Misty mitgebracht.«

Sie wartete, hörte ein Rascheln, dann stand eine dunkle Gestalt vor ihr.

»Was willst du?« Die Stimme des Jungen klang argwöhnisch.

»Ich hab's dir gesagt. Reden will ich.«

»Und der Hundekuchen?«

Sie hielt ihm das Gebäckstück hin. Er schnappte es sich und gab es, ohne es zu teilen, dem Welpen auf seinen Armen, der es blitzschnell hinunterschlang und dem Jungen dann das Kinn abschleckte, gierig nach mehr.

»Wie heißt du?«, fragte Lydia.

»Was geht dich das an?«

»Nichts. Ist einfacher, das ist alles. Ich heiße Lydia.«

»Hau ab, Lydia.«

Sie drehte sich auf dem Absatz um und begann wegzumarschieren, rief ihm aber über die Schulter hinweg noch zu: »Dann willst du also wirklich weder frühstücken noch ein bisschen Geld verdienen? Na, dann hab ich dich wohl falsch eingeschätzt, du blödes Rattenhirn.«

Einen Moment lang dachte sie, sie hätte es verdorben. Doch plötzlich hörte sie Schritte hinter sich, der Junge überholte sie und lief vor ihr her, rückwärts, mit dem Gesicht zu ihr, während sie weiterging. Das Mondlicht schimmerte wie Wasser auf seinem flachsblonden Haar, was ihn ein wenig wie einen Elfen aussehen ließ. Sein spitzes Kinn und die blauen Augen, die wie Spiegel schimmerten, taten ein Übriges.

»Frühstück?«, fragte er.
»Da.«
»Geld?«
»Da.«
»Wie viel?«
»Das verhandeln wir über einer Schüssel Grütze.«
»Für Misty auch.«
»Natürlich.«
»Was muss ich dafür machen?«
»Eine Nachricht übermitteln.«
Der Junge lachte. Es war ein glockenhelles, fröhliches Lachen, das Lydia Hoffnung machte.

Der Junge hieß Edik. Er hockte auf Lydias Bettende und löffelte sich wortlos Hafergrütze in den Mund, während zu seinen Füßen der Welpe vergeblich in seiner längst geleerten Schüssel schnupperte. Das vollgefressene Bäuchlein stand von seinen Rippen ab wie eine Trommel. Lydia saß auf dem Stuhl und merkte, dass Elena und Liew bereits wach waren, den Vorhang zurückgeschoben hatten und Tee schlürften. Auch wenn sie ihre Gesichter hinter dem Dampf über den Tassen nicht erkennen konnte, wusste sie, dass die beiden den Jungen misstrauisch betrachteten.

Lydia bückte sich, nahm den kleinen Hund auf den Arm und setzte ihn sich auf den Schoß. Sofort kam eine winzige rosa Zunge hervor, leckte sie am Kinn und brachte sie damit zum Lachen. Sie streichelte dem kleinen Kerl über das graue Köpfchen. Der Welpe hatte gelblich braune Augen und Pfoten, die ihm noch zwei Nummern zu groß waren.

»Wo hast du sie gefunden?«, fragte sie. »Misty, meine ich.«

»In einem Sack«, antwortete der Junge. »Ein Mann hat versucht, sie im Fluss zu ertränken.«

»Arme Misty«, sagte Lydia lächelnd und knuddelte die dünnen Ohren. »Und glückliche Misty.«

»Lydia?«

»Ja?«

»Tut mir leid, dass ich dich gebissen habe.«

»Solange du es nicht wieder machst.«

»Ich hatte Angst, du würdest mich nicht laufen lassen.«

»Ich weiß. Vergiss es.«

Der Junge hielt den Blick eine Sekunde auf sie gerichtet, bevor er ihn wieder dem Löffel zuwandte. An Liew schaute er immer vorbei. Gerade dachte Lydia, dass das alles hier überraschend gut verlief, als sich Liew urplötzlich aufrappelte und zu der Stelle schlenderte, an der Edik saß. Er packte eine Strähne des flachsblonden Haares. Der Junge jaulte auf und ließ den Löffel fallen.

»Schmeiß diesen kleinen Gauner raus, Lydia. Und seinen Köter mit ihm.«

»Nein, Liew. Lass den Jungen in Ruhe. Er wird mir helfen.«

»Lydia.« Diesmal war es Elena. »Schau ihn dir doch an. Er ist schmutzig. Er ist ein Straßenjunge und wimmelt bestimmt nur so vor Läusen und Flöhen. Der Hund ebenso. Um Himmels willen, mach, was Liew dir sagt.«

»Raus!«, brüllte Liew den Jungen an.

Der Hund sprang auf den Fuß des Kosaken und begann, an den nackten Zehen zu knabbern. Die Pranke des Mannes ließ kurz von dem Jungen ab und schnappte sich stattdessen das Tier, hob es hoch in die Luft, als wollte er ihn quer durchs Zimmer schleudern.

»Nein!«, rief Lydia, nahm ihm den Hund ab und versetzte der riesigen Hand des Kosaken einen Klaps. »Du bist herzlos.«

Liews gesundes Auge starrte sie mit einer Mischung aus Überraschung und Gekränktheit an. »Das ist doch alles Abschaum«, brummte er und ging türenschlagend hinaus.

Elena, der Junge und der Hund schauten zu Lydia.

»Verdammt!«, fauchte sie. Sie packte den Jungen und den

Hund am Schlafittchen und zerrte sie zu der Wasserpumpe unten im Hof.

»Es ist eine Ehre, Chang«, hob Hu Biao hervor.

Er stieg an Changs Seite die Treppe des Hotels Triumfal hinab. Der Rest der Delegation folgte ihnen, mit Kuan als Nachhut. Seit der letzten Nacht hatte sie nicht mehr mit Chang gesprochen.

»Es ist eine große Ehre, Hu Biao«, korrigierte Chang seinen jungen Assistenten, so laut, dass es auch ihre russischen Begleiter hören konnten. Zwar sprach er Mandarin, doch wich ihnen ein Dolmetscher niemals von der Seite. »In den Kreml zu einem Gespräch mit Stalin eingeladen zu werden wird es uns später ermöglichen, Mao Tse-tung die Gedanken des großen Anführers zu übermitteln. Mao wird uns untertänigst dankbar sein. China braucht eine solche Anleitung, wie die Ideale des Kommunismus unter dem Volk verbreitet werden können.«

Biao schaute ihn an, nur ein blitzschneller Blick von der Seite. Chang musste sich ein Lächeln verkneifen. Selbst dieser junge Soldat hier wusste, dass es an Mao keine Untertänigkeit gab, nicht einmal in der Spitze seines kleinen Fingers. Trotzdem würde es von großem Interesse sein, Zugang zum innersten Kern des sowjetischen Systems zu erhalten und im Kreml mit dem Mann reden zu können, der die Zügel der Macht in der Hand hielt. Dass auch eine gewisse Gefahr in der Sache lag, machte die Delegation an diesem Morgen nervös und einsilbig. Als wüsste sie, dass es durchaus sein konnte, dass man sie zwar hinein-, aber niemals wieder herauslassen würde, wie Fliegen, die in einem Spinnennetz gefangen waren.

Es war ein strahlender Tag, die Straßen waren in Sonnenlicht gebadet. Ein blauer Himmel war an die Stelle der Regenwolken von gestern getreten, dennoch wurde Chang das Herz schwer, denn es war nicht der Kreml, in dessen Richtung seine Füße gerne eingeschlagen hätten. Der gefrorene Schnee in den Bäumen gegenüber dem Hotel glitzerte verführerisch, Menschen gingen darunter spazieren, junge Paare, Hand in Hand. Er wandte den Blick ab.

Wo auch immer er und die chinesische Delegation hinkamen, machten Soldaten den Weg für sie frei, schoben die Leute beiseite, als wollten sie die Delegierten vor einer Ansteckung schützen. Oder ging es eher umgekehrt darum, die anderen vor ihnen zu schützen? Am Bordstein warteten geduldig drei Staatskarossen mit Hammer-und-Sichel-Standarte und leise surrendem Motor. Ihre ständige Begleiterin, eine gestrenge Frau in Uniform, öffnete den Schlag einer der Karossen und schenkte ihnen ein steifes Lächeln, aber gerade als Chang in das gepolsterte Innere des Wagens steigen wollte, hörte er jemanden rufen.

Es war ein Junge. Nicht mehr als zehn oder zwölf Jahre alt, dünn wie ein Wiesel, doch schnell wie der Blitz. Er hatte sich bereits an einem Soldaten vorbeigeschlängelt, sich aus dem Griff eines anderen befreit und lief jetzt quer über den leeren Vorplatz des Hotels, als hätte ihn jemand in Brand gesetzt.

Chang ging das Herz auf. Mit zwei großen Schritten trat er dem Jungen in den Weg und brachte ihn aus dem Gleichgewicht, so dass er zu Boden ging. Es dauerte kaum länger als die Zeit, in der ein Gott die Stirn runzelt, aber einen Moment lang lagen sie sich Auge in Auge gegenüber. Dann schoss die behandschuhte Hand eines Soldaten zwischen die beiden, packte den Straßenjungen und schüttelte ihn so heftig, dass ihm der Lappen, den er sich statt einer Mütze um den Kopf gebunden hatte, herunterfiel und den Blick auf einen flachsblonden Haarschopf freigab. Die offizielle Begleiterin der Delegation kam zu Chang herübergelaufen. Ihre Miene war streng und verärgert. Doch da war auch noch etwas anderes. Es war Angst. Sie hatte Angst, er würde sie wegen ihrer Inkompetenz melden.

»Genosse Chang«, sagte sie schnell. »Ich muss mich entschuldigen. Der Junge wird bestraft.«

»Lasst ihn gehen.«

»*Njet*. Dem Streuner muss eine Lektion erteilt werden.«

»Lass ihn gehen, Genossin.«

Changs Ton war ganz ruhig. Die Begleiterin musterte ihn einen Moment lang und rückte dann den Kragen ihres Militärmantels zurecht.

»Ihr lasst ihn gehen, Genossin«, sagte er noch einmal. Es war unmissverständlich ein Befehl. Er wandte sich an den Soldaten, der dem Jungen den Arm auf dem Rücken verdrehte. »Lass ihn los. Er hat mir nichts getan.«

Die Begleiterin nickte kurz, und der Soldat ließ los. Auf der Stelle lief der Junge davon, die Straße hoch, und war schneller in der Menge verschwunden als eine Ratte in einem Abflussrohr. Ohne Kommentar nahm Chang im Wagen Platz und nickte anerkennend, als die Begleiterin ihnen auf dem Weg die neuesten Bauten erklärte, die verbesserte Straßenbeleuchtung sowie die Verbreiterung der Straßen.

»Sehr gut«, murmelte er.

Erst als sie und die anderen Mitglieder seiner Delegation in den Kreml mit seinen gewaltigen, roten Mauern und den schimmernden Dächern einfuhren, schob Chang unauffällig die Hand in seine Manteltasche. Darin steckte ein zusammengefaltetes Blatt Papier.

DREIUNDDREISSIG

Ein faszinierender Anblick.«

»Ich bin ganz deiner Meinung«, erwiderte Jens Friis an Olga gerichtet, die neben ihm stand. Sie schauten beide nach oben. »Jedes Mal, wenn ich es sehe, bleibt mir die Luft weg.«

»Es ist wie ein riesiger, schwangerer Wal, der da oben schwebt.«

Jens lachte. »Ach, Olga, das wird ihm nicht gerecht. Es ist ein Luftschiff. Schau es dir nur an. So glatt und elegant. Wie eine gigantische silberne Gewehrkugel, die darauf wartet, abgeschossen zu werden.«

Er war stolz auf seinen Entwurf. Sosehr er ihn auch hasste, war er auch stolz auf ihn. Wie auf ein Kind, das unartig ist und das man dennoch lieben muss. Luftschiffe hatten eine wesentlich größere Reichweite als Flugzeuge, und das hier, mit den beiden Doppeldeckern, die daranhingen, würde eine Waffe darstellen, mit der man ganze Städte und Kampfgebiete terrorisieren konnte.

Mit einem Schauder wandte Olga den Blick von der Schöpfung ab, die über ihren Köpfen hing. Stattdessen schaute sie zu dem jungen Fillyp hinüber, der sich an den Tauen zu schaffen machte, blickte auf den peinlich sauber geschrubbten Zementboden hinab, auf ihre eigenen Hände, die Hände einer erfahrenen Chemikerin.

»Olga«, sagte Jens sanft, und berührte sie eine kurze Sekunde lang, als die Aufmerksamkeit aller auf etwas anderes gerichtet war, an der Schulter. »Es ist nicht deine Schuld. Du hast keine Wahl. Keiner von uns hat eine Wahl.«

Sie wandte ihm ihre traurigen Augen zu. »Stimmt das, Jens? Ist das wirklich wahr?«

Der Hangar des Luftschiffs war so hoch wie das Gewölbe einer Kathedrale und hatte auch die zahlreichen Rippen eines solchen Gotteshauses. Er erstreckte sich über ihnen wie eine neue Art Himmel, doch in dieser Welt hier schien keine Sonne. Vor dem Hintergrund des gewaltigen Gebäudes wirkten die Ingenieure und Wissenschaftler, die mit geübter Effizienz ihrer Arbeit nachgingen, wie eine Schar winziger Arbeitsameisen inmitten eines riesigen Baus.

Heute war es Jens' Aufgabe, die Schalter zum Ablassen der Gasbehälter neu zu konstruieren, indem er seinen Entwurf für eine der Halteklammern an der Unterseite der Doppeldecker im angrenzenden Hangar anbrachte. Das Gewicht der beiden Doppeldecker war entscheidend für das Gleichgewicht des Luftschiffes, weshalb er seine Ausmaße mit größter Präzision abstimmen musste. Er wurde sorgfältig beobachtet. Nicht nur von den Wachsoldaten, die mit geschulterten Gewehren auf und ab gingen, sondern auch von anderer Seite. Nie konnte er wissen, wer seine Bewacher waren oder was sie taten. Es waren Männer mit hageren Gesichtern und grauem Haar, jeweils zwei, die immer schwarze Anzüge trugen. Er nannte sie die Schwarzen Witwen, weil sie genau wie jene giftigen Spinnentiere überall lauerten.

Beide trugen Brillen, und einer von ihnen war ständig damit beschäftigt, sich die biegsamen Metallbügel von den Ohren zu nesteln und das Brillenglas mit einem blütenreinen Taschentuch, das offenbar nur diesem einen Zweck diente, zu putzen. Selten sagten sie etwas, sondern beobachteten einfach nur alles, was er tat. Manchmal, wenn er über seine Schulter blickte, spiegelte sich einer der Scheinwerfer über ihren Köpfen im Brillenglas, was für Jens so aussah, als wäre das Höllenfeuer selbst in ihren Augen eingeschlossen.

Draußen im Dunst lungerte Elkin auf einer der Bänke seitlich des Hangars herum und rauchte eine Zigarette. Rauchen war innerhalb der Hangars strengstens verboten, aber außerhalb kümmerte sich niemand so recht um das Verbot, und die massiven Gebäude ringsum boten guten Schutz vor dem beißenden Wind.

Jens zündete sich ebenfalls eine Zigarette an – einer der Vorteile seiner Arbeit bei dieser Einheit war, dass sie unbegrenzt mit Zigaretten versorgt wurden –, nahm neben seinem Kollegen Platz und streckte die langen Beine aus.

»Elkin«, sagte er, »wir beide müssen uns mal ernsthaft wegen der Zeitplanung unterhalten. Du hast Oberst Tursenow gesagt, dass wir die Sache in zwei Wochen unter Dach und Fach haben.«

»Das stimmt auch. Wir können es schaffen.«

»Ich glaube, dass das sehr fraglich ist. Wir müssen doch zuerst noch eine Testreihe machen.«

»Meine Güte, Friis, behandele mich nicht wie einen deiner Volltrottel da drüben.« Er wies mit der Zigarette auf einen Wachsoldaten, der auf der obersten Treppenstufe vor einem Lagerhaus drüben bei der Ziegelmauer saß, die das ganze Gelände umgab. Nahe genug, um sie im Auge zu behalten, jedoch nicht in Hörweite.

»Elkin, denk doch mal drüber nach, was wir hier machen«, murmelte Jens. »Überleg doch mal, was für ein Ungeheuer wir da erschaffen.«

»Alles, was ich denke, ist, dass ich am Schluss freikomme. Das haben sie uns versprochen. Unsere Freiheit.«

»Du bist ein Idiot, Elkin.«

»Was, zum Henker, meinst du damit?«

»Jetzt setz doch mal deine grauen Zellen in Bewegung. Was wir hier machen, ist streng geheim. Glaubst du eigentlich allen Ernstes, wenn wir unsere Arbeit vollendet haben, machen die einfach die Tür auf und lassen uns raus?«

»Ja!«

»Wie gesagt, du bist ein Idiot.«

Elkin sprang auf und starrte finster auf Jens hinab, der einfach sitzen blieb, weil er die Aufmerksamkeit des Wachsoldaten nicht auf sie lenken wollte.

»Friis, ich hab neun Jahre in sibirischen Arbeitslagern verbracht, darunter drei in der Goldmine von Kolyma. Ich kann mich verdammt noch mal glücklich schätzen, überhaupt noch am Leben zu sein. Und ich werde diese eine Chance, ein freier Bürger der Sowjetunion zu werden und zu meiner Familie zurückzukehren, nicht aufs Spiel setzen, bloß weil du so ein verdrehtes Ehrgefühl hast und meinst, andere beschützen zu müssen.«

»Wir alle sind froh, noch am Leben zu sein. Und jeder von uns möchte seine Freiheit.«

Elkin beugte sich tief über ihn, so dass sein vernarbtes Gesicht sich nur wenige Zentimeter entfernt von Jens befand. Heftig flüsterte er: »Dann mach du uns nicht alles kaputt, indem du weiter für Verzögerungen sorgst.« Er drehte sich auf dem Absatz um und schritt zurück in Richtung Hangar. Langsam verschwand seine Gestalt im Dunst.

Jens rührte sich nicht. Er ließ seine nur halb gerauchte Zigarette in das nasse Gras fallen und holte tief Luft, um gegen die Schuldgefühle anzukämpfen, die ihn zu übermannen drohten. An dieses Gefühl der Niedergeschlagenheit war er gewöhnt. Oft kam es und blieb ihm so lange auf den Fersen, bis er sich so sehr an seinen üblen Geruch gewöhnt hatte, als wäre es sein eigener. Jetzt jedoch besaß er eine Waffe dagegen, ein helles Licht, das er bei Bedarf einschalten konnte, mit dem er in jene stumpfen, leblosen Augen hineinleuchten und die Bestie zurück in die Dunkelheit verbannen konnte, woher sie kam. Dieses Licht war das Wissen, dass seine Tochter am Leben war.

Er schloss die Augen zu und beschwor den Anblick von Lydia in sich herauf. Das Bild eines elfengleichen Wesens, das tanzte. Er versuchte sich vorzustellen, wie sie jetzt wohl aussehen würde, ein junges, siebzehnjähriges Mädchen mit flammenrotem Haar und klaren, bernsteinfarbenen Augen, die einen unverwandt anschauten. Ein Gesicht, das hinter einem scheuen, neugierigen Lächeln verbarg, was wirklich in ihm vorging. Doch er schaffte es nicht. Jenes siebzehnjährige Wesen glitt ihm immer wieder in den Dunst davon, wie zuvor Elkin, und an seine Stelle trat ein lachendes Kind, das den Kopf schwungvoll in den Nacken warf, wenn es einen Raum betrat, das seine kleine Stirn konzentriert in Falten legte, wenn es seinem Vater half, einen Nagel in ein Brett zu schlagen, oder wenn es einen perfekten Neunzig-Grad-Winkel zeichnete. Ein herzförmiges Gesicht, das schelmisch zu ihm emporblickte, mit leuchtenden Augen, und den Mund zu einem breiten Grinsen verzog, wenn er ihr hinterher anerkennend unter das Kinn fasste und sagte: »Gut gemacht, *malyschka*.«

»Ich bin froh, dass du etwas gefunden hast, das dich glücklich macht.«

Als Jens die Augen öffnete, stand Olga vor ihm. Er mochte ihre schüchterne Art und verspürte plötzlich den überwältigenden Drang, sie an der Hand zu nehmen und in die Freiheit davonzugehen. Bloß dass das Gelände ebenso wie der Hangar von einer zehn Meter hohen Mauer umgeben waren, die von Rollen mörderischen Stacheldrahts gekrönt wurden, und dass Wachen rund um die Uhr um das Gelände patrouillierten.

Deshalb sagte er stattdessen, so leise, dass nur sie es hören konnte: »Jemand sucht nach mir.«

»Wer?«

»Meine Tochter.«

Olgas taubenblaue Augen wurden groß, Augen, denen auch die geringste Gefühlsregung von ihm nicht entging. »Ich wusste gar nicht, dass du überhaupt eine Tochter hast.«

Da war etwas an ihrer Stimme, ein Bedauern, das direkt

unter der Oberfläche zu spüren war, doch er war zu sehr mit den Bildern in seinem Kopf beschäftigt, um es zu bemerken.

»Ich dachte, sie sei tot«, sagte er.

»Was ist passiert?«

Plötzlich hörte er einen lauten Schuss und schaute sich rasch um, ehe ihm bewusst wurde, dass er ihn nur in seiner Erinnerung gehört hatte. »Wir waren in einem Zug.« Er erinnerte sich noch gut an die Temperatur in den Viehwaggons. Es war so kalt gewesen, dass einem das Blut in den Adern gefror, und er hatte gesehen, wie die Lippen seiner Frau und seiner kleinen Tochter blau wurden, und dass ihre Haut bleicher war als der Schnee draußen auf der sibirischen Tundra.

»Die Bolschewiken waren überall«, sagte er, »und hielten jeden Weißrussen fest, der auf der Flucht war. Sie zerrten alle Männer aus dem Zug, und dann ...« Er verzog schmerzlich das Gesicht und zündete sich abermals eine Zigarette an, um den Geschmack des Todes in seinem Mund loszuwerden.

»Erschossen sie sie?«, fragte Olga.

Er nickte. »Ich hatte Glück. Weil ich Däne bin, haben sie mich stattdessen zu Zwangsarbeit verurteilt.« Er zog fest an seiner Zigarette. »Glück«, wiederholte er bitter. »Kommt drauf an, was man damit meint, stimmt's?«

»Was ist mit deiner Frau und deiner Tochter? Was ist mit ihnen geschehen?«

»Ich dachte, sie seien ebenfalls getötet worden.«

»Aber jetzt hast du gehört, dass deine Tochter am Leben ist?«

»Ja.« Sein breites Lächeln war für sie beide eine Überraschung. »Sie heißt Lydia.«

VIERUNDDREISSIG

Alexej hatte verschlafen. Seine Beine schmerzten, seine Haut juckte. Eine Frau mit nässenden Stellen im Gesicht und einem Schrubber in der Hand tippte ihn mit den Borsten ihres Putzgeräts an.

»Auf! Idiot! Und jetzt raus hier.«

Alexej rollte bekleidet aus dem Bett, merkte, wie schlecht er roch, und sah, dass der Schlafsaal sich bereits geleert hatte. Während des Tages war es untersagt, sich hier aufzuhalten. Doch im Winter waren die Tage gnädigerweise kurz. Gerade war er zu dem einzigen Badezimmer im Erdgeschoss unterwegs, als ein Schwall kalte Luft darauf hinwies, dass die Eingangstür sich geöffnet hatte, und hinter ihm eine Stimme ertönte.

»*Towarischtsch!*«

Er drehte sich um. Drei Männer in langen Mänteln und dicken Fellmützen auf dem Kopf starrten ihn an. Der lethargische Portier hinter dem Tresen beäugte sie mit unverhohlener Ablehnung, sagte aber nichts, und Alexej verspürte einen Anflug von Beunruhigung. Er verschränkte die Arme vor der Brust, als würde ihn die Unterbrechung nur anöden, und blieb, wo er war, den Mund zu einer schmalen Linie zusammengekniffen.

»*Da?*«, antwortete er.

»Wir möchten, dass du mit uns kommst, Genosse.«

Alexejs Gedanken rasten. Natürlich. Geheimpolizei. Das mussten sie sein. Das war alles, was er denken konnte. Die Geheimpolizei. Sie holten einen ab, wenn man am wenigsten damit rechnete, und oft genug, wenn es nur wenige Zeugen gab. Jemand hatte ihn aufgespürt. Und jetzt waren sie gekommen, um ihn zu verhaften. Wegen seiner Herkunft? Einfach nur deshalb, weil er aus einer aristokratischen Familie stammte? Oder gab es da noch etwas anderes? Sofort gingen seine Gedanken in Richtung Antonina. Hatte sie ihn verraten? Ein bitterer Geschmack stieg in seiner Kehle auf, denn er hatte eigentlich geglaubt, ihr trauen zu können. Wie, zum Teufel, sollte er seinem Vater helfen, wenn er sich selbst kaum helfen konnte? Er zwang sich dazu, locker dazustehen, und brachte sogar ein Lächeln auf.

»Nun, *towarischtsch*, warum sollte ich mit euch mitkommen?«, sagte er leichthin. »Ich habe jetzt zu tun. Ein andermal vielleicht.«

Er machte einen Schritt den Flur entlang, drehte ihnen dabei jedoch nicht den Rücken zu. Aber zu seiner Überraschung schnappten sie nicht nach seinen Fersen wie hungrige Wölfe, sondern blieben einfach nur etwas verblüfft an der Tür stehen. Noch vier weitere Schritte, und er stieß die Badezimmertür auf.

»Natürlich, Genosse«, sagte einer der Mantelträger, der ganz vorne in dem Dreiergespann stand, und fragte höflich: »Wann würde es denn passen?«

Alexej blieb abrupt stehen. Wann es *passen* würde? Seit wann fragte die OGPU denn, wann es *passen* würde? Er ließ die Klinke los, kehrte auf den Flur zurück und betrachtete die Eindringlinge genauer. Sie waren alle nicht älter als er selbst, etwa Mitte zwanzig, der eine klein und stämmig, die beiden anderen größer und hagerer, mit genau gleichen Schnurrbärten. Und sie alle hatten Augen, die ihn nervös machten.

»Wer seid ihr?«, fragte er.

»Wir sind uns gestern begegnet.« Es war eine der großen Gestalten, die das sagte.

»Gestern?«

»*Da*. Erinnerst du dich nicht?«

Dann begriff er endlich, und er verfluchte sein ausgehungertes Gehirn dafür, dass es so schleppend arbeitete. Die Schnurrbärte. Natürlich. Genau wie der Mann, den sie *pakhan* nannten. Schnurrbärte mit nach unten gezwirbelten Spitzen.

»Natürlich. Sagt mir, wie geht es ihm heute?«

»Besser.«

»Das freut mich. Bitte überbringt ihm meine allerbesten Wünsche für seine Genesung.«

»Er möchte dich sehen.«

»Jetzt?«

»Jetzt.« Der Mann hielt inne und fügte zögernd hinzu: »Wenn es passt. Er fragt, ob du Zeit hast, mit ihm Brot zu essen.«

Alexej lachte vor Erleichterung, ein gutes, starkes Lachen aus dem Bauch heraus, bei dem den dreien offenbar unbehaglich wurde.

»Da«, sagte er. »Sagt ihm, ich komme.«

Brot und Salz.

Alexej nahm das Stück Schwarzbrot, mit dem man ihn willkommen geheißen hatte, als er die Wohnung betrat, und tauchte es in ein Salzfass. In Russland bedeuteten Brot und Salz mehr als einfach nur das: Sie standen für Gastlichkeit. Sie waren ein Willkommensgruß. Von Brot und Salz konnte man leben. Neben ihnen auf dem Tablett stand ein kurzes Glas, das bis zum Rand mit Wodka gefüllt war. Er nahm es, leerte es in einem Zug und spürte, wie der Alkohol die Spinnweben in seinem Magen wegbrannte.

Sogleich kam auch sein Gehirn in Schwung, und er schaute sich mit Interesse um. Die Wohnung verband auf seltsame Weise Altes und Neues. An den Wänden hingen wuchtige Ölschinken in fein geschnitzten Rahmen, alles Porträts von verschiedenen Männern. Aus jedem dieser Gesichter blickten den Betrachter ein Paar scharfe, kritische Augen an. Familienporträts? Vielleicht. Einen Moment lang dachte Alexej an die strengen Konterfeis seiner eigenen Vorfahren zurück, die in ihrer Villa in St. Petersburg im Treppenhaus gehangen und ihn als Kind so verängstigt hatten. Wenigstens sahen einige von denen hier so aus, als wüssten sie, wie man lacht. Die Möbel waren im Kontrast dazu neu und zweckmäßig, allesamt aus schlichtem Kiefernholz gefertigt, das so gar nicht zu den Bildern passen wollte. Alles war sauber, und es gab auch keinen Trennvorhang in der Mitte des großen Wohnzimmers, das den Raum in verschiedene Wohnbereiche aufteilte.

»Hier entlang, *poschaluista*.«

Alexej folgte dem Stämmigsten der drei einen Flur entlang und zu einer schweren Tür, die mit ihrer antiken Messingklinke so aussah, als stamme sie aus irgendeiner Kirche. Der Mann klopfte vorsichtig.

»*Da?*«

»*Pakhan*, ich habe hier den Genossen von gestern Nacht.«

»Dann kommt rein, verdammt noch mal.«

Sie betraten den Raum eines Mannes, der offenbar einer Leidenschaft frönte. Obwohl die Vorhänge halb geschlossen waren, lag ein Streifen Sonnenlicht matt und staubig in der Luft und erhellte das, was in dem Raum zu sehen war. Überall schienen Flügel zu flattern, Federn leuchteten scharlachrot, Augen schimmerten maisgelb. Das ganze Zimmer war voller Vögel. Alexej blinzelte, doch die Vögel bewegten sich nicht. Sie waren alle ausgestopft. Herrliche Herrscher der Lüfte waren unter Glasstürzen gefangen und dazu verdammt, auf Moosbetten zu posieren, bis ihre Federn schwarz und zu Staub wurden. Auf einmal sah Alexej seinen Vater, Jens Friis, vor sich, gefangen, in Ketten, weggesperrt für so viele Jahre, einen Mann, dem man grausam die Flügel gestutzt hatte.

»Willkommen, mein Freund.«

Es war kaum mehr als ein tiefes Grollen gewesen und kam

von einem breiten Himmelbett mit maulbeerroten Volants und riesigen weißen Polsterkissen, die aufgetürmt waren wie Schneeverwehungen. Mittendrin, tief eingesunken, lag das bleiche, aufgedunsene Gesicht von gestern Nacht.

»Guten Morgen, Genosse«, begrüßte Alexej ihn gut gelaunt. »Ich hoffe, du fühlst dich besser.«

»Ich fühle mich, als hätte mich ein verdammtes Kamel getreten«, erwiderte sein Gastgeber und verzog das Gesicht, was seinen Schnurrbart zum Beben brachte, als wäre er lebendig.

»Warst du bei einem Arzt?«

»*Pakhan* hat seine üblichen Tabletten«, mischte sich der junge Mann ein, der neben Alexej stand. »Aber er ist zu halsstarrig, uns den Arzt rufen zu lassen.«

»Geh, Igor. Du nervst mich.« Das sagte der Mann jedoch mit einem liebevollen Lächeln, das seine Worte Lügen strafte.

»*Pakhan*, ich glaube nicht ...«

»Geh.«

Igor schaute zu Alexej.

»Mach dir keine Sorgen«, sagte der *pakhan*. »Dieser Mann hier ist nicht gekommen, um mir etwas anzutun. Stimmt's, Genosse?«

»*Njet*. Natürlich nicht.«

»Gut. Dann lass uns jetzt allein, Igor.«

Das dickliche Gesicht legte sich in Sorgenfalten, und Alexej hatte das Gefühl, der junge Mann sei nicht allzu begeistert davon, wie ein Schuljunge weggeschickt zu werden. Dennoch ging er ohne weitere Einwände und machte die Tür nur etwas heftiger zu, als es nötig war.

»Komm hier herüber, mein Freund.«

Alexej näherte sich dem Bett. Gegenüber einem Fremden empfand er es als etwas seltsame Geste, dass der Mann ihn an seinem Bett empfing, und auf einmal nahm er den Geruch der Bettlaken wahr und sah den dicken Strang blauer Venen am unteren Ende des alten Halses. Bei genauerem Hinsehen zeigte sich, dass der Mann deutlich hinfälliger zu sein schien, als seine kräftige Stimme es erahnen ließ. Graue Haarsträhnen waren streng aus dem Gesicht gekämmt, das, trotz seiner Fleischigkeit, durch all die Falten in sich zusammengesunken wirkte.

»Ich liege nicht im Sterben«, verkündete der Kranke trotzig.

»Das freut mich zu hören. Doch es sind deine Freunde auf der anderen Seite dieser Tür da, die du überzeugen musst, nicht mich. Die schnitzen bereits an deinem Sarg.«

Der Mann lachte so herzlich, dass er sich mit der Hand über die Brust streichen musste, als täte ihm unter dem Nachthemd etwas weh. »Wie heißt du, Genosse?«

»Alexej Serow.«

»Nun, Alexej Serow, für mich siehst du eigentlich nicht wie ein Schutzengel aus, aber ich danke Gott dafür, dass er dich gestern auf diese Straße da geschickt hat, vor allem, nachdem ich meinen Begleitern für den Abend freigegeben hatte.« Er verzog den Mund zu einer Grimasse. »Diese Erfahrung wird mich lehren, um Bordelle künftig einen großen Bogen zu machen.«

Alexej setzte sich auf den Stuhl neben dem Bett und lächelte. »Unsere Pfade haben sich gekreuzt, mein Freund. Ich war dort zur rechten Zeit. Jetzt bist du bei deinen Leuten in Sicherheit, also werde bald wieder gesund.«

»Das habe ich auch vor.« Er streckte Alexej die Hand hin. »So nimm den besonderen Dank von Maxim Woschtschinski entgegen.«

Alexej schüttelte die Hand. Maxims Händedruck fühlte sich erstaunlich fest an, und er empfand Respekt für die Willenskraft, die offenbar dahintersteckte. In diesem Moment fiel sein Blick auf eine Stelle am Unterarm des Mannes, wo sich das Nachthemd nach oben geschoben hatte. Es war ein flüchtiger Moment, das war alles, bevor ihm Woschtschinski die Hand wieder entzog, doch er reichte, um Alexej deutlich zu machen, dass das ein Mann war, dem man besser aus dem Wege ging.

Woschtschinskis Augen mit den schweren Lidern unterzogen Alexejs Äußeres einer kurzen Prüfung. »Die meisten Menschen, die so schmutzig und zerlumpt sind wie du, Genosse Serow, wenn ich das sagen darf, hätten sich gestern wahrscheinlich einfach meine Uhr und meine Brieftasche geschnappt und mich dort auf dem Eis verrecken lassen.«

Alexej stand auf. »Nicht jeder ist so«, sagte er mit einer höflichen Verbeugung. »Aber du musst jetzt ruhen. Du darfst dich nicht so anstrengen. Es freut mich zu sehen, dass du auf dem Wege der Besserung bist. Genosse Woschtschinski. Ich wünsche dir einen guten Tag.«

Er ging in Richtung Tür, weil er es kaum erwarten konnte, diesen Raum zu verlassen, in dem das Winterlicht auf Hunderten von glasig starrenden Augen glitzerte. Das flache Atemgeräusch des Mannes folgte ihm.

»Warte.«

Alexej blieb stehen.

»Genosse Serow, hast du es wirklich so eilig, irgendwohin zu gehen?«

»Nichts im Leben steht still, mein Freund.«

Der graue Kopf nickte erneut und rollte ein wenig hin und her, als wäre er zu schwer für den Hals. »Ich weiß.« Er lächelte, ein kurzes, nachsichtiges Lächeln auf den Lippen. »Besonders, wenn man jung ist.« Traurigkeit raschelte wie trockene Blätter in seinen Worten, und die Finger der einen Hand öffneten und streckten sich auf dem Laken, eine unbewusste Bewegung, als wollte er nach Alexej greifen. Vielleicht auch nach dem Leben. »Aber ich bin noch nicht bereit, dich gehen zu lassen.«

»Du hast deine Freunde.«

»Ja, das stimmt. Es sind gute Freunde. Ich kann mich nicht beschweren. Sie tun, was ich sage.«

Mit einem leisen Klicken öffnete Alexej die Tür. Draußen standen die drei Männer, die alle einen Schritt vorwärtsmachten, als sie ihn erblickten. Offenbar wollten sie wissen, was dort drinnen besprochen worden war, doch Alexej hatte in diesem Moment, in dem er sehr wohl einfach hätte gehen können, zurück zu den Flöhen und mit der Aussicht, seinen Vater nie wiederzusehen, auf einmal das Gefühl, dass etwas in ihm ins Wanken kam. Durch seinen eigenen Hochmut dort auf der Brücke in Felanka hatte er alles verloren, was die Türen für Jens Friis öffnen und ihm die Freiheit schenken könnte. Doch jetzt schaffte er es einfach nicht, von dem seltsamen Zimmer mit dem toten Vögeln und dem kranken Mann wegzugehen. Dieses Mal musste er seinen Hochmut hinunterschlucken. Das Knie beugen. Das Risiko eingehen.

»Er ruht sich aus«, verkündete Alexej den Männern. Dann kehrte er ins Zimmer zurück und schloss leise die Tür hinter sich.

»Und?«, tönte es vom Bett her.

»Du sagst, deine Freunde tun, was du ihnen sagst. Weil ich dir das Leben gerettet habe, würden sie da tun, was ich sage? Wären sie mir das schuldig?«

Woschtschinski runzelte die Stirn und zog die dicken Augenbrauen zu einer argwöhnischen Grimasse zusammen. Alexej kehrte zu dem Stuhl zurück und setzte sich.

Er nahm die Hand des Mannes in seine, berührte die Adern, die sich wie Schlangen unter seiner Haut ringelten, und schob den Ärmel des Nachthemds nach oben. Darunter wanden sich noch mehr Schlangen, schwarze Schlangen. Zwei von ihnen ringelten sich um die Wurzel des schlanken Skeletts einer Birke, mit roten Augen und Fängen, so scharf wie Rasierklingen. Unter ihnen standen in geschwungener Schreibschrift drei Namen: *Alisa, Leonid, Stepan.*

»Eine schöne Tätowierung«, kommentierte Alexej.

Maxim Woschtschinksi berührte die Baumwurzel zärtlich

mit dem Zeigefinger der anderen Hand. »Das war meine Alisa, die Mutter meiner Söhne. Gott schenke ihrer Seele Frieden.«

»Maxim, wir müssen reden. Über die *wory.*«

Der Kranke kniff die Augen zusammen, und seine Stimme klang plötzlich heiser. »Was weißt du über die *wory?*«

»Das sind die Kriminellen von Moskau.«

»Und?«

»Und sie tragen Tätowierungen.«

FÜNFUNDDREISSIG

Lydia stand auf der Treppe der Christ-Erlöser-Kathedrale im matten Sonnenlicht. An ihr glitt die Moskwa vorbei, Boote dümpelten in ihren Fluten, die die Farbe geschmolzenen Silbers hatten, und in der Stunde, die sie gewartet hatte, hatte sie bereits zweiundzwanzig davon gezählt.

»Alexej«, murmelte sie. »Ich kann nicht mehr warten.«

Heute hatte sie felsenfest daran geglaubt, dass er kommen würde. Als sie zu Liew gesagt hatte: »Mein Bruder wird dort sein«, hatte sie sein lautes Gelächter zum ersten Mal wirklich verärgert, denn jetzt wusste sie ganz sicher, dass Alexej ihren Brief erhalten hatte und dass er sie wiedersehen wollte. Ihr war ein Stein vom Herzen gefallen, der so groß und schwer war wie die Grabplatten in der Krypta der Kathedrale. Sie stand ganz allein auf der breiten Treppe. Niemand kam auf der Straße näher oder verlangsamte seine Schritte. Alle schienen ihren täglichen Geschäften nachzugehen, ein älterer Mann mit einem dicken Hund an der Leine, eine junge Frau mit einem Einkaufsnetz und einem Kind an jeder Hand. Lydia blickte aufmerksam die Straße entlang. Es fiel ihr schwer, das unheimliche Gefühl abzuschütteln, dass sie beobachtet wurde.

Nach etwa zwanzig Minuten hatte sie sich vergewissert, dass niemand sie belauerte, trotzdem beschloss sie, auf Umwegen den Rückweg anzutreten. Zuerst in einem der Pferdefuhrwerke, dann eine Straßenbahn, ein komplizierter Zickzackkurs durch Ladenpassagen, durch mehrere Hintereingänge, eine weitere Straßenbahn, noch ein Laden und schließlich ein kurzer Sprint zu Fuß. Dann durch den Park. Sie hatte sich alles genau zurechtgelegt.

Das letzte Stück rannte Lydia, und das Herz klopfte ihr bis zum Hals. Sie folgte dem Weg, den sie sich ausgedacht hatte, und nahm dabei alles in ihrer Umgebung so scharf wahr, dass sie die Augen zusammenkneifen musste, als schiene die Sonne. Trotzdem konnte sie Chang nirgendwo entdecken.

Sie hatte den Park von der Krimski-Brücke her betreten, die Chang An Lo problemlos von einer anderen Richtung aus erreichen konnte. Suchend schaute sie nach rechts und links. Noch vor wenigen Jahren hatte sich auf dem Gelände nur ein riesiger Schrottplatz befunden, auf dem bei Nacht irgendwelche Plünderer herumstreiften und streunende Hunde in Rudeln Unterschlupf suchten, doch dann war der Park zuerst für die Landwirtschaftsausstellung gesäubert und planiert worden und dann, im Jahre 1928, in einen großen Vergnügungspark umgewandelt und Gorki-Park getauft worden.

Von Vergnügen war nicht allzu viel zu sehen, trotzdem nutzten die Menschen den Park. Vom Sonnenschein hinaus in die klirrend kalte Frostluft gelockt, schlenderten dick vermummte Gestalten Arm in Arm über die Parkwege, Kinder tollten auf den Rasenflächen herum wie junge Kätzchen, froh, wenigstens für ein paar Stunden ihren beengten Wohnverhältnissen entfliehen zu können. Ein athletisch wirkender Mann kickte fünf Jungen einen Ball zu, die allesamt die Uniform der jungen Pioniere trugen und mit ihren leuchtend roten Schals vor dem weißen Schnee wie Rotkehlchen aussahen. Es war ein ganz gewöhnlicher Anblick – ein Vater, der mit seinen Kindern spielte –, doch Lydia gab es vor Neid dennoch einen Stich, und sie hasste sich für diese Schwäche, gegen die sie irgendwie nicht gefeit war.

Während sie den Park durchquerte, vorbei an den maiglöckchenweißen Lichterketten, schwand ihre Zuversicht mit jedem Schritt. Das hier war alles falsch. Der Park war überhaupt nicht so, wie sie ihn sich vorgestellt hatte, als sie ihn als Treffpunkt vorschlug. Sie verfluchte sich für ihr eigenes Unwissen. Sie hatte sich vorgestellt, es würde Bäume und dichtes Unterholz geben, wo man sich zurückziehen konnte, lauschige Plätzchen, an denen zwei Menschen unbeobachtet miteinander reden konnten, aber der Vergnügungspark war noch relativ neu, weshalb es hauptsächlich weite, leere Flächen, dick verschneite Blumenbeete gab und frischgepflanzte Bäume, die kaum größer waren als sie selbst. Es dauerte nicht lange, bis ihr klar wurde, dass Chang An Lo nicht hier war.

Diese Erkenntnis traf sie wie ein Eiszapfen, der sich tief in ihren Schädel bohrte. Sie schloss die Augen, und das milde Sonnenlicht fühlte sich auf ihren Wimpern fast warm an.

Wo bist du, mein Geliebter?

Sie atmete tief durch, ließ den Gedanken ihren Lauf. Schließlich wurde ihr bewusst, dass sie den falschen Weg eingeschlagen haben musste. Langsam ging sie die Strecke zurück, wobei sie diesmal nur auf den Boden und die Umgebung achtete. Erst als sie an ihrem Ausgangspunkt angelangt war, fand sie das Zeichen. Sie lächelte und spürte, wie eine leichte Brise in ihrem Haar spielte. Das Zeichen war ein kleiner Steinhaufen, so klein, dass man ihn kaum bemerkte. Doch Lydia wusste, was das war. Es gab keinen Zweifel. Als sie und Chang damals in China voneinander getrennt worden waren, hatten sie am Eidechsenbach füreinander Nachrichten hinterlassen, und diese Botschaften hatten sie immer in einem Weckglas unter einer Steinpyramide verborgen. Das hier, so wurde ihr jetzt bewusst, war ihr neuer Eidechsenbach.

Sie ging in die Hocke, räumte schnell ein paar Steine weg und stieß auf ein kleines Ledermäppchen. Drinnen steckte ein Blatt Papier. In feiner schwarzer Druckschrift standen darauf fünf Worte: *Am Ende der Uliza Semenow*. Fünf Worte, die ihre Welt veränderten.

Nervös blickte sie sich um, doch alles war wie vorher. Eine junge Frau schob ihr Fahrrad neben sich her, ein älteres Paar streute Brotkrumen für eine Schar Spatzen. Lydia setzte die Steinpyramide wieder zusammen, wischte sich die Hände am Mantel ab und steckte dabei den Zettel tief in ihre Tasche. Ihre Hand schloss sich fest darum. Dann lief sie mit gleichmäßigen Schritten los, aber ihre Füße waren ungeduldig. Schließlich wurden ihre Schritte immer schneller, und bevor sie etwas dagegen tun konnte, hatte sie begonnen zu rennen.

Die Semenow-Straße befand sich in Flussnähe. Im südlichen Teil der Stadt gelegen, war die Gegend das genaue Abbild all der vielen kleinen Dörfer, die Lydia auf ihrer Fahrt quer durch Russland vom Zug aus gesehen hatte. Die Häuser waren schlicht, einfach nur eine Hand voll windschiefer Holzhäuschen unter moosbedeckten, vielfach geflickten Ziegeldächern.

Heute wimmelte es hier von Menschen. Ein Straßenmarkt nahm den größten Teil des Gehwegs ein, überall waren Matten mit Waren auf dem Boden ausgebreitet. Ein Stand bot sorgsam aufgestellte Reihen gebrauchter Stiefel feil, ein jeder mit den deutlichen Gebrauchsspuren seines vorigen Besitzers, daneben gab es Stände mit bunten Papierblumen und Eimer voller rostiger Haken und Beilegscheiben. Keiner der Händler besaß eine Lizenz. Wäre die Polizei aufgetaucht, um die Budenbesitzer zu kontrollieren, wäre der Markt schneller dahingeschmolzen als Eis auf der Zunge. Lydia war dankbar für das muntere Treiben. So konnte sie sich unbemerkt auf der Straße bewegen.

»Äpfel? Gute knackige Äpfel?«

»Njet.«

Eine Frau hatte ihr einen verschrumpelten Apfel unter die Nase gehalten. Lydia geriet in Versuchung, da sie nichts außer einem Mund voll von der *kascha* gegessen hatte, die sie am Morgen für den Jungen zubereitet hatte. Die Frau wirkte ausgezehrt und müde, aber das galt für jeden hier. Zwei geflochtene Körbe standen rechts und links von ihr, der eine mit Äpfeln, der andere mit Nüssen, beides durch einen Wollschal vor der Kälte geschützt. Obendrauf waren einen paar bessere Exemplare für die Passanten ausgelegt.

Einem Impuls folgend, nahm sich Lydia zwei von den Äpfeln und reichte der Frau zehn Kopeken aus dem dahinschwindenden Vorrat an Kleingeld in ihrer Tasche, bevor sie ihren eiligen Weg auf der Straße fortsetzte. An deren Ende lag ein wild überwucherter Streifen Niemandsland, der sich in eine träge Flussschleife der Moskwa schmiegte. Das Gelände machte den Eindruck, als würde es im Frühling schlammig werden, was wahrscheinlich auch der Grund dafür sein mochte, warum es nicht bebaut war, doch momentan war der Boden hart wie Eisen und mit einem braunen, stacheligen Gras bewachsen, dessen Halme sich wie Finger durch den glitzernden Schnee schoben.

Lydia durchquerte das Gelände. Zu ihrer Überraschung erhob sich auf einer Seite ein schmuddelig weißes Zirkuszelt, an dessen oberstem Mast eine Reihe lustlos flatternder Wimpel hing, während unten, in Richtung Fluss, ein kleines Gehölz aus Birken und Erlen lag, das selbst jetzt im Winter einen dichten Sichtschutz zu bieten schien. Von Chang An Lo war weit und breit nichts zu sehen. Noch nicht. Doch sie wusste ebenso sicher, dass er hier war, wie sie wusste, dass ihre Atemluft beim nächsten Ausatmen einen weißen Nebel bilden würde.

Wege gab es nicht, weshalb sie einfach schnurstracks durch den Schnee und das brüchige Gras marschierte, das unter ihren Füßen knirschte, während sie auf das Birkenwäldchen zuhielt. Und auf einmal spürte sie, wie ein Zittern durch ihren Körper ging. Was, wenn er sich verändert hatte? Was, wenn nichts mehr war wie früher? Was, wenn er diesmal so weit gereist war, dass sie ihn nicht mehr erreichen könnte? Ein bitterer Geschmack nach Kupfer breitete sich in ihrer Mundhöhle aus, aber auch das konnte ihre Lippen nicht davon abhalten zu lächeln.

Kaum hatte sie die schlanken Baumstämme erreicht, spürte sie, obwohl die Temperatur in dem dunklen Gehölz sofort um ein paar Grad sank, wie ihre Körpertemperatur anstieg. Sie knöpfte ihren Mantel auf. Mit den Augen suchte sie das Unterholz ab, doch das einzige Lebewesen, das sie sah, war eine Dohle mit grauem Gesicht, die mit nickendem Kopf vor ihr hockte. Immer weiter wagte sie sich in das Wäldchen hinein und suchte sich ihren Weg zu den finstersten Stellen, wo es leichter sein würde, unentdeckt zu bleiben. Alle paar Schritte blieb sie stehen, lauschte aufmerksam. Doch alles, was sie hören konnte, war das ferne Plätschern von Wasser und das Zerren des Windes in den Ästen.

Dennoch tauchte er ganz plötzlich vor ihr auf. Groß und schlank, anmutig wie die schwarz-weiß gefleckten Stämme der Birken. Und da war immer noch diese aufmerksame Reglosigkeit, mit der er sie betrachtete. Weder hatte sie Schritte gehört noch das Rascheln von Gestrüpp, aber jetzt konnte sie seinen Atem hören, sah ihn in einer weißen Wolke vor seinen Lippen stehen.

»Lydia«, flüsterte er.

Sie sagte kein Wort. Sie schaute einfach nur in sein Gesicht, in seine wunderschönen Mandelaugen. Auf den langen, kräftigen Hals und die geschwungene Linie seines Haares, das er sich aus der Stirn gestrichen hatte, seidig und schwarz. Es war ein Anblick, der ihr auf einmal alle Worte, die sie sich zurechtgelegt hatte, von der Zunge stahl. Sie streckte die Hand aus. Chang hätte ebenso gut ein Geist sein können und das hier nur einer der Träume, die sie jede Nacht quälten und peinigten. Vielleicht lag sie wirklich in ihrem Bett, und Liew Popkow gähnte auf der anderen Seite des Vorhanges mit weit aufgesperrtem Mund.

Er berührte sie an der Wange. Als seine Finger dort verweilten, lehnte sie sich sanft dagegen, legte das Gewicht ihrer Wange in seine Handfläche. Ein Murmeln entrang sich ihren Lippen, wie ein wortloses Seufzen, das von ganz tief innen kam und ihren ganzen Körper erbeben ließ. Und dann schlossen sich seine Arme um sie, drückten sie so fest an sich, dass sie beide kaum mehr atmen konnten. Seine Hand zog ihr die Mütze vom Kopf, ließ sie auf den Boden fallen und umfing ihren Kopf zärtlich. Seine Finger strichen sanft durch ihre Haarfülle. Ein leises Stöhnen entrang sich seiner Kehle und strich wie ein warmer Hauch über die Haut ihrer Schläfe.

So standen sie da. Keine Worte. Keine Küsse. Keine Worte der Begrüßung. Sie hatten vollkommen vergessen, wo sie sich befanden. Erst als sie so lange still dagestanden hatten, dass direkt vor ihren Füßen eine Wühlmaus vorbeihuschte, hob Chang An Lo den Kopf und lächelte sie an.

»Mein Liebes«, sagte er leise. »Du hast mir meine Seele zurückgebracht.«

Sie küsste ihn. Atmete seinen Atem ein, kostete seine Zunge. Spürte, wie groß sein Hunger nach ihr war. Sie spürte, wie wieder Leben in ihre Haut kam, obwohl ihr bis zu diesem Zeitpunkt nicht bewusst gewesen war, wie taub sie war.

Sie gingen eng umschlungen, Hüfte an Hüfte, und spürten, wie ihre Glieder und Muskeln erst wieder lernen mussten, was es hieß, eins zu sein statt zwei. Ihr Weg führte sie über das fleckige Gras und den ausgetretenen Schnee zurück in Richtung Zirkuszelt, wo es vor Menschen nur so wimmelte.

Noch einen Moment zuvor, als sie sich auf Changs Mantel niedergelassen hatten, an einer Stelle, wo das Sonnenlicht buttergelb durch die Bäume fiel, war ein Mann in einer Lederhose und mit vier spindeldürren Kindern vorbeigekommen, die im Gestrüpp nach Feuerholz suchten. Mithilfe seiner dunkelhäutigen Sprösslinge lud er sich das Holz auf den Rücken, wo er es mit einem Ledergurt befestigte. Aus ihren farbenfrohen Gewändern und den bunten Halstüchern schloss Lydia, dass sie zum Zirkus gehörten. Chang legte einen Finger an Lydias Lippen. Er roch sauber und frisch, und sie hatte den Knubbel vernarbten Fleisches geküsst, wo früher sein kleiner Finger gewesen war. Der Mann sah sie gar nicht, doch allein seine Anwesenheit genügte, um das Gefühl zu vertreiben, sie seien für sich, weshalb sie aufgestanden waren, Lydia ihre Mütze genommen hatte und sie widerwillig den Schutz der Bäume verlassen hatten.

»Du siehst gut aus, Lydia. Es gefällt meinem Herzen, das zu sehen.«

»Du siehst lebendig aus.« Sie blickte ihn von der Seite an. »Das gefällt mir zu sehen.«

Er lächelte, jenes langsame, nach innen gerichtete Lächeln, das sie nicht vergessen hatte.

»Wie steht es um den Krieg in China?«, fragte sie.

»Es gibt viel zu erzählen und viel zu fragen«, sagte er, ohne ihr eine direkte Antwort zu geben. Sein Arm lag fest um sie, während sie weitergingen.

»Die Frage zum Beispiel, wie du es geschafft hast, Teil der chinesischen Delegation zu werden.«

»Und wie ist deine Reise quer durch die russische Steppe verlaufen?«

»Da gibt es nicht viel zu sagen.«

»Lydia, meine Geliebte. Ich sehe es deinen Augen an, dass etwas geschehen ist.«

Während sie auf einem verschneiten Stück Gelände ihre Schritte verlangsamten, schauten sie sich aufmerksam ins Gesicht.

»Und Kuan?«, fragte Lydia leise. »Ist sie Teil deiner Delegation? Oder Teil deines Lebens?«

»Und der sowjetische Offizier mit den Wolfsaugen? Ist er auch ein Teil dieses ›nicht viel‹?«

Sie lächelten sich an und ließen das Thema fallen. Lydia hatte gedacht, sie habe alles an ihm in Erinnerung behalten, doch sie täuschte sich. Sie hatte vergessen, wie sehr sie sich veränderte, wenn sie mit ihm zusammen war, wie das Blut träger durch ihre Adern floss und die Gedanken in ihrem Kopf langsamer wurden. Und wie sie dann mehr und mehr zu dem Menschen wurde, der sie sein wollte.

»Keine Fragen«, sagte er.

Sie nickte. »Später.«

Er küsste sie aufs Haar. »Es wird ein Später geben.«

Sie schlenderten in Richtung Zirkuszelt, ihre Bewegungen vollkommen im Einklang, doch die Tatsache, dass er sich bemüßigt gefühlt hatte, ihr zu versichern, dass es ein Später geben würde, hatte sogleich Zweifel in ihr geweckt. Ihr wurde die Kehle eng, und auf einmal musste sie gegen die Tränen ankämpfen. Was lief da schief? Sie war hier mit Chang An Lo, sein Arm lag um ihre Taille, seine Rippen hoben und senkten sich im gleichen Rhythmus wie die ihren. Das hier war alles, wonach sie sich all die Tage, all die Monate gesehnt hatte. Was also … was stimmte nicht?

Es waren die Worte. Sie fühlten sich an wie eine Grenzlinie zwischen ihnen, als erinnerten sich ihre Körper an etwas, das ihre Zungen vergessen hatten, weil ihnen nicht mehr die Worte einfielen, die sie beide verstanden. Sie lehnte den Kopf an seine Schulter, das Ohr an die kräftige Linie seines Schlüsselbeins. Achte nicht auf seine Worte, dachte sie. Hör stattdessen auf seinen Herzschlag.

Eine Seite des Zelts knatterte laut im Wind, während sie darauf zugingen, ein Knallen wie von Peitschen, und ein Mann mit einer kurzen, wattierten Jacke und zerrissenen Gummistiefeln kam mit einem Holzhammer und einer Hand voll eiserner Heringe heraus. Er kniete auf dem Boden und begann, eine der Tauschlingen im vereisten Boden zu befestigen.

»Gibt es hier Tiere?«, fragte Chang ihn auf Russisch.

»Hinten.« Der Mann vom Zirkus blickte nicht auf.

»Spassibo.«

Die Frage überraschte Lydia. Sie hatte gar nicht gewusst, dass sich Chang für Tiere interessierte. Als sie ihm daheim in China ihr kleines Kaninchen gezeigt hatte, hatte er es essen wollen. Bei der Erinnerung daran musste sie lächeln. Sie stiegen über die Abspannseile und folgten einem ausgetretenen Feldweg, der rund um das Zelt führte und bei einer Reihe von Zirkuswagen endete. Die Fahrzeuge waren großflächig und bunt mit Szenen aus dem Zirkus bemalt – ein Dompteur, der vor ein paar Löwen die Peitsche knallen ließ, eine Ballerina, die auf einem Pferd einen Kopfstand machte –, und obwohl die meisten Wagen verschlossen waren, war bei einigen die Plane zurückgeschlagen, um den Blick auf die Käfige dahinter freizugeben. Ein Absperrseil war wenige Meter vor den Käfigen aufgespannt, damit das Publikum sich den Tieren nicht allzu sehr näherte.

Jetzt sah Lydia den Grund. »Schau«, sagte sie. »Löwen.«

In einem der Käfige lagen träge zwei Löwinnen, die großen, breiten Köpfe auf die Vorderpfoten gelegt, die bernsteinfarbenen Augen halb geschlossen. Sie hatten ein Winterfell. Eine interessierte Gruppe von Zuschauern hatte sich vor dem Käfig versammelt, doch ein kleiner Junge versuchte seinen Vater zum nächsten Käfig weiterzuziehen. Lydia blickte Chang an. Auch seine Aufmerksamkeit galt dem nächsten Käfig, und in seinen schwarzen Augen lag dabei ein Ausdruck, den sie noch nie an ihm gesehen hatte, als würde er ausschließlich in diesem Moment leben. In dem Käfig sah sie ein riesiges Tigermännchen stehen, die Muskeln angespannt. Mit seinen gelben Augen starrte das Tier die Besucher trotzig an. Es war eine herrliche Kreatur. Als er die Zähne fletschte, gab er den Blick auf gewaltige Fänge frei, bei deren Anblick Lydia ganz flau im Magen wurde. Sie bemerkte, wie Chang einen Schritt näher trat.

»Gefahr zieht dich an«, sagte sie.

Sein Körper kam zum Stillstand. Sie sah es. Als hätte er ganz bewusst seinen Herzschlag verlangsamt. Er fuhr herum, um sie anzuschauen, und drehte dem Tier dabei den Rücken zu. Schließlich hob er eine Hand, zupfte eine von Lydias Locken unter der Mütze hervor und ließ sie durch seine Finger gleiten.

»Ich lege meine Hand nur ins Feuer, wenn ich muss, Geliebte.«

»Dass du nach Moskau kamst«, sagte sie, »und dich heute hierherwagtest, das kommt mir so vor, als würdest du nicht nur deine Hand ins Feuer legen, sondern deinen Kopf noch gleich dazu.«

Er schüttelte den Kopf, und seine schwarzen Augen wanderten zu dem Tiger zurück und blieben auf ihm ruhen. Lydia empfand Eifersucht auf das Tier.

»Ich kam hierher«, flüsterte er schließlich, »weil ich musste.«

»Weil Mao Tse-tung es dir befahl?«

Achte nicht auf die Worte.

Blitzschnell zuckte sein Blick zu ihrem Gesicht zurück. Es war ein Blick, der sie fast körperlich berührte, wie er über ihr Haar wanderte, über ihr Gesicht, die zarte Kurve ihres Ohres, die geschwungenen Linien ihrer Lippen.

»Ich kam«, sagte er noch einmal, »weil ich musste.«

Sie bedrängte ihn nicht weiter. Stattdessen schlang sie ihre Finger um die seinen. »Woher wusstest du, dass ich in Moskau bin?«

»Das wusste ich nicht. Ich wusste, dass du in Russland bist. Das genügte.«

»Russland ist groß, Chang An Lo«, sagte sie lachend. »Ich hätte überall sein können.«

»Aber du warst nicht überall. Du bist hier in Moskau, so wie ich auch hier bin.«

»Ja.«

Sie spürte, wie sein Griff fester wurde. »Die Götter kümmern sich um diejenigen, die sie lieben.«

Sie lächelte. »Nun, ganz sicher haben sie sich um mich gekümmert.« Sie hob eine Augenbraue. »Was hast du ihnen als Gegenleistung versprochen?«

»Ha! Meine Lydia!«, lächelte er, »Du kennst mich zu gut. Du hast Recht. Ich habe ihnen in der Tat etwas versprochen. Nämlich die Erde.«

Sie lachten beide. Der unterschiedliche Klang ihres Lachens – das ihre leicht und neckend, das seine tief, aber dennoch voller Vergnügen – vermischte sich zu einem einzigen Atemzug, der in der Luft hing. Sie spürte, wie etwas von der Spannung, der Ungewissheit, die wie ein Schatten zu ihren Füßen lagen, zu einem formlosen, undeutlichen Fleck wurden und an ihre Stelle etwas Leuchtendes, Helles trat. Es hätte das Sonnenlicht sein können, klar und funkelnd. Doch für Lydia fühlte es sich durchaus wie etwas an, das greifbar war. Es fühlte sich an wie Glück.

Sie verließen das Zirkusgelände und schlenderten durch den Straßenmarkt zurück, Arm in Arm wie ein ganz normales Paar. Dabei aßen sie die Äpfel, die Lydia gekauft hatte.

»Und nun verrat mir doch bitte, Lydia«, bat Chang, »hast du etwas Neues über deinen Vater herausgefunden?«

»Wir haben doch gesagt, keine Fragen.«

»Ich weiß.«

Er spürte, wie ein Zittern durch ihren Körper ging, doch er wartete geduldig.

»Wir sind zu dem Gefangenenlager gefahren«, sagte sie mit gedämpfter Stimme, »dem in der Nähe von Felanka, wo man ihn festgehalten hatte, aber …«

»Wir?«

»Ja. Liew Popkow, der Kosak, ist mit mir gekommen.« Sie

schaute mit jenem winzigen Hauch von Amüsiertheit zu ihm hoch, der immer einen Punkt tief in ihm berührte. »Du erinnerst dich doch bestimmt an ihn.«

»Natürlich. Ist er hier in Moskau?«

»Ja. Er und eine Freundin von ihm teilen sich mit mir ein Zimmer.« Sie lachte. »Ist alles sehr kuschelig.«

Er musterte sie. Lauschte den Worten hinter den Worten. »Sowjetrussland«, sagte er, »hat seine eigenen Probleme. Bitte richte dem Genossen Popkow meine besten Grüße aus. Ich hoffe, sein Rücken ist immer noch so breit und stark wie der Fluss Peiho.«

Wieder musste sie lachen. »Ja«, sagte sie. »Liew ist so stark wie immer.«

Chang war dem großen Kosaken nur ein einziges Mal begegnet, obwohl *begegnen* eigentlich nicht das richtige Wort war. In China hatte Popkow den kranken Chang auf seinem Rücken durch die Straßen von Tschangschu geschleppt, damit Lydia ihn wieder gesundpflegen konnte. Die Erinnerung daran war nach wie vor ein dunkler Fleck, der ihn mit einem Gefühl der Scham erfüllte. Dass es der Beine eines anderen Mannes bedurft hatte, um ihn in Sicherheit zu bringen.

»Aber mein Vater ist nicht mehr in dem Lager«, fuhr Lydia fort. »Er ist nach Moskau verlegt worden. Alexej und ich haben uns in Felanka getrennt.«

»Alexej Serow?«

»Mein Halbbruder«, hob sie rasch hervor und biss in ihren Apfel.

»Ist Alexej Serow auch hier?«

»Er kam mit mir nach Russland, um mir bei der Suche zu helfen.« Sie trat absichtlich auf ein unberührtes Stück Schnee und hinterließ einen deutlichen Fußabdruck darin, als wollte sie selbst eine Spur auf der Welt hinterlassen. »Jens Friis war ebenso sein Vater wie meiner, du erinnerst dich.«

Sie ließ ihr Haar nach vorne fallen, um ihr Gesicht zu verbergen, und am liebsten hätte er es weggeschoben, um die Traurigkeit darin zu sehen. Was war das genau, was sie für ihren Vater empfand? Stattdessen blieb er stehen, hielt ihre Hand, und sogleich wandte sie sich ihm zu, die Lippen leicht geöffnet in einem kleinen Aufatmen der Überraschung. Er zog sie an sich. Irgendwo in einer armseligen Gasse dieser gesichtslosen Stadt standen sie mitten auf einem sonnenbeschienenen Fleckchen Erde, und er legte den Arm um ihre schmale Taille. Er zog sie so fest an sich, dass ihre Körper miteinander verschmolzen. Sie leistete ihm keinerlei Widerstand, obwohl die Menschen auf der Straße sie einen Moment lang neugierig anstarrten.

Er tippte mit seinem Finger mitten auf ihre blasse Stirn. »Meine Liebe«, murmelte er. »Hier drinnen«, er tippte abermals auf ihre Stirn, »bist du ganz allein. Hier drinnen sind wir alle allein. Du kannst dir nicht einen Vater in diesen Kopf hineinzwingen, den du nicht kennst, und einen Bruder, der bis vor Kurzem gar nicht wusste, dass es dich gibt. Und in dein Herz auch nicht. Eine Familie besteht mehr als nur aus Blutsbanden, sie besteht auch aus denjenigen, denen du vertraust. In China habe ich Menschen, die meine Familie sind, obwohl keine Blutsbande zwischen uns bestehen.«

Er sah, wie ihr die Kehle eng wurde, wie sich die zarten Knochen ihres Halses zusammenzogen, und empfand tiefes Mitgefühl für sie.

»Ich bin deine Familie«, gelobte er ihr leise.

Ihren Lippen entrang sich ein leiser, wortloser Laut, der ganz tief aus ihrem Innersten zu kommen schien. Ihre Augen wurden so dunkel, dass sie die Farbe von Winterregen annahmen, und sie beugte sich vor, schmiegte den Kopf in seine Halsbeuge. Er strich ihr zärtlich übers Haar, roch seinen vertrauten Duft, spürte, wie lebendig es unter seiner Berührung war.

»Aber du hast mich verlassen«, flüsterte sie.

Darauf hatte er keine Antwort.

SECHSUNDDREISSIG

Lydia kehrte auf Umwegen aus der Stadt zurück. Der Hof der *kommunalka* lag in tiefem Schatten, und während sie unter dem Torbogen hindurcheilte, brauchten ihre Augen einen Moment, um sich nach der hellen Straße an die Dunkelheit zu gewöhnen. Trotzdem entdeckte sie den Jungen sofort, der sich am Rande einer Gruppe von Hausbewohnern herumtrieb.

Was ihr jedoch sonderbar vorkam, war die Tatsache, dass im Hof Musik zu hören war. Eine Art kratzendes Dudeln, bei dem sie sogleich lächeln musste, weil es so komisch klang. Sie erkannte sofort, welches Instrument die Töne hervorbrachte. Ein Leierkasten. Das letzte Mal hatte sie an der Hand ihres Vaters einen solchen Leierkasten als Kind gesehen, doch die Erinnerung war verschwommen, und bevor sie sie wirklich zum Leben erwecken konnte, brachte ein lautes Krächzen, wie von einem Papagei, die Gruppe der Hausbewohner zum Lachen. Die Menschen rückten näher, und Lydia sah, wie auch der blonde Schopf des Jungen sich näherte, weiß wie Buttermilch. Ganz leicht streifte er dabei den Mann ganz hinten in der Menschenmenge, als wollte er nur eine bessere Sicht bekommen.

Lydia machte einen Schritt vorwärts, bekam einen Zipfel von Ediks schmutziger Jacke zu fassen und zog fest daran. Seine Füße gerieten auf dem Eis ins Rutschen.

»Nimm deine Finger weg …« Er fuhr herum, die Augen weit aufgerissen, und grinste, als er merkte, um wen es sich handelte. »*Priwjet*. Hallo.«

»Steck das zurück.«

Das Grinsen auf seinem Gesicht erlosch.

»Steck's zurück«, wiederholte sie.

Einen Moment lang fochten sie einen stummen Kampf aus, dann ließ er die Schultern hängen, schlurfte zu dem Mann zurück und steckte das zurück, was er vorher entwendet hatte. Dabei wich der Junge Lydias Blick aus, doch sie packte ihn am Ärmel und zog ihn zurück zu dem Eingang, der zu ihrem Zimmer führte.

»Das ist schon besser«, sagte sie.

»Für dich?«

»Nein, Blödmann, für dich.«

Während sie die Treppe hochstiegen, erwähnte keiner von ihnen die Tatsache, dass sein Ärmel zerrissen war und in Fetzen zwischen ihren Fingern hing.

»Hier, gib ihr das.«

Lydia gab dem Jungen ein Stück *kolbasa*, doch obwohl er die Wurst entgegennahm, würdigte er sie keines Blickes. Er war wortlos in ihr Zimmer geschlüpft und hatte sich einen Platz auf dem Boden gesucht, mit dem Rücken an der Wand, wobei ihn selbst die begeisterte Begrüßung Mistys, die er hier zurückgelassen hatte, nicht zum Lächeln bringen konnte. Er brach ein Stück der Wurst ab und legte es dem kleinen Hund auf die Zunge, dann steckte er sich auch ein Stückchen in den Mund. Elena saß auf dem Stuhl und war mit irgendeiner Näharbeit beschäftigt, ein marineblaues Kleidungsstück über den Schoß gebreitet.

»Wurst ist zu gut für ihn«, brummte sie.

Lydia war sich nicht sicher, ob sie den Hund oder den Jungen meinte.

»Und worüber grinst du so?«, fragte Elena, an Lydia gerichtet.

»Ich?«

»Ja, du.«

»Nichts.«

»Die Art von Nichts, die ein Lächeln auf dein Gesicht zaubert, das so breit ist wie der Mond und dich schnurren lässt wie eine Katze?«

»Ich weiß nicht, was du meinst.«

»Jetzt komm schon, Mädchen, du siehst aus wie eine Katze, die in einer Sahneschüssel gelandet ist.«

Der Junge lachte und blickte zu Lydia hoch, plötzlich interessiert. Lydia spürte, wie ihre Wangen zu brennen anfingen, ohne dass sie es verhindern konnte.

»Hat es mit deinem Bruder zu tun?«, drängte Elena sie. »Ist Alexej heute aufgetaucht?«

»Nein.«

»Was ist dann passiert?«

»Ich habe an der Kathedrale gewartet, aber …«

»Ich meine, was ist *sonst* passiert?«

Lydia blickte auf den Jungen hinab. Er und der kleine Hund schauten sie mit leuchtenden Augen an.

»Nichts«, meinte sie und untermauerte ihre Aussage mit einem Achselzucken. »Nichts weiter, Elena. Aber heute hoffe ich von dem Parteimitglied zu hören, mit dem ich bei dem Empfang im Metropol war. Er heißt Dmitri Malofejew. Erst als ich seine Frau gesehen habe, wurde mir bewusst, dass er früher Kommandant des Lagers von Trowitsk war, in dem mein Vater festgehalten wurde. Das bedeutet, er kennt die richtigen Leute, die man fragen muss.«

»Du glaubst, er wird dir helfen?«

»Ich hoffe.«

»Warum sollte er?«

»Weil …« Lydia warf dem Jungen einen verlegenen Blick zu und wandte sich dann wieder Elena zu. »Ich glaube, er mag mich.«

Elena stichelte ihre Naht fertig, biss in aller Seelenruhe den

Faden durch und fragte: »Was dann? Was, wenn er dir wirklich die Information gibt, die du möchtest? Was kannst du diesem Bonzen als Gegenleistung anbieten?«

Schweigen ergoss sich in dem Raum wie Öl, ganz zäh und dick und träge. Es durchdrang Lydias Nasenflügel, machte es schwer für sie zu atmen. Die einzigen Geräusche, die hörbar waren, waren das Schnaufen des kleinen Hundes und das Dudeln des Leierkastens von draußen.

»Elena«, sagte sie rasch, als könnten die Worte weniger Schaden anrichten, wenn sie schnell sprach. »Ich hab keine Wahl. Ich kann einfach nicht mehr bloß hier rumsitzen und Däumchen drehen. Verstehst du das nicht? Liew ist jeden Abend unterwegs in der Hoffnung, dass jemand sich verplappert, oder dass irgendein Koch oder Wachsoldat, der einen Wodka zu viel getrunken hat, ihm etwas verrät. Er versucht alles. *Tschort*, ich weiß, dass er alles versucht – um herauszufinden, was es mit diesem mysteriösen Gefängnis Nummer 1908 auf sich hat, wo es sich befindet. Er stellt gefährliche Fragen, in Schänken und Kneipen, überall in Moskau. Und das macht mir Angst, Elena. Es macht mir so sehr Angst, dass ich …« Sie hielt inne, holte tief Luft und zwang sich dazu, langsamer zu reden. »Ich habe Angst, dass dieser blöde Kosak eines Abends der falschen Person die falsche Frage stellt und selbst im Arbeitslager landet.«

Elena saß sehr still da, die Hände im Schoß. Sie sagte nichts, doch ihre farblosen Augen vergaßen das Blinzeln, und ihr Mund wurde schlaff.

»Diese Angst verfolgt mich, Elena. Jedes Mal, wenn unser großer Bär da hinausgeht. Wie jetzt. Wo ist er? Was macht er? Mit wem redet er? In was für einen verdammten Gewehrlauf schaut er?« Sie blickte auf ihre verschränkten Finger hinab und fügte flüsternd hinzu: »Welches Risiko soll ein Mensch denn für die Liebe eingehen?«

Elena hob eine Hand, fuhr sich damit übers Gesicht und stützte schließlich das fleischige Kinn auf. Es kam wieder Leben in sie, und sie stieß kopfschüttelnd die Nadel in die Zwirnrolle. »Es ist seine Entscheidung. Niemand zwingt ihn dazu.«

»Aber ich möchte, dass er damit aufhört. Sofort. Es ist zu gefährlich. Aber er wird es nicht, ich weiß, er wird nicht aufhören.«

»Und dieser Sowjetbonze, dein Dmitri Malofejew. Ist er nicht gefährlich?«

»Mit ihm kann ich umgehen.«

Elena brach in Gelächter aus, ein mädchenhaftes, glockenhelles Lachen, das den Welpen zum Bellen brachte. Sie erhob sich schwerfällig, schüttelte das Kleidungsstück – ein alter, dicker Wollmantel, wie sich herausstellte – aus und warf es wortlos dem Jungen zu.

»Hier, Edik. Verschließ deine Ohren, zieh das hier an und hau ab, zusammen mit deinem Flohzirkus da drüben.« Sie stemmte die Hände in die breiten Hüften und schaute sich mit einer plötzlichen Anspannung im Zimmer um, bei der die dicken Adern an ihrem Hals deutlich zu sehen waren. »Ich hab hier genug, um das ich mich kümmern muss, mein Bedarf ist gedeckt.«

Sie ging zur Tür hinüber, und als sie an Lydia vorbeikam, geschah etwas Unerwartetes. Sie fuhr ihr durchs Haar, etwas, das sie nie zuvor getan hatte. Die Berührung überraschte Lydia sehr und fiel viel zärtlicher aus, als sie es je für möglich gehalten hätte.

»*Malyschka*, meine Kleine«, sagte Elena leise. »Dieser Mann vernascht Mädchen wie dich zum Frühstück.«

Dann nahm sie ihren Mantel vom Haken, zog ihre Galoschen über, fuhr sich mit einem Kamm durch ihr strohiges Haar, schlang sich einen Schal um den Kopf und ging hinaus.

Der Junge starrte die Tür an, nachdem sie sich hinter ihr geschlossen hatte. Seiner Kehle entrang sich ein Geräusch, das wie ein unterdrücktes Winseln klang, weshalb Lydia zuerst dachte, es sei der Hund gewesen.

»Sie mag mich nicht«, sagte er.

Lydia ging zu ihm hinüber und kniete vor ihm auf dem harten Boden, streichelte das Fell des Welpen, als wäre es ein Teil des Jungen. »Sei kein Frosch. Wenn sie dich nicht mögen würde, glaubst du wirklich, sie würde sich die Mühe machen, einen Mantel für dich zu flicken?«

»Ich weiß nicht.«

Sie zerstrubbelte ihm das flachsblonde Haar und ließ es zu, dass Misty ihr das Handgelenk leckte. Widerwillig löste der Junge seinen Blick von der Tür, als hätte er endlich begriffen, dass Elena eine ganze Weile nicht zurückkommen würde, und wandte sich Lydia zu.

Nach einem Moment sagte er: »Ich glaube trotzdem nicht, dass sie mich mag.«

»Ich denke eher, das Problem ist, dass sie dich *zu sehr* mag.«

Auf einmal sah er ganz scheu und klein aus. »Was meinst du damit?«

»Edik«, sagte Lydia sanft. »Ich glaube, du erinnerst sie an ihren toten Sohn.«

Der Leierkastenmann hatte zu spielen aufgehört, und auf einmal wirkte das Zimmer ganz leer. Langsam wurde das Licht von draußen so grau wie Mistys Fell. Edik war mit seinem Hund zusammengerollt auf dem Boden eingeschlafen, und obwohl der Welpe noch wach war, lag er ganz still da, ein gelbes Auge auf Lydia gerichtet. Als sie aufstand und zum Fenster hinüberging, um zuzuschauen, wie das viereckige Stück Himmel draußen sich von Blau zu Fliederfarben verfärbte und schließlich ganz mit den Dächern verschmolz, gab der Welpe ein tiefes Knurren von sich. Obwohl er nicht mehr als eine Hand voll kleiner Knochen und Milchzähne war, passte er bereits auf sein Herrchen auf, und das beruhigte Lydia. Sie war sich nicht sicher, warum ihr das so viel bedeutete, aber es war so.

Sie wollte allein sein, um nachzudenken, denn ihre Gedanken pochten in ihrem Schädel, als wollten sie heraus. *Ich werde einen Weg finden.* Das hatte Chang gesagt, als sie sich getrennt hatten. *Ich werde einen Weg finden.* Und sie glaubte ihm. Wenn Chang An Lo ihr versprach, er würde einen Weg finden, damit sie zusammen sein konnten – richtig zusammen sein, nicht bloß ein paar gestohlene Küsse wie heute –, dann würde er es auch tun. So einfach war das.

Sie erschauderte, nicht weil ihr kalt war, sondern ganz im Gegenteil. Das Blut in ihren Adern floss heiß und schnell, ihr Körper war ruhelos, und ihre Haut fühlte sich hungrig an. Sie sehnte sich nach seiner Berührung, so wie sie sich an einem heißen Sommertag auf dem Markt von Tschangschu nach einem Stück kühlendem Eis gesehnt hatte. Sie wollte bei ihm sein, wollte sein Gesicht sehen, wollte sehen, wie sich sein Lächeln ganz allmählich bis zu seinen Augen ausbreitete. Sie hatte gedacht, seine Küsse von heute könnten ihr genügen. Doch sie genügten nicht. Sie war gierig. Sie wollte mehr.

Sie ließ ihren Kopf gegen die Fensterscheibe sinken und seufzte. Sie hatte so lange in einem Zustand des Wartens verbracht, dass sie vollkommen vergessen hatte, wie es war, im Hier und Jetzt zu leben. Und das zu haben, was man sich wünschte. Und sich das zu wünschen, was man hatte.

»Chang An Lo«, flüsterte sie, als könnte er sie hören.

Sie berührte das Glas an der Stelle, an der ihr Atem es beschlagen hatte, und schrieb seinen Namen in den Dunst. Lächelnd betrachtete sie die sanft geschwungene Schrift, als könnte sie Chang allein dadurch herbeizaubern. Ihr Herz pochte heftig in ihrer Brust. Während sie den Namenszug betrachtete, begann ihr eigenes Spiegelbild darum herum Gestalt anzunehmen, die beiden Bilder verschmolzen, und sie wandte ihre Aufmerksamkeit ihrem Gesicht zu. Was sah Chang, wenn er sie anschaute? Das Haar, die Augen, die Wangenknochen, all das kam ihr unverändert vor. Doch war es denn das, was er sah? War das das Mädchen, in das er sich damals in China verliebt hatte? Oder jemand anders?

Und Kuan? Wie eine Spinne wich sie ihm nicht von der Stelle, bei keinem Schritt, den er tat, wie eine Einladung in Fleisch und Blut, die ihn in jedem Hotelzimmer erwartete, in dem er abstieg. Nein, das nicht. Denk nicht so.

Schick mir den Jungen. Das hatte er gesagt. Sie wandte sich vom Fenster ab und bemerkte, dass es in dem Zimmer fast vollkommen dunkel geworden war.

»Ihr esst zu schnell. Alle beide.«

Lydia saß auf dem Stuhl. Der Junge hockte immer noch auf dem Boden und stopfte sich Brot in den Mund, während neben ihm der Hund die Schnauze tief in eine Schüssel *kascha* gesteckt hatte. Keiner von beiden holte zwischendrin Luft. Sie hatte Edik ein wenig Suppe aufgewärmt und für Misty die Grütze, dann den schlafenden Jungen zwischen die Rippen gepiekst und die Schüsseln vor die beiden hingestellt. Edik war innerhalb eines Moments vom Tiefschlaf zum Essen übergewechselt. Er drückte sich die Schüssel fest an die Brust und ließ sie selbst beim Schlucken keinen Moment aus den Augen, ein Anblick, den Lydia beunruhigend fand.

»Edik«, sagte sie. »Was ist eigentlich mit deinen Eltern passiert?«

Er schlang noch zwei Mund voll Suppe hinunter. »Erschossen.« Er stopfte Brot hinterher.

»Das tut mir leid.«

»Vor vier Jahren.«

»Warum?«

Wieder wartete sie. Bedrängte ihn nicht.

»Sie haben ein Buch gelesen«, sagte er zwischen zwei Bissen. »Ein Buch, das verboten wurde, weil es antisowjetisch ist.«

»Welches Buch?«

»Kann mich nicht mehr erinnern.«

Sie beließ es dabei.

»Lebst du seither auf der Straße?«

»*Da.*«

»Das ist hart.«

»Ist nicht so schlimm. Der Winter ist am härtesten.«

»Stehlen ist gefährlich.«

Zum ersten Mal hob er den Kopf, und in seine blauen Augen trat ein Leuchten. »Ich bin gut darin. Einer der Besten.«

Ich bin gut darin. Genau dieselben Worte hatte sie vor nicht allzu langer Zeit selbst gesagt. Ihr Magen verkrampfte sich bei dem Gedanken an die Risiken.

»Wo verkaufst du denn deine Hehlerware?«

»Mach ich nicht.« Er bedachte sie mit einem verächtlichen Blick, als wäre sie blöd. »Das machen die *wory*.«

»Wer sind denn die *wory*?«

Er rollte die Augen in einer übertriebenen Geste des Überdrusses, wischte sich mit der Hand den Mund ab und hielt sie dem Hund hin, damit er sie abschleckte.

»Da ist dieser Mann«, begann er langsam, als würde er zu einem Schwachsinnigen reden. »Der leitet eine Gruppe von uns Straßenkindern. Wir stehlen und geben die Sachen ihm. Er bezahlt uns dafür.« Der Junge dachte kurz über das nach, was er gerade gesagt hatte, und zog die Stirn in Falten. Fast hätte er auf den Boden ausgespuckt, aber er verkniff es sich. »Viel zahlt er allerdings nicht, der Scheißkerl. Bloß ein paar armselige Kopeken. Einige der anderen *wory*-Typen zahlen besser, aber ich muss nehmen, was ich kriegen kann.«

Lydia beugte sich vor. »Gibt es denn viele Jungs wie dich auf den Straßen von Moskau?«

»Klar. Tausende.«

»Und die gehören alle zu Banden, die von *wory*-Männern geführt werden?«

»Die meisten ja.«

»Und wer sind diese *wory?*«

»Kriminelle natürlich.« Er grinste und kraulte den Welpen hinter den Ohren. »So wie ich.«

»Edik, was du da machst, ist gefährlich.«

»Und das, was du machst, ist nicht gefährlich?« Er lachte, ein offenes Kinderlachen, bei dem sie lächeln musste.

Am liebsten wäre sie zu ihm hinübergegangen und hätte ihm einen Arm um seine mageren Schultern gelegt, hätte diesem abgebrühten kleinen Kerl die Umarmung geschenkt, nach der er sich so sehr zu verzehren schien, doch sie tat es nicht. Irgendwie hatte sie das Gefühl, er würde sie noch einmal beißen, wenn sie das tat. Sie strich sich das Haar aus der Stirn, als könnte sie damit auch all die Zweifel aus dem Weg räumen, die sie hatte, wenn sie daran dachte, was sie ihn gleich bitten würde.

»Edik?«

»Ja?«

Sie griff in ihre Tasche, zog eine Zehnrubelnote heraus und wedelte damit in der Luft. Sein Blick folgte gierig dem weißen Geldschein, so wie Misty, wenn man ihr einen Hundekuchen vor die Nase hielt.

»Hier«, sagte sie, zerknüllte den Schein und warf ihn ihm zu.

Nur ein Blinzeln genügte, und er hatte ihn sich in die Tasche gesteckt.

Er grinste. »Und was jetzt?«

»Ich möchte, dass du noch mal zum Hotel Triumfal gehst und nach dem Chinesen vom letzten Mal Ausschau hältst. Er wird dir eine Nachricht für mich geben.«

»Ist das alles? Für dieses ganze Geld?«

»Pass auf dich auf, Edik.«

Er sprang auf, klemmte sich seinen neuen Mantel unter den einen Arm und den Hund unter den anderen. »Das Problem mit dir, Lydia« – diesmal war sein Lächeln schüchtern, doch es gelang ihm damit spielend, die Kluft zwischen ihnen zu überbrücken – »ist, dass du zu leicht zufrieden zu stellen bist.«

Sie lachte und spürte, wie ihre Schuldgefühle ein wenig an Gewicht verloren. »Und geh bloß nicht …«

Ein scharfes Klopfen an der Tür brachte sie zum Verstummen.

Es war Dmitri Malofejew. Er stand in seinem elegant geschnittenen Ledermantel in der Tür, einen weißen Seidenschal um den Hals. In einer Hand trug er eine große braune Papiertüte, in der anderen einen Blumenstrauß, bei dem es sich offenbar um Lilien handelte. Wo, um alles in der Welt, er mitten im Winter ein solches Mitbringsel herhatte, war Lydia vollkommen schleierhaft.

»Hallo, Lydia.«

»Genosse Malofejew, das ist eine Überraschung.«

»Darf ich hereinkommen?«

»Natürlich.«

Doch sie zögerte. Diesen Mann mit seinen glänzend gewienerten Schuhen und den blitzend weißen Zähnen hier hereinzubitten, kam ihr so vor, als würde sie ein Krokodil zu sich ins Bett lassen.

Sie lächelte ihn an, musterte ihn von Kopf bis Fuß. »Komm herein.«

Er trat ein und erfüllte mit seiner männlichen Präsenz sogleich jeden Winkel des schäbigen Zimmers. »Hier hältst du dich also versteckt.«

Versteckt? Wieso verwendete er dieses Wort?

»Hier leben wir, ja. Wie hast du mich gefunden?«

»War nicht schwer.«

»Nein, darauf könnte ich wetten. Für ein Mitglied der Parteielite ist nichts sonderlich schwer.« Sie sagte es mit einem Lächeln.

Er erwiderte ihr Lächeln und reichte ihr mit einer galanten

Verbeugung die Blumen. Sie nahm sie entgegen und beugte den Kopf, um an ihnen zu schnuppern. Erst in diesem Moment merkte sie, dass es Seidenblumen waren. Törichterweise fühlte sie sich betrogen.

»Danke.«

Ihr Gast schaute sich mit Interesse in dem Zimmer um. Schließlich blieb sein Blick an Edik hängen und quittierte seine Anwesenheit mit Überraschung. Was auch immer er aus seinem kleinen Sondierungsgespräch mit dem Portier geschlossen hatte, gehörten der Junge und sein Hund nicht ins Bild. Er nickte ihm unverbindlich zu, griff dann in die Papiertüte unter seinem Arm, zog eine Packung Kekse hervor und warf sie ihm quer durch den Raum zu.

»Hier, junger Mann«, sagte er. »Nimm das, und dann verschwinde.«

Das hatte er so höflich gesagt, dass unmöglich zu erraten war, wie ernst er es meinte.

Der Junge streckte die Hand nicht nach den Keksen aus. Er ließ die Packung einfach durch die Luft auf sich zusegeln und mit einem leisen Knirschen zu Boden fallen. Er gewährte Malofejew nicht einmal so viel Höflichkeit, ihn anzuschauen. Sein Blick ruhte einzig und allein auf Lydia.

»Möchtest du, dass ich bleibe?«, murmelte er.

Sie liebte ihn für diese Frage, und in diesem Moment hatte sie das Gefühl, er gehöre jetzt zur Familie. Wie Chang gesagt hatte, brauchte man dazu gar keine Blutsbande.

»Nein«, antwortete sie und schenkte ihm ein dankbares Lächeln. »Du kannst gehen. Ich glaube, du hast sowieso etwas zu erledigen.«

Edik setzte den Hund ab, schlüpfte in den Mantel, der viel zu groß für seinen schmalen Körper war, und ging aus der Tür, ohne den Besucher auch nur eines Blickes zu würdigen. Der Hund nahm die Kekstüte zwischen seine spitzen Welpenzähne und trottete hinter ihm her.

Sie brühte Tee für ihn auf. Das war das Mindeste, was sie tun konnte. Auf dem Bett verteilt lag eine ganze Auswahl von Lebensmitteln, die sie nicht mehr gesehen hatte, seit sie nach Russland gekommen war. Nicht einmal in den Läden waren solche Köstlichkeiten zu haben. Dosen glänzenden Kaviars vom Kaspischen Meer. Mandelbiskuits und Ingwerkuchen. Mehrere Tafeln Schweizer Schokolade und silbrige Schachteln mit Geleefrüchten aus Paris. Ein ganzer geräucherter Schinken, der den Raum mit seinem wundervollen Aroma erfüllte, und verschiedene Sorten fette Würste. Das alles hatte sie genüsslich auf dem Bett ausgebreitet, so wie eine Frau all ihre Kleider auf ein Bett legen würde, um sie zu bewundern. Als sie schließlich auch noch eine Flasche Wodka und ein Metallkästchen mit fünf Zigarren aus den Tiefen der Tüte hervorgezogen hatte, schaute sie Malofejew an und hob spöttisch eine Augenbraue.

»Du glaubst, ich rauche heimlich?«, lachte sie, zögerte dann und fügte etwas steif hinzu: »Oder sind die für deinen eigenen Gebrauch gedacht?«

»Nein.« Er hatte sich auf die Fensterbank gesetzt, die Beine übereinandergeschlagen, wippte mit einem Fuß und betrachtete sie. »Die sind für dich. Du kannst sie für etwas eintauschen, was du brauchst. Kerosin vielleicht.«

»Aha.« Lydia legte die Zigarrendose neben ein Glas mit griechischen Oliven und ein Päckchen Kaffeebohnen, tätschelte sie wie lange verschollene Kinder und stellte sich vor, wozu man einen Wachsoldaten mit einem solchen Geschenk wohl überreden könnte. *»Spassibo.«* Sie lächelte, nicht sicher, ob das Lächeln ihm galt oder dem Essen, und schob den Gedanken, dass er sie zu kaufen versuchte, beiseite. Ihre Füße schienen es kaum zu wagen, sich vom Bett zu entfernen, als hätte sie Angst, wenn sie nur kurz den Blick abwandte, könnte das alles sich in Luft auflösen.

»Bitte, gern geschehen, Lydia.«

Sie wartete darauf, dass er mehr sagte, doch es kam nichts.

»Genosse Malofejew, was bin ich dir dafür schuldig?«

»Nichts. Keine Sorge«, lächelte er sie an. »Es gibt keine Gegenleistung.«

Sie nahm das Glas mit den Oliven in die Hand, die feucht und appetitlich in ihrer Marinade lagen, und dachte daran zurück, dass sich ihre Mutter für ein solches Glas die Kehle aufgeschlitzt hätte.

»Keine Gegenleistung?« Sie zwang sich dazu, die Oliven zurückzulegen. »Und die Information, um die ich dich gebeten habe?«

»Hier gibt es nicht allzu viel Gutes zu berichten, fürchte ich.« Ein winziges Schweigen breitete sich über die Kluft, die zwischen ihnen lag, aber er schien es nicht zu bemerken. Auf einmal war ihr unbehaglich.

»Du hast noch nicht herausgefunden, wo sich Jens Friis aufhält?«, fragte sie schließlich.

»Nein.«

Wieder Schweigen. Er wippte weiterhin sorglos mit seinem Fuß.

»Aber ich dachte …«, begann sie. Die Worte erstarben. Was hatten sie schon für einen Sinn?

»Das dachte ich auch.«

»Hast du mir deshalb all die Lebensmittel gebracht? Als Ersatz für Informationen?«

Plötzlich hörte er mit dem Wippen des Fußes auf. »Lydia, ich habe nichts mehr mit Zuchthäusern und Arbeitslagern zu tun.«

»Erinnerst du dich an ihn aus dem Lager von Trowitsk? Jens Friis. Groß und rothaarig.«

»Natürlich nicht. Dort gab es Hunderte von Gefangenen, und ich hatte wenig mit ihnen zu tun. Ich war nur dort, um dafür zu sorgen, dass die Arbeitsnormen erfüllt wurden und das geschlagene Holz nach Süden transportiert wurde. Ich habe nicht bei den Gefangenen gesessen, ihnen die Hand gehalten und Gutenachtgeschichten erzählt, wenn du das meinst.«

Sie starrte ihn an.

Er lächelte nicht, sondern erwiderte einfach nur ihren Blick, auf dem Gesicht einen Ausdruck der Geduld. Das stachelte sie erst recht auf.

»Aber ich habe dir doch mehr gesagt«, erwiderte sie. »Ich habe dir die genaue Nummer des Gefängnisses genannt, in dem er angeblich festhalten wird – Nummer 1908. Sicher kannst du doch von deinen Kontaktleuten hier erfahren, wo es sich in Moskau befindet.« Sie trat ungeduldig von einem Fuß auf den anderen. »Auch wenn du selbst nicht herausfinden kannst, ob er dort sitzt.«

»Lydia, mein liebes Mädchen, ich würde, wenn ich könnte, das versichere ich dir. Aber du musst einfach begreifen, dass manche Geheimnisse selbst für mich Geheimnisse bleiben.« Seine Stirn war in Falten gelegt, doch Lydia war sich nicht sicher, ob aus Sorge oder Verärgerung. »Tut mir leid, dass ich dir nicht mehr helfen kann.« Und dann fügte er noch hinzu: »Ich wünschte, ich könnte es.«

Lydia bückte sich und hob die große Papiertüte vom Boden auf. Eins nach dem anderen legte sie die Lebensmittel wieder zurück. Malofejew verlor kein Wort dazu.

»Ich glaube dir nicht«, sagte sie leise, den Rücken ihm zugedreht.

Die Zigarren hob sie sich bis zum Schluss auf und legte sie ganz oben auf die Tüte. Dabei dachte sie an Alexej und daran, wie sehr er sich darüber gefreut hätte. Schließlich wandte sie sich Malofejew zu.

»Dmitri, warum machst du das? Mir helfen, meine ich. Du bringst mir so üppige Geschenke, obwohl du mich kaum kennst und mir gewiss auch nichts schuldig bist. Du weißt ebenso gut wie ich, dass du mit einer dieser Kaviardosen jedes Mädchen hier in Moskau haben könntest, das du haben willst.« Sie musterte sein Gesicht. Sah, wie es weich wurde, und hörte, wie sich ein Seufzer seiner Kehle entrang, noch bevor er es verhindern konnte.

»Ach, Lydia, ich bin nicht hier, um dich zu kaufen.«

»Ach, nein?«

»Nein.«

»Warum bist du dann hier?«

Er beobachtete sie nachdenklich. »Weil ich mir wünsche, dass du mich eines Tages so anschaust, wie du vorgestern Abend deinen chinesischen Freund im Hotel Metropol angesehen hast.«

Etwas Heißes wallte in Lydias Brust auf. »Wir haben getanzt, das ist alles. Noch dazu ziemlich schlecht.«

»Nein. Das war nicht alles.«

»Wie meinst du das?«

»Du weißt genau, wie ich das meine.«

»Nein, weiß ich nicht. Jedenfalls scheinst du zu vergessen, dass du eine schöne Frau zuhause hast, Dmitri.«

»Ach ja, meine Antonina. Aber du täuschst dich, Lydia, keine einzige Sekunde lang könnte ich jemals meine schöne Frau vergessen.« In seiner Stimme lag eine Traurigkeit, die so grau und weich war wie ein Schatten. »Es war sogar sie, die mir den Vorschlag gemacht hat, dir diese Geschenke hier mitzubringen, wenn ich dir schon nicht helfen kann.«

»Wie praktisch.«

Er lächelte höflich.

Lydia versuchte, nicht auf die Eleganz zu achten, die ebenso mühelos an ihm hing wie sein Ledermantel, und das rote Haar, das in ihr alle möglichen Erinnerungen an ihren Vater weckte und das sie unter ihrer Haut spürte wie einen Schauder. Aus einem Grund, der ihr verborgen war, kam ihr das Leben in China seltsam verschwommen und weit weg vor, wann immer dieser Mann hier ihr gegenübertrat. Das beunruhigte sie mehr, als sie zugeben wollte.

»Genosse«, sagte sie mit einem abrupten Tonwechsel. »Ich danke dir für deine Großzügigkeit, aber diese Geschenke kann ich nicht annehmen.« Dennoch war ihre Hand verräterisch genug. Da lag sie, auf den Ausbuchtungen der braunen Papiertüte, und liebkoste sie, so, wie sie manchmal Mistys Ohren streichelte. Sie nahm die Hand weg.

»Ich versuche, dir zu helfen, Lydia. Bitte vergiss das nicht.«

»Wenn das so ist, Dmitri, dann sag mir bitte, wo sich das Gefängnis 1908 befindet.«

»Ach, Lydia, ich würde es ja, wenn ich könnte.«

»Vielleicht willst du es ja gar nicht wissen.«

»Vielleicht.«

Wenn sie ihren Vater finden wollte, dann brauchte sie Malofejew, sie brauchte seine Kenntnisse, seine Kontakte und seine Vertrautheit mit dem Gefängnissystem. Der Gedanke, dass jemand, der über ihm auf der Leiter der sowjetischen Bürokratie stand, ihm auf die Finger schaute, machte sie unruhig.

»Wer weiß, dass du hier bist?«, fragte sie.

Die Frage beantwortete er nicht. Stattdessen nippte er mit vornehmer Geistesabwesenheit an seiner Tasse und stellte sie dann wieder ab. Erst danach richtete er erneut seine ganze Aufmerksamkeit auf Lydia, und sie konnte sofort erkennen, dass eine Veränderung in ihm vorgegangen war. Sein Blick war starr und entschlossen und rief ihr ins Gedächtnis, dass er erst kürzlich noch Kommandant eines Gefangenenlagers gewesen war.

»Lydia, hör mir zu. Sowjetrussland ist immer noch nur ein Kind, das wächst und lernt. Jeden Tag kommen wir unserem Ziel ein wenig näher: nämlich einer gerechten und ausgewogenen Gesellschaft, in der die Gleichheit so selbstverständlich ist, dass es uns erstaunen wird, mit welchen Ungerechtigkeiten noch unsere Väter und Großväter zu kämpfen hatten.«

Sie reagierte nicht, schaute auch nicht auf. Ihr Pulsschlag raste, während das matter werdende Licht vom Fenster her seinen Haarschopf in Brand zu setzen schien.

»Und die Gefangenenlager?«, fragte sie. »Wollt ihr so dem heranwachsenden Kind Sowjetrussland Gehorsam beibringen?«

Er nickte.

»Durch Angst?«, wollte sie wissen. »Durch Spitzel?«

»Ja.« Er erhob sich von der Fensterbank, eine ganz langsame, geschmeidige Bewegung, die Lydia dennoch in Alarmzustand versetzte. Irgendwie schien er größer und dunkler, als er langsam vom Fenster auf sie zukam. »Den Menschen Russlands muss beigebracht werden, wie sie sich selbst neu erfinden können.«

Er kam näher.

Ihr Herz wummerte. »Jens Friis ist noch nicht einmal Sowjetbürger«, hob sie hervor. »Er ist Däne. Was soll es bringen, *ihm* beizubringen, sich neu zu erfinden?«

»Als Beispiel für andere. Es zeigt, dass niemand sich in Sicherheit wiegen kann, wenn er antisowjetischen Aktivitäten nachgeht. Niemand, Lydia. Kein einziger Mensch ist wichtiger als der sowjetische Staat. Nicht ich.« Er hielt inne, und die nächsten Worte klangen plötzlich sehr sanft. »Und du auch nicht.«

Sie versuchte, ihre Atmung zu beruhigen, doch es gelang ihr nicht. Ganz plötzlich packte er sie an beiden Handgelenken und schüttelte sie. Ohne ein Wort zu sagen, versuchte sie sich loszumachen, doch seine Finger hielten sie mühelos, weshalb sie es wieder aufgab.

»Lass mich los«, fauchte sie.

»Du siehst, Lydia«, sagte er ganz ruhig, »wie die Angst die Menschen verändert. Schau dich an, wie dir die Angst ins Gesicht geschrieben ist, ein kleines Löwenmädchen, das mir am liebsten an die Kehle gehen würde. Aber wenn ich dich loslasse, wirst du etwas gelernt haben. Du wirst gelernt haben, zu fürchten, was ich tun könnte – was ich dir antun könnte, deinen Freunden, Jens Friis, ja sogar deinem verfluchten chinesischen Liebhaber –, und das wird dich in Schach halten. Genau so funktioniert Stalins Strafsystem.«

Er lächelte, ein schiefes Verziehen des Mundes, das keine Drohung beinhaltete, sondern nur eine Warnung. Sie starrte ihm direkt in die grauen Augen. Mit einem behutsamen Nicken lockerte er den Griff um ihre Hände. Sie bewegte sich nicht. Ohne Zögern beugte er sich vor und küsste sie auf den Mund, hart und hungrig. Seine Hand berührte ihre Brust. Sie machte einen Schritt rückwärts, weg von ihm, und er hielt sie nicht davon ab.

»Angst«, sagte er stattdessen, »ist etwas, bei dem man wissen sollte, wie man es einsetzt. Denk daran, Lydia.« Er neigte neckisch den Kopf, wieder ganz der alte Charmeur. »Ich wollte dir nichts tun. Ich wollte nur, dass du Bescheid weißt.«

Sie war zu wütend, um zu sprechen. Doch sie ließ ihn keine Sekunde aus den Augen.

»Du kannst mich gerne ins Gesicht schlagen, wenn dir dann wohler ist«, bot er ihr mit einem munteren Lachen an.

Sie wandte abrupt ihr Gesicht ab, weil sie es nicht mehr ertragen konnte, ihn anzusehen. Ohne ein weiteres Wort ging er hinaus und machte leise die Tür hinter sich zu. Sie begann zu zittern. Wut raste ihn ihr, heiß und schmerzhaft brannte sie in ihrer Kehle. Sie lief ans Fenster und sah, wie Dmitri Malofejew durch den finsteren Hof davonschritt, mit dem Rücken zu ihr, doch eine Hand zum Gruß erhoben. Er hatte gewusst, dass sie dort stehen und ihm nachschauen würde.

Während er durch den Torbogen schritt und verschwand, legte sie die Stirn an die Fensterscheibe, um die Gedanken, die ihr durch den Kopf rasten, durch die Kälte zum Stillstand zu bringen. Die Wut jedoch nicht. Die brauchte sie. Denn es war nicht die Wut auf Dmitri Malofejew, ihr Zorn galt ihr selbst. Sie stieß ein langes und lautes Stöhnen aus und schlug mit der Stirn gegen die Fensterscheibe, als könnte sie dadurch die Bilder in ihrem Kopf vertreiben. Das Gefühl seiner Lippen.

Den würzigen Duft seines Rasierwassers. Den heißen Hauch seines Atems auf ihrem Gesicht. Seine Finger, die sanft auf ihrer Brust lagen.

Woher kam es bloß, dieses trügerische Behagen, das sie empfunden hatte? Sie hasste ihn. Doch was noch schlimmer war, sie hasste sich selbst.

Im Bad war es kalt, so kalt, dass Lydia ihren eigenen Atem in der Luft schweben sah. Eine nackte Glühbirne hing von der Decke wie ein mattgelbes Auge, quer über eine Wand zog sich eine feuchte Stelle, hier und da war der Verputz aufgeplatzt. Lydia war heute gar nicht an der Reihe mit dem Baden, für das es eine strenge Reihenfolge unter den Bewohnern der *kommunalka* gab, weshalb sie sich einfach auf ihr Handtuch stellte, um keine kalten Füße zu bekommen, und sich komplett auszog.

Ihren Rock. Die Strickjacke. Ihre Bluse. Ihre Unterwäsche. Sie ließ alles zu Boden fallen und stand nackt vor dem Waschbecken. Dabei vermied sie sorgfältig den Blick in den Spiegel, weil sie den Anblick dessen, was sie als Verrat empfand, nicht ertragen konnte. Welche Farbe er hatte. Welche Gestalt er annahm. Und welche Löcher er in das Gesicht eines Menschen meißelte. Sie drehte den Hahn mit dem kalten Wasser auf und begann sich zu waschen.

Nach zehn Minuten war ihre Haut wund, und sie zitterte vor Kälte, doch ihre Hände waren endlich wieder ruhig geworden. Bald begriff sie, dass es nicht auf den äußeren Schmutz ankam, sondern auf den in ihrem Inneren, und wie sie dem zu Leibe rücken sollte, wusste sie nicht.

SIEBENUNDDREISSIG

Im Badezimmer war es warm. Das Hotel Triumfal kümmerte sich gut um seine privilegierten Gäste, und Chang An Lo hörte, wie Biao nach Luft schnappte, als er das Badezimmer betrat und sein Blick auf die goldenen Wasserhähne, die blitzenden Armaturen und marmornen Waschbecken fiel. Biaos eigene Unterbringung in dem Hotel, unten im zweiten Stock, fiel etwas bescheidener aus, ein kleiner Raum über der lauten Hotelbar. Chang schloss die Tür hinter ihnen und drehte die beiden Hähne am Waschbecken sowie an der Badewanne auf. Wasser fiel platschend in die Becken und gurgelte in den Abflüssen, so dass der kleine Raum schnell von lautem Plätschern und Rauschen erfüllt war.

»Nun, mein Freund, lass uns reden«, sagte Chang mit bewusst gedämpfter Stimme.

»Ist es sicher hier?«

»Ich glaube, die Hälfte der Zeit schlafen die Lauscher sowieso.«

Biao blickte immer noch misstrauisch drein. Seine langen Arme baumelten ruhelos an seinen Seiten wie Bambusblätter im Wind, und seine dunklen Augen huschten suchend über die gekachelten Wände. Chang war froh, dass er diesen jungen Gefährten mit nach Russland genommen hatte – und nicht nur deshalb, weil er ihn vor den Schlachtfeldern in China retten und seinem Vater ruhigere Nächte schenken wollte. Biao gab ihm Rückendeckung. Chang brauchte ihn.

»Lass dich in deinen Gedanken nicht von der Sorge um Lauscher stören, mein Freund«, sagte Chang. Er hielt seine

Lippen ganz nah an Biaos Ohr. »Bei diesem Rauschen hier sind sie sowieso taub. Doch als Kuan gestern ein paar unüberlegte Worte sagte, wurden weder sie noch ich hinterher danach befragt. Ich bin mir sicher, die Bärtigen finden unser Mandarin ebenso hart und störrisch wie wir ihr Russisch.«

Biao nickte.

Chang sprach schnell. »Es gibt einen Weg hinaus durch das Badezimmerfenster, über die Dächer. Ich möchte, dass du dich unbewacht davonstiehlst. Du musst jetzt gehen, bevor es Zeit für das Abendessen ist, das für uns geplant ist.«

Wieder nickte Biao. Seine schwarzen Augen glänzten. »Die Bärtigen sind so langsam im Denken wie Würmer. Das wird kein Problem sein.«

»Danke, mein Freund. *Xie xie.*«

Einen Moment lang lauschten sie dem Wasserrauschen.

»Ist es für dieses *fanqui*-Mädchen?«, fragte Biao schließlich. »Die, mit der du getanzt hast?«

Chang überraschte es, dass Biao ihm diese Frage stellte, doch er nickte.

Sein Begleiter holte tief Luft. »Genosse Chang«, murmelte er. »Darf ich meiner bescheidenen Meinung Ausdruck verleihen, dass es nicht klug ist, solche Risiken für einen ausländischen Teufel einzugehen. Sie ist es sicher nicht wert …«

Chang erstarrte. Es war nur ein kurzes Anspannen seiner Muskeln, nicht mehr. Doch es genügte.

Biao senkte den Kopf. »Verzeih mir meine wertlose Zunge. Nie weiß sie, wann sie besser schweigen sollte.«

»Das war immer schon so«, erwiderte Chang lachend. »Du hast dich nicht verändert.«

»Natürlich befolge ich mit Freuden alle Aufgaben, die der Freund meines Herzens mir aufträgt.«

»Ich danke dir, Hu Biao.«

»Es ist nur, dass ich …« Er hielt inne, den Kopf nach wie vor gesenkt.

»Was ist?«, fragte Chang.

»Meine Zunge hat keine Ohren, um zu lauschen oder zu lernen.«

»Sag, was du sagen möchtest.«

Hu Biao hob den Blick. Seine Augen mit den schweren Lidern und den langen Wimpern erinnerten Chang deutlich an Biaos Vater, Hu Tai-wai, den Mann, dem er so viel verdankte; den Mann, der in jeder Hinsicht sein Vater war, ohne mit ihm blutsverwandt zu sein. Eine Welle der Zuneigung zu seinem jungen Gefährten durchströmte ihn.

»Spuck's aus, Biao, oder ich werde mich gezwungen sehen, dir meine Faust in die Kehle zu rammen und es selbst herauszuholen, so wie deine Mutter bei einer trächtigen Hündin die Welpen holt.«

Er lachte und sah, wie Biao tief Luft holte, gefolgt von einem schwachen Schauder der Erleichterung, und Chang kam zum ersten Mal der Gedanke, sein Freund aus Kindertagen könnte ihn ebenso mit Furcht betrachten wie mit Liebe. Das machte ihn traurig. Hatte der Krieg ihn in jemanden verwandelt, den er nicht mehr wiedererkannte? Hatte er das Beste von sich auf den Schlachtfeldern Chinas zurückgelassen?

»Biao, lass mich deine Ratschläge hören.«

»Die Götter haben gut auf dich aufgepasst, Chang An Lo. Führe sie nicht in Versuchung, dich im Stich zu lassen, nur weil du ihre Aufmerksamkeit gegen die einer langnasigen ausländischen Teufelin eingetauscht hast.«

»Ich habe ihnen schon viel versprochen. Ich habe es geschworen, beim stolzen Namen meiner Ahnen.«

»Nein, mein Genosse. Die Götter sind flatterhaft. Bleib bei deinesgleichen. Komm nach China zurück und heirate meine Schwester Si-qi. Du weißt, wie sehr sie dich liebt.«

Chang lächelte. »Die schöne Si-qi besitzt mein wertloses Herz und das von vielen anderen noch dazu. Ich werde immer ihr süßes Gesicht und ihren klugen Kopf lieben.«

»Dann heirate sie.«

»Ich kann nicht.«

»Es ist das, was mein Vater und meine Mutter sich mit ihrem letzten Atemzug wünschen würden.«

»Ach, Biao, das ist grausam. Du weißt, dass ich ihnen nichts abschlagen kann.«

Lange Zeit schauten sich die beiden Männer in die Augen, nur das Wasserrauschen ringsum war zu hören. Es war Hu Biao, der als Erster den Blick abwandte.

»Was brauchst du, Chang An Lo?«

»Ich brauche ein Zimmer.«

Spät am Abend kehrte Edik zurück. Er sah sehr zufrieden mit sich selbst aus, warf sich in die magere Brust, und Lydia schloss ihn in ihre Arme, noch bevor er Einwände erheben konnte. Er reichte ihr schnell die Nachricht, als müsste er noch woanders hin, und dann waren er und der Welpe wieder verschwunden.

Auf dem Zettel stand eine Adresse nebst Wegbeschreibung. Die Beschreibung war mit der Hand gezeichnet, und Lydia stellte sich vor, wie Chang in seinem Hotelzimmer gesessen und sorgfältig alles aufgemalt hatte, damit sie den Weg auch wirklich fand. Weder ein *Liebste Lydia* noch eine Unterschrift waren hinzugefügt. Nichts, durch das man ihnen auf die Spur kommen konnte.

Nur vier kurze Worte ganz unten auf dem Zettel. *Du bist mein Leben.*

Lydia wartete, bis sie Liew und Elena schnarchen hörte, ein Schnarchen, das nach dem Leeren von Malofejews Wodkaflasche noch intensiver geworden war, und schlüpfte erst dann aus dem Bett.

In dem Zimmer war es finster. Der Nachthimmel draußen war stockdunkel, kein Mond, keine Sterne waren zu sehen. Hastig holte Lydia das Bündel unter ihrem Bett hervor und zog sich mehrere Schichten von Elenas Pullovern und Röcken über, eine über die andere, bis sie richtig dick und unförmig aussah. Erst dann war sie zufrieden.

Nun passte sie zwar nicht mehr in ihren eigenen Mantel, doch Elenas Mantel wollte sie auch nicht borgen. Stattdessen nahm sie ihre Decke vom Bett, legte sie sich wie einen Schal um den Körper und bedeckte damit auch Haar und Wangen. Darüber kam noch ein Kopftuch, das sie fest unter dem Kinn verknotete. Im Dunkeln war sie jetzt nicht mehr zu erkennen, und wenigstens diesen einen Moment lang fühlte sie sich frei. Sie hielt den Atem an, machte die Tür auf und schlüpfte aus dem Zimmer. Niemand würde sie draußen erkennen.

Nicht einmal Chang An Lo.

Sie huschte die Straße entlang, den Kopf gegen den Wind gebeugt. Die meisten Häuser waren in Dunkelheit gehüllt, weshalb sie sich besser auf den Weg konzentrieren konnte als auf ihre Angst, angehalten und befragt zu werden. Es war ein unebener Schotterweg mit einem Friedhof auf der einen Seite und einer Reihe von windschiefen Häusern auf der anderen. Eine sonderbare Duftmischung aus feuchter Erde, Schweinen und Holzfeuer lag in der Luft und erinnerte sie an den Geruch von chinesischen Dörfern, aber die Erinnerung brachte sie nicht zum Lächeln. Ihre Handinnenflächen waren trotz der Kälte feucht und klamm in ihren Handschuhen, und die Haut an ihrem Nackenansatz prickelte, als wären Hunderte kleiner Spinnen unter der Decke verborgen. Sie verlangsamte ihre Schritte und kam schließlich zum Stehen. Was war bloß los mit ihr?

Warum war sie so nervös? Warum zögerte sie?

Sie schloss die Augen. Die schwere Nachtluft drückte sie nieder, trotzdem spürte sie, während sie dort stand, wie die Wahrheit in ihr ans Licht kam. Sie hatte Angst. Sie hatte Angst, dass sie höflich zueinander sein würden.

Wie lang sie da stand, wusste sie nicht. Irgendwann schreckte sie das Geräusch von Schritten von der Straße auf, und einen Moment lang glaubte sie, Chang An Lo habe sie gefunden. Doch dann sah sie eine Fackel, die auf dem Schnee ihren unsteten gelben Schimmer warf. Nein, nicht Chang An Lo, er hätte keine Fackel verwendet. Gerade wollte sie die Straßenseite wechseln, um dem Unbekannten auszuweichen, als der Lichtkegel über sie hinwegwanderte und sie blendete. Sie hob eine Hand an die Augen, um sie abzuschirmen, und hörte schnelle Schritte, die auf sie zukamen, dann drückte sie jemand gegen die Wand, ihr Kopf traf auf etwas Hartes, Hände rissen ihr die Decke weg und machten sich grob an ihrer Kleidung zu schaffen. Nur die zahlreichen Schichten von Elenas ausladenden Kleidungsstücken schützten sie vor den suchenden Fingern ihres Angreifers. Sie holte mit der Faust nach seinem Kopf aus und hörte ihn vor Schmerz aufschreien. Sein Schädel war hart.

»Lass mich los«, schrie sie.

»Halt die Klappe, *suka*, Nutte.«

»Geh zum Teufel, du Scheißkerl.« Sie holte aus und traf ihn voll am Schienbein.

Eine Hand schlug sie flach und hart auf den Mund. Sie schmeckte Blut. Ein Mund, der nach Bier stank, presste sich auf den ihren. Wieder trat sie um sich, konnte jedoch nicht atmen. Ihr Arm wurde gegen ihre Luftröhre gedrückt, und das Gewicht des Angreifers presste sie an die Wand. Sie versuchte zu schreien. Spürte, wie ihr Gehirn knirschend zum Stillstand kam.

Und ganz plötzlich war es vorüber. Ohne ein weiteres Geräusch ließ ihr Angreifer sie los, als wäre er des Kämpfens überdrüssig geworden, und setzte sich auf einen Schneehaufen. Er wirkte erschöpft. Sie holte tief Luft.

»Scheißkerl!«, schnappte sie nach Luft und schlug nach seinem Rücken.

Ganz langsam, fast nachdenklich, fiel er vornüber aufs Gesicht und lag ausgestreckt neben der Fackel im Schnee, den Hals in einem seltsamen Winkel verdreht. Erst da sah sie die andere Gestalt, ein Gesicht voller Erhebungen und Schatten, als wäre ein Geist aus dem gegenüberliegenden Friedhof erschienen.

»Chang An Lo«, keuchte sie.

»Komm.«

Er packte sie am Handgelenk und zog sie von der zusammengebrochenen Gestalt weg, wobei er auf der dunklen Straße so schnell ging, dass sie kaum mithalten konnte. Sie blickte hinter sich, doch ihr Angreifer hatte sich nicht bewegt. Die Nacht schien immer dichter und undurchdringlicher zu werden. Als sie zu einer beschlagenen Tür kamen, zog er einen Schlüssel aus der Tasche und steckte ihn ins Schloss. Die Tür öffnete sich mit einem lauten Quietschen in den Angeln, dann waren sie drinnen. Im Flur herrschte Finsternis, doch sie hörte ihn atmen. Und Lydia war sich sicher, dass auch er ihren Atem hören konnte, angestrengt und noch immer nicht im Takt.

Ohne zu zögern bewegte er sich durch die Dunkelheit und zog sie mit sich eine Treppe hoch, bis sie im ersten Stock vor einer Tür standen. Er schloss sie auf, führte sie hinein und machte die Tür hinter ihnen zu.

»Warte hier«, flüsterte er.

Er verschwand, und einen Moment später brannte ein Zündholz. Changs Gesicht leuchtete in der Dunkelheit. Er steckte eine Gaslampe an, die von der Decke hing, und stellte die Höhe der Zündflamme ein. Sie hörte, wie die Flamme zischend zum Leben erwachte, und sah den warmen, gelben Schein, der sich langsam in den Raum ergoss. Sie stieß den Atem aus. Es war nur ein kleines Zimmer mit einem Bett, einem Lehnstuhl und einem Nachttischchen. Überraschenderweise hing ein Kruzifix an der Wand. Doch mehr Platz brauchten sie nicht.

Er trat auf sie zu, seine Augen dunkel und lebhaft. Aber sie kannte ihn zu gut. An dem unruhigen Mahlen seiner Kiefer und der weichen Linie um seinen Mund sah sie widergespiegelt ihre eigene Unsicherheit. Sie holte tief Luft, schlang die Arme um seinen Hals, und dann lagen seine Hände auf ihrem Rücken, sie umfassten sie, streichelten sie, fanden unter all den dicken Kleiderschichten ihre wahre Gestalt.

»Mein Geliebter«, murmelte sie und hob ihm ihre Lippen entgegen.

Als sich ihre Münder begegneten, hart und fordernd, spürte sie, wie sich die zarte Schranke zwischen ihnen hob. Sie hörte es krachen, als sie zerbarst, und dann wusste sie, dass es keine Höflichkeit zwischen ihnen geben würde.

ACHTUNDDREISSIG

Man nahm Alexej die Augenbinde ab. Er musste heftig blinzeln, bis sich seine Augen an die plötzliche Lichteinstrahlung gewöhnt hatten, und schaute sich in der Umgebung um. Er befand sich in einem unterirdischen Weinladen. An den Steinmauern waren Flaschen in allen Größen und Formen in Regalen gelagert, und die Luft war so staubig, dass ihm der Atem stockte.

»Wer ist das?«

»Warum hast du ihn zu uns gebracht, Igor?«

Die Fragen kamen von einer Gruppe von etwa zwanzig jungen Männern, die sich in dem Kellerraum versammelt hatte. Ein jeder von ihnen trug sein Hemd bis zur Taille aufgeknöpft. Tätowierungen bedeckten ihre nackten Brustkörbe, scharf gestochene Botschaften an die Welt, und darüber sah man hagere Gesichter und scharfe, misstrauische Augen. Keiner der Männer lächelte oder grüßte ihn. Mist, dachte Alexej, das alles sah nach einem großen Irrtum aus …

»Guten Abend, Genossen«, sagte Alexej freundlich. Er nickte zum Gruß und versuchte, den Blick von den Tätowierungen abzuwenden, was ihm nicht leichtfiel. »Mein Name ist Alexej Serow.«

Er stellte den Sack, den er mitgebracht hatte, auf dem Boden vor ihnen ab, wo Staub die schwarzen Fliesen bedeckte. Einer der Männer mit Flüsterstimme und öligem, sorgfältig in der Mitte gescheiteltem Haar trat nach vorne und entknotete die Schnur, mit der der Sack zugebunden war. Er hob den Inhalt des Sacks heraus. Sofort löste sich die Anspannung im Raum.

Es war ein leichter Diebstahl gewesen, doch Alexej hatte ihn nur mit Widerwillen begangen. Mit Abscheu. Aber Maxim Woschtschinski hatte es von ihm verlangt, als Beweis seiner Treue und als Demonstration seines Mutes. Ein Geschenk an die *wory*. Ohne zu zögern hatte Alexej Ja gesagt und sich auch keine Zeit gelassen, seine Meinung zu ändern. Noch am selben Abend war er auf die Straßen von Moskau hinausgegangen, um den *wory* zu beweisen, dass er ihr Vertrauen verdiente, dass er ebenso ein Dieb war wie sie und keine Angst vor den staatlichen Behörden hatte. Er hatte sich zwei Stunden auf Seitenstraßen herumgetrieben und mit der gleichen Präzision, mit der er früher militärische Manöver vorbereitet hatte, nach einer Gelegenheit gesucht. Und als die Gelegenheit kam, hatte er sie beim Schopf ergriffen.

Er war dem Licht gefolgt, das aus einer offenen Tür auf die schmale Gasse fiel, und ganz leise in einen fremden Flur getreten. Das hatte genügt, um ihn zum Dieb zu machen, die Grenzen des Anstandes zu überschreiten und auf die andere, die gesetzlose Seite der Welt überzuwechseln. Seine Hände hatten mit einer solchen Selbstverständlichkeit gestohlen, als wären sie seit Jahren in Übung, und die geschnitzte Uhr von der Wand sowie eine kleine Zinnvase von einem Tisch genommen. Weniger als eine Minute später hatte er das Haus wieder verlassen. Kaum mehr als man brauchte, um sich selbst die Kehle durchzuschneiden.

Der Mann, der in dem Haus wohnte, hatte nichts bemerkt. Er war draußen auf der dunklen Straße damit beschäftigt gewesen, Möbelstücke auf einem Karren festzuschnüren, vor dessen Deichsel ein Pferd vor sich hin döste, und hatte keine Ahnung davon, dass er gerade beraubt wurde. Warum jemand um diese späte Stunde Möbel transportierte, hatte sich Alexej lieber nicht gefragt, doch seinen Zwecken hatte es sehr gut gedient. Der Eifer, mit dem er seine Beute unter dem Mantel versteckt hatte, hatte ihn selbst entsetzt.

Gesehen hatte ihn niemand. Bis auf die kurze, bucklige Gestalt von Igor, der irgendwo im Dunkeln verborgen war. Er hatte alles beobachtet. Er wusste Bescheid.

»Es ist eine gute Uhr«, verkündete der Mann mit dem geölten Haar und hielt den Zeitmesser hoch, damit die anderen ihn sehen konnten.

Es war in der Tat ein schönes Stück, alt und gut gepflegt, was man aus den winzigen Polierspuren auf dem Gehäuse schließen konnte. Plötzlich verspürte Alexej jedoch einen Anflug von schlechtem Gewissen, ein böses, gehässiges Gefühl, das an ihm nagte.

»Es ist für die *wory w sakone*, die Bruderschaft der Diebe im Gesetz«, verkündete Alexej. »Ich stifte es dieser *kodla* für euren *obschtschak*, euren gemeinsamen Fundus.«

Sie nickten beifällig.

»Gibt es einen Zeugen?«, fragte einer.

»Ich bin Zeuge«, sagte Igor. Er stand vor den Versammelten auf und erstickte mit einem Blick in die Runde jeglichen Widerspruch im Keim. »Er hat gestohlen wie ein Profi.«

»Gut.«

»Aber ist er im Gefängnis gewesen?«

»Oder in einem der Arbeitslager? Ist er in Kolyma gewesen?«

»Oder hat er am Weißmeer-Ostsee-Kanal gearbeitet?«

»Wer sonst spricht für ihn?«

Alexej ergriff das Wort. »Bruderschaft der *wory w sakone*, ich bin ein *wor*, ein Dieb, wie ihr, und ich bin hier, weil Maxim Woschtschinski angeordnet hat, mich heute Abend hierherzubringen. Er ist krank und bettlägerig, doch es ist sein Wort, das für mich spricht.«

»Es muss zwei geben, die für ihn sprechen.«

»Ich, Igor, spreche für ihn. Mein Wort steht neben dem von Maxim, unserem *pakhan*.«

Das war es also. Großer Gott, er war ein *wor* geworden. Zwar musste er noch so manche Probe bestehen, bevor sie ihn wirklich als einen der ihren akzeptierten, doch die Tür stand ihm bereits offen, weil Maxim ihn unterstützte. Aus seinem Gespräch mit Maxim hatte er gelernt, dass es Zellen der kriminellen *wory* wie die hier überall in Russland gab, besonders in den Gefängnissen, und sie alle hatten die gleichen strikten Zugehörigkeitsregeln und das gleiche Bestrafungssystem. Manche nannten sie auch russische Mafia, doch in Wirklichkeit waren sie ganz anders als jene italienische Organisation: Ein Boss war nicht vorgesehen, jedes Mitglied galt als gleich, und familiäre Beziehungen spielten keine Rolle. Die Bruderschaft war die einzige Familie, auf die es ankam. Entscheidungen gefällt und Streitigkeiten geschlichtet wurden durch die *schodka*, das Gericht der *wory*, das ebenso allmächtig wie rücksichtslos war. Dennoch nahm der *pakhan* einen höheren Rang ein, und sein Wort zählte. Maxim war der *pakhan*.

Alexej betete zu Gott, dass Maxims Name, selbst vom Krankenbett aus, genügend Gewicht hatte. Doch seltsamerweise empfand er keine Angst, obwohl er wusste, sie wäre angebracht gewesen, denn was seinen Aufenthalt im Gefängnis anging, hatte er sie angelogen, und ihre Bestrafungsmethoden waren streng. Aber diese Männer erinnerten ihn viel zu sehr an die jungen Rekruten, die er in den Trainingslagern der Armee in Japan befehligt hatte, bloß dass sie sich hier zu einer kriminellen Brüderschaft zusammengefunden hatten und nicht zu einer militärischen. Diese Männer schöpften Mut untereinander, so wie der Besitzer dieses Kellers Wein aus seinen Flaschen und Fässern schöpfte. Er floss rot und berauschend. Während er sich ihre Gesichter und die entstellten Brustkörbe anschaute, kam ihm auf einmal der Gedanke, dass diese Männer geschädigte Männer waren. Sowohl innen als auch außen.

»Wo sind denn die älteren Männer der *wory*-Bruderschaft?«, hatte er Maxim gefragt.

»Im Gefängnis natürlich. In den Arbeitslagern. Dafür ist ja der *obschtschak*-Fundus.«

»Benutzt ihr den, um sie aus dem Gefängnis zu bekommen?«

»Manchmal. Viel öfter jedoch wird das Geld genutzt, um unsere Brüder mit Lebensmitteln oder Kleidung zu versorgen und mit Schmiergeld. Weißt du, Alexej, ein Gefängnis ist für einen *wor* ein ganz natürlicher Aufenthaltsort, dort hat er das Sagen. Die meisten unserer Brüder sitzen hinter Gittern, denn jede Gefängnisstrafe ist ein Ehrenzeichen und wird durch eine neue Tätowierung gefeiert.«

»Das ist mir unverständlich.«

Maxim hatte gelächelt, und seine Augen blickten geheimnisvoll. »Dir vielleicht. Mir nicht.«

Alexej fragte sich, was, zum Teufel, hier eigentlich vorging. Was war die Geschichte dieses Mannes, und welche Verbrechen hatte er begangen? Als könnte Maxim Gedanken lesen, hatte er sich auf seine Seite des breiten Bettes gerollt, langsam das Oberteil seines Pyjamas aufgeknöpft und es zur Seite geschlagen. Seine Brust war breit und kräftig, die Rippen machtvoll wie die eines Bullen, die Haut unbehaart und schlaff.

Alexej hatte die Luft angehalten. »Beeindruckend.«

Mitten auf Maxims Brust prangte eine üppige blaue Tätowierung. Sie zeigte ein großes und fein ausgearbeitetes Kruzifix.

»Siehst du das?« Der ältere Mann hatte mit entschlossenem Finger auf die Abbildung darüber gezeigt, die sich zwischen den Schlüsselbeinen befand. »Siehst du diese Krone? Die bedeutet, dass ich der *pakhan* bin. Der Chef unserer *wory*-Zelle. Ohne mich wären die nichts. Was ich sage, wird gemacht.«

Er hatte seinen anderen Ärmel aufgekrempelt, und Alexej beugte sich fasziniert hinab. Von der Schulter bis zum Handgelenk war jeder Zentimeter Haut mit Tätowierungen bedeckt. Eine Kirche mit Zwiebeltürmen und einer sanft dreinblickenden Madonna steckten beunruhigenderweise hinter Stacheldraht und einer Reihe von Gefängnisgittern. Auf Maxims Bizeps grinste ein Totenkopf, und auf seinem Ellbogen hatte sich ein Spinnennetz um die Flügel eines Adlers geschlungen.

Maxim beobachtete Alexej, sah das Feuer, das in ihm aufstieg. »Jede hat ihre Bedeutung«, sagte er in einem verführerischen Flüstern. »Schau dir meine Tätowierungen an, und du siehst mein Leben. Den ersten Mörder der Welt hat Gott mit einem Zeichen versehen und ihn in die Verbannung geschickt. Das Kainsmal.« Er hatte seinen Ärmel wieder heruntergekrempelt und seine Brust bedeckt. »Es brandmarkte seinen Träger als Kriminellen und gesellschaftlichen Außenseiter. Sag mir, ist es das, was auch du bist, Alexej Serow? Ein gesellschaftlicher Außenseiter?«

Der Schmerz war nicht allzu schlimm, aber es tat weh. Bei dem Tätowierer handelte es sich um einen kahlköpfigen Mann mit einem glatten Gesicht und einer tätowierten Träne in jedem Augenwinkel. Er war ein Künstler, der Freude an seiner Arbeit hatte und vor sich hin lächelte, während er Alexejs Brust für die Tätowierung vorbereitete. Dabei summte er wieder und wieder eine Melodie aus Beethovens *Fünfter Sinfonie*.

Alexej zündete sich eine Zigarette an und betete zu Gott, dass er keine Blutvergiftung bekommen würde.

»Das passiert manchmal«, sagte der Tätowierer grinsend. »Manche sterben sogar.«

Alexej blies den Rauch in seine Richtung. »Diesmal nicht«, sagte er und knöpfte sein Hemd auf.

»Bitte nicht rauchen.«

»Ich rauche, wenn ich das will.«

»*Njet*. Deine Brust muss so regungslos bleiben wie Stein.«

»Mist!«, sagte Alexej und drückte die Zigarette aus.

Die Männer in dem Weinladen lachten, während sie der

Prozedur zusahen und sich an seinem Unbehagen weideten. Einer von ihnen, ein drahtiger Zwanzigjähriger mit pockennarbigen Wangen, ging zu einem der Weinregale hinüber und zog eine Flasche hervor. Er wischte den Staub mit einem Hemdsärmel ab und benutzte den Korkenzieher, der an einer Kette neben der Tür hing, um die Flasche zu öffnen. Er hielt Alexej die Flasche hin.

»Hier, *maljutka*, trink.«

»*Spassibo*, vielleicht macht euch das alle ja ein bisschen hübscher.«

Der junge Mann lachte. »Was könnte hübscher sein als das, mein Freund?« Er schnürte seinen Stiefel auf und zog die Socke aus. »Schau mal, *towarischtsch*. Ist das hübsch genug für dich?«

Es war eine Katze, die den gesamten Rist des Fußes bedeckte. Eine lachende Katze mit getigertem Fell, einer blauen Frackschleife unter dem Kinn und einem breitkrempigen Strohhut.

Alexej lachte. »Und was bedeutet das? Dass deine Füße wie Katzenpisse stinken?«

Der *wor* stupste den Tätowierer am Ellbogen an, und die Nadel stieß tiefer in Alexejs Haut. Alexej verzog keine Miene, doch den Wein akzeptierte er.

»Das bedeutet, dass ich schlau bin.« Der *wor* ließ seine Augen schmal werden. »Schlau wie eine Katze. Ich rieche gleich den Braten, wenn was nicht stimmt.«

»Ha, Genosse, von wegen Braten. In Wirklichkeit *stinkst* du doch …«

»Nicht reden!« Die Nadel surrte und stach, eifrig wie eine Wespe. »Halt still.«

Der Tätowierer hatte eine Mischung aus Buchstaben und Nummern auf den Fingerknöcheln, die keinen Sinn ergaben, wenn man den Kode nicht kannte. Sein Atem roch so stark nach Bier, dass Alexej das Gesicht abwenden musste. Er ließ seine Augen zufallen, und auf einmal stiegen unerwartet Bilder in ihm auf. Es war die scharfe, brennende Spitze der Nadel, die sie heraufbeschwor, der sengende Schmerz, den sie hervorrief. Er erinnerte sich an einen anderen Tag mit ähnlichem Schmerz zurück, seinen allerletzten Tag in Leningrad, als er zwölf gewesen war. Seine Mutter, die Gräfin Serowa, hatte vor, ihn nach China zu schmuggeln, weg von den bolschewikischen Unruhen, und Jens war gekommen, um sich von ihm zu verabschieden. Er hatte Alexej die Hand geschüttelt, als wäre er ein Erwachsener, und ihn gebeten, auf seine Mutter aufzupassen. »Ich bin stolz auf dich«, hatte Jens gesagt, und jetzt erinnerte sich Alexej wieder an den Ausdruck tiefer Sorge in seinen grünen Augen, sah die Sonne, die sein Haar zum Funkeln brachte, während er auf seinem Pferd davonritt, und dachte an den schneidenden Schmerz in seiner Brust zurück. Nicht auf der Haut, wie jetzt, sondern tief in seinem Inneren.

Lydia hatte ihm einmal gesagt: »Das Problem mit dir, Alexej, ist, dass du verdammt noch mal so hochmütig bist.«

Schau mich jetzt an, Lydia. Kein Hochmut mehr da, stimmt's? Hier liege ich, zerlumpt, der Gnade von einer Gruppe Dieben ausgeliefert, und lasse mir die Haut mitten in diesem Dreck mit unsauberen Nadeln aufritzen. Bin ich dir demütig genug? Und wenn sie herausfinden, dass ich sie angelogen habe, was meinen Aufenthalt als Gefangener im Lager von Trowitsk angeht, dann werden sie dieses Brandzeichen meiner Mitgliedschaft mit Säure wieder entfernen. Oder, noch schlimmer, mit einem Messer.

»Schaut ihn euch an.« Es war die flüsternde Stimme des Mannes mit dem geölten Haar. »Er ist eingeschlafen.«

»Oder er versucht, uns zu zeigen, wie abgebrüht er ist.«

»Zu gelangweilt, um wach zu bleiben.«

»Er ist ein arrogantes Arschloch. Was, zum Henker, will Maxim eigentlich mit ihm?«

Alexej öffnete die Augen, starrte direkt in das Gesicht und hob die Flasche an seine Lippen. Er nahm einen tiefen, alles ertränkenden Schluck.

Chang war sanft zu ihr. Sanfter, als Lydia ihn jemals erlebt hatte. Als fürchtete er, sie zu zerbrechen. Oder lag es daran, dass er sich zu sehr an die zarten chinesischen Orchideen gewöhnt hatte, die man mit Samthandschuhen anfassen musste? Sie hörte sich selbst wimmern. Versuchte, den Klagelaut zu unterdrücken, konnte es jedoch nicht, denn sie wünschte sich nichts anderes, als dass er sie zerbrach und so wieder zusammensetzte, dass sie endgültig mit ihm verschmelzen konnte, mit Haut und Haaren, mit Körper und Seele.

Doch während er sie liebkoste, sie streichelte, während er ihre Brüste küsste und ihren nackten Körper erkundete, als wäre es ein vertrautes Gebiet, das er sich noch einmal einprägen wollte, um es nie wieder zu vergessen, spürte sie, wie sich etwas in ihr Bahn brach. Sie begann zu zittern. Es war, als würde all das Schlimme, das sie erlebt hatte, all der Schmerz und die Angst und die Wut und die Sehnsucht aus ihr herausfließen.

Er hielt sie im Arm. Er wiegte sie, murmelnd, tröstend, und drückte sie so fest an sein Herz, dass sie jegliches Gefühl für Grenzen verlor und seinen starken Herzschlag mit dem ihren verwechselte. Sie klammerte sich an ihn, atmete ihn ein, spürte ihn, wie er langsam, Atemzug um Atemzug, wieder ein Teil von ihr wurde.

Und als das Beben in ihr abgeebbt und all die Geräusche in ihrem Kopf unter dem Streicheln seiner Hand verstummt waren, küsste er sie mit einer solch leidenschaftlichen Gier auf den Mund, dass es sie schmerzte. Sie spürte, dass er gewusst hatte, sie wäre vorher noch nicht bereit gewesen. Wie kam es bloß, dass er sie besser kannte als sie sich selbst? Ihre Glieder schlangen sich um die seinen, und sie versenkte ihre Augen in den seinen. So fanden sie sich wieder.

Ihre Haut roch noch genauso wie früher. Sie glänzte vor Schweiß und besänftigte Changs Angst, dieses Fuchsmädchen könnte sich auf seiner Reise doch zu weit von ihm entfernt haben. Ehe sie zitternd in seinen Armen lag, hatte er gedacht, er habe sie an den Russen mit den Wolfsaugen verloren. Er wanderte mit den Lippen zu der flachen Kuhle unterhalb ihrer Kehle und hörte ein Stöhnen, obwohl er nicht wusste, ob er es gewesen war oder sie.

Er lag auf der Seite und schaute sie an. Ihre Arme, ihr Kinn, die Narbe auf ihrer Brust. Den dichten, feuchten roten Busch zwischen ihren Beinen, das Feuer, das in ihr brannte und auf ihr loderte. Sie war schön. Nicht auf chinesische Art. Für den asiatischen Geschmack waren ihre Hände, ihre Füße und sogar ihre Knie viel zu groß, ihre Nase war zu lang, doch er liebte all das an ihr. Ihre Haut war blass und schimmerte wie Flusswasser im goldenen Licht, doch wenn er ihren flachen Bauch oder die straffen Muskeln ihres Schenkels berührte, spürte er, dass unter dieser Haut ein feines stählernes Netz lag. War das vorher auch schon dort gewesen?

Nein, es war neu.

In Tschangschu hatte Lydia eine Entschlossenheit an den Tag gelegt, die er noch nie zuvor bei einer Frau erlebt hatte, einen Mut, von dem er gedacht hatte, nur Männer könnten ihn aufbringen. Sie hatte ihm die Augen geöffnet und ihn eines Besseren belehrt. Doch diese neu erwachte innere Stärke an ihr, das war etwas ganz anderes. Ihm stockte der Atem, wenn er daran dachte. Es war eine Kraft, eine Stärke, die erst bei ihrer Reise durch Russland geschmiedet worden war, und es gab ihm einen Stich, weil er bei diesem schwierigen Unterfangen nicht an ihrer Seite gewesen war. Und so war ein Teil von ihr aus seiner Seele gestohlen worden. Als hätten die Götter in ihrer Gier beschlossen, dieses Fuchsmädchen doch für sich zu behalten, statt es ihm zu schenken.

»Lydia.«

Die Nacht verging viel zu schnell.

»Lydia, sag mir, wo dein Vater ist.«

Sie verbarg ihr Gesicht an seiner Brust und sagte nichts.

»Hast du herausgefunden, wo er sich befindet?«, beharrte Chang.

»Er ist hier«, murmelte sie.

»In Moskau?«

Sie nickte.

»Das ist eine gute Nachricht.«

Sie zuckte die Achseln, eine kleine Geste, an die er sich noch von früher erinnerte. Eine kleine, trotzige Geste. Er hatte ganz vergessen, dass es so viele kleine Bewegungen von ihr gab, die sich direkt in sein Herz stahlen.

Er streichelte ihren Rücken und wartete.

»Ich kann ihn nicht finden«, murmelte sie fast tonlos.

»Sag es mir. Erzähl mir, was du weißt.«

Er spürte, wie ein Schauder über ihre Rippen lief.

»Ich habe herausgefunden, dass er von dem Arbeitslager in Trowitsk in ein geheimes Gefängnis in Moskau verlegt wurde. Aber ich weiß nicht, wo es ist.« Sie hob den Kopf, und ihre bernsteinfarbenen Augen blickten ihn fragend an. »Warum sollten sie das tun?«

»Er war doch Ingenieur, oder?«

»Ja.«

»Vielleicht nutzen sie seine Kenntnisse, um an etwas zu arbeiten.«

»Ich dachte, die Scheißkerle hätten ihn verlegt, für …« Das Wort schien ihr im Halse stecken zu bleiben. »Für Experimente.«

Er runzelte die Stirn. »Was für Experimente?«

»Medizinische. Ich habe Gerüchte gehört, dass solche Sachen hier vorgehen, und dachte, vielleicht dient dieses geheime Gefängnis ja dafür.«

»Menschliche Versuchskaninchen?«

»Ja.«

»Oh, Lydia, glaubst du wirklich, das ist es, was mit ihm geschehen ist?«

Sie rieb ihr Gesicht an seiner Brust. »Ich weiß es nicht.«

»Lass uns glauben, dass es seine Fähigkeiten als Ingenieur sind, die sie wollen. Du hast gesagt, er sei einer der Besten gewesen.«

»Er war einer der Chefberater des Zaren, bevor … vor all dem hier.« Sie stützte ihr Kinn auf seiner Brust ab und schaute zu ihm hoch.

»Mehr weißt du nicht? Nur, dass er nach Moskau verlegt wurde?«

»Ich hab die Nummer des Gefängnisses.«

»Und wie lautet sie?«

»Nummer 1908.«

Er kniff die Augen zusammen und zog all die Möglichkeiten und Unmöglichkeiten in Erwägung, die ihnen blieben, während sie die Wange auf seine nackte Brust legte und nichts sagte. Er blickte auf ihren herrlichen Haarschopf hinab. Wie konnte er es ihr sagen? Wie konnte er ihr beibringen, dass ihr Vater ihre Einmischung vielleicht gar nicht zu schätzen wusste? Und dass sie damit vielleicht sogar das Leben aufs Spiel setzen konnte, das er sich gerade aufbaute?

Lydia schlüpfte in ihr Zimmer, die Stiefel baumelten in einer Hand, weil sie auf Strumpfsocken weniger Lärm machte. Draußen schneite es, urplötzlich wirbelten dicke Flocken durch die Nachtluft. Während Chang mit ihr durch die vereisten Straßen Moskaus gegangen war, hatte sie ihn nach China gefragt. Er hatte ihr von seinen Reisen in Kanton und vom Stadtleben in Shanghai erzählt, doch sie kannte seine Stimme besser als ihre eigene. Sie spürte, dass es da Geheimnisse gab, die sich hinter den Worten versteckten. Aber sie wollte ihn weder bedrängen noch aushorchen. Dennoch beängstigte sie das, was er nicht sagte. Sie schob ihre Hand in die seine und hielt sie fest.

An der Straßenecke küsste er sie zum Abschied, und sie legte die Stirn an seine kalte Wange.

»Morgen?«, fragte er.

»Morgen.«

Das Licht im Zimmer schaltete sie nicht an, warf die nasse Decke von ihren Schultern, und ihr war klar, dass sie kein Auge zumachen würde.

»Du bist also zurück.«

Lydia erstarrte. »Du bist früh wach, Elena.«

»Und du noch spät auf.«

»Ich war unruhig und bin spazieren gewesen.«

Sie flüsterten beide, und Lydia merkte mit Erleichterung, dass Liew offenbar noch schlief. Nur Elenas unförmige Gestalt war im Stuhl zu erkennen. Wie lange saß sie schon so da?

»Du bist spazieren gewesen?«

»Ja.«

Elena lachte leise. »*Malyschka*, mein Kleines, du redest gerade mit mir, nicht mit dem Kosaken. Ich bin eine Hure, und ich kenne den Geruch nach Männern und nach Sex. Du stinkst nach beidem.«

Im Dunkeln war die tiefe Röte nicht zu sehen, die Lydia in die Wangen stieg. Sie begann sich auszuziehen, sich all der Kleider zu entledigen, die Elena gehörten, wobei sie unbewusst noch einmal daran schnupperte, auf der Suche nach etwas, das sie an Chang erinnerte.

»Elena, es ist lieb von dir, dass du so lange auf mich wartest, aber du brauchst dir nicht so viele Sorgen zu machen. Ich kann selber auf mich aufpassen.«

»Ach wirklich?«

»Ja.«

Elena gab ein kurzes Schnauben von sich. »Komm her, *malyschka*.«

Lydia zog sich ihr Nachthemd über den Kopf, ging zu dem Stuhl hinüber und kniete daneben, so dass ihre Köpfe ganz nah beieinander waren. In dem unbeleuchteten Zimmer waren Augen nur dunkle Löcher in bleichen Monden. Elenas Hand tastete nach Lydias Schulter.

»Lass ihn gehen, Lydia. Lass den Chinesen gehen.«

Es tat weh. Allein der Gedanke daran tat weh.

»Warum sagst du so etwas, Elena?«

»Weil er nicht gut für dich ist. Nein, schau nicht weg, hör zu, was ich dir sage. Warum sollte ein chinesischer Kommunist sich für ein russisches Mädchen interessieren?«

Am liebsten hätte Lydia geschrien: *Weil er mich liebt, natürlich*, aber die Frage machte sie nervös. Es war eine, die sie sich selbst schon Tausende von Malen gestellt hatte.

»Warum denkst du das, Elena?«, fragte sie leise.

»Er will dich einfach abschleppen, das liegt doch auf der Hand. Endlich auch ein westliches Mädchen auf seiner Liste.«

»Sag so etwas nicht.«

»Aber das ist nicht der Hauptgrund, oder?«

»Nein.« Jetzt würde sie die Worte hören, die sie hören wollte: *Es ist, weil er dich liebt.*

»Weil er dich benutzt, Mädchen. So einfach ist das.«

»Er benutzt mich?«

»Ja.«

»Wie denn?«

»Das wirst du selber herausfinden müssen. Du bist nicht blöd. Vielleicht haben ihm die Chinesen den Befehl erteilt, über deine Freundschaft mit diesem russischen Offizier herauszufinden, was hinter dem höflichen Lächeln im Kreml steckt. Wer weiß?«

»Nein, du täuschst dich. Du liegst vollkommen falsch, das sag ich dir.« Sie konnte nicht schlucken.

»Pssst, *malyschka*. Du wirst noch Liew wecken.« Plötzlich berührte sie Lydia an der Wange, eine flüchtige Zärtlichkeit in dem dunklen Zimmer. »Was ist denn? Hat er Geheimnisse vor dir, mein Kleines? Kannst du ihm vertrauen?«

Lydia machte sich wütend von ihr frei, weil ihr wieder einfiel, dass tatsächlich Schatten zwischen Changs Worten gelauert hatten. »Noch wichtiger: Kann ich dir trauen?«

»Ha, eine gute Frage. Aber denk mal drüber nach, Mädchen. Was für eine Zukunft hat das hier denn für ihn? Oder für dich?«

»Elena«, sagte sie so tonlos und entschlossen, dass Elena es endlich begreifen musste. »Ich vertraue ihm. Ich würde ihm mein Leben anvertrauen.«

»Umso schlimmer, Mädchen.« Sie beugte sich näher zu ihr. Ihr Nachthemd roch muffig. »Ich möchte einfach nicht, dass er dir wehtut.«

»Das wird er nicht. Ganz sicher nicht.«

Schweigen sickerte in den Raum, wie ein kleines Rinnsal, das sich zwischen ihnen seinen Weg suchte, und sie warteten beide darauf, wer wohl den ersten Schritt machen würde, es zu brechen.

»Stell dir das doch mal vor«, flüsterte Elena hastig. »Dein sowjetischer Bewunderer, dieser Malofejew, weiß von dir und deinem chinesischen Freund. Genau aus diesem Grund hat er heute auch das Essen vorbeigebracht, statt der Informationen, die du über Jens Friis haben möchtest. Er ist eifersüchtig. Er mag es nicht, wenn du mit einem anderen Mann zusammen bist, und wird deshalb auch nicht mehr so entgegenkommend sein wie bisher. Anscheinend kannst du einfach nicht beides haben, Kleines. Dein Chinese oder dein Vater. Du musst dich entscheiden.«

Lydia erhob sich von ihren Knien. Sie gab keinen Laut von sich, sondern rollte sich einfach nur auf ihrem Bett zusammen und zog sich die feuchte Decke über den Kopf. Der Schmerz in ihrer Kehle drückte ihr die Luft ab. Sie verdrängte Elenas Worte an einen Ort in ihrem Inneren, wo es dunkel und undurchdringlich war, und ließ stattdessen all die Erinnerungen an die Stunden über sich hereinschwappen, die sie in dem Zimmer mit dem Kruzifix an der Wand verbracht hatte, griff nach den kostbaren Momenten wie nach einem Schmuckstück und hielt es ans Licht. Polierte es, bis es schimmerte und funkelte.

NEUNUNDDREISSIG

Jens hatte das Gefühl, nicht bei der Sache zu sein. Und seine Alpträume kehrten immer häufiger wieder. Sie durchbrachen seinen normalen Schlafrhythmus, zerteilten die Nacht in mehrere Stücke. Er war ruhelos, stundenlang ging er in der Werkstatt auf und ab und war sich dessen bewusst, dass die Herausforderung, der er sich vor wenigen Monaten noch so gerne gestellt hatte, einen bitteren Beigeschmack hatte, je mehr sie sich ihrer Erfüllung näherte.

Das war ganz anders gewesen, als er damals zu dieser Einheit gekommen war. Damals war es ein Traum gewesen, der wahr wurde. Das hier war Arbeit, richtige Arbeit, die Art von Ingenieurswesen, für die er ausgebildet worden war. Danach hatte er gelechzt, so wie ein Verdurstender nach Wasser lechzt. Im Lager war er jeden Morgen mit dem Gefühl aufgewacht, endlich gestorben zu sein. Nun jedoch lag ein ganzer Tag vor ihm, an dem er mit nichts anderem zu hantieren hatte als mit Federhaltern, Papier und Messschiebern, statt sich die Hände an eisigen Äxten und Schaufeln abzufrieren, einen verzehrenden Hunger im Bauch. Selbst jetzt noch machte er jeden Tag die Augen auf und konnte sein Glück kaum fassen.

Im Arbeitslager war es schlimm gewesen. So weit hatte er sich das Denken immer gestattet, weiter nicht. Zwölf Jahre war es schlimm gewesen, doch jetzt war es vorüber. Er ließ den Gedanken einfach nicht mehr zu, wenigstens nicht in sein bewusstes Denken. Trotzdem machte er sich nichts vor. Er wusste, dass die Erinnerung daran irgendwo in seinem Inneren lauerte, sich in den dunkelsten Abgründen seiner Seele versteckte und nur bei Nacht hinausstahl. Deshalb träumte er auch. Alpträume. Na und? Jene nächtlichen Heimsuchungen tat er als lästige Unannehmlichkeit ab. Wenn die Menschen ein paar unangenehme Träume schon als *schlimm* bezeichneten, dann waren sie bestimmt noch nicht in einem Arbeitslager gewesen.

Seit er von der Suche seiner Tochter erfahren hatte, lenkten ihn Gedanken an Valentina und Lydia vom Arbeiten ab, sie wühlten Gefühle in ihm auf, mit denen umzugehen er schon lange verlernt hatte. Besonders jetzt, da es Olga gab. Er blieb stehen. Hier in diesem sicheren und behaglichen Hafen hatte er manche Dinge wiederentdeckt. Dinge, die ihm wichtig waren. Arbeit. Wärme. Essen. Und Liebe? Ja, sogar das. Eine bestimmte Art von Liebe, die sich deutlich von der unterschied, die er bisher gekannt hatte, aber doch Liebe. Er war davon überzeugt gewesen, diese Art von Gefühl sei für immer aus seinem Herzen verschwunden, aber dann hatte es sich wieder bei ihm eingeschlichen, durch die haarfeinen Risse in der harten Schale, die er um sich herum gebildet hatte. Er lächelte, weil er von Olga, einer Naturwissenschaftlerin, wusste, dass durch ein Lächeln bestimmte chemische Botenstoffe ins Gehirn gesandt wurden, Botenstoffe, durch die es einem wundersamerweise besser ging. Sie hatte ihm beigebracht, je mehr man lächle, desto mehr wolle man es auch. Und so übte er jeden Tag, und die Muskeln rund um seinen Mund, die ganz steif geworden waren, begannen weich zu werden und zu neuem Leben zu erwachen.

Olga hatte ihm viel beigebracht. Nicht nur als Chemikerin, sondern als Mensch – sie hatte ihm beigebracht, wieder ein Mitglied der menschlichen Rasse zu werden. Es schmerzte ihn, dass es nichts gab, was er ihr dafür zurückgeben konnte, dass er ihr nicht helfen konnte, die schwarze Finsternis zu lindern, die in ihr herrschte, seit sie ihre Tochter in der Bleimine zurückgelassen hatte.

»Ich bete jede Nacht, Jens«, hatte sie ihm eines Tages verraten, als sie zusammen an der Neuausrichtung eines Gaszylinders gearbeitet hatten, »dass meine Valeria bei einem Einsturz in der Grube zu Tode kommt. Das passiert oft, Tonnen von Gestein brechen einfach mit einem gewaltigen Krachen über dir zusammen, als würde ein Zug in einen Tunnel fahren. *Rumms*, und alles ist vorbei. Es wäre schnell vorüber. Aber dann hasse ich mich dafür. Was ist das für eine Mutter, die sich etwas Derartiges für ihre Tochter wünscht?«

Er hatte einen Moment lang ihre Hand gestreichelt. »Eine, die sie liebt.«

Ihre Träne war auf die Blaupause vor ihnen gefallen, und noch bevor einer ihrer scharfäugigen Bewacher es bemerken konnte, hatte er sie weggewischt und dabei die Tinte verschmiert. Der winzige Tropfen salziger Flüssigkeit hatte sich warm und vertraut auf seiner Haut angefühlt, und er hatte sie nicht abgewischt, sondern stattdessen trocknen lassen.

Am Anfang hatten sich ihre Wege nur selten gekreuzt, obwohl sie sich unweigerlich morgens und abends zur halbstündigen körperlichen Ertüchtigung auf dem Gefängnishof trafen, wo die Gefangenen bei jedem Wetter, ob bei Regen, Wind oder Schnee, marschieren mussten. Doch während das Projekt voranschritt, hatten sie immer öfter zusammengearbeitet, manchmal drei oder vier Mal im Monat, und jetzt trafen sie im Hangar alle paar Tage aufeinander, und er hatte sich bei einem Gefühl ertappt, das er seit vielen Jahren nicht mehr empfunden hatte: Vorfreude.

Im Lager hatte er von Moment zu Moment gelebt, weil es die einzige Möglichkeit war zu überleben. Denk niemals an morgen und an all die anderen Morgen. Niemals. Das war die wichtigste Regel. Doch jetzt musste er feststellen, dass er manchmal sogar einen Blick in die Zukunft wagte, wenn auch nur vorsichtig. Das alles war so neu für ihn. Er hatte gedacht, er habe vergessen, wie das ging. Für Vorfreude auf etwas, auf irgendetwas, benötigte man eine lächerliche Menge

Mut. Trotzdem war es ein gutes Gefühl, sich darauf zu freuen, eine Freundin auf der Ladefläche eines schwarzen Lastwagens wiederzusehen.

Jetzt jedoch waren ihm seine Gedanken in ihrem Eifer einfach davongelaufen, und das machte ihn nervös. Als nun die Tür zu seiner Werkstatt mit einem Knall aufflog, empfand er es deshalb fast als Erleichterung.

»Ach, Genosse Babitski, komm zu mir.«

Der Wärter trat zu ihm an den Tisch, seine Stiefel quietschten auf dem Linoleumboden. Er legte eine Rolle Planskizzen auf den Tisch, wobei er sie mit dem größten Respekt behandelte. Babitski war ein großer, schlaksiger Mann, gut aussehend mit einem dicken blonden Haarschopf, hatte dabei jedoch den leicht verwirrten Gesichtsausdruck eines Menschen, der nicht immer genau weiß, wo es langgeht. Er war erst kürzlich zum Wachpersonal gestoßen, und Jens beobachtete mit Interesse, dass er bislang noch nicht seine Ehrfurcht vor dieser Versammlung beeindruckender Geistesgrößen abgelegt hatte.

»Von wem sind sie denn diesmal, Genosse Babitski?«

»Einheit vier.«

»Aha, die Streithähne.«

»Gefangener Elkin und Gefangener Titow. Sie reden nicht miteinander.«

Jens stützte die Ellbogen auf den Tisch und kaute am Ende seines Füllfederhalters. Es bereitete ihm eine solche Freude, nach all den Jahren ohne Schreibwerkzeug wieder einen Füller in Händen zu halten, dass er ihn nicht mal einen Moment lang ablegen wollte. Eine Zeit lang hatte er sogar mit einem geschlafen, fest in seiner Faust verborgen, quasi als Talisman gegen seine Alpträume.

»Du musst verstehen«, sagte er, »dass Wissenschaftler und Ingenieure sich gerne in die Haare kriegen. So schärfen sie gegenseitig ihren Verstand.«

»Dann müssen der Gefangene Elkin und der Gefangene Titow aber einen messerscharfen Verstand haben.«

Jens lachte. »Haben sie auch.«

Er dachte wieder an das Lager zurück, und daran, wie das Leben dort ihren Verstand ausgehungert hatte. Mit dem körperlichen Hunger hatte er gelernt umzugehen, doch die totale Leere im Kopf war für ihn eine Form von Tod. Zwölf Jahre lang hatte sein Verstand im Sterben gelegen.

»Sag mir, Babitski, bist du verheiratet?«

»Ich war es«, erwiderte der Wachsoldat brummig.

»Was ist passiert?«

»Das Übliche. Sie hat mit unserem Nachbarn, einem Metallarbeiter aus Omsk, angebandelt und ist mit ihm durchgebrannt.«

»Habt ihr Kinder?«

Sein großes Gesicht wurde weich, und er gluckste zufrieden. »Ich hab einen Sohn, Georgi. Er ist fünf.«

»Siehst du ihn manchmal noch?«

»*Da*. Einmal im Monat fahre ich mit dem Zug nach Leningrad. Dort lebt er. Jetzt, da ich hier in Moskau wohne, ist es besser geworden. Als ich noch in Sibirien stationiert war, habe ich ihn nur zu Ostern gesehen.«

Sibirien. Jens betrachtete seinen Bewacher und war erstaunt darüber, dass er diesem Mann ohne Wut begegnen konnte. Vielleicht war das ein notwendiger Teil des Prozesses, nämlich seiner Rückkehr zur menschlichen Rasse. Es war eine Ironie des Schicksals, aber Babitski erkannte ihn nicht. Jetzt, da Jens wohl genährt und rasiert war und eine randlose Brille trug, die er für die Nähe brauchte, erinnerte sich der Wärter nicht an ihn. Jens hingegen erinnerte sich an Babitski sehr wohl, und wie er sich an ihn erinnerte. Im Lager von Trowitsk war Babitski bei Weitem nicht so höflich gewesen. Damals hatte er eine besondere Neigung dazu gehabt, die Mündung seines Gewehrs Gefangenen zwischen die mageren Schulterblätter zu stoßen.

»Friis«, Babitski beugte sich zu ihm. »Ich mag es, dass du mich nicht so anschaust, als wäre ich ein Stück Scheiße an der Sohle deines Stiefels, so wie es einige der anderen Wissenschaftler tun.«

Jens schaute ihn verblüfft an.

Babitski senkte seine Stimme zu einem Flüstern. »Vorgestern habe ich etwas gehört, etwas, das dich vielleicht interessieren könnte.«

»Und zwar?« Jens steckte sich wieder das Ende seines Füllers in den Mund.

»Sie überlegen, ob sie nicht ein neues Team heranziehen sollen, um das Projekt endlich zum Abschluss zu bringen. Ich weiß ja nicht, was ihr da eigentlich macht, aber einige von denen da oben denken offenbar, ihr erfüllt nicht die Aufgabe, für die man euch hierhergebracht hat. Ihr seid also aus dem Spiel.«

»Nein.«

»Doch. Pass also auf, was du tust.«

Jens erstarrte. Seine Gesichtsmuskeln schmerzten, so fest hatte er auf den Füller gebissen. »Wer hat das gesagt?«

»Oberst Tursenow.«

»Nein«, sagte Jens wieder. »Das kann er nicht machen.«

»Sei nicht blöd, Friis. Natürlich kann er das.«

»Aber es ist unser Entwurf, es ist das Ergebnis der ganzen harten Arbeit, die dieses Team geleistet hat, all der sorgfältigen Berechnungen und Überlegungen, all unserer Erfolge und, ja, auch unserer Rückschläge. Das kann er nicht einfach wegnehmen, das ist …« Seine Stimme klang auf einmal sehr erregt, doch er konnte sich nicht bremsen. »Es ist *mein* Projekt.«

Jetzt waren die Worte heraus. Er konnte sie nicht mehr zurücknehmen.

Babitski warf ihm einen Blick zu, der klar und deutlich die Grenzlinie zwischen Gefangenem und Wärter wiederherstellte. »Friis, was auch immer du und das Team hier machen, es gehört mit Sicherheit nicht euch. Es ist ein Projekt des sowjetischen Staates. Es ist Stalins Projekt. Glaub also nicht, bloß weil du deine grauen Zellen einsetzt, hättest du auf einmal irgendwelche Rechte hier. Die hast du nicht. Du bist immer noch ein Niemand, eine Unperson. Ein Gefangener. Vergiss das nie.«

Der große Wärter verließ die Werkstatt und knallte genüsslich die Tür hinter sich zu. Der Schlüssel knirschte im Schlüsselloch, als er ihn herumdrehte.

VIERZIG

Lydia verließ das Haus in aller Frühe, als Liew und Elena noch schliefen. Sie wollte Zeit für sich, sie brauchte Platz zum Atmen und Raum, um über Chang nachzudenken. Allerdings konnte sie ebenso wenig geradlinig denken, wie sie auf den Bürgersteigen dieser Stadt wegen des Eises geradeaus gehen konnte. Doch sie dachte nicht an Chang, sie *war* er. Anders konnte man es nicht ausdrücken. Sie war ein Teil von ihm, so wie er ein Teil von ihr war. Schon jetzt vermisste sie sein körperliches Gewicht, wenn er auf ihr lag, und die Berührung seiner Haut auf der ihren.

»Nein, Elena, du täuschst dich«, flüsterte sie beim Gehen vor sich hin. »Ich würde Chang mein Leben anvertrauen, zehnmal und mehr.«

»Führst du Selbstgespräche?«

Es war Edik. Er hatte sich von hinten an sie herangeschlichen, als sie die Straße überquerte, und ging jetzt neben ihr her. Wie üblich hatte er sich den kleinen Hund auf die Brust gebunden, und der runde Kopf des Welpen lugte aus dem Beutel heraus.

»Soll ich wieder eine Nachricht für dich überbringen?«, fragte er.

»Nein, heute nicht. Aber danke trotzdem.«

Edik sah enttäuscht drein. »Wo gehst du dann hin?«

»Ich will mich für Brot anstellen.«

»Kann ich mitkommen?«

»Natürlich.«

Sie war sich nicht sicher, ob ihm an ihrer Gesellschaft etwas lag oder an dem Brot. Doch beides war in Ordnung für sie. Sie gingen zusammen an einer Reihe von Geschäften entlang und genossen den hellen Morgensonnenschein, obwohl noch dick Schnee lag. Sie bemerkte, dass er vor Energie fast zu platzen schien und seine Blicke schweifen ließ. Es waren seine Augen, fand sie, die ihn verrieten. Er hatte die Augen eines Diebes. Irgendwann musste sie ihn warnen, aber jetzt war nicht der richtige Moment dafür.

»Ist dir nun wärmer in deinem neuen Mantel?«, fragte sie.

Er grinste. »Ist in Ordnung.«

»Du musst Elena danken.«

»Wenn ich ihr nett danke, meinst du, sie macht mir wieder mal *pelmeni*? Und kocht eine Wurst für Misty?« Er blinzelte ihr verschmitzt zu. »Denn wenn sie es nicht macht, brauche ich mich mit großen Dankesbezeugungen gar nicht aufzuhalten.«

Lydia lachte und legte ihm einen Arm um die mageren Schultern. Zu ihrer Überraschung schüttelte er sie nicht ab.

Alexej spürte, wie das Sonnenlicht warm auf seiner Haut lag. Er stand auf der Treppe der Christ-Erlöser-Kathedrale und genoss den Moment der Stille. In den vergangenen vierundzwanzig Stunden war es alles andere als still um ihn gewesen. O Mann, was tat ihm von der vergangenen Nacht der Kopf weh! Zu viel Wein und zu viele Zigaretten. Er schloss die Augen. Minuten vergingen. Er dachte über Jens Friis nach und schickte ein kleines Gebet zu Gott, an den er eigentlich gar nicht glaubte. *Lass ihn am Leben sein.* Ganz gewiss würde Gott ihn hier auf den Stufen dieses herrlichen Gotteshauses erhören, wenn er denn da drinnen war.

»Hallo, Alexej. Hast du es endlich hierhergeschafft.«

Er machte sich gar nicht die Mühe, die Augen zu öffnen. Die Stimme, die er gehört hatte, konnte nur aus seinem Inneren kommen, doch sie war so real, dass er lächelte, während er sich den neckischen Blick dazu vorstellte, mit dem sie ihre Worte so oft begleitet hatte.

»Alexej?«

Eine Hand berührte ihn am Arm. Irgendetwas rastete in ihm ein. Ihm wurde bewusst, dass er dabei gewesen war, im Stehen einzuschlafen, wie ein müdes Pferd, und machte mit Mühe die Augen auf. Da stand sie, direkt vor ihm, hielt ihn mit der Hand auf seinem Arm aufrecht, und auf einmal hatte er den Eindruck, dass sie schwankte. Oder schwankte er?

»Alexej«, sagte sie leise und küsste ihn auf die Wange.

Er spürte die Wärme ihres kleinen Armes, mit dem sie sich bei ihm eingehängt und ihn in Richtung Straßenbahn geführt hatte. Die Bahn war überfüllt, voller Menschen, eingemummelt in *fufaikas*, Schals und Mützen, trotzdem erkämpfte sie einen Platz für ihn. Sie stand neben ihm, hielt sich an einem Griff fest, und er hatte das sonderbare Gefühl, dass sie ihn beobachtete.

Die Fenster waren beschlagen, weshalb er keine Ahnung hatte, wohin sie fuhren. Jedes Mal, wenn die Türen aufgingen, konnte er wieder einen Blick auf eine Straße erhaschen, die er nicht kannte, Menschen stiegen ein und aus, aber was ihn noch mehr aus der Fassung brachte, war die Umsicht, mit der Lydia ihn vor Stößen und Schubsern der anderen Fahrgäste schützte, und wie oft sie ihm Blicke zuwarf. Diese Blicke waren so aufmerksam, so voller Zärtlichkeit, die er noch nie an seiner Schwester gesehen hatte. Woher kam dieses Gefühl? Wo waren denn die Funken und das Feuer und die Ungeduld, die er sonst an ihr kannte? Ihre Sorge bekümmerte ihn. Sah er wirklich so schlecht aus? Musste er wirklich wie ein krankes Kätzchen gehätschelt werden?

»Zeit zum Aussteigen, Alexej.«

»Richtig«, sagte er, blieb aber sitzen.

Sie schrie ihn weder an, noch schimpfte sie ihn einen Faulpelz, womit er fast gerechnet hatte. Stattdessen beugte sie sich zu ihm herab, lächelte ihm ins Gesicht, legte die Hände unter seine Achseln und hob ihn so mit sich hoch, als sie sich aufrichtete. Ihm war es peinlich. Wahrscheinlich roch er nicht besonders gut.

»Ich hab die ganze Nacht nicht geschlafen«, erklärte er.

»Und seit wie vielen Tagen hast du nichts mehr gegessen?«

»Ich weiß nicht«, entgegnete er und kam sich dabei dumm vor.

Sie hielt seine Hand und half ihm beim Aussteigen aus der Straßenbahn. Draußen war die Luft frisch, es war hell, und er fühlte sich sogleich wacher.

»Alexej«, sagte Lydia, »wie bist du denn in solche Schwierigkeiten geraten?«

»Ich bin mir nicht sicher. Ich bin vom Weg abgekommen.«

»Na, dann schauen wir mal, ob wir gemeinsam den Weg nach Hause finden, Bruder. Diesmal ohne getrennt zu werden.«

Sie lachte, als er sich bei ihr einhängte. Es schenkte ihm Hoffnung.

Als er sich ins Bett rollte, flackerte nur noch ein Gedanke in ihm auf: dass er ihr nichts von den *wory w sakone* gesagt hatte. Doch noch bevor er den Mund aufmachen konnte, war das Flackern erloschen, und er wusste nicht mehr, was er überhaupt gedacht hatte. Seine Lider klappten nach unten, als hingen bleierne Gewichte daran. In seinem Kopf wurde es schwarz.

Er schlief. Seine Träume waren so lebhaft, dass es schien, als wäre er monatelang tot für die restliche Welt gewesen, aber jedes Mal, wenn er die Lider einen Spalt breit öffnete, saß Lydia an seinem Bett, immer in der gleichen braunen Strickjacke. Offenbar war es nach wie vor derselbe Tag. An einem Punkt hörte er erhobene Stimmen, doch was sie schrien, interessierte ihn nicht, und so ließ er sich wieder in die Finsternis treiben, unsicher, ob die Geräusche nicht bloß in seinem Kopf waren. Dann fiel eine Tür ins Schloss. Das war real.

Er träumte, dass sich die vibrierende Nadel eines Tätowierers direkt durch sein Brustbein bohrte, dass sie seine Lungen durchdrang und er begann, in seinem eigenen Blut zu ertrinken. Er musste kräftig husten. Eine Hand strich ihm über die Stirn, und er schlief wieder ein. Doch da war etwas, das er unbedingt sagen musste. Es steckte wie lauter kleine Dornen in seinem Hirn.

Lydia saß am Bett und betrachtete ihren Bruder. Er hatte stundenlang geschlafen, obwohl man es kaum Schlaf nennen konnte. Mehr sah es so aus, als würde er mit geschlossenen Augen bei einem Rennen mitmachen. Sein Körper lag niemals still, die Augenlider zuckten, seine Beine bewegten sich unruhig unter dem Laken, er ruderte mit den Armen. Wieder und wieder biss er die Zähne aufeinander, gab dabei Töne von sich, die an das Knurren eines Hundes erinnerten. Immer wieder legte sie eine Hand an seine Wange und flüsterte ihm etwas ins Ohr, um den Dämon zu verjagen, der sich da irgendwo in seinem Kopf verschanzt hatte. Als die Tür aufging und Liew Popkow in den Raum torkelte, wusste sie, dass er alles andere als begeistert sein würde.

»Hallo, Liew«, sagte sie und lächelte zu ihm hoch. »Schau mal, wer hier ist.«

»*Dermo!* Scheiße!«

»Er wartete auf der Treppe zur Kathedrale. Ich hab dir ja gesagt, dass er irgendwann eines Tages da sein würde.«

»Scheiße!«, wiederholte er, ging zu dem Bett hinüber und beäugte Alexej.

»Lass ihn schlafen«, bat sie ihn.

»Der ist ja bloß noch Haut und Knochen. Und stinken tut er wie ein Schwein.«

»Ist doch egal.«

»Ich war mir sicher, der Kerl liegt irgendwo mausetot in Felanka.«

Lydia sah erschrocken zu ihm auf. »Das hast du nie gesagt.«

Er grunzte.

»Ich hab gesagt, dass er hierbleiben kann.«

Popkow gab ein empörtes Schnauben von sich. »Nein, kann er nicht.«

»Verdammt noch mal, ich sage, er kann.«

»Njet.«

»Was erwartest du denn eigentlich von mir? Soll ich meinen Bruder vor die Tür setzen?«

»Ja. Er kann hier nicht bleiben.«

»Warum nicht?«

»Er hat keine Aufenthaltsgenehmigung und wird uns die Polizei auf den Hals hetzen.«

Sie zwang sich, den Kloß in ihrem Hals hinunterzuschlucken. »Wir können ihm eine auf dem Schwarzmarkt besorgen.«

Ganz langsam drehte Popkow sein Gesicht zu ihr und starrte Lydia bitterböse an. »Dafür würdest du das letzte Geld verwenden, das wir besitzen? Das brauchen wir für Jens Friis. Und du würdest es für dieses nutzlose Stück Scheiße verwenden?«

»Ja.«

»Ha! Dann bist du nicht die Tochter deines Vaters.«

Lydia sprang auf. »Das nimmst du auf der Stelle zurück, du blöder Kosak!«

Er stand reglos vor ihr, und sie wusste, dass er überhaupt nichts zurücknehmen würde. Sie schlug mit der flachen Hand gegen seine Brust, und er packte sie am Handgelenk und hielt sie so lange fest, bis sie damit aufhörte. Sein zernarbtes Gesicht beugte sich über sie, und sie sah, wie die Furchen darin sich vertieften.

»Lydia, meine kleine Freundin, du musst entscheiden, was du möchtest. Benutz mal deinen hübschen Schädel. Du bist hierhergekommen, um wen zu finden?«

Er ließ ihr Handgelenk los, stürmte ohne einen weiteren Blick zu Alexej aus dem Zimmer und knallte die Tür hinter sich zu.

Lydia setzte sich wieder auf den Stuhl. Sie zwang sich dazu, mit den Worten zu Rande zu kommen, die ihr Liew an den Kopf geworfen hatte, indem sie sie drehte und wendete, so wie ein Töpfer an seinem Rad dreht. *Du bist hierhergekommen, um wen zu finden?*

Wer war es? Wer?

Meinen Vater. Es ist mein Vater. Ich bin hierhergekommen, um Jens Friis zu finden. Die Worte schienen in ihrem Kopf zu verhallen, weshalb sie sie sich wieder und wieder laut vorsagte.

»Ich bin hierhergekommen, um meinen Vater Jens Friis zu finden.«

Doch da waren andere Stimmen in ihr, die an ihr zerrten, sie quälten. Sie legte den Kopf in die Hände, wühlte die Finger in ihr Haar, als könnte sie so die Lügen von der Wahrheit trennen. In diesem Moment hörte sie ein leises Wimmern. Überrascht schaute sie sich um, weil sie damit rechnete, Misty unter einem der Betten hervorkriechen zu sehen, doch dann erkannte sie mit Entsetzen, dass sie selbst dieses Geräusch gemacht hatte.

Eine Hand berührte sie am Knie. Kurz erschrak sie. Nur mit Mühe kehrte sie wieder in das Zimmer zurück, in die Gegenwart, und sah, dass es die Hand ihres Bruders war, der sie anschaute. Kräftige Finger, blaue Adern, die sich dick unterhalb der Haut schlängelten, eine Narbe auf dem Fingerknöchel, ein langer, scharlachroter Schorf, der sich den Daumen entlangzog. Die Nägel waren schmutzig, die Haut ungewaschen. Nicht die gepflegte Hand, die sie in Erinnerung hatte.

»Alexej«, lächelte sie ihn an. »Tut mir leid, wenn ich dich geweckt habe.«

»Ist mit dir alles in Ordnung?«

Ihr Lächeln wurde breiter. »Was wichtiger ist, geht es dir gut?«

Er nickte. »Alles bestens.«

»Nach bestens siehst du mir aber nicht aus.«

»Ich brauch einfach nur was zu essen.«

»Jedenfalls hast du ziemlich lange geschlafen.« Sie tätschelte seine Hand und stand auf. »Ich mach dir ein bisschen Suppe heiß.«

Sie spürte seinen Blick auf ihr ruhen, als sie aus dem Zimmer ging, doch als sie mit dem Tablett zurückkam, auf dem ein Teller Suppe, ein Stück Schwarzbrot und eine Scheibe von Malofejews geräuchertem Schinken lagen, sagte er nur ein höfliches: *»Spassibo.«* Er setzte sich auf den Bettrand, und sie ließ ihn in Ruhe essen. Als er fertig war, setzte sie sich zu ihm.

»Pass auf«, sagte er mit einem schiefen Lächeln. »Wahrscheinlich hab ich Flöhe.«

»Wenn ich dich so anschaue, dann haben die wahrscheinlich mehr Angst vor dir als du vor ihnen.«

Er lächelte, und auf einmal war da doch etwas, das sie an den Alexej von früher erinnerte.

»Sag mir, was mit dir geschehen ist, Alexej. Ich hab wochenlang in Felanka auf dich gewartet, aber du bist nicht gekommen, und ich dachte, du hättest mich einfach im Stich gelassen. Um eigener Wege zu gehen.«

Er zog die Stirn in Falten. »Du bist meine Schwester, Lydia. Wie kannst du so etwas denken?«

Schuldgefühle stiegen in ihrer Brust auf, dick und klebrig. Sie nahm seine Hand und hielt sie fest, legte beide auf ihr Knie. »Weil ich blöd bin«, sagte sie mit einem Achselzucken und war erleichtert, als er lächelte. »Also, wo warst du?«, fragte sie.

Er holte tief Luft. Sie wartete, beobachtete die Anspannung in den Sehnen seines Halses, bis er es ihr nach einem langen Schweigen erzählte. Wie er von den Gefängniswärtern in Felanka überfallen worden war, wie er in die schwarzen Fluten des Flusses gefallen und fast ertrunken wäre und wie er sich schließlich auf einem Schiff wiedergefunden hatte.

»Ich habe unser Geld verloren, Lydia. Bis auf den letzten verdammten Rubel hab ich es verloren.«

»Sogar das, was du in deinem Stiefel versteckt hattest?«

»Das auch, ja.«

Sie zwang sich dazu, darauf keine Reaktion zu zeigen. Zwang ihre Hände dazu, nicht zu zittern. »Du hättest mir die Hälfte geben sollen, damit ich darauf aufpasse, Alexej. Du hättest mir vertrauen sollen.«

»Ich weiß. Du hast Recht. Es tut mir leid.« Er schüttelte den Kopf, und von seinem Haar ging ein übler Geruch aus. »Aber was nützt es uns jetzt, wenn es uns leidtut?«

»Nichts.«

»Lydia, das Geld kann ich nicht zurückholen, aber ich werde alles in meiner Macht Stehende tun, um sie wiedergutzumachen, meine ...« Er stieß scharf den Atem aus. Es war ein wütendes, ein enttäuschtes Geräusch, in dem sich Lydias eigene Wut und ihre Enttäuschung spiegelten. »Meine Überheblichkeit«, endete er.

»Deine Überheblichkeit?«

»Meinen Stolz, meine Arroganz, meinen blinden Glauben an meine Unbesiegbarkeit. Schau mich an. Ist wohl nicht mehr viel Stolz da, oder?«

»Du täuschst dich. Ich bin immer noch sehr stolz darauf, dich zum Bruder zu haben.«

Er warf den Kopf in den Nacken und gab ein Geräusch von sich, das sie zuerst nervös machte, ehe sie merkte, dass es als Lachen gedacht war. »Gott weiß warum!«

Sie blickte forschend in sein ausgezehrtes Gesicht. Die Augen lagen tief in ihren Höhlen, von maulbeerroten Schatten umgeben, die aussahen wie Blutergüsse. Sein Gesicht hatte sich verändert. Irgendein entscheidender Teil des Menschen, der er war, war ihm abhandengekommen, etwas, das viel wichtiger war als das Geld.

»War es wirklich so schrecklich, Alexej? Ich meine deine Reise nach Moskau.«

»Lydia, du würdest nicht glauben, was ich unterwegs alles gesehen habe. All das Leid und die Not, die Wut und die Feindseligkeit. Bruder steht gegen Bruder, Vater gegen Sohn, und sie alle sind so überzeugt davon, die richtige Antwort zu wissen. In einem Dorf habe ich gesehen, wie die Komsomolzen das Hab und Gut eines Mannes auf der Straße verbrannt haben, weil er seine Steuern nicht bezahlen konnte. Seine Frau hat sich selbst und ihr Baby auf den Scheiterhaufen geworfen und musste wieder weggezerrt werden.«

»Ach, Alexej.«

»Endlich habe ich begriffen, wobei es beim Kommunismus eigentlich geht. Ich weiß, sie tönen groß von Gleichheit und Gerechtigkeit, aber hinter der Sache steckt viel mehr. Es geht darum, den Menschen vollkommen umzukrempeln. Man will, dass wir keine Menschen mehr sind, sondern eine vollkommen neue Massenschöpfung, die keine der Schwächen mehr zulässt, die doch untrennbar mit unserer menschlichen Natur verbunden sind. Um das zu tun, muss der Staat zum Gott werden und zur selben Zeit ein Ungeheuer.«

»Dann siehst du richtig schwarz für Russland.«

»Wie sonst sollen wir es schaffen, dass dieses störrische und gottverlassene Land funktioniert?«

»Du klingst wie Chang An Lo.«

Zum ersten Mal sah er sie direkt an, ein forschender Blick, der so durchdringend war, als würde er mit einer messerscharfen Schaufel in ihrem Inneren herumstochern.

»Er ist hier?«

»Ja. Er gehört zu einer Delegation der Kommunistischen Partei Chinas in Moskau.«

»Verstehe.«

Er sagte nichts mehr, nur dieses eine tonlose Wort. Dann schaute er sich im Zimmer um, nahm die fleckige Tapete und die schäbigen Vorhänge in sich auf, und sie sah ihm an, dass er dachte, was das doch für ein dreckiges Loch war.

»Mehr können wir uns nicht leisten«, erklärte sie. »Popkow und Elena leben hier bei mir. Wir haben Glück gehabt, es überhaupt zu bekommen. Zimmer sind so kostbar wie Goldstaub hier in Moskau. Es ist nicht leicht, Alexej. Nichts hier ist leicht. So ist das Leben.«

Er ließ sein Kinn auf die Brust sinken. »Und Jens? Gibt es Neuigkeiten von ihm?«

»Keine guten. Wir sind schon die ganze Zeit auf der Suche nach dem Gefängnis, in dem er hockt, aber die Leute sind zu verängstigt. Man bekommt sie nicht zum Reden.«

»Verstehe«, sagte er wieder.

Sie fragte sich, ob er wirklich verstand. Am liebsten hätte sie ihm gesagt, dass sie genauso viel Angst hatte wie jeder andere hier und dass sie niemandem einen Vorwurf daraus machen konnte, wenn er den Mund hielt. So gerne hätte sie ihm auch gesagt, die Tatsache, dass Chang An Lo hier in Moskau war, habe ihr zum ersten Mal seit Monaten das Gefühl gegeben, noch am Leben zu sein, obwohl ihre sowjetischen Bewacher es ihnen so schwer machten zusammenzufinden. Auch dass sie sich jetzt sicherer fühlte, weil ihr Bruder bei ihr war, obwohl er sich in einer noch schlimmeren Lage befand als sie selbst, hätte sie ihm gerne mitgeteilt. Doch was war mit ihrem Vater? In welcher Art Welt lebte er? Kämpfte er ums Überleben? Und wie sollten sie ihn in dieser riesigen, verschwiegenen Stadt bloß jemals finden? *Sag mir, wie. Wie?* Doch als sie in Alexejs Augen blickte, die früher einmal grün gewesen waren und jetzt einen schlammigen Ton angenommen hatten, sagte sie nichts von alldem.

Stattdessen lächelte sie ihn an. »Ich bin so froh, dass du hier bist, so wohlbehalten und gut aussehend wie immer unter all dem Dreck.«

»Ich danke dir, Lydia. Du weißt, dass ich dich nie im Stich gelassen hätte. Und ich hätte auch niemals gewollt, dass du das alles hier allein durchstehst.«

Sie spürte, wie ihr zwei heiße Tränen über die Wangen kullerten. Alexej strich mit dem Daumen ganz leicht über ihr Jochbein und wischte sie mit einer Zärtlichkeit und Zuneigung weg, von der sie wusste, dass sie sie nicht verdiente, wenn man bedachte, wie oft sie ihn hinter seinem Rücken verflucht hatte.

»Es macht mich glücklich«, sagte er, »dich glücklich zu sehen.«

Sie überlegte gerade, ob er das wirklich so meinte oder ihr nur etwas Nettes hatte sagen wollen, als jemand hart mit der Faust an die Tür trommelte. Sie erstarrte. Sein Daumen lag immer noch an ihrer Wange, ihre Finger umschlangen die Hand auf ihrem Knie.

»Nein«, flüsterte sie. »Nein.«

Rasch verfrachtete sie ihren Bruder ins Bett zurück, zog ihm die Decke bis über die Ohren und steckte die Zipfel unter der Matratze fest.

»Beweg dich nicht«, zischte sie.

Dann öffnete sie die Tür.

Draußen auf dem Treppenabsatz standen drei Männer. Lydia warf nur einen kurzen Blick auf sie und knallte ihnen die Tür vor der Nase zu.

»Wer war was?« Alexej rappelte sich aus dem Bett hoch.

»Schlechte Nachrichten.«

»Polizei?«

»Nein.«

»Wer, Lydia? Sag's mir.«

Sie stand mit dem Rücken zur Tür, keuchend. »Sie sehen aus wie Killer.«

Alexej stieg hastig aus dem Bett und ging zur Tür. Er lauschte. Wieder schlug die Faust dagegen.

»Alexej Serow«, rief eine grobe Stimme. »Mach diese verdammte Tür auf, oder wir treten sie ein.«

Lydia starrte Alexej voller Entsetzen an. »Die kennen dich. Wer ist das?«

Alexej griff um sie herum, bekam den Türknauf zu fassen und zog die Tür auf. »Meine liebe Schwester«, sagte er mit einem Lächeln, das so schief war, dass er ihr plötzlich ganz fremd war, »ich möchte dich meinen neuen Freunden vorstellen.«

EINUNDVIERZIG

Sie haben ihn mitgenommen. In einem Wagen.«

»Geschieht dem Scheißkerl recht.«

»Liew«, fauchte Lydia. »Halt dein verdammtes Schandmaul.«

Der große Mann lachte. Elena versetzte ihm einen spielerischen Schlag. »Also, wer waren diese Leute?«, fragte sie. Sie war erregter, als Lydia erwartet hätte.

»Ich weiß nicht«, ächzte sie. »Das waren raue Gesellen. Schäbig angezogen, aber sie trugen gute Stiefel.«

»Du hast ihre Stiefel bemerkt?«

Lydia zuckte mit den Achseln. Ja, sie achtete auf Stiefel. Oft genug verrieten sie einem mehr über das, was ein Mann in der Brieftasche hatte, als der Pelz, den er trug.

»Sie hatten harte, kalte Augen und ein hartes, kaltes Lächeln.«

»Aber waren das seine Freunde?«, fragte Elena. »Er hat dir doch gesagt, das seien seine neuen Freunde.«

»Das waren nicht mehr seine Freunde als Ratten die Freunde von frischgeschlüpften Küken sind.«

»Haben sie denn irgendeinen Hinweis darauf gegeben, wohin sie ihn bringen?«

»Nein.«

»Hat er verängstigt ausgesehen?«

»Das würde Alexej nie zeigen.« Lydia dachte an die Situation zurück, stellte sich wohl zum hundertsten Mal vor, wie er geschaut hatte, als er das Zimmer verlassen hatte. Sein Rücken war durchgedrückt gewesen, sein Gang steif, und dabei hatte sie sich irgendwie an Hunde erinnert gefühlt, die einander mit gesträubtem Nackenfell umkreisen, bevor sie sich an die Kehle gehen. Sie erschauderte.

»Elena, ich schaff es nicht, ihn noch mal zu verlieren.«

Irgendwo in den Tiefen seines schwarzen Bartes blitzten Liews Zähne auf. »Mach dir keine Sorgen, kleine Lydia. Es braucht schon mehr als ein oder zwei Ratten, um deinen Scheißkerl von Bruder umzubringen.«

»Aber da ist noch etwas.«

»Was denn?«

»Ich erinnere mich, dass einer von denen keine Handschuhe anhatte. Er stand in der Tür, hatte die Hände in die Manteltasche gesteckt und bewachte den Flur.«

»Und?«

»Und ich hatte Angst, er könnte eine Pistole dabeihaben. Aber in dem Moment, als die beiden anderen mit Alexej zur Tür hinausgingen, nahm der Mann die Hände aus den Taschen, und ich konnte sehen, dass er quer über beiden Mittelfingern dunkle Tätowierungen hatte.«

Niemand rührte sich. Niemand sagte etwas. Es war, als wäre der Raum in tausend Stücke zersplittert.

»Was?«, wollte Lydia wissen. »Was ist denn? Was hab ich denn gesagt?«

»Tätowierungen«, brummte Popkow.

»Ja.« Lydia packte ihn an seinem breiten Unterarm und schüttelte ihn heftig. »Was bedeutet das?«

Elena und Popkow tauschten Blicke. Plötzlich raste Lydias Puls, ein Geräusch, als würde Wasser durch ihr Gehirn rauschen und ihre ganze Selbstkontrolle mit sich fortreißen.

»Wer sind sie? Wer sind diese Ratten?«

Elenas Gesicht veränderte sich. Ihre Sorge war Abscheu gewichen, und ihre fleischigen Lippen verzogen sich vor Ekel. »Es sind die *wory w sakone*«, murmelte sie. »Er ist bei den *wory*.«

Diese Worte – *wory w sakone* – hatte Lydia schon einmal gehört. Von dem Mädchen aus dem Zug.

Der Kosak ließ sich auf Lydias schmales Bett sinken, wobei der Metallrahmen aufjaulte wie ein liebestoller Kater. »Die *wory*«, murmelte er und stieß einen großen Schwall übel riechenden Atem aus. »Dann ist er ein toter Mann.«

Lydia dachte, sie habe sich verhört. Sie spürte, wie die Hohlräume in ihrer Brust zu zittern begannen, und das ganze Haus schien auf einmal zu schwanken.

»Sag mir, Liew, wer diese *wory w sakone* sind.«

»Kriminelle.«

»Eine kriminelle Bruderschaft«, erklärte Elena.

Lydia setzte sich neben Popkow auf das Bett. »Erzähl mir mehr.«

»Sie lassen sich zum Zeichen ihrer Verbundenheit am ganzen Körper tätowieren. Sie nennen sich *wory w sakone*, Diebe im Gesetz. Mir sind sie schon öfter untergekommen. Ursprünglich hat die Bewegung in den Gefängnissen und Arbeitslagern ihren Anfang genommen, aber mittlerweile haben sie sich in ganz Russland verbreitet, wie eine verdammte Plage.«

»Und was wollen sie von Alexej? Er ist kein Dieb.«

Popkow grunzte und gab keine Antwort. Lydia lehnte sich gegen seinen Arm, als wäre er eine Wand. »Warum die Tätowierungen?«

»Offenbar bedeutet jede Tätowierung etwas«, sagte Elena. »Das ist wie eine Art Geheimsprache innerhalb der Vereinigung. Und allein der Anblick der Tätowierung ist den Leuten eine Warnung.«

»Sind sie gefährlich?«

Die beiden zögerten. Es war nur eine winzige Reaktion, die Lydia dennoch nicht entging. Schließlich schlug ihr Popkow mit seiner Bärenpranke auf den Rücken, ein Schlag, bei dem sie sich vor Schreck auf die Lippe biss. Sie schluckte das Blut hinunter.

»Na, komm schon, kleine Lydia«, sagte Popkow mit einem Stirnrunzeln. »Du brauchst ihn nicht. Wir kommen sehr gut auch ohne deinen Bruder zurecht.«

Seine Augenbrauen zogen sich über dem breiten Nasenansatz zusammen, und er schaffte es gerade noch, mit einer Hand den Faustschlag abzuwehren, den sie ihm ins Gesicht versetzen wollte. Mit einem Knurren schlang er beide Arme um ihren schmalen Körper, so dass sie sich nicht mehr bewegen konnte. Schließlich blieb sie einfach so da sitzen, den Kopf an seine Brust gelegt, und begann, endlich ein paar klare Gedanken zu fassen.

»Wenn er bei diesen Kriminellen, diesen *wory*, ist«, sagte sie, »dann weiß der Junge das. Edik hat bestimmt eine Idee, wo wir sie finden.« Sie machte sich frei und sprang auf. »Elena, ich werde ein bisschen Wurst für den Hund brauchen.«

Edik, wo bist du?

Lydia lief gerade die Treppe hinunter, als die Haustür aufging. Die Portiersfrau war quer durch die Halle gehuscht, um ihren Pflichten nachzugehen. Sie notierte sich den Namen des Besuchers und verschwand mit einer Geschwindigkeit im hinteren Trakt des Hauses, die Lydia bereits hätte misstrauisch machen müssen. Doch sie war in Gedanken, weil sie sich überlegte, wo sie mit ihrer Suche nach dem Jungen beginnen sollte.

»Guten Abend, Lydia. *Dobry wetscher.*«

In der schäbigen Eingangshalle mit ihren braunen Wänden und der schummrigen Lampe hatte Lydia nicht einmal einen Blick auf den Besucher geworfen. Jetzt tat sie es und blieb prompt stehen.

»Antonina. Ich hatte nicht damit gerechnet, dich hier zu sehen.«

Die elegante Frau lächelte. »Ich habe deine Adresse in Dmitris Notizbuch gefunden. Ich hoffe, es macht dir nichts aus.«

»Natürlich nicht. Du bist immer willkommen.«

»Ich bin gekommen, um mit dir zu reden, aber du scheinst auf dem Weg nach draußen zu sein.«

Lydia zögerte. In der Tat hatte sie es eilig. Doch allein der Anblick dieser Frau mit ihrem langen, dunklen Haar, das ihr offen über die Schultern fiel, und dem Pelzkragen, den sie bis zu den kleinen Ohren hochgeschlagen hatte, als wollte sie sich gegen die ganze Welt schützen, weckte in ihr den Wunsch zu bleiben.

»Geh ein Stück mit mir«, sagte Lydia und machte sich auf den Weg in Richtung Tür.

Auf der Straße musste sich Antonina mit ihren weichen Stiefelchen anstrengen, mit ihr mitzuhalten, und Lydia zwang sich, langsamer zu gehen, obwohl es ihr schwerfiel. Der rußige Himmel hing tief über den Dächern, und es war schon fast dunkel. Selbst zu dieser späten Stunde standen noch Menschen Schlange vor dem Metzgerladen, Frauen scharrten ungeduldig mit den Füßen in den Sägespänen, in der Hoffnung, dass es doch noch eine Fleischlieferung geben würde. Ein Stückchen Schweinebauch. Oder eine Hand voll Knochen für eine Suppe.

»Du siehst gut aus«, meinte Lydia und lenkte sie über die Straße, wobei sie sich ihren Weg rund um einen Haufen gefrorene Pferdeäpfel suchen mussten.

Wieder lächelte Antonina, ein winziges Zucken ihres breiten Mundes, und zog schwungvoll ihr Haar aus dem Kragen. Eine Geste, bei der es Lydia lieber gewesen wäre, sie hätte sie nicht gemacht, denn ihre Mutter hatte genau die gleiche Angewohnheit gehabt.

»Du bist diejenige, die gut aussieht, Lydia«, sagte Antonina. »Irgendwie anders, wenn ich dich so anschaue. Du wirkst …« Sie legte den Kopf schief und nahm Lydia ins Visier. »Glücklich.«

»Ich mag Moskau. Ich fühle mich wohl hier.«

»Das sieht man. Aber sei auf der Hut, Lydia. Es gibt viel Getuschel hier.«

Einen Moment lang schauten sie sich an, dann wandten sie den Blick ab und konzentrierten sich auf den Weg und auf die vielen vereisten Stellen, denen es auszuweichen galt.

»Weshalb bist du denn gekommen?«, fragte Lydia beiläufig, weil ihr schien, Antonina würde noch ewig weiter neben ihr hertrotten, ohne etwas zu erklären.

»Manchmal sagt mir Dmitri Dinge, weißt du. Besonders, wenn er ein paar Gläser Weinbrand getrunken hat.«

»Was für Dinge denn?«

»Zum Beispiel, wo dein Vater ist.«

Lydia wäre beinahe flach aufs Gesicht gefallen, weil sie mitten in einen Haufen schmutzigen Schnee gelaufen war.

»Sag es mir«, antwortete sie mit trockenen Lippen.

»Er sitzt hier in Moskau in einem Gefängnis, in einem Geheimgefängnis.«

Mehr? Bitte, lass es mehr sein. »Das weiß ich auch schon, aber wo genau?«

»Er arbeitet an einem Entwicklungsprojekt für das Militär.«

Keine medizinischen Experimente. Er ist kein Versuchskaninchen.

»Offensichtlich geht es ihm gut.«

Er ist nicht verletzt. Nicht krank.

Lydia ging schneller. Als könnte sie ihn endlich erreichen, wenn sie jetzt nur schnell genug ging. Doch Antonina wurde wieder langsamer, und Lydia war gezwungen, sich umzudrehen und zu warten.

»Nun lauf doch nicht davon«, beklagte sich Antonina. »Ich bin noch nicht fertig.«

Lydia stand ganz still auf dem Gehsteig und sah sie an. Ihre Wangen fühlten sich taub an. »Wo ist das Gefängnis, und warum sagst du mir das alles?«

Antoninas immer so gefasstes Gesicht wurde weich, und sie neigte wie zur Entschuldigung den Kopf und knetete ihre behandschuhten Hände. »Tut mir leid, Lydia. Ich weiß nicht, wo es ist. Dmitri hat es nicht gesagt.«

»Hast du gefragt?«

»Nein.«

»Wirst du ihn fragen?«

»Wenn du möchtest.«

»Natürlich möchte ich das.«

»Er ist im Moment sehr aufmerksam, ich könnte es also probieren. Schau nur, was er mir geschenkt hat.« Sie schlug die breite Manschette des Silberfuchsmantels zurück und gab den Blick auf ein schmales Handgelenk frei, das in einem grauen Lederhandschuh steckte. Die Haut war so bleich, dass sie fast weiß wirkte. Um das Handgelenk lag ein breites, goldenes Armband mit Einlegearbeiten aus Amethysten und Elfenbein.

»Wie findest du es?«

»Es ist offenbar sehr alt und wunderschön.«

Antonina betrachtete das Schmuckstück einen Moment lang fragend, streifte es dann mit einer blitzschnellen Handbewegung ab und steckte es in ihre Manteltasche.

»Ich hasse es«, sagte sie.

»Warum?«

»Ich habe Angst, dass Blut daran kleben könnte. Dass irgendeine alte zaristische Gräfin es Dmitri gegeben hat, um ihn zu bestechen, damit ihr Ehemann am Leben bleibt. Im Lager, meine ich. Irgendein weißrussischer General mit einem großen Schnurrbart und stolzen Augen, der aber zu schwach ist, um noch in den Minen oder den Wäldern zu arbeiten.« Sie wandte den Kopf ab und spuckte in die Gosse. »Das befürchte ich.«

»Antonina, warum sagst du mir das?«

»Weil ich möchte, dass du mir vertraust.«

»Warum, um alles in der Welt, sollte es dir etwas bedeuten, dass ich dir vertraue?«

Die Frau rieb ihre Handschuhe aneinander, was ein leichtes Rascheln hervorrief. Es klang wie Flügelrauschen. »Wenn ich dir sage, dass dein Vater sein streng bewachtes Gefängnis alle paar Tage verlässt und auf der Ladefläche eines Lastwagens durch die Straßen von Moskau fährt, um zur Arbeit an einem weitaus weniger streng bewachten Platz gebracht zu werden – wirst du mir dann trauen?«

Lydia streckte eine Hand aus und hielt sanft Antoninas Hände fest. »Was möchtest du denn, Antonina? Sag es mir.«

»Ich möchte wissen, wo dein Bruder Alexej ist.«

»Er ist wieder verschwunden.«

»Wie bitte?«

»Wir wissen nicht, wo er ist.«

»Tschort!« Antoninas Gesicht war vor Unmut verzerrt. »Lydia, du hast ihn schon einmal aus den Augen verloren. Was ist los mit dir? Kannst du niemanden bei dir behalten? Du scheinst alle zu verlieren, sogar deinen Vater. Um Himmels willen, ich ...« Sie schüttelte ihr dunkles Haar, das wie eine düstere Masse um ihren Kopf wogte, und schritt energisch auf dem Gehsteig weiter.

Lydia wusste später nicht genau, was sie zu dem veranlasste, was sie jetzt tat. War es Wut? Verzweiflung? Schuldgefühle? Sie war sich nicht sicher, denn alle drei Gefühle brannten in ihr. Oder hatte Antoninas Zurechtweisung sie verärgert, und sie empfand das Bedürfnis, es ihr zurückzuzahlen? Jedenfalls genügte, als sie hinter ihrer Begleiterin herlief und ihren Arm streifte, um sie zum Umdrehen zu bewegen, nur eine einzige Sekunde, um das Armband aus der fellbesetzten Tasche zu angeln und in ihre eigene zu stecken.

»Ich werde ihn finden«, sagte Lydia zu ihr. Selbst für ihre eigenen Ohren klang das überraschend überzeugt.

Ein Automobil fuhr mit zischenden Reifen an ihnen vorbei und spritzte sie mit öligen Eissplittern voll. Lydia richtete ihre ganze Aufmerksamkeit auf Antonina, auf die dunklen, tief eingesunkenen Augen mit den langen Wimpern und dem Ausdruck insgeheimer Verzweiflung. In diesem Moment sah Lydia eine Außenseiterin wie sich selbst, eine Frau, die noch nicht recht wusste, wohin ihr Weg sie führte.

»Ich werde dir helfen«, sagte Lydia drängend, »und du hilfst mir. Kriege aus Dmitri raus, wo das Gefängnis ist.«

»Ich werd's versuchen.«

»Tu mehr, als es nur zu versuchen.«

»Ich glaube, er sagt es dir lieber selbst.«

»Ich habe ihn schon gefragt. Er hat Nein gesagt.«

»Und was tust du dafür für mich?«, fragte Antonina mit schwacher Stimme, als erwarte sie eine solche Freundlichkeit gar nicht für sich selbst.

»Ich werde Alexej finden. Ich versprech's dir. Und ich werde dir sagen, wo er ist, sobald ich es weiß.«

Sie lächelten einander an, und eine kleine Welle der Erleichterung schien beide zu durchfluten. Ohne recht zu wissen, warum, empfanden beide in diesem Moment eine seltsame Verbindung zueinander. Lydia spürte, wie das Armband heiß an ihrer Hüfte glühte. Doch als Antonina ihre blassgraue Ledertasche öffnete, ein Bündel Rubelscheine herausnahm und sie Lydia in die Hand drückte, nahm sie sie, ohne zu zögern.

Danach rannte sie los. Um die verlorene Zeit wieder einzuholen, und weil sie den Gedanken entfliehen wollte, die sie wie ein Mückenschwarm verfolgten. Sie lief suchend durch die Straßen, spähte in Toreingänge, streifte durch das schicke Arbat-Viertel und machte auch vor den armseligeren Viertel nicht Halt, wo bereits Betrunkene in der Gosse lagen, in Zeitungen und den eisigen Schatten des Todes gehüllt.

»Kennt ihr einen Jungen namens Edik?«

Sie fragte jeden Straßenjungen, den sie finden konnte. Die schmutzigeren unter ihnen, die an Straßenecken einzelne Zigaretten verkauften oder vor den Kneipen gestreckten Wodka. Die etwas saubereren Lieferburschen, die für irgendwelche Ladenbesitzer Besorgungen machten. Selbst die hübschen, die Lippenstift trugen und hinter dem Bolschoi-Theater mit den schmalen Hüften wackelten. Wohl tausendmal immer die gleiche Frage: »Kennt ihr einen Jungen namens Edik?«

Es fing zu schneien an. In den Straßen wurde es dunkler, als die Läden schlossen und ihre Rollläden heruntergelassen wurden. Sie wusste längst nicht mehr, wo sie war, ihre Füße schmerzten, doch es war nicht klar, ob das an der Kälte lag oder an den Löchern in ihren *walenki*. Sie ging wohl besser nach Hause. Vielleicht war Alexej ja bereits zurück. Liew ging bestimmt brummelnd in ihrem schäbigen Zimmer auf und ab. Wahrscheinlich schimpfte Elena ihn aus, sagte ihm, Lydia sei durchaus in der Lage, selbst auf sich aufzupassen. Dennoch gingen ihre Füße einfach weiter und weiter, und als die Nacht hereinbrach, hatte sie auf einmal das Gefühl, Moskau sei dabei, sie zu verschlucken. Auf der anderen Straßenseite sah sie einen Jungen, der eine sperrige Last an einer Art Seil hinter sich herzog. Er hatte weizenblondes Haar und trug einen langen Mantel, dessen Schulterpartie bereits dick mit Schneeflocken bedeckt war.

»Edik!«, rief sie.

Der Junge drehte nervös den Kopf. Im schummrigen Licht einer Gaslaterne sah sie, dass sie sich getäuscht hatte. Er war es nicht. Der Junge begann zu laufen.

»Warte mal!«

Sie lief über die leere Straße. Sonst wäre er wahrscheinlich zu schnell für sie gewesen, doch da er seine schwere Last durch die Straßen zog, holte sie ihn mühelos ein. Das Etwas am Seil war ein dickes Schweinchen. Man hatte es an Vorder- und Hinterpfoten gefesselt, die Schnauze mit einem schmutzigen Lappen zugebunden, und es lag seitlich auf einem kleinen, behelfsmäßig zusammengezimmerten Schlitten.

Das Tier sah vor Angst wie gelähmt aus, die blassblauen Augen rollten wild in den Höhlen. Der Junge schien nicht älter als acht oder neun Jahre alt zu sein und blinzelte ihr mit den Augen eines ungezähmten kleinen Wesens entgegen.

»Wo hast du denn das Schweinchen her?«

»Das gehört meinem Großvater«, flunkerte der Junge und trottete davon, wobei er den Schlitten holpernd über die Rillen in der Eisoberfläche zog.

»Warte mal!«

Lydia zog einen von Antoninas Rubelscheinen aus der Tasche. Auf der Stelle war das Interesse des Jungen geweckt. Zwar kehrte er ihr den Rücken zu, doch das Geld schien er zu wittern.

»Ich suche …«

»Ich weiß schon. Einen Jungen namens Edik.«

»Woher weißt du das?«

Er starrte sie an, als wäre sie schwachsinnig. »Weil du schon den ganzen Abend hier herumrennst und nach ihm fragst.«

»Wer hat dir das gesagt?«

»Jeder sagt das.« Doch die Antwort kam nicht von dem Jungen, sondern von irgendwo hinter ihr.

Sie fuhr herum. Ein Mann stand direkt hinter ihr, ein großer, aufragender Schatten. Wie er so nahe an sie herankommen konnte, ohne ein Geräusch zu machen, konnte sie sich nicht vorstellen. Er musste die leisen Pfoten einer Katze haben. Obwohl er breite, fleischige Schultern besaß, verströmte er mit seinen braunen Locken eine Aura jungenhafter Freundlichkeit. Seinen Gesichtsausdruck konnte Lydia in der Dunkelheit nicht gut erkennen, trotzdem hatte sie das deutliche Gefühl, dass er nicht freundlich gesinnt war. Sie wich einen Schritt zurück.

»Dobry wetscher«, sagte sie. »Guten Abend. Ich suche nach Alexej Serow.«

Erst in diesem Moment sah sie die Tätowierung auf seiner Stirn.

»Du bist mein Sohn, Alexej.«

»Du bist mein Vater, Maxim.«

»Ich drücke dich an mein Herz.«

»Es ist mir eine Ehre.«

Maxim Woschtschinski drückte Alexej an seine Brust und tätschelte zufrieden seinen Rücken, als wollte er seinen Worten Nachdruck verleihen.

»Du bist mein Sohn«, sagte er noch einmal und hielt Alexej ein Stück von sich weg, musterte seine neue Errungenschaft mit Stolz. »Du trägst mein Hemd, du benutzt mein Bad und meinen Rasierapparat, wie ein Sohn es tun sollte.«

»Danke, Maxim. *Spassibo*.«

»Du siehst jetzt viel besser aus, sauber und frisch. Ein gut aussehender Russe hat sich unter all dem Dreck und den Bartstoppeln versteckt.«

»Ich fühle mich auch besser.«

»*Da*. Das ist gut.«

Alexej half Maxim dabei, sich in dem schwarzen Lehnsessel neben dem Bett niederzulassen, und legte ihm eine Decke über. Die Decke war aus feinstem grünem Samt mit herrlichen Stickereien an den Kanten. War sie gekauft? Oder gestohlen? Als sich Alexej in dem Schlafzimmer mit den vielen ausgestopften Vögeln in ihren Käfigen umschaute, ertappte er sich bei demselben Gedanken. Gekauft oder gestohlen? Aber spielte das überhaupt eine Rolle?

Ach, verflucht seien diese Leute, dachte er. Schon jetzt haben sie sich in mein Denken eingeschlichen. Natürlich macht es einen Unterschied. Vergiss das nicht.

Wenn das der Preis war, den er zu zahlen hatte, dann würde er ihn eben bezahlen. Aber er würde sich nicht an der Nase herumführen lassen. Er hatte den ganzen Abend Maxims Geschichten gelauscht, außergewöhnlichen Erzählungen von seinen Beutezügen in Gefängnissen und Lagern, wo er sich geweigert hatte, sich den Wärtern unterzuordnen, Geschichten von den Schlägen, die er bekommen hatte, und von dem Geld, das er beim Kartenspielen gewonnen oder unter Matratzen gestohlen hatte. Maxim hatte ihm von der Macht berichtet, die er innerhalb der Gefängnisse und jetzt auf den Straßen Moskaus erlangt hatte, und zwar allein durch seine Willenskraft. Er mochte ein skrupelloser Mann sein, doch er war auch verdammt noch mal einer, den man gernhaben konnte. Er brachte Alexej zum Lachen, während sie bei Zigaretten und französischem Weinbrand miteinander plauderten.

Aber vergiss nicht. Vergiss es nie.

»Also«, sagte Alexej und blies eine ganze Reihe von Rauchringen in die Luft. Er würde sein Anliegen ganz beiläufig klingen lassen. Fast unwichtig. »Du hast mich zu einem *wor* gemacht, zu einem von euch. Keinem vollen Mitglied der *wory w sakone*, der Diebe im Gesetz, das habe ich verstanden. Das wird noch dauern, und du sagst, ich muss mich erst noch beweisen, bevor ich angenommen werden kann. Doch du hast mich auserwählt. Du hast mir deinen Stempel aufgedrückt.«

»Ich werde dich beschützen, Alexej. Damit du in dieser Stadt in Sicherheit bist.«

»Ich bin dir dankbar, Vater.«

Maxim strahlte ihn an, und seine fleischigen Wangen wurden rot vor Freude. »Ich hatte auch einmal eine Familie, zwei Söhne. Doch wenn ein Krimineller sich den *wory w sakone* anschließt, muss er seiner Familie abschwören, denn dann werden die Diebe im Gesetz zu seiner einzigen Familie.«

»Und wo sind sie jetzt, deine Söhne?«

Er zuckte mit den Achseln. »Sie waren früher in Leningrad, doch jetzt … wer weiß? Ich habe sie seit mehr als zwanzig Jahren weder gesehen noch von ihnen gehört. Ich würde sie nicht einmal erkennen, wenn ich auf der Straße an ihnen vorbeikäme, und sie mich auch nicht.«

Dicke, große Tränen kullerten über sein Gesicht. Alexej beugte sich nach vorne.

»Ich bin dein neuer Sohn, *pakhan.*« Die Worte versengten ihm die Zunge, und doch wiederholte er sie sogar. »Ich bin dein neuer Sohn, *pakhan.*«

»Dann gieß mir noch einen Weinbrand ein, und wir trinken darauf.«

Nachdem er ihre Gläser aufgefüllt hatte, begann Alexej wieder Rauchringe in die Luft zu blasen und musterte seinen neuen Vater durch halb geschlossene Augen. Jetzt musste er seine Bitte vorbringen.

»Also, Maxim, wirst du deinen *wory* befehlen, mir zu helfen?«

»Ach, mein Sohn, das ist eine große Bitte. Du bist noch kein volles Mitglied der Bruderschaft, und sie könnten dich für unwürdig halten.«

»Ich bitte dich nicht als *wor*, sondern als Sohn.«

Eine Pause entstand zwischen ihnen, sie schien die Luft aus dem Raum zu saugen.

»Du hast mir das Leben gerettet«, stellte Maxim fest. Doch er sagte noch immer nicht Ja.

Alexej griff in seinen abgewetzten Stiefel und zog das Messer mit der dünnen Klinge hervor, das er von Konstantin auf dem Flussschiff mitgenommen hatte. Der ältere Mann erstarrte eine winzige Sekunde lang, doch Alexej schob nur den rechten Ärmel seines Hemdes hoch und legte das bleiche, verletzliche Fleisch unterhalb seines Unterarmes frei. Dann drückte er mit großer Bedachtsamkeit die Spitze der Klinge in sein Fleisch und sah zu, wie das Blut herausspritzte. Mit einer einzigen, blitzschnellen Bewegung zog er die Klinge bis zu seinem Handgelenk hinab. Ein scharlachrotes Band wand sich wie eine Schlange seinen Arm entlang.

Er blickte zu Maxim empor. »Lautet die Antwort Ja?«

In der raucherfüllten Stille, die folgte, schien es Alexej, als könne er Lydias Atem hören. Dann nickte der Mann ihm gegenüber und hielt ihm den Arm hin. Alexej packte ihn und schlug den Ärmel des Morgenmantels hoch. Als er das Messer hob, fragte er sich noch, was wohl das Nicken eines Kriminellen wert war, und zog dann die Klinge durch das schlaffe, behaarte Fleisch von Maxims rechtem Arm, wo sie die Haut sauber aufschlitzte und mitten durch den grinsenden Totenschädel der Tätowierung ging, das Zeichen eines Mörders. Doch sie ging nicht tief. Er wollte den Mann nicht verletzen.

»Jetzt«, sagte Alexej. Er wischte die Klinge an seinem Schenkel ab, nahm Maxims schweren Arm und drückte ihn gegen seinen eigenen, der tropfend in seinem Schoß lag. Fleisch an Fleisch. Leben an Leben.

»Jetzt«, sagte er noch einmal. »Jetzt, Vater, sind wir von einem Blut.«

Ein respektvolles Klopfen an der Tür brachte Maxim zum Fluchen.

»*Job twoju mat!*« Er und Alexej spielten Karten. Maxim war ein ehrgeiziger Spieler und gewann mühelos. »Was wollt ihr?«

Die Tür ging vorsichtig auf, und die Gestalt von Igor füllte den schmalen Spalt. Der junge Mann sah nervös aus.

»Tut mir leid, dich zu stören, *pakhan*, aber Nikolai ist hier. Er möchte mit dir sprechen.«

»Weiß er nicht, dass ich krank bin, verdammt noch mal?«, bellte Woschtschinski. Spucketropfen lagen auf seinen Lippen, und er fuhr ungeduldig mit der Zungenspitze darüber. »Sag ihm, er soll wieder gehen.«

»*Pakhan*, ich …«

Jetzt wurde die Tür ganz aufgerissen, doch es war nicht Nikolai, der dort auf dem Flur stand, um seinem Chef Bericht zu erstatten. Es war ein schönes, dünnes Mädchen mit riesigen, leidenschaftlichen Augen und einer Haut wie feines Elfenbein. Alexej brauchte nur den Bruchteil einer Sekunde, um zu erkennen, dass es Lydia war. Wie, zum Teufel, hatte sie ihn gefunden? Ein ungewaschener Straßenjunge mit einem flachsblonden Haarschopf kauerte hinter ihr. Ihre hässliche Mütze lag zerknüllt in ihrer Hand, und ihre wilde, rote Mähne leuchtete wie ein funkelnagelneuer Kupferpfennig in dem schummrigen Raum voller toter Dinge. Ohne auf irgendjemand anderen zu achten, richtete sie ihre ganze Aufmerksamkeit auf ihren Bruder.

»Alexej«, sagte sie entschlossen und hielt ihm eine schmale Hand hin. »Ich bin gekommen, um dich mit nach Hause zu nehmen.«

ZWEIUNDVIERZIG

Der Lärm. Die Hitze. Das laute Knallen der Bleche, das Knirschen der Maschinen. Das Klappern und Rasseln der Hubketten. Das alles stürmte mit lautem Getöse auf Chang ein. Wie die Götter, wenn sie vor Wut mit den Füßen aufstampften, wenn sie ihren heißen Atem in seinen Schädel bliesen, bis er sich entzündete und zu Asche verglühte.

Wie konnte ein Mensch das bloß aushalten?

Das klaffende Maul des Hochofens warf Blasen auf der Haut und verwandelte die Gesichter der Arbeiter in scharlachrote Fratzen von Dämonen, wann immer die weißglühenden Metallbleche in Stellung gebracht wurden. Zangen und Bohrer und Dampfhämmer schlugen einen ohrenbetäubenden Takt in der Stahlfabrik, ein infernalischer Lärm, von dem Chang wusste, dass er auch in seinem eigenen Land ertönen musste, wenn es jemals Fortschritte machen sollte. Stalin war dabei, Russland zur Weltmacht zu machen. Industrieller Fortschritt war das, wonach China lechzte; in der Mechanisierung lag die Zukunft. Doch war Mao Tse-tung der Mann, der das Land wirklich in diese Zukunft geleiten würde? Noch immer führte er Krieg, noch immer war er mit der Erfüllung seiner privaten Freuden beschäftigt. Das bedeutete, dass China warten musste, und wenn es eines gab, das das chinesische Volk in Vollendung beherrschte, so war es Geduld. Ihr Tag würde schon noch kommen.

Die Delegation bewegte sich hinter ihrem russischen Führer durch die Fabrik. Chang sah deutlich die übergroße Ehrfurcht in den Augen seiner Begleiter ob des Ausmaßes der Metallproduktion. So wie es auch beabsichtigt war. Sie standen in einer Gruppe zusammen und sahen einem Mann dabei zu, wie er eine Lochstanze bediente, eine wuchtige, dampfbetriebene Faust, die auf ein Blech nach dem anderen hinabdonnerte und einen großen Kreis ausstanzte. Wozu er diente, davon hatte Chang keine Ahnung, und es war zu laut, um danach fragen zu können. Der russische Arbeiter, dem bewusst war, dass er beobachtet wurde, hielt den Blick unterwürfig gesenkt, und seine Hände waren ständig in Bewegung. Wieder und wieder die gleiche Bewegung, das gleiche Ziehen an einem Hebel, das Drehen einer Winde, das laute Krachen eines Stahlblechs, das über Rollen gezogen wurde, dann ein Schlag, und es kam das nächste.

Die Delegation ging weiter, doch Chang blieb noch stehen. Um zu beobachten und auf den Moment zu warten, in dem der Mann aufblicken würde. Denn Chang wusste, dass er das irgendwann tun würde, dass er irgendwann dem Drang nicht würde widerstehen können. Dann würde Chang sehen, aus welchem Holz ein russischer Arbeiter geschnitzt war. Das war das Gleiche wie in China: eine bäuerliche Mentalität, die alles hinter einer Fassade der Demut und der niedergeschlagenen Augen verbarg. Sie machte Chang wütend, diese Weigerung, den Kopf zu heben und in einer Menschenmenge aus der Reihe zu fallen. Das war auch eines der Dinge, die ihm von Anfang an an Lydia gefallen hatten – dass sie gewillt war, der Welt direkt ins Auge zu blicken. Er lächelte, als dieses Bild vor seinem inneren Auge erstand, und legte klammheimlich einen Finger an die Stelle an seiner Kehle, wo ihre Lippen sie berührt hatten.

Genau das war der Moment, in dem der Metallarbeiter beschloss, den Kopf zu heben. In Changs Augen war es ein sehr russisches Gesicht mit breiten Wangenknochen, einer langen Nase und einem Kinn, das hinter einem struppigen Bart verborgen war. Aber es waren die Augen, die ihm alles sagten, was er wissen wollte. Blassgrau und erschöpft, prägte sich ihnen das Bild des Dampfhammers ein, von morgens bis abends. Das waren nicht die Augen des zufriedenen Proletariers, den sie laut Propaganda in diesen Fabriken erwartet hatten.

Eine Sekunde lang begegneten sich ihre Blicke, und dann spürte Chang die Hitze. Diesmal kam sie nicht von dem Hochofen, sondern von dem Arbeiter selbst. Es war die Art von Hitze, die messerspitzenscharf war. Es war Hass.

»Kuan.«

Sie blieb stehen und wartete auf ihn. Chang kam näher, als sie den Fabrikhof überquerten. Der Schnee hatte sich in Regen verwandelt, doch es war die Art von Regen, der sich wie lauter winzige Eispickel in die Haut bohrte. Gleich würden sie zu einer Aussprache gebracht werden, und es würde ihm keine Gelegenheit bleiben, ihr das ins Ohr zu flüstern, was er ihr sagen wollte. Sie fragte nicht, was er wollte, musterte ihn jedoch aufmerksam, ihre Augen blickten schwarz und leuchtend. Trotz der Düsterkeit um sie herum sah er das Feuer, das in ihnen loderte.

»Die Fabrik war beeindruckend«, sagte er.

»Hast du gesehen, wie viele Leute hier arbeiten?«

»Ja. Kommunismus in Aktion. Es funktioniert. Hier in Stalins Russland sehen wir, wie Lenins Ideen in die praktische Wirklichkeit umgesetzt werden. Sie sind dabei, eine erfolgreiche Zukunft für dieses Land zu schmieden. Und genau das ist es, wonach China lechzt, genau eine solche starke Hand.«

»Die feste Hand eines Vaters.«

»Aber eine, die ebenso streichelt, wie sie straft. Eine, die ebenso gibt wie nimmt.«

»Chang An Lo«, sagte Kuan auf ihre typisch ruhige Art, obwohl Chang ihr deutlich anhörte, dass sie sich nicht wohlfühlte. »Ich mache mir Sorgen.«

»Sorgen um China?«

»Nein, Sorgen um dich, Genosse.«

»Es besteht keine Notwendigkeit dazu.«

»Ich denke, vielleicht schon.«

In ihrem dick wattierten Mantel und dem kurzen, schwarzen Haar, das ein Gesicht mit breiten Knochen einrahmte, hätte sie ebenso gut die Tochter eines Reisbauern irgendwo aus dem ländlichen China sein können, einer von Millionen Menschen, die auf einem Stück Pachtland oder auf dem Hof der Familie zu einem Leben in Knechtschaft verurteilt sind. Doch ihre Augen sprachen eine andere Sprache. Sie waren nachdenklich und intelligent. Kuan besaß einen Universitätsabschluss in Jura und einen Verstand, der Probleme sofort erfasste und entschlossen an ihre Lösung heranging. Chang hatte nicht die Absicht, eines dieser Probleme zu werden.

»Kuan«, sagte er, »lass dich nicht von dem ablenken, weshalb wir hierhergekommen sind. Konzentrier dich. Unser Anführer Mao Tse-tung braucht unsere Intelligenz. Wir sind nach Moskau gekommen, um zu lernen.«

»Du hast natürlich Recht.« Sie wischte sich den Regen vom Gesicht. »Das ist es, worauf wir uns alle konzentrieren. Jeder von uns in der Delegation schreibt bis in die Nacht hinein einen Bericht.« Sie schaute ihn abwägend an. »Doch ich bin mir nicht sicher, ob du der kommunistischen Sache so ergeben gegenüberstehst wie sonst. Als wärst du mit den Gedanken ganz woanders.«

Die Sohlen von Changs Füßen fühlten sich an, als wäre er gerade auf Eis ausgerutscht. »Das ist nicht der Fall, Genossin. Ich richte meine ganze Aufmerksamkeit auf die Frage, wie wir unsere Möglichkeiten hier besser nutzen können, und denke, es ist an der Zeit zu beantragen, dass wir etwas ganz anderes besichtigen dürfen. Etwas … Anspruchsvolleres.«

Er lächelte sie an und beobachtete, wie das Misstrauen aus ihren Zügen wich und ihre Augen sich voller Vorfreude weiteten.

»Was hast du im Sinn, Genosse Chang?«

Er ging weiter durch den Regen, und sie schloss rasch neben ihm auf. Die Menschen sind wie die Fische im Peiho-Fluss, rief er sich ins Gedächtnis. Man muss ihnen nur einen Köder vor die Nase halten.

»Zeig mir deine Tätowierung.«

»Das ist nicht von Interesse, Lydia.«

»Für mich schon.«

Sie war fest entschlossen zu sehen, was man mit ihm gemacht hatte, damit sie endlich Bescheid wusste. Wusste, was sie ihm schuldig war. Er saß auf ihrer Bettkante, schicker und sauberer als vorher, in seinem neuen weißen Hemd und dem Geruch nach einem Rasierwasser, das sie nicht kannte. Doch die Art, wie er die Beine übereinandergeschlagen hatte, in einer ebenso gleichgültigen wie lässigen Pose, erinnerte durchaus an den Alexej von früher. Es war eine Erleichterung, ihn so zu sehen, trotzdem hatte sich auch etwas verändert. Sie spürte es am Ausdruck in seinen Augen und der weicheren Neigung seines Halses und wusste nicht, ob sie darüber froh oder traurig sein sollte.

Alexej knöpfte sein Hemd auf. Hinter ihr standen Popkow und Elena ganz steif und schweigend da, und sie spürte ihre Missbilligung so scharf, wie sie das Loch in ihrem Schuh spürte. Alexejs Finger arbeiteten schnell, und sie konnte nichts von einer Scham entdecken, die er doch eigentlich hätte empfinden müssen.

»Da«, sagte er und schlug sein Hemd auf.

Fast wurde ihr übel. Die Tätowierung war größer, als sie erwartet hatte. Es war eine Kathedrale, die Alexejs gesamten Brustkorb einnahm, so gewaltig, dass es den Anschein hatte, als würde sie die Brustknochen eindrücken. Der elegant geschwungene Zwiebelturm saß genau an der Stelle, wo sich die Schlüsselbeine berührten.

»Sie ist schön«, sagte sie.

Lydia hörte ein verächtliches Grunzen hinter sich, achtete jedoch nicht darauf.

Alexej hob eine Augenbraue. »Schönheit spielt hier keine Rolle.«

»Und was spielt eine Rolle?«

»Man hat mich dadurch als einen der ihren gekennzeichnet. Für den Rest meines Lebens.«

»O Alexej, das tut mir leid.«

»Das braucht es nicht.«

Sie schenkte ihm ein Lächeln. »Du wirst bloß nicht mehr so oft schwimmen gehen können, das ist alles.«

»Ich bin sowieso noch nie gern nass geworden oder habe gefroren.« Er erwiderte ihr Lächeln, und am liebsten hätte sie geweint.

»Und jetzt, da du einer der *wory* bist, was werden sie für dich tun?«

»Das muss ich noch rausfinden.«

Er knöpfte das Hemd wieder zu. Eilig schien er es nicht zu haben. Zum ersten Mal kam in ihr die Frage auf, ob die Zugehörigkeit zu dieser Bruderschaft ihm mehr bedeutete, als ihr bewusst war.

»Ich habe einen neuen Vater«, sagte er mit leiser Stimme. »Einen, der mir helfen wird.«

Der Schreck saß tief. Sie hustete und starrte entsetzt auf ihre Hände hinab, weil sie sie so sehr knetete, dass es aussah, als wollten sie sich gegenseitig erwürgen: Sie musste dringend über etwas anderes reden. Über irgendetwas anderes.

»Antonina möchte mit dir sprechen«, sagte sie.

Auf der Stelle fuhr sein Kopf hoch, und die grünen Augen blickten wach und voller Interesse. »Du hast sie gesehen?«

»Ja. Und morgen bringe ich dich zu ihr.«

»Danke.«

Das war alles. Beide hatten genug gesagt. Lydia ging zu dem Haken an der Tür und nahm ihren Mantel.

»Schlaf gut, Bruder«, murmelte sie, öffnete die Tür und trat hinaus auf den schummrigen Treppenabsatz.

Bevor sie den dunklen Hof draußen erreicht hatte, verschmolz ein stämmiger Schatten mit dem ihren, und so wurden die beiden Gestalten zu einem zweiköpfigen Ungeheuer, das sich durch die Nacht schlich. Es war Liew Popkow. Sie sprachen kein Wort. Er schloss neben ihr auf, und sie passte ihre Schritte den seinen an, während sie in die dunklen Straßen von Moskau eintauchten. Erst wenn er sie sicher an ihrem Ziel abgeliefert hatte, würde er zu Elena und in ihr gemeinsames Bett zurückkehren.

Das Kruzifix hing noch immer an der Wand, und in dem Zimmer war es finster geworden, doch das machte Lydia nichts aus. Nichts zählte mehr. Jetzt nicht. Chang hatte die Gaslampe angezündet.

»Damit ich dich anschauen kann«, hatte er gesagt.

Als sie den Raum betreten hatte, hatte er sanft ihr Gesicht in die Hände genommen und mit den Fingern ihre Schädelknochen nachgefahren, als könnten sie ihm etwas verraten. Einen langen Moment musterten seine Augen die ihren aufmerksam, dann küsste er sie auf die Stirn und schloss sie in seine Arme.

Da war der Moment, in dem plötzlich nichts mehr zählte.

Sie lag mit der Wange auf seiner nackten Brust, die Glieder träge über ihm ausgebreitet, und erkundete sanft mit den Fingern seine Haut. Mit großem Genuss strich sie die feine Schweißschicht glatt, die seine Haut in dem gelben Licht schimmern ließ, als wäre sie geölt. Jedes Mal, wenn sie eine der gezackten Narben auf seiner Brust berührte, hob sie den Kopf und streifte sie mit den Lippen, kostete ihren salzigen Geschmack. Seine alten Narben, so wie jene an der Stelle, wo früher sein kleiner Finger gewesen war, konnte sie ertragen. Sie waren ein Schaden an der Oberfläche. Doch was lag unter seiner zarten, kostbaren Haut? Welcher neue Schaden war bei ihm angerichtet worden, während er von ihr getrennt gewesen war, welche Narben, die sie nicht sehen konnte?

Sie drückte das Ohr sogar noch fester an seine Brust, um dem zu lauschen, was darunter lag, hörte jedoch nur den steten Schlag seines Herzens und das sanfte Seufzen, mit dem die Luft in die verborgenen Höhlen in seinem Inneren hinein- und wieder herausströmte. Seine Hand war in der Wildnis ihres Haarschopfes verborgen, bewegte sich zwischen den Strähnen hin und her, streichelte sie, wühlte sich immer tiefer.

Ihre erste Liebesnacht war stürmisch gewesen, denn sie waren so hungrig aufeinander gewesen wie Hungernde nach Essen, doch diesmal gingen sie die Sache gemächlicher an, als könnten sie erst jetzt allmählich begreifen, dass sie nicht jeden Moment wieder auseinandergerissen würden. Ihre Körper begannen sich zu entspannen. Einander zu vertrauen. Ohne Mühe fanden sie den Rhythmus des anderen, und wieder verspürte Lydia jenes vertraute Sehnen nach ihm, das weder von dem Gefühl seiner Härte in ihr drinnen noch der Erfahrung, körperlich eins mit ihm zu werden, gänzlich gestillt werden konnte.

Zärtlich strich sie über den langen, straffen Muskel seines Oberschenkels, sah, wie er genüsslich zuckte. »Sag mir«, begann sie leise, »was ist das, das dir innerlich so wehtut?«

»Jetzt, da ich hier mit dir zusammen bin, ist aller Schmerz verschwunden.« Er lächelte. Das hörte sie seiner Stimme an, obwohl sie sein Gesicht nicht sehen konnte.

»Du bist ein guter Lügner, mein Geliebter.«

Er hob ihren Kopf einen Zoll breit an und drehte ihn so, dass ihr Kinn mitten auf seinen Rippen lag und er ihr ins Gesicht sehen konnte. Seine schwarzen, mandelförmigen Augen lächelten sie an.

»Es ist die Wahrheit, Lydia. Der Rest der Welt existiert nicht mehr, wenn wir zusammen sind. Was dort draußen ist«, sein

Blick wanderte zu dem schwarzen Fenster, und einen Moment lang war sein Lächeln erloschen, »mit all seiner Mühsal, das hört auf zu sein.« Er strich ihr eine rote Locke aus der Stirn und legte eine Fingerspitze an ihren Mund. Sie öffnete die Lippen, und er berührte ihre Zähne. »Doch es wartet auf uns.«

Seine Hand wanderte zu ihrer Brust und streichelte sie mit genüsslicher Langsamkeit. Auf einmal rollte sie sich auf ihn, so dass sie mit der ganzen Länge ihres Körpers auf ihm lag. Ihre Knochen und ihr Fleisch verschmolzen miteinander, sie verschränkte die Fußknöchel mit den seinen, ihre Schenkel, ihre Bäuche, ihre Brustkörbe schmiegten sich aneinander. Sie spürte die Hitze, die in seinen Lenden aufstieg, und auch in ihr selbst erwachte das Verlangen, mit ihm eins zu werden. Sie stellte die Ellbogen neben seinem Kopf auf und starrte in sein feierlich ernstes Gesicht hinab.

»Erzähl mir von China«, befahl sie.

Es war nur ein winziges Zögern. Wie ein schwarzer Vorhang, der sich irgendwo in der Dunkelheit hinter seinen Augen schloss. Doch das genügte schon. Jetzt wusste sie, dass sie Recht gehabt hatte. Sie küsste ihn auf seine schöne gerade Nase.

»Sag mir«, fragte sie in sanfterem Ton als zuvor, »was ist denn in China geschehen, das dir solchen Kummer bereitet?«

Sein Lächeln kam nur zögerlich. Es begann mit einem schwachen Zucken in einem seiner Mundwinkel, doch dann sah sie es von seinem Mund bis zu den Augen hochwandern.

»Du kennst mich zu gut, meine Lydia.«

»Versteck dich nicht vor mir.«

»Ich verstecke mich nicht. Ich versuche nur, dich zu schützen. Du hast genug, an das du hier in Moskau denken musst. Genug … Komplikationen.«

»Dann sag es mir jetzt.« Sie wippte aufmunternd mit dem Kinn auf seiner Brust. »Oder ich bleibe die ganze Nacht und den ganzen Tag hier liegen, bis du es mir erzählst.«

Er lachte. »Das ist ein hervorragender Grund«, sagte er, »dir gar nichts zu sagen.«

»Ich warte.«

Er holte tief Luft, und sie passte den Takt ihres eigenen Atmens an ihn an. Die Stille in dem kleinen Zimmer schmiegte sich wie eine Decke um sie, warm und heimelig. Seine Nasenflügel bebten, und sie wusste, jetzt würde er es ihr sagen.

»Mao Tse-tung führt nach wie vor Krieg gegen Tschiang Kai-scheks nationalistische Kuomintang.« Chang sprach leise, doch gerade die Sanftheit in seiner Stimme machte Lydia nervös. »Ich glaube, Mao und unsere Rote Armee werden siegreich sein. Eines Tages werden sie die Kontrolle übernehmen. Vielleicht noch nicht bald, aber irgendwann wird das chinesische Volk begreifen, dass seine einzige Chance auf eine Zukunft in Freiheit der Kommunismus ist. Das ist der einzige Weg für ein Land wie China. Das haben wir hier in Russland gesehen, und wir sehen die Fortschritte voraus, die sich einstellen werden.«

»Aber was ist mit …« Sie hielt inne.

»Mit was?«

»Mit den Fehlern.« Sie wedelte ungeduldig mit der Hand in Richtung Fenster und flüsterte: »Was ist mit der Angst da draußen?«

Chang schlang die Arme um ihren nackten Rücken und drückte sie fest an seine Brust. »Es ist unser Anführer, der die Fehler macht, nicht das kommunistische System, Lydia. Stalin ist der falsche Anführer für Russland.«

»Und Mao Tse-tung?«

»Ich habe für ihn gekämpft. Habe mein Leben für ihn aufs Spiel gesetzt. Und das Leben meiner Freunde und Kollegen riskiert.«

»Ich dachte, du arbeitest in ihrem Hauptquartier in Shanghai. Entschlüsselst kodierte Nachrichten, das hast du mir gesagt.«

Er lächelte sie zerknirscht an. »Das tue ich auch. Einen Teil der Zeit.«

Sie ließ es darauf beruhen. *Mein Leben aufs Spiel gesetzt*, hatte er gesagt.

Seine Finger strichen ihr Rückgrat entlang, um sie zu beruhigen. »Doch wie Stalin«, fuhr er fort, »ist Mao der falsche Mann an der Spitze. Er ist korrupt und wird China zum Krüppel machen, wenn er an die Macht kommt.«

Sie ließ ihren Mund in der Kuhle unterhalb seiner Kehle liegen, spürte das Pulsieren seiner Schlagader.

»Chang An Lo, wenn das so ist, dann musst du aufhören, für ihn zu kämpfen.«

Er drückte sie so fest an sich, dass sie kaum mehr atmen konnte. »Ich weiß«, sagte er finster. »Aber was wird dann aus China? Und wo bleibe ich?«

DREIUNDVIERZIG

Heute war es kalt im Gefängnis. Es kam regelmäßig vor, dass die Luft, die man ausatmete, wie eine weiße Wolke vor seinem Mund stand. Jens war sich nicht sicher, warum es so kalt sein musste. Verstand man hier nichts vom Heizen? Vielleicht. Doch er hatte den unangenehmen Verdacht, dass Oberst Tursenow es absichtlich kalt hielt, um die Gefangenen an die Kandare zu nehmen. Um in ihnen die Erinnerung an all die Winter wachzuhalten, die sie in den Wäldern, den Minen oder beim Kanalgraben zugebracht hatten. Solch ein kleiner Ansporn schärfte das Denken.

Jens saß an seinem breiten Schreibtisch in der Werkstatt, Blaupausen vor sich ausgebreitet wie große viereckige Seen, in die er hätte springen können, um sein rasendes Hirn vor allem anderen zu verschließen. Er war stolz auf sie, ob er nun wollte oder nicht. Und ganz gewiss war er nicht bereit, sie auszuhändigen. Hinter ihnen steckten viele, viele Stunden harter, mühseliger Arbeit, denn es war ein perfekt gezeichnetes, wohl durchdachtes und nach allen Regeln der Kunst abgewägtes Stück Ingenieurskunst daraus geworden. Selbst nach all den Jahren betäubender Knechtschaft in den Wäldern von Sibirien konnte er immer noch denken. Immer noch planen.

Und hatte immer noch Hunger auf das Leben.

Besonders jetzt. Denn jetzt war Lydia da.

»Aufstehen!«

Die Tür wurde aufgerissen. Babitski, der große, schmierige Wärter, der immer schwitzte, ganz gleich, welche Temperaturen herrschten, ging in Habtachtstellung, und Jens roch förmlich seine Angst, auch wenn er sich auf der anderen Seite des Zimmers befand. Es war eine Angst, bei der sich ihm die Nackenhaare aufstellten.

Die leitende Gruppe der Ingenieure und Wissenschaftler war aus ihren jeweiligen Werkstätten geholt und in die Versammlungshalle gepfercht worden. Dabei handelte es sich um einen schönen Raum mit hoher Decke und guten Proportionen. Zu Zeiten vor der Revolution, als in der Villa noch Adelige gelebt hatten und sie kein trostloses Gefängnis mit Gittern vor den Fenstern gewesen war, hatte dieser Raum als Speisesaal gedient, und nach wie vor stand hier der massive Mahagonitisch von früher, auf dem sich jetzt die Blaupausen und verschiedene technische Zeichnungen stapelten. Keine silbernen Kerzenleuchter mehr, keine Weinkelche aus feinem Kristall, kein leises Gemurmel und Gelächter. Funktionalität und Nutzen waren die neuen Götter Sowjetrusslands. Nun, Jens hatte nichts dagegen. Er hatte gelernt, ein pragmatischer Mensch zu sein.

Sie standen stramm in einer Reihe, die Hände sorgfältig auf dem Rücken gefaltet, die Augen geradeaus, das Kinn auf die Brust gedrückt, und keiner redete. So, wie man es ihnen im Lager beigebracht hatte. Eine ganze Reihe von brillant ausgebildeten, intelligenten Denkern, die abgerichtet waren wie Seehunde im Zirkus. Neben ihm stieß Olga ein kaum hörbares verächtliches Schnauben von sich, und als er den Blick wieder nach vorne richtete, bemerkte er, dass sie am Saum ihres Rocks ein kleines Loch hatte.

»Genossen.« Jetzt sprach Oberst Tursenow persönlich. »Heute haben wir euch ein paar Besucher mitgebracht.«

Jens' Herz machte einen Satz. Lydia? Einen törichten Moment lang dachte er, vielleicht sei ja seine Tochter gekommen, um ihn zu besuchen. Rasch schaute er auf, und sein Blick fiel direkt auf den Oberst, der von einem nervösen Babitski und einem nur unbedeutend weniger aufgeregten Poliakow flankiert wurde. Dann waren es also Besucher von Bedeutung. Und hinter ihnen standen, anstelle der rothaarigen, jungen Frau, auf die er törichterweise gehofft hatte, eine Reihe von sechs Asiaten mit harten Augen – vier Männer, zwei Frauen, obwohl es nicht ganz leicht war, sie auseinanderzuhalten, weil sie exakt gleich gekleidet waren.

»Genossen«, sagte Oberst Tursenow wieder. Normalerweise sprach er sie nicht mit dieser proletarischen Anrede an. In der Regel war es vielmehr der Nachname oder die Nummer. Nichts, das etwa so respektvoll war wie Genossen. »Heute haben wir die große Ehre eines Besuches unserer Genossen von der Kommunistischen Partei Chinas.« Er nickte dem älteren Mitglied der Gruppe zu, einem Mann mit eisengrauem, kurz geschnittenem Haar und einem tief zerfurchten Gesicht, das keinerlei Regung verriet. Doch Jens bemerkte, wie Tursenows Augen ganz kurz zu dem großen, jungen Chinesen schwenkten, der hinter ihm stand, und bei ihm verweilten. Als wäre das der Mann, von dem wirklich die Macht – oder vielleicht auch die Schwierigkeiten – ausgingen.

»Genosse Li Min, das hier sind unsere führenden Arbeiter«, verkündete er, an den älteren Chinesen gerichtet, und wies auf die gefügig strammstehende Gruppe Männer und Frauen, so wie vielleicht ein Bauer stolz seine Schweine vorgeführt hätte. »Alles erstklassige Wissenschaftler.«

»Ihr habt gut daran getan, solche Fähigkeiten und Kenntnisse zu bündeln.« Gesprochen hatte der ältere Besucher, der offenbar fließend Russisch konnte. »Sie müssen sich zutiefst geehrt fühlen, für den Sowjetstaat und euren großen Anführer Stalin tätig sein zu dürfen.«

»Das sind sie ganz gewiss.«

Geehrt? Eine Frage, deren Beantwortung keinem der Gefangenen besonders am Herzen lag.

»Wir werden jetzt die Arbeitsräume unten besichtigen«, kündigte Tursenow an.

Nein, in meinem Arbeitsraum habt ihr nichts zu suchen.

Der Oberst wusste sehr wohl, wie sehr sie es alle hassten, wenn unkundige Finger sich an ihren Papieren zu schaffen machten oder sie sogar verschwinden ließen. Doch er bestand darauf. Nur, um sie daran zu erinnern, was sie waren und wie wenig sie bedeuteten.

»Zuerst möchte ich mit ihnen sprechen.«

Alle schauten zu dem großen, jungen Chinesen, der das Wort ergriffen hatte, und Oberst Tursenow verzog vor Unbehagen das Gesicht. Um höflich zu sein, musste er Ja sagen. Doch wenn er keinen Fehler machen wollte, kam nur ein Nein infrage. Jens beobachtete, wie er diesen inneren Konflikt mit sich austrug, und war nicht überrascht, als der Chinese sich von der Gästegruppe löste und mit langen Schritten auf die Arbeiter zuging, als hätte ihm der Oberst bereits dazu die Erlaubnis gegeben. Die Entschlossenheit dieser Geste brachte Jens zum Lächeln, als ihm einfiel, was dem Oberst jetzt wohl durch den Kopf ging. Der Besucher nahm an einem Ende ihrer Reihe Aufstellung und betrachtete sie.

»Das sind alles Gefangene, richtig?«

»*Da*. Aber bitte keine Namen, in Ordnung?«

Der Oberst begann den Rest der Delegation in Richtung Tür zu führen, in der Hoffnung, dass der Abtrünnige ihnen folgen würde. Doch der junge Chinese schien es gar nicht zu bemerken. Seine dunklen Augen wanderten über jedes Gesicht der fünf männlichen Gefangenen, während er die Frauen vollkommen ignorierte. Als sein Blick auf Jens ruhte, stand eine Frage darin, doch Jens konnte nicht recht ausmachen, was er im Sinn hatte. Dieser junge Mann löste einen Tumult in ihm aus, aber zugleich erregte ihn seine Anwesenheit auch. Auf einen Schlag wurde ihm bewusst, was es war: Er stand einem Menschen gegenüber, der einen unabhängigen Verstand besaß, einen, der sich von einem totalitären Staat noch nicht seine innere Komplexität hatte nehmen lassen. Jens hatte fast vergessen, wie sich das anfühlte, und diese unerwartete Herausforderung zauberte ihm ein Lächeln auf die Lippen. Der Chinese kam auf ihn zu, blieb aber zunächst vor Iwanowitsch stehen, der neben Jens stand, einen Mann, der fast genauso groß war wie er selbst.

»Sie da«, sagte er und richtete den Blick voll auf Iwanowitschs Gesicht. »Was tun Sie?«

»Genosse Chang«, platzte Tursenow heraus, »solche Einzelheiten können hier nicht erörtert ...«

»Ich frage nicht, woran er arbeitet. Nur, welchen Beruf er hat.« Die schwarzen Augen richteten sich auf den Oberst, und es trat eine Pause ein.

»Sehr gut«, sagte Tursenow mit einer Höflichkeit, die gespielt wirkte, und nickte Iwanowitsch zu.

»Ich bin Sprengstoffexperte«, sagte der Gefangene mit einem Unterton.

Jens sah, wie das Interesse in den schwarzen Augen wieder verebbte, ähnlich den Wellen am Strand, die sich zurückziehen und nichts übrig lassen.

»Und Sie? Was ist Ihre Arbeit?«

Jens schaute zu Tursenow. Erhielt ein Nicken.

»Ich bin Ingenieur.«

Der Chinese gab dazu keinen Kommentar ab, sondern holte nur tief Luft und nahm Jens ins Visier, betrachtete sein Gesicht, seine Kleidung, als wollte er sich alles genau einprägen. Plötzlich ärgerte sich Jens über diese ausführliche Musterung durch den Fremden. Er wandte den Blick ab.

»Ich bin Ingenieur«, wiederholte er knapp, »und kein Zootier.«

»Sind Sie gut?«

»Ich bin der beste. Deshalb bin ich hier.«

Ohne es zu wollen wanderte sein Blick zu dem Chinesen zurück, und etwas in den schwarzen Augen hatte sich verändert. Irgendwo ganz tief in seinem Inneren war ein Lachen.

Wer auch immer dieser Mann war, er hatte die Welt von draußen in diesen erstickenden Kerker gebracht.

»Und Sie, Genosse Chang«, sagte Jens mit einem kleinen Lächeln, »sind Sie auch der Beste in dem, was Sie tun?«

»Schnauze, Gefangener«, fauchte Tursenow von der anderen Seite der Halle aus.

»Das werden Sie sehen«, antwortete Chang.

Und dann überraschte er Jens damit, dass er die Hand ausstreckte und ihn an der Brust berührte. Nur ein kurzes Tätscheln, nicht mehr. Trotzdem war der körperliche Kontakt wie ein Schock. Im nächsten Moment war die große, schlanke Gestalt verschwunden. Nur als er durch die Tür ging, schaute er noch einmal über die Schulter zurück, womit Jens gerechnet hatte. Ihre Blicke begegneten sich, dann war der Moment vorüber. Die Tür ging zu, die Gefangenen entspannten sich und fingen an, sich darüber zu beklagen, dass wieder einmal jemand in ihren Arbeitsbereich vorgelassen worden war.

»Alles in Ordnung mit dir, Jens?«, fragte Olga. Ihre Augen waren voller Sorge. »Du siehst blass aus.«

»In diesem Loch sind wir doch alle blass«, sagte er wütend. »So blass, dass wir unsichtbar sind.«

»Reg dich nicht auf, Jens. Sie behandeln uns vielleicht wie Zootiere, aber wir sind immer noch am Leben.«

»Ist das hier ein Leben?«

»Solange dein Herz noch schlägt, ist es ein Leben, ja.«

Er führte die Hand an seine Brust und lächelte sie an. »Dann bin ich wirklich noch am Leben, denn es schlägt wie ein Schmiedehammer.«

»Das freut mich. Sorg dafür, dass das auch so bleibt.«

Sie schenkte ihm einen liebevollen Blick und wandte sich ab, weil jemand von den anderen ihr eine Frage gestellt hatte. Jens steckte blitzschnell die Hand in das Revers seiner Jacke und fand darin den Zettel, von dem er gewusst hatte, dass er dort sein würde.

Jens Friis,
ich bin ein Freund Ihrer Tochter Lydia. Sie ist hier in Moskau. Jetzt, da ich weiß, wo Sie sind, werde ich sie informieren. Achten Sie darauf, ob jemand Kontakt mit Ihnen aufnimmt.

Jens saß auf seinem Bettende, über die Nachricht gebeugt, um sie vor neugierigen Augen zu schützen. Er las sie noch einmal, wohl zum tausendsten Mal, bevor er sie in winzige Stücke riss, die in seinem Schoß lagen wie Konfetti. Als er die Fetzen wirklich nicht mehr kleiner machen konnte, legte er sie einen nach dem anderen auf seine Zunge und begann sie hinunterzuschlucken. Seine Hände zitterten.

Lydias Gesicht fühlte sich steif an. Sie lächelte, und die Muskeln ihrer Wangen bewegten sich noch, während sie sprach, aber nur ganz leicht. Sie musste sie dazu zwingen. Immer wieder wanderte ihr Blick zu den kraftvollen Zügen von Dmitri Malofejews Gesicht zurück, der neben ihr saß und seinen Kaffee trank, und sie fragte sich, wie sie es eigentlich schaffte, ihren eigenen Kaffee in der Tasse zu behalten, statt ihn ihm ins Gesicht zu schütten. Er wusste, wo ihr Vater festgehalten wurde. So viel hatte er seiner Frau gegenüber zugegeben. Doch er weigerte sich zu sagen, wo.

»Lydia, kann ich dir noch einen anbieten?«

Es war Alexej, der sprach. Er saß ihr gegenüber am Tisch.

»Natürlich, *spassibo*. Die sind so gut.«

Ihr Bruder reichte ihr die mit Goldrand verzierte Platte mit winzigen Kuchen, die allesamt mit Glasur überzogen und mit einer Kirsche verziert waren. Sie dankte ihm mit einem Nicken, doch das galt nicht den Kuchen. Er warnte sie. Dmitri hatte ihren Blick bemerkt und reagierte darauf mit wachsamer Neugier.

»Iss nur alle, mein liebes Mädchen«, ermunterte er sie. »Damit du mal ein bisschen Fleisch auf deine hübschen Knochen bekommst.«

»Danke.«

Sie nahm ein weiteres Törtchen in die Hand und lächelte ihn an, ließ die Leckerei jedoch unberührt. Hätte sie hineingebissen, wäre sie daran erstickt. Diese ganze Sache war Dmitris Idee gewesen. Sie alle zu einem morgendlichen Kaffee in dieses schicke Hotel zu bringen statt in seine Wohnung, wie Antonina es vorgehabt hatte. Seine Hand ruhte ganz leicht auf der seiner Frau, die auf dem Tisch lag, was trotzdem so aussah, als wollte er sie mitsamt dem weißen Handschuh festhalten, und seine Augen huschten ständig zwischen Lydia und Alexej hin und her. Das Hotel war eines der Etablissements, an deren Fenstern sich Lydia als Kind immer die Nase plattgedrückt hatte, voller Sehnsucht, einmal dort eingelassen zu werden und inmitten all der weißen Leinentischwäsche und des feinen Porzellans sitzen zu können, auf Teppichen, die sich unter ihren Füßen anfühlten wie flauschige Katzenfelle. Doch jetzt, da sie hier saß, war sie sich nicht mehr sicher, ob es ihr gefiel. Sie mochte ebenso wenig die Tatsache, dass die Kellner ihrem Blick immer auswichen, wie das Gefühl, unter den Tischen rieche es nach modrigen Knochen.

Das Gespräch war steif. Lydia bekümmerte das nicht besonders, doch Dmitri schien es zu amüsieren, und sie konnte sich denken, warum. Antonina und Alexej sprachen nur wenig, tranken ihren Kaffee und rauchten Zigaretten. Antonina war ganz in Schwarz gekleidet und benutzte beim Rauchen eine winzige Zigarettenspitze aus Ebenholz, die Lydia bewunderte. Es lag etwas in der Luft. Jeder wartete darauf, dass etwas passierte, aber niemand wusste so recht, was.

»Hast du eine gute Verwendung für die Lebensmittel gefunden, die ich dir gebracht habe?«, fragte Dmitri und beäugte sie über den Rand seiner hauchdünnen Porzellantasse hinweg.

»Dem Welpen hat der Schinken sehr gut geschmeckt.«

Warum hatte sie das denn jetzt gesagt? Nur, um ihn zu ärgern.

»Er war eigentlich für dich gedacht, Lydia.«

Sie beugte sich vor, die Ellbogen auf das blütenweiße Tischtuch gestützt, während sie seinem Blick begegnete. Sie beschloss, noch einmal einen Versuch zu wagen.

»Bitte, sag mir, Dmitri, hast du denn nun herausgefunden, wo Jens Friis festgehalten wird?«

»Eins muss man dir lassen, meine Liebe. Du gibst nicht auf.«

»Und?«

»Und nichts, tut mir leid. Ich fürchte, ich weiß nichts.«

Sie verzog das Gesicht. »Als Lügner bist du ein hoffnungsloser Fall.«

Er warf den Kopf in den Nacken und brach in lautes Gelächter aus. »Jetzt hör dir dieses Mädchen an, Antonina. Sie hält mich für einen schlechten Lügner.«

Seine Frau legte den Kopf schief und dachte einen Moment lang über das Gesagte nach. Dabei blickte sie so munter wie eine Amsel mit leuchtenden Äuglein. »Sie kennt dich eben nicht so gut wie ich.«

Wieder lachte er. »Das Problem mit Frauen«, sagte er zu Alexej, »ist, dass sie denken, sie kennen einen besser als man sich selbst. Findest du nicht auch, Genosse Serow?«

»Meiner Erfahrung nach«, sagte Alexej etwas steif, doch mit aller gebührenden Höflichkeit, »wissen sie gewöhnlich tatsächlich mehr, als wir denken.«

Ein Schweigen legte sich kurz über den Tisch. Lydia spielte mit ihrem Löffel, klapperte mit seiner silbernen Kante gegen ihren Unterteller, um die Stille zu übertönen, und warf ihrem Bruder einen Blick zu. Seit sie am frühen Morgen im grauen Licht der Dämmerung in ihr Zimmer zurückgekehrt war, war er distanziert und einsilbig gewesen. Aus der Tatsache, dass er ihre Beziehung zu Chang missbilligte, weil er ihn als unwillkommene Ablenkung betrachtete, machte er kein Hehl. Nun, und sie missbilligte seine Missbilligung.

»Dein Bruder scheint ein Frauenkenner zu sein«, sagte Dmitri neckend. »Stimmst du mir zu, Antonina?«

Seine Frau wandte den Kopf und musterte lange die schweigende Gestalt von Alexej, der neben ihr saß. »Ich finde, er sieht müde aus«, murmelte sie sanft und lächelte zuerst Alexej und dann Dmitri an.

»Wie lange hast du denn noch vor, in Moskau zu bleiben, Genosse Serow?«, fragte Malofejew.

»So lange, wie mich meine Geschäfte hier festhalten.«

Malofejew neigte den Kopf. »Falls ich irgendwie behilflich sein kann, zögere nicht zu fragen. Ich habe viele Kontakte in dieser Stadt.«

»Ich auch«, erwiderte Alexej kurz angebunden. Unter dem Tisch trat ihm Lydia absichtlich auf die Zehe.

»Das bezweifle ich keinen Moment«, sagte Malofejew, etwas kühler. Schweigend betrachtete er seinen Gast, bis seine Frau eine neue Zigarette in die Halterung gelegt hatte. »Ich biete nur meine Hilfe an. Falls du sie brauchen solltest«, fügte er hinzu.

»So wie du meiner Schwester Hilfe angeboten hast. Ist das eine Angewohnheit von dir, Genosse? Fremden Hilfe anzubieten?«

Tschort!, fluchte Lydia unhörbar vor sich hin. Sie warf einen Blick zu Antonina hinüber und sah sie lächeln, ein breites, fröhliches Lächeln. Ihre Augen blitzten amüsiert. Sie sah zehn Jahre jünger aus, und diesmal nestelte sie auch nicht mit den Fingernägeln an ihren weißen Handschuhen herum.

»Lydia«, sagte sie, »findest du dieses Hotel hier nicht bezaubernd?« Sie wies auf die Kristalllüster und die Wasserlilien aus Seide, die in einem Brunnen voll duftenden Wassers in der Mitte des Raumes schwammen. »Es ist so zivilisiert.«

»So zivilisiert«, wiederholte Lydia leise. Zorn pochte unter ihren Rippen wie eine feine Nadelspitze. Ruckartig fuhr ihr Kopf zu Dmitri hinüber. »Ganz anders als der Ort, an dem du vorher stationiert warst, stimmt's, Genosse?«

Er rührte sich nicht. Sie fragte sich, ob er überhaupt atmete, so still saß er. Es war Antonina, die fröhlich lachte und ihrem Mann mit der Zigarettenspitze auf den Arm tippte.

»Was denkst du, mein Liebling? Ist Moskau denn nun zivilisierter als das Lager von Trowitsk? Oder weniger? Ich könnte für beides Argumente finden.«

Ihr Mann beachtete sie gar nicht. So wie er auch Lydia nicht beachtete.

»Mir scheint, Genosse Serow, für Bruder und Schwester ähnelt ihr euch nicht sehr.«

»Und genau hier, Genosse, täuschst du dich. Lydia und ich ähneln uns sehr.«

»Wirklich? In welcher Hinsicht?«

»In der Art und Weise, wie wir die Welt sehen.«

»Wie denn, unter einem Haufen Regeln und Regulierungen hervor wie jeder andere auch?«

»Vielleicht. Aber trotzdem glauben wir, wir haben einen Einfluss auf das, was uns geschieht.«

»Ach, verstehe. Der Kult des Individuums. Ganz gewiss haben doch aber Marx und Lenin und Stalin ganz deutlich festgestellt, dass es der Fortschritt des kollektiven Ganzen ist, auf den es ankommt, nicht auf die einzelnen Zahnräder. Die sind … verzichtbar.«

Lydia und Antonina warfen sich Blicke zu.

»Dmitri«, unterbrach Antonina ihren Ehemann und warf nervös ihr Haar in den Nacken. »Lass die Gäste ihren Kaffee in Ruhe genießen. Du bist zu provokant.«

»Ich glaube, dein Mann hat Recht«, hob Alexej hervor. »Gewisse Zahnräder im großen Mechanismus sind verzichtbar. Es kommt einfach nur darauf an, die richtigen auszuwählen.« Er lehnte sich auf seinem Stuhl zurück, das Gesicht wie versteinert.

»Dmitri«, sagte Lydia rasch und sprang auf. Dabei stieß sie an ihre Tasse und verschüttete etwas Kaffee auf der blütenweißen Decke. »Komm doch bitte einen Moment mit. Ich möchte kurz mit dir sprechen.«

Dmitri Malofejew und Lydia gingen auf die große Drehtür des Hotels zu, doch bevor sie dort anlangten, fiel Lydias Blick auf eine schwere Eichentür zur Linken, auf der KARTENZIMMER stand. Sie drückte sie auf, trat ein und hielt Dmitri die Tür auf, damit er mitkam.

»Steht dir der Sinn nach einer Partie Poker?«, fragte er lächelnd.

»Ich habe nichts gegen ein Spielchen einzuwenden, wenn du das meinst.«

Der Raum wurde zu dieser frühen Morgenstunde nicht genutzt. Überall verteilt standen kleine, viereckige Tische, die mit grünem Billardtuch bezogen waren, und eine eindrucksvolle Schusterpalme schirmte den größten Teil des Lichts ab, das vom Fenster hereinfiel, weshalb die Luft einen seltsamen grünen Schimmer zu haben schien. Als befänden sie sich unter Wasser. Lydia wandte das Gesicht ihrem Begleiter zu. Sie stützte die Hände in die Hüften, um sie ruhig zu halten, und schlug einen ernsten Ton an.

»Dmitri, hilf mir. Wir wissen beide, dass du das kannst. Bitte.«

Weder lächelte noch lachte er, und diesmal hob er auch nicht spöttisch die Augenbraue. Stattdessen betrachtete er sie nur mit ernster Miene. »Was willst du?«

»Dasselbe wie vorher. Ich will wissen, wo Jens Friis festgehalten wird.«

Ganz langsam schüttelte er den Kopf. Sein Haar hatte in dem seltsamen Licht einen fast violetten Schimmer angenommen, und sie wusste, dass ihr eigener Schopf ähnlich aussehen musste. »Das ist nicht möglich, Lydia. Das habe ich dir bereits gesagt. Und hör jetzt bitte auf, mich danach zu fragen.«

»Es ist möglich. Alles, was du tun musst, ist, es mir zu sagen. Keiner muss es wissen.«

»Aber ich würde es wissen.«

»Spielt das eine Rolle?«

»Ja, ich finde schon.«

Zwischen ihnen lag nur eine Entfernung von drei Schritten. Ganz langsam verringerte sie sie auf zwei. Ihr Mund war so trocken wie der grüne Filzbelag auf den Tischen.

»Was könnte dich denn davon überzeugen, doch Ja zu sagen?«, flüsterte sie.

Zu ihrem Erstaunen wurden seine Augen traurig, und er murmelte: »Ich bin es nicht wert, Lydia. Nimm deine schöne Ware mit und gib sie jemand anderem, bevor ich sie verderbe.«

»Ich bleibe hier.«

»Ach so, verstehe. Hier also willst du mir in die Arme fallen, und ich soll dir im Gegenzug ein paar nette Gefängnisnamen ins Ohr flüstern.«

»Etwas in der Art, ja.«

»Das hätte ich mir denken können.«

»Du bist schuld daran, dass ich mich billig fühle.«

»Meine schöne Lydia, du wirst nie billig sein, da bin ich mir ganz sicher. Bei dir wird der Preis immer hoch sein.«

Sie schluckte und musste das Gefühl niederkämpfen, der Situation nicht gewachsen zu sein. Als könnte sie jeden Moment in diesem seltsamen wässrigen Licht ertrinken.

»Es ist kein hoher Preis«, beharrte sie. »Der Name eines Gefängnisses und die Adresse. Ein Kinderspiel für dich.«

Er ließ seinen Blick genüsslich über sie wandern, von den abgewetzten Schuhen über die schmalen Hüften bis hoch zu den Brüsten, dem Hals und schließlich ihrem Gesicht, als wollte er einschätzen, wie viel sie wert war. Ihre Wangen begannen zu brennen.

Er lächelte. Es war ein seltsam schiefes Lächeln. »Du bist ganz besonders begehrenswert, wenn du so errötest, Lydia. Wusstest du das?«

»Bist du in der Stimmung für ein Spielchen, Dmitri?«

Und wieder war er für eine Überraschung gut, denn jedes Mal, wenn sie versuchte, die Kontrolle zu übernehmen, wich er ihr aus. Er zog ein silbernes Zigarettenetui aus der Innentasche seiner Jacke, nahm eine Zigarette heraus und warf ihr das Etui zu. Sie fing es auf.

»Benutze das, Lydia. Kauf dir deine Information selber. Ich habe nicht die Absicht, mir meine zukünftige Karriere im Kreml zu verderben, bloß weil ich einem schönen Mädchen nichts abschlagen kann. Nicht einmal einem mit dem Gesicht eines Engels und den Augen einer Tigerin, das bereit ist, mir das Herz aus der Brust zu reißen, wenn ich nicht tue, was es von mir verlangt.«

Lydia war verblüfft. Am liebsten hätte sie das Silberetui fallen lassen, aber ihre Finger wollten es nicht loslassen. Sie sah, wie er sich mit ruhiger Hand seine Zigarette anzündete.

»So«, sagte er und stieß eine graue Rauchwolke durch die Nasenflügel aus. »Was würdest du tun, wenn du die Adresse dieses Gefängnisses kennen würdest? An Jens Friis schreiben? *Hallo, wie geht es dir? Ich habe viel Spaß hier in Moskau.* Ist es das, was du vorhast?«

»Natürlich nicht.«

»Was dann?«

»Das ist meine Sache.«

Sie starrten sich an. Plötzlich feindselig.

»Briefe oder sonstige Kontaktaufnahmen sind nicht erlaubt«, sagte er. »Das solltest du wissen.«

»Ich hab nicht daran gedacht, eine Postkarte zu schicken.«

»Nein.« Er nickte nachdenklich. »Das hätte ich mir denken können.«

Das war es. Ihr Herz schlug wie ein Hammer gegen ihre Rippen. Sie machte einen weiteren Schritt vorwärts. Sie standen jetzt ganz nah beieinander, so nah, dass sie den würzigen Duft seines Haaröls wahrnahm und die winzige Pockennarbe an seinem Kinn sah. Er stand reglos da, die Zigarette lässig zwischen den Fingern, ließ sie dabei jedoch nicht aus den grauen Augen.

Sie streckte die Hand aus, nahm die Zigarette und drückte sie in einem Aschenbecher auf dem nächststehenden Tisch aus. Dann hob sie seine Hand an und legte sie auf ihr heftig pochendes Herz. Sein Mund wurde weich. Sie stellte sich auf die Zehenspitzen, schlang die Arme um seinen Hals und zog seinen Kopf zu sich herunter, bis ihre Lippen sich trafen. Zuerst reagierte er nicht, blieb steif und zögernd, und sie fürchtete schon, alles vermasselt zu haben. Doch kaum lehnte sie sich mit ihrem ganzen Gewicht gegen ihn und ließ die Hitze ihres Körpers über ihn hinwegschwappen, ging abrupt eine Veränderung in ihm vor. Seine Zunge glitt in ihren Mund, seine Hände zerrten an ihrer Bluse, und ein Geräusch wie das Stöhnen eines Betrunkenen entrang sich seinen Lippen. Jetzt hatte er sie. Genau das, was er wollte.

Lydia hielt die Augen offen. Zwang sich dazu, ihn anzuschauen, während seine Hand unter ihren Rockbund schlüpfte.

»Ach, na das ist ja eine nette Party hier. Kann man mitmachen, oder ist sie privat?«

Lydia erstarrte, Dmitri machte sich los. Er atmete schwer aus.

»Hallo, Antonina«, sagte er mit einem sorglosen Lächeln. »Lydia bringt mir gerade die Kunst des Pokerns bei.«

»Mit hohem Einsatz, stimmt's?«

»Sehr hoch.«

Antoninas Fingerspitzen strichen über ihre langen weißen Handschuhe, auf und ab, wieder und wieder. »Lydia, dein Bruder möchte dich sprechen.«

Lydia spürte eine Regung in ihrem Unterleib, als würde sich dort eine Schlange winden. Ohne ein Wort und ohne einen Blick zu dem russischen Ehepaar verließ sie das Zimmer.

Die Schlange drehte und krümmte sich in ihr, glitt langsam durch den Magen in ihre Kehle hoch, und sie hatte das Gefühl, sich übergeben zu müssen.

»Lydia Iwanowa, du bist festgenommen.«

Lydia fuhr zu dem Sprecher dieser Worte herum. Ihr Herz raste. Ein flachsblonder Wuschelkopf und das breite Grinsen eines Jungen blickten ihr entgegen. Selbst dem Hund, den er sich in einem kleinen Sack auf die Brust gebunden hatte, hing die rosa Zunge aus der Schnauze, als würde er lachen.

»Du Mistkerl«, stöhnte sie und versuchte, Edik das Ohr langzuziehen, doch er wich ihr leichtfüßig aus und tänzelte auf den Zehenspitzen vor ihr.

»Was machst du hier?«, fragte er.

»Ich hab frische Luft gebraucht. Deshalb hab ich mir mal den Kreml angeschaut.«

»Wieso?«

»Ich wollte den Platz sehen, wo alle Entscheidungen getroffen werden. Wo jemand einfach meinen Namen auf ein Blatt Papier schreiben und über meine Zukunft entscheiden kann.« Ein beißender Wind erhob sich vom Fluss, und sie zuckte mit den Achseln. »Ob ich lebe oder sterbe.«

Sie gingen auf einem kleinen Trampelpfad am Ufer der Moskwa entlang, direkt über ihnen ragten die roten Mauern des Kreml empor. Die Mauern bildeten einen schweren und bedrohlichen Schatten, und ihre Zinnen waren wie Zähne, die jeden Moment zubeißen können. Lydia legte den Kopf in den Nacken und betrachtete nachdenklich das Bauwerk. »Weißt du, was ich denke, Edik? Ich finde, diese Festung hier ist wie eine giftige Spinne, die in ihrem Netz Moskau sitzt, und ich fühle mich, als wäre ich in ihrem klebrigen Bau gefangen. Wenn ich mich bewege, wird die Spinne nach mir schnappen.«

Der Junge starrte sie einen Moment lang an und brach dann in Gelächter aus. Er machte eine schneidende Handbewegung. »Das mach ich mit Spinnennetzen. Sie wegwischen. Es ist leicht.«

Lydia lachte. »Ich beneide dich, Edik.«

»Warum?«

»Weil du das Leben schwarz-weiß siehst. Kein Grau.«

»Ist das falsch?«

»Nein. Ich weiß noch, dass ich sie vor nicht allzu langer Zeit auch so gesehen habe.«

»Und?«

Sie verwuschelte ihm das Haar, doch er wand sich aus ihrer Hand heraus und hüpfte ein paar Schritte rückwärts, so dass sie sich ansehen konnten. Zum ersten Mal bemerkte sie, dass die graue Tönung seiner Haut verschwunden war und seine Wangenknochen ihre scharfen Kanten verloren hatten. Langsam zeigten die Wurst, der Schinken und der warme Mantel Wirkung.

»Dann bleib dabei. Das macht das Leben einfacher.«

Der Junge verzog das Gesicht. Er verstand sie nicht. Und warum sollte er auch? Sie war sich ja selbst nicht sicher, ob sie es verstand. Doch er hatte noch das ganze Leben vor sich, um herauszufinden, was sie meinte. Sie schnitt ebenfalls ein Gesicht für ihn. Ihm gegenüber fühlte sie sich mit ihren gerade mal siebzehn Jahren uralt. Sie holte aus ihrer Manteltasche eines der leckeren Törtchen mit der Zuckerkirsche, die es zuvor zum Kaffee gegeben hatte.

»Schau mal, Misty. Ich hab dir was mitgebracht.«

Es war eigentlich als Leckerei für Edik gedacht gewesen, doch bei ihm kam der Hund immer zuerst. Der Welpe zappelte und wand sich, um sich aus dem Sack zu befreien, und so setzte der Junge den kleinen Hund auf dem Weg ab. Seine grauen Ohren wurden bei dem starken Wind sofort zu flatternden Flügeln.

»Jeder die Hälfte«, beharrte sie, als sie Edik das Törtchen reichte.

Er ging in die Knie, biss ein kleines Stück ab und ließ es so lange über dem kleinen Kopf des Tieres baumeln, bis der Hund auf den spindeldürren Hinterläufen tänzelte.

»Ich bringe ihm ein paar Tricks bei, schau mal. Damit können wir Geld verdienen.«

»Gute Idee.«

Tricks. Gegen Geld. Genau das hatte sie früher auch getan. In China war sie davon überzeugt gewesen, das sei die Lösung. Doch jetzt? Wieder zuckte sie mit den Achseln und war sich der Kremlmauern deutlich bewusst. Trotz aller schwarzen Schatten sah sie mittlerweile viel klarer.

»Und was führen Misty und du hier im Schilde?«

Er konzentrierte sich immer noch darauf, den Hund auf den Hinterbeinen zu halten. »Wir haben dich gesucht.«

»Wieso mich?«

»Ich hab eine Nachricht für dich.«

Sie packte eins von Ediks Ohren so fest, dass er aufjaulte. »Und wann genau hattest du vor, mir diese Nachricht zu übermitteln?«

»Jetzt«, sagte er mit einem mürrischen Stirnrunzeln. Sie ließ ihn los.

»Und?«

Der Junge kniff die Augen zusammen und beäugte sie fragend. »Gibt's noch Törtchen?«

»Du Dieb«, jammerte sie und reichte ihm den Kuchen, den sie eigentlich heute Abend Chang auf die Zunge hatte legen wollen. »Du *wor*.«

Er grinste. Schob den Kuchen Misty in die Schnauze. »Er will dich sehen. Auf der Stelle.«

Noch bevor er den Satz beendet hatte, hatte sie sich auf dem Absatz umgedreht und rannte über das nasse Gras.

VIERUNDVIERZIG

Chang An Lo war nackt. Als Lydia ins Zimmer stürmte, blieb sie bei seinem Anblick abrupt stehen, denn er raubte ihr den Atem. Er stand am Fenster und schaute hinaus. Ein schmaler Streifen körnigen Lichts zeichnete die Linien seines Körpers nach und hob die Muskeln seiner Brust und die starken Sehnen hervor, die von seiner Hüfte bis zum Oberschenkel verliefen. Er war so schön.

Er musste sie kommen gesehen und geprüft haben, dass niemand ihr folgte. Und als sie eintrat, drehte er den Kopf und schaute sie über die Schulter hinweg an. Sie atmete nicht. Bewegte sich nicht.

Seine Augen waren so nackt wie sein Körper. Dunkel, tiefgründig, ein Schlachtfeld der Gefühle. Etwas musste geschehen sein, denn sein Inneres, jene Reglosigkeit, die sie so sehr an ihm liebte, schien in Aufruhr gestürzt. Seine Götter mussten über ihn lachen. Und doch zuckte einer seiner Mundwinkel, und er lächelte.

Es war ein Anblick, von dem sie wusste, dass sie ihn nie vergessen würde.

Als Lydia ihre Augen öffnete, stützte sich Chang auf einen Ellbogen und betrachtete sie. Sie fragte sich, ob er vielleicht einen Blick in ihre Träume geworfen hatte.

»Hallo«, sagte sie und lächelte zu ihm hoch.

Er küsste sie auf die Stirn und die Nasenspitze, gab jedoch der Versuchung ihrer Lippen nicht nach. In diesem Moment wusste sie, dass er zum Reden bereit war. Der Wind draußen blies heftig, er rüttelte an den Fenstern und fuhr heulend in die Ritzen, ein Geräusch, das sie sehr nervös machte. Es war das Geräusch von Dingen, die in die Brüche gehen.

Er streichelte ihr Gesicht. »Bist du bereit zuzuhören?«, fragte er.

Ihr Herzschlag war wie ein lautes Pulsieren in ihren Ohren. »Ja.«

»Ich habe ihn gefunden.«

»Jens?«

»Ja.«

Sie brachte keinen Ton heraus.

»Ich war in dem Gefängnis. Ich habe seinen Arbeitsraum besichtigt.« Chang schaute auf sie hinab. Seine schwarzen Augen blickten sanft und aufmerksam. »Ich habe ihn gesehen. Ich habe mit Jens Friis persönlich gesprochen.«

Sie zitterte plötzlich.

»Wein nicht, mein Liebes.«

»Erzähl's mir«, flüsterte sie.

»Es geht ihm gut. Er ist groß und stark.«

»Wie?« Das war alles, was sie herausbrachte.

»Ich habe einfach einen Besuch unserer Delegation im Gefängnis 1908 beantragt. Natürlich haben die Russen zuerst abgelehnt. Sie waren schockiert von der Tatsache, dass ich überhaupt von der Existenz des Gefängnisses wusste, und das machte sie nervös, weil sie sich fragen, welche Erkenntnisse unser Geheimdienst noch so alles hat.«

Sie sah, wie er die Lippen bewegte, musste jedoch genau hinhören, um zu verstehen, was er sagte. In ihrem Kopf war viel zu viel Krach. Er streichelte sie, als wollte er die scharfen Kanten ihrer Gedanken weicher machen.

»Ich habe den Leiter unserer Delegation, Li Min, gebeten, hervorzuheben, dass wir nicht wissen wollen, woran die Gefangenen arbeiten, sondern eher, wie man eine Einrichtung wie diese aufbaut. So viele Spezialkenntnisse aus den verschiedensten Fachgebieten, und sie alle arbeiten am selben Projekt. Aber sie haben immer noch abgelehnt.« Sein Finger spielte mit einer Locke von ihr. »Also habe ich sie an ihre Engpässe in der Lebensmittelversorgung erinnert, und an die reichen Reisvorräte Chinas.« Seine dunklen Augen leuchteten kurz auf vor Genugtuung. »Sie haben es schnell begriffen.«

»Und Jens?«

»Das Gebäude, in dem er festgehalten wird, ist stark wie eine Festung. Uneinnehmbar, würde ich sagen. Drei Stockwerke hoch, mit einem ausgedehnten Keller. Vorne ein gemauerter Hof mit massiven, verstärkten Eisentoren.«

»Und Jens?«

»Er sieht aus wie du.«

Die Tränen liefen ihr leise und warm über die Haut. »Du hast mir ihm gesprochen?«

»Ja. Aber nicht unter vier Augen. Über dich konnte ich nicht reden.«

Sie schloss die Augen. Stellte sich ihren Vater vor.

»Er stand mit den anderen Wissenschaftlern, die an dem Projekt arbeiten, in einer Reihe. Wie du sagtest«, er fuhr zärtlich mit dem Daumen über ihre nassen Wimpern, »gehört er als Ingenieur zu den Allerbesten.«

Sie öffnete die Augen. »Was für einen Eindruck hattest du von ihm?«

»Wie du ihn mir beschrieben hast. Ein großer Mann mit ausgeprägten Gesichtszügen und – das wird dich freuen – immer noch ein stolzer Mann. Das haben all die Jahre nicht zerstören können. Sein Wikingerkampfgeist hat überlebt.«

»O Chang, ich danke dir.«

Eine Weile sagte er nichts mehr, und sie ließ seine Worte auf sich wirken. Ganz allmählich versiegten ihre Tränen. Ein letztes Mal ging ein Schluchzen durch ihre Glieder, dann verebbte es. Nur der Schmerz in ihrer Brust blieb, und damit konnte sie leben.

»Papa«, flüsterte sie, ein Wort, das so zart war, kaum mehr als ein Hauch in der Luft. Sie hörte das Lachen ihres Vaters. Dachte daran zurück, wie sein Schnurrbart sie an den Rippen gekitzelt hatte, wenn er sie neckte. Sie setzte sich auf und blickte in Changs aufmerksames Gesicht.

»Was verschweigst du mir?«

»Nichts von Bedeutung.«

»Die Wahrheit, Geliebter. Ich will die Wahrheit wissen.«

»Ach Lydia, hab Geduld. Lass dir Zeit.«

»Ich habe keine Geduld. Ich habe keine Zeit. Sag mir alles.«

Chang stand vom Bett auf.

»Was ist es?«

Er stand mit dem Rücken zum Fenster und schaute ihr direkt ins Gesicht. »Der Mann, den ich heute gesehen habe, ist immer noch dein Vater, Lydia. Er hat das gleiche Feuer in den Augen, das gleiche stolz erhobene Kinn und«, sie hörte, wie er zögerte, und fragte sich, was nun wohl kommen würde, »genau die gleiche Art, dich mit einem einzigen Blick herauszufordern.«

Sie legte die Hände in ihren nackten Schoß und zwang sie dazu, dort liegen zu bleiben.

»Doch Lydia, ein Mann von dieser Entschlossenheit und diesem Stolz gehört unweigerlich zu denjenigen, die in den Arbeitslagern am meisten zu leiden haben. Man versucht dort, sie zu brechen, denn sie stellen eine Bedrohung des Systems dar.«

Sie nickte.

»Sein Haar ist weiß, obwohl er erst Anfang vierzig ist. Reines Weiß. Wie der Schnee von Sibirien.«

Wieder nickte sie. Bohrte die Zähne tief in ihre Zunge.

»Seine Nase ist krumm. Wahrscheinlich mehrfach gebrochen. Und einige Zähne fehlen.«

Der Schmerz in ihrer Brust wurde schärfer.

»Seine Hände sind schlimm vernarbt. Aber nach mehr als zehn Jahren in den sibirischen Hochwäldern kann er von

Glück reden, überhaupt noch Hände zu haben. Dennoch scheint er sie uneingeschränkt gebrauchen zu können, denn sonst wäre er nicht für das Projekt hier in Moskau ausgewählt worden.«

Sie sagte nichts, zog jedoch die Knie fest unter ihr Kinn und schlang die Arme um die Schienbeine, als wollte sie sich zu einem Päckchen verschnüren. Er gab ihr Zeit zum Nachdenken. Ließ in ihrem Kopf die Bilder erstehen.

»Gibt es noch mehr?«, fragte sie schließlich.

»Ist das nicht genug?«

Sie versuchte sich an einem Lächeln. »Mehr als genug.«

Da musste etwas an ihrer Stimme gewesen sein, etwas, das ihr selbst nicht bewusst war und Chang dazu veranlasste, zum Bett zurückzukehren, auf der zerknitterten Decke Platz zu nehmen und die Arme um sie zu schließen. Sanft wiegte er sie hin und her. Er küsste sie auf den Kopf und wiegte sie.

»Er weiß, dass du hier bist.«

»Die nächste Straße ist es, Alexej.«

Maxim Woschtschinski wies nach rechts, und der Wagen wurde langsamer, bevor er in die Kurve ging. Ein Pferdefuhrwerk zockelte vorbei, und irgendwo betätigte jemand ungeduldig seine Hupe. Es war mitten am Nachmittag, und die Straßen waren befahren, die Gehsteige voll. Der Himmel über ihnen war grau und leblos. Doch in der schwarzen Limousine waren die Nerven angespannt. Sie saßen zu dritt auf dem Rücksitz, Alexej in der Mitte, Maxim zu seiner Rechten, Lydia links. Vorne hockte Igor etwas schief auf seinem Beifahrersitz, weil seine Augen ständig nach hinten zu Lydia huschten, der er voller Unbehagen und Misstrauen begegnete. Frauen gehörten nicht zu den *wory*, außer um die Männer zu umsorgen und zu unterstützen, weshalb sowohl Maxim als auch Igor Lydia als unwillkommenen Eindringling betrachteten. Trotzdem hatte sie darauf bestanden mitzukommen.

»Ich bin diejenige, die euch den genauen Standort des Gefängnisses angegeben hat«, hatte sie beiläufig betont. »Also habe ich auch ein Recht, es zu sehen.«

»Njet«, hatte Maxim lachend erwidert und ihre Bitte mit einem lässigen Wedeln der Hand abgetan. So wie man eine lästige Fliege verscheucht. »Du wartest hier.«

»Nein, ich komme mit.« Sie hatte die Wagentür geöffnet und war eingestiegen.

»Alexej, sag deiner Schwester, was Sache ist.«

»Lass sie doch mitkommen.«

»Denk dran, was ich dir gesagt habe, Alexej. Ein *wor* hat keine Familie außer den *wory w sakone*.«

»Ich erinnere mich gut. Aber lass sie trotzdem mitkommen.«

Und so hockte sie nun zusammengekauert neben ihm im Wagen, das Gesicht an die Scheibe gedrückt, weil sie die Vorgänge auf der Straße so aufmerksam verfolgte wie eine Katze, die einen Schmetterling jagt. Ihre Finger tippten einen unregelmäßigen Rhythmus an das Fensterglas.

Es dauerte eine Stunde. Viermal fuhren sie an dem Gefängnis vorbei, doch mit fünfzehnminütigen Abständen dazwischen, um kein Misstrauen zu erregen. Nachdem er beim ersten Mal erschrocken war, fand Alexej den Gedanken, dass sein Vater hinter diesen Mauern saß, immer leichter zu ertragen. Er wusste, was er zu erwarten hatte. Dicke, graue Mauern. Stacheldraht obendrauf. Metalltüren, die so groß waren, dass sie einen ganzen Lastwagen verschlucken konnten. Gitter vor den Fenstern. Auf der Straße patrouillierten Wachposten mit Hunden. Und das alles nur zum Schutz des dreistöckigen Gebäudes dahinter.

Nicht gut.

»Bist du ganz sicher, Lydia? Hier wird Jens festgehalten?«

Sie nickte. Seit sie mit dem Auto gen Norden aufgebrochen

waren, wo die Häuser vornehmer waren, hatte seine Schwester kaum ein Wort gesprochen. Maxim lehnte sich in seinem Sitz zurück und zündete sich eine Zigarre an, zufrieden damit, dass das Mädchen vor Ehrfurcht verstummt war. Alexej hingegen war nicht so überzeugt.

Der Fahrer war ihm unbekannt, ein Mann, der schweigend den Wagen lenkte und Anweisungen mit einem unterwürfigen *»Da, pakhan«* quittierte. Sein ganzer Nacken war blau, weil eine breite tätowierte Schwertspitze aus dem Kragen hervorlugte und sich bis zum Haaransatz hochzog. Nachdem sie vier Mal an dem Gefängnis vorbeigefahren waren, beschlossen sie, kein Risiko mehr einzugehen, und lenkten den Wagen zurück in südlicher Richtung.

»Und?«, fragte Alexej Maxim. »Was ist mit dem Lastwagen, der angeblich die Gefangenen zu dem Gelände bringt, wo sie an ihrem Projekt arbeiten?«

»Mach dir keine Sorgen, mein Sohn. Das Gefängnis wird ab jetzt von unseren Leuten bewacht. Wir werden den Lastwagen verfolgen, wo auch immer er hinfährt.« Maxim schlug mit der Faust leicht auf Alexejs Knie. »Vertrau mir. Diese verdammte Geheimpolizei ist wie ein Hund, dem man einen Knochen vor die Nase hält und der dabei nicht merkt, dass ihm die Flöhe auf dem Rücken herumhüpfen. Bald wirst du es wissen.«

»*Spassibo*, Vater.«

Neben ihm kam Bewegung in Lydia. Ihre Augen starrten dem Bruder ins Gesicht. Er schaute stur geradeaus durch die Windschutzscheibe, strafte sie mit Missachtung. Während sie zurück in Richtung Stadt fuhren, wurden die Straßen breiter, und um sie herum schoss ein ganzer Wald aus monströsen kommunalen Wohnblocks aus dem Boden.

»Wir könnten mehr tun.«

»Was meinst du, kleines Mädchen?« Maxim schenkte Lydia einen gönnerhaften Blick.

Alexej sah, wie sehr sie diese Herablassung verärgerte, doch sie behielt sich unter Kontrolle.

»Ich meine, wir könnten versuchen, in das Gefängnis hineinzukommen.«

Alle Männer schauten sie verächtlich an.

»Du hast es doch gesehen«, sagte Alexej geduldig. »Es ist viel zu gut bewacht.«

»Glaube ich nicht.«

»Bitte Lydia, nicht ...«

»Es müssen doch noch andere Leute rein und raus«, argumentierte sie. »Kohlelieferanten, Metzger, Bäcker, Sekretärinnen, Ärzte, Fensterputzer, Köche ...«

»Ja, ist ja gut.«

»Könnten wir Jens nicht eine Nachricht über einen der Handwerker zukommen lassen?«

Maxim kurbelte das Fenster herunter, als wollte er ihre unpassenden Vorschläge mit einem Windstoß nach draußen befördern, und warf seinen Zigarrenstummel auf die Straße.

»Bring sie zum Schweigen, Alexej. Was sie sagt, ist unmöglich.«

»Wieso?«

»Lydia, bitte hör mir mal eine Sekunde zu«, warf Alexej ein. »Was du da vorschlägst, ist viel zu gefährlich. Unmöglich, das zu tun, ohne Verdacht zu erregen und vielleicht alles zu vermasseln, wenn wir die Aufmerksamkeit des Geheimdienstes auf das ziehen, was wir vorhaben. Die Leute reden. Das weißt du. Wenn du anfängst, irgendwelche Arbeiter zu bitten, ihm eine Nachricht hineinzuschmuggeln, werden sie es jemandem weitererzählen, der es wiederum der Polizei meldet, um sich bei ihr irgendwelche Vorteile zu verschaffen. Gerüchte verbreiten sich hier sehr schnell. Und das würde nicht nur uns in Gefahr bringen, sondern auch Jens ...«

»Nein, ich bin nicht deiner Meinung, weil ...«

»Vergiss es, Lydia.«

»Aber …«

»Nein.«

Alexej sah, wie sie Maxim einen Blick zuwarf, doch einen Verbündeten suchte sie dort vergeblich. Sein fleischiges Gesicht sah aufgedunsen aus, Adern liefen wie scharlachrote Fäden über seine Wangen, und sein Gesichtsausdruck war störrisch. Alexej bemerkte, dass die Haut rund um den Mund weiß und blutleer war, und war leicht beunruhigt.

»Nach Hause«, befahl Maxim dem Fahrer.

Lydia beugte sich nach vorne, streckte den Arm über Alexej hinweg aus und berührte Maxims pelzbedeckten Arm. »Bitte, *pakhan*.«

»*Njet*. Alexej hat Recht. Nur ein Idiot würde das Risiko eingehen. Überlass das uns.«

Alexej spürte, dass sie zitterte, als sie sich in ihre Ecke zurückfallen ließ. Doch bei der ersten Kreuzung, an der der Wagen langsamer wurde, um eine Trambahn vorbeizulassen, drückte sie den Chromgriff hinunter, machte die Tür auf und schlüpfte hinaus. Sie verabschiedete sich nicht. Auch kein: »Danke, *pakhan*.« Das ärgerte Alexej.

Spiegelfliesen. Ein Seidenmorgenrock. Der Duft nach französischem Parfüm. Eine Pfauenfeder, schwer vom Dampf. Alexej ließ sich in die Badewanne sinken und bemühte sich, nicht die Augen zu schließen. Hinter seinen geschlossenen Lidern hätten Welten gelauert, die ihn ängstigten, und er war nicht daran gewöhnt, geängstigt zu werden.

Eine weiche, mit einem weißen Handschuh bekleidete Hand strich ihm über die feuchte Stirn und fuhr ihm durchs Haar.

»Ich habe dich vermisst«, murmelte Antonina und hielt ihm sanft den versilberten Rand eines Champagnerglases an die Lippen.

Ihre schlanke Gestalt saß neben der Wanne, nackt bis auf

die Handschuhe, die ihr bis zu den Ellbogen reichten. Ihr dunkles Haar hing wie ein glänzender Vorhang über ihren Rücken und schimmerte vor Feuchtigkeit, und sie war ungeschminkt, so wie er es am liebsten hatte. Sie waren allein in der Wohnung der Malofejews. Es war ein Risiko, das wussten sie beide, aber das war ihnen egal. Alexej nahm einen Schluck von der eiskalten Flüssigkeit, doch sie war nicht nach seinem Geschmack. Ein Glas von Maxims Weinbrand wäre ihm lieber gewesen.

»Das war eine seltsame Szene heute Morgen beim Kaffee«, murmelte Antonina und tauchte ihre Zungenspitze in die perlende Flüssigkeit.

»Wessen schlaue Idee war es denn eigentlich, uns dort zusammenzubringen?«

»Natürlich die von Dmitri. Als ich erwähnt habe, dass Lydia mit dir hierherkommt, bestand er darauf, stattdessen ein kleines Treffen zu viert zu arrangieren und dafür einen entsprechend großartigen Rahmen zu wählen. Er möchte einfach gerne jeden daran erinnern, dass er die Macht in den Fingerspitzen hat.«

Alexej hob eine dunkle Augenbraue. »Vielleicht wollte er mich einfach nur aus seiner Wohnung heraushalten.«

Sie nahm einen Schluck Champagner. »Na ja, ist ihm aber nicht gelungen, oder?«

»Bin ich deshalb hier? Um Dmitri zu ärgern?«

Die Schatten unter ihren Augen verdunkelten sich, als sie sich vorbeugte, mit der Zungenspitze ganz langsam über seine Wange fuhr und damit eine Furche durch die Dampfperlen auf seiner Haut zog. »Du bist hier, weil ich dich hierhaben will.«

Er betrachtete aufmerksam ihr Gesicht. Was war nur an dieser Frau, das ihn so anzog? Weder ihr gutes Aussehen noch ihre Eleganz oder auch ihre Stellung innerhalb der sowjetischen Parteielite. All diese Dinge waren seinen Gefühlen eher im Wege. Nein, da war etwas an der Verletzlichkeit unter all der geschönten Oberfläche, etwas, das ihm unter die Haut ging und sich dort festsetzte, wie eine Klette, die er nicht mehr entfernen konnte. Und die er auch nicht entfernen wollte. Mit einem lauten Platschen setzte er sich in der Wanne auf, schlang einen Arm um ihre nackte Taille und zog sie auf sich in das schaumige Wasser.

Sie quiekte und schaufelte Wasser in ihr leeres Champagnerglas, um es ihm über den Kopf zu kippen.

»Du ertränkst mich«, lachte sie.

Ganz bewusst langsam hob er einen der weißen Handschuhe an, der tropfnass und voller duftender Seifenblasen war, und küsste die zarte Haut ihres Ellbogens.

»Ich bring dir das Schwimmen bei«, sagte er und begann, den durchnässten Stoff herunterzurollen. Zentimeter für Zentimeter kam die zerstörte Haut zum Vorschein.

FÜNFUNDVIERZIG

Sie gingen Seite an Seite. Nebeneinander, ohne sich zu berühren. Die Köpfe gegen den Wind geduckt. Chang war angespannt, das spürte Lydia an der Art, wie er ausschritt, und daran, wie er die Hand in der Nähe seines Oberschenkels hielt, wo er sich, wie sie wusste, unter der Hose ein Messer umgeschnallt hatte. Doch wenn sie zu ihm hinüberschaute, wirkte sein Gesicht ruhig, die Augen konzentriert.

Die Straße, in der sie sich befanden, war grau. Graue Wände, dicke, graue Regenfallrohre, mit grauem Eis überkrustet, graue Luft, die in einem Schwall in ihre Richtung geweht wurde. Graue Balkone hingen wie am seidenen Faden an den rissigen Mauern.

»Es ist nicht klug, Lydia«, hatte Chang sie gewarnt.

»Bitte, mein Geliebter.«

»Du würdest nur wieder den Drachen in den Schwanz kneifen.«

»Der Drache schnarcht wie ein Neujahrszecher in seinem Bau. Er weiß nicht mal, dass ich hier bin.« Doch als sie die Düsternis in seinen Augen gesehen hatte, fügte sie schlicht hinzu: »Ich brauche das, Chang An Lo. Ich muss es mir mit eigenen Augen noch mal anschauen.«

Er hatte genickt. »Dann sollst du das auch.«

Das Gefängnis lag jetzt zwei Häuserblocks vor ihnen. Sie schwiegen, waren sich durchaus der Wachhunde bewusst, die anschlugen, als sie sich näherten, und der Wachposten in ihren grauen Mänteln und mit Gewehren auf dem Rücken. Chang und Lydia hielten sich auf der gegenüberliegenden Seite der

Straße, drückten sich eng an den Gebäuden vorbei. Es war offensichtlich, dass die Straße früher einmal eine Allee mit anmutigen Villen und schattigen Bäumen gewesen war, doch davon war nichts mehr übrig. Blocks mit Behördenbüros säumten nun die Straße, und die moosüberwachsenen Baumstümpfe an der Bordsteinkante waren nur noch ein ferner Abklatsch der früheren Baumpracht.

Lydia zwang sich dazu, nicht zu dem Gefängnis hinzustarren. Hier draußen auf der Straße am Gefängnis vorbeizugehen, war ein ganz anderes Gefühl, als in der Behaglichkeit von Maxim Woschtschinskis Wagen eingesperrt zu sein. Hier draußen lag alles offen. Der Schmerz war schärfer. Die Wände wirkten höher, die Tore uneinnehmbar. Doch hier konnte sie lauschen, ob sie Jens Friis hören konnte. Das Pulsieren seines Denkens. Sein Atmen, sein Seufzen, seine Stimme.

Seine Stimme. Sie hatte Chang gar nicht gebeten, ihr den Klang seiner Stimme zu beschreiben. Wie konnte sie bloß etwas so Intimes übersehen haben?

Papa, kannst du mich hören? Spürst du, dass ich hier bin?

Sie gestattete sich einen einzigen Blick, nur ein winziges Drehen des Gesichts, ein schnelles Schauen, das war alles. Dann zog sie den Kopf wieder ein, und sie eilten weiter. Doch ein Teil von ihr blieb dort auf dem grauen Gehsteig zurück, inmitten des Eises und der Baumstümpfe, und er blieb, um zu wachen und zu warten.

Chang flocht ihr das Haar, ordnete die Strähnen mithilfe schmaler Seidenbänder zu immer neuen Zöpfchen. Er spürte, wie die rhythmische Bewegung sie beruhigte, wie sie ihr half, das innere Beben in ihr, das er mit den Fingerspitzen durch die zarte Schädeldecke hindurch erspürte, zu beruhigen.

»Lydia, was genau möchtest du von Jens Friis? Was wünschst du dir so sehr, dass du bereit bist, Risiken einzugehen, die uns alle in Teufels Küche bringen könnten?«

»Er ist mein Vater«, sagte sie.

Er verflocht ein weiteres Band mit einer flammenden Haarsträhne. »Aber was tust du hier in Russland? Bist du auf dem Weg zu Jens? Oder willst du weg von China?«

»Was meinst du mit weg von China? Warum sollte ich vor China weglaufen?«

»Weil deine Mutter dort gestorben ist.«

Sie sagte nichts. Ihre Hände lagen reglos an der Seite, und er fragte sich, wie viel Kraft sie das wohl kostete.

»Deine Mutter ist dort gestorben, eines gewaltsamen Todes, und ich bin weggegangen, um gegen die Kuomintang zu kämpfen, und hab dich zurückgelassen. Meine chinesischen Feinde haben dich grausam behandelt.« Er küsste sie auf den Nacken. »Du hattest jeden Grund zum Weglaufen. Aber dein Vater ist aus deinem Leben verschwunden, als du erst fünf warst, weshalb du ihn kaum kennst. Warum hängst du dich also so an ihn?«

»Er ist mein Vater«, sagte sie wieder. Es war nur ein Flüstern.

Er streichelte ihre nackten Schultern.

»Ich habe meine Mutter sterben lassen«, sagte sie. »Ich kann meinen Vater nicht auch noch sterben lassen.«

»Der Tod deiner Mutter war nicht deine Schuld. Er war das Werk der Götter, ein Zufallsmoment, als ein Racheakt die Falsche traf. Du warst dafür in keiner Weise verantwortlich.«

»Ich weiß.«

»Und dein Vater stirbt nicht.«

»Aber er lebt auch nicht.«

»Das kannst du nicht wissen.«

»Wie bitte? Ist der Ort, an dem wir heute vorbeigegangen sind, etwa ein Ort, an dem es sich zu leben lohnt? Mir kam das Gefängnis mehr wie eine Gruft vor.«

»Was hast du also vor?«

»Kontakt zu ihm aufzunehmen. Irgendwie. Fürs Erste ist das alles.«

»Und dann?«

In dem Moment hatte sie sich von ihm entfernt, sich an einen Platz tief in ihrem Inneren zurückgezogen, wo er sie nicht erreichen konnte. Doch seine Finger fuhren mit dem Flechten fort, und auf einmal stand ein Bild von ihr vor seinem inneren Auge, wie sie an einem kleinen Strand in China stand und auf das sonnenbeschienene Wasser hinausblickte, während jeder Zoll von ihr sich danach sehnte, in die Strömung hinauszugehen, die sie in die Zukunft tragen würde. Was war mit ihr geschehen? Er senkte den Kopf, bis er fast das kleine Dreieck ihrer Schulterblätter berührte, und sog tief den Duft ihrer Haut ein. Sie roch genau wie früher, eine betörende Mischung aus zartem Jasmin und dem würzigen Moschusduft eines wilden Tieres. Doch wo war sein Fuchsmädchen abgeblieben? Ganz sanft schlang er die Arme um sie, zog ihren Rücken an seine bloße Brust, und die Hitze, die von ihrem Körper ausging, überraschte ihn.

»Chang«, sagte sie, und die Traurigkeit in ihrer Stimme traf ihn wie eine Ohrfeige. »Was werden wir tun, du und ich?«

»Mein Liebes, du kannst der Zukunft nicht aus dem Weg gehen, indem du der Vergangenheit hinterherjagst.«

Sie fuhr im Schutze seiner Arme zu ihm herum und schaute ihm mit ihren lohfarbenen Augen ins Gesicht. »Glaubst du wirklich, darum geht es?«

»Ich glaube, du hast Angst vor dem, was die Zukunft dir bringen könnte, uns bringen könnte, weshalb du versuchst, dir aus der Vergangenheit eine Zukunft zu bauen.«

»Und Jens Friis ist meine Vergangenheit?«

»Ja.«

Ganz langsam schüttelte sie den Kopf, und die Enden der Zopfbänder kitzelten ihn an der Wange. »Du verstehst nicht«, sagte sie. »Du verstehst gar nichts.«

Ihre Worte taten ihm weh, als meißelten sie ein kleines Loch in seine Brust. Er hob die Hände und legte sie zärtlich um ihr Gesicht. »Schau nur, was du da in deinem Haar trägst. Die Bänder meine ich.«

Es dauerte einen Moment. Doch das Lächeln kam. »Rote Bänder«, sagte sie.

»Und Rot steht für Glück.«

Es war dunkel, und es regnete. Winzige Eispartikel piekten ihn wie Nadelspitzen in den Nacken. Jens zog seine Mütze tiefer über sein Gesicht und klappte den Kragen höher, um seine Ohren besser zu bedecken. Leibesertüchtigung um halb sieben Uhr an einem düsteren, elenden Morgen brachte nicht gerade das Beste in den Menschen zum Vorschein. Sie brummten sich gegenseitig an, murrten über die Wärter, das Wetter, doch am meisten über Oberst Tursenow.

»Sadistische Scheiße ist das hier.«

»Liegt bestimmt noch mit dem Arsch im Bett.«

»Oder verzehrt genüsslich seine Frühstückseier mit Speck. Warme weiße Brötchen und heiße Schokolade.«

»Hoffentlich bleibt es ihm im Halse stecken und er verreckt, der elende Scheißkerl.«

Es war Tursenow gewesen, der auf eine halbe Stunde Frühsport für die Gefangenen bestanden hatte, weshalb sie jeden Morgen vor Arbeitsbeginn ihre Runden im Gefängnishof drehten, und jeden Abend danach ebenso, bevor das Abendbrot verteilt wurde. Ob Regen, Wind oder Schnee, es machte keinen Unterschied. Das Flutlicht war eingeschaltet, und Hunde und bewaffnete Wachposten ließen sie keinen Moment aus den Augen, während sie hinter einem Maschendrahtzaun im Gänsemarsch ihre Runden drehten, ein jeder exakt vier Schritte hinter dem anderen. Schweigend.

Heute war es unangenehm. Doch es hatte noch schlimmere Tage gegeben, viel schlimmere, wenn sie zur Arbeit in die sibirischen Hochwäldern marschieren mussten. Stunden um Stunden waren sie durch Schnee und blendende Helligkeit zu den Arbeitszonen getaumelt. Und so kam Jens gar nicht in Versuchung, sich zu beklagen oder sich zu feindseligen Äußerungen hinreißen zu lassen. Was ihm wirklich Sorgen bereitete, war, dass auch Olga hier draußen im Regen marschieren musste. Er blickte hinüber zu ihrer durchnässten, gebeugten Gestalt, die weiter vorne im Kreis entlangging. Sie schlurfte, als wären ihre Schuhe mit dem Blei gefüllt, das sie früher in ihrer Mine gefördert hatte. Ihre Beine waren so dünn wie Nadeln. Und sie hustete. Das Geräusch rauen Hustens machte ihn nervös. Er hatte schon zu viele sterben gesehen, hatte erlebt, wie Lungen durch hartnäckigen Husten Risse bekamen und die Menschen einen elenden Tod starben. Wenn sie bloß mehr essen würde.

Aß Lydia denn?

Der Gedanke war ihm ganz unvermittelt gekommen. Das passierte hin und wieder. Wenn er sich zum Beispiel einen Löffel heißen Eintopf in den Mund schob, hielt er einen Moment lang inne und fragte sich, ob sie wohl gerade einen Brocken trockenes Brot verzehrte, und wenn er sich bei Nacht unter seine warmen Decken kuschelte, dann stellte er sich vor, sie friere und zittere vor Kälte. Und wenn es regnete, so wie jetzt, kam die Frage in ihm auf, ob sie wohl auch nass war. Und träumte sie ebenso von ihm wie er von ihr?

Er sehnte sich so sehr danach, mehr zu erfahren. Von seiner Frau Valentina hatte der Chinese nichts gesagt. Von seiner geliebten Valentina. War auch sie den Bolschewiken entkommen? Bitte, lieber Gott, dachte er, lass sie noch am Leben sein, irgendwo, wo sie in Sicherheit ist und es warm hat, wo sie vielleicht ganz dick und faul geworden ist, wenn sie das möchte. Oder war sie mit Lydia hier in Moskau? In diesem kalten und feuchten Gefängnishof war seine Erinnerung plötzlich erfüllt vom samtigen Schimmer ihres dunklen Haares, das er ihr so gern jeden Abend vor dem Schlafengehen gebürstet hatte, und von einem Gesicht, das so schön gewesen war, dass kein Mann den Blick davon abwenden konnte. Bist du hier, Valentina? Bist du nach Russland heimgekehrt? Jemanden, der so voller Lebensfreude war wie sie, konnte er sich in dieser drögen neuen Welt der Sowjets einfach nicht vorstellen.

Ein Geräusch wie das Krachen einer Höllenmaschine durchbrach seine Gedanken. Es war das Quietschen der Metalltore. Jens' Aufmerksamkeit war sofort geweckt.

Achten Sie darauf, ob jemand Kontakt mit Ihnen aufnimmt.

So hatte es auf dem Zettel gestanden. Doch auf dem lauten Quietschen der Angeln folgte nur Hufgeklapper, als der Pferdewagen des Bäckers in den Hof rollte. Er kam jeden Morgen um diese Zeit, mit Blechen voller Brote und Brötchen, war jedoch durch den Metallzaun, der mitten durch den Gefängnishof verlief und den Frühsportbereich abteilte, sorgfältig von den Gefangenen getrennt. Niemand schenkte dem Karren besondere Aufmerksamkeit, nicht einmal die Wärter. Nur die Hunde zeigten Interesse und zerrten gierig an den Leinen, wenn der Geruch von frischem Hefegebäck durch die Luft zog.

Achten Sie darauf.

Jens schob seine Füße über die vom Regen glitschigen Pflastersteine und warf einen Seitenblick auf das alte Pferd, das einen schiefen Rücken hatte und schläfrig wirkte. Und auf den Jungen, der neben seinem Kopf stand und es am Zaumzeug hielt. Irgendwo in seinem Kopf machte es Klick. Als hätte jemand einen Rollladen hochgezogen und Licht hereingelassen. Der Junge war neu.

Der Bäcker war derselbe wie immer. Hier gab es keine Veränderung, weder an der weißen Schürze noch der mehlbestäubten Leinenjacke. Der Mann hob ein breites Blech mit Brotlaiben, die zum Schutz gegen den Regen mit Wachspapier bedeckt waren, von der Ladefläche des Karrens und legte es sich auf die Schulter. Wie immer wünschte er den Gefangenen durch den Maschendrahtzaun mit tiefer Bassstimme

»Dobroje utro« und verschwand durch einen Seiteneingang im Gebäude. Der Junge begann zu pfeifen, eine laute, fröhliche Melodie. Was war das nur gleich für ein Lied? Jens ging weiter, doch seine Augen ruhten dabei auf dem Jungen in dem marineblauen Mantel, der viel zu groß für seinen mageren Körper war. Ein dunkler Hut mit breiter Krempe verbarg den größten Teil seines Gesichts, so dass Jens beim grellen Schein der Flutlichter nur die hohlen Wangen und die zum Pfeifen gespitzten Lippen erkennen konnte.

Jens pfiff zurück.

»Ruhe!« Der Befehl kam von einem der Wärter.

Jens hörte auf zu pfeifen. Als er zu dem Bäckerkarren zurückblickte, sah er, wie der Junge ein großes Tablett mit Brötchen von der Ladefläche holte und es sich zum Tragen auf den Kopf hob, wo es seine Mütze plattdrückte. Er musste die Arme weit ausbreiten, um es festzuhalten. Jens hatte beim Marschieren gerade die Stelle des Kreises erreicht, die dem Maschendrahtzaun am nächsten lag, und wurde langsamer.

»Weitergehen«, brummte der Mann hinter ihm.

Der Junge war schnell. Bevor der Bäcker wieder herauskam, taumelte er ein paar unsichere Schritte weit über die nassen, unebenen Pflastersteine, stolperte plötzlich, fing sich wieder, drehte sich um die eigene Achse, um das Tablett nicht fallen zu lassen, verlor dabei aber endgültig den Boden unter den Füßen. Während er unsanft auf den Boden fiel, schien er das Tablett in Richtung Zaun zu werfen. Dutzende von weißen Brötchen flogen in Richtung Gefangene. Heuschrecken hätten nicht schneller sein können; flink schossen Finger durch die Löcher im Zaun, und die Brötchen waren verschwunden.

»Ihr verdammten Diebe, gebt mir meine Brötchen wieder!«, schrie der Junge. Dabei trat er so heftig gegen den Metallzaun, der sie von ihm trennte, dass er rasselte, und die Männer von drinnen grinsten ihn hämisch an. Selbst die Wärter lachten über sein komisches Wüten.

»Ich zeig euch alle an«, rief er. »Ich lass euch erschießen.« Der wütende Junge riss sich die Mütze vom Kopf und schleuderte sie gegen den Zaun, wo sie in einer Pfütze liegen blieb. Sein flachsblondes Haar war durch den Regen an sein schmales Gesicht geklatscht, und es schien, als liefen ihm Tränen über die Wangen.

»Ich werd meine Arbeit verlieren!«, schluchzte er.

»Hier, mein Junge.« Jens näherte sich dem Zaun. »Mein Brötchen kannst du zurückhaben.« Er schob das Gebäckstück durch den Maschendraht, und der Junge griff gierig danach.

»Spassibo.«

»Pass auf, da kommt dein Chef.«

Der Junge blickte ängstlich über seine Schulter und wandte sich dann wieder Jens zu. *»Spassibo«*, wiederholte er. »Du kannst das stattdessen essen.« Aus seiner Tasche zog er eine dicke Scheibe Schwarzbrot. »Das ist mein Frühstück.« Er klappte das Brot zusammen, schob es durch den Zaun und legte es in Jens' Hand.

»Jetzt aber mal langsam hier!«, rief einer der Wärter und legte mit seinem Gewehr auf sie an. »Geschenkt wird hier nichts!« Doch Jens biss voller Genuss in das Brot.

»Du wirst mir doch wohl einen Mund voll *chleb* gönnen, oder? Ich glaube, dein Oberst Tursenow hätte da auch ein Wörtchen dazu zu sagen.«

»Was geht hier vor?« Der Bäcker kam durch das Halbdunkel des Hofes auf sie zu. »Komm sofort hier rüber, du verdammtes Stück Hundescheiße. Wo sind meine Brötchen geblieben?«

Der Junge huschte umher, sammelte all die Brötchen ein, die für die Gefangenen außer Reichweite waren, und legte sie auf das Blech zurück, doch selbst bei dem schummrigen Licht sahen sie nass und schmuddelig aus. Der Bäcker schnappte sich das Tablett und versetzte dem Jungen einen Faustschlag, der ihn zu Boden warf, so dass er mit dem Hinterkopf auf das Pflaster fiel. Dort rollte er sich zusammen, bedeckte das Gesicht mit den Händen und heulte laut auf. Seine Schultern zitterten.

»Lass den Jungen in Ruhe«, rief Jens.

»Halt die Klappe, Gefangener. Das geht dich einen Dreck an. Dieser kleine Scheißkerl hat mir das Geschäft vermasselt.« Der Bäcker marschierte zu seinem Karren zurück und holte ein weiteres Tablett herunter.

Ein Wärter trat nach vorne. »Jetzt bewegt euch, ihr faules Pack. Das Unterhaltungsprogramm ist beendet.«

Etwas peinlich berührt davon, was sie mit ihrer Gier angerichtet hatten, nahmen die Gefangenen ihre monotone Runde wieder auf. Jens verließ den Zaun als Letzter.

»Junge!«, rief er. »Alles in Ordnung mit dir?«

»Mit mir? Ja.« Ein hellblaues Auge zwinkerte Jens zwischen den vorgehaltenen Händen hindurch zu.

»Siehst du die Bank da drüben?«

»Ja.«

»Wenn dir schwindelig ist, setz dich doch dort ein paar Minuten hin.« Jens richtete seinen Blick fest auf den Jungen. »Manchmal sitzen wir dort, wenn wir auf den Lastwagen warten.«

Ein schlaues Grinsen stahl sich in das Gesicht. Er hatte verstanden.

»Geh da rüber«, tönte die Stimme des Bäckers durch die stille Morgenluft, »und trag die Tabletts ordentlich, du nutzloses Stück Hundescheiße.«

Der Junge sprang auf, hob seine Mütze auf und flitzte ohne einen Blick zurück an die Arbeit.

Mein liebster Papa.

Jens konnte nicht weiterlesen. Seine Augen füllten sich mit Tränen. *Mein liebster Papa.* So viele Jahre war es her, seit er diese Worte gehört hatte. Er legte sich auf sein Bett und stellte sich seine Tochter vor, ihr kupferfarbenes Haar, das in einem St. Petersburger Park in der Sonne leuchtete.

Er versuchte es noch einmal.

Mein liebster Papa,
eine kurze Nachricht, zusammengedrückt in einer Scheibe Brot. Keine schöne Art, Dich nach zwölf langen Jahren zu grüßen. Und so werde ich über das schreiben, was am wichtigsten ist. Ich habe Dich vermisst und niemals aufgehört, an Dich zu denken. Mama hat immer gesagt, ich erinnerte sie an Dich, jedes Mal, wenn sie mich anschaute. Es tut mir leid, Papa, aber ich muss Dir mitteilen, dass Mama letztes Jahre bei einem Unfall in China ums Leben gekommen ist …

Der Zettel zitterte in seiner Hand, und die Worte verschwammen vor seinen Augen. *Nein, Valentina, nein. Warum hast du nicht auf mich gewartet? Wie viele Lügen auch immer ich mir eingeredet habe, aber stets habe ich daran geglaubt, dich eines Tages wiederzusehen, ganz gleich …* Zorn zerriss ihm die Brust, er zerrte an seinen Atemwegen, so dass er keine Luft mehr bekam. Wut auf das System, das ihn grundlos eingekerkert hatte, Zorn auf all die elenden, verschwendeten Jahre, auf denjenigen, der ihm seine Frau geraubt hatte, wer auch immer es war.

Er drückte seine Stirn auf den Zettel, als könnten die Worte so in seinen Kopf übergehen. Lange Zeit verweilte er so. Bilder stürmten auf ihn ein, Bilder, die er vorher nicht gewagt hatte heraufzubeschwören, aus Angst, sie könnten das zerbrechliche Gerüst, das seine Welt aufrechterhielt, zertrümmern. Das Deckenlicht in den Zellen der Gefangenen wurde selbst bei Nacht niemals ausgeschaltet, um die Überwachung zu vereinfachen, und so ließ er eine Stunde verstreichen, und noch eine, und stand schließlich auf, bespritzte sich die brennenden Wangen mit Wasser aus der Schüssel in der Ecke und wagte noch einen Versuch.

Mein liebster Papa,
eine kurze Nachricht, zusammendrückt in einer Scheibe Brot. Keine schöne Art, Dich nach zwölf langen Jahren zu grüßen. Und so werde ich über das schreiben, was am wichtigsten ist. Ich habe Dich vermisst und niemals aufgehört, an Dich zu denken. Mama hat immer gesagt, ich erinnerte sie an Dich, jedes Mal, wenn sie mich anschaute. Es tut mir leid, Papa, aber ich muss Dir mitteilen, dass Mama letztes Jahr bei einem Unfall in China ums Leben gekommen ist. Sie hat mir einen Brief hinterlassen, in dem sie mir schrieb, du seist am Leben. Ich habe China verlassen und mich auf Deine Spuren begeben, zunächst im Lager von Trowitsk und dann hier in Moskau. Alexej Serow und Liew Popkow sind bei mir. Ich weiß, dass es gefährlich ist, auf diese Weise mit Dir zu kommunizieren, und ich habe Angst um Dich. Doch wenn Du etwas schreiben kannst – irgendwie – wird der Junge morgen zurück sein.
Deine Dich immer liebende Tochter Lydia

Jens las die Nachricht wieder. Und wieder und wieder. Er ging in seiner Zelle auf und ab, sog ihre Worte in sich auf und studierte genau den kühnen Schwung ihrer Handschrift, bis er jedes Komma und jeden Buchstaben auswendig kannte. Dann zerriss er den Brief in winzige Stücke und legte sie sich auf die Zunge.

»Hast du es Alexej gesagt?«, wollte Popkow wissen.
Lydia schüttelte den Kopf. »Nein.«
»Ha!«
In der Bäckerei war es so warm wie an einem Sommertag, und die Hitze von den Öfen beschlug das Fenster so sehr, dass Lydia nur mit Mühe hinausschauen konnte. Sie trat nervös von einem Fuß auf den anderen, ließ die Straße keinen Moment lang aus den Augen, auf der Suche nach dem Karren. Ihre Nerven lagen blank. Hinter ihr stand Liew an die Wand

gelehnt, einen Laib saftiges Schwarzbrot unter den Arm geklemmt, von dem er sich gelegentlich Brocken abriss und in den Mund steckte. *Tschort!* Wie konnte er nur essen? Ihr eigener Magen begehrte heftig auf.

Dann endlich tönte das träge Klappern von Pferdehufen durch die dunkle Straße, und Sekunden später platzte der Junge in die Bäckerei, ein breites Grinsen und einen großen blauen Fleck auf dem Gesicht. Sie packte ihn an den knochigen Schultern und umarmte ihn so fest, dass er aufjaulte. Selbst Popkow verwuschelte ihm aus Erleichterung den flachsblonden Schopf.

Lydia ging zum Tresen hinüber, wo der Bäcker wartete, und legte Antoninas goldenes Armband darauf.

»Das habt ihr gut gemacht«, sagte sie.

»Was für einen Preis zahlt man für einen Vater, Alexej?«, wollte Lydia wissen.

Sie gingen Seite an Seite die Uliza Granowski in der Nähe der Universität entlang, so wie sie vor gar nicht so vielen Monaten durch die Straßen von Felanka geschlendert waren. Doch nichts war mehr so einfach zwischen ihnen wie damals. Alexej bestand darauf, sich in Moskau eine eigene Unterkunft zu suchen, und obwohl der Regen nachgelassen hatte, gingen sie schnell, als könnten sie den dunklen Schatten davonlaufen, die sie hinter sich warfen.

»Was meinst du?«, fragte Alexej.

»Ich meine, bist du wirklich so erpicht darauf, dir einen neuen Vater zu kaufen? Einen, der dich mit falschen Papieren versorgt, sobald du ihn darum bittest, und der dir dafür auf Schritt und Tritt sagt, was du zu tun und was zu lassen hast? Ist das die Art von Vater, die du dir wünschst?«

Ohne seine Schritte zu verlangsamen, drehte Alexej den Kopf und sah sie einen Moment lang an. »Hier geht es gar nicht um Väter, stimmt's?«, sagte er leise. »Es geht um Schwestern.«

Lydia senkte den Blick. Sie verweigerte ihm die Zustimmung.

»Du musst verstehen, Lydia, dass Maxim Woschtschinski meine Chance ist, Jens zu erreichen. Es hat nichts damit zu tun, den Vater zu wechseln. Oder«, er hielt inne, und der Wind fuhr in seinen Mantel, ließ ihn um seine Beine flattern, »oder mit Schwestern.«

»Aber du magst diesen Maxim.«

»Ja, ich mag ihn. Er ist schlau, er ist kompliziert.« Alexej zuckte im Gehen mit den Achseln. »Und er ist amüsant.«

»Er mag mich nicht.«

»Na und? Ich mag dich.«

Sie schaute ihm direkt ins Gesicht. »Dann ist es ja gut.«

SECHSUNDVIERZIG

Der Mond war aufgegangen und kämpfte sich hinter den Wolken hervor. Er übergoss den kleinen, stillen Raum mit einem silbrigen Licht, so dass Lydia kaum mehr unterscheiden konnte, was real war und was nur ein Schatten. Sie saß ganz still da.

Chang An Lo lag auf der Seite und atmete ruhig. Sein Kopf lag auf ihrem Schoß, das Gewicht seiner Wange schmiegte sich warm an ihren nackten Schenkel. Seine Augen waren geschlossen, und Lydia studierte sein Gesicht mit der gleichen Intensität, mit der sie als kleines Mädchen eine Schneeflocke betrachtet hatte. Als könnte sie allein dadurch, dass sie lange genug darauf schaute, herausfinden, worin diese wundersame Schönheit bestand und wie man sie folglich auch wieder zusammensetzen konnte, wenn sie geschmolzen war.

Sie musterte seine Gesichtszüge genau. Den feinen Knochen unter seiner Augenbraue, der zu einem so eindrucksvollen Bogen geschwungen war, wenn er sich über etwas amüsierte, der dicke Kranz schwarzer Wimpern. Die länglichen, glatten Augenlider. Gab es Bilder, die dort unter ihrer Oberfläche festsaßen?, fragte sie sich. In dem durchscheinenden Schimmer des Mondlichts sah die Haut seiner Lippen metallisch aus. War es das, was seine Götter taten? Ihn für ihre eigenen Zwecke zu formen? Und für China? Und waren sie genau in diesem Moment irgendwo um sie herum, unsichtbar, und lachten über ihre Vermessenheit?

Sie lauschte aufmerksam. Kein Geräusch, kein Flüstern, kein höhnisches Lachen hinter vorgehaltener Hand. Keine unsichtbaren Präsenzen, die durch die Ritzen im Fenster schwebten oder in dünnen Rauchschwaden unter der Tür hereinkrochen. Die Nacht war götterfrei. Nur Changs Atem, sanft wie das Mondlicht selbst. Wie lange konnte sie ihn für sich behalten? Wie lange ihn von seinen Göttern und seinen Weggefährten fernhalten, ihn der Gefahr entreißen? Sie wusste, dass das nicht ewig gehen würde. Ihre Angst um ihn war wie ein Knoten in ihr, der jeden Tag fester wurde, und ihre Angst beängstigte sie.

»Weiß Kuan, dass du nachts das Hotel verlässt?«

Chang öffnete die Augen. Seine schwarzen Wimpern waren schwer, und Lydia bedauerte es, ihn angesprochen zu haben. Seine Augen blickten verwirrt – ihr war nicht bewusst gewesen, dass er am Rande des Schlafes war. Zuvor hatte er ihr gesagt, sie brauche mehr Ruhe, denn wenn sie müde sei, mache sie Fehler, doch das Gleiche galt auch für ihn. Und jetzt hatte sie ihn geweckt.

»Du meinst«, sagte er und verzog den Mund langsam zu einem Lächeln, »ob Kuan eifersüchtig ist, wenn ich das Hotel nachts verlasse.«

»Natürlich nicht.«

Er lachte, und sie beugte den Kopf und küsste ihn auf den offenen Mund.

»Weiß sie Bescheid?«, fragte sie wieder.

»Sie sagt nichts, aber ich bin mir sicher, sie denkt sich ihren Teil.«

»Ist das gefährlich?«

»Gefahren lauern überall.«

»Wissen es deine russischen Bewacher?«

»Ich glaube nicht. Ich bin leise. Ich verlasse das Hotel durch das Badezimmerfenster und über die Dächer.«

»Pass auf dich auf.«

»Das tue ich.«

»Versprich es mir.«

»Ich verspreche es.«

Sie legte eine Hand auf sein seidiges schwarzes Haar, breitete die Finger aus, als wollte sie ihn beschützen. »Schlaf jetzt«, wisperte sie. »Du brauchst Ruhe.«

»Ich brauche dich.«

»Ich bin da.«

Sie spürte, wie sein Atem die feuerroten Löckchen unterhalb ihres Bauches in Bewegung versetzte. Für Situationen wie diese hatte sie sich irgendwann einmal beigebracht, mit dem Denken aufzuhören, sich einfach auszuklinken und nur noch zu sein. Die würzig duftende Wärme seines Körpers zu genießen, ebenso wie den Knochen seiner Schulter, der sich sanft in ihr Fleisch drückte, so angenehm, als wäre es ein Teil von ihr.

»Chang An Lo«, sagte sie. Weil es Zeit war.

Seine Lippen streiften träge ihren Schenkel, wie zur Antwort. »Was hast du denn ausgebrütet?«

»Chang An Lo, wenn ich dich fragen würde, ob du mit mir nach Amerika fährst, würdest du mitkommen?«

Es war so leicht, dass Jens fast laut gelacht hätte. Kein Regen diesmal, nur eine Hand voll Sterne, die irgendwo über den Flutlichtern am Himmel blinkten. Der Bäcker fuhr in den Gefängnishof, der Junge mit dem breitkrempigen Hut huschte mit Tabletts und geflochtenen Körben hin und her, wobei er ständig mit Armen und Beinen in Bewegung war, während er seine schwere Last an ihren Bestimmungsort brachte. Jens war beeindruckt. Alles war perfekt geplant.

Der Junge kam in genau dem Moment mit einem leeren Tablett heraus, als sein Chef das Gebäude mit einem vollen betrat, was bedeutete, dass der Junge etwa eine Minute Zeit hatte. Doch er schien keine Eile zu haben. Mit einem Seufzer der Verärgerung lehnte er sein Tablett an die Wand, ließ sich auf der mit Stockflecken überzogenen Steinbank nieder und fing an, sich an seinen Schnürsenkeln zu schaffen zu machen. Es sah so aus, als wäre einer seiner Schuhe aufgegangen.

Jens beobachtete ihn die ganze Zeit durch den Zaun hindurch und wusste genau, wo er hinschauen musste, doch er sah trotzdem nicht den Moment, in dem der Brief verschwand. Er hatte ihn in eine Art viereckiges Futteral aus dünnem Blech geschoben, das er extra dafür hergestellt hatte. Die Metallplatte mit dem Brief lehnte an einem der Füße der Bank, nicht mehr als ein undeutlicher Schatten auf dem Pflaster.

Jens sah nicht, wann der Brief verschwand. Zuerst war er da, und dann war er weg. Er verschränkte die Hände hinter dem Rücken, um sie vom Zittern abzuhalten, und erst, als das Pferd schon halb draußen in Sicherheit war, begann er wieder zu atmen.

Dieser Moment hatte kommen müssen. Chang wusste es, so wie er wusste, dass die Sonne aufging und die Schwarzkehlchen im Winter nach Hause flogen. Doch noch nicht. Noch bestand keine Notwendigkeit dafür. Er hob nicht den Kopf von Lydias Schoß. Stattdessen hob er eine Hand und berührte sie an der kräftigen Spitze ihres Kinns, und dabei spürte er ein so leichtes Zittern, dass er fast geschworen hätte, sich geirrt zu haben.

»Amerika?«, lächelte er beiläufig. »Warum Amerika?«

»Aber würdest du denn? Wenn das alles vorbei ist?«

»Ob ich mitkommen würde?«

»Würdest du mich denn fragen?«

Sie schluckte. Er sah, wie sehr sie mit sich kämpfte. Einen kurzen Moment lang verkrampfte sich ihre Hand in seinem Haar, dann ließ sie wieder locker und zog sich zurück. Auf einmal fühlte er sich wie nackt. Sein Herz schlug langsamer.

»Man nennt es das Land der unbegrenzten Möglichkeiten«, sagte sie, und ihre Stimme wurde lebhaft. »Es ist Platz für jeden da. Wir könnten ein ganz neues Leben miteinander anfangen, ohne all die früheren Beschränkungen und Regeln. In Amerika wären wir frei.«

Er streckte die Hand aus und tippte sie mit dem Zeigefinger an die Stirn. »Das hier ist der einzige Ort, an dem ein Mensch frei sein kann. Im Geiste.«

Sie lächelte. »Wenn es nach dir geht, mein Geliebter, spielt sich alles nur im Geiste ab.«

»Und das hier? Existiert das auch nur in meinem Kopf?«

Er zog ihren Kopf zu sich herunter und küsste sie auf den weichen Mund, denn ihre Lippen hatten alles gesagt. Doch ihre Augen schimmerten silbrig, und sie überraschte ihn, indem sie murmelte: »Chang An Lo, mir scheint, du bist es, der vor der Zukunft davonläuft. Weg von dem, was wirklich ist. Ich bin diejenige, die uns darauf vorbereitet.«

»Uns worauf vorbereitet?«

»Auf all das, was da kommen mag.«

»Und wie vorbereitet?«

Das Schimmern ihrer Augen wurde zu einem hellen Leuchten, das ihn mitten ins Herz traf. »Indem ich dich liebe«, wisperte sie.

Meine kostbare Tochter,
wie kann ich Dir sagen, was es mir bedeutet hat, Deine Nachricht zu erhalten? Es war, als hätte ich in den letzten zwölf Jahren in einem schwarzen, stinkenden Loch gelebt und wäre erst jetzt an die Oberfläche gekommen, um Luft zu holen. Dein Brief hat mich mit unendlicher Freude erfüllt.

Selbst meine Gefährten hier haben mich nach meiner ungewohnt guten Laune gefragt! Ich fürchte, ich bin kalt und schwierig geworden, ein Mensch, der sich nur mit seinem elenden Ich und seinen endlos kreisenden Gedanken befasst. Doch nur so habe ich gelernt zu überleben. Indem ich es nicht zulasse, dass mich die Welt ringsum auffrisst. Alles in mir war auf das Selbst konzentriert, denn ohne das Selbst besteht kei-

ne Hoffnung auf Überleben in dem brutalen, barbarischen Sowjetzoo da draußen in der sibirischen Wildnis. Und nur der harte Kern des Selbst. Ich bin wohl schon lange kein liebenswerter Zeitgenosse mehr.

Und nun bist Du hier. Meine Tochter Lydia, Du bist Blut von meinem Blute. Du stehst für alles, was es an Gutem in mir einmal gegeben hat und von dem ich selbst nur noch das Schlechte behalten habe. In Dir kann ich lachen und singen und der Mensch sein, der ich so gerne wieder sein möchte, aber nicht mehr sein kann. Du bist mein Leben, Lydia. Lebe es gut.

Der Verlust Deiner Mutter schmerzt mich über alle Maßen. Es ist schrecklich, dass wir Dich beide verlassen haben, allein und ohne Schutz. Verzeih uns, meine Tochter. Richte Alexej meine liebsten Grüße und meine Dankbarkeit aus, ebenso wie dem alten Haudegen Popkow.

Ich hab Dich lieb.
In großer Freude
Dein Papa

Lydia stand am Fenster, mit dem Rücken zu Popkow, Elena und dem Jungen, und schaute hinaus, ohne etwas zu sehen. Lange Zeit gab sie keinen Mucks von sich und ließ das Blatt Papier in ihrer Hand ebenso wenig los, wie sie ihr Leben aus der Hand gegeben hätte. Sie brühten ihr Tee auf, den sie nicht trank, und legten ihr einen Mantel über die Schultern, während die Sonne hinter den Dächern verschwand und der Hof in schwarze Schatten gehüllt wurde.

Das war der Moment, als sie sich zu Popkow umwandte und ihm den Brief reichte.

»Liew«, sagte sie. »Wir müssen ihn da rausholen.«

»Nein.«

»Alexej, bitte.«

»Nein, Lydia, keine Briefe mehr.«

»Aber wieso?«

»Ich habe dich schon einmal gewarnt. Das Risiko ist zu groß. Es wird die Behörden auf den Plan rufen, und am Ende wird man Jens Friis zur Strafe in eine der Minen verfrachten. Begreifst du das nicht? Du machst die Dinge für ihn nur schlimmer. Und willst du das?«

Sie schüttelte den Kopf.

»Dann musst du auf der Stelle damit aufhören.«

Sie saßen in Maxim Woschtschinskis Wohnzimmer. Lydia fand es sowieso schrecklich, dieses Gespräch führen zu müssen, doch es in Anwesenheit des Diebes zu tun, machte sie krank. Eine Wahl hatte sie dennoch nicht. Bis er eine eigene Bleibe gefunden hatte, hatte Alexej ihr verwaistes Bett in dem Zimmer mit Liew und Elena verlassen und schlief bei Maxim in der Wohnung. Doch wenn man ihn so anschaute, hatte man den Eindruck, dass er sowieso nicht besonders gut schlief. Verdammt. Lydia hoffte unwillkürlich, seine Unausgeschlafenheit sei auf zu viel Weinbrand, späte Kartenrunden und zu viele Zigaretten zurückzuführen, statt darauf, dass er jede Nacht auf Beutezug war. Die Vorstellung, wie ihr Bruder durch Fenster kletterte und die Uhren und Kerzenleuchter eines anderen Menschen in Säcke stopfte und mitgehen ließ, machten sie vor Angst ganz kribbelig. Diesem Maxim traute sie einfach nicht. Und er traute ihr nicht.

»Alexej«, sagte sie mit einer Geduld, die sie selbst überraschte, »ich bin dankbar dafür, dass Maxim und du da etwas austüftelt …«

»Da brauchst du nicht dankbar zu sein, mein Liebes«, sagte Maxim mit einem so aalglatten und leeren Lächeln, dass sie ihm am liebsten einen Faustschlag versetzt hätte.

»Natürlich bin ich dir dankbar, *pakhan*. Alexej ist mein Bruder, also …«

»Bei den *wory w sakone* gibt es keine Brüder und Schwestern«, belehrte sie Maxim. Er beugte sich in seinem Stuhl zu ihr vor, raffte die Falten seines leberfarbenen Morgenmantels um seinen fleischigen Körper zusammen und gewährte ihr einen Blick in seine Augen. Lass sie nur die messerscharfen Spitzen der Dolche darin sehen. Er wollte, dass sie Bescheid wusste. Damit sie keinen Fehler machte. Sie blinzelte, doch den Blick wandte sie nicht ab.

»Lydia, meine Liebe«, sagte er so höflich, als wollte er ihr bloß eine Tasse Tee anbieten, »geh jetzt. Alexej und ich haben zu tun.«

Sie blieb sitzen. »Wenn du nichts dagegen hast, *pakhan*, würde ich gerne wissen, was für Pläne ihr habt.«

»Wenn wir mit der Planung fertig sind, wirst du es erfahren …«

Sie argumentierte nicht, doch sie glaubte ihm auch nicht.

»Der Lastwagen?«, fragte sie stattdessen.

»Alexej«, wandte sich Maxim an seinen frischgebackenen *wor*, »ist das nötig?«

»Ja.«

Das war immerhin etwas. Sie lächelte ihren Bruder an, doch er blieb unbewegt. Am liebsten hätte sie ihn an der Hand genommen und von hier weggezerrt.

Maxim gewährte ihr sein leeres Lächeln und dazu einen Seufzer, der seinen Schnurrbart und das Doppelkinn zum Beben brachte. »Wir haben den Lastwagen aufgespürt.«

»Wo?«

»Irgendwo außerhalb von Moskau.«

»Ich möchte ihn sehen.«

»Njet.«

»Ich nehme an, er ist gut bewacht.«

»Natürlich.«

»Ich muss ihn sehen, Maxim. Bitte.«

»Njet.«

Sie dachte schnell. Entweder das, oder sie würde dem Scheißkerl die Augen auskratzen.

»Mein Bruder will sicher nicht, dass ich euch weiter zur Last falle. Er weiß, wie schwierig ich sein kann. Nach alldem hier«, fügte sie mit einem zuckersüßen Lächeln hinzu, »werde ich keinem von euch mehr auf die Nerven gehen.«

Seine Augen blinzelten nicht einmal. »Einverstanden.«

Es geschah alles so schnell. »Danke.«

»Und jetzt geh«, sagte der Bandenchef höflich.

»Kann ich den Brief zurückhaben?«, bat sie Alexej und streckte die Hand nach dem Schreiben aus, weil sie Angst hatte, er würde es vernichten, wenn sie es bei ihm ließ. Er war so verärgert über ihr eigenmächtiges Handeln gewesen. Selbst jetzt war sie sich nicht sicher, ob er den Brief nicht vor ihren Augen zerreißen würde, nur um seinen Standpunkt zu untermauern.

»Keine Briefe mehr«, wiederholte er mit Nachdruck, als er ihr das Schreiben reichte.

Lydia nahm es entgegen und versuchte, sich ihre Erleichterung nicht anmerken zu lassen. Steif nickte sie Alexej zu, stand auf und ging in Richtung Tür. Sie zwang sich zu einem Lächeln für Maxim, bevor sie hinausging.

»Danke, *pakhan*. Ich freue mich darauf, bald von dir zu hören.«

Ein kalter Blick war die einzige Reaktion. Alexej war höflich genug, sie zur Tür zu bringen, doch er wirkte immer noch verschlossen. Sie wusste sehr wohl, wo das eigentliche Problem lag und woher seine Verletztheit und die Wut rührten. *Ich hab Dich lieb*, hatte ihr Vater ihr in seinem Brief geschrieben. Für Alexej hatte er nur ein paar rasch hingeworfene Worte gehabt: *Richte Alexej meine liebsten Grüße und meine Dankbarkeit aus.* Dazwischen lagen Welten, doch eigentlich wollte sie nicht, dass sich die Kluft zu ihren Füßen öffnete. Vielleicht wäre es ein Abgrund, in den sie stürzen würde.

Leise sagte sie: »Geh doch noch mit mir bis zur Kreuzung, Alexej.«

In seinem Mantel sah Alexej wieder fast so aus wie früher. Es freute sie, dass es der mit dem Riss am Kragen war, der, an den sie damals im Zug ihren Kopf gelehnt hatte, um zu schlafen. Wenigstens dieses Kleidungsstück hatte Maxim Woschtschinski nicht ausgetauscht. Noch nicht. Draußen auf der Straße war es fast menschenleer, statt des üblichen Gewusels und der Ströme von Arbeitern. Die kühle Luft roch nach verbranntem Gummi. Es war ein Geruch, der sich in den Nasenflügeln festsetzte.

Alexej zog die Stirn in Falten. »Verdammt noch mal, wieder eine Fabrik abgebrannt. Die armen Teufel da. Wieder eine Menge Stellen weg, und wer keine Stelle hat, hat auch nichts zu essen: Der Winter ist noch lange nicht vorbei. Ist schon der zweite Brand diesen Monat. Diese Brände in Fabriken kommen immer wieder vor, weil die Sicherheitsbestimmungen nicht beachtet werden. Einfach nur Gedankenlosigkeit. Die Arbeiter rauchen Zigaretten und hantieren dabei mit Chemikalien und Gaszylindern. Niemand unterbindet das.«

»Und was ist mit den Gewerkschaften? Sorgen die nicht dafür, dass Regeln eingehalten werden?«

»Sie versuchen es, doch niemand beachtet sie. Es sind die alten Gewohnheiten am Arbeitsplatz. Die sterben nicht so schnell aus.«

»Anders als Gewohnheiten in der Familie, scheint mir.«

»Was soll das heißen?«

»Das heißt, du hast offenbar vergessen, dass wir Bruder und Schwester sind.«

»Das ist doch absurd.«

»Ist es das?«

»Ja.«

»Bitte, Alexej, vergiss nicht auch noch Jens.«

Er packte sie am Arm, zog sie über die Straße vor eine Bäckerei und zwang sie dazu, sich die lange Schlange anzusehen, die davorstand. Eine Reihe von Frauen mit ausgemergelten Gesichtern, alte Männer mit Augen so hart wie Eisen. Er ging an der Schlange vorbei und betrat den Laden. Durch das Fenster hindurch beobachtete Lydia, wie die Frau hinter dem Tresen ihn anlächelte, verlegen den Mund verzog, eine graue Papiertüte aus einem der hinteren Regale nahm und sie Alexej reichte. Kopeken wechselten nicht den Besitzer.

Draußen vor der Bäckerei trat Alexej wieder zu Lydia. Mit feierlicher Miene nahm er zwei *piroschki* aus der Tüte und reichte ihr eine der Teigtaschen.

»Das hier«, sagte er, »ist der Grund, warum deine Schlussfolgerungen absurd sind.« Sie hörte den Ärger, der in seiner Stimme mitschwang.

»Die Vorteile, ein *wor* zu sein?«

»Genau.«

Er atmete schwer. Am liebsten hätte Lydia die Pirogge auf den Boden geworfen und wäre darauf herumgetrampelt. Sie wandte als Erste den Blick ab.

»Alexej, es gibt ebenso Nachteile wie Vorteile. Vergiss das nicht.«

Zu ihrer Überraschung lachte Alexej. Er legte ihr einen Arm um die Schultern und zog sie an sich, lenkte sie an den armseligen Wartenden in der Schlange vorbei. Sie drückte die Pirogge einem pockennarbigen Kind in die Hand, das sich hinter den Rücken seiner Mutter versteckte, und freute sich dabei an der unerwarteten Herzlichkeit ihres Bruders.

»Und was ist es denn nun«, fragte er, während er sie zur Straßenkreuzung begleitete, »das du mir unter vier Augen mitteilen wolltest?«

»Vertrau Maxim nicht.«

Er blieb stehen. Sah sie an. Wieder stand Ärger in seinen Augen.

»Sei vorsichtig«, fügte sie hinzu. »Ich möchte nicht, dass du …«

Das Wort brachte sie nicht heraus.

»Du willst nicht, dass ich was?«

»Dass du Schaden nimmst.«

Sie schaute ihn nicht an.

Das Schweigen, das sich zwischen ihnen aufblähte wie ein Heißluftballon, zerplatzte durch das Rumpeln eines vorbeirollenden Fuhrwerks. Alexej küsste Lydia auf die Wange, eine Berührung seiner Lippen auf ihrer kalten Haut, die rasch vorüber war, als schämte er sich der Geste. Als sie aufblickte, ging er bereits mit großen Schritten über die Straße davon, mit heftig rudernden Armen, als hätte er es eilig, von ihr wegzukommen.

Ohne sich noch einmal umzudrehen, rief er: »Keine Briefe mehr, Lydia.«

Verdammt, Alexej Serow. Fahr zur Hölle.

Elena war schlechter Laune, als Popkow mit einer hässlichen Platzwunde an der Wange nach Hause kam. Ein Hosenbein war bis zum Knie aufgeschlitzt, an seinem Schienbein breitete sich eine Prellung von der Farbe aufgeschnittener Zwetschgen aus. Er kam ins Zimmer getorkelt, gab ein leises Stöhnen von sich und ließ sich wie ein Sack Mehl auf das Bett fallen, mit dem Gesicht nach unten.

Lydia sprang hinter den Trennvorhang und hockte sich auf den Rand der Bettdecke, klopfte ihm sanft auf den Rücken.

»Liew«, murmelte sie. »Bist du in Ordnung?«

Keine Antwort. Nur ein Stöhnen, tief aus seiner Kehle. Elena stand von ihrer Näharbeit auf und kam herüber, um ihn sich anzuschauen. Ihr reichten ein rascher Druck auf die Schlagader unterhalb seines Ohres und ein leichter Klaps auf seinen Hinterkopf.

»Er ist betrunken«, brummte sie. »Sturzbetrunken, und dann hat er bei einer Rauferei den Kürzeren gezogen. Blöder Hammel. Wenn er sich schon mit irgendwelchen anderen Kerlen anlegen will, dann sollte er wenigstens dafür sorgen, dass sie nicht in der Überzahl sind, das habe ich ihm schon zigmal gesagt.« Sie versetzte ihm noch einen Klaps, diesmal auf den Hintern, und wuchtete sich auf den Stuhl zurück, wo sie die Nadel in ihrer Hand finster anschaute und sie tief in das Gewebe rammte.

Lydia holte eine Schüssel Wasser und säuberte Liews Wange, so gut sie konnte, ohne ihn zu bewegen. Die klare Flüssigkeit in der Schüssel verfärbte sich rötlich. Musste die Wunde genäht werden? Sie war sich nicht sicher. Die Platzwunde war tief. Lydia musste an den Tag zurückdenken, als sie unten am Fluss in Tschangschu Changs Fuß zusammengeflickt hatte, und auf einmal war die Sehnsucht nach ihm so groß, dass ihre Hand zitterte und sie etwas von der roten Flüssigkeit über Liews Rücken schüttete.

»Willst du mich ersäufen, Mädchen?«

Das Wasser floss seinen Hals und unter seinem Ohr entlang.

»Ja, aber es scheint mir nicht besonders gut zu gelingen.«

»Daran sind schon Männer gescheitert, die stärker waren als du.«

»Nicht reden. Das macht die Blutung nur schlimmer.«

»Scheiße!«, fluchte er, als der Schmerz stärker wurde.

Lydia drückte einen Lappen fest an seine Wange und setzte sich neben ihn aufs Bett. Zeit verging. Das Stöhnen wurde leiser. Als plötzlich auch das verstummte, beugte sich Lydia mit pochendem Herzen zu ihm hinunter und lauschte. Sie stieß ihn in die Rippen. Nichts geschah. Erst als sie den Ellbogen unsanft in seine Halsbeuge stieß, kam er ruckartig wieder zu sich, und auch Lydia begann wieder zu atmen.

»Magst du reden?«, flüsterte sie, weil sie Angst hatte, er könnte im Schlaf sterben.

»Ha!«

»Ich schätze, die anderen sind in schlechterer Verfassung. Der, der dir das angetan hat, bestimmt.«

»Ha!«

»Worum ging es denn?«

»Diese Scheißkerle!«

»Was haben sie denn gemacht?«

»Sie haben mir draußen aufgelauert.«

»Draußen wo?«

»Draußen vor deinem Zimmer.«

Ihr Herz setzte einen Schlag aus. Sie beugte sich hinunter und flüsterte ihm ins Ohr: »Dem in der Uliza Raikow?«

»Da.«

Plötzlich war ihr eiskalt, und ihre Zähne klapperten.

»Wie haben sie das erfahren? Chang und ich sind so vorsichtig. Wir machen immer tausend Umwege, damit uns niemand folgt.«

»Ha!«

»Wie viele waren es?«

»Vier.«

»Aber jetzt werden sie sich über uns informieren und ...«

»Njet.« Er drehte den Kopf, und die schwarze Augenklappe wurde nach oben gezogen, so dass die entstellte Augenhöhle sichtbar wurde. »*Njet*, kleine Lydia, sie sind tot.« Er zog eine Grimasse, wodurch die Wunde an seiner Wange wieder stärker zu bluten begann. »Also lächele«, brummelte er, »denn du und ich, Lydia, wir sind am Leben.«

Sie legte ihre Wange an seine, atmete den vertrauten strengen Körpergeruch ein. Seine Schulter fühlte sich so fest und warm an wie ein sonnenbeschienener Fels.

»Das Problem mit dir, Liew Popkow, ist, dass du einfach zu nett zu den Leuten bist. Versuch nächstes Mal ein bisschen mehr Härte zu zeigen.«

Er gluckste vor Vergnügen, und seine Rippen rasselten wie Gitterstäbe. »Ich brauche was zu trinken.«

Lydia setzte sich auf. »Ich gehe raus und kauf dir die größte Wodkaflasche, die ich in ganz Moskau auftreiben kann.«

Er grinste sie an. Offenbar hatte man ihm auch einen Zahn ausgeschlagen.

»Elena«, sagte Lydia. »Komm bitte mal hier rüber. Halt ihn warm. Und pass auf ihn auf, so lange ich weg bin.«

Die Frau legte ihre Stopfarbeit beiseite und schenkte Lydia einen langen Blick. In diesem Moment spürte Lydia, wie Elena sich einen Schritt weit von ihr entfernte, und sie spürte es so deutlich, als hätte sie die Schere auf ihrem Schoß genommen und den Faden durchgeschnitten, der die beiden Frauen verband. Ihre Freundschaft hatte plötzlich einen Knacks bekommen, doch Lydia konnte es Elena nicht verdenken. Sie wusste, dass es ihre eigene Schuld war. Gefahr hatte sie immer schon gewittert wie andere Mädchen Tand und Flitterkram. Traurig sah sie zu, wie die Frau aufstand und sich voll angezogen aufs Bett legte, wo sie die Arme um den großen Mann schlang und einen davon so fest um seinen Hals legte, dass es fast so aussah, als wollte sie ihn erwürgen. Innerhalb weniger Sekunden war Liew eingeschlafen und schnarchte.

Während Lydia sich den Mantel anzog, schmiegte Elena das Gesicht in Liews fettiges schwarzes Haar und murmelte: »Irgendwann, Lydia Iwanowa, wird er sterben, und das wird deine Schuld sein.«

SIEBENUNDVIERZIG

Edik war auf Diebeszug. Lydia hatte sein Opfer sofort erspäht: einen Mann, der mehrere Pakete trug. Er war gerade aus einem Tabakwarenladen getreten, in dessen Schaufenster Pfeifen in allen möglichen Formen und Größen feilgeboten wurden, und war viel zu sehr damit beschäftigt, sich die dicke Zigarre anzuzünden, die er sich zwischen die ebenso dicken Lippen gesteckt hatte, um das armselige Häuflein Haut und Knochen wahrzunehmen, das hinter ihm herschlich.

Lydia berührte den Jungen an der Schulter. »Beiß mich, und ich behalte Mistys Wursthälfte für mich.«

Edik blieb stehen und sah sie mit zusammengekniffenen Augen an. »Hau ab, ich bin bei der Arbeit.«

»Dann lass dich nicht von mir aufhalten.«

Er betrachtete sie argwöhnisch und schloss dann mit einem Achselzucken hinter zwei Frauen auf, die eifrig in ein Gespräch über die Vorzüge ihrer Hüte vertieft waren. Lydia bewunderte es, wie geschmeidig er sich an die Leute heranschlich und nur ganz kurz seitlich neben ihnen auftauchte, nahe genug, dass es in den Augen anderer so aussehen mochte, als gehörte er dazu, doch nicht nahe genug, um sein Opfer auf sich aufmerksam zu machen. Junge Männer, die allein unterwegs waren, waren immer verdächtig.

»Macht es dir was aus, wenn ich ein Stück mitkomme?«, fragte sie.

»Du wirst alles vermasseln.«

»Nein, keine Sorge. Ich gebe dir Rückendeckung.«

Er dachte zwei Sekunden lang nach, sah ein, dass sie Recht hatte, und ließ sie neben sich aufschließen.

»Ich habe einen Auftrag für dich«, murmelte sie hinter vorgehaltener Hand.

»Noch ein Brief?«

»Ja.«

»Nein.«

Die Geschwindigkeit, mit der dieses *Nein* gekommen war, überraschte sie. »Ich dachte ...«

»Nein. Keine Briefe mehr.«

»Geht es darum, dass du mehr Geld willst? Weil ...«

Seine blauen Augen wanderten voller Verachtung über ihr Gesicht. »Natürlich nicht. Ich kann es einfach nicht mehr.«

»Warum nicht?«

»Ich kann nicht. Das ist alles.«

»Angst vor dem Gefängnis?«

Diese Bemerkung würdigte er nicht einmal einer Antwort. Sie hatten sich langsam an den Mann mit der Zigarre und den Paketen herangearbeitet, und Edik ging auf Zehenspitzen, die Hände locker an die Seiten gelegt, bereit zum Zugriff.

»Ich mach einen guten Fang für dich«, versprach Lydia, »wenn du mir noch einen einzigen Brief überbringst.«

»Echt?«

»Schau zu.«

Lydia näherte sich. Sie schwenkte auf der einen Seite an dem Mann vorbei, der Junge an der anderen Seite. Wie auf Kommando stieß sie plötzlich mit der Hüfte gegen sein Paketbündel, zuckte wie vor Schmerz zusammen, stolperte und klammerte sich an ihn, als müsste sie sich festhalten. Der Mann war auf der Stelle die Besorgtheit in Person, stützte sie. Sie schenkte ihm ihr charmantestes Lächeln, dankte ihm und ging rasch weiter. Als Edik in der nächsten Seitenstraße neben ihr aufschloss, lachte er.

»Du bist gut. Für ein Mädchen.«

»Du bist aber auch nicht übel. Für einen Jungen. Was hast du gekriegt?«

Er hielt ihr ein silbernes Zigarettenetui mit diagonalen Einlegearbeiten aus Jett hin. »Das wird genügen, schätze ich.« Das sagte er eher beiläufig, doch sie wussten beide, dass es ein wertvoller Fang war. »Und du?«

Sie fischte eine Brieftasche aus Kalbsleder aus ihrer Tasche. Sie fühlte sich wohl gefüllt an. Sie warf sie ihm zu.

»Für mich?«

»Ich hab's dir doch versprochen, stimmt's? Und jetzt den Brief.« Auf ihrer Hand lag die viereckige Metallmappe. Sie hielt sie ihm hin.

»Nein.« Die eingefallenen Wangen überzogen sich mit einem zarten Rot, und auf einmal sah er sehr jung aus.

»Edik! Was, zum Teufel …« Erst in diesem Moment dämmerte es ihr. *Tschort!* Das hätte sie sich denken können. »Es ist wegen der *wory w sakone*, stimmt's? Die haben dir die Anweisung gegeben, damit aufzuhören.«

Er nickte, wütend und beschämt zugleich.

Dann fiel es ihr plötzlich wie Schuppen von den Augen. »Misty? Wo ist Misty?«

Er wandte den Blick ab. Wollte nicht, dass sie ihm ins Gesicht sah. Mit den Fingern zählte er die Rubelnoten aus der Brieftasche, doch allein bei der Erwähnung von Mistys Namen sank sein ganzer Körper vor Kummer in sich zusammen.

»Die haben sie, stimmt's?«, rief Lydia aus. »Die *wory* haben dir deinen Hund abgenommen, um dafür zu sorgen, dass du ihnen gehorchst.«

Edik steckte die Brieftasche in seine viel zu große Tasche. »Scheißkerle«, flüsterte er.

»Scheißkerle«, pflichtete ihm Lydia bei.

Aber sie wusste, dass Alexej dahintersteckte. Der sie auf die einzige Weise unter Kontrolle zu halten versuchte, die er kannte.

»Scheißkerl«, sagte sie noch einmal und drückte den Arm des Jungen. »Ich hol sie dir zurück, mach dir keine Gedanken.«

Edik trat nach einem Eisbrocken, der zersplitterte und im Sonnenlicht Tausende von schimmernden Regenbogen aussandte. »Ich bring die um, wenn sie ihr was tun.«

Lydia ließ die Blechhülle wieder in ihre Tasche gleiten gleich neben der goldenen Taschenuhr des Mannes, die leise vor sich hin tickte, und dann lief sie, auf dem Schnee schlitternd und rutschend, davon.

»Kuan.«

Das chinesische Mädchen sah zuerst überrascht und dann nervös aus. Sie kam die breite Treppe des Hotels Triumfal herunter und hatte die schmale Gestalt gar nicht bemerkt, die sich in den dunklen Schatten auf der anderen Straßenseite verbarg. Kuan hatte es sich zur Angewohnheit gemacht, bevor es dunkel wurde eine Runde in dem Park gegenüber dem Hotel spazieren zu gehen. Sie zögerte.

»Kuan«, rief Lydia abermals.

Sie war dankbar, als die Chinesin auf sie zukam, denn es wäre ihr nicht recht gewesen, hätte sie die Flucht angetreten und wäre die Hoteltreppe wieder hochgelaufen.

In ihrem blauen Mantel und der unförmigen Mütze mit ihrem hässlichen grauen Kaninchenfellbesatz wirkte Kuan reichlich plump, was sie für die übrigen Mitglieder der Delegation gewiss nicht übermäßig attraktiv machte. Trotzdem fing Lydia an den Handflächen an zu schwitzen. Da war etwas an dem glatten Gesicht des chinesischen Mädchens, das ihr sagte, dass mit ihr nicht gut Kirschen essen war. Entschlossenheit stand ihr ins Gesicht geschrieben, und ihre politische Hingabe brachte ihre Augen zum Leuchten. Bestimmt bewunderte Chang sie dafür.

Kuan legte die Handflächen aneinander und verbeugte sich höflich vor Lydia. Lydia beachtete die Geste nicht.

»Kuan«, sagte sie in einem Ton, der fast an Unhöflichkeit grenzte. »Würdest du Chang An Lo bitte sagen, dass meine Tante krank ist und ich deshalb wegmuss.« Das war genau die Formulierung, auf die sie sich für den Fall geeinigt hatten, dass sie ihn warnen und bitten musste, von ihr wegzubleiben.

Das Mädchen musterte sie, die schwarzen Augen bewusst ausdruckslos. Lydia fragte sich, wie viel Russisch sie überhaupt verstand.

»Wirst du es ihm sagen?«, drängte Lydia sie.

»Da.«

»Danke.«

Sie standen dort im Zwielicht, und ihre Schatten verschmolzen miteinander auf dem struppigen Gras, bis Lydia sich bewusst einen Schritt von ihr entfernte.

»Kuan, warum hast du Chang bei der sowjetischen Polizei angeschwärzt? Du hast ihnen von dem Zimmer in der Uliza Raikow erzählt, stimmt's?«

Die schwarzen Augen verrieten nichts. »Ich weiß nicht, was das Wort *anschwärzen* bedeutet.«

»Das ist das, was man seinen Feinden antut. Nicht seinen Freunden.«

»Genosse Chang ist mein Freund.«

»Dann behandele ihn auch wie einen.«

Plötzlich kam Leben in die ausdruckslosen Augen, und der schwerfällige Körper wurde unerwartet geschmeidig und flink, als Kuan zu Lydia herumfuhr. »Lass ihn in Ruhe, *fanqui.*«

Lydia kannte dieses Wort, denn in Tschangschu hatte sie es Tausende von Malen gehört. *Fanqui.* Ausländischer Teufel.

Doch Kuan war noch nicht fertig. »Du brauchst ihn nicht«, sagte sie. »Es gibt so viele russische Männer, die du dir an seiner Stelle nehmen kannst. Zum Beispiel deinen sowjetischen Offizier, den mit dem fuchsroten Haar. Einen wie du. Aber lass Chang An Lo in Ruhe.« Kuan stand nahe genug, dass Lydia das winzige Zucken ihres Augenlides sehen konnte. »Gib ihn China zurück«, fauchte Kuan.

Jens wachte auf und verspürte deutlichen Hunger. Nicht in seinem Magen. Der Hunger saß irgendwo in seinem Hirn und nagte sich durch seine Eingeweide, wobei er immer wieder kleine Stücke von ihm verschlang. Er versuchte verzweifelt, sich daran zu erinnern, wovon er geträumt hatte, doch schon jetzt schienen seine Träume ihm allmählich zu entgleiten und ließen nur den Hunger und den Hauch eines Parfüms zurück, das realer war als die feuchte Muffigkeit in seiner unterirdischen Zelle.

Heute würde er wieder einen Brief bekommen.

Jens rollte sich auf den Bauch, um dem schummrigen Licht der ständig brennenden Glühbirne über seinem Kopf auszuweichen, und vergrub sein Gesicht in dem schmuddeligen Kissen, das so dünn war, dass er den Lattenrost hindurchspüren konnte. Heute würde er wieder einen Brief bekommen. Von seiner Tochter.

Allein dieses Wort – Tochter. *Dotschka.* Es hatte ihn verwandelt. Hatte seine Wahrnehmung verändert und einen anderen Menschen aus ihm gemacht. Doch durch sie wurde auch das, was er getan hatte und noch immer für das Projekt tat, noch schwerer zu ertragen. Er stöhnte in das Kissen. Er wünschte, Lydia würde vor ihm sitzen und er könnte ihr alles erklären. Urteile nicht zu streng, *malyschka.* Ein Mann, der ganz allein dasteht, mit nichts und niemandem an seiner Seite in einem unmenschlichen Brachland – das ist eine Sache. Ein solcher Mensch verhärtet sich wie eine Walnussschale, und mit der Zeit verschrumpelt der weiche Kern darin und verwittert. Doch ein Mann mit einer Tochter ist etwas ganz anderes.

Für einen Mann mit einer Tochter gibt es eine Zukunft.

»Gefangener Friis, bist du einer Meinung mit dem Gefangenen Elkin? Dass alles bereit ist?«

»Ja, Genosse Oberst.«

»Du überraschst mich.«

»Wir haben hart gearbeitet, Genosse Oberst.«

Die Wissenschaftler und Ingenieure des Projekts standen in Reih und Glied in Oberst Tursenows Büro, die Augen auf den zerschlissenen Teppich unter ihren Füßen gesenkt, denn sie ahnten nichts Gutes. Wenn man sie direkt ansprach, wanderte ihr Blick höchstens bis zu Tursenows Kragen mit der gereizten roten Haut hoch, nicht höher.

»Ich rechne damit, beeindruckt zu sein«, sagte der Oberst. »Es werden Gäste da sein, militärische Beobachter höchsten Ranges. Also keine Fehler, verstanden?«

»Ja, Oberst.«

Tursenow schritt die Reihe ab. Die Augen hinter den Brillengläsern blickten voller Genugtuung. »Ich habe die Örtlichkeit für einen vollen Testlauf ausgewählt.«

»Einen vollen Testlauf?« rief Elkin aus. »Ich dachte …« Plötzlich war er blass geworden.

»Was du gedacht hast, Gefangener, ist irrelevant.« Tursenow drehte den Kopf und musterte Jens genau. »Ein ganzer Testlauf«, sagte er. »Da dürfen keinerlei Fehler passieren.«

Jens schaute ihm direkt ins Gesicht, direkt in die harten, grauen Augen, und was er dort erblickte, hatte nichts mit Genugtuung zu tun. Es war Angst. Zu scheitern war für einen Mann wie Tursenow keine Option, denn Scheitern würde zwanzig Jahre Zwangsarbeit für ihn bedeuten, und damit nicht genug. Im Lager würden ihm die anderen Gefangenen noch während des ersten Jahres jedes Glied einzeln ausreißen, wenn die Wärter ihnen gerade mal den Rücken zudrehten. Jens hatte solche Dinge erlebt. Er hatte die Schreie gehört.

»Keine Fehler«, versicherte ihm Jens.

»Gut.«

»Darf ich nach dem Ort für den Test fragen?«

»Das wird dich amüsieren, Gefangener Friis. Er wird im Lager Surkow stattfinden.«

»Aber Oberst, dort sind Hunderte von Gefangenen untergebracht.«

»Und?«

»Man kann doch nicht all die Gefangenen einfach töten …«

»Das Töten mache nicht ich, Gefangener Friis. Das bist du.«

»Aber es besteht keine Notwendigkeit dazu.«

»Natürlich besteht eine Notwendigkeit, Gefangener Friis. Wir müssen uns vergewissern, wie tief die Flugzeuge zu fliegen haben und wie hoch die genaue Konzentration des Gases sein muss. Der Testlauf wird im Lager Surkow durchgeführt. Dieser Entschluss ist gefallen.«

Das Lager von Surkow. Eine Fülle von Erinnerungen rasten Jens durch den Kopf, und das Herz wurde ihm schwer. Stacheldraht, mit dem man ihn gefesselt hatte, Schläge mit einem Eisenrohr, bis es krumm wurde, Einzelhaft in einer Zelle, die kleiner war als ein Sarg, ein Rotkehlchen mit leuchtend rotem Bauch, das ihm auf den Finger geflattert war und sitzen blieb, bis ein Wärter es mit seinem Gewehrkolben erschlug und ihm dabei den Finger brach.

»Das ist der Ort, wo du dein Leben als Gefangener begonnen hast, wenn ich recht informiert bin.«

»Wo ich meinen Tod als Gefangener begonnen habe«, korrigierte ihn Jens.

Tursenow lachte. »Das ist gut. Das gefällt mir.« Das Lachen verstummte, als er Jens genauer ins Gesicht blickte. »Na gut, es scheint, du wirst auch mit dem Tod anderer Gefangener anfangen. Aber ich würde mich davon nicht beunruhigen lassen. Du bist schließlich am Leben, nicht wahr? Du hast überlebt.«

»Ja, Genosse Oberst. Ich habe überlebt.«

Das Licht im Hof war gelb. Es drang durch die Dunkelheit ein und ergoss sich wie Öl auf die Gestalten, die mit gebeugtem Rücken in der kalten Morgenluft standen. Heute kam es Jens so vor, als würden sie alle krank aussehen, doch vielleicht lag das daran, dass sie sich alle nach dem gestrigen Treffen mit Tursenow auch so fühlten. Krank und elend.

Ein ganzer Testlauf. Im Lager Surkow. Lieber Gott, damit hatte er nicht gerechnet. Dort gab es Menschen, die er kannte, Männer, mit denen er gegessen, gearbeitet hatte, Gefangene, die sich um ihn gekümmert hatten, als er verletzt war.

Er ging auf und ab, die Glieder steif und schwer, wieder und wieder in dem Kreis herum, der hinter dem Maschendrahtzaun des Geländes lag, froh darüber, nicht reden und nicht denken zu müssen. Sein Blick war auf das massive Eisentor des Gefängnisses gerichtet, seine Ohren ganz auf das Quietschen seiner Angeln eingestellt, und dabei bemerkte er nicht einmal, dass Olga hinkte. Er sah ihr Unglück deshalb nicht, weil er so sehr mit seinem eigenen beschäftigt war.

»Raus hier, du blöder Trampel!«

Der Bäcker riss die Plane vor der Ladefläche beiseite, doch das Pferd war fahrig, warf den Kopf hin und her und tänzelte nervös mit den Hufen. Die ganze Zeit über hielt Jens aus dem Augenwinkel nach dem Jungen Ausschau. Warum war der Bursche nicht da? Er hätte die Zügel nehmen und das Pferd beruhigen können.

»Weiter!«, schrie ein Wachposten.

Es war Babitski, dessen Nervenkostüm an diesem Morgen etwas angegriffen war, weil er seit dem Aufstehen unter einer schweren Erkältung litt und eine weitere Stunde Überwachung der Leibesertüchtigung das Letzte war, wonach ihm der Sinn stand. Jens bewegte die Füße. Es war ihm gar nicht bewusst gewesen, dass sie stehen geblieben waren. Andere Gefangene murrten vor Ungeduld, ihre Atemwolken hingen wie eine Dunstglocke über dem Gefängnishof, weshalb es auch einen Moment dauerte, bis Jens wieder einen Blick in den Karren werfen konnte, nur einen kurzen Blick über die Schulter, während er der Spur von Fußabdrücken folgte, unter denen das Eis am Boden knisternd zerbrach.

Was er sah, war so erschreckend, dass sich das Bild wie ein Nagel tief in sein Denken bohrte. Entweder er sah nicht recht, oder es war eine Sinnestäuschung seines Gehirns. Jedenfalls konnte das nicht sein. Er wandte den Blick ab, konzentrierte sich darauf, dass seine Beine weitermarschierten, und drei Sekunden später, als er wieder den Kopf wandte, war er überzeugt davon, dass er sich getäuscht hatte.

Doch er hatte sich nicht getäuscht.

Er musste die Zähne fest in die Zunge drücken, um nicht laut loszuschreien. Sein Denken kam zum Stillstand. Er umrundete das hintere Ende des Übungskreises und merkte erst, dass er schneller geworden war, als er gegen den Mann vor ihm stieß.

»Pass doch auf«, bellte der Mann.

Jens hörte ihn gar nicht. Er starrte zu dem Brotkarren. Zu dem Pferd. Zu dem großen Mann, der von der anderen Seite gekommen war und jetzt direkt in Jens' Richtung schaute. Er hielt das Pferd an den Zügeln und hatte eine seiner Pranken auf den schwitzenden Hals des Tieres gelegt. Jens erkannte ihn sofort, obwohl so viele Jahre vergangen waren. Es war Popkow, Liew Popkow. Älter und schmutziger, doch diesen verdammten Kosaken hätte Jens überall auf der Welt wiedererkannt. Die schwarze Augenklappe, die Säbelwunde quer über der Stirn, bei der sich Jens bis zum heutigen Tag noch erinnerte, wie sie ihm zugefügt worden war.

»Was ist denn los mit dir?« Der Mann hinter ihm stupste ihn unsanft in den Rücken.

»Ruhe!«, schrie Babitski.

Jens bemerkte, dass Olga ihn beobachtete, doch ihr Gesicht

war verschwommen. Er ging weiter. Wie lange war er schon hier draußen in dieser gelb besudelten Dunkelheit? Fünfzehn Minuten? Zwanzig? Fünfundzwanzig? Vielleicht blieben ihm ja nur noch wenige Minuten. Er holte tief Luft, die Luft brannte höllisch in seinen Lungen, doch sie beruhigte ihn auch. Ganz langsam kam sein Gehirn wieder in Gang.

Hatte Lydia in ihrer Nachricht nicht erwähnt, dass der Kosak mit ihr hier in Moskau war? Popkow und Alexej, hatte sie geschrieben. Ohne erkennbare Hast schaute er erneut durch den Maschendraht des Zauns und quer über die Fläche von etwa dreißig Metern, die ihn von dem Bäckerkarren trennten.

Ein unwillkürliches Blinzeln, und seine Augen huschten zu dem Steinsitz an der Mauer herüber. Jens hatte eine weitere Metallhülle hergestellt, damit der Junge sie im selben Moment, wenn er eine neue Nachricht von Lydia brachte, mitnehmen konnte. Doch der Junge war nicht hier. Es war Popkow. Der große Mann trug ein Tablett *pelmeni*, deren Fleischduft bis zu den Gefangenen herübergeweht wurde und ihnen den Mund wässrig machte, und Jens sah, wie er unauffällig unter den Sitz lugte, zu den Pflastersteinen darunter, während er auf das Gebäude zumarschierte. Bis jetzt ging alles glatt.

Erst als Popkow wieder aus dem Gebäude kam, lief alles schief. Als wären sich durch Zufall ihre Blicke begegnet und der Kosak hätte ihm zugenickt, was jedoch ebenso gut nur ein nervöses Zucken seines dicken Halses gewesen sein konnte. Jens hob die Hand und rückte seine Mütze gerade. Eine Art Gruß. Der Bäcker hatte es eilig. Jens' aufmerksamen Augen war nicht entgangen, dass er heute noch nervöser war als sonst, noch reizbarer, und dass seine Füße über die Pflastersteine eilten, als ginge er auf glühenden Kohlen.

»Du da!« Das Gebrüll kam von Babitski. »Ich kenn dich, du Scheißkerl.«

Alle drehten sich um und schauten zu dem kräftigen Wachposten. Babitskis Gewehr zielte direkt auf Popkows Brust.

»Nehmt den Arsch fest!«, rief Babitski. Trotz der frühmorgendlichen Kälte war sein Gesicht knallrot angelaufen. Er stampfte über den Gefängnishof, das Gewehr im Anschlag. »Du da«, brüllte er. »Jetzt bring ich dich um.«

Jens warf sich gegen den Zaun. *»Lauf!«*, schrie er.

Doch für den Kosaken gab es keine Möglichkeit, irgendwohin zu laufen, und das wusste er. Das Tor war verrammelt, der ganze Hof mit Männern in Uniform umstellt, die langsam näher kamen, die Läufe ihrer Gewehre vor sich ausgestreckt. Er grinste Jens zu, Zähne blitzten hell inmitten seines schwarzen Bartes auf, und rollte mit den massiven Schultern, um sich auf den Kampf vorzubereiten, auch wenn es ein Kampf mit bloßen Händen war.

»Njet!«, rief Jens.

Jetzt stürzte sich Babitski auf Popkow, stieß ihm mit voller Wucht das Gewehr in den Bauch. Der Wärter war groß, doch Popkow war größer und schneller als er. Er machte einen Schritt zur Seite, drehte sich auf dem Absatz um und schlug mit der Handkante so fest gegen Babitskis Kehle, dass diesem die Knie einknickten wie Strohhalme. Er rang nach Luft, als er zu Boden krachte. Die anderen Wärter preschten nach vorne, umzingelten den Kosaken, der sich Babitskis Gewehr vom Boden geschnappt und damit begonnen hatte, um sich zu schlagen, wobei er mehreren Angreifern die Ellbogen brach oder das Kinn einschlug.

Jens klammerte sich an den Zaun. Jeder wusste, was kommen würde.

Ein Schuss peitschte durch den Gefängnishof. Das Geräusch war ohrenbetäubend, weil es von den Mauern widerhallte. Alle Gefangenen stöhnten auf, drückten die Gesichter gegen den Zaun. Ihre tägliche Hofrunde war vergessen. Popkow ging zu Boden, im letzten Moment noch streckte er die Hand suchend unter den Steinsitz. Blut floss auf die Pflastersteine.

ACHTUNDVIERZIG

Lydia schlug mit der Faust so fest an die Tür, dass sie in den Angeln zitterte und im Rahmen klapperte. Dennoch machte niemand auf. Sie schlug noch fester, wieder und wieder, bis die Haut an ihren Fingerknöcheln aufgeschürft war. Irgendwann schließlich hörte man, wie ein Schlüssel im Schloss gedreht und die Tür geöffnet wurde.

»Was, zum Teufel …« Eine Pause. »Na, wenn das nicht die kleine Lydia ist. Was machst du denn zu dieser unziemlich frühen Stunde hier?«

»Ich brauche deine Hilfe, Dmitri.«

Der Sowjetoffizier lächelte. Es war ein ruhiges, gelassenes Lächeln, das von irgendwo tief aus seinem Innersten an die Oberfläche zu steigen schien, als hätte er schon lange auf diesen Moment gewartet und wäre sich nur nicht sicher gewesen, wann genau er eintreten würde. Er machte einen Schritt zurück in seinen Flur, öffnete die Tür weit und winkte Lydia herein.

»Was wäre denn gegen die Klingel einzuwenden gewesen?«, fragte er nachsichtig.

»Die war zu … einfach.«

»Zu einfach? Wo hast du denn diese verrückte Idee her?«

»Ich musste einfach auf etwas schlagen.«

Sie saßen sich im Esszimmer an einem langen Eichentisch gegenüber. Es war ein schönes Möbelstück, schien jedoch mit seinen kunstvoll geschnitzten Beinen nicht ganz zu der ansonsten eher modernen Einrichtung zu passen. Lydia kam der Gedanke, der Tisch könnte, wie Antoninas Armband, durch jemanden, der Hilfe brauchte, in Dmitris Besitz gelangt sein. Jemanden wie sie selbst.

»Also«, sagte er mit einem unverbindlichen Lächeln. »Was ist es denn, das unsere junge Lydia an diesem Morgen so aufgewühlt hat?«

»Ich bin nicht aufgewühlt.« Sie hob ihre Kaffeetasse und nippte daran, um zu zeigen, wie ruhig sie war, doch dann konnte sie kaum schlucken, weil sie all den Schmerz in sich nicht unterdrücken konnte.

Seine grauen Augen legten sich vor Amüsement in viele kleine Fältchen, und ihr war schlagartig klar, dass sie ihn nicht an der Nase herumführen konnte. Er hatte sie an diesen Tisch gesetzt, hatte darauf bestanden, dass sie mit ihm frühstückte, er hatte ihr Kaffee eingeschenkt und ihr warme Croissants aus einer französischen Bäckerei, Dosenpfirsiche und hauchdünne Scheiben geräuchertes Schweinefleisch angeboten. Sie hatte sich nur an den Kaffee gehalten, weil sie das Gefühl hatte, ersticken zu müssen, wenn sie versucht hätte, etwas zu essen. Dmitri trug bestickte Pantoffeln und einen japanischen Seidenmorgenmantel, in den er vorne eine weiße Leinenserviette gesteckt hatte. Mit der Präzision eines Chirurgen sezierte er gerade einen Pfirsich.

Lydia holte tief Luft und ließ die Worte heraus, die zu sagen sie gekommen war. »Dmitri, heute ist ein Freund von mir erschossen worden.«

Er hob eine Augenbraue. »Der Chinese?«

»Nein.« Das Wort sprang aus ihrem Mund. »Nein, es war ein befreundeter Kosak namens Liew Popkow.«

»Ein Kosak? Dann hat er es wahrscheinlich verdient, erschossen zu werden.«

Ihre Stimme war ganz leise, als sie sagte: »Dmitri, ich ramme dir dieses Messer in den Hals, wenn du noch mal so etwas über Liew Popkow sagst.«

Er steckte sich genüsslich eine Scheibe Obst in den Mund,

tupfte sich den Mund mit der Serviette ab und lehnte sich mit ernster Miene auf seinem Stuhl zurück. »Sag mir, was passiert ist.«

»Ich war nicht dabei.«

Ich war nicht dabei. Ich war nicht dabei. Tschort! *Ich war nicht da, um ihm zu helfen, als er mich gebraucht hat.* Ihre Schuldgefühle hätten sie schier übermannt.

»Dann hat dir also jemand erzählt, was passiert ist.«

»Ja.« Sie beugte sich über den Tisch. »Mein Freund hatte gerade begonnen, für einen Bäcker zu arbeiten, und sie waren dabei, in ein Gefängnis hier in Moskau etwas zu liefern.«

»Ein Gefängnis?« Der Russe lächelte. »Was für ein Zufall.«

Lydia redete rasch weiter. »Der Bäcker sagte, plötzlich sei einer der Wärter auf Popkow losgegangen, und er habe in Notwehr gehandelt. Ein anderer Posten hat ihn erschossen.«

»Verständlich, wenn er Scherereien gemacht hat.«

Lydia beschloss, diesen Kommentar zu ignorieren. »Dem Bäcker wurde befohlen, auf der Stelle zu gehen, weshalb er auch keine Ahnung hat, ob mein Freund tot oder noch am Leben ist.«

»Ach!« Er neigte den Kopf. »Wie überaus bedauerlich für dich.«

Betretenes Schweigen. Lydia starrte auf ihre Hände. »Der Bäcker sagt, der Wärter habe behauptet, Popkow zu kennen. Offenbar hatten die beiden vor einiger Zeit eine tätliche Auseinandersetzung in Felanka.« Sie sah, wie sich bei der Erwähnung von Felanka Dmitris Pupillen weiteten, obwohl er dabei so unbeteiligt tat wie vorher. »In Felanka«, erklärte sie, »hat Popkow dem Wärter mal das Fell gegerbt, und jetzt wollte er sich offenbar rächen.«

»Ich habe zu viele von denen erlebt, Lydia, diese Leute, die nur mit den Fäusten denken. Die Gefangenenlager sind voll davon. Die leben mit ihren Fäusten, und oft genug sterben sie auch daran.«

»Vielleicht ist Popkow gar nicht tot«, beharrte sie.

»Also«, sagte Malofejew, hob seine Kaffeetasse und betrachtete sie über den vergoldeten Rand hinweg, »möchtest du wissen, in welchem Zustand der Trottel ist und wo er sich befindet.«

»Nein.«

»Was dann?«

»Ich möchte, dass du ihn mir zurückbringst.«

»Tot?«

»Tot oder lebendig.«

»Und warum sollte ich das tun?«

»Dmitri, das hier ist etwas anderes als meine Bitte um den Namen des Gefängnisses. Das war eine geheime Information, die hier nicht. Es war einfach nur ein Missverständnis. Eine blöde Schlägerei, die grundlos vom Zaun gebrochen wurde.« Sie hob die Hände von ihrem Schoß, legte sie auf die polierte Oberfläche des Tisches, und als sie sie auseinanderschob, lag da eine goldene Armbanduhr mit aufwändig verarbeitetem Gehäuse und kunstvoll graviertem Zifferblatt. Es war die Uhr, die sie dem Mann mit der Zigarre gestohlen hatte. Sie schaute Dmitri an und atmete tief aus. »Ich bin mir sicher, das ist etwas, das du mit ein paar Telefonanrufen herausfinden könntest.«

Seine Augen ruhten auf der Uhr. »Nun, Lydia, du überraschst mich. Nur so viel ist dir deine Freundschaft wert?«

Lydia war sich nicht sicher, was er meinte, und das ärgerte sie. Freundschaft zu ihm oder zu dem Kosaken? Doch etwas an der Art, wie er dabei die Uhr anschaute, ließ ihr das Blut in den Adern stocken. Es war nicht genug. Schon jetzt wusste sie, dass es nicht reichen würde.

»Was willst du stattdessen?«, fragte sie.

Er stellte seine Tasse ab und beugte sich vor, die Ellbogen auf den Tisch gestützt, die Augen aufmerksam auf sie gerichtet. Auf einmal war ihr bewusst, wie unerträglich heiß es in dem Zimmer war. »Ich hab es dir doch schon einmal gesagt, Lydia. Ich möchte, dass du mich genauso anschaust, wie du an dem Abend im Metropol deinen Chinesen angeschaut hast.«

»Das wird nie geschehen.«

»Sag niemals nie, meine Liebe. Das wäre doch durchaus möglich.«

Unvermittelt stand er auf, warf seine Serviette auf den Teller und ging um den Tisch herum, bis er direkt hinter ihr stand. Das Rascheln seiner Pantoffeln auf dem gebohnerten Parkettboden brachte ihre Haut zum Prickeln, als hätte sie Brennnesseln gestreift. Er berührte ihr Haar, doch sie zuckte nicht zusammen. Ganz genüsslich wühlten sich seine Finger in ihre dichte Mähne, als wäre es ihr gutes Recht.

»Du bist sehr hübsch, Lydia, und sehr jung.«

»Ich bin alt genug.«

Er beugte sich so weit zu ihr hinab, dass seine Lippen ihr Ohr streiften. »Alt genug, um zu wissen, was du willst?«

Sie nickte.

Er küsste sie aufs Ohrläppchen. Sie rührte sich nicht. Atmete nur den sauberen Geruch von ihm ein und spürte, wie sich sein Haar und ihres vermischten.

»Und ist das hier nun das, was du dir wünschst?« Er hob eine Partie ihres Haares hoch, wickelte ein paar Strähnen um ihre Finger, so dass sie mit ihm verbunden war, und küsste sie auf die blasse Haut ihres Halses.

Sie nickte. Das war das Mindeste, was sie Popkow schuldig war.

»Dann kann ich dir wohl helfen«, murmelte er und ließ seine Hand ihren Hals hinabgleiten. »So zart und süß wie du bist.« Seine Finger begannen sie zu erkunden, den zerbrechlichen Ansatz ihres Schlüsselbeins zu liebkosen und ganz langsam in die Öffnung ihrer Bluse hinabzugleiten, bis sie den zarten Ansatz ihrer Brust gefunden hatten. Sein Atem streifte heiß und feucht ihre Wange.

»Deine Frau, Antonina?«, fragte sie. »Ist sie hier? In der Wohnung?«

Seine Finger erstarrten. »Sie ist noch im Bett.«

»Trotzdem. Nicht sehr günstig, oder?«

»Ich habe dich nicht für eine Idealistin gehalten, Lydia. Eher für eine Realistin.« Er küsste sie auf den Scheitel, und seine andere Hand umfasste ihr Handgelenk, drückte sie in den Stuhl hinab.

»Dmitri«, sagte sie mit fester Stimme. »Lass mich gehen.« Sie hörte, wie er den Atem ausstieß. »Aber ich habe dir mein Wort gegeben. Ort und Zeit kannst du dir aussuchen – sobald Liew Popkow wieder sicher zuhause ist.«

»Tot oder lebendig?«

»Tot oder lebendig.«

Zögerlich nahm er seinen Arm weg. Sie stand auf. Endlich konnte sie wieder atmen. »Danke, Dmitri.«

»Ach, verdammt, Lydia, wirst du mir jemals das Leben leicht machen?« Er atmete immer noch schwer.

»Das bezweifle ich.« Sie zwang sich zu einer Art Lächeln.

»Aber ich habe dein Wort.«

»Ja, du hast mein Wort. Finde einfach Liew Popkow für mich.« Einen Moment lang trat sie näher, bis ihr Gesicht dem seinen ganz nah war. »Finde ihn«, sagte sie barsch und sah, wie er überrascht zusammenzuckte.

Sie ging zur Tür und öffnete sie schwungvoll. Vor ihr stand Antonina. Sie trug ein austernfarbenes Negligé und streckte die spitz zugefeilten, lackierten Nägel aus wie Krallen. Wie lange sie dort gestanden hatte, war unmöglich zu sagen.

»Lydia, meine Freundin, ich hatte ja keine Ahnung, dass du hier bist«, sagte sie strahlend. »Dmitri, du hättest mir Bescheid sagen sollen, dann hätte ich euch Gesellschaft geleistet.«

Ihr Lächeln war so brüchig wie der Stiel eines Weinglases. Lydia wusste, es würde zersplittern, wenn sie es berührte.

»Ein andermal, Antonina«, sagte sie rasch und verließ die überheizte Wohnung.

Chang fand sie. Wie, das wusste sie nicht. Alles, worauf es ankam, war, dass er hier war und dass sie sein Herz schlagen hören konnte, so schnell, als wäre er gerannt. Er führte sie durch ein Straßenlabyrinth, bis sie zu einem besonders schäbigen Straßenzug kamen, in dem zwei Fremde nicht weiter auffallen würden – niemand hier wollte Scherereien, weil alle schon genug davon hatten. Als Chang ganz sachte ihr Kinn hob und sie küsste, war ihr fast übel vor Scham. Wieso sie zu dieser frühen Morgenstunde durch die Straßen lief, wollte er gar nicht wissen, und sie fragte sich, ob er Dmitris Geruch an ihr wahrnahm.

»Lydia, Kuan hat mir deine Nachricht übermittelt.«

Sie schmiegte ihr Gesicht in den Kragen seines Mantels.

»Hier ist ein Schlüssel für ein neues Zimmer.« Er drückte ihr ein kleines Metallobjekt und einen Zettel mit einer Adresse in die Hand. »Sag mir, was dich so aufgewühlt hat.«

Sie schüttelte stumm den Kopf. Er wartete, bis sie in der Lage war zu sprechen.

»Es geht um Popkow. Auf ihn ist geschossen worden«, flüsterte sie. »Es könnte sein, dass er tot ist, und das alles nur meinetwegen.« Ihre Lippen fühlten sich ganz taub an. »Ich weiß nicht, ob er noch am Leben ist.«

Seine Hand strich zärtlich über die krumme Linie ihres Rückgrats, und die Erinnerung an die Finger eines anderen Mannes, die eben erst auf ihr geruht hatten, raubte ihr einen Moment lang den Atem. Sie begann heftig zu zittern, und als Chang einen Schritt zurücktrat, um ihr ins Gesicht zu schauen, wusste sie, er spürte, dass noch mehr dahintersteckte.

Wieder beugte er sich nach vorne und küsste sie auf beide Augenlider.

»Mach die Augen zu, Lydia. Ruh sie aus. Du kannst nichts tun, um deinem Freund, dem Kosaken, zu helfen.«

Ihre Stirn sank wieder auf sein Revers. Ihre Arme und Beine zitterten wie Espenlaub, ohne dass sie etwas dagegen tun konnte. Ebenso wenig wie sie etwas dagegen tun konnte, dass sie sich hasste.

Mein liebster Papa,
mit meinem Vater reden zu können, ist wunderbar. Ich hätte nie gedacht, ich würde noch einmal Deine Stimme hören – auch wenn es nur auf Papier ist. Als Kind habe ich so oft mit Dir geredet und Dir so viele Dinge gesagt, doch damals flüsterte ich nur in die leere Dunkelheit hinein. Wie konnte es anders sein? Ich glaubte, Du seist tot. Doch jetzt werde ich gierig. Ich will mehr von Dir, Papa. Ich möchte Dich kennen lernen, und ich möchte, dass Du mich kennen lernst.

Was also soll ich Dir sagen? Dass ich Deine Haare geerbt habe, weißt Du schon. Was noch? Mamas Begabung am Klavier besitze ich nicht, doch ich habe flinke Finger, und mein Geist ist rege. Dennoch habe ich so meine Probleme, wenn ich über dieses neue System nachdenke, das wie ein Sturm über Russland und China hinweggefegt ist. Diesen Kommunismus. Ich bewundere seine Ideale, doch seine Unmenschlichkeit verachte ich. Stalin sagt, in einer Revolution könne man die Leute nicht mit Glacéhandschuhen anfassen, aber gewiss ist das Individuum immer noch wichtig. Du bist wichtig. Ich bin wichtig.

Was sonst ist wichtig in meinem Leben? Ich habe mal ein Kaninchen besessen, das Sun Yat-sen hieß. Das war mir wichtig. Ich habe einen Freund namens Chang An Lo – Du hast mit ihm gesprochen. Er bedeutet mir mehr als mein eigener Atem. Liew Popkow ist mein guter Freund, mehr als ein Freund. Und Alexej ist der Bruder, den ich mir immer gewünscht habe. Also kennst Du mich jetzt, Papa. Ich trage eine schreckliche Mütze, liebe Aprikosenknödel mit Zucker und die Bilder von Kandinsky.

Bitte erzähl mir von Dir. Sag mir, was Du denkst. Wie Du

Deine Tage verbringst. Beschreib mir, woran genau Du arbeitest. Ich sehne mich danach, das alles zu erfahren.
Mit den allerliebsten Grüßen
Lydia

Jens küsste den Brief. Er küsste jedes einzelne Wort. Am liebsten hätte er Liew Popkow geküsst, wenn er gekonnt hätte. Der große Mann hatte den Brief abgeliefert und war gestorben. Jens hatte die Metallhülle unter dem Vorwand, sich die Schnürsenkel zubinden zu müssen, unter dem Sitz hervorgeholt. O Popkow, mein alter Freund. Erschossen und weggezerrt in einer Rolle Sackleinen. Wut scharrte in seinen Eingeweiden, während er im Halbdunkel in seiner Zelle auf und ab ging, doch seine Wut galt ebenso ihm selbst wie dem Kosaken.

»Babitski«, knurrte er die toten Mauern an, »ich hoffe, dafür schmorst du in der Hölle.«

Alexej liebte die Straßen von Moskau. Mancherorts wurden sie aufgerissen und vollkommen neue Verkehrswege gebaut. Reihen von individuellen Häusern und Läden wurden abgerissen, nur weil ein Architekt es so wollte, und riesige, mehrstöckige Gebäude wuchsen aus dem Boden wie eine neue Art gewaltiger Pilze. Im grauen Licht eines Winternachmittages saß er auf dem Rücksitz des Wagens und wusste, während er an all den Baustellen vorbeiglitt, dass er Zeuge einer sich verändernden Welt war. Es erregte ihn. Stalin setzte alles daran, die russischen Straßen zu erneuern und zu erweitern, doch das galt ebenso für den russischen Verstand.

»Maxim«, sagte er zu dem Mann, der neben ihm saß, »eine der Regeln der *wory* lautet doch, dass wir auf keinen Fall mit den Behörden zusammenarbeiten.«

»Natürlich nicht. Die Machthaber hier zerstören jegliche Hoffnung auf die Freiheit des Geistes. Die *wory* hingegen werden niemals das Knie vor einem Menschen außerhalb der

Bruderschaft beugen. Deshalb haben wir auch Sterne auf die Knie tätowiert, die uns daran erinnern.«

»Wenn also die Geheimpolizei um zwei Uhr morgens vor deiner Tür steht und Informationen über eines deiner Mitglieder haben will, was dann?«

»Ich spucke auf ihre Stiefel.«

»Und landest in einem der Arbeitslager?«

Maxim lachte. »Da war ich schon.«

»Aber jetzt bist du älter.«

»Kränker, meinst du wohl.«

»Na gut, kränker.« Das Fleisch hing dem Mann grau und teigig von den Gesichtsknochen. »Du wärst besser zuhause geblieben. Du bist müde.«

Sie fuhren in einer alten Klapperkiste, was nicht gerade angenehm war, doch die geschmeidige Limousine, die gewöhnlich benutzt wurde, wenn Alexej Maxim Woschtschinski Gesellschaft leistete, war heute in der Garage geblieben, damit sie nicht erkannt werden konnten. Dieses Fahrzeug hier war neutral, es gehörte niemandem. Genauer gesagt, war es gestohlen.

»Wie weit noch?«, fragte Maxim Woschtschinski.

»Noch ein paar Meilen«, gab Igor vom Fahrersitz zur Antwort. Er hatte Schweißperlen im Genick. Er war nervös.

Alexej nickte Lydia zu. »Diese Route hier dauert länger. Aber sie ist sicherer.«

Sie sagte nichts. Seit sie sich auf den Weg gemacht hatten, hatte sie still in ihrer Ecke gehockt, störrisch und stumm. Das ärgerte Alexej. Er hatte sich Maxim gegenüber durchsetzen müssen, damit sie überhaupt in dem Auto mitfahren durfte, und ein wenig Höflichkeit wäre durchaus angebracht gewesen. An manchen Tagen, so wie heute, wurde er einfach nicht schlau aus ihr. Hätte sie sich nicht freuen, ja sogar beeindruckt zeigen können – und ganz gewiss doch dankbar dafür, dass er sie diesen Nachmittag mitnahm? Doch nein. Dickköpfig und maulfaul war sie. Ihre lohfarbenen Augen wichen ihm aus. Alles, was sie tat, war, starr aus dem Fenster zu schauen, als wollte sie sich den Weg einprägen. Vielleicht tat sie das ja auch. Und der Gedanke beunruhigte ihn.

Oder war es Angst? Es überraschte ihn, dass er daran noch gar nicht gedacht hatte. Fürchtete seine Schwester sich etwa? Auf einmal durchströmte ihn trotz ihres störrischen Gehabes ein zärtliches Gefühl für sie, denn er wusste, dass Angst etwas war, das Lydia nie zugegeben hätte. Lieber hätte sie sich die Zunge abgebissen.

»Lydia«, sagte er, weil er versuchen wollte, sie aus ihrer Isolation herauszureißen, »der Lastwagen hat die Gefangenen heute am frühen Morgen zu den Hangars gebracht. Er ist noch nicht zurückgekehrt, weshalb wir glauben, dass sich Jens genau in diesem Moment dort aufhält.«

Sie blickte stirnrunzelnd zu Maxim. »Sind deine *wory*-Leute ihm gefolgt?«

»*Da*, natürlich.«

»Was, wenn sie entdeckt worden wären?«

»Ha! Sie wurden nicht entdeckt.«

»Aber wenn, dann würden dort Soldaten und die Polizei auf uns warten.«

Er lachte, ein tiefes, amüsiertes Lachen, das die Kühle in dem Wagen etwas zu erwärmen schien. »Meine Männer sind *wory*. Die sind schwerer aufzuspüren als Schatten im Schnee. Kapiert?«

Sie nickte. Doch Alexej war sich nicht sicher, ob sie wirklich verstanden hatte. Ihr war nicht klar, wie diese Männer funktionierten, oder dass sie außerhalb der normalen Grenzen der Gesellschaft agierten. Für sie waren es einfach nur Kriminelle. Es lag auf der Hand, dass sie ihnen nicht traute, doch zu seiner Überraschung hatte sie nicht darauf bestanden, auch diesen Trottel Popkow mitzunehmen. Wenn es darum ging, sich den Rücken freizuhalten, dann war es ausgerechnet dieser dreckige Kosak, auf den sie sich gerne verließ. Gott allein wusste, warum.

»Heute wird nichts passieren«, rief er ihr ins Gedächtnis, denn er war sich durchaus dessen bewusst, wozu sie in der Lage war. »Wir fahren dort raus, um Beobachtungen anzustellen. Sonst nichts.«

»Ich weiß.«

»Also erwarte nicht zu viel.«

»Ich erwarte gar nichts.«

»Das ist schon mal ein guter Anfang«, kicherte Maxim.

Sie wandte ihre Aufmerksamkeit wieder der Landschaft draußen zu. Mittlerweile hatten sie die Straßen der Stadt hinter sich gelassen, waren vor einiger Zeit an der stinkenden Gummifabrik Roter Herkules vorbeigekommen und fuhren jetzt in nördlicher Richtung aus Moskau heraus. Immer wieder kamen sie an kleinen Weilern vorbei, die aus ein paar *isbas*, Bauernhäuschen, mit einer Kuh vor dem Haus und einem Gemüsegärtchen dahinter, bestanden und die Eintönigkeit der flachen Landschaft durchbrachen. Die Straße verlief schnurgerade wie ein Gefängnisgitter. In einem der Dörfer wuschen ein paar Frauen gerade ihre Bettlaken im Fluss und blickten einen Moment lang neugierig auf, doch ansonsten war da nichts, nicht einmal Verkehr auf den Straßen, nur der unregelmäßige Rand des Kiefernwaldes, der sich zu beiden Seiten am Horizont erstreckte.

Das Auto blieb stehen.

»Raus«, befahl Igor.

Alle bis auf den Fahrer kletterten in die windgepeitschte Landschaft hinaus, und der Wagen bog von der verlassenen Straße auf ein Stück unbebautes Gelände ab, wo der Fahrer prompt damit begann, einen Reifen zu wechseln.

»Und jetzt?«, wollte Maxim wissen.

»Da drüben.« Alexej zeigte auf einen dunklen Umriss, der sich zwischen den Bäumen abzeichnete. Es war ein kleiner, abgedeckter Armeelastwagen.

Er stand an einem Punkt, wo die Kiefern sehr nahe an die

Straße heranwuchsen und ein kleiner Trampelpfad sich durch den dichten Bestand aus hohen, gertenschlanken Stämmen wand. Der Weg wurde offenbar häufig benutzt, denn schwere Räder hatten tiefe Furchen in die gefrorene Oberfläche gegraben.

Maxim kniff die Augen zusammen, bis es nur noch schmale Schlitze waren. »Weiter fahre ich nicht.«

Alexej nickte, legte dem älteren Mann eine Decke über die Schultern und stieg dann in das Fahrzeug der sowjetischen Armee, das er in der vergangenen Nacht gestohlen hatte. Er drehte den Zündschlüssel um, und schon beim ersten Versuch sprang der Motor an. Zufrieden trat er im Leerlauf aufs Gas, um ihn warm werden zu lassen.

»Du kannst hier warten, wenn dir das lieber ist«, rief er Lydia zu.

»Nein.«

»Dann steig ein.«

Sie kletterte neben ihm auf den Vordersitz, und Igor stieg hinter ihr zu. Alexej legte den ersten Gang ein.

NEUNUNDVIERZIG

»Entspann dich, Lydia, genieß einfach die Fahrt.« Er packte das Steuer fester, das ihm auf der holprigen Straße fast aus den Händen geglitten wäre. Igor stöhnte auf, als der Lastwagen quer durch einen schmalen Graben fuhr.

»Haben die keine Wachposten, die patrouillieren?«, fragte Lydia. »Heckenschützen in den Bäumen?«

»Natürlich. Deshalb sitzen wir ja auch in einem Armeelastwagen. Der wird niemandem besonders auffallen.«

»Und was passiert, wenn wir da sind?«

»Wir werden bestimmt nicht am Tor halten und anklopfen, wenn du das meinst. Mach dir keine Gedanken.«

»Ich mach mir aber Gedanken.«

Alexej schaute seiner Schwester ins Gesicht. Das war nicht die Lydia, mit der er durch halb Russland gereist war. Die Lydia von damals wäre vor Aufregung kaum zu bremsen gewesen.

»Was ist los mit dir?«, fragte er ruhig.

»*Tschort!* Was denkst du denn, das mit mir los ist?« Sie blinzelte mehrfach und starrte wieder nach vorne durch die Windschutzscheibe. »Es ist diese wahnsinnige Fahrerei.«

»Du wolltest das Gelände sehen, wo Jens Friis arbeitet.«

»Ja.«

»Dann halt dich fest.«

In diesem Moment drehte er das schwere Steuer zur Seite, wobei er beide Arme einsetzen musste, und verließ den Schotterweg.

»Da lang.« Igor zeigte nach rechts.

Ein niedriger Ast schlug gegen das Seitenfenster, und Lydia zuckte bei dem knirschenden Geräusch zusammen. Ihre Nerven waren zum Zerreißen gespannt. Etwa eine halbe Meile lang konnte sich Alexej auf nichts anderes konzentrieren als darauf, wie er den verdammten Lastwagen am besten zwischen den Bäumen hindurchmanövrierte und dabei sowohl Wasserrinnen als auch den gefrorenen Schneeverwehungen auswich, die sich überall türmten und zu gefährlichen Fallen geworden waren.

»Was ist los, Lydia?«, fragte er erneut, als das Gelände wieder etwas leichter zu befahren war.

Ihre Hände lagen wie kleine Fremdkörper in ihrem Schoß, reglos und steif. »Konzentrieren wir uns einfach auf unseren Vater«, murmelte sie leise. »Und auf diese halsbrecherische Fahrt hier.«

»Wenn du willst.«

»Ja, das will ich.«

»Ist denn mit dir alles in Ordnung? Ist etwas passiert?«

»Mir geht es gut.«

Eine ihrer behandschuhten Hände rutschte von ihrem Schoß weg und blieb in dem Raum zwischen ihrem Oberschenkel und seinem liegen, schmiegte sich ein wenig an, als suchte sie nach Wärme. Er trat auf die Bremse, um einem Baumstumpf auszuweichen, und der Lastwagen brach zur Seite aus. Dabei schleifte er mit seiner ganzen Länge an einem Ast entlang, der mit Eiszapfen behängt war. Es knallte, als würden sie von Schrotkugeln durchsiebt.

»Alexej, hast du eigentlich eine Ahnung, wo, zum Teufel, das alles hinführt?«

Für den Bruchteil einer Sekunde begegneten sich ihre Blicke, und er wusste, dass sie damit nicht den Wald meinte.

»Wie wär's mit dem Baumwipfel da oben?«

Sie lächelte.

Rasch wandte er den Blick ab und konnte gerade noch das

Steuer herumreißen, bevor sie in einen verkohlten Kiefernstumpf gekracht wären.

»Ist es das?«

»Ja. So weit fahren wir, den Rest machen wir zu Fuß.« Alexej drängte sie zur Eile.

Sie kletterten aus dem Lastwagen. In der Luft hing ein gespenstisch weißer Dunst, der zwischen den Bäumen waberte wie lockende Finger. Igor schnallte sich eine Stofftasche auf den Rücken.

»Es liegt direkt vor uns«, sagte er.

Sie machten sich im Gänsemarsch auf den Weg, wobei sie sich immer dicht an die dunklen Baumstämme hielten. In diesem Nebel konnte man sich leicht verlieren.

Alexej zog seine Pistole aus der Tasche.

»Wachposten?«, flüsterte Lydia.

Er nickte. »Sie gehen zu zweit Streife in den Wäldern. Aber die Soldaten frieren und langweilen sich, und da monatelang nichts passiert ist, rechnen sie auch nicht damit, weshalb sie nicht besonders aufmerksam auf das achten, was im Wald geschieht. Die verbringen mehr Zeit damit, am Gelände selbst zu patrouillieren.«

»Alexej, warum ist Maxim mitgekommen? Es ist bitterkalt heute, und er sieht krank aus. Selbst dort in dem Auto könnte es gefährlich für ihn werden, wenn man ihn findet und verhört. Das war nicht nötig.«

»Doch, das war es. Um die *wory* daran zu erinnern, wer ihr *pakhan* ist.«

»Um die Diebe daran zu erinnern? Oder dich?«

»Spielt das eine Rolle?«

»Ja.«

Es war keine Frage, auf die er gerne eine Antwort geben wollte. Stattdessen gebot er ihr zu schweigen, indem er den Finger an die Lippen legte, und sie schlichen vorsichtig weiter, Lydia direkt rechts hinter ihm, Igor bildete die Nachhut. Abrupt hörte der Wald auf, und innerhalb von nur wenigen Schritten war das Zwielicht einem schmierig weißen Himmel gewichen. Ein Gebiet von der Größe eines Dorfes war im Herzen des Waldes gerodet worden, und in der Mitte war eine rechteckige Fläche freigeräumt, die allerdings durch eine Backsteinmauer, die sich rund um das Gelände zog, vor neugierigen Blicken verborgen war. Zehn Meter hoch, war sie oben mit Stacheldraht bedeckt. Auch am Boden ringelten sich überall Rollen dieses tückischen Materials, wie schlafende, dornige Schlangen.

»Nicht sehr einladend«, flüsterte Lydia Alexej ins Ohr.

Er zog eine Grimasse. »Soll es auch nicht sein.«

»Und wie kommen wir rein?«

»Gar nicht.«

»Ich dachte, wir sind hier, um uns den Gebäudekomplex anzuschauen, den sie gebaut haben. Das hast du doch gesagt.«

»Das ist richtig.«

»Aber die Mauer verbirgt doch alles vor unseren Blicken. Ich kann nichts sehen.«

Er lehnte sich an einen der Kiefernstämme, und seine Silhouette schien mit der rauen Borke des Baumes zu verschmelzen. »Das wirst du schon«, versprach er.

»Zeit zu gehen, Lydia.«

Alexej blickte nach oben. Lydia saß immer noch etwa fünfzehn Meter über dem Boden auf einer der Kiefern und schaute aufmerksam durch das Zeiss-Fernglas. Sie sah klein aus, dort oben im Schatten der Baumkrone, und aus der Konzentration, mit der sie alles beäugte, schloss er, wie gerne sie noch dort oben geblieben wäre.

»Lydia«, sagte er leise, weil er wusste, wie weit Geräusche in der feuchten Luft getragen wurden.

Sie nahm widerwillig das Fernglas von ihren Augen. »Lass mich runter.«

Igor ließ sie so schnell an ihrem Seil ab, dass es Alexej wunderte, dass sie sich beim Aufprall nichts brach. Sie gab Igor das Fernglas zurück.

»*Spassibo*«, war alles, was sie sagte.

Igor hatte sie mit seiner Technik überrascht. Er hatte sich einen Lederriemen zwischen die Knöchel gebunden und ihn dann um einen der schmalen Baumstämme geschlungen, die etwas zurückgesetzt vom Waldrand standen. Indem er den Fußriemen ebenso einsetzte wie einen weiteren zwischen seinen Handgelenken, hatte er sich so gewandt wie ein Iltis den Baumstamm hochgehangelt, wobei seine plumpen, kurzen Beine eine unerwartete Kraft an den Tag legten. Lydia konnte nur noch mit offenem Mund staunen. Alexej hatte gelächelt. Die Technik hatte er schon in den Straßen von Moskau gesehen, denn so kletterte Igor an den Regenfallrohren von Wohnblocks nach oben. Nachdem er die Baumkrone erreicht hatte, hatte er ein Seil aus seinem Rucksack gezogen, es über einen der Äste geworfen und mithilfe einer Schlinge einen einfachen Flaschenzug gebaut. Damit hatte er Lydia hochgezogen und es ihr ermöglicht, über die Mauer zu schauen, wie Alexej es ihr versprochen hatte.

»Es ist ein Hangar«, sagte sie und hielt dabei ihre Stimme gedämpft.

»Ein riesiger.«

»Und was ist drin?« In ihren Augen schimmerte jetzt auch die Erregung, die er vorher vermisst hatte. Das war wieder die Lydia, die er kannte. »Und was glaubst du, wofür die Schuppen sind?«

»In den Schuppen wird alles Mögliche an Ausrüstung gelagert. Wir haben gesehen, wie sie irgendwelche Maschinenteile auf Karren rüber zu dem Hangar gerollt haben.«

»Draußen sind ein paar große Behälter. Was ist das?«

»Für mich sehen die aus wie Kerosintanks. Und der Backsteinschuppen rechts davon ist das Wachhäuschen.«

Sie nickte so heftig, dass ihr fast die Mütze vom Kopf gefallen wäre. Sie rückte sie wieder zurecht. »Das habe ich auch gesehen. Soldaten gehen da ein und aus, und Hunde ebenso.«

»Das ist eine interessante Anlage, die sie da gebaut haben. Eine weite Fläche, mitten im Wald und von allen Seiten durch Mauern geschützt, damit niemand sieht, was drinnen vorgeht. Was, zum Teufel, machen die da?«

»Vielleicht bauen sie ein neues Flugzeug?«

»Vielleicht. Aber Jens ist nicht ...«

Ihre Finger krallten sich so fest um sein Handgelenk, dass sie sich regelrecht in die Haut bohrten, doch er bemerkte kaum den Schmerz. Ihr Gesicht war so weiß wie der Dunst, der sich um ihre Schultern gelegt hatte.

»Ich habe ihn gesehen«, flüsterte sie.

»Wen?«

»Ich habe Papa gesehen.«

»Nein, Lydia, Jens arbeitet sicher drinnen. Die dürfen bestimmt nicht nach Gutdünken draußen herumlaufen. Außerdem«, er gab ein kurzes, ungeduldiges Schnauben von sich, »ist es ziemlich unwahrscheinlich, dass du ihn nach all den Jahren wiedererkennst.«

»Ich sag es dir, ich habe ihn gesehen.«

»Wo?«

»Durchs Fernglas. Er saß auf einer Bank neben dem großen Hangar.«

»Das bildest du dir ein.«

»Er war es. Ich weiß, dass er es war.«

Alexej beließ es dabei. Warum sollten sie darüber streiten? Wenn sie sich so sehr wünschte, ihren Vater gesehen zu haben, dann ließ er sie gerne in dem Glauben.

»Jetzt komm«, sagte er etwas barsch und entzog ihr sein Handgelenk. »Wir müssen weiter. Igor hat das Seil schon weggepackt.«

Der Wind frischte auf, er zerrte an den Ästen, stahl sich

durch den Nebel. Während sie sich erneut im Gänsemarsch auf den Weg machten, warf Lydia einen letzten Blick auf die Begrenzungsmauer und flüsterte: »Da saß eine Frau neben ihm auf der Bank, Alexej. Und sie haben Händchen gehalten.«

Sie fielen fast über die Leichen.

»Alexej!«

Lydia hatte den Rücken seines Mantels gepackt und so fest nach unten gerissen, dass sie ihn fast erwürgt hätte. Als er zu ihr herumfuhr, sah er zu seiner Überraschung ein Messer in ihrer Hand. Wo, zum Teufel, war das hergekommen?

Sie war auf einen Arm getreten.

»Runter!«, bedeutete er ihr.

Er zog sie neben einem Baumstamm in die Hocke. Igor hatte sich flach auf den Boden geworfen. Da es in dem Kiefernwald kaum Unterholz gab, kamen sie leichter vorwärts, aber Deckung gab es dafür auch kaum. Er drückte sie nieder, und als er ihr deshalb die Hand auf den Rücken legte, spürte er, wie ihr Herz raste. Er wartete zehn Minuten, die Pistole in der Hand. Dann weitere zehn. Es rührte sich nichts, keine Zweige, die knackten, keine Vögel, die aufflatterten. Kein Geräusch, nur Stille. Niemand sprach ein Wort, nicht mal ein Flüstern, doch Alexej gab Igor Handzeichen und robbte dann von ihnen weg.

Er fand einige Spuren. Und vier Tote, alle in Uniformen der Roten Armee. Blutüberströmt. Als hätte jemand sie mit roter Farbe übergossen. Er blickte suchend in der Umgebung umher, zwischen den Baumstämmen und bis hoch in die Wipfel, konnte jedoch niemanden erkennen. Niemand Lebendigen jedenfalls; niemanden, der mit seiner Atemluft den Nebel mit Schlieren durchzogen hätte. Als Alexej zu Lydia zurückkehrte, hatte sie keinen Muskel bewegt, als wäre sie durch die eisige Luft zum Erstarren gebracht. Doch auf sein Nicken hin sprang sie sogleich auf und ging in die Hocke.

»Sieh mal«, flüsterte sie.

Ihr Blick ruhte auf einem der toten Soldaten. Er war jung, saß zusammengesunken an eine Kiefer gelehnt, die Augen weit aufgerissen, und schien sie direkt anzusehen. Aus glasigen, nutzlos gewordenen, himmelblauen Augen. Jemand hatte ihm die Kehle durchgeschnitten, ein glatter Schnitt von Ohr zu Ohr, der aussah wie ein breites Grinsen. So, als wäre das alles bloß ein Fehler gewesen – nur dass es bitterer Ernst war.

»Da sind noch mehr«, murmelte Alexej und hielt vier Finger hoch.

Sie fuhr sich mit der Handkante über die weiße Haut ihrer Kehle und hob fragend eine Augenbraue. Er nickte. Alle Toten hatten das makabre Grinsen unter dem Kinn. Er sah, wie sie zusammenzuckte, und befürchtete, sie würde vor Schreck ganz starr werden oder in Ohnmacht fallen. Das hatte er schon oft erlebt. Menschen unter Schock reagierten so. Fast war er darauf vorbereitet, sie sich, wenn nötig, über die Schulter zu legen und wegzutragen, doch als er Anstalten dazu machte, schloss sie einfach nur hinter ihm auf, wie sein Schatten. Igor bildete abermals die Nachhut. Seine kleinen Augen huschten nervös von Baum zu Baum.

Erst als sie den Armeelastwagen erreichten, fragte Lydia leise: »Wer hat das getan? Wer hat sie umgebracht?«

Alexej war sich ziemlich sicher, wer das gewesen war, doch aus irgendeinem Grund zögerte er, es seiner Schwester zu sagen.

»Alexej«, bedrängte sie ihn.

»Das wird Maxim gewesen sein. Um uns den Rücken freizuhalten. Das tut ein guter *pakhan* für seine Leute.«

»Aber du hast gesagt, die Patrouille arbeitet immer paarweise. Und dass sie den Wald nicht besonders sorgfältig kontrollieren. Warum waren es dann vier Soldaten?«

Alexej schwang sich in den Lastwagen. »Liegt das nicht auf der Hand?«, fragte er mit grimmiger Miene.

»Für mich nicht, nein.«

»Wir sind verraten worden.«

»Verraten? Aber wer hat denn gewusst, dass wir heute hierherkommen?«

»Nur wir.«

Die alte Klapperkiste stand nach wie vor am Wegesrand. Erleichterung traf Alexej wie ein Schlag ins Gesicht, und erst in diesem Moment wurde ihm bewusst, dass ein Teil von ihm Maxim Woschtschinski in Verdacht gehabt hatte. Dass er befürchtet hatte, er sei weg. Doch warum hätte er das tun sollen, wenn er sich gerade so skrupellos und knallhart gezeigt hatte, nur um sie schützen? Alexej und Lydia nahmen ihre alten Plätze auf dem Rücksitz ein, und Alexej begrüßte Maxim, indem er ihn dankbar in die Arme schloss. Der ältere Mann roch nach Weinbrand, doch seine Haut fühlte sich spröde und kalt an, als hätte er sich draußen im Wind aufgehalten.

»Gut, dich wohlbehalten wiederzusehen, mein Sohn«, lächelte Maxim.

»Danke, Vater.«

Lydia griff über Alexej hinweg und nahm eine von Maxims Händen. Sie zog den Handschuh ab und hob sie an ihre Lippen, drückte einen Kuss auf das von dicken Adern durchzogene Fleisch.

»*Spassibo, pakhan*«, murmelte sie.

Der Chef der *wory w sakone* entzog ihr seine Hand mit einem eisigen Lächeln, das seine Augen nicht berührte.

»Alexej«, sagte er. »Weis deine Schwester in ihre Schranken.«

In dem Zimmer roch es nach Blut. Metallisch und salzig und klebrig wie Teer stieg ihm der Geruch in die Nase. Alexej stand direkt hinter der Tür im Raum, mit pochendem Herzen, und versuchte herauszufinden, woher der Geruch kam.

Er hatte Lydia nach Hause begleitet und war auch mit ihr die schmale Treppe hochgekommen. Doch oben am Treppenabsatz hatte ein dünner Mann mit argwöhnischen Augen und Geheimratsecken gewartet, dessen rote Armbinde ihn als den Vorsitzenden des Wohnungskomitees auswies. Er trat ihnen in den Weg.

»Genossin, da ist ein Fleck auf dem Boden, direkt vor eurem Zimmer. Bitte putzt das auf.«

Lydia blinzelte, als hätte sie nicht richtig gehört, stieß dann einen kleinen Schrei aus und drängte sich an ihm vorbei zu ihrer Tür.

Verärgert biss sich der Mann auf die Lippe. »Sieht wie Blut aus«, rief er ihr hinterher.

Alexej folgte ihr. Es *war* Blut. Und in dem Zimmer war noch mehr davon. Die große Frau, Elena, stand am Bett. Sie hob kurz den Kopf, um zu sehen, wer da hereingestürmt war, ohne anzuklopfen. Ihre blassblauen Augen blickten hart und wütend. Neben ihm hatte Lydia wie ein kleines Tierchen zu wimmern begonnen, und ihre Zähne klapperten, ohne dass sie etwas dagegen tun konnte.

»Liew«, flüsterte sie. »Liew.«

Auf dem Bett lag der große Mann, alle viere von sich gestreckt. Seine fassförmige Brust war nackt und frei bis auf einen Verband, der so aussah, als stünde ein großer, scharlachroter Teller darauf. Es war ein leuchtendes, schreiendes Rot. Jeder Quadratzentimeter seiner Haut war mit Blut, Schweiß oder blauen Flecken bedeckt, und das schwarze Auge war in eine ebenso schwarze Höhle eingesunken. Nur sein Mund, so aufgesprungen und blutig die Lippen auch waren, verzog sich zum Anflug eines schiefen Grinsens.

»Lydia«, krächzte er.

Sie lief quer durch das Zimmer. Blut färbte auf sie ab, als sie sich über ihn beugte und ihn auf die unrasierte Wange küsste.

»Du bist nicht tot«, sagte sie. Es klang wie ein Vorwurf.

»*Njet*. Ich hab drüber nachgedacht. Aber ich habe es mir anders überlegt.«

»Ich bin froh.« Sie strahlte ihn an, raufte zärtlich seinen Bart. »Ich dachte wirklich, du wärst tot, du großer Volltrottel.«

Alexej fragte sich, ob sie eine ebenso verzweifelte Energie an den Tag gelegt hätte, wenn er eines Tages dem Tod von der Schippe gesprungen wäre. Er bezweifelte es.

»Die haben dich rausgeschmissen, stimmt's?«, lachte sie. »Haben deinen stinkenden Körper nicht mehr im Knast behalten wollen?«

Der Kosak grunzte.

Sie tätschelte den Verband auf seiner granitharten Brust. »Lässt es mal wieder ganz schön krachen, was?«

Er grunzte abermals, und von irgendwoher unter dem Verband kam eine Art Blubbern. Es hätte durchaus ein Lachen sein können.

»Halt die Klappe«, fauchte Elena. »Nicht reden, Popkow.«

Sie stand immer noch an derselben Stelle und starrte Lydia mit kaum verhohlener Wut an. In der einen Hand hielt sie ein weißes Emaillebecken, in dem sich scharlachrote Wattebäusche und blutgetränkte Bandagen häuften. In der anderen, die sie mit der Handfläche nach oben hielt, lag eine blutbefleckte Gewehrkugel.

»Hast du ihm die rausgeholt?«

»Jemand musste es machen.«

»Betäubungsmittel?«

Sie warf einen Blick auf die leere Wodkaflasche am Boden und versetzte ihr einen Fußtritt, so dass sie unters Bett rollte.

»Elena«, sagte Lydia mit tränenerstickter Stimme. »Danke.«

»Für dich habe ich das nicht getan, Mädchen.«

»Ich weiß.«

»Ich hätte nicht gedacht, dass du noch mal hierher zurückkommst.«

»Warum nicht?«

»Weil es ohne den Kosaken keinen Grund mehr für dich gibt, hierher zurückzukehren.«

»Aber du bist doch hier. Und Edik mit seinem Hund.« Ihr Ton klang irritiert.

»Wie ich gesagt habe. Kein Grund zurückzukommen.«

»Elena«, sagte Lydia feierlich. »Ich dachte, du und ich wären Freundinnen.«

»Dann hast du dich getäuscht.«

Die Frau warf die Gewehrkugel auf Liews Brust, wo sie wie ein winziger Grabstein auf dem Verband liegen blieb.

»Lydia«, sagte Alexej schnell. »Komm mit mir. Wir kaufen ihm Medikamente.« Er wollte sie aus dem Zimmer haben.

Sie bewegte sich nicht. Ihr Blick ruhte unbeirrt auf der Russin.

»Warum habe ich mich getäuscht, Elena?«

Der Gesichtsausdruck der Frau wurde weich. Doch das machte es nur schlimmer, als sehe sie einfach keine Hoffnung für das junge Mädchen, das da vor ihr stand.

»Weil«, sagte Elena, »du alles kaputt machst, was du anfasst.«

FÜNFZIG

Diesmal klingelte Lydia. Sie schloss die Augen, während sie wartete, um sich vor diesem Moment so abzuschotten, als widerfahre er nicht ihr, sondern einem ganz anderen Menschen. Während es in der Stadt mit ihrer beißenden Luft endlich dunkel wurde und ein melonengelber Mond am Abendhimmel emporstieg, war sie in der Straßenbahn quer durch Moskau gefahren.

Sie hatte einen Laternenanzünder pfeifend auf seinem Fahrrad die Straße entlangradeln sehen, den langen Holzstab über der Schulter, hatte beobachtet, wie er unter einer Laterne anhielt und ohne abzusteigen mit der Spitze seines Stabes das Gas aufdrehte. Sie wünschte sich an seine Stelle. Auch die Straßenbahnschaffnerin, eine Frau mit müden Augen, hatte sie beobachtet, wie sie mit der gebührenden Achtsamkeit einem jeden Fahrgast sein Ticket aushändigte, und auch sie hatte sie beneidet. Ebenso wie das Mädchen mit dem Baby, das ein Muttermal hatte. Oder das Paar, das Arm in Arm über die Straße ging.

Jeden hatte sie beneidet. Außer sich selbst.

Die Tür ging auf. »Ach Lydia, wie bezaubernd von dir, dass du vorbeikommst.«

»Guten Abend, Dmitri.«

»Ich kann nicht behaupten, dass ich nicht mit dir gerechnet habe. Du siehst, wie groß mein Vertrauen ist, dass du Wort hältst.«

Er trug einen braunen Seidenmorgenmantel über einer schwarzen Hose und auf dem Gesicht ein so zuvorkommendes Lächeln, dass einen kurzen Augenblick lang Hoffnung in ihr aufkeimte. Er riss die Tür auf, und sie trat in die Halle. Musik kam aus einem der Räume herübergeweht, und sie erkannte sie auf der Stelle, denn ihre Mutter hatte das Stück oft gespielt. Es war eine Nocturne von Chopin.

»Du siehst müde aus, Lydia, ausgesprochen müde. Lass mich dir ein Glas Wein eingießen. Dann fühlst du dich besser.« Er hielt ihr die Hände hin, um ihr aus dem Mantel zu helfen.

Sie rührte sich nicht, sondern stand nur in Hut und Mantel mitten in seiner überheizten Wohnung, und versuchte, ihn hinter seinem Lächeln zu entdecken, doch er war viel zu gut versteckt.

»Dmitri, tu das nicht.«

Seine grauen Augen wurden groß. »Meine liebste Lydia. Wir haben eine Abmachung getroffen.«

»Ich weiß.«

»Dein Kosak ist wieder zuhause.«

»Ja.«

»Nicht mal tot.«

»Nein.«

»Also.« Er breitete die Hände aus, als verwirrte ihn etwas. »Wo liegt das Problem?«

»Ich möchte das hier nicht tun.«

Er schenkte ihr einen trägen, traurigen Blick und nahm ihr sanft die Mütze ab, unter der sich ihre flammende Haarpracht löste und ihr über beide Schultern fiel.

»Ich glaube wirklich nicht«, sagte er leise, »dass das, was du möchtest, hier relevant ist. Wir haben eine Übereinkunft getroffen. Abgemacht ist abgemacht. Ich habe meinen Teil erfüllt, und jetzt bist du an der Reihe.« Seine Stimme klang anders, als ob sein Mund trocken und die Zunge schwer sei.

»Dmitri, bitte. Du bist ein anständiger Mensch, und wir können doch immer noch Freunde sein, trotz …«

»Freunde! Ich will nicht mit dir befreundet sein!«

Eine Sekunde lang war Wut in seinen Augen aufgeflackert, und er fletschte die Zähne. Dann war der Moment vorüber, wie erloschen unter einem zuvorkommenden Lächeln. In diesem Augenblick begriff sie, dass nichts ihn von seinem Vorhaben abbringen würde, und sie begann, ihn zu hassen. Sie blickte sich um, in Richtung Tür.

Er legte die Hand auf ihr Handgelenk. »Nein, meine kleine Lydia, *njet*.« Er schlug einen besänftigenden Ton an, so wie man auf ein nervöses Fohlen einredet. »Denk nicht einmal daran abzuhauen. Und schau mich nicht so finster an. Mit solcher Verachtung.« Er lachte, und bei dem Geräusch bekam sie Gänsehaut. »Wenn du versuchst abzuhauen, meine Liebe, dann kann ich den Genossen Popkow jederzeit wieder festnehmen lassen.« Seine Augen wurden hart wie Glas. »Verstanden?«

»Ja.«

»Gut. Und jetzt, lass mich dir aus deinem Mantel helfen.«

Sie rührte sich nicht, doch er knöpfte ihn sorgfältig für sie auf und streifte ihn von ihren steifen Schultern.

»Dmitri«, sagte sie, ohne ihn anzuschauen. »Was hält dich davon ab, Popkow in Zukunft jedes Mal verhaften zu lassen, wenn du willst, dass ich hierherkomme?«

Er strahlte sie begeistert an. »Ach, jetzt fangen wir endlich an, uns zu verstehen.«

»Gib mir eine Antwort. Was hält dich davon ab?«

»Nichts. *Nitschewo*. Absolut nichts.«

Wie sich herausstellte, kam die Musik aus seinem Arbeitszimmer. Der Raum war gemütlich, trotz der harten Kanten des Schreibtisches und der vielen Regale voll ledergebundener Bücher. Eine gute Wahl für eine Verführung, schien es Lydia. Sanfte Beleuchtung, ein Grammophon spielte, ein afghanischer Teppich in leuchtenden Farben lag auf dem Boden, eine Kanne Kaffee und eine Flasche Burgunder standen auf einem Beistelltischchen neben einer Chaiselongue. Es war die Chaiselongue mit ihren weich geschwungenen Kurven und dem grünen Samtflor, die ihr sofort ins Auge fiel. Seidenkissen in Bernsteingelb und Rotbraun lagen darauf, so einladend wie ein Waldboden im Frühling.

»Wein?«, bot er an.

»Nein.«

»Setz dich doch.«

Sie blieb stehen.

Er nahm die Grammophonnadel von der Schallplatte, goss ihnen zwei Gläser Wein ein und blieb einen Moment stehen, die Gläser in der Hand, um sie zu betrachten, den Kopf zur Seite geneigt. Was er sah, schien ihm zu gefallen. Am liebsten hätte sie ihm das Lächeln aus dem Gesicht geprügelt. In dem Raum war es viel zu heiß. Oder lag das an ihr? Das schwere Aroma des Kaffees schien ihr die Lungen zu verkleben, und plötzlich fühlte sie sich krank. *Ich habe ihn im Griff*, hatte sie sich Elena gegenüber gebrüstet. Wie naiv konnte sie sein? In ihrer Naivität hatte sie geglaubt, es würde reichen, ein paar Mal mit den Wimpern zu klimpern und das Haar in den Nacken zu werfen, um diesen Mann zu entwaffnen, ihm all die Informationen zu entlocken, die sie wollte, und dann die Flucht anzutreten, ohne den Preis dafür zu zahlen. *Der Mann vernascht Mädchen wie dich zum Frühstück*, hatte Elena sie gewarnt. Sie hätte besser auf sie gehört.

Und doch wäre Popkow ohne Dmitri immer noch im Gefängnis, oder, schlimmer noch, gar nicht mehr am Leben. Dmitri hatte mit der Geduld einer Spinne einfach gewartet, bis Lydia ihm ins Netz ging, und so brauchte sie sich auch nicht zu wundern, dass sich seine klebrigen Fäden allmählich um sie verdichteten.

»Hier, das hier wird dich beruhigen.« Er hielt ihr das Glas hin.

»Brauche ich etwas, das mich beruhigt?«

Wieder blickte er sie prüfend an. »Ich glaube schon.«

Sie nahm den Wein entgegen und trank das Glas auf einen Satz aus. Er kam näher, stand auf einmal so nahe vor ihr, dass sie die Pomade in seinem Haar riechen konnte, und seine Gesichtszüge schienen härter zu werden, als er den Kopf zu ihr herabbeugte und sie auf die Lippen küsste. Er schmeckte nach Whisky. Sie ließ es zu, dass seine Lippen auf ihrem Mund verweilten, ohne seinen Kuss zu erwidern.

»Lydia«, murmelte er. »So kalt? So versteinert?« Er fuhr mit der Hand zu ihrer Kehle hoch und in ihr Haar, ließ sie dann auf ihre Brust fallen. »Mach dich locker, mein süßer Engel.«

Sie trat einen Schritt zurück, stellte ihr Glas auf den Tisch und wandte sich ihm zu. Sie hatten miteinander gelacht und getanzt, also würde er ihr doch ganz gewiss keine Gewalt antun. »Dmitri, bitte, lass mich aus dieser Abmachung heraus. Ich flehe dich an.« Sie fiel vor ihm auf die Knie. »Bitte.«

Er lächelte träge, und einen Moment lang glaubte sie, er würde auf ihr Flehen eingehen, doch stattdessen öffnete er seinen Hosenschlitz und packte sie am Kopf.

»Du widerst mich an, Genosse«, sagte sie kalt und stand auf. »Dann bringen wir's eben hinter uns.«

Ohne einen Moment zu zögern, knöpfte sie ihre Bluse auf, schlüpfte aus ihrem Rock und zog sich die Unterwäsche aus. Ehe Dmitri überhaupt begriffen hatte, dass sie ihm die ganze Arbeit abnahm, stand Lydia splitterfasernackt in seinem Arbeitszimmer.

Sein Blick wanderte über ihren Körper. Ihr Gesicht brannte, doch sie ließ ihn keine Sekunde lang aus den Augen, als könnte sie ihn allein durch ihre Willenskraft dazu bringen, von seinem Vorhaben abzusehen. Allein dadurch, dass sie sich ihm gezeigt hatte. Doch in diesem Moment konnte sie kaum glauben, dass sie einmal so blind gewesen war, ihn attraktiv zu finden. Er riss sich die Hose herunter und schleuderte sie beiseite, kam langsam auf sie zu. Er berührte die milchweiße Haut ihres Bauches, ihrer Schenkel, die roten Löckchen dazwischen. Er keuchte.

»Warum ich, Dmitri? Du könntest Tausende haben, die dir gern zu Willen wären, warum also ich?«

Er begann, sie ganz langsam zu umkreisen, strich mit den Fingern über ihre Pobacken, an ihrem Rückgrat entlang, erspürte ihren Hüftknochen, die seidige Wölbung ihrer Brust.

»Weil du ein ganz besonderes Wesen bist, Lydia Iwanowa.«

»Es gibt viel schönere Frauen. Einschließlich deiner eigenen.«

Er umkreiste sie immer noch, wieder und wieder, als wollte er sie wirklich einspinnen. »Die Welt ist voller gewöhnlicher Menschen, Lydia. Du bist keine von ihnen.«

Sie holte tief Luft und sagte leise: »Dann zwing mich nicht. Lass mich gehen.«

Statt einer Antwort streckte er die Hände nach ihr aus, legte sie grob auf ihre Schultern, packte sie hart. »Sei nicht töricht«, flüsterte er und presste brutal die Lippen auf ihren Mund.

Sie wehrte sich nicht gegen ihn. Doch sie blieb stocksteif und unnachgiebig stehen, bis er des Spiels schließlich müde wurde, den Morgenmantel abwarf und sie voller Ungeduld auf das Sofa warf. Er war stark und drückte sie nieder, doch als er sich auf sie legte, zog sie die Hüften unter ihm weg. Ohne Vorwarnung ließ er sie los und schlug ihr ins Gesicht.

»Nein, Dmitri, nicht …«

Er schlug sie ein zweites Mal, diesmal härter. Sie schmeckte Blut an ihren Zähnen.

»Du Scheißkerl«, schrie sie.

Wieder kam die Hand auf sie zu. »Wag es nicht …«

In diesem Moment wurde die Tür zum Arbeitszimmer aufgerissen. Dmitri schaute sich nicht einmal um. »Raus hier, Antonina«, knurrte er und schlug Lydia abermals auf den Mund.

»Lass sie gehen«, sagte Antonina.

Lydia konnte sie nicht sehen, weil Dmitri ihr mit seinem Körper die Sicht nahm, doch seine Augen konnte sie deutlich erkennen. Sie waren nicht mehr grau und nicht mehr kontrolliert.

»Hau ab, Antonina«, rief er. »Ich hab zu tun.«

Urplötzlich spürte Lydia, wie ein schmerzhaftes Zucken durch seinen ganzen Körper ging, als hätte sie ihm das freie Knie in die Lenden gerammt. Erst als er mit einem Stöhnen über ihr zusammensank und sich an den Kopf fasste, merkte sie, dass Antonina ihm irgendeinen Gegenstand über den Kopf geschlagen hatte. Er drückte sie mit seinem vollen Gewicht nieder. Da sie kaum mehr Luft bekam, griff sie mit der Faust in seinen roten Haarschopf und riss seinen Kopf hoch, damit sie wenigstens wieder atmen konnte. Seine Augen waren dunkel vor Zorn, von ihm ging eine Hitze aus, die ihr Gesicht zu versengen schien. Ein feiner Blutfaden rann von seinem Ohr auf ihre Lippen, angewidert spuckte sie es aus. Jetzt konnte sie hinter seiner Schulter Antonina erkennen, mit weit aufgerissenen Augen wie ein Reh, eine riesige, mit Metall verstärkte Bibel in den Händen.

»Du blöde Kuh«, brüllte Dmitri sie an und ließ sich von der Chaiselongue gleiten, wobei er sich immer noch den Kopf hielt.

Antonina wich rasch vor ihm zurück.

Lydia sprang auf und packte von hinten seinen Arm. Er fuhr herum, holte mit der Faust nach ihr aus, doch sie war zu schnell, und er verfehlte sie.

»Dmitri, nicht …«

»Halt die Klappe.«

»Lass deine Frau in Ruhe.«

Doch er hatte sich bereits noch einmal auf Antonina gestürzt, und dieses Mal traf er sie mit der Faust an der Schläfe. Es knackte so laut, dass es im ganzen Zimmer zu hören war, und Antonina fiel rücklings über den Schreibtisch. Ihre Finger ließen die Bibel los, und ihr Mund formte sich zu einem Schrei, der nicht zu hören war.

»Dir werd ich's zeigen, du treulose Schlampe.«

Erneut schlug er ihr voll ins Gesicht, doch im selben Moment rammte Lydia ihre Faust in seine Nieren. Er stöhnte auf vor Schmerz, packte aber dennoch Antoninas schlanken Hals und drückte ihn mit seinen starken Händen zu. Lydia legte ihm einen Arm um den Hals, um ihn davon abzubringen, doch sie kam zu spät. In Panik geraten, hob Antonina ein Papiermesser, das wie ein Dolch geformt war und irgendwo neben ihrem Kopf lag, und stieß es mit all ihrer Kraft ihrem Mann in den Leib. Es bohrte sich bis zum Heft zwischen seine Rippen.

Ein hohes Pfeifen entwich seiner Kehle, ehe er seitwärtskippte, eine Hand um den silbernen Messergriff gekrallt, der aus seiner Brust ragte. Er sank auf den Boden. Antonina sprang auf, ihr Gesicht eine Maske aus Blut, und blickte voller Entsetzen auf die leblose Gestalt ihres Mannes hinab. Ihre Fingernägel begannen wie wild an ihrem Arm zu kratzen.

Lydia agierte schnell. Zuerst fühlte sie den Puls, wusste jedoch, noch bevor sie die Finger an Dmitris Hals presste, dass sie keinen mehr finden würde – es war nicht das erste Mal, dass sie in die Augen eines Toten blickte. Sie ließ Antonina sich hinsetzen, ein Tuch für ihr Gesicht in einer Hand, ein Weinglas voller Branntwein in der anderen. Dann zog sie das Messer aus Dmitris Rippen, wusch es gründlich ab und legte es auf den Schreibtisch zurück, rollte dann den toten Körper in den afghanischen Teppich ein, bevor sich das Blut noch weiter im Raum verteilte. Erst dann dachte sie daran, sich wieder anzuziehen.

Sie nahm neben Antonina auf der Chaiselongue Platz und schlang die Arme um die zitternde Frau, hielt sie fest, wiegte sie, murmelte ihr leise Trostlaute ins Ohr. Dabei füllte sie Antoninas Glas immer wieder nach, bis der Alkohol seine Wirkung tat und das Beben in ihrem Körper abebbte und ihre Arme und Beine so schlaff herunterhingen wie ihr Haar. Sie ließ den Kopf an Lydias Schulter sinken, und Tränen strömten über ihre Wangen.

»Ich wollte ihn nicht töten.«

»Ich weiß.«

»Jetzt muss ich ins Gefängnis«, flüsterte Antonina.

»Vielleicht nicht.«

»Doch, bestimmt. Die sowjetische Polizei wird mich verurteilen.«

»Willst du das etwa tun? Dich der Polizei stellen?«

»O Lydia, ich habe gerade meinen Mann getötet. Was soll ich denn sonst tun?«

Lydia strich Antonina das feuchte Haar aus dem Gesicht. »Es gibt auch noch eine andere Möglichkeit.«

Die kummervollen Augen, die so tief in ihre Höhlen gesunken waren, wandten sich ihr fragend zu, und Lydia dachte über das nach, was Elena ihr gesagt hatte. Diese Frau war genug geschädigt. Und jetzt das noch.

»Sag mir, Lydia, wie meinst du das?«

»Wir können jetzt gleich zur Polizei gehen und erzählen, was passiert ist, und dann wirst du, wenn du Glück hast, nach ein paar Monaten in einer Gefängniszelle, nach vielen Verhören und einem Prozess, als Gefangene in einer Mine in Sibirien Zwangsarbeit verrichten.« Sie wischte Antoninas Tränen mit dem Ärmel ab. »Das wäre nicht sehr angenehm.«

»Oder was?«, schluchzte die Frau.

»Oder«, Lydia zögerte. »Wir beerdigen ihn. Und machen einfach mit unserem Leben weiter.«

Antonina starrte sie entsetzt an. »Wo? In einem der Parks? Den Alexander-Gärten vielleicht? Du bist verrückt.«

»Nein. Denk doch mal drüber nach. Dmitri ist tot.« Lydia spürte, wie eine Welle der Übelkeit und der Ungläubigkeit sie überkam. *Dmitri Malofejew tot.* Die Worte machten ihr Angst.

»Wir können nichts tun, das dir deinen Mann wieder zurückbringt. Wenn du ins Gefängnis gehst, wird ihm das an dem Ort, wo er jetzt ist, auch nicht mehr helfen. Und ich kann bezeugen, dass es Notwehr war. Ich habe gesehen, wie er versucht hat, dich umzubringen.«

»Meinst du das ernst?«

Lydia nickte.

»Ach, du bist verrückt. Hast du noch nichts begriffen? Wir sind hier in Sowjetrussland. Es gibt keine Fluchtmöglichkeiten. Wir sind alle im kommunistischen Netz gefangen, im Guten wie im Schlechten. Ich habe ein schweres Verbrechen begangen und werde auch dafür …«

»Gib nicht auf. Noch nicht. Du hast mir geholfen. Dann lass mich jetzt dir helfen.«

Mit einem traurigen Zug um ihre Lippen berührte Antonina Lydia an der Hand. »Das ist der Grund, warum er dich so sehr begehrt hat. Wegen dieses Lichts, das in dir brennt. Er wusste, dass du ihn nur benutzt hast, aber er konnte einfach nicht die Finger von dir lassen.«

Lydia erschauderte. Sie schaute auf den zusammengerollten Teppich und empfand Trauer für den Mann, der Dmitri Malofejew hätte sein können.

»Antonina«, sagte sie. »Besitzt du ein Auto?«

Chang An Lo wusste in dem Moment, als er den Raum betrat, dass sie da war, auch wenn sie keine Lampe angezündet hatte. Er spürte ihre Anwesenheit sogar in vollkommener Dunkelheit. Kein Geräusch, keine Bewegung, nur das Gefühl, dass sie da war. Ihr Verstand, ihre Gedanken, sie selbst.

»Lydia«, hauchte er.

Ohne die Lampe anzuzünden durchquerte er den Raum. Sie stand mit einer Reglosigkeit und Geduld in einer Ecke, die ihm sagte, dass sie schon lange dort gestanden hatte, und er verfluchte das offizielle Abendessen, das sich endlos hingezogen und ihn so lange aufgehalten hatte. Dass sich der Aufenthalt der Delegation in Moskau langsam seinem Ende näherte, hatte er ihr nicht gesagt. Sie schlang die Arme um seinen Hals, und er atmete tief ihren vertrauten Duft ein, verspürte wieder dieses Gefühl der Ganzheit, das nur sein Fuchsmädchen ihm geben konnte. Er hielt sie fest, doch nicht so fest, dass er die Gedanken erdrückt haben könnte, die sie wie Glühwürmchen zu umschwirren schienen. Er gab ihnen den Raum zu fliegen.

»Was ist denn, mein Liebling?«

»Schade ich dir?«

Er spürte, wie die bösen Geister der Nacht an seinem Kopf vorbeihuschten, wie sie in der Dunkelheit raschelten, wie sie versuchten, in ihre Gedanken einzudringen. Er wedelte mit der Hand, um sie zu verscheuchen, und sie legte den Kopf in den Nacken und blickte fragend in sein Gesicht.

»Und?«

»Nein, Lydia, du schadest mir nicht. Du machst mich ganz. Wer hat dir denn den Floh ins Ohr gesetzt?«

»Elena.«

»Sag Elena, dass …«

»Popkow ist angeschossen, beinahe getötet worden. Weil er mir helfen wollte.«

Chang stockte der Atem.

»Und«, sie flüsterte die Worte, als wären sie zerbrechlich, und man müsste behutsam mit ihnen umgehen. »Meinetwegen ist heute Abend Dmitri Malofejew zu Tode gekommen. Nun bitte ich dich um Hilfe, und das macht mir Angst.«

Er ließ sie los und zündete die Gaslampe an. Bei dem schummrigen Licht sah er den angespannten Zug um ihren Mund, und sie hatte eine Prellung im Gesicht. Doch in ihren bernsteinfarbenen Augen war etwas Neues, als hätte dieser Tag sie verändert, und das erkannte er sofort wieder. Es war der Ausdruck, den er in den Augen eines Soldaten nach der Schlacht gesehen hatte, ein Selbstvertrauen, eine Unabhängigkeit des Geistes, die sich wie eine Eisglocke um sein Herz legte. Dennoch schenkte er ihr ein zärtliches Lächeln und öffnete die Arme, um sich für das bereit zu machen, worum sie ihn bitten würde.

»Sag schon«, meinte er.

Also war Wolfsauge tot. Chang empfand kein Bedauern für diese gierige Seele, und als er die Witwe sah, konnte er auch in ihren blau umränderten Augen keine Trauer entdecken, auch wenn sie weinte. Doch es beunruhigte ihn, die Sorge auf Lydias Gesicht zu sehen, als sie den Teppich entrollte, um dem Russen die Uhr und den Ehering abzunehmen. Der Ring saß zu fest, um ihn einfach abzuziehen, weshalb Chang sein Messer zog, um ihn vom Finger zu schneiden.

»Ist das nötig?«, fragte sie.

»Es darf nichts an ihm sein, durch das man ihn identifizieren könnte.«

Sie nickte, zupfte unbehaglich an ihrem Haar. Er wandte den Blick ab, weil er es kaum ertragen konnte zu sehen, wie sie all dies für den Mann tat, der ihr ins Gesicht geschlagen hatte. Er rollte den Teppich wieder auf und schickte die Frau weg, damit sie den Wagen holte, während Lydia den Boden schrubbte, um das Blut zu entfernen.

»Lydia, seine Leute werden nach ihm suchen.«

Sie kniete immer noch auf dem Boden und schrubbte. »Ich weiß.«

»Wie wird die Ehefrau sein Verschwinden erklären?«

»Sie wird ihnen morgen mitteilen, dass er zu seinem kranken Onkel nach Kazan gefahren ist. Er hat dort wirklich einen Onkel, weshalb man es ihr glauben wird, wenn sie sagt, er sei plötzlich krank geworden. Das wird ihr ein wenig Zeit geben zu entscheiden, was als Nächstes zu tun ist.«

Er wies sie nicht darauf hin, dass man auch eine eventuelle Reiseerlaubnis überprüfen müsste. Eins nach dem anderen.

»Gut«, murmelte er und ging neben ihr in die Hocke, legte seine Hand auf die ihre. »Warum bedeutet dir diese Frau so viel? Warum lässt du sie nicht ins Gefängnis gehen?«

»Sie erinnert mich an jemanden«, sagte sie sanft. »Jemanden, der ebenso geschädigt war wie sie, und der ebenso Hilfe benötigt hat.«

»Deine Mutter?«

Sie zuckte mit den Schultern. »Wie auch immer«, fügte sie hinzu, »ich habe Dmitris Schreibtisch durchsucht und eine Schachtel mit offiziellen Stempeln gefunden. Die können wir für alle möglichen Formulare verwenden.« Sie schaute ihn an. »Das könnte nützlich sein, wenn wir wegmüssen.«

»Ich habe seit jeher gesagt, dass du mein schlauer Fuchs bist. Immer in irgendwelchen Abfalltonnen und Schubladen stöbern, auf der Suche nach allem Möglichen, was du brauchen kannst. Scharfe Zähne, scharfer Verstand, und eine dunkle Höhle, in der du dich immer verstecken kannst.«

Einen langen Moment blickte sie ihn starr an. »Ich liebe dich, Chang An Lo«, sagte sie schlicht.

Erst später, nachdem sie den Teppich zum Kofferraum des Wagens geschleppt hatten und zu dritt durch die finsteren Straßen Moskaus fuhren, dachte er über das nach, was Lydia gesagt hatte. Zum ersten Mal kam ihm der Gedanke, dass sie gar nicht ihre Mutter gemeint hatte, sondern sich selbst.

Im Wald war die Frau nervös. Chang hörte sie neben sich atmen, flach und abgehackt. Jedes Mal, wenn sich im Mondlicht irgendwelche Schatten auf sie zubewegten, zuckte sie zusammen und bewegte sich so behutsam vorwärts wie ein Reh. Als über ihrem Kopf eine Eule schrie, erstarrte sie. Die edle Dame mit den scharlachroten Lippen, die ihm im Salon des Hotels Metropol so gleichgültig zugelächelt hatte, wirkte hier, weit weg von den Kandelabern und Zigarren, vollkommen fehl am Platz. Sie hielt sich direkt hinter ihm, stieß immer wieder kleine Seufzer aus und murmelte vor sich hin. Lydia marschierte mit entschlossenen Schritten neben ihm her, stapfte unter dem schwarzen Baldachin aus Kiefernzweigen über die schneebedeckten Spurrillen, die Augen groß und aufmerksam. Ab und zu hob sie schnüffelnd das Gesicht, wie eine Füchsin, die in der Nachtluft vorsichtig Witterung aufnahm.

Der Tote war schwer. Er lag über seiner Schulter, immer noch in den Teppich gehüllt, und brachte ihn mehrfach ins Straucheln, wenn er über Äste stolperte. Die Frau versuchte ihm zu helfen, war jedoch eher lästig, weil sie ihn ständig am Ärmel zupfte oder sich an seiner Kleidung festhielt. Lydia vermied es, Wolfsauge zu berühren, und selbst in der Dunkelheit konnte er spüren, wie angewidert sie war. Und dass sie diesen Mann nicht berühren wollte.

»Hier, das wird reichen.« Lydia sagte es schnell, weil sie Chang möglichst bald von seiner unheilvollen Last befreien wollte.

Doch da ergriff die Frau das Wort. Ihre Stimme klang brüchig in der eisigen Stille des Waldes. »Nicht hier, noch nicht, hier ist es noch nicht tief genug im Wald.«

»Antonina«, sagte Lydia so sanft, dass der Wind ihre Worte fast verschluckt hätte. »Wir sind hier weit weg von der Straße. Niemand wird hierherkommen.«

Mithilfe der Ehefrau legte Chang den Toten auf den Boden, und sie ging sofort daneben in die Hocke, legte die Hand auf den Teppich, als zögerte sie, ihre Besitzrechte an dem, was er enthielt, aufzugeben. Niemand sagte etwas. Chang ließ seine Schultern kreisen, um die Rückenmuskeln zu entspannen, und schaute sich um. Dieser Platz war so gut wie jeder andere. Er nahm die Schaufel, die Lydia getragen hatte, und begann zu graben.

Er ging mit einem regelmäßigen Rhythmus zu Werke, doch kaum hatte er den Schnee durchdrungen, war es so, als wollte er Fels aufgraben: Die Erde war fest gefroren. Seine Sehnen waren beim Graben bis zum Zerreißen gespannt, aber Chang gab nicht auf. Es war nicht das erste Mal, dass er im Wald einen Toten vergrub oder einen gefallenen Kameraden vom Schlachtfeld trug; wohin auch immer er sich wandte, in welchem Land auch immer er war, schien der Tod ihn auf Schritt und Tritt zu verfolgen. Während er weitergrub, stieg Traurigkeit aus dem Boden, und mit jeder Schaufelbewegung wurde der Gestank des Todes stärker. Da hockte sie, die Traurigkeit, und er atmete sie tief ein, bis seine Lungen schmerzten.

»Genug«, murmelte Lydia.

Er blickte überrascht auf. Fast hätte er vergessen, dass er nicht allein war. Sie stand abseits unter den Bäumen, beobachtete genau sein Tun. Ihr Gesicht lag im Schatten, vor ihm verborgen.

»Genug«, sagte sie wieder. »Es reicht.«

War es das Grab, das sie meinte? Oder war es der Tod, dessen sie überdrüssig war?

Die Frau kniete nach wie vor neben dem Teppich, den Kopf gebeugt. In der Dunkelheit sah es so aus, als hätte sie sich für immer dort unten auf dem Waldboden niedergelassen, und er fragte sich, ob es ihr wohl lieber gewesen wäre, wenn sie diejenige wäre, die allein in der kalten Erde zur Ruhe gebettet wurde. Er warf die Schaufel auf den Boden und streckte die Hand nach dem Teppich aus, doch in diesem Moment hallte ein lautes Krachen durch den Wald, und die Frau sprang erschrocken auf, die Augen weit aufgerissen. Im Mondlicht sahen sie so aus, als wäre jegliche Farbe daraus gewichen.

»Ein Elch«, sagte er und hörte, wie sie einen Seufzer der Erleichterung ausstieß.

Voller Respekt für den Toten – auch wenn es sich um Wolfsauge handelte – rollte er den Teppich sorgfältig bis an die Kante des Grabes, doch als er den Toten aus dem Teppich befreien wollte, machte die Ehefrau einen Schritt vorwärts.

»Lass mich«, sagte sie.

Er trat zurück, während sie mit langsamen, zögerlichen Bewegungen den Leichnam ihres Mannes aus seiner Hülle befreite und in das flache Grab rollen ließ, so sanft, als wäre er ein schlafendes Kind.

»Gute Nacht, Dmitri«, flüsterte sie leise. »Gott schenke deiner Seele Frieden.« Tränen flossen wie ein klares Rinnsal über ihre Wangen.

Chang beugte den Kopf und übergab den Geist des Russen an seine Ahnen, aber als er sich nach Lydia umsah, stand sie steif neben einem Baum, die Arme störrisch vor der Brust verschränkt. Was war es, das sie so verstörte? Die schreckliche Leere, die der Tod verursachte? Oder das ähnliche Loch, das auch ihre Mutter vor wenigen Monaten verschlungen hatte? Er atmete langsam, um sein Blut zu besänftigen, das wie ein züngelndes Feuer durch seine Adern raste. Oder sah sie das Ende ihres Vaters voraus, weil ihre Ängste dem Tod wieder einmal ins Auge geblickt hatten? Dort draußen im Wald war das Leben eine heikle Angelegenheit. Wie ein seidener Faden, der silbrig und fein im Mondlicht glitzerte.

Er griff erneut zur Schaufel und begann die Leiche Dmitri Malofejews mit schwarzer russischer Erde zu bedecken. Was er nicht erwähnte, war, dass noch vor Morgengrauen die Wölfe zur Stelle sein würden, um mit ihren Klauen das Grab zu öffnen.

Sie wuschen sich gegenseitig. Chang liebte es, wenn ihre Hände seine Haut berührten, ebenso wie den Anblick ihrer flammenden Mähne, die sich über ihre Schulterblätter ergoss. Zusammen seiften sie sich den Schmutz des Tages von ihren Körpern, ebenso wie von ihren Seelen, und danach liebten sie sich. Sie hatten keine Eile, während sie sich gegenseitig erkundeten und liebkosten, sich an verborgenen Stellen streichelten und mit den Lippen die Kurve eines Halses, die Kuhle in einer

Leiste, den geschwungenen Bogen eines Fußes oder die Härte einer Brustwarze kosteten.

Es war, als würden sie sich noch einmal neu entdecken, am Ende eines Tages, der etwas zwischen ihnen verändert hatte. Als er in sie eindrang, lernte er von Neuem den Klang ihres Liebesseufzens, hörte ihr leises Wimmern, als er begann, langsamer, rhythmischer zu stoßen, spürte, wie sie ihre Nägel in seinen Rücken grub, als wollte sie ihm das Herz aus dem Leibe reißen. Hinterher, die Wange flach auf ihrem Bauch, den salzigen Geschmack von Schweiß auf der Zunge, musste er wohl eingeschlafen sein, denn als er plötzlich wieder hochschreckte, spürte er, dass Lydia sich bewegt hatte. Sie kniete neben ihm auf dem Bett, das Mondlicht badete ihr Haar in einem silbrigen Schimmer. Auf ihren ausgestreckten Handflächen lag sein Messer. Sie hatte es aus seinem Stiefel gezogen.

»Du warst es, nicht wahr, Chang An Lo?«

Er spürte, wie ihm das Blut durch die Adern rauschte, doch er lag vollkommen still da.

»Was war ich?«

»Dort im Wald.«

»Natürlich war ich das. Wir waren zusammen dort. Ich habe dir geholfen, deinen …«

»Nein.« Sie drehte und wendete die Klinge in ihrer Hand, so wie sie vielleicht ihre Gedanken hin und her wendete, berührte das Einhorn, das in den Elfenbeingriff geschnitzt war. »Du weißt, was ich meine.«

Das Haar hing ihr ums Gesicht, verbarg es hinter seinem verschwiegenen Schatten.

»Ja, Lydia, ich weiß, was du meinst.«

»Im Wald mit den Soldaten. Vier von ihnen waren tot.«

Er lauschte ihren Atemzügen. Sie waren schnell und flach.

»Ich konnte es nicht ertragen, dich sterben zu lassen«, antwortete er.

»Es war also nicht Maxim Woschtschinski?«

»Nein.«

»Woher wusstest du, wo ich war?«

»Das war nicht schwer, du bist Teil meines Herzens. Wie konnte ich denn nicht wissen, wo es schlug?«

Aber so wollte sie sich nicht abspeisen lassen. »Sag mir, wie.«

»Du hast erwähnt, du würdest mit Woschtschinskis Wagen unterwegs sein. Es war nicht besonders schwer zu erraten, wo ihr hinfahren würdet.«

»Dann wusstest du es? Du wusstest bereits, wo das Gelände liegt, auf dem mein Vater arbeitet?«

»Ich habe einen Kameraden, der ebenso gut im Aufspüren von Lastwagen ist wie jeder Moskauer *wor*.«

»Kuan?«

»Nein. Ein guter Herzensfreund namens Biao.« Er nahm ihr das Messer aus den Fingern und legte es beiseite. »Du musst vorsichtig sein, mein Liebes. Dich vor Verrat in Acht nehmen. Zu viele Menschen wissen, was du tust.«

»Außer meinem Vater. Jens Friis weiß es nicht.«

Mit einer abrupten Bewegung setzte sich Chang auf und strich Lydia das Haar aus dem Gesicht. Ihre Pupillen waren riesig, als sie ihn anschaute, und ihr Mund sprach Bände. Entschlossen drückte sie ihn auf das Bett zurück und legte sich auf ihn, die Hände flach auf seine Brust gedrückt.

»Mein Geliebter«, murmelte sie. »Wie kann ich dir für mein Leben danken?«

»Indem du darauf aufpasst.«

Während ihre Hüften sich zu bewegen begannen, stieg in ihm die Sehnsucht auf, sie aus Moskau wegzubringen. Weg von ihrem Vater, ihrem Bruder, von der Frau mit ihrem toten Mann. Und weg von sich selbst.

EINUNDFÜNFZIG

Über Nacht war Schnee gefallen und hatte das Gefängnis in ein riesiges Fabelwesen verwandelt. Seine Dächer und Fensterbänke, sein Innenhof und sogar die Steinbank glitzerten im Flutlicht des frühen Morgens wie Perlen an einem Hochzeitstag. Jens hasste das. Eine solche Heuchelei. Wie konnte etwas mit einem so hässlichen Inneren so wunderschön aussehen? Er marschierte mit seinen Kameraden im Kreis, den Kopf gesenkt, niemand redete. Schneeflocken blieben in seinen Wimpern hängen und schmolzen auf seinen Wangen wie Tränen. Vor ihm geriet Olga ins Stolpern, und den Bruchteil einer Sekunde griff er nach ihrem Ellbogen, um sie zu stützen. Der Knochen fühlte sich so zerbrechlich an wie die Schwinge eines Spatzen.

»Berühren verboten!«, schrie Babitski.

Jens murmelte vor sich hin. »Irgendwann, Babitski, das schwör ich dir, komm ich und berühre dich.«

»Jens«, flüsterte Olga, ohne sich herumzudrehen. »Tu's nicht. Dieser Unmensch ist es nicht wert.«

»Mir schon.«

Er hatte ihr nicht erzählt, dass der große Mann, der am Tag zuvor im Hof erschossen worden war, sein Freund gewesen war. Dass sie in den goldenen Tagen der Zarenherrschaft in den Ställen des Winterpalastes zusammen Karten gespielt hatten, dass sie sich wegen eines Mädchens gestritten und sich wegen eines Pferdes im Armdrücken gemessen hatten. Dass sie sich gegenseitig ihre Wunden verbunden und das Leben gerettet hatten. Nein, von alldem hatte er ihr nichts gesagt. Er setzte die Füße auf den weißen Teppich auf, der ihre Stiefelschritte so sehr dämpfte, als wären die Gefangenen gar nicht real, sondern durchsichtig und geräuschlos. Wie Geister einer Vergangenheit, die schon lange verschwunden war. Wie hatte er sich nur einbilden können, je noch einmal in diese reale Sowjetwelt hineinzupassen? Er musste verrückt gewesen sein.

Er blinzelte an den gelben Gefängnislichtern vorbei in die schwarzen Wolken empor, wo der Mond und die Sterne funkelten wie ferne Juwelen auf einem schwarzen Tuch. Außer Reichweite. Seine Tochter, die ebenfalls außer Reichweite war, kam ihm in den Sinn, und er spürte wieder jenes dumpfe Stechen in seiner Brust, das er, seit ihre Briefe kamen, gelernt hatte, mit einem einfachen Trick in seinem Denken im Keim zu ersticken. Doch jetzt wollte es einfach nicht weggehen. Da saß es, als hätte ihm jemand einen Nagel ins Herz getrieben und ihn stecken lassen, bis er verrostete.

Er war derart in seine Gedanken vertieft, dass er nicht einmal aufblickte, als sich die Tore des Gefängnishofes mit einem lauten Quietschen öffneten und einen Moment lang das Rauschen des morgendlichen Verkehrs von draußen hereinließen. Briefe würde es keine mehr geben, da war er sich sicher. Dumpf vernahm er das Klingeln des Pferdegeschirrs, hörte den Bäcker ob der Kälte grummeln, nahm das Klappern der Metalltabletts und den verlockenden Duft frischgebackenen Brotes wahr. Dennoch konnte er es nicht ertragen, einen Blick in die Welt jenseits ihrer Begrenzung zu werfen.

»Jens.« Das war Olga. Ein hastiges Flüstern. »Schau mal.«

Er sah sie an, blickte dann durch den Zaun und sah ein Mädchen. Es trug ein Tablett mit Piroggen auf dem Kopf und betrat in diesem Moment das Gebäude. Alles, was er erkennen konnte, war ihr langer, gerader Rücken, die Art, wie sie mit der geschmeidigen Anmut einer Katze über den Schnee schritt. Eine unansehnliche Mütze. Aufblitzendes knallrotes Haar auf dem Kragen.

»Lydia! Lydia! Lydia!«

»Weitergehen, Gefangener Friis!«, brüllte einer der Wärter.

Erst in diesem Moment wurde Jens bewusst, dass er in zwölf Jahren Arbeitslager gelernt hatte, seine Zunge zu zügeln. Seine Schreie waren stumm geblieben, nur ein Widerhall in seinem Kopf.

»Bewegung, Friis!«

Er ging weiter, einen Schritt nach dem anderen, bemühte sich, es mühelos aussehen zu lassen. Vor ihm schaute ihn Olga blitzschnell über die Schulter hinweg an, aus ihren Augen sprach Sorge. »Schau nur«, flüsterte sie und nickte rasch.

Diesmal musste er sich das nicht zweimal sagen lassen. Ganz am anderen Ende des Gefängnishofes, in einer Entfernung von mehr als vierzig Metern, ging die kleine Tür ins Gefängnis auf. Er richtete seine Aufmerksamkeit darauf. Plötzlich war sie wieder da und schlenkerte den Arm mit dem leeren Tablett, als könnte sie kein Wässerchen trüben, rank und schlank, wie eine Katze. Selbst nach all diesen Jahren erkannte er sie sofort. Ein zartes, herzförmiges Gesicht, bei dessen Anblick er am liebsten geweint hätte. Es war blass bis auf eine dunkel verfärbte Prellung in der Mundgegend, und sie hatte die vollen, sinnlichen Lippen ihrer Mutter. Und sie war gut in dem, was sie tat: nicht einmal die Andeutung eines Blickes in seine Richtung.

Stattdessen schenkte sie dem Wärter ein scheues Lächeln, tätschelte das Pferd, warf einen Blick auf die Steinbank, ging zum hinteren Teil des Wagens hinüber und ließ erst dort kurz den Blick zu den Gefangenen und zu Jens schweifen. Ihre Augen begegneten sich. Einen Herzschlag lang erstarrte sie. Während er sie anschaute, zerbrach etwas in ihm, und fast hätte er sich gegen den Maschendrahtzaun geworfen und ihren Namen gerufen. Wie gern hätte er in diesem Moment die Finger seiner Tochter berührt, ihr ein Küsschen auf die Wange gegeben, hätte mit einem Blick in ihre großen, leuchtenden Augen ihren Verstand ausgelotet.

Ihre Lippen bewegten sich. Es war fast ein Lächeln.

»Friis!«, schrie Babitski. »Wie oft soll ich das noch sagen? Weitergehen!«

Jens war wieder stehen geblieben. Mit gewaltiger Willensanstrengung gelang es ihm weiterzugehen, und er beobachtete, wie seine Tochter an den Karren des Bäckers zurückkehrte, das leere Tablett gegen ein volles eintauschte und noch einmal durch die Tür tapste. Verzweifelt bemühte er sich, klar zu denken, doch er konnte ja nicht einmal klar schauen. Tränen waren in seine Augen getreten, und seine Brust fühlte sich an, als würde sie gleich zerspringen. Oder bersten. Es machte keinen Unterschied. Sie schmerzte vor Glück.

»Jens.«

Er musste sich anstrengen, um herauszufinden, aus welcher Richtung die Stimme gekommen war.

»Jens, ich bin's, Olga.«

Er löste den Blick von der Tür. Olga sah ihn verstohlen über ihre Schulter hinweg an.

»Ist sie das?«, hauchte sie. »Ist das Lydia?«

Das Rasen seiner Gedanken hörte abrupt auf. Hatte er ihr von seiner Tochter erzählt? Er konnte sich nicht erinnern. Zu nicken wagte er nicht. Wenn er in diesem Moment einen Fehler machte, dann würde vielleicht alles dahin sein, und seine Lydia würde nie mehr wiederkommen. Er ließ es zu, dass die Schneeflocken sich auf seine Augenlider setzten, und biss sich auf die Zunge.

Er wartete eine Ewigkeit. Ein weiteres Leben lang. Das Herz drohte ihm die Rippen zu zersprengen, und die Angst um Lydia war scharf wie Säure in seinem Mund. Doch als sie erneut heraustrat, verschwand das alles, und er verspürte nur noch eine Welle des Glücks, die ihn erfasste, heiß und flüssig unter seiner Haut. Während sie sich der Bank näherte, fiel das

Tablett klappernd zu Boden, und sie kauerte sich mit einem bedauernden Lächeln in den Schnee nieder, um es wieder aufzuheben.

Ihre Hand war schneller als eine Schlange.

Liebster Papa,

heute werde ich Dich sehen. Du kannst Dir gar nicht vorstellen, wie glücklich mich das macht. Glücklich und überwältigt. Ich hab Dich vermisst. Seit ich fünf Jahre alt war, habe ich Dich vermisst, und der Gedanke, Dich heute zu sehen, mein geliebter Vater, ließ diese Nacht die Stunden nur mühsam und langsam vergehen.

Wie soll ich es bloß schaffen, nicht zu Dir hinzulaufen? Von dem Jungen habe ich erfahren, dass Du hinter einem Zaun sein wirst, aber was, wenn meine Füße mir nicht gehorchen? Ich werde die Arme um Dich legen wollen, Papa, doch das wird nicht möglich sein, weshalb Du Dir einfach vorstellen musst, wie es ist, wenn Deine Tochter zu Dir zurückkehrt.

Da ist etwas, das ich Dir sagen muss. Alexej und ich sind zu dem Wald mit der geheimen Lichtung gefahren, wo Du arbeitest, und ich habe die Mauer gesehen. Habe die Hangars gesehen. Ich glaube, auch Dich gesehen zu haben, aber mein Bruder meinte, das hätte ich mir nur eingebildet, weil ich es mir so sehr wünschte. Doch heute wird es keine Hirngespinste geben. Bald wird sich alles ändern. Wir kommen Dich holen. Sei bereit. Alexej hat Freunde hier in Moskau, die uns helfen wollen, er hat alle Hebel in Bewegung gesetzt, um diese Verbündeten auf unsere Seite zu ziehen. Mehr kann ich Dir nicht sagen. Es macht mich nervös, all das einem Blatt Papier anzuvertrauen.

In das Gefängnis kann ich nicht mehr kommen, weil ich nichts mehr habe, um den Bäcker zu bestechen. Glücklicherweise hat er ein gieriges Herz, aber jetzt sind meine Taschen leer. Deshalb muss ich mich jetzt für den Moment verabschieden. Au revoir. Bis zum Wiedersehen. Ich bin nervös. Was,

wenn ich nicht die Tochter bin, auf die Du gehofft hast? Ich hab Dich lieb, Papa.
Deine Lydia

Jens' Hand zitterte. Er wusste bereits, dass er nicht der Vater sein würde, den sie sich erhoffte. Doch für einen Tag mit ihr, nur einen einzigen Tag, hätte er sein armseliges Leben hingegeben. *Ach, Lydia, meine geliebte süße Tochter, wie viel riskierst du für mich?*

»Alexej, das macht mich stolz.«

»Das freut mich, Maxim.«

»Er hat es gut gemacht. Er ist ein wahrer Künstler.«

Alexej hob den Arm und betrachtete die neue Tätowierung. Sie stellte eine große Spinne dar, die seinen Bizeps hochkrabbelte, ein Hinweis dafür, dass der Träger der Tätowierung im kriminellen Leben aktiv war. Ein zweites Kainsmal.

»Ist alles bereit?«, fragte er.

»Meine Männer sind bereit. Das letzte Treffen ist heute.«

»Lydia hat darum gebeten, dabei sein zu dürfen.«

»Nein.«

»*Pakhan*, sie und ich gehen diesen Weg schon sehr lange gemeinsam. Lass sie mitkommen.«

»Mein Sohn, das Mädchen hat dich wirklich verhext. Sie ist nicht mehr deine Schwester, vergiss das nicht. Ein *wor* hat keine Schwester.« Maxim nippte mit strengem Blick an seinem Weinbrand.

Alexej zog sein sauberes Hemd an und knöpfte es nachdenklich zu. »Maxim, ich bin dir für all das, was du getan hast, dankbar.« Er hob seinen eigenen Cognacschwenker an die Lippen, obwohl es noch früh am Morgen war und er noch nichts im Magen hatte. »Wenn das hier vorüber ist, kannst du mich um jeden erdenklichen Gefallen bitten.«

»Wenn das hier vorüber ist, bist du vielleicht tot.«

Alexej lachte, ein sorgloses, heiteres Lachen, das Woschtschinski überraschte. »In dem Fall werde ich dir die Tür aufhalten, mein Freund.«

Maxim lächelte nicht.

Meine Lydia,

von Deinem Chang An Lo, Deinem weißen Kaninchen und von Deiner Vorliebe für einen Maler zu lesen, von dem ich noch nie gehört habe, lässt Dich in meiner Vorstellung immer plastischer und lebendiger werden. Du bist Wirklichkeit geworden. Auch ich bin neugierig. Ich möchte alles über Dein bisheriges Leben erfahren, über jeden Tag, jeden Erfolg, jeden Rückschlag, und über jeden Gedanken, der in Deinem jungen Kopf wächst und gedeiht.

Du bittest mich, Dir von mir und von dem, was ich denke, zu erzählen, aber es gibt nichts zu erzählen, Lydia. Ich existiere kaum. Ich lächele nicht, und ich lache nicht, und ich versuche, nicht zu denken. Irgendwo im Gefangenenlager ist mein Lachen gestorben, doch ich trauere nicht darum. Was für ein Mensch ich bin? Eine Unperson. Stattdessen werde ich also tun, worum Du mich gebeten hast, und Dir von meiner Arbeit erzählen. Sie ist das Einzige in mir, was noch gut und wertvoll und lohnend ist. Doch selbst diese Facette von mir untergrabe ich gerade. Trotzdem: Hier ist sie.

Wahrscheinlich hast Du nie von dem italienischen General Nobile gehört. Warum solltest Du auch? Er ist ein hervorragender Erbauer von halbstarren Luftschiffen. Mir hat ein junger Ukrainer von ihm erzählt, der früher sein Assistent gewesen war, aber im Gefangenenlager von Trowitsk in der Schlafkoje unter mir landete. Der arme Teufel hatte einen kleinen Fehler gemacht, der dazu führte, dass sich seine Berechnungen als ungenau herausstellten. Sabotage, hatte es geheißen, und so war der Ukrainer im Gefängnis gelandet.

Er starb in dem harten Winter beim Roden, doch vorher

hat er mir noch einige Dinge erzählt. Über Nobiles Pläne. Er strebt einen massiven Ausbau der Nutzung von Luftschiffen für militärische Zwecke an. Lydia, Du kannst Dir gar nicht vorstellen, wie aufregend das alles ist. Es ist die Zukunft. Nobile hat sogar Stalin dafür begeistern können. Und was wird jetzt geschehen? Stalin hat ein Entwicklungsprogramm für Luftschiffe der Roten Armee in Auftrag gegeben und plant eine öffentliche Ausschreibung über mehrere Millionen Rubel. Josef Stalin mag ein brutaler Mann und ein egozentrischer Tyrann sein, doch dumm ist er nicht. Er weiß, dass ein weiterer Krieg vor der Tür steht, und setzt alles daran, dass Russland darauf vorbereitet ist.

Dafür brauchte er Ingenieure, und das ist der Grund, warum man mich von den Toten zurückgeholt hat. Es gibt ein Luftschiffprojekt in Dolgoprudnaja in der Nähe von Moskau, das allgemein bekannt ist, doch das in dem Wald, bei dem ich mitarbeite, ist geheim. Wir bauen ein … wie soll ich es nennen? Ein Ungeheuer. Ein riesiges, silbriges, dünnhäutiges Ungeheuer mit tödlichem Atem. Eine Tötungsmaschine.

O Lydia, hat Gott das im Sinn gehabt, als er den Menschen erschaffen hat? Dass er eine schöne Tötungsmaschine konstruieren würde?

Denn genau darum geht es bei meinem Projekt. Luftschiffe können große Distanzen zurücklegen, weitaus größere als normale Flugzeuge. Und so haben wir – das ist der Teil, den ich kaum zu denken wage, geschweige denn, ihn zu Papier zu bringen – zwei Doppeldecker unter ein Luftschiff gehängt, die nicht mit Bomben, sondern mit Gaskanistern bestückt sind. Und zwar mit Giftgas. Ja, Du hast richtig gelesen. Giftgas. Phosgen. Wenn das Luftschiff unerwartet weit in feindliches Gebiet eingedrungen ist, können die Flugzeuge in den Sinkflug gehen und ganz tief über eine Stadt oder Kasernen hinwegfliegen. Dann werden sie ihr tödliches Gas versprühen und wie ein Todesengel eine Spur des Grauens hinterlassen.

Stalin plant, eine ganze Flotte davon zu bauen. Mit meiner Hilfe. Meiner Hilfe. Was für ein Mensch bin ich, Lydia, und wer kann ein solches Wesen erschaffen? Diese Woche führen wir den ersten Test durch – das heißt, mit echtem Phosgen anstelle von Sodakristallen und mit echten Menschen statt mit Gummipuppen. Meine wunderschöne Tötungsmaschine wird in Betrieb genommen.

Bete für meine Seele, Lydia, wenn Du denn einen Glauben hast und ich eine Seele. Und für die meines toten Freundes Liew Popkow.

Dein Vater, der Dich mit allem liebt,
was von seinem Herzen übrig ist.
Papa

Chang An Lo sah dabei zu, wie Alexej den Brief, der mit gestochener Schrift auf hauchdünnem Papier geschrieben war, sorgfältig zusammenfaltete und ihn Lydia zurückgab. Er sah, welche Mühe es ihm bereitete, sich seine Wut nicht anmerken zu lassen.

»Du bist in das Gefängnis gegangen? Du hast dein Leben aufs Spiel gesetzt für *einen Brief*?«, wollte Alexej von seiner Schwester wissen.

»Nein, das Risiko war ziemlich gering.«

Sie alle wussten, dass sie log.

»Nur zu deiner Erinnerung«, sagte Alexej steif. »Popkow wurde genau dafür angeschossen.«

»Nein, das stimmt nicht. Ein Wärter hatte ihn erkannt, und auf Liew wurde geschossen, weil er sich der Festnahme entziehen wollte. Mich würde niemand erkennen.«

In Changs Augen war offensichtlich, dass Alexej sich nicht entscheiden konnte, was ihn wütender machte – der Ungehorsam seiner Schwester oder die eigene Enttäuschung über seinen Vater. In dem Brief war er nicht ein einziges Mal erwähnt worden. Als wären uneheliche Söhne nichts wert. Doch

Alexej war auch deutlich schockiert von dem Grauen, das Jens Friis in seinem Brief angekündigt hatte, wesentlich mehr als Lydia. Für Chang machte das Geständnis in dem Brief keinen großen Unterschied, weil er nichts von dem für Jens Friis tat, es ihn aber zutiefst verärgerte, dass Lydias Vater sie im Stich gelassen hatte. Das konnte er in ihren Augen sehen, an ihrer Verwirrung.

»Also«, sagte Chang leise, »lassen wir den Plan fallen?«

Vier Augenpaare richteten sich auf ihn, und bis auf eines blickten sie alle feindselig.

»Nein.«

»Ja.«

»Ja.«

»Nein.«

Das erste und lauteste Nein war von Lydia gekommen, das letzte von Alexej. Dazwischen hatten Maxim und Igor gesprochen. Die Zusammenkunft fand in der Wohnung des russischen Diebes statt, und Chang mochte weder die Räumlichkeit noch ihren Besitzer, ließ sich dies aber nicht anmerken. Er war hier, weil er darum gebeten worden war, und hatte es auch nicht krummgenommen, als der dicke Mann mit der fleckigen Haut gesagt hatte: »Jetzt auch noch ein Scheißschlitzauge und das Mädchen dazu.« Chang hatte gesehen, wie sich der Gesichtsausdruck des *fanqui* in der Stille, die eintrat, verhärtete, so wie geschmolzenes Eisen im Wasser erstarrt, und nahm es als gutes Zeichen. Ein Plan, der so riskant war wie der ihre, brauchte ein Herz aus Eisen als seinen Kern.

»Die werden nicht wollen, dass du kommst«, hatte Lydia ihn gewarnt.

»Ich bin nicht dafür hier, dass man mich mag.«

Sie hatte gelacht, doch es war kein Leben in ihrem Lachen gewesen, und das hatte ihn traurig gemacht. Während er jetzt in ihre Gesichter schaute und die Anspannung in ihren Hälsen und ihren Händen bemerkte, wusste er, dass Alexej sie überstimmen würde. Seine Stimme würde zählen. Der fette Mann mit den wabbeligen Wangen würde es Lydias Bruder nicht abschlagen.

Woschtschinski schlug mit der Faust auf sein breites Knie. »Nun gut, meine Genossen«, grinste er sie an und schob das Kinn in gespielter Angriffslust vor. »Dann reden wir jetzt über morgen.«

Chang führte sie weg. Er wollte, dass Lydia den Gestank auf ihrer Haut loswurde, wollte sie von den Zigarren und dem gewalttätigen Gerede dieser Männer wegbringen. Er begleitete sie quer durch die Stadt zum Arbat, wo er eine kleine chinesische Teestube kannte, und freute sich, als er sah, wie ihre Augen bei dem Anblick des Lokals zu leuchten begannen.

»Ich wusste gar nicht, dass es das hier gibt«, lächelte sie.

»So eine Teestube gibt es in jeder größeren Stadt der Welt. Wir Chinesen sind wie Ratten, wir kommen überall hin.«

Sie riss sich die Mütze vom Kopf, schüttelte ihre Haare aus und atmete tief den vertrauten Duft nach Gewürzen, Jasmin und Räucherstäbchen ein, das von dem Jadezierwerk der Fassade aufstieg.

»Ich hatte ganz vergessen«, murmelte er, »wie sehr mein Geist die Farben vermisst, die Leben und Energie bringen. Hier in Sowjetrussland sind die Straßen so grau wie der Tod. Selbst der Himmel über uns ist flach und farblos.«

Er zog Lydia in das duftende Innere des Teeladens. Sie setzten sich an einen niedrigen Bambustisch und bekamen von einem chinesischen Mädchen im *cheongsam*, der die Farbe einer reifen Wassermelone – Dunkelgrün, Rot und Schwarz – hatte, dampfenden roten Tee serviert. Sie verbeugte sich voller Respekt, und Lydia beobachtete Chang mit einem sanften Lächeln auf den Lippen.

»Mein Geliebter«, sagte sie, als das Mädchen weg war, »vermisst du deine Heimat so sehr?«

»Sie ist ein Teil von mir, Lydia, ihre gelbe Erde fließt durch meine Adern.«

Sie ließ ihn mit ihren lohfarbenen Augen nicht los. »Was sollen wir tun?«

Er beugte sich vor und nahm eine ihrer Hände, ballte sie zu einer kleinen Faust und schloss seine eigene Hand darum. »Lass uns über deinen Vater reden.«

Sie nickte, ein kaum wahrnehmbares Senken des Kinns. »Er war ein Mensch voller Kraft. Ein Mann mit Familie, der in den Palästen der Grafen und Fürsten ein und aus ging. Unter dem Zaren hatte er ein gutes Leben, doch durch die Herrschaft der Bolschewiken hat er alles verloren. Alles hat man ihm genommen.«

»Das wollte er auch in den Briefen erklären – wie er sich an sein tiefstes Inneres, seinen harten Kern, klammern musste, um zu überleben. Du und ich, Lydia, wir verstehen das.«

»Ja.« Die Traurigkeit in dem einen Wort war so schwer wie der goldene Buddha im Fenster.

»Da ist etwas, das ich dir nicht gesagt habe, etwas, das ich an dem Tag erfahren habe, als ich bei deinem Vater im Gefängnis war.«

Sie sagte nichts, wartete.

»General Tursenow, der das Gefängnis leitet, hat mir gesagt, dass die Idee zu dem Projekt von Jens Friis selbst kam. Das alles ist eine Ausgeburt seines Denkens. Er war nicht einfach nur ein Ingenieur, den man dazu verdonnert hat, daran mitzuarbeiten. Während seiner Zeit im Arbeitslager war er es, der sich die Geburt dieses Ungeheuers, wie er es nennt, ausgedacht hat.«

Sie presste die Lippen aufeinander. »Willst du damit sagen, dass er ebenfalls ein Ungeheuer ist? Eines, das es nicht wert ist, gerettet zu werden?«

»Nein, darum geht es mir nicht. Er hat als Belohnung dafür um seine Freiheit gebeten, und die hat man dem ganzen Team versprochen, sobald das Projekt beendet ist. Die Freiheit.«

Die Anspannung in ihrem Gesicht löste sich, und sie lächelte. »Warum hast du mir das nicht vorher gesagt? Dann wird er doch freigelassen.«

»Zumindest hieß es das, ja.«

In seiner Stimme war ein Unterton, der sie skeptisch machte. Das Lächeln schwand dahin.

»Nein, Chang, nicht.«

»Es tut mir leid, mein Liebes.«

»Du glaubst ihnen nicht.«

»Nein, tu ich nicht. Kannst du dir denn vorstellen, dass die Militärbehörden es genehmigen, Gefangene mit streng geheimen Informationen einfach laufen zu lassen?«

Lydia schüttelte den Kopf. »Würden sie sie in die Arbeitslager zurückschicken?«

Dazu sagte er nichts.

Ihr Mund verzog sich schmerzlich, und sie verbarg ihn rasch hinter der kleinen Porzellantasse. »Du meinst, man wird sie erschießen?«

»Ja, das glaube ich.«

Ihre Hand in der seinen bebte.

»Er wird sterben«, flüsterte sie.

»Wenn wir ihn nicht rauskriegen.«

»Verurteile meinen Vater nicht, Chang. Wir können nicht wissen, welches Grauen er durchgemacht hat, zwölf Jahre lang, Tag für Tag. Nur so konnte er dem ein Ende bereiten.«

Chang öffnete die Hände und ließ sie los. »Ich weiß. Jeder von uns hätte das Gleiche getan.«

Sie wussten beide, dass das nicht stimmte.

»Danke«, murmelte sie und lächelte ihn an.

Der Junge hockte an Popkows Bettende, spielte mit ihm Karten und stritt sich mit dem großen Mann. Die beiden pokerten wie wild um getrocknete Bohnen, und wenn man nach dem Häuflein gehen konnte, das neben ihm lag, war Edik dabei zu gewinnen. Misty lag zusammengerollt auf Elenas Schoß, die genüsslich gluckste, als der Welpe ihre Finger leckte, als wären es Würste. Doch in dem Moment, als Lydia hereinkam, war es mit dem Kartenspiel und dem Lachen vorbei. Die Versuchung war für Lydia groß, gleich wieder hinauszugehen.

»Dann geht es dir also besser, Liew«, neckte sie ihn. »Ich wusste, dass du dich nur krank gestellt hast.«

Popkow schenkte ihr ein etwas gequältes Lächeln. »Wollte einfach mal einen Tag im Bett bleiben.«

»Du fauler Kosak.« Lydia zog die Stirn in Falten. »Warum mache ich mir dann eigentlich die Mühe, in Schnee und Eis herumzulaufen und dir deine Medizin zu kaufen?«

Sie warf ihm eine kleine Flasche Wodka zu, und der Hund stürmte auf sie zu, ein Kuddelmuddel aus Pfoten und Lefzen. Sie zog eine braune Papiertüte aus der Tasche und gab Misty eine frittierte Pirogge, auch Edik und Elena bekamen eine.

»Was ist das?«, fragte Elena mit gespielter Unbekümmertheit »Abschiedsgeschenke?«

»Vielleicht.«

»Dann ist es also in die Wege geleitet?«, fragte Popkow sofort, zwischen zwei Schlucken aus der Wodkaflasche.

»Ja.«

»Morgen?«

»Ja.«

»Ich werde dort sein.«

»Nein!«, riefen Lydia und Elena wie aus einem Munde.

»Jedenfalls«, fügte Lydia schnell hinzu, »wirst du nicht gebraucht. Alexej hat alles genau geplant, und du weißt ja, dass er lieber einen tollwütigen Hund an seiner Seite hätte als dich.«

Popkow verschloss die Flasche wieder und warf sie Lydia quer durch das Zimmer zu. Sie prallte an ihrer Hüfte ab und rollte ohne zu zerbrechen über den Boden. »Ich komme mit, verdammt noch mal, Mädchen. Jens Friis war mein Freund.«

Elena starrte Lydia finster an, die prompt die Flasche aufhob, hinüber zu Popkow ans Bett ging und ihm damit einen Schubs an der geprellten Wange verpasste. »Du wartest hier, du hirnloser Bär, und ich bringe ihn zu dir.«

»Alexej, ich habe ein Geschenk für dich.«

»Das einzige Geschenk, das du wirklich brauchst, ist hier.«

Er hob Antoninas Hand und küsste ihren blassen Rücken. Sie trug keine Handschuhe. Noch immer stand sie unter Schock wegen dem, was sie getan hatte, noch immer brach sie hin und wieder in Schluchzen und Zittern aus, und noch immer stand Angst in ihren dunklen Augen. Alexej wusste nur zu gut, wie es sich angefühlt hatte, als er zum ersten Mal jemanden getötet hatte: ein Moment, der sich für alle Zeiten ins Gehirn einbrannte. Das Gefühl verließ einen nie, es blieb da und zerrte an einem Menschen, bis er lernte, es wegzulegen, wie in eine Schachtel, und ganz leise den Deckel darüber zu schließen.

»Schau mich nicht so an«, sagte sie verlegen. »Ich sehe schrecklich aus.«

»Nein, du siehst hübsch aus.«

Er meinte es auch, trotz ihrer geschwollenen Nase und der blauen Flecken. Seit dem Tod ihres Mannes war da etwas Reales, Greifbares an ihr, das vorher nicht da gewesen war. Als würde sie ganz behutsam all die zarten Schichten, durch die sie sich geschützt hatte, ablegen.

»Zeig mir, was es ist«, sagte er. »Dieses Geschenk von dir.«

Antonina führte ihn durch die Wohnung zu einem Schrank am anderen Ende des Flurs und riss mit einer triumphierenden Geste die Türen auf. Er runzelte die Stirn, als er sah, was sich darin befand, zuerst vor Überraschung, und dann begann er langsam zu lächeln. An einer Messingstange hing die Uniform eines Offiziers der Roten Armee.

ZWEIUNDFÜNFZIG

Im Dunkeln war der Wald ganz anders. Lydia hatte damit gerechnet, dass ihre Augen sich irgendwann an die Dunkelheit gewöhnen würden, aber das taten sie nicht. Sie konnte immer noch nichts sehen. Aber sie konnte alles Mögliche hören. Nachtgeräusche. Geräusche, bei denen ihr die Haare auf den Armen zu Berge standen und ihr die Kehle trocken wurde. Es knackte und raschelte, als wäre da ein großes Tier, und sie musste sich dazu zwingen, still zu bleiben. Am liebsten hätte sie nach allen Seiten mit den Händen herumgefuchtelt, weil sie das Gefühl hatte, Schatten kämen immer näher. »Alles in Ordnung?«, flüsterte Chang neben ihr.

»Bestens.«

Sie hörte, wie er ganz langsam Luft holte, und fragte sich, wie viel sie mit dem einen Wort preisgegeben hatte. Wie lange kauerten sie nun schon neben dem Baumstumpf? Eine Stunde? Zwei? Sie hatte die Zeit vergessen. Es war kein Himmel zu sehen, kein Mond, nur eine schwarze Wand über ihren Köpfen, die von noch schwärzeren Umrissen durchbrochen wurde, wenn die Bäume im Wind schwankten und mit den Ästen ein unheimliches Knarren von sich gaben. Sie sprach nicht, bewegte sich nicht. Versuchte, irgendwie zur Ruhe zu kommen. Die Kälte kroch ihr bis in die Knochen, doch da war auch Changs Wärme, die sie durch ihren Mantel hindurch spürte, und darauf konzentrierte sie sich. Wenn sie zu genau über das nachdachte, was vor ihnen lag, dann würden ihre Arme und Beine in heftige Zuckungen verfallen.

»Angst?« Changs Atem an ihrem Ohr fühlte sich feucht an.

»Nicht um mich.«

»Um deinen Vater?«

Sie nickte. Er konnte es nicht sehen, doch sie wusste, dass er die Bewegung in der Dunkelheit spüren würde.

»Es ist sein sicherer Tod, wenn wir nichts unternehmen.«

»Ich weiß.«

»Ich werde ihn beschützen, soweit es in meiner Macht steht.«

»Ich weiß.«

»Aber zuerst werde ich dich beschützen.«

Plötzlich erstarrte er neben ihr, und sie spürte, dass er mit seinen geschärften Sinnen etwas wahrgenommen hatte, was ihr entgangen war. Fünfzehn Sekunden später sah sie es, ein verschwommenes Licht, weit weg, das zwischen den Bäumen auftauchte und wieder verschwand. Es war ein ganzes Stück weg, zu weit, um irgendwelche Geräusche zu hören, aber sie wussten beide auf der Stelle, was es war. Der Lastwagenkonvoi. Lydias Herz klopfte heftig, es pumpte heißes Blut und Adrenalin in ihre durchgefrorenen Arme und Beine. Schon war sie bereit, sich zu bewegen, doch Changs Hand legte sich auf ihren Schenkel und bedeutete ihr zu bleiben, wo sie war.

Heute würde es hart werden. In dem Lastwagen saß Jens mit geschlossenen Augen auf der Bank, den Rücken fest an die metallenen Seitenverstrebungen gedrückt. Auf diese Weise schloss er die Dunkelheit aus. Der Lastwagen rumpelte und klapperte, der Motor kämpfte sich auf der von Schlaglöchern und Fahrrinnen durchzogenen Straße vorwärts. Immer wieder kamen die Räder auf vereisten Stellen ins Rutschen, und die Wirklichkeit bohrte sich in seine Gedanken wie Dolche. Jens wappnete sich, seinen Verstand ebenso wie seinen Rücken.

Heute würde es hart werden, darüber machte er sich keinerlei Illusionen, aber an Härten war er gewöhnt. Er hatte vergessen, wie es war, wenn man es leicht hatte, und dieser

Gedanke machte ihn traurig. Stattdessen füllte er sein Denken mit dem herrlichen Bild von dem Luftschiff, wie es silbrig vor einem blauen Himmel glitzerte, seine komplizierte Tragestruktur, die er so sorgfältig entworfen hatte und die wie ein starres Spinnennetz unter der weichen Außenhülle lag. Er rang sich zu einem Lächeln durch. Die letzten Monate waren gut gewesen, besser, als er es sich je hatte vorstellen können, und jetzt war auch noch seine Tochter wieder in sein Leben getreten. Er hatte sie gesehen. Er hatte Lydia wirklich gesehen. Doch selbst das hatte seinen eigenen Kummer mit sich gebracht, denn allein ihr Anblick hatte ihm tief ins Herz geschnitten, weil er ihn an den Verlust seiner Frau, seiner Valentina, erinnerte.

Er musste gezittert haben, denn Olga nahm seine Hand. Ihr Körper neben ihm kam ihm so schmal und leicht vor, sie fühlte sich mehr wie ein Schatten an als wie ein richtiger Mensch, und manchmal kam in ihm in der Dunkelheit des Lastwagens tatsächlich die Frage auf, ob er sie sich nur einbildete. So wie er sich all seine Entwürfe einbildete. Er drückte ihre Finger, um sich davon zu überzeugen, dass sie wirklich da war – oder wollte er sich nur davon überzeugen, dass *er* selbst existierte? Manchmal war er sich da nicht sicher.

Oberst Tursenow hatte klargemacht, dass der Testlauf Wirklichkeit werden würde. Er sollte mit einer vollen Ladung Phosgentanks ausgeführt werden, und das Gas sollte über dem Gefangenenlager versprüht werden, um festzustellen, wie viele Menschen davon betroffen sein würden. *Betroffen?* Nein. Wie viele Menschen damit *getötet* würden. Babitski hatte sie gewarnt, dass andere Spezialisten die Arbeit von Jens' Team übernehmen würden, wenn der erste Test gelaufen war, und was dann? Noch mehr Tests über weiteren Lagern? Wo sollte das alles enden?

Der Lastwagen machte einen Ruck, und irgendwo im Dunkeln stieß sich jemand den Kopf oder Ellbogen an der seitlichen Metallverstrebung. Der Gefangene Elkin fluchte. Heute würde es hart werden.

Alexej kletterte aus der Kuhle, die er seitlich der Straße in den Boden gegraben hatte. Die anderen folgten ihm, unsichtbare Schemen in der Nachtluft. Wenn die gelben Scheinwerfer näher kamen, würde auch die kleinste Bewegung sichtbar sein, weshalb die *wory* bereits in Stellung und reglos sein mussten wie Baumstämme.

Die Fahrzeuge näherten sich, das konnte er hören. Das Röhren der Motoren tönte laut durch den stillen Wald, drei Paar Scheinwerfer, die Lichtkegel durchschnitten die Dunkelheit. Damit hatte er nicht gerechnet. Gewöhnlich war es nur ein Wagen, der dem Konvoi vorausging, dann der Lastwagen mit den Gefangenen. Doch heute folgte dem Lastwagen noch ein zusätzlicher Wagen. Vier Soldaten saßen jeweils in den Automobilen, zwei im Führerhaus des Lastwagens. Insgesamt also zehn Männer. Offensichtlich hatte der Oberst die Sicherheitsmaßnahmen verstärkt. Doch warum?

Der Baumstamm befand sich an der richtigen Stelle. Ein dünner Kiefernstamm, der quer über der Straße lag, als wäre er im Sturm der vergangenen Nacht umgestürzt, brachte den vorderen Wagen ruckartig zum Stehen. Im Licht der Scheinwerfer konnte Alexej erkennen, dass es ein zweitüriger NAMI-1 mit einem Leinwandverdeck war, und dass der Lastwagen sowie der zweite NAMI dicht auf ihn folgten, als wollte man Sicherheit durch die schiere Anzahl von Wagen erreichen. Jetzt wurde die Beifahrertür des ersten Wagens aufgerissen, und ein Soldat stieg aus. Das Licht der Scheinwerfer schimmerte auf seinem kahlen Kopf.

»Scheiße! Da liegt ein Baum auf der Straße!«

»Wegschieben«, rief der Fahrer.

»Verdammt noch mal, den kann ich allein nicht wegschieben, der ist zu schwer. Steig aus und hilf mir, du Faulpelz.«

Zwei Soldaten, die in dicke Mäntel gemummelt waren, kletterten von der Ladefläche, ihre Gewehre nachlässig über die Schulter geworfen. Auch der Fahrer stieg nach kurzem Zögern aus, war aber viel mehr auf der Hut. Er hielt sich nahe beim Wagen, das Gewehr schussbereit in den Händen, und spähte forschend in den Wald, als wollte er genauer erkennen, um was für Schatten es sich jenseits des Scheinwerferlichts handelte. Das war der gefährlichste Mann von allen. Alexej zielte mit seinem Mauserrevolver, atmete aus, um seinen Puls zu verlangsamen, und krümmte den Finger am Abzug. Zuerst sah er das Blut aus dem Hals des Mannes spritzen, dann hörte er den Knall selbst, der laut und brutal durch den stillen Wald hallte.

Plötzlich regnete es Kugeln aus der Dunkelheit, bevor die drei anderen Soldaten auch nur die Zeit hatten, ihre eigenen Gewehre anzulegen. Sie zuckten wie Puppen, ihre Körper fielen gekrümmt zu Boden. Diejenigen in dem hinteren Auto waren besser vorbereitet und sprangen bereits mit gezückten Gewehren aus dem Wagen. Ein Kugelhagel ging knatternd zwischen den Bäumen nieder, riss Äste weg, prallte von Baumstümpfen ab, verwüstete den Wald. Eine Kugel zischte knapp an Alexejs Schulter vorbei, als er hinter einer Kiefer in Deckung ging, und hätte ihm fast die Armeeuniform zerrissen. In diesem Moment stieß einer der *wory* weiter hinten ein kehliges Stöhnen aus. Er hatte offenbar nicht so viel Glück gehabt wie er.

Alexej ging tief in die Hocke und kroch schnell vorwärts. Zuerst schoss er die Scheinwerfer des Lastwagens kaputt. Einer der Soldaten war gerade dabei, wieder in den hinteren Wagen zu steigen. Alexej feuerte blind drauflos. Im nächsten Moment breitete sich eine riesige, leuchtend rote Blüte auf dem Mantelrücken des Soldaten aus, und er sank auf dem Beifahrersitz in sich zusammen, wobei er vergeblich versuchte, die Tür zu schließen, um sich in Sicherheit zu bringen. Eine Kugel von irgendwo her traf ihn mitten ins Auge, und er bewegte sich nicht mehr.

»Lass mich gehen.«
»Nein, Lydia. Nein.«
»Ich muss sehen, was da …«
»Nein.«
Chang ließ sie einfach nicht los, und er war zu stark für sie. Sie saßen zusammengekauert hinter einem Baum, der weit ab von der Straße lag, und sie roch den würzigen Duft seiner Rinde, der sich über ihre Angst legte, trotzdem waren die Schüsse und Schreie in der Dunkelheit unerträglich für sie. Sie musste dorthin.
»Bitte, Chang An Lo, lass mich …«
Er legte ihr eine Hand vor den Mund und lauschte angestrengt den Geräuschen von der Straße. »Man hört jetzt weniger Gewehre.«
Genau in diesem Moment biss sie ihn.

Die Panik in dem Lastwagen war greifbar. Sie wand sich wie eine Schlange durch die Finsternis und drohte Jens zu ersticken. Menschen schrien, wüteten. Sie hämmerten gegen die Metalltüren, bettelten darum, hinausgelassen zu werden. Das Gewehrfeuer draußen war ohrenbetäubend, hallte wider und wider, während sich eine Kugel nach der anderen in die Seiten des Lastwagens bohrte. Eine traf einen Reifen, und sie spürten ihn in sich zusammensinken wie einen Betrunkenen, der langsam zu Boden geht. Draußen im Wald starben Menschen. Glas splitterte, Schmerzensschreie, der Tod, der über Herzen und Lungen hinwegtrampelte.

Jens saß auf der Bank, die Hände vors Gesicht geschlagen, und versuchte nachzudenken, doch die Dunkelheit, der Lärm und die Panik um ihn herum hinderten ihn daran. *Tu das nicht, Lydia. Nicht. Nicht ausgerechnet heute, meine Tochter. Dieser Tag heute sollte mir die Erlösung bringen.*

Wir kommen dich holen. Das hatte sie in ihrem Brief geschrieben.

Plötzlich hob Olga sein Gesicht an und küsste ihn auf die geschlossenen Augen. »Das hier ist der Abschied«, flüsterte sie.

Er wusste, dass sie Recht hatte. »Ich hoffte, du findest deine Tochter wieder, Olga.« Er küsste sie auf die Wange.

Elkin brüllte in Richtung Türen, als plötzlich die Schüsse aufhörten. Alle holten tief Luft, alle lauschten, alle spürten, wie ihr Puls raste.

»Raus hier«, schrie jemand von draußen, und die Türen des Lastwagens wurden aufgerissen.

Alexej stand am Waldesrand, und etwas in ihm zögerte, sich dem Lastwagen zu nähern. Auf der Schotterstraße lagen neun Tote, zusätzlich zu dem einen, der zusammengesunken in dem NAMI-1 saß. Er hatte diesen Platz für den Hinterhalt ausgesucht, weil der Hangar zu weit weg war, als dass sie dort die Schüsse hören konnten, doch er blieb nach wie vor in Deckung. Er war sich unsicher, wie er auf Jens zugehen sollte, und wünschte sich zum ersten Mal, Lydia wäre hier.

Jetzt purzelten die Gefangenen einer nach dem anderen aus dem Lastwagen, blinzelten in das Scheinwerferlicht des letzten Wagens und klammerten sich dabei aneinander, als fürchteten sie, auseinandergerissen zu werden. Jemand weinte, einer schrie den Rettern Verwünschungen zu. Die *wory* hatten kein Interesse an den Gefangenen, pferchten sie jedoch in einer Gruppe zusammen, so wie man Vieh auf dem Schlachthof zusammengetrieben hätte. Alexej hatte Jens Friis schnell entdeckt. Er war größer als die Übrigen und stand etwas abseits, ohne die schwarz gekleideten Männer zu beachten, die den Konvoi gestoppt hatten. Er spähte angestrengt in die Dunkelheit, ließ seinen Blick über die Autos, über die Straße ebenso wie über den dichten Wald wandern. Er suchte nach etwas. Oder nach jemandem.

Lydia. Jens suchte nach Lydia.

Sein Äußeres war wie ein Schock für Alexej. Das rote Haar war verschwunden und einer weißen Mähne gewichen. Obwohl Lydia ihn vorgewarnt hatte, war dieser Anblick dennoch erschreckend. Jens' Gesicht war hager und zerfurcht, das Kinn hart. Nur seine Haltung war nach wie vor die gleiche. Und der Zug um seinen Mund. Was auch immer in Jens Friis gestorben war, die sanften Linien seines Mundes hatten überlebt und weckten in Alexej die Versuchung, hinüberzulaufen und ihn zu umarmen. Doch dann kam ihm wieder die Kühle seines Briefes in den Sinn.

»Danke, *spassibo*.« Eine magere Frau küsste Igor die Hand und machte sich die Straße entlang auf den Weg, weg von den Hangars.

»Sei nicht so verdammt blöd«, rief ihr ein kleiner Mann hinterher. »Die werden dich fangen und erschießen.« Wütend fuhr er zum Rest der Gruppe herum. »Wir werden alle dafür bezahlen, wenn sie geht.«

»Vielleicht soll nur unsere Loyalität auf die Probe gestellt werden«, rief ein anderer.

Andere stimmten ihm zu.

»Kommt, wir gehen. Das ist unsere Chance.«

»Nein, man hat uns die Freiheit versprochen.«

»Wir können hierbleiben und weiter für sie arbeiten, oder wir fliehen. Entscheidet euch schnell.«

Was würde Jens tun? Würde er an seinem Ungeheuer festhalten?

Wo war er überhaupt? Die weiße Mähne war nicht mehr zu sehen. Wo war er hin? Alexej ging schnurstracks auf die Gruppe zu, die beim Anblick seiner Uniform erschrak, doch in genau diesem Moment wurde einer der Motoren gestartet. Es war der hintere Wagen, derjenige mit dem toten Soldaten auf dem Beifahrersitz und der offen stehenden Tür, der unter großem Geholpere von dem Waldweg abbog und in die schwarze Welt unter den Bäumen eintauchte. Er fuhr schnell, und als die offen stehende Tür aus den Angeln gerissen wurde, hallte ein nervenzerreißendes Kreischen durch den Wald.

»Jens!«, bellte Alexej.

Eine schmale Gestalt kam schnell aus der Dunkelheit gelaufen. Es war Lydia, die gerade noch rechtzeitig sah, wie der NAMI-1 auf der anderen Seite der gefällten Kiefer aus dem Wald schoss. Einen Moment lang drehten die Räder auf dem Waldboden durch, der Motor drohte abzusaufen, doch dann raste er in fast unvermindertem Tempo in Richtung des Hangars weiter.

»Jens!«, brüllte Alexej erneut.

Lydia schaute von ihrem Bruder zu dem Wagen, der in der Nacht verschwand, und der Ausdruck auf ihrem Gesicht erstarrte zu einer Fratze tiefster Verzweiflung.

»Papa!«, schrie sie. »Papa!«

»Er ist fort. Er ist weggefahren. Ich hab ihn nicht mal gesehen, so gierig war er darauf, zu seinem Ungeheuer zurückzukommen.«

Sie hatten sich tief in den Wald zurückgezogen, und Chang konnte in der pechschwarzen Finsternis ihr Gesicht nicht mehr erkennen, doch ihre Stimme konnte er hören. Das genügte. Er zog sie an sich, drückte sie, küsste sie auf die kalte Wange. »Deshalb sind wir hier, mein Liebes. Für den Fall, dass mit dem Plan deines Bruders etwas schiefläuft.«

Sie zuckte zurück, um ihn anzuschauen, und ihr Gesicht war nicht mehr als ein heller Fleck mit dunklen Löchern statt Augen. Es sah einem Totenschädel so beunruhigend ähnlich, dass ihm ein Schauder über den Rücken fuhr, wie ein eisiger Finger der Angst. Lasst das kein Omen sein, beschwor er lautlos seine Götter.

»Folgen wir ihm?«, fragte sie. Ihre Stimme hatte sich verändert. Es war wieder die von Lydia.

»Wenn du das möchtest.«

Statt einer Antwort küsste sie ihn auf die Lippen.

In diesem Moment richtete sich eine große Gestalt, die nicht besser roch als ein Bär, geräuschvoll aus dem Unterholz auf und brummte: »Worauf warten wir dann?«

Es war Popkow.

Das Steuer ruckte und zuckte in Jens' Händen. Er wusste, dass er auf der unebenen Straße viel zu schnell unterwegs war. Etwas konnte kaputtgehen. Er war an Automobile nicht gewöhnt. Vor Jahren in St. Petersburg hatte er einen eleganten, schimmernden Buick besessen, und in den vergangenen zwölf Jahren hatte man ihn auf den Holzschlageplätzen zweimal einen Lastwagen lenken lassen. Doch dieses Militärfahrzeug war wie ein schlecht erzogener Hund, der einen Moment lang heftig an der Leine zog und sich im nächsten störrisch gab. Er drückte das Gaspedal bis zum Anschlag durch.

Er musste schnell zum Hangar, bevor es seinen Rettern mit den harten Gesichtern in den Sinn kam, ihn zu verfolgen. Eigentlich hätte er ihnen dankbar sein sollen, das wusste er, doch er war es nicht. Meine Güte, diese Leute hatten ihr Leben riskiert! Gute russische Männer waren gestorben. *Oh, meine liebste Lydia, warum warst du nicht da? Ich habe nach dir gesucht.* Während er durch den Wald raste, fragte er sich, was wohl die anderen Wissenschaftler und Ingenieure jetzt machen würden. Fliehen? Olga ja, dessen war Jens sich sicher. Elkin jedoch nicht. Vielleicht würden ja diejenigen, die begriffen, welche Möglichkeiten es noch gab …

Urplötzlich ragte ein Ast aus der Dunkelheit und krachte gegen die Windschutzscheibe, wobei er sie an einer Seite einschlug. Der Wagen schlitterte quer über die Straße, doch Jens hielt einfach den Fuß auf dem Gaspedal und raste weiter auf den gelben Schimmer zu, der sich langsam in der Ferne abzeichnete. Wie eine Art gemalte Sonne. Jens verzog das Gesicht. Was für eine Illusion – als verkündete ausgerechnet die sowjetische Zwangsmaschinerie einen neuen Morgen.

»*Dokumenti?* Ausweis?«

Der Soldat war aus seinem Wachhäuschen neben dem Tor getreten und richtete die Mündung seines Gewehrs direkt auf Jens' Kopf.

»Ich bin einer der Ingenieure, die hier arbeiten. Ich habe keine Papiere. Hör mir zu, der Lastwagen, der uns hierherbringt, ist im Wald überfallen worden.« Jens trat vor Ungeduld im Leerlauf auf das Gaspedal. »Jetzt mach das Tor auf. *Bystro.* Schnell.«

Der Soldat trat in sein Häuschen zurück und sprach eine halbe Minute lang in ein Telefon. Dann gingen die Tore mit einem Quietschen auf, und Jens fuhr hinein. Eine schreckliche halbe Minute lang hatte er geglaubt, man würde ihm den Zugang verweigern, doch nein, jetzt war er drinnen. Diesmal blickte er sich mit anderen Augen auf dem Gelände um, nahm das langsame Kreisen der Scheinwerfer wahr, die mit ihren Lichtkegeln die frühmorgendliche Dunkelheit erkundeten, die uniformierten Gestalten, die wie aufgeschreckte Hühner auf dem Gelände herumliefen, als sich die Nachricht von dem Überfall verbreitete.

Er wurde in einen schmucklosen Raum gebracht, in dem er noch nie gewesen war, und von einem Offizier verhört, der um den Mund einen strengen Zug hatte, während seine blauen Augen vor Erregung leuchteten, weil er es kaum erwarten konnte, in Aktion zu treten. Als er Jens alle Informationen entlockt hatte, entließ er ihn mit einem Winken, und so fand sich Jens urplötzlich draußen auf dem Gelände wieder, mitten in einem wilden Durcheinander aus Schreien, Befehlen und herumlaufenden Soldaten, während das durchdringende Schrillen einer Alarmsirene die frühe Morgenluft durchschnitt wie ein Hackebeil.

Der Rest war leicht.

»Ich fange jetzt trotzdem mit der Arbeit an«, sagte er zu seinem Begleiter.

»Hat man dir diese Anordnung gegeben?«

»Ja.«

Er schlenderte zu dem großen Hangar hinüber. Da der Soldat nicht recht wusste, was er mit dem einzelnen Gefangenen anfangen sollte, quittierte er es mit Erleichterung, als die Entscheidung für ihn getroffen wurde. Vor der kleinen Seitentür patrouillierten die beiden schwarz gekleideten Männer, die sich normalerweise eher unauffällig im Schatten hielten, um auch die kleinste Handlung der Gefangenen mit Argusaugen zu überwachen. Heute jedoch winkten sie ihn hinein, ohne ihm zu folgen. Ihre Brillen blinkten auf, als das Licht der Suchscheinwerfer sie traf, und zum ersten Mal in all der Zeit sah Jens sie lächeln. Doch ihr Lächeln galt nicht ihm, sondern der hektischen Betriebsamkeit, die unter ihren Kameraden ausgebrochen war.

Jens wusste, dass er jetzt schnell sein musste. Zuerst die Doppeldecker. Er lief die Längsseite des riesigen Hangars entlang, verkniff es sich, zu dem wunderschönen silbrigen Wesen hochzuschauen, das über ihm in der Luft schwebte, und lief eilig durch die Hintertür zu dem kleineren Hangar, der sich an den größeren anschloss. Hier drinnen war es bitterkalt, man hatte das Gefühl, ein Kühlhaus zu betreten. Das elektrische Licht wirkte dumpf und schummrig, weil einige der Birnen über Nacht zersprungen waren. Das geschah ständig. Voller Zuneigung betrachtete er die beiden Doppeldecker aus Holz und Leinwand und strich mit einer Hand am unteren Flügelpaar entlang. Unter seinen Fingern fühlte sich die Hülle fast wie menschliche Haut an.

»Bald wirst du dich aufwärmen«, sagte er und merkte, wie traurig seine Stimme dabei klang.

Er zögerte. Eine Sekunde lang geriet seine Entscheidung ins Wanken. Noch konnte er zurück, es war noch nicht zu spät.

»Lydia, würdest du schlechter von mir denken, wenn ich es täte?«, murmelte er. »Du weißt doch aus meinem Brief, was ich getan habe, und trotzdem bist du heute zu mir gekommen.«

Ganz plötzlich, ohne Vorwarnung, drohte ihn die Großzügigkeit ihrer Liebe zu überwältigen, und zum ersten Mal seit Jahren wallten Tränen in seinen Augen auf. Er spürte, wie ihm die Brust eng wurde. *Nein, kein Zurück. Besser, er ging diesen Weg.* Er konnte es nicht zulassen, dass die Männer in dem Lager Surkow starben. Aus den Taschen zog er zwei Ärmel, die er von seinem Ersatzhemd abgeschnitten hatte. Er ging zu einem grünen Metallfass mit Kerosin, das in einer Ecke des Hangars stand, schraubte den Deckel ab und tauchte je eine Hälfte der Ärmel in die Brennflüssigkeit. Von den Dämpfen tat ihm der Kopf weh. Oder war es sein Kummer?

Er brauchte nicht mehr als fünf Sekunden, dann war die Sache erledigt. Er holte sein Feuerzeug heraus, ließ eine Flamme aufflackern, hielt sie zuerst an den einen und dann an den anderen kerosingetränkten Ärmel. Als beide wie Fackeln brannten, warf er jeweils einen in die offenen Cockpits der Flugzeuge, wo sie sofort knisternd ein Feuer entfachten. Flammen leckten an den Sitzen wie gierige Zungen.

Er stand nur ein paar Sekunden lang da und sah dabei zu, wie seine schönsten Hoffnungen lichterloh in Flammen aufgingen. Dann rannte er zu dem Luftschiff.

DREIUNDFÜNFZIG

Kommst du, Alexej?«

»Nein, Igor. Geh du. Ich räum hier noch auf.«

»Aufräumen?« Igor schaute sich das Gemetzel an, das sie angerichtet hatten. »Überlass die Scheißkerle doch den Wölfen.«

»Geh, Igor«, sagte Alexej noch einmal. »Du hast deinen Job gut gemacht. Ich werde Maxim Bericht erstatten.«

»Unser *pakhan* wird wissen wollen, dass du in Sicherheit bist. Man hat mir die Anweisung gegeben, dich zu ihm zurückzubringen.«

Igors Worte klangen höflich, doch Alexej zweifelte keinen Moment lang daran, was wirklich in seinem Kopf vorging. Ganz gewiss konnte der junge Dieb es nicht gutheißen, dass seine Position in der Gunst des *pakhan* von einem anderen eingenommen wurde. Ja, für Alexej wäre es sogar keine Überraschung gewesen, hätte sich in der vorherigen Verwirrung eine von Igors Kugeln in seine Richtung verirrt.

»Danke, Igor. Aber geh jetzt heim. Mir ist klar, dass die Vergeltungsaktion der Armee nicht lange auf sich warten lassen wird.«

Alexej drehte dem Dieb den Rücken zu und bückte sich, um sich den allerersten Toten anzusehen, der auf der Straße lag. Im Wald war es wieder still geworden, nur der Wind zerrte an den Ästen, und während er sich niederbeugte, spürte er, wie der Wald sich ihm näherte, ihn mit seinem Odem bedrängte, der nach Fäulnis und Tod stank. Schlachtfelder waren immer Orte des Elends und des Kummers, doch ein Schlachtfeld nach einem bedeutungslosen, sinnentleerten Kampf konnte einem Mann durchaus das Herz aus dem Leibe reißen, besonders wenn er derjenige war, der die Schlacht angezettelt hatte.

Die anderen – die Überlebenden – waren gegangen. Die Gefangenen, die beschlossen hatten zu fliehen, hatten den platten Reifen des Lastwagens geflickt und waren durch den Wald zu einer Fahrt ins Ungewisse aufgebrochen. Diejenigen, die dumm genug waren zu glauben, man würde ihnen ihre Loyalität danken, hatten sich nervös in einem kleinen Grüppchen auf dem Weg zum Hangar und im besten Falle einem Leben in Gefangenschaft gemacht. Und die *wory* hatten sich in die Nacht davongeschlichen wie Ratten. Nur Igor war zurückgeblieben.

»Geh nach Hause, Igor«, wiederholte Alexej.

Doch als er aufblickte, war der Dieb bereits verschwunden und die Straße leer. Nur der schwarze Umriss des ersten Wagens war noch da, und seine Scheinwerfer leuchteten ebenso sinnlos in den Wald hinein, wie es die ganze Aktion gewesen war. Mit großer Sorgfalt fühlte er bei jedem der Soldaten den Puls, und als er keinen fand, schloss er den Toten die Augen und den Mund, nahm ihnen ihre Gewehre ab und legte sie so hin, dass es friedlich aussah und nicht nach einem gewaltsamen Tod. Als er irgendwann das Gefühl hatte, etwas gehört zu haben, fuhr er herum und spähte in die wabernde, atmende Dunkelheit.

»Lydia?«

Keine Reaktion.

»Lydia?«

Doch es war niemand da. Nachdem ihr Vater weggefahren war, hatte sie keine Zeit verloren.

»Warum hast du ihn nicht aufgehalten, Alexej?«

Das war alles, was sie gefragt hatte. Bevor er ihr eine Antwort geben konnte, war sie davongelaufen, leichtfüßig wie eine Gazelle, und auf demselben Wege in den Wald zurückgekehrt, den sie gekommen war. Wie konnte sie dort in der Finsternis überhaupt etwas sehen?

Warum hast du ihn nicht aufgehalten?

Warum?

Weil ein Vater sich seinen Sohn aussuchen sollte. Nicht umgekehrt. Alexej hatte dort gestanden, hatte darauf gewartet, dass sich sein Vater für ihn entschied, aber das hatte Jens nicht getan. Nicht einmal erkannt hatte er ihn. Das hätte eigentlich keine Rolle spielen dürfen, doch das tat es dennoch. Alexej warf einen letzten Blick auf die Toten, murmelte ein Gebet, an das er sich aus seiner Kindheit noch erinnerte, stieg dann in den NAMI-1 und ließ den Motor an. Seine letzten Gedanken galten dem Toten gleich neben der Straße, einem sehr jungen und sehr blonden Soldaten, der aussah, als würde er friedlich schlafen, wenn da nicht das Loch in seiner Brust gewesen wäre. Er hob den jungen Mann auf den Beifahrersitz. Dann stieg er auf der Fahrerseite wieder ein und lenkte das Auto vorsichtig um die gefällte Kiefer herum. Zurück auf der Straße, schlug er den Weg nach Norden ein, hin zu der Backsteinmauer und zu dem Ungeheuer, das sich dahinter verbarg.

»Raus aus dem Wagen!«

Der Befehl war geschrien worden. Der Wachposten am Tor war also nervös. Alexej stieg aus.

»Hier, du Trottel, siehst du nicht, mit wem du es zu tun hast?«

Der Posten musterte den Mann in der elegant geschnittenen Offiziersuniform, der vor ihm stand, und schrumpfte in seinem schlecht sitzenden Mantel merklich zusammen.

»Hier.« Alexej hielt dem Soldaten Dmitris Papiere unter die Nase. »Ich komme mit einer persönlichen Botschaft für Oberst Tursenow. Aber dabei bin ich im Wald auf ein Massaker gestoßen. Was, zum Teufel, geht hier vor? Ich habe einen der Verwundeten mitgebracht, damit man sich um ihn kümmert, also mach schnell auf.«

Der Soldat salutierte und hoffte dabei inständig, dass man ihm zur Strafe nicht den monatlichen Sold abnehmen würde. »Ja, Oberst Malofejew. Hier entlang, Oberst.«

Dann öffnete er das Tor.

Chang hatte den Stacheldraht am unteren Ende der Backsteinmauer mit einem Teppich aus Zweigen und Ästen bedeckt. Das Kiefernholz roch frisch und würzig, und die Erinnerung an das letzte Weihnachten, das sie mit ihrer Mutter verbracht hatte, übermannte Lydia.

»Warum schneidest du den Stacheldraht nicht einfach durch?«, fragte sie flüsternd.

»Könnte einen Alarm auslösen.«

Sie standen an der hinteren Begrenzung des Geländes, wo der Wald besonders nahe heranreichte und die Suchscheinwerfer in größeren Abständen angebracht waren. Chang stand reglos da, die Augen halb geschlossen, und konzentrierte sich auf die Mauer. Lydia beobachtete ihn, wie er tief Luft holte, um seine ganze Energie zu sammeln, doch zum Abschied gab sie ihm keinen Kuss. Und sie sagte ihm auch nicht, dass sie ihn liebte. Damit hätte sie seinen Göttern gesagt, sie wisse, dass er nicht zurückkommen würde, und genau das wollte sie nicht. Popkow stieg geräuschvoll auf die Äste, trat den Stacheldraht platt und stellte sich mit dem Rücken zur Wand, die Hände zur Räuberleiter geformt. Lydia war erleichtert darüber, dass der Kosak hier war, aber sie hatte Angst um ihn, auch wegen der Schusswunde, die Elena zusammengeflickt hatte.

»Fertig?«, brummte er.

Chang atmete ein letztes Mal tief aus, und Lydia wusste, gleich würde es losgehen. Das Herz schlug ihr bis zum Hals, doch er überraschte sie, indem er ganz langsam den Kopf drehte und sie lange anschaute. Als könnte es das letzte Mal sein.

»Lydia«, sagte er zärtlich. »Bleib hier. Ich möchte, dass du in Sicherheit bist, wenn ich zu deinem Vater gehe.«

Sie kam näher, doch nur einen einzigen Schritt. Sie berührte ihn nicht. Wenn sie ihn berührte, dann würde sie nicht in der Lage sein, ihn gehen zu lassen.

»Bei dir bin ich immer in Sicherheit.«

»Es ist zu gefährlich da drinnen.«

»Ich kann dir Rückendeckung geben.«

»Und wer gibt sie dir? Nein, Lydia. Bleib hier.«

Der Wind fuhr raschelnd in die Kiefernzweige, wie eine Plauderei unter nächtlichen Geistern, und die Dunkelheit wog schwerer als eine Platte aus Stahl. Niemand sprach, zumindest nicht mit Worten. Lydia beugte sich so nah zu ihm, dass sie den sauberen, männlichen Duft seines Schweißes wahrnahm, der sich mit dem feuchten Geruch der Erde und dem Harz der Kiefern vermischte. Sein Atem ging schnell, und sie spürte deutlich seine Anspannung.

»Bitte«, flüsterte sie, »verlang das nicht von mir.«

Er berührte sie am Haar, und sie schmiegte den Kopf in seine Hand. So standen sie einen Moment lang da, bis Popkow noch einmal brummte: »Fertig?«

Chang konzentrierte sich wieder auf die Mauer.»Fertig.«

Bei Chang An Lo sah es ganz leicht aus. Er schien zu fliegen. Er wartete, bis der Suchscheinwerfer weitergewandert war, setzte dann einen Fuß auf Popkows Räuberleiter, und schon war er mit einem leichtfüßigen Satz auf der Mauer, stand mit den Füßen rechts und links von der gefährlichen Stacheldrahtrolle, geschmeidig wie eine Katze. Er rollte ein Seil auf, das er sich über die Schultern geschlungen hatte, und fädelte es durch einen Metallhaken an der Mauer. Ein Ende warf er Popkow zu, das andere ließ er innerhalb der Begrenzungsmauer zu Boden fallen. Ehe der Suchscheinwerfer wieder über diesen Abschnitt der Mauer wanderte, war er weg, und Lydia konnte durchatmen.

Sie zupfte den Kosaken liebevoll am Bart, kletterte auf seine Schultern und griff nach dem Seil. Hand über Hand zog sie sich hoch, wobei sie ihre hinderlichen Röcke verfluchte. Unbeholfener als Chang spürte sie, wie sie sich an dem Stacheldraht einen Finger aufschlitzte. Doch als sie erst einmal oben war und das ganze Gelände vor sich in der Dämmerung ausgebreitet sah, den aufragenden Schatten des Hangars so nahe, verspürte sie eine unerwartete Ruhe. Die ganze Angst, ihr Bangen und Zittern fielen von ihr ab. Das war es. Ihr Vater war hier.

»Lydia.« Das kam von unten. So leise, dass der Name kaum zu hören war.

Langsam kam der Suchscheinwerfer wieder näher. Der Wind war beißend kalt. Fast lautlos glitt Lydia an dem Seil herunter und kauerte sich neben Chang auf den schneebestäubten Boden. Er nahm ihre Hand, und gemeinsam liefen sie los.

Die Aufregung auf dem Gelände war immer noch groß. Überall dröhnten Motoren und schrien Soldaten, Stiefel trappelten über den gefrorenen Boden, Bluthunde tobten an ihren Leinen, weil sie Witterung aufgenommen hatten. Alles machte sich dafür bereit, in den schwarzen Wald hinauszugehen, doch niemand rechnete damit, dass jemand den umgekehrten Weg genommen hatte und in das Gelände eingedrungen war. Chang huschte an dem kleinen Hangar entlang, der hinten in tiefem Schatten lag, und hatte auf einmal das Gefühl, Lydia könnte hier in Sicherheit sein, während er auf Erkundung ging. *In Sicherheit?* Nein, das nicht. Aber weniger in Gefahr.

Er flüsterte ihr ins Ohr: »Warte hier«, und zeigte auf die Stelle, wo sie gerade stand.

Sie nickte und fügte sich. Sie machte es ihm leicht. Er glitt an der Längsseite des kleinen Hangars entlang, bis er das massive Holzgebäude daneben erreicht hatte, doch hier konnte ihn jeder sehen. Es war taghell erleuchtet. Er ging tief in die Hocke und lief auf eine schmale Tür weiter vorne zu, die offen war. Davor stand ein Mann, in Schwarz gekleidet, hager und wölfisch in seiner ganzen Haltung. Er hatte Chang, der sich näherte, den Rücken zugekehrt, hielt eine brennende Zigarette in den Händen und beobachtete zwei Hundeführer, die auf der anderen Seite des Hofes ihren Hunden den Befehl gaben, auf die Ladefläche eines Lastwagens zu springen, doch einer der Hunde schnappte dabei immer wieder den anderen in die Hinterläufe. Chang lief rasch weiter.

Zwei Meter lagen noch zwischen ihnen, als der Mann etwas merkte und sich umdrehte. Ihre Blicke begegneten sich. Der Mann trug eine Brille, und die Brillengläser ließen seine Erschrockenheit noch deutlicher erkennen, aber sogar in seiner Überraschung reagierte er prompt. Seine Hand fuhr blitzschnell zu dem Revolver in seinem Hüfthalfter, doch es war zu spät. Chang war durch die Luft gesprungen und hatte ihn mit einem kraftvollen Fußtritt an der Kehle getroffen. Der Mann griff sich an den Kragen, seine Knie gaben nach, und bevor er ganz zu Boden ging, traf ihn ein zweiter Tritt in die Brust, brach ihm drei Rippen und brachte sein Herz zum Stillstand.

Der Körper des Mannes war schwerer, als er aussah. Chang nutzte das allgemeine Durcheinander und zog den Toten hastig durch die Tür nach drinnen und versteckte ihn hinter einer Lattenkiste. Staunend schaute er zu dem gewaltigen silbernen Leviathan empor, der ganz unbeteiligt über ihm an der Decke schwebte, an einem metallenen Mast befestigt, und lief dann rasch den gleichen Weg wieder zurück.

Lydia stand nach wie vor an der vereinbarten Stelle, doch sie presste das Ohr an die Wand des kleinen Hangars. Das Weiß ihrer Augäpfel war riesig in dem schummrigen Licht.

»Hör mal«, drängte sie ihn.

Er lauschte. Ein leises Rauschen drang durch die Bretterwand.

»Feuer«, sagte sie erschrocken.

Damit hatte Jens nicht gerechnet. Mit diesem sengenden Gefühl des Bedauerns in seiner Brust. Er war über die lange Leiter in die Gondel hinaufgeklettert, die unter dem Bauch des Luftschiffs hing, und allein schon der Geruch nach frischem Lack und dieser Hauch Einsamkeit, der darin mitschwang, ließ ihn zögern. Hier oben, das war eine ganz eigene Welt. Eine Welt, in der andere Dinge zählten.

Die Gondel war mit mehreren Mahagonitischen bestückt, die in der Nähe der Fenster zu beiden Seiten am Boden befestigt waren. Ganz vorne lag die kleine Führergondel des Luftschiffes, doch Jens widerstand dem Impuls, sich ein letztes Mal hineinzusetzen. Stattdessen rief er sich all die hohen Militärs ins Gedächtnis, die in ein paar Tagen an genau diesen Tischen sitzen und Champagner schlürfen würden, während sie dabei zusahen, wie sich das erste der beiden Flugzeuge unter dem Bug löste und dann das andere unter dem Heck. Die Gaskanister würden randvoll mit ihrer tödlichen Ladung sein und das Lager Surkow in Sichtweite. Hunderte von Mitgefangenen würden elend ersticken, und das alles seinetwegen.

Er löste die Klappe am Bauch des Luftschiffes, öffnete sie, ließ die Klapptreppe herunter und stieg in den Luftschiffkörper hoch. Sofort wurde die Luft kälter. Ein weiches, graues Zwielicht sickerte von den Lampen draußen durch die silbrige Haut herein, und es war gespenstisch still. Das Innere des Luftschiffes war riesig, höhlenartig, wie der Bauch eines Wals, hatte Olga immer gesagt. Er jedoch, der das Luftschiff konstruiert hatte, konnte sich jedes Mal des Gefühls nicht erwehren, nur noch ein winziges Etwas zu sein, eine Fliege im Netz einer riesigen Spinne, das aus lauter feinen Metallverstrebungen gebaut war. Er legte den Kopf in den Nacken und blickte nach oben. Das Luftschiff war schön, unbeschreiblich schön. Er war stolz darauf.

Plötzlich drang von unten ein Geräusch an seine Ohren und brachte seinen Puls zum Rasen. Er konzentrierte sich wieder auf das, was zu tun war, und balancierte über die Mittelplanke zur Gaszelle. Dabei handelte es sich um große Wasserstoffmonde, die das Luftschiff am Schweben hielten, und es war das Werk von nur einer halben Sekunde, einen Meißel durch die dehnbare Haut zu stoßen. Er hörte, wie das Gas entwich. Es klang wie das wütende Fauchen einer Katze.

»Gefangener Friis!«

Jens fuhr herum. Es war eine der Schwarzen Witwen. Nur der Kopf des Mannes war über der Klappe zu erkennen. »Was machst du da oben, Gefangener Friis?«

»Meine Arbeit, Genosse. Bis meine unglückseligen Gefährten wieder zu mir stoßen.« Jens steckte den Meißel in die Tasche und ging zu der Klappe zurück, so dass er seinem Bewacher direkt auf das schüttere Haar schauen konnte. Selbst die Brille des Mannes sah irgendwie verärgert aus. »Ich habe die Befestigung der Gasbehälter überprüft. Für den bevorstehenden Test darf man nichts dem Zufall überlassen.«

In den Augen des Mannes stand Argwohn, doch konnte er gegen das Gesagte nichts einwenden und stieg deshalb die Treppe wieder hinunter, um Jens den Zugang zur Gondel nicht zu versperren. In dem Moment, in dem er außer Sicht war, nahm Jens das Feuerzeug aus seiner Tasche und hielt es an die Laufbühne. Ihm blieben Sekunden. Nicht mehr. Dann glitt er geschmeidig die Treppenstufen wieder hinunter und lief direkt auf die Tür der Gondel zu. Zu seiner Überraschung saß die Schwarze Witwe an einem der Tische, schaute aus dem Fenster und rauchte eine Zigarette.

»Kommst du nicht mit, Genosse?«, fragte Jens.

»Noch nicht. Ist so friedlich hier, finde ich.«

Jens beschloss, nicht mit ihm zu streiten. Er öffnete die Tür und stieg die Treppe so schnell hinab, dass er fast gefallen wäre. Doch noch bevor er auf dem Betonboden auftraf, war auf einmal um ihn herum die Hölle los.

VIERUNDFÜNFZIG

Das jähe Auflodern der Flammen riss die Dunkelheit entzwei. Ein Schwall heiße Luft versengte die Haut von Lydias Gesicht und sog die Feuchtigkeit von ihren Augäpfeln auf, was sich anfühlte, als hätte sie Sand unter den Lidern. Sie konnte sie kaum aufmachen. Dann stieg ihr der Geruch in die Nase – beißend, scharf, erstickend.

Nur einen Moment zuvor hatte Chang erneut den Versuch gewagt, sich zu der offenen Tür vorwärtszukämpfen, kaum mehr als ein Schatten, der an der Wand entlanghuschte. Er wollte herausfinden, was genau in dem kleinen Hangar brannte, doch dann schoss auf einmal eine Flammenwand von fast zwanzig Metern in die Dämmerung empor, und Lydia sah, wie Chang sich umdrehte und zu ihr zurückgelaufen kam. Die Explosion hatte ein riesiges Loch in die Seitenwand des Hangars gerissen, und ein orangeschwarzes Inferno loderte in seinem Inneren. *O Gott, Jens ist dort drinnen.* Sie war sich sicher.

»Nein!«, schrie sie. Bevor Chang sie erreichen konnte, rannte sie bereits in das brennende Gebäude.

Der Rauch kam auf sie zu wie riesige schwarze Wellen, die sie verschluckten. Er verklebte ihre Lungen und brachte sie zum Würgen, bis sie nichts mehr sehen, nicht mehr atmen konnte. Sie zog den Mantel aus, legte ihn sich über Kopf und Schultern. Ein Regen aus brennendem Holz und Unrat ging auf sie hernieder wie Schrapnell, doch sie kämpfte sich hindurch, den Arm zum Schutz vors Gesicht gehoben. Sie schrie den Namen ihres Vaters.

»Jens! Jens!«

In dem Rauch und den Flammen konnte sie nichts erkennen. Es war ein Alptraum. Ihr Kopf fühlte sich an, als hätte sich eine eiserne Spange darum gelegt. Immer wieder schluckte sie Rauch, und da war ein heißer Schmerz in ihrer Brust. Dann traf sie etwas Hartes und Schweres am Rücken, und sie ging zu Boden. Da sie ihre Augen nicht mehr auf einen Punkt konzentrieren konnte, wusste sie, dass ihr Gehirn unter dem Sauerstoffmangel litt und nicht mehr richtig funktionierte. Mit der größten Willensanstrengung rappelte sie sich wieder auf und schrie.

»Papa! Papa! Papa!«

Den Klang ihrer Stimme konnte sie hören, doch ihre Lippen fühlten nichts mehr, als bestünde keine Verbindung mehr zu ihrem übrigen Körper. Sie stolperte über eine Holzlatte, die brennend zu Boden gefallen war und einen ihrer Stiefel in Brand setzte. Hektisch schlug sie mit der behandschuhten Hand darauf und taumelte im nächsten Moment zu ihrer eigenen Überraschung in einen kleinen Hohlraum in all dem Chaos, eine Art Lichtung inmitten eines lichterloh brennenden Waldes. Ringsum stand alles in Flammen, doch wundersamerweise brannte genau hier kein Feuer. Darüber lag eine Leiter, die aus einem Gewirr von Metallverstrebungen und viel Holz bestand, das in der Hitze Blasen warf. Und darunter begraben lag ihr Vater. Sie erkannte ihn an seinem weißen Haar. Nur sein Kopf und ein Arm waren sichtbar, und er hatte die Hand ausgestreckt und sah sie an. Seine Augen lächelten.

»Lydia.«

Das Rauschen des Feuers in ihren Ohren überdeckte das, was er gesagt hatte, doch sie hatte es ihm von den Lippen abgelesen.

»Papa!«

Sie ging in die Hocke und nahm seine Hand. Einen flüchtigen Moment verschränkten sich ihre Finger, so wie sie es vor vielen Jahren im Schnee getan hatten. Sie flüsterte: »Mein lieber Papa«, bevor sie aufstand, die Holzplanke packte und versuchte, sie von seinem Rücken wegzuziehen. Es erschreckte sie, wie wenig Kraft sie hatte. Plötzlich sah sie hell leuchtende Sterne, wusste dabei aber nicht, ob es der tatsächliche Nachthimmel war, der sich über ihr öffnete, oder ob der Sternenregen in ihrem Kopf stattfand. Jens berührte sie am Fußgelenk, und sie kniete rasch neben seinem Kopf nieder.

»Lydia«, sagte er heiser. »Du musst hier raus. Jetzt.«

Er schob sie von sich weg, doch die Geste war so schwach, dass sie sie kaum spürte. »Weine nicht«, murmelte er. »Geh einfach.«

Ihr war gar nicht bewusst gewesen, dass sie weinte. Sie küsste ihn auf das weiße Haar, das nach Öl und Rauch roch. Blut rann aus seinem Ohr. »Papa«, schnappte sie nach Luft und schob vorsichtig ein Bein unter die Kante der Holzplatte, die auf ihm lag, um ihn etwas zu entlasten. Mit dem anderen Bein drückte sie dagegen. Das Holz verschob sich ein wenig, genug, damit Jens seinen anderen Arm herausziehen und versuchen konnte, ein Stück weit auf den Ellbogen vorwärtszukriechen. Doch er steckte fest, konnte die Beine nicht bewegen.

»Geh, Lydia.«

»Nicht ohne dich.«

»Wir werden beide sterben.«

Statt einer Antwort griff Lydia nach einem Stück Holz, ohne darauf zu achten, dass es in Flammen stand, und rammte es wie einen Hebel unter die polierte Holzplatte, um das Bein herauszubekommen. Dann bückte sie sich, griff nach Jens' Händen und zog mit all ihrer Kraft daran, bis sie vor Anstrengung das Gefühl hatte, ihre Lungen würden zerreißen. Einen Moment lang passierte gar nichts, nur dass das Feuer immer näher kam, doch plötzlich gab die Platte nach. Ein lautes Krachen, dann begann Jens vorwärtszurutschen. Er gab keinen Laut von sich. Lydia konnte in seinen grünen

Augen erkennen, welchen Schmerz sie damit ihrem Vater bereitete, aber sie hörte trotzdem nicht auf, bis sie die Holzplatte ganz weggezogen hatte. Erst dann starrte sie auf seine Beine. Knochen stachen in alle Richtungen durch das Fleisch. Selbst dort in der rauchig schwarzen Luft war das Weiß der Knochen und das Rot des Blutes nicht zu übersehen. Eine Kniescheibe war ganz weggerissen.

»Lydia, bitte geh.« Aus seinem Gesicht war alle Farbe gewichen, seine Lippen waren aschgrau. »Lass es nicht zu, dass ich … auch noch meine Tochter töte.«

Lydia beugte sich über ihn und legte einen Arm um seine Schulter. »Du hast das getan? Dieses Feuer?«

Er lächelte, und sie liebte ihn für dieses Lächeln.

»Bist du bereit?«, fragte sie.

Er versuchte, sich aus ihrem Griff herauszuwinden, doch sie ließ ihn nicht los. Stattdessen zog sie sich selbst ein Stück in die Höhe, nahm ihn mit und legte ihn sich auf den gebeugten Rücken. Während sie seine zertrümmerten Beine hinter sich herzog, gab er keinen Mucks von sich, doch er atmete auch kaum mehr. Ein wilder Regen aus Funken und brennendem Unrat ging über ihren Köpfen nieder, und sie spürte, wie etwas brennend ihr Ohr und dann ihren Nacken streifte, aber ihr Vater schlug es von ihrem Haar weg, was auch immer es war. Sie schwankte, ihre Lungen schrien nach Sauerstoff, und sie machte einen mühseligen Schritt vorwärts. Sie wussten beide, dass es nur einen Ausweg aus diesem Inferno gab, wenn sie rannten, doch rennen konnte sie nicht. Nicht mit ihrem Vater auf dem Rücken. Ein weiterer Schritt.

»Lass mich runter, Lydia«, befahl er ihr. »Ich liebe dich dafür, dass du zu mir gekommen bist. Aber jetzt lass mich runter.«

»Alexej war auch da.« Noch ein Schritt. »Er hat den …« – drei weitere Schritte, jedoch ein jeder davon kürzer als der vorige – »den Lastwagen gestoppt.«

»Warum?«

»Weil du … weil du sein Vater bist.«

Eine Flammenwand baute sich vor ihr auf. Das war's. Dort musste sie hindurch. Sie wandte den Kopf zur Seite. »Bereit?«

Er küsste sie auf die Wange. »Lydia, ich bin nicht Alexejs Vater.«

Chang würde nicht aufgeben. Er würde sie finden. Oder sterben. Etwas dazwischen gab es nicht. Ohne Unterlass rief er ihren Namen, doch die Flammen verschluckten seine Rufe. Der Rauch erstickte alles Leben. Er spürte, wie es in seinen Lungen erstarb, und seine Angst um Lydia zerriss ihm das Herz.

Die Götter hatten ihn gewarnt. Sie hatten ihm das Omen gesandt, aber er hatte sich geweigert, auf sie zu hören. Er hatte es zugelassen, dass Lydia mit ihm über die Mauer stieg, und jetzt musste er dafür bezahlen, dass er dem Murmeln der Götter kein Gehör geschenkt und seine Wünsche und Begierden nicht im Gleichgewicht gehalten hatte. Damit konnte er leben, aber er konnte es nicht ertragen, dass Lydia dafür sterben sollte.

Er rief nach ihr. Er brüllte ihren Namen ins Feuer, und die Flammen erwiderten sein Gebrüll, jedes Knistern und jedes Knacken war, als würden sie ihm ins Gesicht spucken. Jenseits des Infernos, das um ihn herum wütete, konnte er nichts erkennen, in welche Richtung er sich auch drehte, und dann wurde ihm ganz plötzlich bewusst, dass er mit den falschen Sinnen schaute. Augen konnten trügen, sie konnten einen Menschen in Verwirrung und Schrecken stürzen. Also schloss er sie. Er saß vollkommen still da und stieß ganz langsam das Gift aus seinen Lungen aus.

Wieder lauschte er, auf der Suche nach ihr. Doch dieses Mal hörte er mit seinem Herzen.

Lydia wusste, dass ihr Haar brannte. Jens bewegte sich nicht mehr auf ihrem Rücken. Trotzdem schleppte sie sich weiter, einen schmerzhaft langsamen Schritt nach dem anderen, weigerte sich, mit den Knien einzuknicken, obwohl sie sehr wohl wusste, dass Jens wahrscheinlich ebenfalls brannte. Ihr Verstand funktionierte nicht mehr richtig. Sie hatte die Kontrolle über ihre Arme und Beine verloren, und allmählich arbeiteten auch ihre Lungen nicht mehr richtig. Selbst wenn sie gewollt hätte, schreien hätte sie nicht mehr gekonnt. Wie es kam, dass sie immer noch auf den Beinen war, dass sie sich immer noch durch einen Tunnel aus Flammen und Rauch kämpfte, der einfach nicht enden wollte, wusste sie nicht. Kurz schoss ihr der Gedanke durch den Kopf, dass sie tot war und das hier die Hölle.

Chang, mein Geliebter, ich habe mich nicht von dir verabschiedet. Ich habe dir nicht gesagt, dass ich dich liebe. Dieser Gedanke wuchs und wuchs in ihr, bis er ihren gesamten Verstand erfüllte, weshalb sie, als sie seine Stimme hörte, nicht wusste, ob sie aus ihrem Kopf kam oder von draußen. Doch da waren Hände, die ihren Vater von ihrem Rücken hoben, und ein starker, vertrauter Arm, der sich um ihre Taille legte, sie stützte. Mochte sie auch tot sein und in alle Ewigkeit in der Hölle schmoren: Es war nicht mehr wichtig, denn Chang An Lo war an ihrer Seite.

Die vergangenen Momente verschwammen, und sie merkte, dass sie unkontrollierbar zu zittern begonnen hatte. Jemand versetzte ihr mit Riesenpranken kleine Schläge an den Kopf, und das Jucken und Brennen hörte auf. Vage nahm sie eine schwarze Augenklappe wahr und hörte jemanden lachen. Lachen? Wie konnte jemand lachen, wenn er tot war?

»Du solltest doch auf der anderen Seite der Mauer bleiben«, sagte Chang zu jemandem. »Du bist verletzt.«

»Ich hab mich gelangweilt. Du kannst den Spaß nicht nur für dich allein haben.«

Es war Popkows dröhnende Stimme. Sie sah, wie Liew sich Jens' schlaffen Köper über die Schulter warf, als handele es sich um eine Puppe, und auch sie selbst lag, ohne zu wissen, wie das gekommen war, über Changs Rücken. Sie schmiegte den Kopf an ihn und versuchte, Luft zu holen, doch alles, was sie in die Lungen bekam, war dicker, erstickender Rauch. Sie würgte, erbrach sich und spürte, wie sie in ein schwarzes Loch gesogen wurde, das so tief und so erstickend war, dass sie es nie mehr schaffen würde, daraus wieder hervorzukriechen.

Alexej sah zu, wie der Hangar zum Feuerball wurde. Er verwandelte das ganze Gelände in ein schreiendes, kreischendes Chaos. Die Dunkelheit wurde von sich windenden Schatten durchbrochen, während die Flammen mehr und mehr um sich griffen. Der Lärm war ohrenbetäubend.

Menschliche Gestalten taumelten auf das brennende Gebäude zu, schwarz und zuckend in ihrer Panik, während andere davor wegliefen, als wäre ihnen ein Rudel Wölfe auf den Fersen. Alexej ließ den Motor des NAMI-1 an und fuhr in vollem Tempo auf den Hangar zu. Zum Teufel mit denjenigen, die sich ihm in den Weg stellten. Die Hitze traf ihn bereits aus zwanzig Metern Entfernung, so hart, als wäre er gegen eine Wand gefahren.

Er sah sie kommen. Chang und Popkow. Wie sie seitlich aus dem Hangar traten, von dem die Hälfte weggerissen war. Was, zum Teufel, machten sie hier? War Popkow denn nicht verletzt? Dann sah er etwas über Changs Rücken liegen und merkte mit Entsetzen, dass es Lydia war. Eine weitere Gestalt mit weißem Haar lag über der Schulter des Kosaken. Das konnte nur Jens sein. Er riss das Steuer des Wagens herum und steuerte ihn direkt auf die rußgeschwärzten Gestalten zu, die nun im rötlichen Widerschein der Flammen voll sichtbar wurden, doch hinterher würde sich Alexej nicht mehr erinnern können, was zuerst kam: der Schuss oder die Explosion. Sie schienen im selben Moment zu passieren, nur in seinem Gedächtnis würde immer der Schuss bleiben, der scharfe Knall eines Gewehrschusses, der ohne Ende in ihm widerhallte.

Sie waren noch mehr als fünf Meter von ihm weg. Deutlich erkennbar und ohne jede Deckung. Der Schuss kam von der Seite, von einem Soldaten, dem so viel Adrenalin durch die Adern floss, dass er das Gewehr nicht ruhig halten konnte. Er hatte auf Chang gezielt, der einige Meter vor Popkow lief, doch getroffen hatte er Lydia. Alexej sah, wie ein Zucken durch den Körper auf Changs Rücken ging und wie er schlaff wurde. Ihre Hände baumelten leblos herunter, während Chang loslief.

Alexej blieb das Herz stehen. Erst in diesem Moment hörte er das andere Geräusch, ein dumpfes Dröhnen, das in seinem Kopf widerhallte wie Donnergrollen. Stinkende Dämpfe brannten in seiner Nase, und ein Teil seines Bewusstseins erkannte, was das war – ein Kerosinfass war explodiert. Doch das Einzige, was seine Augen wahrnahmen, war die Wand, die Art, wie sie sich bewegte. Was von der Seite des Hangars übrig geblieben war, mitsamt seinen schweren Stützbalken aus Holz und dem Dielenboden, die lichterloh brannten, wurde durch eine gewaltige Detonation von dem Gebäude weggeschleudert. Eine Sekunde lang schien die Mauer in der Luft zu hängen, als wollte sie sich ihre Opfer suchen, dann stürzte sie direkt auf Chang und Popkow zu.

Alexej drückte aufs Gaspedal. Mit einem letzten gewaltigen Satz wurde der Wagen nach vorne geschleudert, und Chang warf Lydia hinein und stieg selbst auf den Beifahrersitz, während die Mauer zusammenbrach. Die Windschutzscheibe zersprang in tausend Scherben. Ein lodernder Balken bohrte sich durch das Leinwandverdeck des Wagens und blieb auf dem leeren Rücksitz liegen. Funken und brennender Unrat regneten auf die Kühlerhaube nieder.

»Jens!«, rief Alexej.

Neben ihm auf dem Beifahrersitz murmelte Chang, der Lydia an sich drückte, als würde er sie sein Lebtag lang nicht mehr loslassen: »Popkow.«

Alexej sprang aus dem NAMI-1 und fand beide. Popkow lag halb verdeckt unter der Achse des Wagens, wohin er durch die Wucht der Explosion geschleudert worden war. Die Karosserie hatte ihn geschützt, nur hinten an seinem Bein war eine lange Platzwunde. Mitten in den Flammen entdeckte Alexej jetzt auch Jens. Sein Kopf war halb abgetrennt, seine Brust, Arme und Beine unter einer brennenden Holzmasse begraben. Abermals bohrte sich eine Gewehrkugel seitlich in den Wagen, Stimmen riefen, doch Alexej konnte sich nicht bewegen. Er schaute auf das entstellte Gesicht seines toten Vaters hinab und war nicht in der Lage, sich zu rühren. *Nicht so. Lass es nicht so enden, Papa.* Er hörte nicht einmal das Pfeifen der Kugel, die haarscharf an seinem Ohr vorbeiflog.

Es war Popkow, der ihn dazu brachte, sich zu bewegen. Der ihn buchstäblich am Schlafittchen packte, ihn auf den Fahrersitz hievte und den glühenden Balken vom Rücksitz entfernte. Sekunden später raste Alexej auf das Eingangstor zu, seine drei Fahrgäste zusammengequetscht auf dem Rücksitz. Als der Wachsoldat ihm etwas zurief, stieß er einen kurzen Fluch aus und wedelte ihm mit Dmitris Papieren unter der Nase zu.

»Aus dem Weg da, du Idiot. Ich werde über diese Inkompetenz auf der Stelle bei Oberst Tursenow berichten müssen.«

»*Da*, Oberst, *da*.«

Das Tor schwang auf, und der Wald lag vor ihnen. Er fuhr nur so weit, bis das Gelände außer Sicht war, stieg dann auf die Bremse und drehte sich auf seinem Sitz herum.

»Wie geht es ihr?«, fragte er.

Chang erwiderte nichts. Er murmelte nur leise vor sich hin, und es klang wie eine Totenklage. In einer Ecke des Rücksitzes saß der große Kosak, in sich zusammengesunken und still. Tränen strömten über sein rußgeschwärztes Gesicht.

FÜNFUNDFÜNFZIG

Stirb nicht.«

Von irgendwo weit, weit weg drangen die Worte zu ihr. Wie winzig kleine Schneeflocken, die in dem Moment wegtauten, wenn sie ihre Haut berührten. Doch diese Worte waren nicht weich.

»Stirb nicht, meine Geliebte.«

Es ist zu spät. Begreifst du das nicht? Ich bin schon tot.

Da waren keine Schmerzen, keine Gedanken, keine Wünsche, keine Farbe, nur das Nichts. Eine hohle Leere. Doch wenn es wirklich so war, tot zu sein, einfach nur dieses Nichts, worin lag dann der Sinn des Lebens und all der Mühen, die man durchlitten hatte? Und was war mit der Zukunft, die sie geplant hatte? Existierte sie überhaupt noch? Würde sie ohne sie stattfinden? Ein Bild von Chang glitt in die Leere, die in ihr war, ein Bild von Chang, wie er weitermachte, wie er sich eine Chinesin zur Frau nahm und mit ihr chinesische Kinder mit leuchtenden Augen großzog. Das alles ohne sie. Würde er weinen? Würde er sich erinnern? Das Komische war, dass ihr Herz sich selbst im Tode nichts anderes wünschte, als ihn glücklich zu sehen.

Aber glücklich *mit ihr*.

»Komm zu mir zurück, mein Fuchsmädchen.« Seine Worte schwebten auf sie herab, sie waren scharf wie Nadeln, die sich unter ihre Haut bohrten, und ließen ihr keine Ruhe.

Nein, mein Ein und Alles, es ist zu spät. Sie spürte, wie sie immer tiefer in das Loch hineinglitt, die Schwärze schluckte sie, sog alle Helligkeit aus ihr heraus, und ihre Finger entkrampften sich und ließen ganz allmählich los. Da war nicht einmal mehr das Bild von Chang. Jetzt gab es nur noch große Leere. *Es ist vorbei.*

»Komm zurück, Lydia, oder ich komme hinter dir her und zerre dich mit meinen bloßen Händen zurück.«

Nein, lass mich in Ruhe.

Etwas griff nach ihr, es rüttelte und schüttelte sie, bis sie spürte, dass ihre Zähne klapperten.

Zähne? Wie konnte sie noch Zähne haben, wenn sie tot war? Wenn man tot ist, dann besteht man doch nur noch aus Seele, verdammt noch mal. Zähne! Das bedeutete, dass ein winziger Teil von ihr nach wie vor am Leben war. Verdammt! Mit einer gewaltigen Willensanstrengung bohrte sie die Fingernägel in die Wand aus Schwärze und spürte, wie ihr Körper mit einem Ruck zu fallen aufhörte. Alles tat ihr auf einmal weh. Es wäre so viel leichter gewesen, einfach loszulassen.

Tschort! Ganz allmählich, Hand über Hand, Zentimeter für Zentimeter, begann sie sich wieder nach oben zu ziehen.

Die Kugel war das Erste, was sie sah, als sie die Augen öffnete. Sie lag auf der Fensterbank im Sonnenlicht und glänzte, als hätte sie jemand poliert. Als Zweites sah sie Elenas breites Gesicht. Sie beugte sich über Lydia, die Fältchen um ihre Augen waren starr, und ihre Finger waren rötlich verfärbt. Rote Farbe? Was hatte Elena mit roter Farbe zu schaffen?

»Ach, du bist wach.«

»Ja.« Lydias Kehle war so wund, als hätte man sie gehäutet. Die Luft in ihrer Luftröhre schmeckte schwarz und faulig.

»Ich hab gerade deinen Verband gewechselt.« Die blassblauen Augen musterten sie aufmerksam. »Wundes Gefühl im Hals?«

»Ein bisschen.«

»Das dürfte eigentlich nicht sein. Dein Freund hat massenhaft von diesem widerwärtigen chinesischen Zeug auf deine

Zunge geschmiert und mir beteuert, dass du keine Schmerzen empfindest.«

»Chang? Wo ist er?«

Elenas ernstes Gesicht verzog sich zu einem Lächeln. »Dann wirst du es überleben.«

»Das möchte ich ihr auch geraten haben.«

»Chang An Lo?« Lydia drehte den Kopf und sah ihn direkt neben sich auf dem Bett sitzen. Auf seinem Gesicht stand ein Ausdruck, den sie noch nie an ihm gesehen hatte.

»Lag ich im Sterben?«, flüsterte sie.

Er hob ihre Hand an seine Lippen, küsste ihre Innenseite, dann jeden einzelnen Finger, und hielt sie sich an die Wange. »Nein, meine Lydia.« Er lächelte sie an. Sein Lächeln war so voller Hitze, dass sie es auf ihrer Haut spüren konnte. Es taute etwas von der Kälte und von der Angst in ihr weg. »Du lagst nicht im Sterben. Du bist unzerstörbar. Du wolltest mich nur auf die Probe stellen.«

Seine Stimme füllte ihren Kopf aus. Er beugte sich vor, wobei er immer noch ihre Hand hielt, als wäre sie ein Teil von ihm, und schmiegte seine Stirn in ihre Halsbeuge. So blieb er lange Zeit liegen, ohne sich zu rühren, ohne etwas zu sagen. Sein schwarzes Haar wurde warm an ihrer Wange, und sie spürte, wie der Faden, der sie miteinander verband, straffer wurde, gleich einem seidenen Strang, der durch ihr Fleisch, durch ihr Blut und durch die Knochen ging.

»Chang An Lo«, murmelte sie. »Wenn du jemals vorhast zu sterben, dann verspreche ich dir, dass ich komme und dich hole.«

Der Raum war voller Menschen. Weiße, heiße Funken schienen in der Luft zu tanzen, sie beständig in Bewegung zu versetzen. Lydia saß aufrecht im Bett, obwohl sie sich nichts so sehr wünschte, wie in jenes schwarze Loch zurückzugleiten. Man hatte ihr das mit Jens gesagt.

Sie hatte *»Nein!«* geschrien und war dann still geworden. Hatte den Schmerz zu einem harten Ball zusammengeknüllt.

Sie stellte sich Jens inmitten der Ruinen seiner großartigen Träume vor, den stolzen Kopf mit dem weißen Haarschopf durch eigene Hand am Boden zerschmettert, als sein letztes Opfer. *Nein, Papa.* Tränen liefen ihr die Wangen hinunter, wollten nicht versiegen. Als sie sie wegwischen wollte, fiel ihr Blick zum ersten Mal auf ihre Hand. Sie war zu einem hässlichen Rot verbrannt und mit einer schmierigen Heilpaste bedeckt.

»Das ist widerlich«, murmelte sie.

Jemand lachte, und sie wusste, es war ein Lachen aus Erleichterung, denn eine verbrannte Hand war so viel besser als ein verbranntes Leben. Es war ihr Scheitern, das sie anwiderte. *Papa, es tut mir leid. Verzeih mir.* Schwarze Punkte schwammen an den Rand ihres Gesichtsfeldes, und auf einmal hatte sie das Übelkeit erregende Gefühl, es seien Teile des schwarzen Lochs, das ihr gefolgt war, weil es einfach nur wartete, bis seine Zeit gekommen war. Es gab Worte, die sie aussprechen musste.

»Ich möchte euch danken, euch allen«, sagte sie. »Für eure Hilfe.« Ihre Stimme war rau, kaum als die ihre zu erkennen.

»Wir hätten es fast geschafft.« Das war Alexej.

»Jens war dankbar«, flüsterte sie. »Das hat er mir gesagt.« Jetzt tauchten Jens' Worte wieder aus dem schwarzen Tümpel ihrer Erinnerung auf, und Lydia wusste, dass Alexej nicht ihr Bruder war – und es auch nie gewesen war.

Popkow sah müde und erschöpft aus. Er spielte mit Edik auf dem anderen Bett Karten, während Misty auf dem Kissen lag und an einer stinkenden Socke von Popkow herumkaute.

»Ihr habt euch gefunden«, brummelte der Kosak. »Am Ende waren Jens und du zusammen.« Er warf seine Karten verärgert auf das Bett, weil er offenbar verloren hatte, und zuckte mit den breiten Schultern. »Das ist es, worauf es ankommt.« Er mischte die Karten neu.

Lydia nickte. Brachte keinen Ton heraus.

Alexej blieb am Fußende ihres Bettes stehen. »Er hat Recht, Lydia. Dich hierzuhaben hat ihm bestimmt alles bedeutet.«

»Mir auch«, murmelte sie. »Aber es war zu spät, um ihn aufzuhalten. Er hatte beschlossen, das zu zerstören, was er erschaffen hatte, um die anderen Gefangenen zu retten, koste es, was es wolle.«

Alexej trat unruhig von einem Bein aufs andere, und sie spürte seine Verärgerung ebenso wie die Tiefe seines Verlangens. Sie musste ihm etwas geben. »Alexej, er hat dich geliebt«, sagte sie schlicht. »Jens hat es mir gesagt. Als ich ihn auf meinem Rücken dort hinausgetragen habe, machte er sich Sorgen um dich.«

Alexejs grüne Augen, die so sehr denen ihres Vaters ähnelten, schauten ihr direkt ins Gesicht, und sie konnte deutlich erkennen, dass er nicht wusste, ob er ihr glauben sollte oder nicht. Doch sie war zu erschöpft, um gegen seinen Zweifel anzukämpfen, und schloss die Augen.

»Ich möchte mit Elena sprechen«, sagte sie flüsternd. »Allein.«

Betretenes Schweigen. Doch als sie die Augen wieder aufschlug, hatte sich die Luft in dem Raum gelegt wie Staub, und er war leer bis auf das Gefühl von Changs Lippen auf ihrer Stirn und die große Frau, die am Fußende ihres Bettes saß.

Chang fühlte sich unwohl auf dem Hof. Er war zu öffentlich, zu sichtbar. Jeder, der an einem der Fenster stand, hätte die Anwesenheit eines Fremden gemeldet, erst recht die eines chinesischen Fremden. Eigentlich hätte er heute eine Fahrradfabrik besichtigen sollen, hatte jedoch Edik mit einer Nachricht zu Biao geschickt, damit er den Russen mitteilte, er fühle sich nicht wohl. Und das stimmte auch. Er war krank. In seinem Herzen war er so krank, dass er es am liebsten hinausgespuckt hätte, dort hinaus auf den Hof und die Pflastersteine unter seinen Füßen.

»Chang«, sagte Alexej. »Ich bin froh, dass ich einen Moment mit dir allein sprechen kann.«

Bis jetzt hatten sie noch kein Wort miteinander gewechselt. Er drehte sich um und schaute Alexej an. Lydias Bruder wirkte groß und stattlich in seinem langen Mantel, stolz wie sein Vater, doch auch so kompliziert wie seine Schwester. Es konnte kein Zweifel daran bestehen, dass er ein mutiger, entschlossener Mann war, denn davon hatte Chang während des Brandes inmitten all des Schreckens und der Verwirrung mehr als genug gesehen. Doch andererseits spürte er an ihm auch den Kummer, den zu heilen es wahrscheinlich mehrerer Leben bedurft hätte.

»Jeder von uns«, sagte Chang leise, »hat seine eigene Geschichte.«

Alexej runzelte die Stirn. »Ich bin nicht hier, um über Geschichte zu sprechen.«

»Worüber sollen wir dann sprechen?«

»Natürlich über Lydia. Was sonst hätten wir beide denn schon zu besprechen?«

Chang lächelte und spürte, wie ein paar Schneeflocken auf seinem Gesicht tauten. »Wir könnten über das Leben sprechen. Über den Tod. Oder über die Zukunft.« Er legte die Hände aneinander und machte eine formelle Verbeugung. »Ich möchte dir danken, Alexej Serow, dafür, dass du mir bei dem Brand das Leben gerettet hast.«

»Du bist mir nichts schuldig. Gar nichts. Du hast meiner Schwester das Leben gerettet. Das ist genug.«

Chang neigte den Kopf zu einer winzigen Verbeugung. *Das ist genug*. Es stimmte. Wäre Lydia nicht von Chang auf dem Rücken herausgetragen worden, dieser Russe hätte sie verbrennen lassen. Das wussten sie beide.

Eine junge Frau kam eilig aus dem Gebäude in den Hof, in jeder Hand einen Eimer, und starrte die beiden Fremden mit unverhohlener Neugier an, während sie zur Wasserpumpe ging. Das einzige Geräusch war das Lachen von Lydias flachsköpfigem Streuner, der auf der anderen Seite mit dem Kosaken zusammenstand. Chang und Alexej lauschten einen Moment lang dem Gelächter, weil sie sich gewünscht hätten, es würde noch viel länger dort in der kalten Luft schweben.

»Was Lydia angeht« sagte Alexej plötzlich.

Chang wartete, ließ den blonden Jungen nicht aus den Augen. Er spürte, wie sehr Lydias Bruder darum ringen musste, wie er wohl beginnen sollte.

»Das wird nicht funktionieren mit euch beiden«, sagte Alexej tonlos. »Es ist unmöglich, dass es funktioniert, die Hindernisse sind einfach zu groß. Wenn dir meine Schwester etwas bedeutet, dann wirst du sie aufgeben und Russland verlassen. Lass sie bei ihren eigenen Leuten bleiben. Um Gottes willen, begreifst du das denn nicht? Du und sie, ihr seid wie Öl und Wasser, ihr könnt euch nicht mischen.« Nun wurde seine Stimme milder, leiser, aber auch eindringlicher. »Wenn du sie liebst, Chang An Lo, wenn du sie wirklich liebst, dann lässt du sie ihr eigenes Leben führen. Mit dir wird sie immer nur eine Zukunft als Außenseiterin haben, wo auch immer sie sich befindet.«

Ganz langsam wandte Chang den Kopf und richtete den Blick auf die dunkelgrünen Augen des Riesen. Abermals drang das Lachen des Jungen quer durch den Hof zu ihnen herüber, doch diesmal hörte es keiner von ihnen.

»Verstehst du mich?«

»Was Lydia und ich entscheiden, das geht dich nichts an«, sagte Chang kalt.

»Sie ist meine Schwester, verdammt noch mal, und damit geht es mich durchaus etwas an.« Zorn flammte auf, und Chang wusste, dass er die ganze Zeit schon da gewesen war und nur auf der Lauer gelegen hatte. »Du hast Lydia über die Mauer mitgenommen. Um Gottes willen, warum hast du sie auf der Suche nach Jens in den Hangar mitgenommen? Du hast meine Schwester fast umgebracht. Wie kann ich dir jemals wieder vertrauen? Erwartest du denn, dass ich all das einfach vergebe und vergesse ...«

»Nein.« Chang spürte den Schmerz, der sich in seinen Eingeweiden drehte, schärfer als ein weißglühendes Messer. »Nein, das erwarte ich nicht. Nicht mehr, als ich mir selbst vergeben kann.«

»Und?«, fragte Elena und verschränkte die Arme vor ihrem Busen. Ihre Pupillen waren vor lauter Argwohn nur noch so groß wie Stecknadelköpfe.

»Du weißt genau, was ich sagen werde.«

»Wie soll ich denn wissen, was in deinem verrückten Kopf vorgeht?«

Lydia lächelte. Ihr tat alles weh, und sie wünschte sich nichts so sehr, wie zu schlafen, aber das hier musste sie einfach sagen. »Zuerst einmal möchte ich dir danken, Elena.«

»Wofür?«

»Dafür, dass du mir die Kugel rausgeholt hast.«

Die Frau zuckte mit den Achseln. »Darin habe ich neuerdings reichlich Praxis.«

»Jedenfalls danke ich dir.« Lydia zögerte.

»Was noch?«

Lydia holte vorsichtig Luft. »Ich möchte gerne wissen, warum du mich verraten hast.«

»Wie bitte?«

»Beide Male, als Alexej und ich in den Wald gegangen sind, haben die Soldaten gewusst, dass wir kommen. Sie haben uns Leute hinterhergeschickt, die uns aufspürten, und die hätten uns geschnappt, wenn uns Chang nicht gedeckt hätte. Beim zweiten Mal gab es sogar einen extra Wagen, der den Lastwagenkonvoi überwacht hat.«

Elena saß ganz still da. »Du täuschst dich, Genossin.«

»Die einzigen Menschen, die wussten, was wir tun, waren die *wory* und Chang, Popkow und ich. Und du.«

»Jeder dieser dreckigen Diebe würde dich ebenso an die Geheimpolizei verkaufen, wie er seiner Großmutter die Kehle aufschlitzen würde.«

»Nein, das stimmt nicht. Diese Leute tun das, was Maxim ihnen sagt, und er ist in meinen Bruder vernarrt, weshalb sie niemals etwas tun würden, was ihm schaden könnte. Auch den anderen würde ich mein Leben anvertrauen.« Sie beugte sich vor. »Also bleibst nur noch du.«

»Nein.«

»Lüg mich nicht an, Elena.« Die Lücken zwischen den Worten wurden immer länger. »Wir wissen beide, dass du es warst.«

»Wenn ich Ja sagen würde«, murmelte Elena, »was würde es für einen Unterschied machen?«

»Für Liew würde es einen Unterschied machen.«

Elena schaute sie lange an. Ihr Blick war hart. »Hast du ihm nicht schon genug wehgetan? Lass ihn jetzt in Frieden.«

»Hast du es deshalb getan? Damit er mich loswird?«

Elena seufzte. »Mädchen, als ich dich zum ersten Mal gesehen habe, dachte ich, wir beide könnten Freundinnen werden, aber am Ende habe ich erkannt, dass du nicht gut für Liew bist. Wie kann er sein eigenes Leben führen, wenn er doch immer nur deines führt?«

»Ich habe ihn nicht darum gebeten.«

»Nein, dass musstest du auch nicht. Es liegt ihm im Blut, das muss es bei jemandem, der dem alten russischen Leibeigenensystem angehört. Genau wie bei seinem Vater vor ihm. Er ist dir ebenso ergeben wie Misty Edik ergeben ist, und wenn du wolltest, dass er irgendwelche krummen Dinger für dich dreht, dann würde er nicht zweimal nachdenken, bevor er es tut.« Sie atmete langsam aus, doch als sie weitersprach, war da auch ein trauriger Unterton in ihrer Stimme. »Ich musste dich loswerden, Lydia. Um Liews willen.«

Lydia schluckte die Galle hinunter, die ihr in den Mund gestiegen war. »Du hättest mich doch einfach bitten können, zu gehen«, sagte sie leise.

»Das hätte er nie zugelassen.«

Lydia nickte. Schuldgefühle schwappten in ihr hoch, glatt und glitschig.

»Dann hast du mich also verraten, um deinen Kosaken zu beschützen. Weiß er das?«

Ein tiefes Rot stieg Elena in die dicklichen Wangen, und sie legte beide Hände flach auf den Kopf, drückte ihr unfrisiertes Haar zusammen. »Nein«, murmelte sie. »Wirst du es ihm sagen?«

»Nein.«

Die Frau nickte, hob die schweren Schultern und ging zum Fenster hinüber. Mit belegter Stimme sagte sie dann: »Was du für deinen Vater getan hast, war wundervoll.«

Lydia legte den Kopf in die Hände. »Und doch ist er gestorben. Ich konnte ihn nicht retten.«

»Mag sein. Aber er wusste, was du für ihn getan hast.«

»Meine Mutter habe ich auch nicht retten können«, flüsterte Lydia.

»Ich weiß. Du bist auch nicht besser als ich, wenn es darum geht, die Menschen, die du liebst, in Sicherheit zu bringen.« Und dann fügte sie hinzu: »Komm mal hier rüber.«

Lydia glitt vorsichtig aus dem Bett und trat zu Elena ans Fenster. Zu ihrer Überraschung schneite es, kein dichter Schneefall, nur ein federleichter Hauch Flocken, die durch die Luft schwebten und die Welt ganz weich aussehen ließen. Sie standen schweigend nebeneinander und beobachteten die Männer in dem Hof unter ihnen. Chang und Alexej standen stocksteif beieinander, in ein Gespräch vertieft, und Lydia fragte sich, worum es wohl ging. Um den Brand? Das Wetter? Um die letzte Kirche, die auf Stalins Befehl in die Luft gesprengt werden sollte? Vielleicht um sie? Die beiden Männer standen mit dem Rücken zum Fenster, so dass Lydia ihre Gesichter nicht sehen konnte, doch ihre Augen blieben an der entschlossenen Haltung von Changs Schultern hängen, an der Anspannung in seinen langen Gliedern. Eine Frau aus einer der Wohnungen zerbrach Eis vor der Wasserpumpe im Hof und blieb mit einem Lächeln im Gesicht stehen, um den Possen von Misty zuzuschauen. Popkow hatte dem Hund eine Schnur um den Hals gebunden und brachte ihm gerade bei, mit Edik bei Fuß zu gehen. Lydia hatte gar nicht gewusst, wie gut er mit Hunden umgehen konnte, und erst jetzt fiel ihr auf, wie müde er aussah. Eine Welle der Zärtlichkeit für den großen Mann, der ihrem Vater beinahe die Freiheit gebracht hätte, erfasste sie. Ach, Liew, mein Freund, es tut mir leid, wenn ich zu viel verlangt habe. Selbst von hier aus kann ich deutlich erkennen, was dir das alles abverlangt hat.

Ein leises Seufzen entrang sich der Kehle der Frau an ihrer Seite, ihr Atem beschlug die Scheibe, und einen Moment lang war das Bild des Jungen mit seinem Hund ganz verschwommen.

»Er hat mich gebeten, mit ihm in die Ukraine zu gehen und mit ihm zusammenzuleben.«

»In die Ukraine?«

»Irgendwo in der Nähe von Kiew. Dort hat er gelebt, als er noch ein Junge war.«

»Ist Liew denn jemals ein Junge gewesen?«

Einen flüchtigen Moment lang lächelte Elena. »Ist schwer sich vorzustellen.«

»Wirst du mit ihm gehen?«

Elena sah Popkow dabei zu, wie er sich über den Hund beugte und auf ihn einredete. »Er macht sich Sorgen um dich.«

»Das muss er nicht.«

»Ich weiß.«

»Liebst du ihn?«

»Ha! Wenn du erst mal in meinem Alter bist und mehr Männer gehabt hast als warme Mahlzeiten, dann ist die Liebe nicht mehr das, wofür du sie hältst, Lydia.«

Lydia wischte die Fensterscheibe mit einer Hand ab. *Die Ukraine*. Ach, Liew, das ist eine Weltreise von hier entfernt.

»Ja«, gab Elena endlich zu. »Ich vermute, dass ich den tumben Kerl wirklich liebe.«

Sie lächelten beide.

»Dann geht in die Ukraine. Ich werde niemandem etwas verraten und …« Sie sprach ihren Satz nicht zu Ende.

»Und du? Wohin wirst du gehen?«

Bei der Frage wurde Lydias Kehle ganz eng, und sie begann zu husten, schmeckte immer noch Rauch in ihrem Mund.

»Pass auf, deine Naht. Geh zurück ins Bett.«

Elena half ihr, sich zum Bett zurückzutasten, doch Lydia griff auf einmal fest nach dem fleischigen Arm und ließ ihn nicht mehr los. Sie zog die Frau an sich. »Elena«, sagte sie heftig, »wenn du ihm wehtust, dann komme ich und reiß dir das Herz aus dem Leib.«

Einen Moment lang starrten sie sich nur an, dann nickte Elena, diesmal ohne zu lächeln.

»Du hast meine Erlaubnis, das zu tun«, sagte sie.

Lydia lockerte ihren Griff, doch plötzlich sah sie etwas im Gesichtsausdruck der Frau, eine Unsicherheit, die sie veranlasste zu fragen: »Was ist los, Elena?«

Es kam keine Antwort.

Lydias Herz klopfte heftig.

»Du musst hier raus, Mädchen. Ob verletzt oder nicht.«

»Warum?«

»Weil sie dich heute holen werden.«

»Wer?«

Doch sie brauchte gar nicht zu fragen. Schon warf sie die Decke von sich, schwang die Beine auf den Boden. Ihr Verstand und ihr Herz rasten.

»Wer?«, wiederholte Elena ihre Frage. »Diese Scheißkerle von der OGPU, natürlich. Die Geheimpolizei.«

SECHSUNDFÜNFZIG

Lydia legte den Kopf an Chang An Los Schulter und konzentrierte sich darauf, ein Bein vor das andere zu setzen. Er war mit ihr kreuz und quer durch die Stadt unterwegs, den Arm fest um ihre Taille gelegt, und hielt sie auf den Beinen, bis er sicher sein konnte, dass wirklich niemand ihnen durch die verschneite Stadt folgte.

Als er sie endlich zu ihrem kleinen Versteck gebracht hatte, demjenigen, das an die Stelle des Zimmers mit dem Kruzifix getreten war, taumelte sie durch die Tür und löste zum ersten Mal ihren festen Griff. Sie holte langsam und tief Luft, um den Schmerz in ihrer Seite in Schach zu halten, und nahm ihre Mütze ab. Doch als sie in den Spiegel an der Wand blickte und zum ersten Mal seit dem Brand ihr Haar sah, wurde sie vor Entsetzen tiefrot im Gesicht. Es war schrecklich. Ein ganzer Teil des Haarschopfes war verbrannt, der Rest war schwer verkohlt. Mit den Brandblasen auf ihrer Stirn sah sie wie eine Vogelscheuche aus.

»Schneid es ab«, sagte sie.

»Ruh dich zuerst aus«, widersprach Chang. »Du bist erschöpft.«

»Bitte, schneid es ab. So kurz wie bei einem Jungen. Damit ich den … den Schaden nicht mehr sehe.«

Seine schwarzen Augen hatten sie nur einen Moment lang im Spiegelbild betrachtet, dennoch erfasste er den ganzen Schaden, auch den, der tief in ihrem Herzen angerichtet worden war, das wusste sie. Er hatte das tiefe Loch gesehen, die Schuldgefühle, die Ängste, und sie schämte sich dafür. Ganz leicht küsste er sie seitlich auf das versengte Haar, zog das scharfe Messer aus seinem Stiefel und schnitt die erste Hand voll Haare ab.

»Besser?«, fragte er.

Sie nickte. »Es sind nur Haare. Nicht meine Arme oder Beine.«

Doch während er mit dem Schneiden fortfuhr, verzog Chang den Mund zu einem kummervollen Halbmond. Schließlich bückte er sich und barg die verkohlten kupferfarbenen Locken behutsam in den Händen, als wären sie eine Opfergabe für seine Götter. Eine Erinnerung an ihre Mutter, wie sie ihre eigene dunkle Haarpracht mit einer stumpfen Küchenschere abgeschnitten hatte, kam Lydia in den Sinn, und zum ersten Mal begriff sie. Dieses schreckliche Verlangen danach, sich selbst zu bestrafen. Das Gefühl der Erleichterung, das es mit sich brachte, die gleiche Erleichterung, die sie an dem ersten Tag, als sie sich in dem Gemeinschaftsbad des Hotels begegnet waren, in Antoninas Gesicht geblickt hatte.

»Chang An Lo«, flüsterte sie und fuhr zu ihm herum. »Sag mir, wo es dir wehtut.«

Seine Pupillen weiteten sich, während eine ganze Fülle von Gedanken ihn zu durchfluten schien. Purpurrote Flecken leuchteten in seinen Augen auf. »Meine Schultern.«

Das war nicht das, was sie gemeint hatte, und das wusste er. »Zeig's mir.«

Er legte die abgeschnittenen Locken vorsichtig auf einen Stuhl und zog seine wattierte Jacke aus. Sie hatte mehrere braune Brandlöcher, und auch das Hemd darunter war in keinem besseren Zustand. Er zog es aus und kehrte ihr seinen nackten Rücken zu.

»Das sieht sehr bunt aus«, sagte sie. Rasch schlug sie die Hand vor den Mund, um all die anderen Laute, die sich ihrer Kehle zu entringen drohten, einzusperren.

»Bist du gut im Einreiben?«, erkundigte er sich.

»Ich bin eine Expertin. Finger so leicht wie Federn. Kannst du dich nicht erinnern?«

Er fuhr herum. »Ja, ich erinnere mich. Als könnte ich das jemals vergessen.«

»In dem Gartenschuppen in Tschangschu, als du verletzt warst und …«

Er schloss sie in seine Arme und legte sie sanft aufs Bett. »Psst, mein Liebes, versteck dich nicht wieder in der Vergangenheit.«

Mit unendlicher Zärtlichkeit zog er ihr alle Kleider aus, bis nur noch der Verband um ihre Taille übrig war, wo die Kugel seitlich in ihren Körper eingedrungen war. Doch trotz Elenas Stichen war hier alles in den Farben verdorbenen Obstes verfärbt, Rot und Braun und Orange. Er küsste sie auf die weiche Haut ihres Bauches und wickelte sie dann in die Bettdecke ein.

»Komm her und red mit mir«, murmelte sie.

»Schlaf zuerst, und dann reden wir.« Aus dem ramponierten alten Lederrucksack, den Lydia ihm vor so langer Zeit in China einmal geschenkt hatte, zog er eine kleine Flasche mit einer trüben Flüssigkeit und goss ihr behutsam einen Tropfen auf die Zunge. »Jetzt schlaf.«

Doch sie zwang sich dazu, sich noch einmal aufzusetzen. »Zuerst einölen.«

Sie streckte die Hand aus.

Er leistete ihr keinen Widerstand. Nun tauchte ein kleiner Keramiktopf aus dem Rucksack auf, und sie ließ Chang sich auf das Bett setzen, kniete neben ihm und schmierte sich die cremige Substanz auf die Finger. Dann massierte sie mit genau der Leichtigkeit einer Feder, die sie ihm versprochen hatte, die Tinktur in das rohe Fleisch seiner Schultern. Wie die Wunden entstanden waren, fragte sie nicht. Ein herabgefallenes Stück brennendes Holz? Ein glühend heißer Feuerschwall? Das spielte jetzt keine Rolle. Die Tinktur roch nach Kräutern, von denen ihr die Augen brannten, und sie spürte, wie ihr die Augenlider schwer wurden. Sie küsste die gesunde, saubere Haut in der Mitte seines Rückens, doch als sie gerade den Mund öffnen wollte, um ihm zu sagen, dass er der tapferste aller Männer auf Gottes weiter Erde sei, war sie bereits eingeschlafen, noch bevor die Worte ihr über die Lippen kamen.

Als sie aufwachte, war es dunkel. Der Nachthimmel klammerte sich an die Fensterscheibe, rüttelte daran, als wollte er hereinkommen. Lydia spürte Changs warmen Körper, der sich an sie schmiegte, wusste jedoch auf der Stelle, dass er hellwach war. Sie fühlte sich ausgeruht und stark, gestattete ihren Lungen, in einem ruhigen, steten Rhythmus ein- und auszuatmen, tat dabei aber so, als würde sie noch schlafen, weil sie noch nicht bereit für das war, was vor ihr lag. Durch den Verlust ihres Vaters hatte sich in ihrem inneren Gefüge etwas verändert, und sie trauerte um ihn, ebenso wie um den Traum, der zu Ende gegangen war. Erschocken wurde ihr bewusst, dass ihre Wangen nass waren. Hatte sie im Schlaf geweint? Lange Zeit lag sie so da, an Chang gekuschelt. Eine Stunde, vielleicht auch mehr. Nicht gewillt, ihn aufzugeben. Sie klammerte sich an jede einzelne Sekunde dieser Zeit, prägte sich das Gefühl seiner Hand an ihrer Hüfte ein und das sanfte Pusten seines Atems an ihrem Hals, die Art und Weise, wie er ihre Haut zu einem wohligen Prickeln brachte.

»Wann fährst du?«, fragte sie schließlich in die Dunkelheit.

Er gab ihr keine Antwort, doch seine Umarmung wurde fester.

»Wann?«, fragte sie noch einmal.

Er setzte sich auf und zündete die Kerze an, die auf dem Tisch neben dem Bett stand. Flackernde Schatten tanzten im Raum auf und ab, schwarz und verzerrt, und sie waren so hässlich wie ihre Ängste. Chang starrte konzentriert zur Wand. Lydia sah er nicht an.

»Du kannst nicht hierbleiben«, sagte er. »Jetzt, da sie nach dir suchen, musst du weg von hier.«

»Ich weiß. Obwohl ich vermutlich«, sagte sie mit einem Lächeln, an sein Profil gerichtet, »mit meinen kurzen Haaren eine Straßenratte wie Edik werden und für die *wory* arbeiten könnte. Ich bin gut im Stehlen.«

Sie spürte, wie ein Beben durch seine Brust ging. Er berührte ihr kurz geschorenes Haar. »Es sieht sowieso schon so aus, als wären die Ratten dran gewesen.«

Sie lachte und sah, dass er sich über dieses Lachen freute.

»Tut es sehr weh? Brauchst du noch mehr …«

»Pssst.« Sie legte einen Finger an seine Lippen. »Es ist nicht so schlimm.«

Statt einer Antwort hob er eine Augenbraue. »Mehr Kräuter?«

»Nein. Ich brauche einen klaren Kopf. Ich möchte, dass wir reden.«

Ganz sanft zog er sie an sich, bettete sie an seine nackte Brust, und eine Weile hielten sie beide den Moment in der Schwebe, weil sie wussten, dass die nächsten Minuten alles verändern würden.

»Hier kannst du nicht bleiben«, sagte Chang zum wiederholten Mal.

»Dann lass uns darüber reden, was wir als Nächstes tun. Darüber habe ich mir Gedanken gemacht, und daran arbeite ich – an einer Zukunft für uns beide.«

Ihm entfuhr ein leises Schnauben. »Und doch hast du alles für deinen Vater aufs Spiel gesetzt.«

Sie sagte nichts, strich ihm nur sanft übers Kinn.

»Frag mich«, sagte er.

»Was soll ich dich fragen?« Doch sie wusste, was er meinte.

»Frag mich.« Er hob ihr Kinn an, damit sie ihm direkt in die Augen sah. »Frag mich noch mal.«

»Nein.«

»Gut. Dann frag ich selbst. Will ich mit dir nach Amerika gehen?«

Sie hielt die Luft an.

»Lydia, mein Allerliebstes, die Antwort lautet Nein.«

Sie schrie weder auf noch versuchte sie, ihn dazu zu bringen, das Gesagte zurückzunehmen, obwohl sie beides gern getan hätte. Schweigend musterte sie sein Gesicht, bevor sie fragte: »Was hat er zu dir gesagt?«

»Wer?«

»Alexej natürlich. Du und er, ihr standet doch im Hof zusammen, und ich kann mir vorstellen, was er …«

Sie hielt inne, weil sie seine Anspannung spürte und hörte, wie er rasch den Atem einzog. Er war bereits halb aus dem Bett, das blitzschnell gezogene Messer in der Hand, als die Tür eingetreten wurde und gegen die Wand donnerte. Fünf Männer standen in dem kleinen Zimmer. Es waren Chinesen, und sie hatten Gewehre in der Hand.

»Raus hier«, schrie Lydia sie an. Sie warf sich rasch eine Decke über ihren nackten Körper.

Der Chinese ganz vorne war ein junger Mann mit einem länglichen Gesicht, und er trug eine wattierte Uniformjacke. Die anderen sahen in Lydias Augen wie professionelle Killer aus, alle in Schwarz gekleidet, mit harten Augen. Lydia sprang vom Bett auf, doch Chang trat zwischen sie und die Eindringlinge, und eine Schrecksekunde lang hatte sie Angst, er würde auf die Männer losgehen.

»Nein!«, schrie sie.

Doch er bewegte sich nicht. Er blieb stocksteif stehen. Stattdessen floss eine Flut chinesischer Wörter aus seinem Mund, und der junge Mann in Blau antwortete ihm heftig und offenbar negativ. Als er an einem bestimmten Punkt auf Lydia zeigte, begann ihr Herz heftig zu pochen, aber als er fertig gesprochen hatte, wurde Chang sehr still.

Ohne sich umzudrehen, sagte er in gemessenem Englisch

zu ihr: »Dieser Mann hier ist Biao. Er ist … er *war* mein Freund, ein Mitglied der Delegation.«

Sie zitterte am ganzen Körper.

Changs Augen waren nach wie vor auf Biao gerichtet. »Er ist der Mensch, dem ich vertraut habe, der für uns dieses Zimmer hier gesucht hat, der einzige Mensch auch, der wusste, wo es ist.«

»Und warum ist er hier?«

Sie wünschte sich, er hätte sich umgedreht. Wünschte, er hätte sie angeschaut.

»Biao ist mit seinen Gefährten gekommen, um dafür zu sorgen, dass ich auf der Stelle ins Hotel Triumfal zurückkehre.«

»Wieso? Was ist passiert?«

Endlich drehte er sich zu ihr um, und der Blick in seinen schwarzen Augen schien alles Dunkel des Raumes in sich aufzusaugen. »Biao hat gesagt, ich soll dich fragen.«

Sie warteten vor der Tür. Das war Changs Bedingung gewesen, damit er in Ruhe mit Lydia reden konnte. Er war durchaus versucht, Biao für seinen Verrat die nutzlose Kehle durchzuschneiden, ganz gleich, was das für Konsequenzen für ihn selbst gehabt hätte, doch er war nicht gewillt, auch Lydias Leben aufs Spiel zu setzen. Sobald die Tür sich hinter ihnen geschlossen hatte, packte er sie an den Armen und ließ es nicht zu, dass sie den Blick abwandte.

»Sag mir«, meinte er mit einem forschenden Blick in ihre Augen, »sag mir, was du getan hast.«

Ihr abgeschnittenes Haar stand in alle Richtungen vom Kopf, und ihr bleiches Gesicht sah furchtbar aus. Doch noch viel schlimmer war die Angst in ihren Augen. Wovor fürchtete sie sich? Er lockerte den Griff um ihre dünnen Arme und sah, dass sich seine Fingerabdrücke auf ihrer weißen Haut abzeichneten.

»Sag es mir«, fügte er etwas sanfter hinzu.

Als die Worte kamen, sprudelten sie nur so aus ihr heraus. »Die Delegation verlässt heute Russland, und du hast es mir nicht mal gesagt. Dann geh halt mit ihnen. Geh heim in dein China, zu deinem Kommunismus. Selbst wenn du deinen Anführer verachtest.« Zorn flammte in ihren Augen auf.

»Lydia«, sagte Chang scharf. »Woher weißt du, dass die Delegation heute abreist?«

Sie hatte schwer geatmet, doch jetzt wurde sie ganz still. Er sah, wie sie sich mit ihren Fuchszähnen auf die Unterlippe biss. Wie war es bloß möglich, jemanden so sehr zu lieben und dennoch nicht die Geheimnisse zu kennen, die er unter seiner Zunge versteckte? Die Brandblasen auf ihrer Stirn schimmerten golden in dem schummrigen Licht der Kerze, und sein Herz flog ihr entgegen. Er schloss die Arme um ihren bebenden Körper und drückte sie an seine Brust. Als er sie auf das rauchig schmeckende Haar küsste, spürte er, wie sie sich an ihn schmiegte, und auf einmal war seine ganze Wut, waren die Fragen verschwunden. Nur die Stille, die zwischen ihnen herrschte, war geblieben.

Bei einem lauten Klopfen an der Tür fuhr Lydia zusammen.

»Rasch, meine Geliebte«, flüsterte er. »Sag es mir.«

Einen kurzen Moment lang legte sie ihr Gesicht in seine Halskuhle, dann machte sie sich los und ging zum Fenster hinüber. Sie zog ihre Bluse an, blieb jedoch dort stehen, als wäre das, was hinter ihr lag, zu schmerzlich, um sich ihm zu stellen.

»Woher hast du gewusst«, fragte er, »dass die Delegation heute abreist?«

»Li Min hat es mir gesagt.«

»Li Min? Unser Delegationsleiter? Woher kennst du ihn?«

Sie schöpfte tief Luft, als wäre sie am Ertrinken. »Hör mir zu, was ich dir zu sagen habe, Chang An Lo, und dann kannst du gehen. Letztes Jahr in China, als ich gerade nach Russland aufbrechen wollte, um nach meinem Vater zu suchen, ist eine Gruppe von Leuten zu mir gekommen.«

»Meine Leute?«

»Ja, deine chinesischen Kommunisten. Sie hatten gehört, dass ich nach Sibirien wollte. Vielleicht hatte man sie am Zugfahrkartenschalter davon informiert, aber ich weiß es nicht genau. Jedenfalls kamen sie. Sie wussten von Kuan, die es wiederum von dir erfahren hatte, dass Jens Friis mein Vater war, und sie sagte mir, er sei an einem geheimen Projekt beteiligt, mit dem er dem sowjetischen Militär helfe. Offensichtlich hatten sie ihre Spione im Herzen des sowjetischen Systems, sogar in der Roten Armee, wussten jedoch nicht, worum es sich genau handelte oder wo er festgehalten wurde – in einem Gefängnis oder in einem dieser gottverlassenen Arbeitslager. Sie wussten nicht einmal, ob er noch lebte. Chang, du musst verstehen, er war mein Vater, und ich ...« Sie unterbrach sich, holte tief Luft und beendete ganz ruhig ihren Satz. »Und so baten sie mich, es herauszufinden.«

Wut, bleischwer und gewaltig, drückte auf seine Eingeweide wie ein Mühlstein.

»Und als Gegenleistung?«, wollte er wissen. »Was haben sie dir angeboten?«

»Ich habe um dich gebeten.«

»Um mich?«

»Ja. Ich habe darum gebeten, dass man dich aus dem Bürgerkrieg in China heraushält, weit weg von der Armee der Kuomintang.« Sie schluckte, und er dachte, gleich würde sie den Kopf wenden, doch sie tat es nicht. »Ich wollte, dass du in Sicherheit bist. Ich hatte keine Ahnung, dass sie dich hierher nach Moskau schicken würden, das schwöre ich dir. Das war für mich eine Überraschung.« Sie nestelte an den Knöpfen ihrer Bluse. »Eine willkommene Überraschung. Und für mich war es ein Beweis, dass sie sich an ihre Seite der Vereinbarung hielten.«

Er ging leise durch das Zimmer, bis er direkt hinter ihr stand, und hörte, wie sie mitten im Atemzug die Luft anhielt.

»Das war also auch der Grund, warum du an jenem Tag ins Gefängnis gingst, um den Brief zu holen? Den von Jens, in dem es um die Konstruktion des Luftschiffs ging? Damit du ihn Li Min geben konntest?«

Sie zuckte beim Klang seiner Stimme zusammen, kehrte ihm aber nach wie vor den Rücken zu. Sie nickte.

»Lydia.«

»Ich weiß, dass du wütend bist. Dass du das Gefühl hast, ich hätte dich verraten und hinter deinem Rücken ein schmutziges Geschäft gemacht. Aber der Gedanke, dein Leben an eine Kugel der Kuomintang zu verlieren, war … zu viel. Ich konnte ihn nicht ertragen. Und jetzt haben deine chinesischen Freunde, was sie wollten, sie gehen fort und nehmen dich mit.«

Sie lehnte sich nach hinten, bis ihr Kopf seine Wange berührte, und allein diese schlichte, intime Geste war genug, um seine Entschlossenheit, sie aufzugeben, null und nichtig zu machen. Die Ungeheuerlichkeit dessen, was sie für ihn getan hatte, raubte ihm den Atem. Dass sie ihr eigenes Leben dafür in die Waagschale geworfen hatte, und das ihres Vaters – nur um ihn zu retten. Er umschlang mit den Armen vorsichtig ihre verwundete Taille und zog sie an sich, wobei er an sich halten musste, sie nicht zu fest zu drücken.

»Du hast Recht, Lydia, ich bin wütend, aber nicht auf dich, mein Liebes. Auf sie.« Er roch das Blut an ihr, und sein Herz wollte weinen. »Mir hätte bewusst sein sollen, dass es nicht deine Vergangenheit war, die du schützen wolltest.«

»Nein«, flüsterte sie. »Es war unsere Zukunft. Deine und meine. Aber Chang, wir werden beide durch unsere Vergangenheit geformt.«

Abermals brachte ein lautes Poltern die Tür zum Erschüttern, und Biao rief, sie sollten sich beeilen.

Chang sprach drängend auf sie ein. »Lydia, du musst dich jetzt entscheiden. Wenn es Amerika ist, wohin wir wollen, dann können wir …«

Sie fuhr zu ihm herum. Ihre Augen waren riesig und aufmerksam auf ihn gerichtet. »Nein, nicht Amerika.«

»Mein Herz kann nicht schlagen, wenn du nicht an meiner Seite bist.«

»Hat dir Alexej das gesagt? Dass du mich aufgeben sollst?«

»Er sagte, mit mir würdest du immer eine Außenseiterin sein.«

Sie lachte, und auf einmal hatte es den Anschein, als komme Leben in das Zimmer. Mitten in all der Angst und der Gefahr lachte sie, warf schwungvoll den Kopf mit den raspelkurzen Haaren in den Nacken, und das Geräusch ihres Lachens schien etwas in ihm, das er zerbrochen geglaubt hatte, zu heilen. »O Chang An Lo, ich bin mein ganzes Leben lang ein Außenseiter gewesen. Ich habe immer dagegen angekämpft, weil ich so gerne dazugehören wollte, aber jetzt nicht mehr. Nur die Tatsache, dass ich eine Außenseiterin war, hat mich zu dir gebracht.«

Er nahm ihr Gesicht in die Hände. »Dein Bruder glaubt, du musst hier in Russland bleiben, und wenn ich dich hier so sehe, dann weiß ich, dass dieses Land ein Teil deiner Seele ist.«

»Vergiss, was Alexej sagt. Er ist nicht mein Bruder.«

»Wie bitte?«

»Jens hat es mir gesagt. Er sagte, Alexej sei nicht sein Sohn. Dass meine Mutter sich getäuscht hat und selbst Alexejs Mutter in dieser Beziehung log.« Kummer huschte im Kerzenlicht über ihr Gesicht wie der Schatten eines nächtlichen Geistes.

»O meine Lydia, dann hast du in jener Feuersbrunst nicht nur deinen Vater, sondern auch deinen Bruder verloren.«

Sie lächelte ihn an, kaum mehr als ein zartes Zucken ihrer Mundwinkel. »Deine Götter haben einen hohen Preis angesetzt«, sagte sie. »Und jetzt nehmen sie mir dich noch einmal weg.«

»Komm mit mir.«

Sie riss die Augen auf. »Nach China?«

»Ja.«

»Nein«, antwortete sie. »Hast du denn vergessen? Wir haben doch schon vor Langem beschlossen, solange du für die Kommunisten kämpfst, kannst du kein Mädchen aus dem Westen brauchen, das für dich ein Klotz am Bein ist. Es ist einfach keine Welt, in der Platz für mich wäre.«

»Doch, es gibt eine.«

»Und wo?«

»Hongkong.«

SIEBENUNDFÜNFZIG

Der Wagen war überfüllt, und in seinem Inneren roch es nach China statt nach Russland. Lydia wurde gegen das Fenster gepresst. Chang An Lo saß neben ihr, wie eine Barriere zwischen ihr und den anderen. Er hatte in dem Moment, als sie sich in den Wagen setzten, nach ihrer Hand gegriffen, und obwohl er in einen heftigen Streit mit Biao vertieft war, ließ er sie die ganze Fahrt über nicht los.

Ihre Reisetasche lag über dem Rucksack auf Changs Schoß, als wollte er sie vor den chinesischen Eindringlingen verstecken. Biao und ein weiterer Chinese in Schwarz saßen zusammengequetscht auf der anderen Seite von Chang auf dem Rücksitz, während sich drei weitere vorne drängten. Der auf dem Fahrersitz hatte eine silbrige Narbe an der Stelle, wo früher sein Ohr gewesen war.

Ihre Stimmen klangen hart in Lydias Ohren, eine Flut wütender chinesischer Wörter ging zwischen Chang und Biao hin und her und erfüllte die Luft – Freunde, die sich bekämpften wie Feinde. Sie hätte zu gerne gewusst, was da besprochen wurde, wusste jedoch, dass Chang ihr nur so viel sagen würde, wie er ihr verraten wollte. Sie lehnte den Kopf gegen das Fenster und sah dabei zu, wie sich der Schnee und die Straßen draußen hinter der beschlagenen Scheibe aufzulösen schienen. Sie hatte Angst vor dem, was sich wohl noch auflösen würde.

»Lydia.«

Die wütende Wortflut hatte aufgehört.

»Sag mir, was hier vorgeht, Chang.«

Seine Hand schloss sich fester um die ihre, und jetzt sprach er Englisch, damit keiner seiner Landsleute ihn verstehen konnte.

»Lydia.« Aus der Art und Weise, wie er ihren Namen sagte, schloss sie, dass nichts Gutes folgen konnte. »Ich muss dich verlassen, Lydia. Nein, mein Liebes, schau nicht so, es wird nicht für lange sein. Wir sind darin übereingekommen«, sagte er leise, »dass wir uns in Hongkong treffen können. Ich werde dort sein, das schwöre ich. Aber durch Russland kann ich nicht mit dir reisen, das lassen sie mich nicht.«

Sie schaute auf die Köpfe vor ihnen. »Nicht mal, wenn wir vor diesen Männern hier davon …«

»Nein, keine Risiken mehr, Lydia. Wenn du und ich zusammen ausreißen, dann werden uns diese Leute verfolgen, die ganzen vielen tausend Meilen bis nach China. In diese Gefahr werde ich dich nicht mehr bringen. Diesmal«, er berührte zärtlich ihren Hals, »möchte ich, dass du in Sicherheit bist.«

»Was sollen wir dann tun?« Sie schaute zu Biao hinüber, der stur geradeaus blickte, nicht gewillt, sie anzusehen.

»Es ist abgemacht.« Er fasste sie an beiden Händen, und so wusste sie, dass es schlimm werden würde.

»Sag's mir.«

»Ich soll mit der Delegation nach China zurückfahren und Mao Tse-tung Bericht erstatten. Ich habe mein Wort gegeben, dass ich ihnen keine Schwierigkeiten machen werde.«

Sie lächelte ihn an. »Chang An Lo, der das fügsame Lamm spielt? Das wird ein echtes Spektakel sein.« Doch in seinen Augen blitzte kein Lachen auf. »Was bekommen wir dafür?«, fragte sie leise.

»Einen Bewacher für dich.«

»Ich brauche keinen Bewacher.«

»Doch, den brauchst du. Die russische Geheimpolizei sucht nach dir, also …«

»Wer? Wer soll dieser Bewacher sein?«

Chang blickte auf Biaos mürrisches Profil.

»Nein«, sagte Lydia scharf. »Ich weigere mich, diesen …«

»Nein, Lydia. Wehr dich nicht, es hat keinen Sinn.«

Sie schluckte die Worte hinunter, die ihr schon auf der Zunge gelegen hatten, und sah, wie er mit seinen dunklen Augen die stummen Bewegungen ihrer Lippen verfolgte, während sie zu akzeptieren versuchte, was er sagte.

»Biao wird dich die ganze Strecke bis Wladiwostok begleiten. Mit ihm an deiner Seite wirst du keine Probleme mit den Russen haben. Und dann fährst du durch China nach Süden bis Hongkong.«

»Er hasst mich«, flüsterte sie. »Warum würde er so etwas tun?«

»Weil ich es ihm befohlen habe. Ich weiß, er wird dich mit seinem Leben beschützen.«

»Obwohl er mich hasst?«

»Vertrau ihm, Lydia. Er wird dich sicher nach China bringen.«

Sie ließ den Kopf hängen, und er schlang einen Arm um ihre Schultern. »Ich würde mein Herzblut dafür geben, mit dir reisen zu können, mein Liebes, aber das würde dich nur noch mehr in Gefahr bringen.«

»Du wirst dich mit mir treffen?«, fragte sie. »Du wirst dort sein?«

»Ich verspreche es.«

»Und du wirst es dir nicht anders überlegen und wieder mit deinen Kommunisten losziehen?«

»Nein. Diesmal nicht.«

Ihre Blicke begegneten sich, und sie glaubte ihm. Es war ein Risiko, aber sie hätte nicht damit leben können, es nicht einzugehen. Er beugte sich vor, sah in ihren Augen, dass sie ihm glaubte, und küsste sie auf den Mund, ohne auf die anderen im Auto zu achten.

»Nun«, sagte er leise, »und wo wartet dein Kosakenbär auf dich?«

Es hatte aufgehört zu schneien. Während Lydia die Borodino-Brücke im Südwesten Moskaus betrat, rumpelten Automobile mit Schneeketten an ihr vorbei, und eine blasse, wässrige Sonne stand tief am Horizont, als fehlte ihr die Kraft, höher zu steigen. Sie spürte, wie Erleichterung sie durchflutete, als sie den Kosaken sah, der auf sie wartete und die Zähne bleckte, als sie auf ihn zukam. Hatte er befürchtet, sie würde nicht kommen? Dass sie sich nicht an ihre Verabredung halten würde, hier inmitten der schmiedeeisernen Platten, die an die Helden des Krieges von 1812 erinnerten?

»Noch bin ich nicht in Lubjanka eingelocht«, sagte sie mit einem Lächeln.

Lubjanka war das schlimmste Gefängnis in ganz Moskau, ein ansehnliches Gebäude aus gelbem Backstein, in dessen Kerkern Menschen mit Verhörmethoden auseinandergenommen wurden, die niemand für möglich gehalten hätte.

»Erwähne bloß nicht dieses stinkige Loch«, brummte er und musterte sie mit seinem schwarzen Auge. »Du siehst furchtbar aus.«

Darauf ging sie nicht ein. »Hallo, Elena.«

Die Frau stand neben ihm, die Arme verschränkt, und starrte entsetzt auf die stacheligen Haarreste, die unter Lydias Mütze hervorschauten, aber sie gab keinen Kommentar ab. »Du bist gekommen«, war alles, was sie sagte.

»Also, Liew. Ihr fahrt in die Ukraine?«

»*Da*. Da gibt es wenigstens noch richtige Menschen. Scheiß auf Moskau. Das ist nicht mehr als eine Sowjetmaschine hier.«

Lydia streckte eine Hand aus und legte die Fingerspitzen an seine granitharte Brust. »Pass gut auf dich auf, mein Freund.« Sie blickte zu ihm hoch. »Fühlst du dich besser?«

»Wie ein Lämmchen im Frühling.«

Sie lachte.

»Und du?«, fragte er und zog die raupendicken Augenbrauen zusammen.

»Mehr wie eine alte Ziege.«

Er nickte, nestelte nachdenklich an seinem Bart herum, und sie bemerkte erst jetzt, dass er so versengt war, dass er auf einer Seite ganz schief aussah. Plötzlich tauchte hinter seinem Rücken ein schmales Gesicht auf.

»Was war das denn für ein Auto, mit dem du gekommen bist?«

»Edik! Was machst du denn hier? Und Misty.« Sie knuffelte die Ohren des Welpen. »Das Auto gehört einigen eher unangenehmen Kumpanen meines chinesischen Freundes.«

Popkow zog eine finstere Miene. »Sie haben ihn mitgenommen?«

Sie nickte und starrte auf Popkows alte Lederstiefel hinab, die mit dem Emblem eines heulenden Wolfs verziert waren. »Liew«, sagte sie leise. »Du hast das mit Alexej schon die ganze Zeit gewusst, stimmt's?«

Er brummte.

»Dass er nicht mein Bruder ist. Du hast es die ganze Zeit gewusst. Und deshalb warst du auch so ekelhaft zu ihm.«

Er brummte abermals.

»Du hättest es mir sagen sollen.«

»*Njet*. Ich konnte nicht. Es hat dich glücklich gemacht.«

Ihr wurde die Kehle eng. Sie sagte nichts mehr. Ein Pferdewagen fuhr an ihnen vorbei, sprühte eine Wolke aus schmutzigem Schnee auf sie, und Misty bellte. Die Erde drehte sich immer noch.

»Ich will Weizen anbauen«, verkündete Popkow.

»Du?«, Lydia lächelte. »Ein Bauer?«

»Wir werden es lernen«, pflichtete ihm Elena hoffnungsvoll bei. »Edik wird uns dabei helfen, nicht wahr, mein Junge?« Sie stupste ihn zwischen die knochigen Rippen und lachte.

»Wenn ihr mich zwingt«, grinste er.

Lydia schaute die kleine Familie an, sah den warmen Stolz auf Liews geschundenem Gesicht, und sie beneidete sie. »Werdet glücklich«, sagte sie leise, doch es fiel ihr schwer, ihren alten Freund gehen zu lassen. Liew schaute sie an, wandte kurz den Blick ab, um einen beladenen Frachtkahn zu beobachten, der die Moskwa entlangtuckerte, und sah wieder zu ihr.

»Was ist denn, Liew?«

Der Kosak straffte seine Schultern und brummte etwas Unverständliches in seinen Bart.

»Es ist so«, sagte Elena steif. »Ohne dich will er nicht fahren.«

Lydia schloss die Augen und wiegte sich vor und zurück.

Elena war noch nicht fertig. »Er möchte, dass du mit uns kommst.«

Lydia rieb sich die Hände, als wäre es der beißende Wind, der sie zum Zittern brachte. »*Tschort!* Liew, bist du denn von allen guten Geistern verlassen? Ich auf einem Bauernhof? Sei nicht blöd. Ich bin kein Bauerntölpel, der nur Stroh im Kopf hat. Geh du und spiel mit deinen Schaufeln und Hacken, aber grab deine Löcher ohne mich.«

Ganz kurz sah sie einen Ausdruck der Erleichterung über Elenas Gesicht huschen.

»Was wirst du tun?« Popkows tiefe Stimme klang angespannt.

»Oh, ich bin bald in Sicherheit, mach dir keine Gedanken. Ich gehe zurück nach China.«

Er schüttelte wie ein wütender Bulle den Kopf, als wäre der plötzlich viel schwerer geworden. »Du konntest es nicht erwarten, aus China rauszukommen. Du sagtest, du hasst es dort.«

»Ich habe gelogen.«

»Lass das Mädchen in Ruhe, Liew.« Das war Elena. Sie musterte Lydia mit einem halbherzigen Lächeln auf den Lippen. »Es ist nicht der Ort, den sie liebt, begreifst du das nicht? Es ist der Mensch.«

»Aber …«

»Kein Aber! Hör auf, mich zu verhätscheln, du dummer Kosak«, beklagte sich Lydia. Sie schob ihn von sich weg. »Hau jetzt ab in deine Ukraine.« Sie lächelte breit, was sie selbst ein wenig überraschte, und lachte sogar ein wenig. »Hab ein gutes Leben. Danke für alles.«

Mit diesen Worten drehte sie sich um und ging davon. Doch sie war kaum mehr als zehn Schritte in Richtung Smolensk-Platz gegangen, als jemand sie hochhob und sie in seine Arme riss. Sie baumelte ein Stück über dem vereisten Boden, umschlungen von einer gewaltigen Umarmung, und fast blieb ihr die Luft weg, während sie ein letztes Mal die Arme um ihn schloss. Mit jeder Sekunde drückte er sie noch fester an sich und machte dabei sanfte, brummende Geräusche.

Ebenso plötzlich setzte er sie wieder ab. Sie schob ihm Dmitris goldenen Ring in die Tasche. »Kauft euch ein bisschen Land«, sagte sie, und dann ging sie weg, ohne zurückzuschauen.

Zu Fuß begann Lydia, die Stadt zu durchqueren, begriff jedoch bald, dass sie nicht die Kraft hatte, es auch nur bis zum Arbat zu schaffen. Deshalb bestieg sie eine Pferdedroschke, legte sich die bereitliegende Decke über ihre Knie und schlang die Arme um ihre bandagierte Taille. Es handelte sich um ein offenes Gefährt, in dem man der Witterung ausgesetzt war, doch das gefiel ihr. Der Himmel, der tief über den Moskauer Dächern hing, sah grau und alt aus, und sie dachte voller Trauer daran, dass sie bald die Stadt verlassen musste, in die sie sich verliebt hatte.

Das Zugpferd trabte langsam und gleichmäßig vor sich hin, was ihr Zeit zum Nachdenken gab. Sie schloss die Augen und ließ es zu, dass sich ihr Bewusstsein öffnete, so wie es Chang An Lo ihr beigebracht hatte, doch da waren immer noch die Bilder von der Feuersbrunst, die sie bedrängten, die Flammen, die an ihrem Gesicht leckten und in ihren Ohren prasselten.

Lieber klammerte sie sich an eine andere Erinnerung: daran, wie sich die Hand ihres Vaters in der ihren angefühlt hatte, und an seine Stimme, als er gesagt hatte: *Ich hab dich lieb dafür, dass du zurückgekommen bist.*

»Papa«, flüsterte sie. »Ich komme zurück.«

Eines Tages würde sie das wirklich tun. Sie wusste weder wann noch wie, doch sie würde zurückkommen. Russland war tief mit ihrem Inneren verwoben, und sie wusste, dass sie ebenso wenig dieser Stadt der Kuppeln fernbleiben konnte wie der schwarzen Erde, die Popkow und Elena in der Ukraine durchpflügen würden.

Ein Karren rumpelte auf der Straße vorbei, und ein Hupen brachte sie zu dem zurück, was vor ihr lag. Sie musste Alexej sehen. Er war mit Antonina in ihrer Wohnung, und Lydia musste mit ihm reden. Sie war wütend auf ihn, weil er von Chang verlangt hatte, sie aufzugeben, doch – und bei diesem Gedanken musste sie auf einmal die Augen weit aufreißen, und ihr Herz klopfte heftig – ganz gleich, was Alexej sagte, würde Chang in China auf sie warten. Sie holte tief Luft und sagte laut: »Sei dort, mein Geliebter. Sei dort. Meinetwegen.« Denn sie fürchtete, wenn er erst wieder in China war, dann würden sein Land und seine Götter ihn ihr vielleicht wieder wegnehmen.

»Vertrau ihm«, flüsterte sie sich selbst zu und spürte, wie der Wind ihnen ihre Worte zutrug.

In der Wohnung herrschte Chaos. Überall standen Kisten herum. Pelze, Kerzenhalter, ja, sogar ein silberner Samowar quollen aus ihren klaffenden Mündern. Bücher waren auf dem Boden gestapelt, Gemälde lehnten an den Wänden. Lydia fand es vollkommen unpassend, dass ein Kommunist so viel besessen hatte, und der Geist der Korruption zog sich von Kiste zu Kiste wie der Faden, der unbeachtet auf einem der persischen Teppiche lag. Es war ihr nicht leichtgefallen, noch einmal durch diese Tür zu schreiten, zu schwer wog die Erinnerung an das letzte Mal, als sie dies getan hatte.

Alexej war überrascht, sie zu sehen. »Lydia, solltest du nicht im Bett sein?« Doch dann küsste er sie sanft auf beide Wangen und hob beim Anblick ihres Haars kaum mehr als eine Augenbraue. »Ich bin froh, dass du gekommen bist, weil ich etwas für dich habe.«

Er führte sie ins Arbeitszimmer, wo Antonina am Schreibtisch saß und eine Schublade mit Dmitris Papieren durchschaute. Sie blickte auf, und ein Leuchten trat in ihre dunklen Augen. Dann sah sie das Ergebnis von Changs Frisierkünsten mit dem Messer und runzelte die Stirn, bevor sie zur Tür kam, wo Lydia stehen geblieben war, weil sie das Arbeitszimmer nicht mehr betreten wollte.

»Lydia, mein liebes Mädchen, du bist …« Lydia war sich sicher, dass sich der Kommentar auf ihr entstelltes Äußeres beziehen würde, doch sie täuschte sich. »Du bist herzlich willkommen.« Antonina umarmte sie. Zum ersten Mal, seit sie sie kannte, trug sie kein Parfüm.

»Du siehst gut aus«, sagte Lydia.

»Es geht mir auch gut.«

Tatsächlich war Antonina so hübsch, wie Lydia sie noch nie gesehen hatte. Und ganz verändert sah sie aus. Ihr dickes Haar hatte sie locker am Hinterkopf verknotet, und sie trug ein schlichtes blaues Kleid und eine Strickjacke, denen man ansah, dass sie nicht aus Paris stammten. Doch das war nicht die einzige Veränderung. Antoninas Gesicht war nicht geschminkt, und sie trug keine Handschuhe. Zwar lagen dunkle Schatten unter ihren Augen, als würde sie schlecht schlafen, aber ihr Mund zeigte nichts mehr von der Anspannung, die ihn vorher so hart wirken ließ.

»Komm und trink Kaffee mit uns. Alexej, wir sind dann im Wohnzimmer.«

Taktvoll führte sie Lydia vom Arbeitszimmer weg, bat sie,

sich zu setzen, und ging Kaffee kochen, während Alexej mit ihr redete. Auf einmal fand es Lydia beunruhigend, mit diesem Mann zusammen zu sein, der nicht ihr Bruder war. Sie würde ihn in einem anderen Licht sehen müssen.

»Geht es dir gut?«, fragte er voller Sorge.

»Ziemlich gebeutelt, aber ich lebe noch.« Sie lächelte ihn an. »Dank dir.«

Er setzte sich auf den Stuhl gegenüber von ihr und streckte mit einer etwas unbeholfenen Geste die Beine aus. Ihre Dankbarkeit machte ihn offenbar verlegen. Sie wechselte das Thema.

»Ihr packt, wie ich sehe.«

»Ja. Langsam werden Fragen gestellt, was eigentlich aus Dmitri geworden ist. Es ist zu gefährlich hierzubleiben, deshalb hauen wir heute ab.«

»Wohin geht ihr?«

»Antonina nimmt einen anderen Namen an, damit man sie nicht mehr aufspüren kann, und wir haben uns neue Papiere machen lassen. Aber wir bleiben in Moskau und ziehen in einen anderen Bezirk.«

»Natürlich, Maxim ist ja in Moskau.«

Alexej warf ihr einen verärgerten Blick zu, und sie schaute ihm in die Augen. Es war ihre Farbe, die sie in die Irre geführt hatten. Dadurch hatte sie der Vermutung ihrer Mutter, Jens sei sein Vater, Glauben geschenkt, doch wie dumm konnte man eigentlich sein? Jens war nicht der einzige Mann in St. Petersburg mit grünen Augen gewesen.

Plötzlich beugte sie sich vor. »Ich gehe zurück nach China.«

Sie hörte, wie er scharf einatmete. »Nein, Lydia, nicht. Das wäre ein Fehler. Hör mal, warum bleibst du nicht bei uns? Hier in Moskau. Wir haben eine Wohnung gefunden.« Er wies auf den Raum mit den hohen Decken. »Keine so begehrenswerte wie die hier, aber sie hat zwei Zimmer, deshalb …«

»Nein, Alexej. Danke, aber nein.«

»Bitte, Lydia, tu das nicht. Das ist alles falsch. Was sind wir beide ohne Russland? Es liegt uns im Blut.«

Sie schüttelte den Kopf. »Ich liebe Russland. Aber nicht genug.«

Ihre Blicke begegneten sich. Wie hatte sie diesen Mann jemals für kalt halten können? Da war immer noch dieses Feuer, das tief in seinem Inneren brannte, verborgen hinter einer Wand aus Stolz. »Ich liebe dich, mein Bruder«, sagte sie leise. Sie konnte und wollte ihn einfach nicht seines Vaters berauben, indem sie ihm die Wahrheit sagte.

Er stand von seinem Stuhl auf, kniete auf dem gebohnerten Boden vor ihr und griff nach ihren Händen. »Bleib in Moskau«, flehte er sie an. »Ich möchte dich gerne an meiner Seite haben. Mit Maxims Unterstützung werde ich einer der *wory* bleiben und mich ganz allmählich hocharbeiten, so dass ich …«

»Wenn Maxim stirbt, wirst du bereit sein, die Macht zu übernehmen. Mein lieber Bruder, du bist nichts anderes als ehrgeizig.«

Er nickte nicht, doch sie sah das Glänzen in seinen Augen und erkannte den Kitzel, der ihn offenbar erfasste. Er war kein Mann, der ein Leben in Konformität mit Stalins Zwangsjackensystem führen konnte, aber sie nahm bereits jetzt Veränderungen an ihm wahr, die ihr Angst machten. Wie viel von dem, was sie am meisten an ihm liebte, würde verschwinden, wenn er sein Leben mit diesen Dieben verbrachte? Es war eine Ironie. Früher war sie diejenige gewesen, die stahl und Gefängnis riskierte, nicht er.

»Oder«, schlug sie vor, »du könntest mit mir nach China zurückkehren.«

Er blickte sie stirnrunzelnd an. »Nein. Ich werde Russland nicht verlassen.«

Hielt er sie folglich für eine Verräterin? War es das, was er meinte?

»Was hast du denn nun für mich?«, fragte sie.

Er blickte forschend in ihr Gesicht, als suchte er nach etwas, stand dann auf und nahm ein paar Papiere aus einem Aktenschrank.

»Hier, neue Ausweispapiere.«

Ihr Herz schlug heftig. »Das war schnell.«

»Ein Geschenk von Maxim.«

»Danke ihm in meinem Namen.«

»Das werde ich.« Er schaute sie an. »Ein letztes Mal, kleine Schwester. Gib ihn auf. Am Ende werdet ihr euch gegenseitig unglücklich machen.«

»Ich kann nicht. Ebenso wenig, wie ich aufhören kann zu atmen.«

»Na gut.« Er hielt ihr ein Päckchen hin. »Hier ist ein Formular mit Dmitris Stempel darauf, das es dir ermöglicht, frei zu reisen und Fahrkarten zu kaufen. Und genügend Rubel – von Antonina –, damit du nach China kommst.«

Sie nahm alles entgegen. Ihre Hand zitterte, und sie blinzelte ein paar Tränen weg. »Was kann ich sagen, Alexej? Du bist der Bruder, den ich mir immer gewünscht habe.«

Er lächelte verlegen. Ihre Worte schienen seinen Selbstschutz zu durchbrechen.

»Und ich hab auch was für dich«, fügte sie hinzu. »Ich hoffe, es wird dir gefallen.« Aus ihrer Tasche zog sie ein gefaltetes Blatt Papier und reichte es ihm.

Er klappte es auf. »Es ist eine von Jens' Nachrichten.«

Es war diejenige, in der Alexej erwähnt wurde. »Für dich, wenn du möchtest.«

Alexej nickte und wandte sich rasch ab, doch sie sah trotzdem die widersprüchlichen Gefühle, die über sein Gesicht huschten und ihn ganz jung und verletzlich aussehen ließen. Sorgfältig faltete er den Brief wieder zusammen und hielt ihn in der Hand.

In diesem Moment kam Antonina mit einem Tablett herein.

Während Lydia den starken Kaffee trank und eines der warmen Hörnchen aß, machte sich Antonina mit einer Schere an ihrem verunstalteten Haar zu schaffen, um wenigstens etwas von dem Schaden wiedergutzumachen. Lydia kam der Gedanke, dass das etwas war, in dem Antonina wahrscheinlich immer gut sein würde. Sie beobachtete, wie Alexej sich nicht die geringste Kleinigkeit in Antoninas Mienenspiel entgehen ließ, und hatte auf einmal die starke Hoffnung, dass die beiden einander guttun würden. Hinterher führte Antonina sie ins Schlafzimmer, wo eine ganze Reihe Kleider, Schuhe und Nerzstolen auf dem Bett verteilt lagen.

»Nimm dir alles, was du möchtest.« Antonina winkte gleichgültig mit der Hand in Richtung Bett und zu einer samtbezogenen Schachtel, die auf der Frisierkommode stand.

Selbst von ihrem Platz an der Tür aus konnte Lydia erkennen, dass in der Schachtel lauter Schmuck war. Unfähig, sich zu bremsen, ging sie wie magisch angezogen darauf zu, schwelgte in dem Glitzern der Diamanten und dem weichen, buttergelben Schimmer des Goldes, doch sie berührte nichts. Vielleicht bekäme sie ihre Finger nicht mehr unter Kontrolle, wenn sie es getan hätte.

»Danke«, sagte sie. »Für die Rubel und jetzt auch für dieses Angebot. Du bist sehr großzügig. Doch ich brauche nichts mehr.«

»Wir verkaufen sowieso alles. Werden es über Maxim los. Bist du sicher?«

»Ja, ich bin mir sicher.«

»Keine Lust auf Blutgeld, stimmt's?«

»Etwas in der Art, ja.«

»Ich kann es dir nicht zum Vorwurf machen.« Antonina küsste Lydia auf die Wange. »Dann lass mich dich wenigstens zum Bahnhof fahren.«

Lydia stieg aus der schnittigen Limousine aus. Der Bahnhof war mit Reisenden, Koffern und Gepäckwagen überfüllt, die alle um Platz kämpften, doch sie achtete kaum darauf. Das Einzige, was sie sah, waren Uniformen. Graue mit blauen Streifen am Revers. Die Soldaten kontrollierten die Papiere, blickten forschend in Gesichter. Sie suchten nach jemandem.

»Sicherheitspolizei«, murmelte sie Alexej zu.

»Es ist nicht zu spät, um umzukehren.«

Die Wagentür stand immer noch offen. Sie brauchte nur einen einzigen Schritt zu tun, um sich wieder in Sicherheit zu bringen, doch dieser Schritt würde ein Schritt in ihre Vergangenheit sein und nicht in ihre Zukunft. Chang hatte ihr Hongkong angeboten. Die Stadt schlug eine Brücke zwischen dem Osten und dem Westen, zwischen seiner und ihrer Welt. Eine britische Kolonie, die gleichzeitig ein aufstrebendes, blühendes Zentrum chinesischen Lebens und Wachstums war. Dort konnte er immer noch Teil seines Landes sein und sich die Zeit nehmen, Entschlüsse zu fassen. Ob er sich aus dem Würgegriff Mao Tse-tungs befreien wollte. Und vielleicht würde es ja dort auch möglich sein, den Traum in Erfüllung gehen zu lassen, den sie und ihre Mutter immer gehegt hatten: dass sie nämlich eines Tages auf die Universität gehen würde. Mit einem britischen Pass. Hongkong konnte ihr gehören. Wie eine offene Tür. Sie brauchte diese Tür nur weit aufzustoßen und würde Chang An Lo finden, der dort auf sie wartete.

Sie berührte den kleinen Drachen aus Quarz, der um ihren Hals hing. Nichts davon würde leicht sein, das wusste sie, denn ihre Liebe war eine streitbare Liebe. Sie brannte ebenso, wie sie sie aneinanderband. Chang nannte sie sein Fuchsmädchen, und ihre Mutter hatte sie eine streunende Katze genannt – sie war also gut im Überleben. Doch ihre Liebe? Würde sie das überleben, was vor ihnen lag?

Ja, sie war entschlossen, diese Liebe überleben zu lassen. Jeden Tag würde sie ihr Leben einhauchen, trotz der Gefahren, die ihr auflauerten wie ein Rudel Wölfe. Wieder schaute sie den Offizier in Grau an, das Pistolenhalfter an seiner Hüfte, und betastete die Papiere in ihrer Tasche. Sie wusste, dass sie Russland in China vermissen würde, so wie man ein abgetrenntes Gliedmaß vermisst, doch ohne Chang zu sein, war unmöglich. Das hatte sie versucht. Und war fast an dem Schmerz gestorben.

Es ist nicht zu spät, um umzukehren.

Der Wagen stand leise surrend hinter ihr, er roch nach Leder und Zigarren.

»Lydia?«, fragte Alexej von drinnen.

Wähle.

Sie schloss die Tür, stampfte mit den Füßen auf den vereisten Boden, holte noch einmal einen tiefen Atemzug russischer Luft und spürte, wie ihr Herz zu rasen begann. Vor ihr lag eine Zukunft, eine, die sie und Chang sich zusammen aufbauen würden. Es war ein Risiko, doch auch das Leben war ein Risiko. So viel hatte sie von Russland gelernt, so viel hatte sie auch von Jens gelernt. Mit einem letzten Winken verabschiedete sie sich von Alexej und berührte ein letztes Mal das chinesische Amulett um ihren Hals, um sich des Schutzes von Changs Göttern zu vergewissern. Dann hängte sie sich ihre Reisetasche über die Schulter und ging auf den Eingang des Bahnhofs zu.

DANKSAGUNG

Ein großes Dankeschön gebührt Joanne Dickinson und allen Kollegen bei Little, Brown in London für ihre einfühlsame Unterstützung im Lektorat und die wunderschöne Buchgestaltung. Besonders danke ich Emma Stonex für ihre aufmerksame Arbeit am Manuskript und Catherine Duncan dafür, dass sie mich hinaus zu meinen Lesern geführt hat.

Ein besonderer Dank geht an meine Agentin Teresa Chris, weil sie immer für mich da war und stets wusste, ob es besser war, mir zuzuhören, mich zu ermuntern oder mir ins Gewissen zu reden – je nachdem, was ich zu dem Zeitpunkt nötig hatte.

Vielen Dank auch an Elena Shifirna für ihre aufopfernde Recherche in Moskau und ihre sprachliche Hilfe, was das Russische angeht.

Und schließlich gilt meine ganze Liebe und mein ganzer Dank Norman für alles andere.